AF649599

LENA KIEFER

Westwell

Bright & Dark

LENA KIEFER

WEST WELL

BRIGHT & DARK

Roman

LYX

LYX in der Bastei Lübbe AG

NACHHALTIG PRODUZIERT

Die Bastei Lübbe AG verfolgt eine nachhaltige Buchproduktion. Wir verwenden Papiere aus nachhaltiger Forstwirtschaft und verzichten darauf, Bücher einzeln in Folie zu verpacken. Wir stellen unsere Bücher in Deutschland und Europa (EU) her und arbeiten mit den Druckereien kontinuierlich an einer positiven Ökobilanz.

FSC www.fsc.org MIX Papier | Fördert gute Waldnutzung FSC® C014496

Originalausgabe:
Copyright © 2022 by Bastei Lübbe AG,
Schanzenstraße 6–20, 51063 Köln

Vervielfältigungen dieses Werkes für das Text- und Data-Mining bleiben vorbehalten.

Copyright © 2022 by Lena Kiefer

Textredaktion: Melike Karamustafa
Umschlaggestaltung: © Jeannine Schmelzer
Coverabbildung: © Shutterstock (Anna Poguliaeva, Kindlena, Ninja Artist)
Satz: Greiner & Reichel, Köln
Gesetzt aus der Adobe Caslon
Druck und Verarbeitung: GGP Media GmbH, Pößneck

Printed in Germany
ISBN 978-3-7363-1805-2

10 12 14 13 11

Weitere Informationen unter:
lyx-verlag.de
luebbe.de | lesejury.de

Liebe Leser:innen,

dieses Buch enthält Elemente, die triggern können.
Deshalb findet ihr auf der letzten Seite eine Triggerwarnung.

Wir wünschen uns für euch alle
das bestmögliche Leseerlebnis.

Euer LYX-Verlag

Für Paddy,
du bist die stärkste Frau,
die ich kenne.

Playlist

Westwell Theme – technokrates
Is It Just Me? – Emily Burns
Stop Crying Your Heart Out – Leona Lewis
Coping – Rosie Darling
I Need You To Hate Me – JC Stewart
You Mean The World To Me – Freya Ridings
Helpless When She Smiles (Radio Version) –
Backstreet Boys
Eye of the Tiger – Jenn Grant
When You're Gone – Acoustic – Shawn Mendes
I Know Places – Taylor Swift
When I Look At You – Miley Cyrus
This is how you fall in love – Jeremy Zucker, Chelsea Cutler
Jealous – Labrinth
Better Days – Dermot Kennedy
Still in Love with You – No Angels
Show Me the Meaning of Being Lonely – Backstreet Boys
Love You Goodbye – One Direction
Rebel – ROYAL
More – Sam Ryder
Rescue My Heart – Liz Longley

»My only love sprung
from my only hate!
Too early seen unknown,
and known too late!
Prodigious birth of love
it is to me,
That I must love
a loathed enemy.«

William Shakespeare,
»Romeo & Juliet«

Prolog
Valerie

Drei Jahre zuvor

Ich bin glücklich. Das war der Satz, der mir immer und immer wieder durch den Kopf ging, während ich an meinen Gästen in der Suite des Vanity-Hotels vorbeilief und mich von ihnen feiern ließ. Es war die perfekte Party für den perfekten Anlass. Auch wenn ich mich hundertmal am Tag kneifen wollte, weil dieser umwerfende Mann tatsächlich vorhatte, den Rest seines Lebens mit mir zu verbringen. *Ich weiß, dass wir uns noch nicht lange kennen. Und ich weiß, wir sind verdammt jung. Aber ich will dich, Val. Ich will dich für immer und ewig.*

Mein Verlobter stand an der Tür zum Flur, unterhielt sich mit jemandem und ich lächelte, als ich ihn sah. Es dauerte keine fünf Sekunden, bis er mich ebenfalls bemerkte und wir einen dieser Blicke wechselten, von denen mir hoffentlich auch in fünfzig Jahren noch warm im Bauch werden würde.

Adam Coldwell war ernst und zurückhaltend, fast schon übermäßig erwachsen – und damit so was von nicht mein Typ, dass ich mich eigentlich nie in ihn hätte verlieben dürfen. Aber bereits bei unserer ersten Begegnung war da etwas in seinem Blick gewesen, das mich neugierig gemacht hatte. Ich hatte wissen wollen, was hinter diesen klugen blaugrauen Augen für ein Mensch steckte. Ob er auch eine andere Seite hatte, ein verstecktes, wildes Alter Ego.

Wie sich herausgestellt hatte, gab es diese andere Seite nicht. Doch als ich es gemerkt hatte, war ich längst in das verliebt gewesen, was ich im ersten Moment bei ihm gespürt hatte: dass er ein Zuhause für mich sein konnte. Adam war vielleicht ernster als die meisten anderen Männer in meinem Umfeld, vor allem war er jedoch warmherzig, liebevoll und loyal. Und ich liebte ihn von ganzem Herzen.

Meine Eltern waren amtlich ausgerastet, als ich ihnen von der Verlobung erzählt hatte. Kein Wunder, schließlich gab es da so eine Art Familienfehde, als wären wir die Neuauflage von Romeo und Julia. Warum die Westons und die Coldwells einander hassten, war mir im Grunde klar, ich verstand nur nicht, wieso Adam und ich da mitmachen sollten. Ich arbeitete nicht für meine Eltern und würde es auch nie tun – und er redete mit mir nicht über die Projekte seiner Mutter. Das hatte alles nichts mit uns zu tun. Und dennoch hatte es das *Gespräch* gegeben, vor ein paar Tagen. Wir hatten am Esstisch gesessen, ich auf der einen, Mom und Dad mit Lincoln auf der anderen Seite, und sie hatten mir mit versteinerten Mienen gesagt, dass diese Verlobung auf keinen Fall mein Ernst sein konnte. Dass ich mit meinen Eskapaden das Ansehen der Familie schon oft genug gefährdet hätte und nun nicht auch noch einen Mann heiraten könne, der ihr erklärter Feind war.

Ich hatte ihnen gesagt, dass Adam niemandes Feind war und es mich einen Scheiß kümmerte, ob sie mir ihren Segen gaben oder nicht. Klar, Trish Coldwell war eine echte Hexe und die erbitterte Konkurrentin meiner Eltern, aber ich sah nicht ein, warum das meine Partnerwahl beeinflussen sollte. Wir waren glücklich miteinander – wen interessierte es da, ob Trish Mom und Dad ab und zu ein Bauprojekt weggeschnappt hatte? Normale Eltern hätten sich für mich gefreut, ein normaler Bruder auch. Aber an uns war nichts normal.

Die Einzige mit dem Namen Weston, die sich ehrlich und aufrichtig mit mir freute, war Helena. Meine kleine Schwester, die mit ihren siebzehn Jahren noch keine Ahnung hatte, wie großartig sie eigentlich war. Sie hatte Adam bei ihrem ersten Kennenlernen nicht kritisch beäugt, sondern war ohne jeden Vorbehalt auf ihn zugegangen und hatte ihn direkt ins Herz geschlossen. Es war eine Leistung, wenn man bedachte, dass der Name Coldwell in unserer Familie bereits vor Jahren dem Antichristen den Rang abgelaufen hatte. Aber so war sie eben. Helena war nahezu vorurteilsfrei, und wenn sie jemanden mochte, dann war es schwierig, sie wieder davon abzubringen. Das war nur ein Grund, warum ich sie so lieb hatte.

Ich schaute mich in der Suite um und vermisste sie sehr. Es war unendlich schade, dass sie heute nicht hier war, sondern mit einer Erkältung im Bett lag. Aber wir würden die Feier zu zweit nachholen, so viel stand fest.

Maddy Rich, eine Bekannte von mir, wollte unbedingt mit mir anstoßen, und als ich wieder zur Tür sah, war Adam verschwunden. Ich entschuldigte mich bei Maddy und ging los, um ihn zu suchen. Als ich in den Flur trat, der die Suite vom Hotelkorridor trennte und zu einem der beiden Badezimmer führte, kam Adam mir entgegen. Er sah nicht glücklich aus.

»Gibt es ein Problem?«, fragte ich ihn. Diese Falte zwischen seinen Augenbrauen war zwar sexy, aber in diesem Moment beunruhigte sie mich eher.

»Nein, alles in Ordnung. Wir hatten nur einen ungebetenen Gast.«

»Einen ungebetenen Gast? Wen?« Ich hatte nicht mitbekommen, dass jemand an der Tür gewesen war.

»Colton Pratt.« Adam gab mir nicht mehr Informationen, aber das musste er auch nicht. Pratt war ein Dealer, dem er vor Kurzem Geld geliehen hatte, damit dieser sich eine legale Existenz aufbauen konnte. Adams Gesicht nach zu urteilen, hatte das nicht funktioniert.

Ich sah ihn erstaunt an. »War er hier, um was zu verkaufen? Ist das sein verdammter Ernst, auf unsere Verlobungsparty zu kommen und Stoff dabeizuhaben? Nach allem, was du für ihn getan hast?«

Adam wirkte noch unzufriedener als vorher und ich wusste, wieso – er fühlte sich, als hätte er versagt. Das war sein größtes Problem: sein verfluchter Drang, jedem helfen zu wollen, ob diese Person es verdiente oder nicht. Ich betrachtete es als meine Aufgabe, ihm diese Eigenschaft auszutreiben.

»Was Pratt tut, hat nichts mit dir zu tun«, sagte ich mit fester Stimme. »Du kannst nicht alle retten, Adam. Auch wenn du es versuchst – Menschen treffen ihre eigenen Entscheidungen und viele davon sind dumm.«

Er nickte. »Ich weiß. Aber ich glaube nicht, dass es seine Idee war, herzukommen. Jemand muss ihn geschickt haben, ohne ihm zu verraten, wer auf ihn wartet. Er war total erschrocken, als er mich gesehen hat.«

Jetzt war es an mir, die Stirn zu runzeln. »Hat er angedeutet, wer ihn geschickt hat?«

»Nein.« Adam atmete aus. »Könnte es Carter Fields gewesen sein?«

»Carter?« Ich schüttelte den Kopf. »Wieso sollte er so etwas tun?«

»Weil er total verknallt in dich ist und vielleicht denkt, es wäre eine nette Geste?«

»Quatsch. Da hat sich jemand einen Spaß erlaubt, das ist alles. Upper-East-Side-Humor.« Ich griff nach seiner Hand.

»Und jetzt lass uns tanzen, Mister. Sonst mache ich mir noch Sorgen, dass du das bei der Hochzeit nicht hinbekommst.«

»Ich bin ein hervorragender Tänzer«, sagte Adam und seine Brust wurde breiter.

Ich hob eine Augenbraue, konnte mein schrecklich verliebtes Lächeln jedoch nicht verbergen, als ich ihn mit mir zog. »Dann beweis es.«

Es war schon weit nach Mitternacht, als die letzten Gäste verschwanden und wir endlich allein waren. Ich zog meine High Heels aus und ging zu Adam, der an dem großen Panoramafenster stand und auf die Stadt hinaussah.

»Hey«, sagte ich leise und schlang einen Arm um seine Mitte.

Adam drehte sich zu mir und küsste mich sanft auf den Mund. »Hey. Bist du glücklich?«

»Mehr als glücklich«, seufzte ich. »Allerdings sollten wir diese Verlobung dringend noch einmal feiern – auf deiner Couch und in bequemen Klamotten, die man sehr viel leichter ausziehen kann als das hier.« Ich zupfte an dem Kragen seines Hemdes.

Er grinste. »Alles, was du willst, zukünftige Mrs Coldwell.«

»Gut, dass du das erwähnst. Denn ich werde nie Coldwell heißen.«

»Ja, das dachte ich mir schon. Und da mich meine Mutter enterbt, wenn ich ein Weston werde, müssen wir uns etwas anderes einfallen lassen. Dass wir beide unsere Namen behalten, ist eine Möglichkeit. Eine andere wäre, dass wir einen Antrag auf einen neuen Familiennamen stellen.«

Ich sah ihn groß an, als mir klar wurde, was er meinte. »Du denkst …?«

Er nickte.

»Adam und Valerie Westwell«, sagte ich, als wollte ich den Klang prüfen. »Perfekt. Aber erlauben das die Behörden denn so einfach?«

»Keine Ahnung. Einen Versuch ist es wert. Die Formulare liegen schon bei mir zu Hause, ich muss sie nur abgeben.«

Ich lehnte mich an ihn und spürte diesem großartigen Gefühl von Geborgenheit und Wärme nach, das ich immer in seiner Nähe empfand. Da fiel mir etwas ein.

»Hast du deinen Bruder eigentlich schon gefragt, ob er dein Trauzeuge sein wird?«

»Nein, noch nicht.«

»Wieso nicht?« Ich sah auf. »Hat er in seiner Hütte in Australien etwa keinen Handyempfang?«

»Es ist eine Surf Lodge«, korrigierte Adam mich automatisch. »Und um ehrlich zu sein … ich habe ihn noch gar nicht angerufen.«

»Dann hast du es dir anders überlegt?«

»Eigentlich nicht.« Adam sah zu Boden und ich küsste ihn, damit er mich wieder anschaute. Er lächelte schief. »Aber als ich Jess von der Hochzeit erzählt habe, hat er es gar nicht richtig ernst genommen. Im Gegenteil, er hat so gewirkt, als würde er das alles für einen großen Witz halten. Ich weiß nicht, ob er sogar ablehnen würde, wenn ich ihn bitte, Trauzeuge zu sein.«

Sanft strich ich ihm über die Wange. »Das kann ich mir nicht vorstellen. Ich kenne ihn ja nicht, aber nach allem, was ich von ihm weiß, scheint Jess doch wirklich in Ordnung zu sein. Und ich bin sicher, er liebt dich. Er würde nicht ablehnen. Frag ihn morgen, okay? Sollte er Nein sagen, rede ich mal ein paar Takte mit ihm.«

»Oh ja, dafür würde ich Eintritt zahlen«, lachte Adam. »Jess und du werdet euch bestimmt super verstehen. Ihr sorgt beide immer für Aufregung.«

»Du sagst das, als wäre es etwas Schlechtes.« Ich sah ihn unschuldig an.

»Ganz und gar nicht. Ich nehme an, du hast Helena bereits gefragt, ob sie deine Brautjungfer wird?«

»Natürlich, sie war die Erste, die ich angerufen habe, nachdem du mir den Antrag gemacht hast.« Wie hätte es auch anders sein können? Meine Schwester und ich waren seit unserer Kindheit unzertrennlich. »Allerdings denke ich seitdem darüber nach, wer der passende Begleiter für sie sein könnte.«

»Ich dachte, sie ist mit diesem Juwelen-Erben zusammen?« Adam wirkte verwirrt.

»Gott, ja, *Ian*.« Ich stöhnte genervt auf. »Er ist so langweilig, dass ich immer schläfrig werde, wenn ich nur in seiner Nähe bin. Für den ersten Kuss, den ersten Sex, da war er sicher der Richtige, aber ich will nicht, dass Lenny so jemanden den Rest ihres Lebens ertragen muss.«

Adam schüttelte lächelnd den Kopf und legte seine Arme um mich. »Was hältst du davon, wenn du deine Schwester erst einmal fragst, ob sie mit irgendeinem Fremden verkuppelt werden möchte?«

»Davon halte ich gar nichts.« Ich strahlte ihn an. »Aber ich glaube, ich kann noch bis morgen damit warten. Jetzt möchte ich erst einmal feiern, dass wir beide heiraten.« Mein Blick wurde eindeutiger und Adam neigte seinen Kopf, um mich zu küssen.

»Nichts dagegen«, murmelte er leise an meinen Lippen. »Dafür haben wir aber viel zu viel an.«

»Dann tu doch was dagegen.« Ich löste mich von ihm und drehte mich um, strich meine langen Haare aus dem Nacken und schloss die Augen, als Adam die empfindliche Haut dort küsste und dann die Hände an den Reißverschluss meines Valentino-Kleides legte.

Er hatte ihn gerade geöffnet und strich mit den Fingern meine Wirbelsäule hinunter, als es an der Tür klopfte. Wir hielten inne und ich wandte mich Adam zu.

»Erwartest du noch jemanden?«, fragte er.

»Nein.« Ich schüttelte den Kopf. »Aber vielleicht ist es irgendeine Überraschung für uns, von der wir nichts wissen. Machst du das Kleid wieder zu?«

Mit einem bedauernden Laut zog Adam den Verschluss nach oben und ich ging zur Tür, um sie zu öffnen. Als ich sah, wer davorstand, wurden meine Augen groß.

»Du?«, fragte ich. »Was machst du denn hier?«

1
Helena

»Und so freuen wir uns, heute offiziell den Beginn der Baumaßnahmen für das Winchester-Areal verkünden zu dürfen!«

Applaus brandete auf, als mein Vater vom Rednerpult wegtrat und zu einem abgeteilten Stückchen Erde ging. Rote Seidenbänder waren in Knöchelhöhe angebracht worden, über die Dad nun gemeinsam mit meiner Mutter, dem Bürgermeister und Clive Irvine hinwegstieg. Jeder von ihnen hatte einen nagelneuen glänzenden Spaten in der Hand, den sie auf Kommando in die Erde stachen, um dann fotowirksam einen Fuß daraufzustellen. Die Kameras klickten, die Presseleute riefen ihre Namen, um ein Bild zu bekommen, auf dem sie genau in ihr Objektiv schauten. Ich sah Mom lächeln, als mein Vater den Arm um sie legte, und spürte einen leisen Stich. Vermutlich waren sie glücklicher als bei ihrer Hochzeit, schließlich war das hier der Tag, an dem die Westons über Trish Coldwell triumphierten. Der Tag, an dem meine Familie ihren Platz in der Stadt für alle sichtbar zurückerobert hatte.

Und sie hatten keine Ahnung, wer den Preis dafür gezahlt hatte.

Ich stand zusammen mit meinem Bruder ein Stück hinter dem Podium, in einem schlichten blau-grün gemusterten

Kleid, das meine Mutter mir gekauft hatte und das mit seinem dicht gewebten Stoff für diesen sommerlichen Augusttag viel zu warm war. Aber natürlich ließ ich mir das nicht anmerken, genauso wenig wie meine Gefühle. Ich ließ mir nie irgendetwas anmerken. Nicht mehr seit diesem Morgen im Mai, als ich die schwerste Entscheidung meines Lebens getroffen hatte, um meine Familie zu retten.

Als mein Vater nach den gescheiterten Verhandlungen über das Areal, auf dem wir gerade standen, betrunken vor ein Auto gelaufen war, hatte das nach Valeries Tod einen weiteren Tiefpunkt der Westons markiert. Dad hatte innere Blutungen sowie Frakturen gehabt und zwei Wochen im Krankenhaus bleiben müssen, bevor er seine Reha angefangen hatte. Ich war mir sicher, dass die Nachricht, Trish Coldwell hätte ihr Interesse an dem Winchester-Deal zurückgezogen, das Einzige war, das ihn wieder auf die Beine gebracht hatte. Egal, wie ich mich damit fühlte – das war es wert gewesen.

Schließlich wusste niemand, ob das mit Jess und mir überhaupt gehalten hätte.

Der heftige Schmerz in meinem Magen nannte mich eine Lügnerin. Früher hatte ich nicht verstanden, was die Leute meinten, wenn sie sagten, sie hätten den Richtigen gefunden. Nicht einmal bei Valerie, obwohl ich gesehen hatte, wie verliebt sie in Adam gewesen war. Jetzt wusste ich jedoch, was es bedeutete. Was es bedeutete, zu spüren, dass jemand richtig war. Weil er einen vervollständigte, ohne dass man vorher gewusst hatte, was fehlte. Weil man sich in seiner Nähe so sicher, so angekommen fühlte, dass man es kaum ertragen konnte, von ihm getrennt zu sein. Weil man jede Minute, jede Sekunde an ihn denken wollte und allein das einen bereits glücklich machte.

Bei Jess hatte ich all das gefühlt. Fühlte es noch.

Schon der Gedanke an ihn machte meine Knie weich, aber

nicht auf angenehme Art. Es war mehr die Art, bei der man Angst hatte, in einen tiefen Abgrund zu stürzen und irgendwo in der endlosen Schwärze zu sterben. Ich atmete ein, versuchte, es wegzuschieben und zu funktionieren. Das hier war ein offizieller Anlass, ich konnte mir keinen Funken Schwäche leisten. Also straffte ich meine Schultern und setzte ein Lächeln auf. Genau im richtigen Moment.

»Jetzt bitte die ganze Familie!«, rief einer der Reporter und winkte uns heran.

Meine Eltern hatten die Spaten inzwischen weggelegt und warteten auf Lincoln und mich. Mein Bruder legte eine Hand auf meinen Rücken, als wollte er mich stützen, und ich war dankbar dafür. Auch wenn ich ihm nie sagte, was in mir vorging, weil ich zu große Angst davor hatte, was es mit mir machen würde, war ich doch froh, dass immerhin er die Wahrheit kannte.

»Bitte hierher. Ja, so ist es perfekt.« Wir stellten uns vor eines der Bestandsgebäude, die unsere Firma in den nächsten zwei Jahren renovieren würde. Das Winchester-Areal war ein ehemaliger Industriekomplex im Herzen von Brooklyn, früher waren hier einmal Schuhe und Kleidung produziert worden, aber nun stand alles seit zehn Jahren leer. Die Stadt hatte lange darüber beraten, was sie mit den langsam verfallenden Gebäuden anfangen sollte, bis entschieden worden war, dass man sie entweder restaurieren oder abreißen würde. Trish Coldwell hatte mit einem Plan für Letzteres das Rennen gemacht, denn die Wohnungen, die sie hier hätte bauen wollen, wären wahnsinnig teuer gewesen und hätten noch mehr reiche Leute nach Brooklyn gelockt. Nun würde jedoch in den alten Gebäuden unter der Federführung meiner Familie ein Komplex für alle entstehen – zwar auch mit Wohnungen, die sicherlich für einige Bewohner des Viertels unerschwinglich waren, aber vor allem mit Geschäften, Spielplätzen und Arztpraxen. Wenn ich manchmal mit meiner Entscheidung haderte, rief ich mir das in Erinnerung. Sie hatte nicht nur meinen Vater gerettet, sondern würde auch vielen Leuten eine Perspektive geben.

Ob Jess das gefallen würde? Wusste er überhaupt davon? Ich vermutete es, aber sicher konnte ich nicht sein. Wir hatten seit jenem Morgen im Mai nicht mehr miteinander geredet.

Ich ließ den Blick schweifen und suchte nach ihm, wie ich es seit etwas mehr als zwei Monaten immer unbewusst tat, wenn ich mich in der Stadt aufhielt – jedoch ohne ihn jemals zu entdecken. Wie auch, schließlich war er gar nicht in New York. Nicht lange nachdem ich bei ihm gewesen war, musste er seine Sachen gepackt haben und zusammen mit seinem Bruder Eli nach Europa geflogen sein. Eigentlich hatte ich nicht nachsehen wollen, dann war ich jedoch zu neugierig gewesen. Jess selbst hatte keine Social-Media-Accounts, aber Eli war bei TikTok und Instagram, wo er ab und zu ein Bild oder Video von der Reise teilte. Meist von Stränden, manchmal auch von Bergen oder seltener einer Stadt wie Prag, die sie besuchten. Keiner der Brüder war auf den Bildern zu sehen, aber es gab ein Video, das Jess dabei zeigte, wie er etwas zu essen vorbereitete und sich dabei eine Chili in den Mund schob, die so scharf zu sein schien, dass er das Gesicht verzog. Es war kaum dreißig Sekunden lang, aber ich hatte es abgespeichert. Und manchmal, mitten in der Nacht, wenn einfach alles zu viel wurde, sah ich es mir an. Sah mir *ihn* an und versuchte zu erkennen, wie es ihm ging. Ob er mich genauso vermisste wie ich ihn. Ob er genauso litt wie ich. Jess verloren zu haben riss mir jeden Tag aufs Neue das Herz raus. Denn ich wusste, er war irgendwo da draußen, aber ich musste so tun, als würde er nicht existieren.

»Helena, bitte etwas näher an Ihre Eltern!« Der Ruf eines Fotografen holte mich zurück in die Realität und ich atmete tief ein, bevor ich mein Lächeln wiederfand und es für die Kameras noch strahlender werden ließ.

Ich habe das Richtige getan. Das sagte ich mir, immer und immer wieder. Und ich würde es mir auch in Zukunft immer und immer wieder sagen.

So lange, bis es auch der Teil von mir kapierte, der manchmal kaum atmen konnte, weil Jess mir so fehlte.

»Auf die Familie.«

»Auf die Westons!«

Alle am Tisch hoben ihre Gläser und prosteten einander zu, noch immer war die euphorische Stimmung nicht verebbt. Nach dem Termin in Brooklyn hatte es einen Empfang gegeben und nun ließen unsere Familie und die Irvines diesen erfolgreichen Tag bei einem Abendessen ausklingen. Das Restaurant, in dem wir saßen, war das Emperor – genau der Ort, an dem ich vor einigen Monaten das schlimmste Geburtstagsdate aller Zeiten gehabt hatte. Und das Jess gehörte, auch wenn meine Eltern das entweder nicht wussten oder es ihnen egal war.

Hier zu sein strapazierte meine ohnehin gereizten Nerven extrem und ich fragte mich, warum ich nicht Kopfschmerzen vorgetäuscht hatte und nach dem Empfang nach Hause gegangen war. Wobei, wenn ich es mir recht überlegte, hätte ich gar nichts erfinden müssen. Tatsächlich drückte seit dem späten Nachmittag mein Hirn pochend gegen meinen Schädel, als wollte es sagen, dass es langsam reichte.

Trotzdem war ich hier. Denn so absurd das auch erschien – eines der zwei Dinge, die mich zurzeit aufrecht hielten, war meine Rolle, die mir das Schicksal in diesem Stück zugedacht hatte. Die der perfekten Tochter, die sich auf Fotos gut machte und niemals einen Skandal provozieren würde. Die immer die richtigen Antworten für die Presse hatte, nicht aus der Reihe tanzte und sich ihrer Stellung bewusst war. Solange ich sie sein durfte, musste ich nicht darüber nachdenken, wer ich sein wollte. Oder wie ich diese Person werden konnte.

»Helena, wann geht das Semester wieder los?« Es war eine klassische Höflichkeitsfrage von Clive, um mich in das Gespräch einzubinden. Offenbar hatte ich etwas zu lange auf meinen Teller gestarrt.

»Im September. Es ist noch ein bisschen Zeit bis dahin.«

»Dann fährst du zurück in die Hamptons?« Paige sah mich über den Tisch hinweg an. Ich fand immer noch, dass sie die Falsche für meinen Bruder war, aber sie hatte sich in letzter Zeit mir gegenüber sehr freundlich verhalten und irgendwie hatte ich mich an sie gewöhnt. Daher schaffte ich es sogar, zu lächeln, als ich antwortete.

»Nein. Ich war lange genug dort, schätze ich. Und es gibt noch einiges zu tun, bevor ich wieder zur Uni muss.«

Die Wahrheit war, dass ich den größten Teil des Sommers nicht deswegen in den Hamptons verbracht hatte, weil mir New York zu heiß war oder ich Gartenpartys liebte. Ich hatte es getan, weil die meisten von Valeries ehemaligen Freunden sich dort aufgehalten hatten. In mühevoller Kleinarbeit hatte ich mit jedem von ihnen gesprochen, unauffällige Fragen gestellt und so herausfinden wollen, wer vor drei Jahren finanzielle Probleme gehabt hatte. Denn das war die andere Sache, die mich davon abhielt, zu verzweifeln: die Suche nach der Wahrheit über Valeries Tod. Aus diesem Grund war ich nach New York zurückgekehrt, und auch wenn ich einige Rückschläge und Zweifel zu verbuchen hatte, war mein Wille ungebrochen. Ich würde den Ruf meiner Schwester wiederherstellen. Um jeden Preis.

»Es war traumhaft in diesem Sommer«, schwärmte Eleanor, Paiges Mutter. »So schade, dass ihr kaum da wart, Blake.«

»Ja, wir hatten einfach sehr viel zu tun, nachdem wir doch den Zuschlag für das Winchester-Areal bekommen haben.« Meine Mutter legte ihre Hand auf den Arm meines Vaters und drückte ihn liebevoll. »Vielleicht klappt es nächstes Jahr. Aber Helena hat uns ja hervorragend vertreten.« Ihr stolzer Blick traf mich und ich überlegte, was wohl passieren würde, wenn ich ihr sagte, dass ich die Black-and-White-Party, den griechischen Abend und sämtliche Picknicks nur deswegen besucht hatte, um etwas über den Tod meiner Schwester herauszufinden.

»Ich hätte auch gerne den Sommer in den Hamptons verbracht«, seufzte Paige. »Aber die Vorbereitung der Hochzeit nimmt einfach sehr viel Zeit in Anspruch. Ich hoffe nur, ihr könnt Lincoln im Herbst ab und zu entbehren. Die Location will ich nicht ohne ihn aussuchen.«

»Keine Sorge«, lächelte mein Bruder. »Wir kriegen das schon hin.«

»Geht es nur mir so oder kann man viel freier atmen, seit Trish Coldwell entschieden hat, im Sommer irgendein Bauprojekt in Dubai anzuleiern?« Eleanor sah hochmütig über den Tisch. »Sicherlich hat sie das nur getan, um sich nicht dem Spott der ganzen Stadt auszusetzen, weil sie Winchester an euch verloren hat.«

Lincoln warf mir einen Blick zu, bevor er Luft holte. »Sie hat es nicht an uns verloren«, stellte er richtig. »Sie hat ihr Interesse daran zurückgezogen.«

»Ja, das ist es, was *sie* sagt.« Eleanor schüttelte den Kopf. »Ich bin sicher, dass die Tücher in dieser Sache lange nicht so trocken waren, wie sie behauptet. Die Frau lügt doch, wenn sie den Mund aufmacht.«

»Die Sache *war* in trockenen Tüchern«, hörte ich mich sagen. Es klang, als würde ich Trish verteidigen, dabei gab es wohl keinen Menschen auf der Welt, den ich mehr hasste als sie. Was sie getan hatte, war so perfide und kaltblütig, dass mir die Erinnerung daran immer noch die Luft abschnürte. Daher hatte es nichts mit ihr zu tun, dass ich Eleanor korrigierte. Sondern mit meinem Vater, der mich in diesem Moment ansah, als ahnte er, dass ich hier für ihn eintrat. Er schämte sich immer noch, dass er betrunken auf eine Kreuzung gelaufen war, nachdem all seine Bemühungen um das Projekt umsonst gewesen waren. Er wusste nicht, dass ich es gewesen war, die mit Trish Coldwell eine Vereinbarung getroffen hatte, um den Deal doch möglich zu machen. Aber er wusste, dass es ein Wunder war, das sich niemand erklären konnte. Niemand außer mir.

»Was weißt du denn darüber?« Eleanor sah mich fragend an. »Du hast doch den ganzen Sommer nur am Pool gelegen und gefeiert.«

Ich starrte sie an, unfähig, auch nur ein Wort zu sagen. *Ich habe diese Scheiße geradegebogen, du dämliche Kuh*, dachte ich. *Ich habe mir selbst das Herz gebrochen, nur damit wir heute hier sitzen, Chateaubriand für hundert Dollar essen und den Beginn der Baumaßnahmen feiern können.*

»Helena hat weit mehr getan als das.« Natürlich war es mein Bruder, der für mich einsprang, schließlich wusste er als Einziger, was passiert war. Aber mir wäre es lieber gewesen, er hätte nichts gesagt, denn nun waren die Blicke der anderen am Tisch auf mich gerichtet.

»Was meinst du damit?«, fragte mein Vater.

»Gar nichts«, kam ich Lincoln zuvor. »Ich wollte nur …«

Mein Atem stockte und mein Herz tat es ihm gleich, als ich aus dem Augenwinkel jemanden registrierte – einen großen Mann mit blonden Haaren, der in der Nähe der Bar stand. Ich konnte nicht verhindern, dass mein Blick dorthin gezogen wurde, aber ich brauchte keine zwei Sekunden, um festzustellen, dass ich den Kerl noch nie gesehen hatte.

Er ist es nicht, sagte meine innere Stimme. *Es ist nur jemand, der ihm entfernt ähnlich sieht, entspann dich.* Allerdings interessierte das meinen Körper nicht, den es kaum noch auf seinem Platz hielt. Ich musste raus aus dieser Situation und irgendwo durchatmen, sofort.

»Bitte entschuldigt mich kurz.« Ich stand auf und ging mit so festem Schritt wie möglich in Richtung Bar, wandte mich dann nach rechts und der Tür zu, die das Restaurant von den Sanitärräumen trennte. Im Flur dahinter war niemand, zum Glück. Ich lehnte mich gegen die Wand und holte tief Luft, versuchte, klarzukommen. Noch eine Stunde, dann konnte ich nach Hause und mich im Bett verkriechen. So lange musste ich durchhalten. Vielleicht würde ich das sogar schaffen, ohne Eleanor ihr Maul mit der Serviette zu stopfen.

Gegenüber war eine Tür, und als ich sie erkannte, fragte ich mich, wie dämlich man eigentlich sein konnte. Ich war hier rausgegangen, um mich wieder auf die Reihe zu kriegen – und landete an einem Ort, der mich nur noch mehr an Jess erinnerte. Hinter dieser Tür war uns bewusst geworden, dass wir unseren Gefühlen nicht nachgeben durften, ganz egal, wie sehr wir es uns wünschten. Ich erinnerte mich genau an seinen Blick, an die Worte, die wir uns an den Kopf geworfen hatten. Und an das, was er gesagt hatte, bevor er mich auf die Stirn geküsst hatte und gegangen war.

Alles Gute zum Geburtstag, Tausendschön. Vielleicht stehen die Sterne im nächsten Leben besser für uns.

Ich drückte meine Hand auf den Mund, um den Laut zurückzuhalten, der mir aus der Kehle drang. Wenn wir es doch nur dabei belassen hätten! Wenn ich doch nur an Valeries und Adams Todestag nicht vor Jess' Tür aufgetaucht wäre, weil ich keine Ahnung gehabt hatte, wo ich sonst hinsollte. Wenn ich doch nur nicht mit ihm geschlafen hätte, um morgens voller

Hoffnung neben ihm aufzuwachen. Auch davor war ich schon in ihn verliebt gewesen, aber unsere gemeinsame Nacht hatte mir gezeigt, wie es war, wirklich mit ihm zusammen zu sein. Das war alles, was ich wollte. *Er* war alles, was ich wollte. Aber mein Deal mit Trish hatte jede Chance darauf zerstört.

Für immer.

Die Tür zum Restaurant öffnete sich und ich richtete mich auf, damit keiner der Gäste mich so sah, schwach und kurz davor, loszuheulen.

Es war jedoch keiner der anderen Gäste.

»Hier bist du. Was ist denn los?« Es war Lincoln, der gekommen war, um nach mir zu sehen. Mir wäre es lieber gewesen, er hätte es nicht getan. Ihn immer wieder zu belügen, während er genau wusste, womit ich kämpfte, war anstrengend. Ihm die Wahrheit zu sagen war jedoch auch keine Option. Ich musste in einem Stück bleiben, um weitermachen zu können – und auszusprechen, wie ich mich fühlte, würde mich in meine Einzelteile zerlegen.

»Mir ist nur ein bisschen schwindlig«, sagte ich also. »War wohl etwas zu viel Sonne heute.«

Er lehnte sich neben mir an die Wand. »Len, im Ernst – seit Monaten speist du mich mit diesen Ausreden ab. Ich will wissen, wie es dir geht. Wie es dir wirklich geht.« Sein Tonfall war weich und ich presste die Lippen aufeinander, um nicht doch weinen zu müssen.

»Es bringt nichts, darüber zu reden. Das macht es nicht besser, eher im Gegenteil.« Manchmal kam ich mir sogar verrückt vor, weil ich jemanden so sehr vermisste, mit dem ich nie wirklich zusammen gewesen war. Objektiv betrachtet hatte ich keinen allzu hohen Preis für die Rettung meiner Familie bezahlt: die Chance auf eine Beziehung mit Jess gegen die Zukunft meiner Eltern und meines Bruders. Aber subjektiv hatte ich mein Herz verloren und nun fühlte ich mich seltsam leer. Morgens wachte ich mit dem Gedanken auf, dass der neue Tag keine Besserung bringen würde, und abends schlief ich mit der Gewissheit ein, recht gehabt zu haben. Es war ein bisschen wie nach Valeries Tod. Denn im Grunde war auch der Verlust von Jess endgültig.

»Woher willst du das wissen?«, fragte mich Lincoln. »Du hast es doch noch nicht versucht, oder?«

Ich schenkte ihm ein müdes Lächeln. »Wann in der Geschichte der Menschheit hat es etwas gebracht, über Dinge zu reden, die man nicht ändern kann? Das hier ist ein großer Tag für uns. Wir sollten feiern.«

Lincolns Blick bekam etwas Besorgtes und ich wich ihm aus. »Ja, schon. Ich kann mir allerdings vorstellen, dass das nicht leicht für dich ist.«

Ich schluckte. Mein Hals war viel zu eng. »Das spielt keine Rolle. Ich meine, sieh dir Mom und Dad an. Wann hast du sie zuletzt so glücklich gesehen?«

»Aber du hast dein Glück dafür aufgegeben«, erinnerte mich mein Bruder.

Der Kloß in meinem Hals drohte, mich zu ersticken, und ich spürte, wie meine Augen feucht wurden. Gott, bitte nicht. Ich hatte so gut durchgehalten, ich wollte nicht auf den letzten Metern scheitern.

»Es war das Richtige«, sprach ich laut mein Mantra für diese Momente aus. Denn es war eigentlich ein Glücksfall, dass es Trish Coldwell so wichtig war, mich von ihrem Sohn fernzuhalten, dass sie dafür sogar dieses lukrative Projekt geopfert hatte. Wäre es ihr egal gewesen, ob wir zusammen waren oder nicht, wäre ich nun die Einzige in der Familie mit der Chance auf eine glückliche Zukunft. Drei Personen gegen eine. Das war eine einfache Rechnung.

»Bestimmt war es richtig«, nickte Lincoln. »Aber deswegen ist es trotzdem zum Kotzen.«

Ich konnte nur zustimmen, auch wenn das nicht auf mich beschränkt war. Lincoln hatte ebenfalls entschieden, die Wahl seiner Partnerin von den Auswirkungen auf unsere Familie abhängig zu machen, nur in eine andere Richtung. Aber das war sicher nicht einfacher, obwohl er immer behauptete, es sei okay für ihn.

»Hast du denn noch mal etwas von Jess gehört?«, fragte er mich nun leise.

»Nein.« Ich schüttelte den Kopf. »Er weiß genau, dass es alles gefährden könnte, wenn er sich bei mir meldet. Oder ich mich bei ihm.« Dabei war ich in den letzten zwei Monaten oft kurz davor gewesen, ihn anzurufen – einfach nur, um seine Stimme zu hören. Um zu erfahren, was in ihm vorging, wie er sich fühlte. Um nicht so verflucht unwissend zu sein. Vielleicht hatte er mich ja längst vergessen und sah nach vorne. Aber vielleicht dachte er auch ständig an mich, so wie ich an ihn. Ich wusste nicht, was davon die Wahrheit war. Und es machte mich wahnsinnig, jeden Tag ein bisschen mehr.

Unser Schweigen dehnte sich aus, dann seufzte ich. »Was würde Valerie wohl sagen, wenn sie uns so sehen könnte?«

»Nicht viel, glaube ich.« Lincoln hob die Schultern. »Sie würde wahrscheinlich vorschlagen, dass wir uns irgendeine teure Flasche Scotch oder Gin holen und den ganzen Mist mal einen Abend vergessen.«

Ich lachte auf. »Ja, das wäre genau ihr Ding gewesen.« Ich atmete durch, dann stieß ich mich von der Wand ab. »Wir sollten besser wieder reingehen.«

»Bist du sicher?«

»Ja. Bin ich.« Das hier war weder der Ort noch die Zeit, um zusammenzubrechen. »Aber ich verspreche dir, wir werden irgendwann in nicht allzu ferner Zukunft eine Flasche teuren Irgendwas öffnen und das alles vergessen. Deal?«

»Deal.« Er lächelte, ich lächelte, beides war schief. »Gehen wir.«

Wir kehrten ins Restaurant und zu unseren Eltern zurück, hocherhobenen Hauptes, mit aufrechter Haltung und undurchdringlichem Gesichtsausdruck, weil man das von uns erwartete. Wir waren schließlich die Westons. Wir zeigten keine Schwäche.

Niemals.

2
Jessiah

Die Wohnung war dunkel, als ich mein Gepäck hineintrug und die Tür hinter mir mit dem Fuß zuschob. Stickige, abgestandene Luft schlug mir entgegen, denn es war ziemlich warm in New York – und außer Thaz, der ab und zu nach dem Rechten gesehen hatte, war in den letzten zehn Wochen niemand hier drinnen gewesen. Dementsprechend war die Klimaanlage abgeschaltet, aber ich startete sie auch jetzt nicht, sondern ging auf direktem Wege zum Fenster und öffnete es. Laue Luft strömte ins Loft, immerhin besser als nichts.

Mein Flug von Maui hatte Verspätung gehabt, deswegen war ich erst nach zehn Uhr am Abend gelandet. Dass diese verdammte Stadt jedoch niemals schlief, war nicht nur ein Klischee und so hatte mein Taxi trotzdem fast eine Stunde vom JFK nach Manhattan gebraucht. Eine Stunde, die mir meine Abneigung gegen New York City wieder eindrucksvoll in Erinnerung gerufen hatte. Aber nichts toppte das beschissene Gefühl, das ich hatte, als ich jetzt zum Schalter neben der Tür griff und das Licht an der Decke aufflammte. Ich hielt die Luft an, während die vertraute Umgebung für mich sichtbar wurde.

Am Anfang hatte ich das Loft manchmal gehasst, weil es mich an Adam erinnert hatte. Jeder Quadratzentimeter war mit ihm verbunden gewesen, jedes Möbelstück, jedes verfluchte Buch im Regal. Jetzt hasste ich es, weil mich alles an *sie* erinnerte. Weil ich, wenn ich das Waffeleisen in der Küche ansah, an sie denken musste.

Was muss man tun, damit man von dir Waffeln zum Frühstück bekommt?

Weil ich, wenn ich nach oben zu der Plattform sah, auf der mein Bett stand, an sie denken musste.

Kannst du nicht schlafen? – Nein. Ich meine, ich kann schon, aber ich … ich will nicht.

Und weil ich vor allem an sie denken musste, wenn ich einfach nur die Tür ansah, durch die sie nach diesem grauenhaften Abschied am nächsten Vormittag gegangen und nie zurückgekehrt war.

Ich kann es dir nicht sagen, Jess! Ich kann dir nie wieder irgendwas sagen! Ich darf es nicht!

Helena.

Allein ihren Namen in Gedanken auszusprechen reichte aus, damit sich mein Inneres schmerzhaft zusammenzog. Zehn Wochen war ich vor diesem Schmerz davongerannt. War an den schönsten Stränden der Welt aufs Board gestiegen, war die anspruchsvollsten Steilwände geklettert, hatte mich an meine Grenzen gebracht und darüber hinaus. Ich hatte alles getan, um diesem schrecklichen Gefühl zu entkommen, das währenddessen auf der Couch gesessen und seelenruhig auf mich gewartet hatte.

Willkommen zu Hause, Jess. Hast du mich vermisst?

»Fick dich«, stieß ich aus, griff dann grob nach meiner Tasche und trug sie ins Badezimmer, um die dreckige Wäsche auszuräumen. Ich musste mich beschäftigen, vielleicht half das gegen das Ziehen in meinem Magen und den dumpfen Druck in meiner Brust. Nur war ich auch hier nicht sicher, denn im

Bad befand sich die Dusche, in der wir am Morgen … *Verfluchte Scheiße.* Ich legte den Kopf in den Nacken und schloss für einen Moment die Augen. Dann pfefferte ich die Wäsche in den Korb und verließ das Bad, so schnell ich konnte. Auf der Küchentheke lag meine Post, die Balthazar aus dem Briefkasten gefischt und hier abgelegt hatte. Ich sah sie flüchtig durch, es war nichts Interessantes dabei, also legte ich sie wieder beiseite.

Mein Magen knurrte, ich hatte seit heute Mittag nichts mehr gegessen. Als ich fahrig den Küchenschrank öffnete, um nachzusehen, ob ich wenigstens noch Nudeln und Tomatensoße dahatte, stieß ich mit dem Arm gegen das Waffeleisen. Abrupt hielt ich inne, starrte es an. Dann riss ich, von einem heftigen Impuls getrieben, das Kabel aus der Steckdose, packte das Waffeleisen und warf es kurzerhand in den Mülleimer. Der Krach, den dieses Manöver machte, erfüllte mich für einen Augenblick mit Genugtuung – bis mir klar wurde, dass ich nicht die ganze Wohnung in den Müll schmeißen konnte, um nicht mehr an Helena zu denken. Alles hier war mit ihr verbunden. Weil *ich* mit ihr verbunden war. Daran hatten die letzten zehn Wochen nichts geändert.

Ich stützte die Hände auf die Arbeitsplatte und senkte den Kopf, sah Helena vor mir, als wäre es erst gestern gewesen, dass wir dieses Gespräch geführt hatten. Dass sie mir gesagt hatte, wir dürften uns nicht länger sehen. Nachdem sie an jenem Morgen gegangen war, hatte ich ungefähr eine halbe Stunde auf dem gleichen Fleck gestanden, wo sie mich verlassen hatte. Unfähig, mich zu bewegen oder irgendeinen klaren Gedanken zu fassen. Irgendwann war jedoch ein Satz in meinen Kopf geschossen: *Du musst verschwinden.* Also war ich aus der Tür gestürmt und zum Rockaway Beach gerast, um aufs Brett zu steigen und zu surfen, bis die Erschöpfung meine Verzweiflung ausreichend gedämpft hatte, um einen Plan zu machen. Dann war ich zu Eli gefahren, hatte mich für meine Lüge an Adams Todestag entschuldigt und meinen kleinen Bruder gefragt, ob er seine Sommerferien gerne woanders verbringen würde als in New York. Es war blinder Aktionismus gewesen, getrieben von Kummer und Verzweiflung. Aber es hatte funktioniert, zumindest halbwegs. Bis heute.

Dass Trish mir erlaubt hatte, Eli mit nach Europa zu nehmen, grenzte an ein Wunder, aber vermutlich hatte es damit zu tun, dass sie es für eine gute Idee gehalten hatte, so viel Abstand wie möglich zwischen Helena und mich zu bringen. Außerdem hatte es Auflagen gegeben – wir hatten nur in hochpreisigen Hotels oder Ferienresidenzen von ihren Bekannten und Geschäftspartnern übernachten dürfen, zudem hatte uns Frank begleitet, der Ex-Marine, der für Elis Schutz zuständig war. Aber das hatte ich in Kauf genommen, um Trish und der Stadt zu entkommen. Denn ohne Eli hätte ich nicht verschwinden können. Ihn zu beschützen war wichtiger als alles andere, sogar wichtiger als mein Schmerz.

Kalte Wut stieg in mir auf, als ich an meine Mutter und ihren grausamen Schachzug dachte. Sie hatte nach dem Unfall von Mr Weston alle Trümpfe in der Hand gehalten und wie immer nichts dem Zufall überlassen. Niemand, der ein Herz hatte, hätte ihren Deal ausgeschlagen, und Helena schon gar nicht. Sie hatte uns gegen das Wohl ihrer Familie eingetauscht. Eintauschen müssen. Sie hatte überhaupt keine andere Wahl gehabt. Und nun war es uns verboten, jemals wieder Kontakt zueinander zu haben. Ich konnte sie nicht fragen, wie es ihr ging, wie ihr Sommer gewesen war oder ob sie mich so sehr vermisste wie ich sie. Ich konnte es nicht, wenn ich nicht dafür sorgen wollte, dass sie alles verlor, und diese Ohnmacht war fast das Schlimmste daran. Sie machte mich krank. Ich war ein Problemlöser, aber alles, was ich in diesem Fall tun konnte, war stillzuhalten. Ich durfte nichts zu Trish sagen, ich durfte Helena nicht anrufen.

Ich durfte absolut nichts tun.

Es war gelogen, wenn ich behauptete, meine Flucht hätte tatsächlich funktioniert. Natürlich hatte ich auch während meiner Tour durch Europa und der Zeit auf Hawaii an Helena gedacht. Jeder schöne Ort hatte mich wünschen lassen, sie könnte ihn auch sehen, mit mir zusammen. Jedes Hotelbett hatte mich wünschen lassen, dass sie mich mitten in der Nacht weckte, um mir einen dieser Blicke zuzuwerfen, die mich auf ewig in Flammen aufgehen lassen würden. Aber ich hatte die Endgültigkeit unserer Trennung nicht zugelassen, hatte das Gefühl von Hilflosigkeit verdrängt. Ich hätte wissen müssen, dass all das mich einholen würde, wenn ich hierher zurückkehrte. Ich hätte es verdammt noch mal wissen müssen. Und trotzdem traf es mich mit voller Wucht, wie sehr sie mir fehlte. Ich lehnte mich an die Küchenzeile, presste den Rücken gegen den Schrank hinter mir, versuchte, zu atmen. Es gelang mir nicht.

Gott, ich vermisste sie so wahnsinnig, alles an ihr. Ihren Humor, ihren Scharfsinn, unsere Gespräche, ihren Körper auf meinem. Ich vermisste, wie sie mich berührte und wie sie reagierte, wenn ich das Gleiche bei ihr tat. Da war etwas zwischen uns gewesen, das sich kaum beschreiben ließ, etwas Echtes, Wahrhaftiges. Mit ihr hatte ich geglaubt, sogar New York ertragen zu können. Aber nun war sie weg. Und sie würde nie zu mir zurückkommen.

Ich presste die Lippen aufeinander, als der Schmerz sich an der Wut vorbeischob, mich mit festem Griff packte und schüttelte. Und dann stürzte alles über mir zusammen, der Kummer, die Hilflosigkeit und die Sehnsucht. Vor allem die Sehnsucht.

Sie schnürte mir die Luft ab, ließ meinen Körper taub werden, als ich an die letzten Worte dachte, die wir getauscht hatten.

Wir haben schon so viel verloren. Warum jetzt auch noch uns? – Weil es Menschen gibt, die mehr aushalten können als andere. Weil sie mehr lieben als andere. So wie wir.

Tränen drückten gegen meine Kehle, aber ich schluckte sie mit aller Gewalt hinunter. Ich ballte die Fäuste, klammerte mich mit meinen Gedanken an die Person, die schuld daran war, dass ich mich so fühlte. Die Person, die Helena zu diesem Schritt gezwungen hatte. Und es funktionierte: Heißer Zorn stieg in mir auf, ließ die Tränen verdampfen und vertrieb die Taubheit. Ich wusste, dass es feige war, mich hinter der Wut auf meine Mutter zu verstecken. Dass ich mich dem Schmerz stellen musste, früher oder später. Aber was brachte es, zusammenzubrechen, weil ich mich verliebt hatte und diese Liebe keine Chance bekam? Was, außer der Gewissheit, dass mein Leben nicht mehr meins war, seit Adam gestorben war? Gar nichts.

Mir graute vor dem Tag, an dem wir einander begegnen würden, irgendwo in der Stadt. Ich sehnte mich zwar danach, Helena zu sehen, weil ich wissen wollte, wie es ihr ging und ob sie zurechtkam. Aber gleichzeitig hatte ich eine Scheißangst davor. Am liebsten wäre ich direkt wieder abgehauen, irgendwohin verschwunden, wo die Gefahr, sie zu treffen, gegen null tendierte. Aber ich konnte nicht fliehen, nicht endgültig. Sonst hätte ich es längst getan.

Ich ging mit schnellen Schritten zu meinem Rucksack, der immer noch neben der Tür stand, nahm mein Handy heraus und scrollte meine Nachrichten durch. Dann wählte ich eine Nummer, von der mir erst vor ein paar Minuten ein Bild geschickt worden war. Bestimmt war Eli noch wach, in den Ferien blieb er meist länger auf und las Bücher, bis ihm die Augen zufielen.

Und tatsächlich, es dauerte nicht lange, bis er den Anruf entgegennahm.

»Hey, Jess. Bist du endlich in New York angekommen?« Wir hatten am Flughafen von Maui noch geschrieben, deswegen wusste er von der Verspätung.

»Ja.« Wobei *endlich* das falsche Wort war. Zwei Stunden länger auf Maui zu sein war definitiv keine Strafe. »Alles gut bei dir, Kleiner?«, fragte ich und fühlte mich schlecht, weil dieser Anruf nicht in erster Linie dazu da war, um herauszufinden, wie es Eli ging. Er diente dazu, mir in Erinnerung zu rufen, warum ich das hier auf mich nahm. Warum ich nicht verschwand, wie es mir mein Körper und mein Hirn in jeder wachen Sekunde zuriefen.

»Hatten wir uns nicht darauf geeinigt, dass du mich nicht mehr so nennst?« Mein Bruder klang genervt, aber ich wusste, es war nicht ernst gemeint. Die fünf Wochen zusammen in Europa hatten uns mehr zusammengeschweißt denn je. Wir hatten viel geredet, über Wünsche und Träume, über die Zukunft. Natürlich nicht über meine. Denn die würde erst eine Rolle spielen, wenn Eli seine eigene verwirklicht hatte. Ob das für ihn in Ordnung war, konnte ich nicht sagen. Aber es war mir wichtig gewesen, dass er verstand, wieso ich das tat. Dass er die Wahrheit kannte, um damit umgehen zu können.

»Daran erinnere ich mich nicht«, gab ich zurück. »Bist du noch auf Martha's Vineyard?« Henrys Eltern besaßen dort ein Haus und hatten Eli eingeladen, einen Teil seines Sommers mit ihnen zu verbringen. Nur weil ich wusste, dass er da gut aufgehoben war und nicht unter Druck gesetzt wurde, war ich nach unserer Tour allein nach Hawaii geflogen, um zu surfen, Freunde zu besuchen und ein paar Projekte zu unterstützen. Elis Großeltern waren verständnisvolle Leute, die an ihren Enkel keine überhöhten Erwartungen stellten. Sie wussten von Elis Angstzuständen und gingen gut damit um. Nur leider konnten sie seinen Vater Henry nicht davon überzeugen, das ebenfalls zu tun.

»Ja, bis nächste Woche. Grandma und Grandpa sagen, in New York ist es noch zu heiß, um zurückzukommen. Und Mom bleibt eh bis Ende August in Dubai.« Ich konnte Eli anhören, dass ihm das sehr gelegen kam. Er war wohl der einzige Fünfzehnjährige, der mehrere ereignislose Wochen auf Martha's Vineyard zu schätzen wusste. Normalerweise verbrachte Trish mit ihm die Sommer in den Hamptons – oder schaute eher ab und zu nach ihm, weil sie ständig Termine in New York hatte –, aber das Projekt in Saudi-Arabien hatte ihre Pläne über den Haufen geworfen. »Du kannst herkommen, wenn du willst. Grandma hat bestimmt nichts dagegen.«

Es war ein verlockendes Angebot, aber ich schüttelte den Kopf. »Ich habe in der nächsten Woche jede Menge Termine mit Klienten, außerdem muss ich mich endlich wieder um die Restaurants kümmern.« Und ich wusste, dass Elis Großeltern ihren Enkel sehr liebten, von mir aber keine besonders hohe Meinung hatten. Es wunderte mich nicht, schließlich hatte ich ihnen in meinen Teenagerjahren auch keinen Grund dazu gegeben.

»Okay. Aber wir sehen uns, wenn ich wieder da bin, oder?«

»Klar. Filmabend mit Mac'n'Cheese, wann immer du willst.« Zwar wäre ich meiner Mutter gerne so lange wie möglich aus dem Weg gegangen, aber mir war bewusst, dass das kaum machbar war. Wenn sie glauben sollte, dass Helena ihren Teil der Abmachung eingehalten und mir nichts von dem Deal zwischen den beiden erzählt hatte, musste ich mich Trish gegenüber so verhalten wie immer. Zumindest, sobald sie zurück war.

Als hätte er meine Gedanken gehört, hakte mein Bruder ein.

»Sag mal, hast du eigentlich mal mit Mom gesprochen in der letzten Zeit?«

»Schon länger nicht mehr, nein«, antwortete ich. Eli wusste nichts von Trishs Manöver, um Helena und mich zu trennen, denn auch ihm konnte ich nichts darüber sagen. Er glaubte, der Streit an Adams Todestag wäre der Grund dafür, warum sich unsere ohnehin wenig warmherzige Beziehung noch um ein paar Grad abgekühlt hatte.

»Du solltest mit ihr reden«, sagte Eli. »Sie fragt jedes Mal nach dir, wenn wir telefonieren, und ich glaube, sie macht sich Sorgen.«

Beinahe hätte ich aufgelacht, aber ich erstickte es gerade noch so. Sorgen, Trish, um mich. Klar. Sie war diejenige, die dafür gesorgt hatte, dass der einzige Mensch, der in den letzten drei Jahren mein Herz berührt hatte, aus meinem Leben verbannt worden war. Sie machte sich keine Sorgen. Sie wollte nur wissen, ob ihre Intrige funktioniert hatte.

»Du kannst ihr sagen, dass mit mir alles in Ordnung ist. Ich gehe immer noch keinem geregelten Beruf nach, habe nicht vor, in die Firma einzusteigen, und alles andere geht sie einen Scheiß an.« Ich wusste, dass er ihr das niemals so ausrichten würde, denn Trish hatte es schon immer gehasst, wenn ich fluchte – und Eli war nicht unbedingt dafür bekannt, Öl ins Feuer zu gießen.

»Nee, das kannst du ihr schön selbst sagen.« Mein Bruder schnaubte, genau wie erwartet. »Oh, Grandma kommt, ich muss Schluss machen. Bis dann, Jess.«

»Bis dann.« Ich legte auf und atmete aus. Eli hoffte, dass Trish und ich miteinander auskamen, das wusste ich. Nur hatte ich manchmal meine Zweifel, ob ich das tatsächlich hinkriegen würde. Wie sollte ich ihr ins Gesicht sehen und gute Miene zum bösen Spiel machen, während in mir alles sie anbrüllen wollte? Sie fragen wollte, was sie sich dabei gedacht hatte, das Einzige zu zerstören, was mir etwas bedeutete?

Helena hatte all das geahnt. Sie hatte sich weigern wollen, mir die Wahrheit zu sagen. Sie hatte gemeint, sie würde mir nicht antun, mit diesem Wissen leben zu müssen und kein Wort darüber verlieren zu dürfen. Hätte ich doch nur auf sie gehört. Vielleicht wäre es besser gewesen, zu glauben, dass es für sie nur eine Nacht gewesen war, nur Sex, und dass es für mehr nicht reichte. Vielleicht hätte ich sie dann längst vergessen.

Träum weiter.

Bevor ich erneut Gefahr lief, die Entscheidung zwischen Kummer und Wut treffen zu müssen, nahm ich wieder mein Smartphone zur Hand und wählte eine andere Nummer. Es klingelte so lange, dass ich schon fast aufgeben wollte, aber dann hob doch jemand ab.

»Er lebt!«, rief Balthazar. »Welch Freude. Sag bloß, du bist wieder in der Stadt?«

»Könnte sein.« Wir hatten in den vergangenen Wochen nicht viel Kontakt gehabt. Thaz und ich waren nicht die Typen für tägliche Sprachnachrichten, unsere Freundschaft existierte mehr im Hier und Jetzt. Und in diesem Jetzt brauchte ich dringend einen Grund, um meine Wohnung verlassen zu können. »Gehen wir über ein paar Runden im Tough Rock?« Der Kampfsportclub in Brooklyn hatte am Wochenende bis um zwei Uhr auf, das würde also locker reichen, um ein bisschen aufgestaute Energie loszuwerden.

»Immer, Mann. Hey, und: Willkommen zurück in New York, Jessiah.« Den letzten Satz flötete er mit unerträglich guter Laune.

»Ja, du mich auch«, gab ich nur zurück und beendete das Gespräch. Dann lief ich in den Abstellraum, um ein paar Klamotten zusammenzusuchen und so schnell wie möglich aus dem Loft zu verschwinden.

Ich sah mich nicht um, als ich die Tür hinter mir zuzog. Vielleicht hatte ich ja Glück und fand einen Weg, heute nicht mehr hierher zurückkommen zu müssen.

3
Helena

Die Schlange vor dem Foodtruck ging fast bis zum nächsten Block, aber ich hatte mich in den letzten fünfzehn Minuten ein ganz ordentliches Stück vorgearbeitet und die Hoffnung, es noch rechtzeitig zu meinem Termin zu schaffen. Ich konnte nur hoffen, dass das Schawarma hier so gut schmeckte, wie man mir gesagt hatte. Aber eigentlich sprach die Menge an Leuten, die ihre halbe Mittagspause mit Anstehen vergeudeten, dafür, dass es stimmte.

Während ich wartete, scrollte ich durch mein Instagram, wechselte danach zu TikTok und drehte schnell den Ton meines Handys leiser, als mir ein Video mit zwei als Affen verkleideten Kerlen angezeigt wurde, die zu einem schrecklichen Techno-Beat tanzten. Dann klickte ich Eli Coldwells Account an, aber da gab es nichts Neues zu sehen. Sein letzter Clip stammte vom Strand, den ich als South Beach auf Martha's Vineyard identifiziert hatte, aber das Video war bereits eine Woche alt. Offenbar hatten die Brüder ihre Europareise schon vor einer Weile beendet, allerdings hatte ich keine Gerüchte gehört, dass Jess wieder zurück in New York war. Was nichts bedeuten musste, schließlich berührten sich die Kreise, in denen wir uns bewegten, kaum noch. Es hätte sein können, dass er irgendwo hinter mir in dieser Schlange stand, um Schawarma zu kaufen. Unauffällig drehte ich mich einmal um die eigene Achse, um das zu checken, während mir mein Herz bis zum Hals schlug. Aber natürlich war er nicht da.

»Hey, was darf es für dich sein?«, rief der Mann im Foodtruck. Ich hatte gar nicht gemerkt, dass ich schon an der Reihe war, aber offenbar hatten die Leute vor mir alle zu einer Gruppe gehört und waren versorgt.

Ich bestellte zwei Portionen und es dauerte nicht lange, bis das Essen fertig war. Ich bezahlte, setzte mich in Bewegung und beschleunigte nach einem Blick auf die Uhr meine Schritte, um zu dem Altbau zu kommen, in dem meine Eltern ihre Firma hatten.

Die Empfangsdame begrüßte mich erfreut und auch einige der Angestellten, die schon lange für uns arbeiteten, wechselten ein paar Worte mit mir. Anders als bei dem Besuch nach meiner Rückkehr im Winter war jetzt eine Menge los auf der Etage – alle Büros waren belegt, genau wie die Konferenzräume und die Tische der Assistenten. Ich musste lächeln, als ich es bemerkte. Die Weston Group war wieder im Spiel. Und auch wenn mir der Grund dafür immer einen Stich versetzte, freute ich mich trotzdem darüber.

Mein Vater war in seinem Büro und besprach gerade etwas mit einem Mitarbeiter, bevor er seinem Assistenten sagte, dass er nicht gestört werden wollte, und die Tür schloss.

»Hallo, Liebes.« Er lächelte und umarmte mich zur Begrüßung. Dann fiel sein skeptischer Blick auf die Papiertüte, die ich auf dem Konferenztisch abgestellt hatte. »Und, was gibt es heute?«

»Überraschung«, sagte ich, so wie immer. »Guck nicht so, du wirst es lieben.«

Diese Art von Mittagessen waren ein Ritual von uns gewesen, als ich noch auf die Bradbury School gegangen war, die nur ein paar Straßen entfernt lag. Jeden Dienstag hatte ich bereits um ein Uhr Schluss gehabt, und da ich irgendwann mitbekommen hatte, dass mein Vater jeden Mittag das gleiche langweilige Zeug aus dem gleichen langweiligen Restaurant aß, hatte ich mich berufen gefühlt, ihm zu zeigen, was er alles verpasste. Also war ich jeden Dienstag zu einem anderen Laden oder Foodtruck in der Nähe gegangen und hatte für Dad und mich etwas geholt. Er wusste vorher nie, was ich anschleppte, aber er hatte es immer ohne Murren gegessen und danach hatten wir Noten vergeben. Als ich nach England geschickt worden war, hatte diese Tradition geendet, aber vor ein paar Wochen hatte ich vorgeschlagen, sie wieder aufleben zu lassen. Mir fehlte es, Zeit mit Dad zu verbringen. Sein Unfall hatte mir in Erinnerung gerufen, dass ich ihn nicht ewig haben würde, und ich war sehr froh, dass er meinen Vorschlag nicht mit einem *Ich habe zu viel Arbeit* abgelehnt hatte.

Ich holte das Schawarma aus der Tüte und legte es auf den Tisch.

»Oha«, sagte mein Vater, als er es auspackte und erkannte. »Das letzte Mal, dass ich das gegessen habe, ist sicherlich zehn Jahre her. Und es war grauenhaft.« Er zog eine Schublade an seinem Sideboard auf und nahm Servietten heraus. Er hatte auch Besteck dort drin, aber mittlerweile aufgegeben, es verwenden zu wollen.

»Dann wird es höchste Zeit für eine zweite Chance.« Ich nickte mit Nachdruck. »Es soll das Beste in ganz New York sein.«

Er lachte auf. »Würde ich jedes Mal einen Dollar bekommen, wenn jemand diesen Satz sagt, dann –«

»Hättest du jetzt hundert Dollar?«, witzelte ich und wickelte mein Essen aus der Verpackung.

»Vermutlich sogar zweihundert.« Mein Dad beäugte den Inhalt seines Fladenbrotes noch einen Moment, bevor er hineinbiss. Es dauerte nur wenige Augenblicke, dann weiteten sich seine Augen und er nickte anerkennend.

»Gut?« Ich nahm ebenfalls einen Bissen. Okay, das war wirklich gut. Nein, gigantisch. Ich liebte so gut wie alles an Fast Food, aber das hier hatte das Zeug dazu, mein Favorit zu werden. Das leicht säuerlich schmeckende Fleisch, dann der Salat und das selbst gemachte, dünn gebackene Brot … Es war eine Offenbarung.

Eine Weile aßen wir schweigend, versicherten uns aber immer wieder mit Lauten und Gesten, dass wir beide völlig begeistert von der heutigen Ausbeute waren. Irgendwann legte ich pappsatt den letzten Rest des Schawarma hin und nahm die Serviette, um mir die Hände abzuwischen. Dabei sah ich, dass auf der Ablage neben dem Schreibtisch ein Modell stand, das ich noch nicht kannte.

»Ist das der neue Entwurf für das Winchester-Areal?« Es war normal, dass die ersten Pläne noch einige Male überarbeitet wurden. Aber da bald mit den Umbaumaßnahmen und der Sanierung begonnen werden sollte, war dafür nicht mehr viel Gelegenheit.

»Ja, richtig.« Mein Dad stand auf und ging hinüber, holte das Modell und schob es auf den Konferenztisch. Ich entsorgte eilig die Reste unseres Mittagessens und beugte mich dann gemeinsam mit ihm über die Miniaturausgabe des Geländes. »Wir haben hier an dem Komplex einige Änderungen vorgenommen, siehst du? Statt der geplanten Einzelhandelsgeschäfte werden dort die Arztpraxen hinkommen. Und es wird einen Anbau geben, ganz im Stil der Bestandsgebäude, so schaffen wir einen nahezu abgeschlossenen Innenbereich mit Begrünung. Das war die Idee deines Bruders.«

»Ich finde es gut, dass ihr auf ihn hört«, sagte ich leichthin. »Scheint so, als hätte er sich weiterentwickelt, seit er mir damals mit fünf Knete in die Haare geschmiert hat.«

Mein Vater lächelte. »Ich habe bemerkt, dass ihr beide euch viel besser versteht als früher. Das ist schön. Deine Mutter und ich hatten Sorge, dass ihr nach dem, was passiert ist, keinen Draht zueinander finden würdet.«

Doch, den hatten wir. Wir hatten eine Verbindung, weil wir die Einzigen waren, die wussten, was wirklich hinter dem Winchester-Deal steckte. Und weil ich nur Lincoln gesagt hatte, was zwischen mir und Jess war. *Gewesen* war.

Es schien keine Rolle zu spielen, welche Zeitform ich für meine Gefühle wählte, denn es kam mir vor, als würden sie auf ewig existieren. Manchmal erfasste mich sogar richtiggehend Panik, wenn mir klar wurde, dass ich ihm nie wieder nah kommen durfte. Er war in so kurzer Zeit derart wichtig für mich geworden, dass ich mir nicht vorstellen konnte, für immer ohne ihn zu sein. Scheiße, er fehlte mir so sehr. Ich hätte alles dafür gegeben, ihn nur noch einmal *Tausendschön* sagen zu hören, mit dieser leicht rauen Stimme und dem weichen Tonfall, den er bei meinem Spitznamen angeschlagen hatte. Nur ein einziges Mal.

»Helena?«, sprach mich mein Vater an. »Schatz, bist du noch da?«

»Ich … Ja.« Schnell schüttelte ich den Kopf, um das Gefühl zu vertreiben. »Klar. Ich habe nur gerade an etwas gedacht.«

»Ist es etwas, bei dem ich dir helfen kann? Hast du Probleme?« Er schaute mich besorgt an und für einen aberwitzigen Moment war ich in Versuchung, ihm von Jess zu erzählen. Aber natürlich ging das nicht. Was ich getan hatte, durften meine Eltern nie erfahren.

»Nein, alles okay. Es gibt keine Probleme.« Allerdings war das hier vielleicht die richtige Gelegenheit, um über mein Studium zu reden. Meine Mutter war nicht da, um ihr Veto einzulegen, und mein Dad und ich hatten uns nach seinem Unfall wieder ein wenig angenähert. Vielleicht hatte er mehr Verständnis, als ich glaubte.

Ich beschloss, es zu wagen. »Wie du weißt, hatte ich über den Sommer viel Zeit, um über meine Zukunft nachzudenken. Und ich … ich fürchte, dass Psychologie nicht das Richtige für mich ist.«

Er nickte langsam. »Ja, das dachte ich mir schon.«

»Tatsächlich?«, fragte ich überrascht.

»Ich hatte immer den Eindruck, du hast dieses Fach eher aus Verlegenheit gewählt als aus Leidenschaft. Aber nach Valeries Tod war es sicher schwierig, sich zu entscheiden, und ich wollte dich nicht drängen, eine endgültige Wahl zu treffen.«

Erleichterung breitete sich in mir aus. »Dann würdest du mir erlauben, zu wechseln?«

»Natürlich. Ich habe selbst mein Studienfach gewechselt, wusstest du das nicht? Noch im ersten Jahr. Von Architektur zu Wirtschaft. Ich habe gemerkt, dass mir das eher liegt.« Er lächelte. »Wenn du mehr Interesse an den Dingen hast, die wir hier machen, bin ich der Letzte, der sich dagegen wehrt. Du musst dann nur entscheiden, welcher Bereich dich anspricht – Planung, Controlling … oder vielleicht die Öffentlichkeitsarbeit?«

Oh, verdammt.

Offenbar hatte er mich vollkommen falsch verstanden und glaubte nun, ich wollte wie mein Bruder für die Weston Group arbeiten. Wie kam ich aus der Nummer wieder raus? Am besten auf direktem Weg.

»Das war nicht das, was ich meinte. Ich möchte nicht in die Firma einsteigen, Dad. Tut mir leid.« Ich sah ihn bedauernd an.

»Oh, das muss es nicht. Ich dachte nur, weil du dich in letzter Zeit so für das Projekt und die Geschäfte interessiert hast, wäre es vielleicht dein Wunsch.«

Ich interessiere mich dafür, weil du mir wichtig bist. Weil ich dachte, ich hätte dich genauso verloren wie Valerie.

Bis heute fragte ich mich, ob er versehentlich vor diesem Auto gelandet oder ob ihn sein Lebenswille verlassen hatte und es Absicht gewesen war. Nur stellte ich ihm diese Frage nie, weil ich sicher war, er würde mir ohnehin nicht die Wahrheit sagen. Das Credo, niemals Schwäche zu zeigen, galt nicht nur für die Darstellung nach außen, sondern traurigerweise auch innerhalb unserer Familie.

»Es interessiert mich schon«, wiegelte ich ab. »Aber ich glaube nicht, dass es der richtige Job für mich wäre.«

Mein Vater nickte und ich war froh, dass er nicht enttäuscht wirkte. »Und was schwebt dir dann vor?«

Jetzt kam der schwierige Teil. Aber ich hatte diesen Pfad eingeschlagen und würde nun sicher nicht wie ein feiges Huhn wieder umdrehen. Das war nicht meine Art.

»Ich möchte Tourismus und Reisen studieren.« *So wie Valerie und ich es für unsere Geschäftsidee geplant hatten.* Das verkniff ich mir jedoch, denn diese Parallele würde Dad auch ganz ohne meine Hilfe ziehen.

Und tatsächlich, sofort wurden seine Züge härter und zwischen den Augenbrauen entstand eine steile Falte. »Tourismus? Doch nicht etwa wegen dieser Idee mit den Stadtführungen, oder?«

»Doch.« Ich nickte und hob das Kinn etwas höher. »Schon seit ich fünfzehn war, möchte ich in diese Richtung gehen. Und nur weil Valerie und ich das beide wollten, bedeutet das doch nicht, dass ich diesen Wunsch aufgeben sollte.« Ich hatte mir in den letzten Wochen genau überlegt, was ich sagen würde, wenn ich den Mut fand, meine Eltern darauf anzusprechen. Jetzt klangen die Sätze jedoch irgendwie hohl und nicht sehr überzeugend.

Mein Vater setzte sich wieder und sagte eine ganze Weile nichts. Dann schüttelte er zweifelnd den Kopf. »Du weißt, dass wir von dieser Idee nie begeistert waren. Und mal abgesehen davon, dass ich nicht sicher bin, ob du mit so etwas dein Geld verdienen solltest, steht der Name Weston für bestimmte Werte. Man erwartet von uns, dass unsere Kinder ein solides Fach an einer Ivy-League-Uni studieren. Gibt es an der Columbia überhaupt Kurse in Tourismus und Reisen?«

Nun musste ich den Kopf schütteln, wenn auch widerwillig. »Nein, gibt es nicht. Aber an der NYU, sowohl für Bachelor als auch Master.« Das hatte Valerie schon vor Jahren rausgefunden, allerdings für mich, nicht für sich selbst. Sie war mit ihrem Wirtschaftsstudium zufrieden gewesen, denn sie hatte genau gewusst, dass eine von uns sich in diese Richtung ausbilden lassen sollte, wenn wir unser Unternehmen auf solide Füße stellen wollten. Außerdem hatten Zahlen und Tabellen ihr immer mehr gelegen als mir.

»Die NYU?« Jetzt erkannte ich eindeutig Entsetzen in Dads Blick.

»Du weißt, dass sie nicht schlechter ist als die Ivy-League-Unis«, ergriff ich Partei für die größte Hochschule der Stadt. »Die Lehre ist genauso gut und die Abschlüsse sind genauso wertvoll. Das kannst du in allen Rankings nachlesen.«

»Vielleicht, ja. Aber in den Köpfen der Leute ist *so gut wie* die Ivy League eben nicht das Gleiche *wie* die Ivy League. Ich weiß nicht, ob wir es uns erlauben können, dass du an der NYU studierst.«

Ich wusste, was er damit sagen wollte: Nur weil meine Familie mit dem Winchester-Deal ihren Status zurückerlangt hatte, bedeutete das nicht, dass man uns nun nicht mehr genau im Blick hatte.

»Verstehe«, sagte ich und konnte meine Enttäuschung nicht verbergen. Eigentlich hatte ich gewusst, dass meine Eltern von der Idee nicht begeistert sein würden, aber ein kleiner Teil von mir hatte wohl auf etwas anderes gehofft.

»Weißt du was? Ich werde mit deiner Mutter darüber sprechen, in Ordnung?« Als ich aufsah, lächelte mein Vater. »Du hast dir das verdient, schließlich hast du dich seit deiner Rückkehr wirklich vorbildlich verhalten und die Familie gut repräsentiert. Zumindest, wenn man von der Sache mit dem Coldwell-Jungen absieht.«

Als er über Jess sprach, spürte ich den vertrauten Stich des Vermissens und der Sehnsucht. Beinahe hätte ich gesagt, dass der *Coldwell-Junge* kein Makel auf meiner weißen Weste war, sondern das verdammt noch mal Beste, was mir in dieser Zeit passiert war. Aber natürlich blieb ich still.

Mein Vater schaute mich aufmerksam an und runzelte dann die Stirn. Offenbar hatte ich mein Gesicht nicht unter Kontrolle gehabt.

»Len? Du hast ihn doch seit dieser Sache im Hotel nicht wiedergesehen, oder?«

Doch, das habe ich. Ich war an Valeries Todestag bei ihm, weil von euch niemand für mich da war. Wir haben geredet, geweint, unsere Geschwister betrauert. Und ich habe mit ihm geschlafen. Weil ich in ihn verliebt war. Ich bin es immer noch.

Ich holte tief Luft. »Nein«, log ich dann und war froh, dass ich das so gut konnte. »Natürlich nicht. Ihr wart sehr eindeutig, was das angeht.«

Mein Vater wollte noch mehr sagen, das sah ich ihm an, aber zu meinem Glück klopfte es in diesem Moment an der Tür.

»Sir?«, der Assistent schaute herein. »Ihr Zwei-Uhr-Termin ist da. Konferenzraum drei.«

»Danke, Devon. Ich komme sofort.« Dad stand auf und ging zu seinem Schreibtisch, um sein Tablet und einen Stapel Dokumente zu holen. »Wir sehen uns heute Abend, oder?«, fragte er mich.

Ich nahm meine Tasche und nickte. »Klar. Ich habe nichts vor.«

»Sehr schön. Danke für das Essen, Liebes.«

Er drückte mir einen Kuss auf die Haare, ich sah, wie er in den Business-Modus schaltete – und schon war er zur Tür raus und verschwunden.

4
Jessiah

»Oh, verfluchte Scheiße, fahr endlich. Oder muss ich deine Protzkarre eigenhändig um die Kurve tragen?«

Niemand hörte, wie ich in meinem Auto knurrte, schon gar nicht der Typ in seinem Ferrari, der offenbar nicht in der Lage war, rotes Licht von grünem zu unterscheiden. Gut tat es trotzdem. Dinge in sich hineinzufressen war noch nie gesund gewesen und zwei Wochen nach meiner Rückkehr hatte ich schon wieder genug schlechte Laune angesammelt, um mich über jeden einzelnen Autofahrer in meiner Umgebung zu ärgern. Zehn Wochen Erholung an den schönsten Orten der Welt und es brauchte nur vierzehn Tage, um mich auf den vorherigen Stand zurückzusetzen. Immerhin hatte ich in dieser Zeit ausreichend zu tun gehabt, denn über den Sommer hatte ich einige Anfragen verschoben und nun umso mehr Leute, die meine Hilfe bei der Umsetzung ihrer Projekte wollten. Allein heute hatte ich drei Termine gehabt – und weil der Ferrari-Fahrer nicht der Einzige war, der die Straßen verstopfte, war ich jetzt viel zu spät dran für Nummer vier. Der zwar komplett überflüssig war, aber dennoch dummerweise wichtig.

Endlich hatte der Typ das Gaspedal gefunden und fuhr bei der nächsten Grünphase los. Trotzdem war es bereits zwanzig nach sieben, als ich vor der Location ankam und den Schlüssel für meinen Pick-up dem Parkservice übergab.

»Passen Sie gut auf ihn auf, der war teuer«, scherzte ich, erntete aber nur ein todernstes und leicht nervöses Nicken.

»Natürlich, Mr Coldwell.«

Ich hatte leider keine Zeit, um ihm zu erklären, dass ich nur einen Witz gemacht hatte – oder dass ich eher nach meinem Vater als nach meiner Mutter kam und ihm nicht den Kopf abreißen würde, falls er mein Auto nicht mit Samthandschuhen anfasste. Also ließ ich ihn gehen und knöpfte mein Sakko zu, während ich zu den Aufzügen eilte.

Auf der Fahrt nach oben spürte ich, wie sich meine Wut auf Trish meldete, aber ich hielt sie im Zaum, so gut ich konnte. Es war hilfreich, dass bei unserer ersten Begegnung nach dem Sommer so viele andere Personen dabei waren. So kam ich gar nicht erst in Versuchung, irgendetwas Unangemessenes zu sagen. Ich ballte die Hände zu Fäusten und entspannte sie, wiederholte das Ganze. Dann glitten die Türen auf und ich trat heraus, um zu dem privaten Dining Room zu kommen, den meine Mutter gemietet hatte.

Auf der Liste der Dinge, die ich am wenigsten an New York vermisst hatte, standen eindeutig die Veranstaltungen in Trishs Terminkalender. Eigentlich hatte ich gehofft, sie nicht mehr so oft begleiten zu müssen, aber zwei Wochen nach meiner Rückkehr – und nur zwei Tage nach ihrer – wurde diese Hoffnung bereits zunichtegemacht. Die Dinnerparty, die heute Abend zu ihren Ehren stattfand, gehörte zwar nicht zu meinen üblichen Verpflichtungen, weil jeder und jede in diesem Raum Trish ohnehin für die Größte hielt und meine Fähigkeiten als Socializer nicht gefragt waren. Aber ich war nicht nur hier, um den Schein vor ihr zu wahren, sondern vor allem wegen Eli, den sie ebenfalls zur Anwesenheit verpflichtet hatte und der nun am

Tisch saß, den angespannten Blick auf die anderen Gäste gerichtet. Mein Herz zog sich zusammen, als ich meinen kleinen Bruder sah, der wohl gerade an jedem Ort der Welt lieber gewesen wäre als hier. Ich wollte zu ihm gehen, aber da bemerkte mich meine Mutter. Im ersten Moment war der Ausdruck in ihrem Gesicht fast schon erfreut, aber dann zuckte ihr Blick zu ihrer Armbanduhr, sie entschuldigte sich und stand auf, um zu mir zu kommen.

Auf dem Weg durch den Raum musterte sie mich kritisch und ich konnte mir denken, wieso: Meine Haare waren während der Zeit, in der sie mich nicht gesehen hatte, lang genug geworden, um sie endlich wieder am Hinterkopf zusammenzubinden. Ich hatte sie früher schon so getragen und sie hatte es gehasst. Was mit ein Grund war, warum ich nicht beim Friseur gewesen war. Ich durfte kein Wort darüber sagen, dass ich von dem Winchester-Deal wusste. Aber immerhin diese kleine Rebellion blieb mir.

»Wieso bist du so spät?«, zischte sie, sobald sie bei mir war, und sorgte dafür, dass mein Zorn zurückkehrte. Wie gerne hätte ich ihr hier und jetzt ins Gesicht gesagt, dass ich Bescheid wusste – und dass ich ihr das niemals verzeihen würde. Denn ich würde ihr nie im Leben vergeben, dass sie Helena und mir das angetan hatte.

»Wenn du möchtest, kann ich auch wieder gehen«, gab ich kühl zurück.

»Natürlich möchte ich das nicht.« Es klang eher wie das Gegenteil, aber dann atmete sie aus und ihre Züge wurden weicher. Ihr Gesicht war leicht gebräunt, sie sah gut aus und vielleicht hätte ich ihr das sogar gesagt. Wenn da nicht dieser Morgen nach Adams Todestag gewesen wäre.

»Bitte entschuldige«, sagte sie dann. »Das war keine angemessene Begrüßung.«

»Es war immerhin eine Verbesserung zu unserem letzten Gespräch«, erinnerte ich sie daran, wie wir im Mai auseinandergegangen waren.

Wenn du zwischen Adam und mir hättest wählen können, dann wäre er noch am Leben und ich läge in diesem Grab. Glaub nicht, das wäre mir nicht bewusst.

Ich hatte keine Antwort bekommen. Aber ich hatte auch keine erwartet. Adam und Trish hatten das gehabt, was man als Mutter-Sohn-Verhältnis bezeichnete, während sie und ich meilenweit davon entfernt waren. Sie hatte keine Ahnung, wie ich funktionierte, sie verstand mich einfach nicht. Umso schlimmer war es, dass sie trotzdem über mein Leben bestimmte – auch wenn sie glaubte, dass ich nichts darüber wusste.

»Jessiah …« Sie warf einen schnellen Blick zu ihren Gästen, aber keiner von ihnen schien uns zu beobachten. »Was du an diesem Abend gesagt hast, über deinen Bruder und dich –«

»Ist wahr?«, unterbrach ich sie. »Ich weiß.« Seitdem hatten wir nur ein einziges Mal miteinander gesprochen, um zu klären, dass Eli mit mir nach Europa kam. Danach – nichts mehr. Ich hatte es nicht ertragen, mit ihr zu reden, und sollte wohl froh sein, dass sie glaubte, es läge an diesem Gespräch über Adam.

»Nein, ist es nicht. Ich würde mir niemals wünschen, dass du an seiner Stelle gestorben wärst, um Gottes willen!«

Sie hatte laut genug gesprochen, um immerhin ein paar Leute in der Nähe auf uns aufmerksam werden zu lassen, was mir nicht entging.

»Das hier ist wohl kaum der richtige Ort, um darüber zu sprechen«, erinnerte ich sie an ihre Gäste. Dabei war mir egal, was die dachten. Ich ertrug es nur einfach nicht länger, ihre Beteuerungen anzuhören.

»Nun, es ist offenbar die einzige Gelegenheit, um darüber zu sprechen. Du ignorierst seit Wochen meine Anrufe.«

»Ich war ziemlich beschäftigt«, wich ich aus.

»Das ist Bullshit, Jess.« Sie sah mich mit einem Blick an, der für ihre Verhältnisse fast schon mitfühlend war, und ich wusste, woran sie dachte. Sie glaubte, dass Helena das mit uns beendet hatte, ohne mir dafür den wahren Grund zu nennen. Allerdings ahnte sie sicher nicht, wie ernst meine Gefühle für dieses Mädchen gewesen waren. Oder dass sich an ihnen bis heute nichts geändert hatte.

Ich schnaubte leise. »Bullshit? Du musst es ja wissen.« *Sei lieber vorsichtig. Wenn du zu krass wirst, dann merkt sie noch was.* Ich atmete tief durch. »Deine Gäste warten. Lass uns irgendwann anders darüber reden, okay?« *Und wenn ich* irgendwann anders *sage, meine ich* nie.

»In Ordnung.« Sie nickte widerwillig. »Soll ich dich vorstellen oder …?«

»Nicht nötig.« Und damit trat ich mit einem selbstbewussten Lächeln an ihren Tisch, begrüßte jeden einzelnen von Trishs Gästen mit Namen und entschuldigte mich für meine Verspätung. Dann zog ich den Stuhl neben Eli zurück und setzte mich hin.

»Hey, Kleiner«, sagte ich so leise, dass nur er es hören konnte. Die anderen hatten sich längst wieder ihren Gesprächen zugewendet. »Alles okay?«

»Ja.« Er nickte, aber ich wusste, es war gelogen. Ich kannte diesen gehetzten Ausdruck auf seinem Gesicht – er hatte ihn immer dann, wenn er sich in Situationen befand, denen er ausgeliefert war. Das hier war ein Paradebeispiel dafür, denn dass er einfach den Raum verließ und verschwand, war keine Option. Im Gegensatz zu mir mochte er unsere Mutter und wollte sie nicht blamieren.

»Keine Sorge, wir bleiben nicht lange«, versprach ich ihm. »Wir essen was und dann bringe ich dich nach Hause.«

»Okay, klingt gut.« Er nickte und nahm einen Schluck von seinem Wasser.

»Wie war der erste Schultag?«, fragte ich, weil ich sehr viel lieber mit Eli redete, als Small Talk mit den Leuten zu führen, die mir gegenübersaßen.

»Gut, glaube ich.« Er lächelte leicht. »Aber mein Stundenplan ist heftiger als letztes Jahr und es gibt einen Haufen Zusatzkurse, die ich belegen soll. Fürs College, du weißt schon.«

»Es gibt jetzt schon Vorbereitungskurse fürs College?« Ich sah ihn verwundert an. »Die fangen ja früh an.«

»War das bei dir anders?«

Ich musste überlegen. Als ich in seinem Alter gewesen war, hatte ich kurz zuvor meinen Vater verloren, also war diese Zeit einerseits verschwommen und andererseits auch erschreckend klar. Meinen Umzug zu Trish hatte ich in jeder Einzelheit in Erinnerung. Für die Schule hatte ich mich jedoch nicht interessiert. »Keine Ahnung, ehrlich gesagt. Aber ich war ja auch nicht auf der Bradbury.« Adam und ich waren auf einer anderen Privatschule in Midtown gewesen. Bei Eli hatten sich Trish und Henry jedoch für die Schule an der Upper East Side entschieden, denn nach seiner Entführung war das die sicherere Adresse.

»Die verlangen ganz schön viel.« Eli zupfte an einer Ecke der Tischdecke. »Aber ich kriege das schon irgendwie hin.«

»Natürlich kriegst du das hin«, lächelte ich. Mein Bruder war der klügste Mensch, den ich kannte, und das trotz seines jungen Alters. Wenn er es schaffte, seine Ängste in den Griff zu bekommen, würde nichts und niemand ihn aufhalten können. Außer vielleicht unsere Mutter.

Mein Blick wanderte zu ihr und Eli bemerkte es.

»Du hast vorhin mit Mom geredet«, stellte er fest. »Sah nicht so aus, als würdet ihr euch vertragen.«

»Nein.« Ich presste die Lippen aufeinander. »Aber das ist ja keine Neuigkeit, oder? Wir haben uns nie verstanden und daran wird sich wohl auch nichts ändern.«

Er sah mich aufmerksam aus seinen grünen Augen an – das Einzige, was wir optisch gemeinsam hatten. »Was ist zwischen euch passiert, Jess? Und jetzt sag nicht nochmal, dass ihr an Adams Todestag gestritten habt, denn das haben wir beide auch und trotzdem ist es zwischen uns wieder okay.«

Ja, du hast auch nicht das Mädchen, in das ich mich verliebt habe, dazu gezwungen, sich von mir zu trennen, dachte ich bitter.

»Das liegt ganz einfach daran, dass du und ich uns gut leiden können, Kleiner.« Ich grinste schief.

»Darf ich kurz um eure Aufmerksamkeit bitten?« Trish war aufgestanden und hielt ihr Glas in der Hand. Eigentlich war es nicht ihr Ding, in einem solch privaten Rahmen eine Rede zu halten, aber offenbar wollte sie heute eine Ausnahme machen.

»Ich bin so froh, dass ihr heute alle gekommen seid, um meine Rückkehr nach New York zu feiern. Es waren sehr aufregende und erfolgreiche Monate in Dubai, aber ich kann es gar nicht erwarten, hier neue Projekte anzugehen. Und ich freue mich auch, dass meine beiden Söhne wohlbehalten zurück in der Stadt sind.« Sie lächelte in unsere Richtung und ich mied ihren Blick, weil ich es hasste, wenn sie so tat, als würde ihr etwas an mir liegen. Sie hatte mehr als einmal bewiesen, dass das nicht der Fall war. »Auf die Familie und auf die Freunde. Auf uns.«

Alle hoben ihre Gläser und prosteten ihr zu, und ich machte mit, um den Schein zu wahren. Nachdem Trish sich wieder gesetzt hatte und das Dessert serviert und gegessen worden war, kam etwas Bewegung in die Gesellschaft und ich sah während der belanglosen Gespräche, die ich mit den anderen Gästen führte, immer wieder auf die Uhr. Als es halb zehn war, wechselte ich einen Blick mit Eli, der gut durchgehalten hatte. Er verstand und nickte.

»Dann gib Trish Bescheid, dass ich dich nach Hause fahre, okay?« Ich wollte heute sicherlich nicht mehr mit ihr reden.

Eli öffnete den Mund, um etwas zu sagen, aber dann schloss er ihn wieder und stand auf. Während er zu unserer Mutter ging, verabschiedete ich mich von den Leuten an unserem Tisch mit dem Hinweis auf frühe Termine am nächsten Tag und machte mich anschließend auf den Weg zum Ausgang. Bevor ich jedoch den Raum verlassen konnte, sprach mich jemand an.

»Du bist Jessiah Coldwell, richtig?«

Ich drehte mich um. Eine junge Frau stand vor mir, die höchstens ein paar Jahre älter war als ich und mir bis heute noch nie begegnet war. Sie hatte am Nebentisch gesessen, bei Trishs weniger engen Bekannten, und den einen oder anderen Blick rübergeworfen, aber sie war nicht zu mir gekommen. Was immer sie wollte, offenbar hatte sie bis jetzt damit gewartet.

»Richtig«, nickte ich und sah sie abwartend an. »Kann ich dir helfen?« Ich konnte nur hoffen, dass Trish es nicht gewagt hatte, einen Verkupplungsversuch zu starten. Die Unbekannte war zwar wirklich hübsch – rotblonde Haare, tolle Figur, ein schönes Lächeln –, aber nicht mein Typ. Weil keine außer Helena momentan mein Typ war. Und selbst wenn ich den sinnlosen Versuch hätte wagen wollen, sie auf eine solche Art zu vergessen, dann sicher nicht mit jemandem aus Trishs Dunstkreis.

»Das hoffe ich, um ehrlich zu sein. Ich bin Delilah Warren und komme eigentlich aus Boston. Ein Freund hat mich heute mit hierhergenommen.« Sie wirkte, als wüsste sie sich in diesen Kreisen zu bewegen, also ging ich davon aus, dass ihre Familie in Boston nicht gerade in Armut lebte. Nur was wollte sie von mir? Kam jetzt die Nummer mit *Ich bräuchte jemanden, der mir die Stadt zeigt*? Dann würde ich ihr einen Korb geben müssen.

»Ich habe mich über dich erkundigt. Man erzählt sich, du kennst dich in der hiesigen Gastronomie-Szene sehr gut aus und hilfst öfter Leuten, die vorhaben, ihren eigenen Laden aufzumachen. Ich möchte in New York einen Club eröffnen, bin mit der Stadt allerdings nicht sehr vertraut. Daher könnte ich Hilfe brauchen. Hättest du Interesse?«

Ich sah sie überrascht an. Damit hatte ich nun wirklich nicht gerechnet. Natürlich waren unter meinen Projekten auch solche von Leuten mit Geld, aber Delilah wirkte nicht wie jemand, der sich selbstständig machen wollte. »Das kommt darauf an. Um was für eine Art von Laden geht es denn?«

»Nun, ich habe das Konzept für einen Members-only-Club im Stil der alten britischen Gentlemen's Clubs entwickelt, falls dir das etwas sagt.«

Ich lachte auf, als mir klar wurde, was sie meinte. »Ich weiß nicht, was du über mich gehört hast, aber *das* ist wirklich nicht mein Metier.« Zwar investierte ich in eine sehr große Bandbreite an Ideen und Läden, aber so ein verrauchter Schuppen, in dem irgendwelche alten weißen Männer bei schummrigem Licht Geschäfte machten? Bitte nicht.

»Oh, es geht nicht um die klassische Form dieser Clubs.« Delilah winkte ab. »Davon gibt es schon einige in New York. Ich möchte gerne eine Version für jüngere Leute schaffen und selbstverständlich auch für Frauen.«

»Also jüngere und weibliche, aber dennoch elitäre Leute?« Ich hob eine Augenbraue und versteckte nicht, was ich von dieser Idee hielt. Das war nichts, für das ich meinen Namen hergeben wollte, von meiner Zeit und meiner Energie ganz zu schweigen.

»Du hältst wohl nicht viel von der Upperclass«, stellte sie fest, wirkte dabei jedoch weniger beleidigt als neugierig.

»Aber nein, wie kommst du denn darauf?«, gab ich sarkastisch zurück. Auch wenn ich in den letzten Jahren gelernt hatte, mich in diesen Kreisen zu bewegen, konnte und wollte ich manchmal nicht verbergen, dass ich nicht in diese Welt passte. So wie jetzt.

Delilah lächelte. »Okay, verstehe. Aber weißt du was, ich mag Herausforderungen. Also bitte ich dich, mir eine Stunde zu geben. Nur eine, in der ich dir mein Konzept vorstelle, und ich verspreche dir, dich zu überzeugen.«

»Das ist ein gewagtes Versprechen«, sagte ich grinsend. Sie war selbstbewusst und akzeptierte kein Nein, wenn es um eine Sache ging, die ihr etwas bedeutete. Das waren Eigenschaften, die ich respektierte. Und deswegen nickte ich schließlich. »Gut, eine Stunde.«

»Perfekt. Du wirst es nicht bereuen.« Sie zog eine Visitenkarte aus der Tasche und hielt sie mir hin. Zu meiner Verwunderung war es kein schweres Papier mit schnörkeliger Schrift, sondern eine schlichte und moderne Karte, auf der nur ihr Name und eine Handynummer standen. »Ruf mich an. Wann immer es dir passt, passt es mir auch.« Sie nickte, hob die Hand und wandte sich ab.

»Hey, Delilah?«, hielt ich sie zurück. »Warum willst du unbedingt mich für dieses Projekt?« Wenn sie sich ein wenig mit mir befasst hatte, musste ihr aufgefallen sein, dass ich nie etwas unterstützte, das in erster Linie mit Prestige zu tun hatte.

»Ganz einfach. Weil du der Beste bist. Und für dieses Projekt will ich nur das Beste.« Sie schenkte mir ein zufriedenes

Lächeln. »Wir sehen uns, Jessiah.« Dann ging sie zurück zu ihrem Tisch.

Im gleichen Moment kam Eli zu mir.

»Was wollte die denn von dir?«, fragte er.

»Hilfe bei einem Projekt«, sagte ich, immer noch überrascht, dass ich mich tatsächlich bereit erklärt hatte, mir ihr Konzept anzuhören. Aber da war etwas an ihr gewesen, das mich herausforderte, und ich konnte Ablenkung gerade gut gebrauchen.

»Ach, echt?« Er schaute ihr skeptisch nach. »Sie wirkt nicht wie eine, die einen Laden aufmachen will.«

Ich unterdrückte ein Lachen. »Ja, das dachte ich auch, aber offenbar haben wir uns beide geirrt. Komm, hauen wir ab.« Bevor noch jemand anderes auf die Idee kam, meine Dienste in Anspruch nehmen zu wollen. Mein Terminkalender platzte so schon aus allen Nähten.

Wir gingen den breiten, mit dickem Teppich ausgelegten Flur entlang, der am Restaurant vorbei zu den Aufzügen führte. Da trat ein Stück vor uns eine junge Frau mit dunklen Haaren und zierlicher Statur auf den Gang, um dann um die Ecke zu verschwinden. Mein Herz setzte einen Schlag aus. In einem Moment fragte mich Eli noch, was für ein Projekt das war, von dem Delilah gesprochen hatte. Im nächsten war plötzlich wieder Februar, ich im Rainbow Room und vollkommen gebannt von dem Blick eines Mädchens, dessen Kummer und Wut mich so heftig berührt hatten, dass ich gar nicht anders konnte, als ihr nachzulaufen. Helena und ich hatten einander nicht gerade freundlich behandelt, weder bei dieser ersten Begegnung noch in der Zeit direkt danach, aber ich hatte von Beginn an gewusst, dass es eine Verbindung zwischen uns gab – und sie war so viel stärker geworden mit jeder Gelegenheit, bei der wir uns gesehen hatten. Bis zum bitteren, niederschmetternden

Ende, das ich jedes Mal in meiner Brust spürte, wenn ich an sie dachte.

Ich starrte zu dem Punkt, wo die Frau verschwunden war. War das Helena gewesen?

Ich wusste, wie unwahrscheinlich es war, dass wir uns ausgerechnet hier begegneten, aber unmöglich war es nicht. Hoffnung regte sich in mir. Vielleicht konnte ich sie endlich wiedersehen, wenigstens ein paar Worte mit ihr wechseln, wenn schon nichts anderes mehr zwischen uns möglich war. Daran klammerte ich mich, während ich meine Schritte beschleunigte und um die Ecke bog. Die junge Frau stand vor den Aufzügen und wartete auf einen von ihnen, strich sich die Haare zurück – und ich erkannte, dass es nicht Helena war, sondern eine Fremde. Sie lächelte ein wenig irritiert, trat dann in den Fahrstuhl und war im nächsten Moment verschwunden. Ich holte Luft, als wäre ich gerade gesprintet.

Fuck. Hört das jemals auf?

»Jess? Was ist los?« Eli war mir nachgekommen.

»Nichts«, antwortete ich aus Reflex.

»Du dachtest, es wäre sie, oder?« Er sah mich mit diesem Blick an, der viel zu erwachsen wirkte für einen Teenager. »Helena Weston.«

Wie automatisch schaute ich in die Richtung, aus der wir gekommen waren, weil ich Sorge hatte, dass Trish mitbekommen könnte, wie wir über Helena sprachen. Da war jedoch niemand und ich wagte es, zu nicken.

»Ja.« Ich hatte ihm auf unserem Sommertrip in knappen Worten erzählt, dass Helena und ich kurz zusammen gewesen waren und es dann wieder beendet hatten. Zum Glück hatte er mich nicht nach den Gründen gefragt. »Aber offenbar war sie es nicht.« Ich zwang mich zu einem unbekümmerten Lächeln. »Vergiss es einfach, okay?«

»Okay.« Er nickte, aber ich sah es hinter seiner Stirn arbeiten. Sicherlich überlegte er, was genau zwischen Helena und mir vorgefallen war, er sagte jedoch nichts und ich war dankbar dafür. Denn ich konnte ihm nicht die ganze Wahrheit verraten, sonst musste ich ihn zur Geheimhaltung verpflichten, was Trish anging. Und das wollte ich auf keinen Fall. Ich war nicht dazu da, ihm noch mehr Probleme zu machen, als er ohnehin schon hatte. Deswegen würde ich über Helena schweigen und hoffen, dass er nie wieder nachfragte. Und wenn doch …

… nun, darüber würde ich nachdenken, wenn es so weit war.

5
Helena

Es war ein warmer, schwüler Abend, als ich am Rand von Williamsburg die Tür des Wagens öffnete, aber noch nicht ausstieg. Die stickige Luft von draußen vermischte sich mit der gekühlten im Innenraum.

»Sie müssen nicht auf mich warten«, sagte ich zu Raymond. »Ich rufe an, wenn ich abgeholt werden möchte.«

»Es macht mir nichts aus, auf Sie zu warten, Miss Helena.« Der Fahrer meiner Mutter sah mich mit einem freundlichen Lächeln durch den Rückspiegel an und ich unterdrückte ein Seufzen.

»Gut, wie Sie wollen. Aber es kann eine Weile dauern.«

»Davon gehe ich aus. Haben Sie einen schönen Abend mit Ihrer Freundin.«

Ohne ihn noch einmal überzeugen zu wollen, mich allein zu lassen, verabschiedete ich mich, schnappte meine Tasche und verließ den Wagen, um zum Haus gegenüber zu gehen. Dort drückte ich auf einen der Klingelknöpfe und wartete. Es dauerte kaum zehn Sekunden, bis jemand in der Sprechanlage zu hören war.

»Ja?«

»Ich bin's, Helena.«

»Komm rauf.«

Ich drückte die Tür auf und lief vier Etagen nach oben, was bei diesem Wetter ein respektables Work-out war und mich ins Schwitzen brachte. Malia wartete bereits vor ihrer Wohnung auf mich, in einem langen, luftigen Rock und barfuß.

»Schön, dich zu sehen«, sagte sie strahlend und schloss mich in die Arme. Ich erwiderte die Geste nur kurz, es war einfach zu warm dafür.

»Dito«, gab ich zurück. »Du siehst super aus.« Ich deutete auf die Cornrows, zu denen ihre Haare geflochten waren. Wir hatten uns ein paar Wochen nicht gesehen, weil ich in den Hamptons gewesen war und Malia einen Lehrgang für zukünftige Detectives in Boston besucht hatte.

»Danke.« Sie grinste und strich sich über den Kopf. »Es ist noch ein bisschen ungewohnt, ich hatte zuletzt welche, da war ich zwölf, glaube ich. Aber irgendwie hat etwas nach Veränderung geschrien und ich habe geantwortet.« Sie musterte mich aufmerksam und ich kam ihr zuvor.

»Bei mir hat nichts nach Veränderung geschrien, wie du siehst.« Natürlich hatte ich nach der Sache mit Jess darüber nachgedacht, etwas zu verändern, um mich anders zu fühlen. Aber dann hatte ich mich daran erinnert, dass ich mir mit sechzehn mal einen Pony hatte schneiden lassen und es bis zu dem Tag bereut hatte, als die Haare endlich nachgewachsen waren.

»Komm rein«, lachte Malia. »Hast du Hunger? Ich habe Saladbowls vorbereitet, bei dem Wetter kann man ja nichts anderes essen.«

Ich nickte und folgte ihr in die Küche, nachdem ich meine Tasche im Flur abgestellt hatte. »Gerne. Ich hatte seit dem Frühstück nichts mehr.«

Malia trat an ihre Küchenzeile und nahm die Schüsseln mit Blattsalat, die sie vorbereitet hatte. Dabei schaute sie aus dem

Fenster. »Du hast immer noch einen Babysitter?« Sie zeigte nach unten, wo Raymonds Wagen stand.

»Ja.« Diesmal hielt ich das Seufzen nicht zurück. »Ich habe keine Ahnung, ob sie mich überwachen wollen oder um meine Sicherheit besorgt sind. Aber es nervt.«

»Hast du mit ihnen über die Sache mit der NYU gesprochen?« Malia wusste davon, dass ich darüber nachdachte, die Uni zu wechseln.

Ich nickte. »Mit meinem Dad. Aber das ist schon fast zwei Wochen her und seitdem hat er nichts mehr dazu gesagt. Also kann ich es wahrscheinlich vergessen. Jetzt denke ich darüber nach, wenigstens zu Wirtschaft zu wechseln, so wie Valerie.«

»Sicher, dass das eine gute Idee ist? Du bist nicht gerade ein Zahlenmensch.«

»Ja, das stimmt.« Ich hob hilflos die Schultern. »Aber ich weiß nicht, was ich sonst machen soll. Psychologie bringt mich für die Stadtführungen nicht weiter und das Einzige, was an der Columbia in diese Richtung geht, wäre so was wie internationales Management. Aber das ist wohl genauso wenig mein Ding wie Wirtschaft.«

Malia schüttete Dressing über den Salat und begann, ihn mit zwei großen Löffeln umzurühren. »Vielleicht entscheiden sich deine Eltern ja noch um. Es sind schon verrücktere Dinge passiert.«

»Nicht viele, wenn wir ehrlich sind.« Ich hatte wenig Hoffnung, wusste jedoch zu schätzen, dass sie mich aufmuntern wollte. »Aber ich werde meine Argumente einfach noch mal vorbringen, wenn sie einen guten Tag haben. Und auf ein Wunder hoffen.«

Wir trugen die Schüsseln hinüber ins Wohnzimmer und setzten uns auf die dicken Kissen, die auf dem Boden lagen. Malias Wohnung war eine Art geordnetes Chaos und ich war jedes Mal wieder begeistert, wie viel Gemütlichkeit dieser Raum ausstrahlte. Am liebsten hätte ich ihr das blaue Samtsofa mit den hundert verschiedenen Kissen geklaut und es in mein Zimmer gestellt, aber dann hätte ich auch die drei großen Pflanzen, den fluffigen Teppich und die Bilder mitnehmen müssen. Und das wäre wohl aufgefallen.

Ich spießte meine Gabel in den Salat der Bowl und ein paar der Parmesanflocken, die darüber gestreut waren. Dann schob ich mir das Ganze in den Mund und nickte anerkennend.

»Das ist echt lecker. Ich sollte mich öfter bei dir einladen.«

Malia sah mich über ihre Schüssel hinweg an. »Du klingst wie Valerie, ihr Westons seid echt hoffnungslos. Du solltest dir dringend irgendwann einen Mann suchen, der kochen kann.«

Den habe ich doch längst gefunden.

Wie ein Blitz durchzuckte mich der Gedanke an Jess und wie gut er kochen konnte, aber ich versuchte, es mir nicht anmerken zu lassen. Darin hätte ich mittlerweile Übung haben müssen, aber es war immer noch schwer. Malia warf mir einen fragenden Blick zu. Ich lächelte nur.

»Ich dachte, ich nehme unsere Köchin Mary einfach mit, wenn ich irgendwann ausziehe«, witzelte ich. »Das merkt bestimmt keiner.«

Malia musste lachen. »Nein, sicher nicht.« Sie gabelte noch etwas Salat auf. »Wo wir gerade über das Leben der Reichen und Schönen reden – in den Hamptons waren keine neuen Erkenntnisse mehr zu finden? Oder hast du doch noch jemanden aufgetan, der infrage kommen könnte?«

Ich schüttelte den Kopf. »Ich habe alle ausgeschlossen. Eventuell könnte man noch mal mit Frederic Vanderbilt reden, der war ein bisschen eigenartig, als ich mit ihm darüber gesprochen habe. Aber das lag wahrscheinlich nur an den fünf Drinks, die er schon intus hatte.« Ich verdrehte die Augen. In den Hamptons taten immer alle so schick und mondän, aber am Ende waren die Gartenpartys doch nichts anderes als riesige Saufgelage. Immerhin redeten die Leute freier, wenn sie etwas getrunken hatten. Das war mir zugute gekommen. Auch wenn ich leider immer noch nicht beweisen konnte, dass Carter Fields log, wenn er behauptete, dass Valerie ihm Geld für die Drogen auf ihrer Verlobungsparty gegeben hatte.

Da Lincoln nicht wusste, wem Valerie mit den zehntausend Dollar aus der Klemme hatte helfen wollen, hatte ich mir eine lange Liste mit Namen erstellt und sie den Sommer über abgearbeitet. Leute zu befragen, ohne dass sie bemerkten, worum es ging, war eine ziemlich mühsame Angelegenheit, aber ich hatte meine Sache ganz gut gemacht. Gebracht hatte es jedoch nicht viel – denn am Ende stand ich ohne neue Erkenntnisse da. Alle infrage kommenden Freunde von Valerie hatten zu dem Zeitpunkt nur wenig Kontakt mit ihr gehabt, weil sie so mit Adam beschäftigt gewesen war. Außerdem war fraglich, wer sich so angreifbar gemacht hätte, meine Schwester um das Geld zu bitten. Es war kein Klischee, dass die Influencerinnen-Welt oberflächlich war. Viele echte Freundinnen und Freunde hatte Valerie nicht gehabt, das hatte sich spätestens nach ihrem Tod gezeigt.

»Ich dachte mir schon, dass da nichts Brauchbares mehr rauskommt.« Malia stellte ihre Schüssel weg und nahm ihren Laptop, der auf der Überseekiste stand, die als Couchtisch diente. »Deswegen habe ich jemanden in Erwägung gezogen, den wir eigentlich nicht auf der Liste hatten.« Sie zeigte mir ein Dokument, das vor allem aus Datumsangaben und Zahlen bestand. Es dauerte nur kurz, bis mir klar wurde, dass es Kontobewegungen waren. Meine Augen suchten nach dem Namen dazu. Als ich ihn in der oberen Ecke fand, sah ich Malia groß an.

»Adam? Du denkst, er war dieser ominöse Freund, von dem

Valerie gesprochen hat?« Daran hatte ich nicht gedacht, weil ich davon ausgegangen war, dass sie Lincoln dann verraten hätte, dass es um ihren Verlobten ging. Aber wenn ich es genau betrachtete, war auch mein Bruder von der Beziehung nie begeistert gewesen, also konnte es gut sein, dass sie vor ihm verheimlicht hätte, für wen sie das Geld brauchte. »Aber das ergibt doch keinen Sinn. Adam war mehr als reich, er hätte die Zehntausend ohne Probleme aufbringen können.«

»Nicht, wenn es für einen Zweck war, den er verbergen wollte. Und seine Konten gerade überprüft wurden, so wie Lincoln gesagt hat.« Malia zeigte auf einige Zeilen in den Daten. »Adam hat von diesem Konto jeden Monat einen festen Betrag überwiesen, wie du hier siehst.«

»An wen?«

»Es ist eine gemeinnützige Einrichtung in Elizabeth, New Jersey, ich habe sie gegoogelt. Sie kümmern sich um Kinder, deren Eltern Probleme haben, aber auch um Frauen, die in Schwierigkeiten stecken. Es geht um Nachmittagsbetreuung, Unterstützung bei Behördengängen, Rechtsberatung und so weiter.«

Das klang nach einer guten Sache und ich verstand nicht ganz, worauf Malia hinauswollte. »Er hat also gespendet, und jetzt?« Das war sicher nicht die einzige wohltätige Organisation, die er unterstützt hatte.

»Zwei Jahre hat er das getan, immer am gleichen Tag im Monat, immer zweitausend Dollar. Aber dann hat er damit aufgehört, siehst du? Etwa zu der Zeit, als Valerie bei Lincoln um das Geld gebeten hat.«

Mein Gehirn arbeitete. »Okay, verstehe. Er hat regelmäßig gespendet, konnte es dann aber nicht mehr, als seine Konten überprüft wurden. Also hat er Valerie um die Summe für ein paar Monate gebeten.« Ich sah Malia an. »Denkst du, er wollte verheimlichen, dass er der Einrichtung Geld gibt? Aber das ist doch sinnlos, wenn er das schon zwei Jahre getan hatte. Es sei denn, er wollte so tun, als würde er sie nicht mehr unterstützen …«

»Weil er gehofft hat, dann würde niemand genauer nachsehen, was mit diesem Geld tatsächlich passiert.« Malia legte den Kopf schief. »Wenn du mich fragst, passt da irgendetwas nicht zusammen.«

Ich zog den Laptop zu mir. »Kann ich mir die Seite von denen mal ansehen?«

»Klar.« Sie nickte. »Sie heißen EZ Community Center. Schau mal in den Verlauf, ich habe sie erst heute Nachmittag gecheckt.«

Ich rief die Übersicht auf und grinste, als ich sah, wonach sie noch gesucht hatte. »Henry Cavill *shirtless*?« Meine gehobene Augenbraue war mein einziger Kommentar dazu.

»Ist sehr sehenswert, glaub mir«, nickte Malia nur selbstbewusst.

Ich lachte und klickte den Eintrag an, der mit EZ Community Center benannt war.

Offenbar war es, wie sie gesagt hatte – es wurden verschiedene Hilfeleistungen angeboten für Menschen, die aus den unterschiedlichsten Gründen in Not gerieten. Dass Adam sie unterstützt hatte, war allein jedoch nicht ungewöhnlich, also suchte ich mich durch die Unterseiten, bis ich schließlich beim Team ankam. Dort scrollte ich nach unten, ohne genau zu wissen, wonach ich eigentlich Ausschau hielt. Die Leute, die dort arbeiteten, trugen auf ihren Fotos allesamt blaue Polos mit dem eingestickten Logo der Einrichtung und schauten freundlich in die Kamera. Und ich konnte keinen von ihnen mit Adam in Verbindung bringen. Bis …

»Moment mal, der Name kommt mir bekannt vor. Thea

Wallis. Sie ist dort für die Finanzverwaltung zuständig.« Ich runzelte die Stirn und klickte das Bild an, damit es mir etwas größer angezeigt wurde. Die junge Frau darauf hatte lange hellbraune Locken und ihr Lächeln wirkte aufrichtig. Ihr Gesicht erkannte ich nicht, aber ich war mir sehr sicher, dass ich den Namen schon einmal gehört hatte. Ich wiederholte ihn für Malia, aber die schüttelte nur den Kopf.

»Sagt mir nichts.«

Ich kramte in den hinteren Ecken meines Gedächtnisses und bekam eine Weile nichts zu fassen, aber dann machte es plötzlich klick.

»Jetzt weiß ich es!« Aufgeregt zeigte ich auf das Foto. »Thea Wallis ist Adams Ex-Freundin. Sie waren zusammen, als er noch zur Schule gegangen ist, Valerie hat das mal erwähnt. Sie meinte, die beiden hätten sich über ein gemeinnütziges Projekt kennengelernt und ein paar Monate gedatet. Aber dann hat sie sich von ihm getrennt.«

Malias Gesichtsausdruck entnahm ich, dass auch bei ihr etwas klingelte. »Stimmt, da war diese Ex, von der Val mal gesprochen hat. An den Namen habe ich mich nicht mehr erinnert. Sie hat allerdings nicht gesagt, dass die beiden noch Kontakt hätten, oder?«

»Nein. Aber vielleicht ist das der Grund für die Zahlungen, vielleicht hat Adam diese Einrichtung wegen Thea unterstützt. Damit ihr Job sicher ist.« Das hätte zu ihm gepasst. Adam hatte sich immer um alle gekümmert, das wusste ich nicht nur aus eigener Erfahrung, sondern auch von Jess.

»Kann gut sein.« Malia überlegte. »Aber leider hilft uns das nicht wirklich weiter.«

»Warum nicht? Wenn uns die Einrichtung bestätigt, dass Adam ihnen kurz vor seinem Tod zehntausend Dollar in bar gespendet hat, können wir beweisen, dass Valerie Carter Fields kein Geld gegeben hat, um Pratt mit Kokain in die Suite zu schicken.«

Jetzt verzog Malia das Gesicht. »Das habe ich bereits überprüft. Und bin nicht fündig geworden. Einrichtungen wie diese, die Spenden annehmen, müssen darüber Buch führen. Da taucht nichts von Adam oder Valerie auf.«

»Verdammt«, stieß ich hervor und sah auf den Bildschirm des Laptops, wo immer noch das Foto von Thea Wallis zu sehen war. »Aber es wäre dennoch ein merkwürdiger Zufall. Vielleicht weiß Thea etwas darüber, warum Adam aufgehört hat, die Einrichtung zu unterstützen. Schließlich ist sie dort für die Finanzen zuständig.«

Malia nickte. »Es ist dünn, aber was anderes haben wir momentan nicht.«

»Eben. Einen Versuch ist es wert.«

»Soll ich Thea durchleuchten? Allerdings muss ich dazusagen, dass einer meiner Kollegen langsam mitbekommt, dass ich privat an etwas arbeite.« Sie verzog das Gesicht. »Er mag mich, deswegen ist es erst mal kein Problem, aber ich muss aufpassen.«

»Dann lass das mit Theas Finanzen.« Ich sah Malia an. »Wenn ich rausfinden will, was Sache ist, dann gibt es nur eins: Ich muss nach New Jersey und persönlich mit ihr sprechen.«

Malia schien skeptisch zu sein. »Glaubst du, sie wird mit dir reden? Du bist die Schwester der Frau, die der öffentlichen Meinung nach ihren Ex auf dem Gewissen hat.«

Mein Herz schmerzte bei diesen Worten, aber sie erinnerten mich nur wieder daran, was mein Ziel war. Ich wollte Valeries Ruf wiederherstellen. Und dazu brauchte ich Informationen von Thea Wallis.

»Keine Sorge«, sagte ich selbstbewusster, als ich mich fühlte. »Sie wird mit mir reden.«

Zumindest hoffte ich das.

6
Jessiah

»*Das* haben sie gesagt?« Ich verengte die Augen, während ich meinen Pick-up auf einen freien Parkplatz steuerte und anhielt. Eilig nahm ich einen Schluck aus meinem längst kalten Coffee to go und griff dann nach meinem Tablet. Am Telefon war gerade einer meiner Klienten, zwei Häuser weiter wartete der nächste Termin. Momentan war wirklich die Hölle los.

»Wort für Wort«, ließ Tarek am anderen Ende verlauten und klang so, als würde er gleich in Tränen ausbrechen. »Und nun stehe ich da und weiß nicht, was ich machen soll.«

»Wir werden Widerspruch einlegen. Die können dir die Schanklizenz nicht verweigern, wenn du alle Vorgaben erfüllst.« Ich öffnete die Tür und verließ den Wagen. »Du, ich bin jetzt bei den Mädels vom VEG INC., ich melde mich später noch mal. Aber ich schicke dir gleich den Kontakt von einem Anwalt, der in diesen Dingen unschlagbar ist. Ruf ihn an, schildere ihm das Problem, vielleicht kann er dir jetzt schon was dazu sagen.« Eilig nahm ich das Handy vom Ohr, suchte die Nummer heraus und sendete sie an Tarek. »Müsste da sein.«

»Ja, ist angekommen. Danke, Jess.«

»Kein Problem. Alles wird gut.« Ich verabschiedete mich und legte auf, ohne mir große Sorgen zu machen. Das war nicht meine erste verweigerte Schanklizenz in New York und meistens spielte sich die zuständige Behörde nur auf. Allerdings konnte es dauern, bis das geklärt war, und Tarek wollte eigentlich nächste Woche eröffnen. Wir würden sehen, ob das klappte.

Erst mal musste ich mich jetzt auf das VEG INC. konzentrieren, ein Projekt, das ein paar Anlaufschwierigkeiten gehabt hatte, weil eine der beiden Betreiberinnen kurzfristig abgesprungen war. Die Location hatte ich ihnen schon Anfang des Jahres vermittelt, aber es hatte sich zunächst Ersatz finden müssen. Was gut für mich war, weil ich ihnen im Sommer nur aus der Entfernung hätte helfen können. Jetzt konnte ich das wieder vor Ort. Und ich war gespannt, wie weit sie mittlerweile gekommen waren.

Als ich auf das Ladenlokal an der Ecke zuging, bemerkte ich, dass an der Fassade nach wie vor die Anschlusskabel aus der Backsteinwand hingen. Unwillkürlich zogen sich meine Augenbrauen zusammen. Hätte nicht laut Plan längst die Markise installiert sein sollen?

Ich lief durch den umzäunten Vorbereich zur Tür, deren Glaseinsatz mit Pappe zugeklebt war, und schob sie auf. Sofort schlug mir der Geruch von frischer Farbe entgegen. Außer zahlreichen Kartons, die das Mobiliar für das Bistro enthielten, war jedoch niemand zu sehen.

»Maya?«, rief ich. »Heather, seid ihr hier?«

»Jess? Ist schon vier Uhr?« Maya, eine kleine Brünette mit kurzen Haaren, kam aus dem hinteren Lagerraum und verzichtete mit einem Wink auf ihr Outfit auf eine Umarmung zur Begrüßung. Sie trug eine Latzhose mit Farbflecken, genau wie ihre neue Geschäftspartnerin, die ihr folgte.

»Gut, dass du da bist«, sagte Heather mit erleichtertem Gesichtsausdruck. Sie und ich hatten uns bisher nicht persönlich getroffen, aber ein paarmal gefacetimt, deswegen fühlte es sich so an, als würden wir uns schon kennen.

»Es ist nie ein gutes Zeichen, wenn das jemand sagt.« Ich grinste schief. »Gibt es Probleme? Ich habe gesehen, dass die Markise noch nicht hängt.«

»Und dafür gibt es einen Grund.« Heather winkte mich in Richtung Lager. »Komm mit, ich zeige es dir.«

Ich stieg über die wartenden Möbel und schob mich am Tresen vorbei, dann folgte ich ihr und Maya in den Bereich hinter dem Gastraum. Auf dem Boden zwischen Getränkekisten lag die eingepackte Markise. Heather zog die Plastikfolie zur Seite und legte so den Schriftzug frei, den man draufgedruckt hatte. Damit stimmte auch alles – VEG INC. in edlem Grau auf dem schwarzen Stoff. Nur die Symbole ... das waren andere als vereinbart.

»Ist das ...?«, begann ich.

»Ja, es ist eine Aubergine«, regte sich Heather auf. »Wir wollten Blätter und bekommen Auberginen! Und sie sehen genauso aus wie das Emoji. Wissen die nicht, was das bedeutet? Wo hinter dem Mond leben diese Leute?«

Ich unterdrückte mit Mühe ein Lachen. Schließlich war ich hier, um den beiden zu helfen – nicht, um mich über irgendwelche Pannen lustig zu machen. Obwohl das schon witzig war, zumindest für den Teenager in mir.

»Habt ihr dort angerufen?«, stellte ich endlich die Frage, die meinem dreiundzwanzigjährigen Ich entsprach.

»Natürlich. Aber die sagen, sie haben gerade Auftragsstau und dass es vor nächster Woche Freitag nichts wird.« Maya sah mich hoffnungsvoll an. Ich wusste, warum. Und zog deswegen mein Handy aus der Tasche.

»Ich regle das.« Damit ging ich nach draußen in den Hauptraum. Die Nummer von dem Typen, der die Markise bedruckt hatte, fand ich schnell – das war schließlich nicht der erste Anruf bei ihm. Leo war der Beste seiner Branche, aber leider glaubte er manchmal, die Vorgaben seiner Kunden wären nur Vorschläge mit Raum für künstlerische Freiheit.

»Ja?«, meldete er sich. Im Hintergrund bellte ein Hund und ein paar Kinder kreischten herum.

»Hi Leo, hier ist Jess Coldwell. Ich bin gerade im VEG INC. in SoHo und stehe vor einer Markise mit zwei Auberginen, obwohl da eigentlich Blätter sein sollten. Gibt es dafür eine Erklärung? Eine gute fänd ich am besten.«

Am anderen Ende rief Leo seinen Kindern zu, dass sie still sein sollten. Ohne großen Erfolg. »Ach, Blätter sind doch langweilig, Jess«, sagte er dann. »Auberginen sind viel cooler. Jeder benutzt die in den sozialen Medien.«

»Ja, weil sie aussehen wie Penisse«, gab ich trocken zurück.

Stille am anderen Ende.

»Was?«, röchelte Leo. Als streng katholischer Italiener war das für ihn wohl so, als hätte ich ihm gesagt, dass schon das Bedrucken von Markisen gegen eines der Zehn Gebote verstieß. »Bist du da sicher?«

»Oh ja. Absolut sicher. Vertrau mir.«

»Okay, okay, dann sollten wir uns darum kümmern … Die Mädels bekommen eine neue Markise. Am Donnerstag.«

»Sie bekommen sie am Dienstag, Leo. Oder ich komm vorbei und male dir ein paar Auberginen an die Hauswand.«

Leo grummelte noch irgendwas, das für mich nach Einverständnis klang, dann legte er auf.

Ich drehte mich um. »Gute Nachrichten«, meldete ich Maya und Heather. »Dienstag habt ihr eine neue Markise. Ohne Auberginen.«

Maya stürzte auf mich zu und fiel mir nun doch um den Hals. »Großartig! Vielen Dank.«

»Kein Problem.« Ich lächelte leicht. »Dann können wir uns jetzt um die Speisekarte kümmern, oder?« Schließlich hatten wir uns eigentlich deswegen treffen wollen.

Maya nickte, ging zum Tresen und nahm ihren Laptop hervor. »Wir haben die neuen Entwürfe gestern fertiggestellt.«

»Dann lasst mal sehen.« Ich zog einen Tapeziertisch heran und dazu drei der noch eingepackten Stühle, damit wir sitzen konnten.

»Wir haben ja schon am Telefon darüber gesprochen, dass wir ganz unterschiedliche vegane Gerichte anbieten möchten. Ach, schau es dir einfach an.« Maya schob mir den Laptop hin und ich scrollte mich durch die Karte. Und scrollte. Meine Güte, war die lang.

»Was sagst du?« Die beiden sahen mich erwartungsvoll an, als ich am Ende angekommen war.

Jetzt musste ich mit Feingefühl vorgehen. »Ich glaube, es ist ein bisschen zu viel«, begann ich. »Wenn ihr das alles frisch zubereiten wollt, dann müsst ihr jede Menge Lebensmittel auf Vorrat haben – und gerade am Anfang hat man noch keine Ahnung, welche Gerichte gut laufen. Das kostet nur Geld und produziert Müll. Es ist besser, mit wenig zu beginnen und nach ein, zwei Monaten eine Auswertung zu machen. Ich würde die Karte um mindestens ein Drittel kürzen. Besser um die Hälfte.«

Die beiden machten ein Gesicht, als hätte ich ihnen gesagt, dass Weihnachten ausfällt.

»Ist das dein Ernst?«, fragte Maya kieksig.

Ich lächelte. »Es klingt schlimm, ich weiß. Aber wenn wir uns zwei Monate nach der Eröffnung wieder sprechen, werdet ihr verstehen, was ich meine.«

Mein Handy gab einen Laut von sich und ich sah, dass mir Tarek geschrieben hatte. »Wisst ihr was?« Ich stand auf. »Ich gehe jetzt ein paar Minuten vor die Tür und ihr markiert die zehn, maximal fünfzehn Gerichte, ohne die ihr nicht leben könnt. Dann diskutieren wir über den Rest. Okay?«

Sie nickten und ich verließ den Raum, ging durch den Eingangsbereich nach draußen. Tarek hatte mir eine Nachricht geschickt, dass der Anwalt, den ich ihm empfohlen hatte, bei der Behörde angerufen hatte und offenbar nur ein Formular fehlte. Das war eine gute Neuigkeit, denn Tarek durfte es nachreichen und würde dann hoffentlich schnell die Erlaubnis für seinen Club bekommen. Ich antwortete ihm mit einem nach oben gereckten Daumen und sah auf die Uhr in der oberen Ecke des Displays, um abzuschätzen, wie viel Zeit ich hatte, bis ich weitermusste. Heute Abend stand noch die Eröffnung eines Restaurants in Queens an, bei der ich zumindest vorbeischauen wollte, weil der Betreiber ein Freund von früher war und mich darum gebeten hatte. Und vorher sollte ich nach Hause und mich umziehen, denn mein helles Shirt und die stonewashed Jeans waren für das Ambiente dort nicht angemessen. Ich hatte also maximal noch eine Stunde. Wenn wir dann nicht fertig waren, mussten wir einen weiteren Termin vereinbaren.

Ich drehte mich um, wollte zurück in den Laden gehen, als ich aus dem Augenwinkel eine junge Frau mit dunklen Haaren sah und in der Bewegung innehielt.

Gott, Jess, das hatten wir jetzt schon tausendmal, sie ist es nicht. Sie ist es nie.

Trotzdem blieb ich, wo ich war, und sah hin, erwartete die übliche Enttäuschung. Aber sie kam nicht. Stattdessen stockte mir der Atem.

Denn sie war es.

Diesmal war sie es wirklich.

Helena stand etwa dreißig Meter von mir entfernt auf dem Gehsteig und hatte mich noch nicht bemerkt. Ihr Blick war auf ihre Tasche gerichtet, in der sie offenbar etwas suchte und dabei vor sich hinmurmelte, aber ich war zu weit weg, um es zu hören. Ich war jedoch nah genug, um zu sehen, dass ihre Haare von der Sommersonne ein wenig aufgehellt waren. Dass sie in dem schlichten hellblauen Kleid etwas schmaler wirkte, aber immer noch genauso schön aussah, wie ich sie in Erinnerung hatte. Und um zu merken, dass sich nichts, überhaupt nichts an meinen Gefühlen für sie geändert hatte. Wahrscheinlich hätte ich auch drei Jahre aus der Stadt flüchten können und ich hätte dennoch die überwältigende Sehnsucht nach diesem Mädchen gespürt, das mich auf eine Weise berührt hatte, die ich nicht beschreiben konnte. Ich hatte gewusst, dass wir uns begegnen würden, New York war groß und war es doch nicht. Aber nichts hatte mich auf diesen Moment vorbereitet. Absolut nichts.

Ich wollte gehen, bevor sie mich entdeckte, wollte ihr das ersparen, was ich gerade fühlte – vielleicht hatte ich auch Angst, dass ich in ihrem Blick nicht das Gleiche sehen würde. Trotzdem rührte ich mich nicht von der Stelle, ich konnte es nicht. Es tat unendlich weh und gleichzeitig so wahnsinnig gut, sie nach dieser langen Zeit wiederzusehen. Zu wissen, dass es ihr gut ging. Alles in mir wollte zu ihr gehen, mit ihr reden, sie fragen, ob es wirklich so war. Ihr sagen, dass es mir nicht gut ging ohne sie. Aber auch das tat ich nicht.

Verschwinde, Jess. Bevor es zu spät ist. Los, geh rein.

In dem Moment sah Helena auf. Nicht langsam, nicht zufällig, sondern so plötzlich, als hätte ich ihren Namen gerufen. Vielleicht, weil sie meine Anwesenheit spürte, vielleicht auch, weil sie sich fragte, wer dort stand und sie einfach nur anschaute. Es dauerte eine Sekunde, dann bemerkte sie mich, erkannte mich und ich konnte sehen, wie sich ihr Ausdruck veränderte. Wie Kummer und Sehnsucht die Herrschaft über ihr hübsches

Gesicht übernahmen. Wie sich der Griff um den Henkel ihrer Tasche lockerte und sie ihn gerade noch festhalten konnte, nur um ihn dann so fest zu umklammern, dass ihre Haut an den Knöcheln ganz hell wurde. Wie sie die Lippen aufeinanderpresste und schluckte, als hätte sie einen Kloß im Hals. In diesem Augenblick wusste ich, dass sich auch bei ihr nichts geändert hatte. Dass sie mich genauso vermisste wie ich sie.

Für eine winzige Sekunde war da ein tiefes Glücksgefühl, weil mir klar wurde, dass unsere Verbindung immer noch existierte. Aber dann kam der Schmerz, dieser heftige körperlich spürbare Schmerz, mit doppelter Wucht zurück und ich wusste, dass es alles nur schlimmer machte. Dass es besser gewesen wäre, immerhin sie hätte damit abgeschlossen, wenn ich es schon nicht konnte. Denn diese dreißig Meter zwischen uns waren nicht einfach dreißig Meter. Sie waren ein kilometertiefer Graben, der uns voneinander trennte. Der uns immer trennen würde.

Und wir waren vollkommen machtlos dagegen.

7
Helena

Als ich am Nachmittag nach Greenwich gefahren war, um gemeinsam mit zwei Kommilitoninnen Kaffee zu trinken und über die Leselisten für das kommende Semester zu reden, hatte ich ein komisches Gefühl im Bauch gehabt. Es war wie eine Warnung gewesen, dass heute irgendetwas passieren würde – ob gut oder schlecht, konnte ich nicht sagen. Im Laufe der Zeit war das Gefühl jedoch verschwunden und ich hatte es als bloßes Hirngespinst abgetan. Bereits seit Valeries Tod hatte ich manchmal solche vermeintlichen Vorahnungen und nach dem Unfall meines Vaters war es nicht besser geworden. Also hatte ich halbwegs beruhigt das Café verlassen und Raymond angerufen, der meine Mutter zu einem Termin mit der Baubehörde gefahren hatte und erst wieder nach Greenwich rauskommen musste. Ich hatte ihn gebeten, mich ein paar Straßen weiter einzusammeln, weil ich das Viertel liebte und bei dem schönen Wetter noch ein bisschen in den Geschäften stöbern wollte.

Eines davon, ein Postershop, der auch Blaupausen alter New Yorker Gebäude verkaufte, lag ganz in der Nähe und ich beschloss, dort nach einem Geburtstagsgeschenk für Lincoln zu suchen. Also schaute ich in meiner Tasche, ob ich mein Portemonnaie dabeihatte, und wurde nicht direkt fündig. Während ich fluchend danach wühlte, fiel mir jemand auf, der etwas weiter vorne auf dem Gehsteig stand und mich zu beobachten schien. Ich sah hoch, erkannte ihn.

Und mein Herz blieb stehen.

Jess.

Er musste mich eher bemerkt haben als ich ihn, denn er stand wie erstarrt da, den Blick auf mich gerichtet. Sein ganzer Körper war angespannt, ich erkannte es an seinen Armmuskeln, die sich deutlich unter dem weißen T-Shirt abzeichneten. Und an seiner Haltung, den festen Schultern, der Hand, die sich um sein Smartphone krampfte. Schmerzhaft wurde mir in Erinnerung gerufen, wie vertraut mir all das war, obwohl wir gar nicht so viel Zeit zusammen gehabt hatten. Nur seine Haare waren länger und er hatte sie zusammengebunden, was ihn noch besser aussehen ließ, wenn das überhaupt möglich war.

Ich hatte mir so oft vorgestellt, wie es sein würde, ihm zu begegnen. Ihn wiederzusehen, zum ersten Mal, seit ich ihn unter Tränen geküsst und aus seiner Wohnung geflohen war. Ich hatte mir ausgemalt, wie fürchterlich und schön es zugleich sein würde, aber es war noch viel fürchterlicher und schöner, als ich erwartet hatte. Jess zu sehen verschaffte mir auf der einen Seite einen tiefen Frieden, wie ich ihn nicht mehr gespürt hatte, seit ich nachts neben ihm eingeschlafen war. Und auf der anderen Seite riss es diese brennende Wunde wieder auf, die sich nur notdürftig geschlossen hatte. Es riss *alle* Wunden wieder auf, die mir unsere Trennung zugefügt hatte, und sogar die, die nichts mit ihm zu tun hatten. Denn wenn Valerie noch da gewesen wäre, wenn sie nicht in dieser verdammten Nacht gestorben wäre, dann hätte ich jetzt loslaufen können, um Jess zu umarmen und ihn zu küssen, ihm zu sagen, wie sehr ich ihn vermisst hatte. Ich hätte nicht diese grausame Sehnsucht gespürt, die sich nie wieder erfüllen würde.

Er sah mich an, und wenn ich je geglaubt hatte, dass er mich vergessen haben könnte, verschwand die Sorge in diesem Moment, denn in seinen Augen erkannte ich alles, was ich ebenfalls fühlte. Die Traurigkeit, die Hilflosigkeit, die Wut, weil es ungerecht war, dass wir nicht zusammen sein durften. Ich sah, wie Jess die Fäuste ballte, als wollte er diese Realität bekämpfen – wenn es sein musste auch mit Gewalt. Aber nicht einmal er war dazu in der Lage. Was uns voneinander fernhielt, ließ sich nicht besiegen. Er selbst hatte es damals gesagt. *Ich weiß, dass da etwas zwischen uns ist. Etwas, das es wert wäre, dafür zu kämpfen, um zu sehen, wohin es führt. Aber wir können nicht kämpfen, weil es keinen Feind gibt. Nur Leute, die wir beschützen wollen.*

Tränen traten mir in die Augen, und obwohl ich wusste, dass ich mich umdrehen und gehen musste, bevor uns jemand hier entdeckte und Trish Coldwell davon erzählte … brachte ich es nicht fertig. Woher sollte ich wissen, wann ich ihn das nächste Mal sehen würde? Ob in zwei Tagen, zwei Wochen oder zwei Jahren? Oder vielleicht nie? Ich wollte ihn nur einmal noch berühren, einmal mit ihm reden, ihm sagen, wie sehr er mir fehlte. Ich wollte es mehr als alles andere. Und für einen Moment waren mir die Konsequenzen egal.

Aber nur für einen Moment. Dann drängte sich das Bild meiner Mutter am Morgen nach Dads Unfall in meinen Kopf. Das meines Vaters im Krankenbett und das meines Bruders, erschöpft und traurig. Ich hatte es für sie getan. Ich hatte das alles für sie getan.

Und deswegen musste ich jetzt für sie gehen.

Es kostete mich übermenschliche Kraft, mich zu bewegen. Meine Füße vom Boden zu heben, um mich abzuwenden. Aber ich tat es, löste meinen Blick von Jess, nachdem ich mir alles von ihm so genau eingeprägt hatte, wie ich konnte. Dann schloss ich kurz die Augen, drehte mich um, öffnete sie wieder und lief los. Meine Beine fühlten sich an, als würden sie aus Blei bestehen, alles in mir wollte zu ihm zurück, aber mit jedem Schritt wurde ich schneller, begann schließlich zu rennen. Ich rannte, rannte weg, so schnell ich konnte. Als könnte ich dem entkommen, was ich für Jess fühlte. Dabei wusste ich doch genau, dass es unmöglich war.

Erst, als ich bestimmt schon zwei Blocks hinter mich gebracht hatte, wurde ich langsamer und schnappte nach Luft. Ich wusste, so konnte ich nicht in Raymonds Wagen steigen, denn ich würde es nicht schaffen, bis zu Hause durchzuhalten. Also sah ich mich um und bog schließlich in eine Seitengasse ein, bahnte mir einen Weg zwischen Mülltonnen und Pappkartons hindurch, bis ich außer Sicht der Passanten auf der Straße war. Dort lehnte ich mich an die Wand, krallte meine Hände in den rauen Backstein und begann zu weinen. Um mich, um Jess.

Und vor allem um uns.

Ich wusste nicht, wie lange es gedauert hatte, bis ich mich wieder in der Lage fühlte, jemandem unter die Augen zu treten. Aber irgendwann schaffte ich es, mich aufzuraffen und zu dem mit Raymond vereinbarten Treffpunkt zu gehen. Der Fahrer musterte mich besorgt, als ich einstieg, er war jedoch zu diskret, um nachzufragen. Also fuhren wir nach Hause, während nicht einmal New Yorks Anblick es schaffte, mich aufzumuntern. Ich hatte zwar gewusst, dass es schlimm sein würde, Jess zu begegnen. Aber ich hatte keine Ahnung gehabt, wie sehr es mir den Boden unter den Füßen wegziehen würde. Noch immer sah ich ihn dort stehen und fragte mich, ob uns jemand verraten hätte, wenn ich zu ihm gegangen wäre. Ob ich dafür bestraft worden wäre. Nur war das egal. Ich durfte nicht mit ihm reden, ich durfte ihn nicht anrufen und schon gar nicht all die anderen Dinge machen, die ich mit ihm tun wollte. Ich durfte es nicht, weil sonst meine Familie alles verlor.

Raymond setzte mich vor dem Haus ab. Wir hatten immer noch keinen Butler, weil meine Eltern fürchterlich wählerisch waren, also schloss ich selbst die Wohnungstür auf und genoss die kühle Luft, die mir dank der Klimaanlage entgegenschlug. Das war jedoch nicht alles, was ich wahrnahm. Denn da waren auch Stimmen. Oh nein, meine Mutter hatte doch hoffentlich keinen Besuch? Ich wollte einfach nur duschen und ins Bett, die Decke über den Kopf ziehen und nichts mehr tun, außer zu schlafen, weil die Begegnung mit Jess mich all meine Kraft gekostet hatte. In einer normalen Familie wäre das vielleicht möglich gewesen. Aber das hier war keine normale Familie. Und als meine Mutter in den Flur kam, weil sie mich gehört haben musste, wurde mir klar, dass ich auf keinen Fall entkommen konnte.

»Da bist du ja«, lächelte sie, etwas zu strahlend. Mein Misstrauen meldete sich. Was war hier los? »Alles in Ordnung? Du siehst geschafft aus.«

»Ja, ich hatte einen anstrengenden Tag.« Ich brachte kein Lächeln zustande, zu tief war der Kummer in meinem Inneren. »Kann ich nach oben gehen? Ich brauche eine Dusche und muss noch was für die Uni tun.«

»Dafür ist doch später noch Zeit. Ich habe jemanden hier, den du sicherlich begrüßen möchtest.«

Bitte nicht. Nicht heute.

Aber schon hatte sie mich untergehakt und führte mich mit eisernem Griff ins Wohnzimmer, wo auf einem der beiden Sofas eine Frau in ihrem Alter saß, die ich kannte. Und daneben …

»Ian?«, brachte ich heraus, als ich meinen Ex-Freund bemerkte, der neben seiner Mutter saß, ein Glas mit Eistee in der Hand.

»Hi, Helena.« Er lächelte und stand auf, kam zu mir. Es gab einen merkwürdigen Moment, in dem wir nicht wussten, wie wir einander begrüßen sollten, dann umarmte er mich flüchtig. »Schön, dich zu sehen.«

»J... Ja«, krächzte ich. »Wirklich schön.« Ich hatte nicht gewusst, dass er in der Stadt war. Mein letzter Stand war gewesen, dass er an der Westküste Medizin studierte. Aber wenn ich ehrlich war, hatte ich mich in den vergangenen Jahren nicht sonderlich für ihn interessiert.

»Ian lebt wieder in New York, wusstest du das? Als ich Crystal und ihn vorhin bei Bergdorf getroffen habe, musste ich beide spontan hierher einladen.« Mom klang übermäßig fröhlich und ich ahnte, wieso. Den halben Sommer über hatte sie mich mit passenden Kandidaten verkuppeln wollen, aber in den letzten Wochen hatte das aufgehört. Ich wettete, dass dieses Zusammentreffen mit Ian und seiner Mutter alles andere als spontan gewesen war.

»Du studierst jetzt also hier?«, fragte ich Ian lahm, weil ich nicht wusste, was ich sonst sagen sollte. Mein Kopf war leer, meine Gefühle waren aufgebraucht.

»Ich habe gewechselt.« Er nickte. »Stanford ist schön, aber es geht doch nichts über New York, oder?« Er meinte es ernst, das wusste ich. Unsere Liebe zu New York war eine unserer Gemeinsamkeiten gewesen, neben den Kreisen, aus denen wir stammten, und der Schule, auf die wir beide gegangen waren. Das zwischen uns war eine typische erste Beziehung gewesen, die nicht viel brauchte außer körperlicher Anziehung und einer gewissen Grundsympathie. Und wenn ich Ian jetzt ansah, fand ich ihn immer noch attraktiv, mit seinen dunklen, welligen Haaren, die an den Seiten etwas kürzer geschnitten waren, seinen braunen Augen und den Grübchen. Das mit uns war jedoch lange vorbei und nun konnte ich nicht anders, als ihn mit Jess zu vergleichen. Hell gegen dunkel, wild gegen ruhig, lebendig gegen statisch. Aber vor allem war ich nicht mehr das Mädchen, das sich früher in Ian verliebt hatte. Ich war das Mädchen, das unsterblich in Jess verliebt war.

»Das stimmt«, sagte ich nach einer zu langen Gesprächspause, die meiner Mutter offenbar falsche Signale sendete.

»Crystal, ich wollte dir noch die Entwürfe für unser neues Strandhaus in Cape Cod zeigen. Begleite mich doch, ich habe sie im Arbeitszimmer. Helena und Ian kommen sicher allein zurecht.« Damit verschwand sie aus dem Raum und warf mir dabei einen sehr wohlwollenden Blick zu. In Gedanken suchte sie wahrscheinlich schon die Einladungskarten für unsere Hochzeit aus.

Kaum waren sie gegangen, sah mich Ian zerknirscht an. »Es tut mir leid, dass ich unangekündigt hier aufgetaucht bin. Als wir deine Mutter getroffen haben, hatte ich einfach keine Chance, mich zu weigern.«

»Ich weiß, so ist sie nun mal. Du kannst nichts dafür.« Am liebsten wäre ich jetzt nach oben gegangen, weil ich das Gefühl hatte, mich kaum noch auf den Beinen halten zu können, aber meine Erziehung verbot es mir. Also setzte ich mich auf die Couch und wartete, bis er wieder gegenüber Platz genommen hatte.

»Alles in Ordnung bei dir, Len?«, fragte er und der mitfühlende Tonfall machte meinen Hals erneut eng.

Vergiss es, dachte ich und schluckte die Tränen weg. Ich würde nicht vor meinem Ex wegen Jess heulen. Ganz bestimmt nicht.

»Ja«, log ich und lächelte angespannt. »Es war einfach ein

langer Tag und ich bin müde, das ist alles.« Ian und ich waren ein paar Monate zusammen gewesen, nachdem wir sicher ein Jahr umeinander herumgeschlichen waren. Er kannte mich aber hoffentlich nicht mehr gut genug, um zu merken, dass meine Erschöpfung eigentlich Kummer war. »Was ist mit dir? Hattest du wirklich solche Sehnsucht nach New York?«

Er grinste schief und verschränkte seine Hände miteinander. »Eher nach meiner Familie. Hannah ist jetzt schon fünfzehn, Topher ist dreizehn und ich hatte das Gefühl, meine Geschwister werden erwachsen, ohne dass ich etwas davon mitbekomme. Es hat sich irgendwie nicht richtig angefühlt, so weit von ihnen entfernt zu leben.«

»Ich weiß, was du meinst«, nickte ich. Schließlich hatte ich mich genauso gefühlt während meines Exils in England. Das Internat war schön und meine Mitschüler waren wirklich nett gewesen, genau wie meine Kommilitonen in Cambridge, aber es war nicht der Ort, an den ich gehörte.

»Seit wann bist du eigentlich wieder hier?«, fragte Ian mich.

»Seit Februar. Nach Weihnachten habe ich es geschafft, meine Eltern davon zu überzeugen, dass ich zurückkommen darf.«

»Und seither versuchen sie, dich zu verkuppeln?« Er hob eine Augenbraue. »Ich habe gemerkt, wie deine Mutter mich angesehen hat – so als wäre ich die Antwort auf all ihre Fragen. Was hast du getan, dass sie glaubt, dir einen Partner suchen zu müssen? Dich mit einem Demokraten eingelassen?«

Es sollte ein Witz sein, aber er traf mein Herz mit voller Wucht. Tatsächlich kannte ich Jess' politische Gesinnung gar nicht, seine Mutter war jedoch Demokratin und damit kam Ian der Wahrheit näher als gedacht. Ich schwieg und presste die Lippen aufeinander. Er bemerkte es.

»Entschuldige, ich wollte nicht –«

»Alles okay«, unterbrach ich ihn. »Ich habe nichts mit einem Demokraten. Oder mit sonst jemandem, aber offenbar ist das kein Zustand, den Mom akzeptiert.« Das war nicht die ganze Geschichte, ich wollte Ian allerdings nicht sagen, dass sie das mit Jess vor ein paar Monaten herausgefunden hatte und seither krampfhaft versuchte, meinen Beziehungsstatus auf *so gut wie verlobt* zu ändern. »Und du, hast du jemanden?« Ich wusste, wie diese Frage wirkte – so als hätte ich Interesse an ihm –, aber auf die Schnelle war mir nichts anderes eingefallen, um das Thema von mir abzulenken.

»Nein.« Er schüttelte den Kopf. »Ich hatte eine Freundin in Stanford, die mit mir studiert hat. Aber es ist vor ein paar Monaten in die Brüche gegangen.«

»Das tut mir leid«, sagte ich, weil man das wohl sagen sollte.

»So was passiert. Wir hatten einfach nicht die gleichen Vorstellungen vom Leben.« Ian zuckte mit den Schultern. »Stell dir vor, sie hat New York gehasst und gemeint, sie würde hier nie auf Dauer leben können. Ich hätte wissen müssen, dass das mit uns nicht funktionieren wird.« Er lachte auf.

»Ja, scheint so.« Mein Lachen war künstlich und ich heilfroh, dass unsere Mütter wieder auftauchten, ehe ich erneut so tun musste, als würde ich nicht jede Sekunde an Jess denken.

Das Treffen schien endlich beendet zu sein, denn Crystal erinnerte Ian an einen Termin, den sie noch hatten, und Mom brachte ihre Gäste in den Flur. Bevor sie allerdings die Wohnungstür öffnete und die beiden verabschiedete, schien ihr etwas einzufallen.

»Helena, in zwei Wochen ist diese Sondervorstellung im Rodgers Theatre am Broadway. Dein Vater und ich haben schon eine andere Veranstaltung, aber ich bin sicher, dass du uns würdig vertreten wirst.« Sie nickte, als hätten wir das besprochen, dabei hörte ich zum ersten Mal davon. »Warum gehen Ian und du nicht zusammen dorthin? Das wird sicher ein schöner Abend.«

Ich öffnete den Mund, um ihr zu sagen, was ich von diesem Vorschlag hielt, denn ich war heute zu dünnhäutig, um höflich zu sein. Ian kam mir jedoch zuvor.

»Blake, das ist eine schöne Idee, aber ich bin sicher, dass Helena allein entscheiden kann, wen sie mitnehmen möchte.« Er schenkte mir ein flüchtiges Lächeln, und als ich es erwiderte, meinte ich es ehrlich. Ian war schon immer der perfekte Gentleman gewesen – in der Zeit vor unserem ersten Date, bei unserem ersten Date, beim ersten Kuss und auch, als wir schließlich miteinander geschlafen hatten. Er hatte sogar versucht, für mich da zu sein, nachdem Valerie gestorben war, aber damit waren wir beide überfordert gewesen. Daher war es unfair, dass ich ihn so unbedingt loswerden wollte. Er konnte nichts dafür, dass mein gebrochenes Herz heute in noch mehr Teile zersplittert war.

»Vielleicht gibst du mir einfach deine Nummer?«, schlug ich vor. »Dann können wir ja was ausmachen.« Seine Kontaktdaten hatte ich längst gelöscht, gleich nachdem wir Schluss gemacht hatten. An einem besonders einsamen Abend im Internat hatte ich sämtliche Nummern außer die von meiner Familie aus dem Speicher entfernt und keine davon später vermisst.

»Wenn du das möchtest.« Ian nickte und tippte seine Nummer in mein Telefon ein. Ich musste lächeln, als ich sah, welchen Namen er dazu eingespeichert hatte. Er lautete: *Fühl dich bitte zu nichts gedrängt.*

»Danke«, sagte ich und meinte damit eher sein Feingefühl als die Nummer. Ich hatte keine Ahnung, ob ich ihm schreiben oder ihn anrufen würde. Aber immerhin war ich so erst mal aus dem Schneider.

»Dafür nicht«, antwortete er. »Mach's gut, Len.«

Diesmal war die Umarmung weniger unbeholfen.

»Du auch, Ian.«

Kaum waren sie gegangen, murmelte ich meiner Mutter zu, dass ich endlich unter die Dusche wollte, und lief nach oben, schloss die rettende Zimmertür hinter mir und ging ins Bad. Dort zog ich mich aus, drehte das Wasser auf und hielt meinen Kopf unter den kalten Strahl, um nichts mehr hören, nichts mehr sehen, nichts mehr fühlen zu müssen. Ich blieb so lange darunter, bis ich vor Kälte zitterte, dann schaltete ich das Wasser ab, schlüpfte in meinen Bademantel und sank auf den Fliesenboden.

Leer. Traurig. Kraftlos.

Würde das jemals aufhören?

8
Jessiah

Links, rechts, links. Links, rechts, links. Die dumpfen Schläge meiner Handschuhe auf dem Boxsack waren wie eine lautere Version meines Pulses, der mir in den Ohren widerhallte. Ich hatte keine Ahnung, wie lange ich schon hier war und meine Fäuste auf das Leder knallen ließ, aber ich würde weitermachen, bis ich nichts mehr spürte.

Ich wusste, ich war gerade ein totales Klischee: ein Typ, der seine Wut über die eigene Hilflosigkeit an einem Sandsack ausließ. Aber es war mir egal. Mir war alles egal, solange es nur half. Eigentlich hatte ich geplant, nach dem Termin im VEG INC. und der Restauranteröffnung surfen zu gehen. Dann war mir jedoch aufgefallen, dass es das falsche Mittel für die Situation war, in der ich mich befand. Ich war gerade nicht eingeengt, ich war verflucht zornig. Und gegen Zorn half nur, ihn irgendwie loszuwerden.

Links, rechts, links. Helena zu sehen hatte mich völlig aus der Bahn geworfen. Der Rest des Gesprächs mit Maya und Heather war ebenso an mir vorbeigezogen wie der Termin am Abend. Ich erinnerte mich, dass ich gelächelt und auf unbekümmert gemacht hatte, während in meinem Inneren ein Sturm tobte. Bisher hatte er sich nicht gelegt.

»Hey, Jess«, sprach mich da jemand an, der sich stark nach Demi anhörte.

Ich hörte nicht auf, machte einfach weiter. Sie trat hinter den Sack und hielt ihn fest. Das war gut, denn so konnte ich das Ding noch besser malträtieren. Ich hatte nur niemanden darum gebeten, weil ich meine Ruhe wollte.

»Jess, komm schon«, sie ließ nicht locker. »Du machst den Leuten Angst.«

Ich hielt in meiner Bewegung inne, dann drehte ich mich einmal um die eigene Achse. Keiner beachtete mich und Demi schien zu bemerken, dass ich ihre Lüge durchschaute.

»Okay, du machst *mir* Angst«, gab sie zu und trat zwischen mich und den Boxsack. »Ich habe nichts dagegen, wenn du hier deinen Frust rauslässt, aber du tust das schon seit mehr als zwei Stunden. Vielleicht solltest du mal eine Pause machen.«

»Nicht nötig.«

»Doch, ist es«, beharrte sie und schob mich zur Theke, an der man Getränke und Snacks kaufen konnte. Dort holte sie einen Elektrolyt-Drink aus dem Kühlschrank und gab ihn mir. »Geht aufs Haus. Wenn du mir sagst, was los ist.«

Ich öffnete mit den Zähnen die Klettverschlüsse an den Handschuhen, die ich trug, und griff nach der Flasche. »Dann solltest du mir verraten, was das Ding kostet.«

»Zweitausend Dollar«, antwortete sie wie aus der Pistole geschossen.

Ich hob eine Augenbraue. »Brauchst du das bar oder geht auch die Kreditkarte?«

»So schlimm also, ja?« Demis Blick wurde noch forschender. »Ist mit deiner Familie alles in Ordnung? Mit Eli?«

»Ja, dem geht es gut.« Ich nickte.

»Was ist es dann? Treibt dich ein Klient in den Wahnsinn? Die Stadt? Oder geht es um eine Frau?«

Ich warf ihr einen langen Blick zu und antwortete nicht.

»Ahhh, also eine Frau. Und um wen? Etwa die kleine Schwarzhaarige, die mal mit Thaz und dir hier war?«

»Samara? Nein.« Mit ihr hatte ich schon seit Wochen nicht mehr gesprochen. Wir hatten uns auf dem Europa-Trip einmal zum Essen getroffen, als ich mit Eli in Schottland gewesen war, aber Sam war sehr beschäftigt mit dem Aufbau ihrer Whiskey-Marke und ich damit, meiner Mutter nicht den Hals umzudrehen.

»Um wen dann?«

»Demi, komm schon. Ich weiß, du siehst dich hier als Mutter der Kundschaft –«

»Eher als die coole große Schwester«, korrigierte sie mich.

»Dann eben das. Aber ich brauche keine psychologische Betreuung, wirklich. Es war ein Scheißtag, ich habe die Schnauze von so ziemlich allem voll und will nur Dampf ablassen. Kannst du mir das einfach erlauben?«

Sie sah mich aufmerksam an. »Wie lange kennen wir uns, Jess?«, fragte sie, statt mir eine Antwort zu geben. »Über drei Jahre, oder? Du bist hergekommen, als du wieder nach New York gezogen warst.«

Ich nickte widerwillig und nahm einen Schluck von dem Fitnessdrink. Sofort verzog ich das Gesicht. Das Zeug schmeckte echt widerlich.

»Das bedeutet, dass ich weiß, wie du aussiehst, wenn du am Limit bist«, sprach sie weiter. »Denn du warst es auch, als du die ersten Male hier trainiert hast, nachdem Adam gestorben ist.«

Da hatte sie recht. Surfen war zwar schon immer mein Mittel der Wahl gewesen, um der Trauer Herr zu werden, aber manchmal hatte ich mich nicht nach Rockaway und damit mehr als eine Stunde von Manhattan weggetraut, als Eli fast täglich seine Attacken gehabt hatte. Stattdessen war ich ins Tough Rock gekommen, weil Adam hier auch trainiert hatte. Simon und Demi hatten mich eine Weile in Ruhe gelassen, aber irgendwann hatten wir angefangen, uns anzufreunden, und sie hatten mir zugehört, als ich ihnen eines Tages erzählt hatte, wie sehr mir mein Leben nach dem Tod meines großen Bruders die Luft abschnürte. Es hatte gutgetan, mit jemandem darüber zu sprechen, der kein Teil der Upperclass war. Es hätte vielleicht auch jetzt gutgetan. Nur lagen die Dinge nun völlig anders.

»Ich kann es dir nicht erzählen, Demi«, sagte ich und sah ihr zum ersten Mal tatsächlich in die Augen. »Du weißt, dass ich dir vertraue, aber es ist zu gefährlich.«

»Für wen? Mich oder dich?« Sie blieb unbeeindruckt von meinen Worten, was mich nicht wunderte. Demi stammte wie ihr Bruder Simon nicht aus guten Verhältnissen und war schon früh mit Bedrohung und Gewalt in Berührung gekommen. Sie war furchtlos und auch ich hatte keine Angst vor meiner Mutter. Aber es ging hier nicht um Demi oder mich.

»Weder noch«, antwortete ich. »Wenn ich es dir erzähle und rauskommt, dass ich davon weiß, verliert jemand anderes so ziemlich alles.« Und wir konnten hier nicht sicher sein, dass keiner zuhörte. Als Helena vor ein paar Monaten ins Tough Rock gekommen war, hatte Trish es erfahren. Sie hatte zwar niemanden mehr auf mich angesetzt, das hätte ich gemerkt, aber es gab genug Leute, die ihr gerne Informationen zukommen ließen, um in ihrer Gunst zu steigen.

»Okay«, sagte Demi. »Kennt Thaz die Wahrheit?«

»Nein.« Ich schüttelte den Kopf. Wir hatten uns nur einmal gesehen, seit ich zurück war, und ich hatte das Thema Helena konsequent ausgeklammert. Nicht deswegen, weil ich nicht in der Lage war, über meine Gefühle zu reden. Sondern weil ich gewusst hatte, dass es nichts an der Situation ändern würde. Aber nach der Begegnung mit ihr heute … ich hätte so gerne jemandem gesagt, was passiert war. Wie sehr ich sie vermisste. Und dass es mich auffraß, nichts tun zu können, um doch mit ihr zusammen zu sein.

Demi schien mir das vom Gesicht abzulesen, denn auf ihres trat ein Ausdruck gewisser Entschlossenheit. Dann kam sie hinter dem Tresen hervor. »Das Zeug schmeckt grauenhaft«, sagte sie und nahm mir die Flasche aus der Hand. »Komm, ich gebe dir oben ein Bier aus.« Auffordernd sah sie mich an und nach kurzem Zögern folgte ich ihr. Im Club schien niemand auf uns zu achten, aber das musste nichts heißen.

Am Ende einer langen Eisentreppe, die direkt aus dem offenen Trainingsbereich nach oben führte, lag die Tür zu Simons und Demis Wohnung. Ich war schon ein paarmal hier gewesen. Sie ähnelte ein wenig dem Grundriss meines Lofts, nur dass ein paar zusätzliche Wände eingezogen worden waren, um den beiden mehr Privatsphäre zu gönnen. Demi schaltete das Licht ein, lief in die Küche und dort zum Kühlschrank, nahm zwei Bier heraus und gab mir eins davon. Ich drehte den Schraubverschluss ab und trank. Es tat gut.

»So, und nun erzähl.« Sie ging zu den abgewetzten Ledersesseln im Wohnbereich.

Ich atmete ein, setzte mich ihr gegenüber und beschloss, nicht länger zu schweigen. Wir waren hier vor fremden Ohren sicher, es war niemand außer uns in der Wohnung und vielleicht wurde es wirklich besser, wenn ich mit jemandem darüber redete. Seit über drei Monaten schleppte ich dieses Geheimnis mit mir herum. Wenn ich nicht bald in Trishs Gegenwart explodieren wollte, weil sie mir das angetan hatte, musste ich einen Weg finden, damit umzugehen.

»Ich habe mich verliebt«, fing ich an. »In ein Mädchen von

hier, wir haben uns im Frühjahr kennengelernt. Erst war es ziemlich … unschön zwischen uns, aber dann haben wir gemerkt, dass wir einander mögen, oder eher viel mehr als das. Eigentlich hatte ich mir geschworen, mich auf keinen Fall auf jemanden einzulassen, solange ich in New York bin, aber ich hatte gar keine Wahl.«

»Bis jetzt klingt das nicht nach einer Geschichte, die erklärt, warum du den Sandsack da unten bis zur Erschöpfung verprügelst.« Demi sah mich abwartend an.

»Du weißt ja auch noch nicht, dass es ausgerechnet Helena Weston ist«, sagte ich düster und nahm einen weiteren Schluck von meinem Bier.

»Helena Weston? Die Schwester von Valerie Weston?« Ihre Augen weiteten sich. »Oha, das ist wirklich –«

»Shakespeare-esk? Ja, ich weiß.«

»Aber das hat nicht angefangen, als sie zum Training hier war, oder? Simon hat mir gesagt, dass sie unter falschem Namen aufgetaucht ist, weil sie ihn nach Valerie fragen wollte.« Demi schüttelte den Kopf. »Wenn ich gewusst hätte, wer sie ist, hätte ich niemals vorgeschlagen, dass du sie rumführst. Ich dachte, ihr wärt erbitterte Feinde.«

»Unsere Familien sind es ja auch. Aber wir nicht. Nicht mehr.« Dann fiel mir ein, was sie vorher gesagt hatte, und ich stutzte. »Moment, deswegen war sie hier? Weil sie mit Simon über Valerie reden wollte? Weißt du, worum es da ging?«

Demi hob die Schultern. »Um die Nacht, als die beiden gestorben sind. Simon war ja auf der Party und sie wollte wissen, was er von den beiden mitbekommen hat, bevor er gegangen ist. Mehr hat er nicht gesagt.«

Merkwürdig. Das klang ein bisschen wie Helenas Nachfragen bei Pratt. Und irgendetwas daran kam mir komisch vor, aber ich konnte nicht genau sagen, was.

»Was ist denn mit euch passiert, nachdem ihr euch verliebt habt?«, kam Demi auf das eigentliche Thema zurück. »Haben ihre Eltern es verboten und gedroht, ihr Titel und Königreich zu entziehen, wenn sie sich weiterhin mit dir trifft?« Sie klang nicht ansatzweise so scherzhaft, wie ihre Worte es vermuten ließen.

»Nein.« Ich schnaubte. »Also, ja, erst schon. Aber dann war sie am Todestag von Adam und Valerie bei mir zu Hause und uns beiden war klar, dass wir es nicht ignorieren können. Oder wollen. Nur hatten wir die Rechnung ohne Trish gemacht.«

Demi atmete scharf ein. »Ich ahne, was kommt.« Sie kannte meine Mutter nicht persönlich, aber sie wusste natürlich einiges über sie. Jeder in der Stadt wusste, wie Trish Coldwell tickte. »Hat sie Helena erpresst?«

»Das dachte ich auch.« Ich lachte freudlos auf. »Aber es war noch schlimmer: Sie hat ihr einen Deal angeboten. Wenn Helena einwilligt, nie wieder Kontakt mit mir aufzunehmen, dann bekommen ihre Eltern den Zuschlag bei einem Projekt, das für sie überlebenswichtig ist.«

»Also hat sie eingewilligt.« Demi schüttelte den Kopf. »Okay, jetzt verstehe ich, woher deine Wut kommt. Das muss echt scheiße sein.«

»Ist es.« Ich stellte die leere Flasche auf den Couchtisch. »Heute habe ich sie zum ersten Mal seit der Trennung wiedergesehen. Ohne Vorwarnung, einfach auf der Straße. Und soll ich dir was verraten? Es hat sich nichts geändert. Drei verdammte Monate und es hat sich absolut nichts geändert. Ich vermisse sie mehr, als ich Mia je vermisst habe, und mit ihr war ich immerhin ein Jahr zusammen.« Mit Helena hatte ich nur einen Abend im Bella Ciao und eine Nacht bei mir zu Hause gehabt und trotzdem war da diese Gewissheit, dass wir richtig füreinander gewesen wären.

»Manchmal trifft man eben diesen einen Menschen, mit dem es passt.« Demi zuckte mit den Schultern und lächelte schief. »Aber was bedeutet dieser Deal denn? Heißt es, ihr könnt niemals zusammen sein? Oder nur nicht so lange, bis der Staub sich gelegt hat?«

»Niemals. Du weißt genug über Trish – sie findet einen anderen Weg, um Helenas Familie fertigzumachen. Und das Schlimmste ist, sie hat ihr auch noch das Versprechen abgenommen, mir nichts über diese Abmachung zu sagen. Also weiß ich offiziell nichts davon. Dabei würde ich sie so gerne konfrontieren.« Meine Hände krallten sich um die Armlehnen des Sessels und meine Wut kämpfte sich wieder an die Oberfläche. »Ich würde so gerne zu ihr fahren und ihr ins Gesicht sagen, dass ich von ihrer Intrige weiß und ihr niemals vergeben werde. Dass sie damit eine Grenze überschritten hat, die unverzeihlich ist.« Ich lachte auf. »Aber ich darf es nicht. Denn wenn ich es tue, dann wird sie die Westons doch noch über die Klippe stoßen und alles war umsonst.«

Demi schwieg einen Moment. »Es gibt also nichts, was du tun kannst?«

»Ich habe darüber nachgedacht, etwas auszugraben, mit dem ich gleichziehen kann.« So weit war es gekommen, dass ich in Erwägung zog, Trish mit ihren eigenen Waffen zu schlagen, obwohl mir diese Art vollkommen zuwider war. »Irgendein schmutziges Geheimnis zu finden, denn ganz sicher gibt es welche. Aber sie ist in diesem Spiel viel besser als ich. Das würde ich nicht gewinnen – und dann verliert nicht nur Helena alles, sondern ich auch noch Eli. Das kann ich nicht riskieren.« Ich war der Einzige, der meinen kleinen Bruder beschützen konnte. Dafür war ich nach New York zurückgekommen.

»Verstehe.« Demi lehnte sich zurück und atmete aus. Für einen Moment sah sie so aus, als würde sie noch etwas sagen wollen, dann stand sie jedoch auf. »Ich brauche noch ein Bier. Du auch?«

»Immer.« Es würde nicht dazu führen, dass ich Helena vergaß, aber wahrscheinlich betäubte es ein wenig meine Gefühle, die seit heute Nachmittag nicht mehr dumpf waren, sondern klar und drängend.

»Was willst du jetzt tun?«, fragte mich Demi, als sie zurückkam.

»Weitermachen. Darauf hoffen, dass es irgendwann besser wird. Was weiß ich.«

Ich hatte alle Optionen durchgespielt, es gab keine Möglichkeit für uns. Keine, die nicht jemandem Schaden zufügte, der einem von uns beiden wichtig war. Und daran würde sich auch nichts ändern. Nicht jetzt, nicht in einem Jahr, nicht in zehn. Deswegen musste ich Helena vergessen, das wusste ich.

Nur wusste ich eine Sache noch besser: dass es vollkommen unmöglich war.

9
Helena

Am nächsten Morgen fühlte ich mich nicht etwa so, als hätte mich ein LKW überrollt. Es war vielmehr, als hätte mich jemand hinten drangebunden und einmal durch die komplette Upper East Side geschleift. Mein Kopf schmerzte, genau wie der Rest meines Körpers, und irgendwie schien mir die Kälte der gestrigen Dusche immer noch in den Knochen zu stecken. Am liebsten wäre ich gar nicht aufgestanden, aber ich hörte, dass meine Mutter da war, also war das keine Option. Schon früher hatte es nicht geklappt, auf krank zu machen, wenn ich nicht in die Schule wollte, sie hatte es sofort durchschaut und mir nie durchgehen lassen. Natürlich war ich jetzt erwachsen und konnte darauf beharren, dass ich nicht fit war – aber dann würde sie vermutlich unsere Ärztin anrufen. Also musste ich raus aus der Wohnung. Bei dem Gedanken daran, einen weiteren Tag mit Vorlesungen in einem Fach zu verbringen, für das nicht der geringste Funke in mir brannte, legten meine Kopfschmerzen jedoch noch mal zu. Ich ertrug das heute auf gar keinen Fall.

Aber vielleicht konnte ich meine Zeit ja auch anders nutzen.

Zum Beispiel für einen Ausflug nach New Jersey.

Der Gedanke war plötzlich da und ließ mich nicht mehr los. Obwohl ich es vor zehn Sekunden für unmöglich gehalten hatte, stand ich auf und ging in mein Badezimmer, um mich fertig zu machen – immer noch wie gerädert, aber gleichzeitig auch von einer merkwürdigen Energie erfüllt. Ich brauchte das jetzt. Ich brauchte irgendeinen Erfolg, irgendeinen Beweis dafür, dass ich zumindest eine Sache in meinem Leben unter Kontrolle hatte. Auf die andere Seite des Hudson zu fahren und mit Adams Ex zu sprechen war so etwas. Natürlich konnte es gut sein, dass das eine Sackgasse war. Aber dann hatte ich immerhin Gewissheit und konnte zusammen mit Malia überlegen, wie wir weitermachen wollten.

Ein Blick nach draußen verriet mir, dass es heute wohl ähnlich schön werden würde wie gestern – die Sonne schien von einem makellos blauen Himmel. Ich griff also nach Jeans-Shorts und einem weißen locker geschnittenen Shirt und nahm ein paar Sandalen aus dem Schrank, die nicht von Jimmy Choo waren, sondern aus einem Laden in Brooklyn. Wenn ich in diese Einrichtung fuhr, war es sicher klüger, nicht aufzufallen, indem ich das Geld meiner Familie vor mir hertrug. Schnell band ich mir einen hohen Zopf, dann schnappte ich meine große Umhängetasche mit dem Unikram, um den Schein zu wahren, und ging nach unten. Dort stand Mom, tippte auf ihrem Handy herum und hob den Blick, als sie meine Schritte hörte.

»Morgen«, sagte ich und schob den Riemen meiner Tasche auf der Schulter etwas weiter nach oben.

»Guten Morgen. Willst du etwa so rausgehen?« Sie deutete auf mein Outfit.

»Warum nicht?« Irritiert sah ich sie an. »Ich gehe nur in die Uni.« Das war zumindest die offizielle Version.

»Nein, gehst du nicht.« Mom schüttelte den Kopf. »Heute ist das erste Treffen an der Bradbury, für das Mentorenprogramm. Ich habe dir den Termin vor einer Weile genannt, weißt du das nicht mehr?«

Oh Gott, das hatte sie wirklich. Es war bestimmt drei oder vier Wochen her, dass sie mir von dem Programm erzählt hatte, und ich war eigentlich gut darin, mir so etwas zu merken. Aber in diesem Fall hatte ich es vollkommen vergessen. Wieso hatte ich mir das nicht notiert? Nun konnte ich meinen Trip nach New Jersey abschreiben.

»Das ist echt am Vormittag?«, redete ich mich ein bisschen schwach heraus. »Haben die etwa keinen Unterricht?«

»Es ist College-Orientierungswoche«, antwortete meine Mutter, als wäre das vollkommen klar. »Deswegen werden ja auch heute die Mentoren und Mentees für das neue Schuljahr zusammengebracht.«

Das leuchtete ein. »Okay, dann … ziehe ich mich mal um.«

»Ja, das würde ich dir raten.«

Ich lief also wieder die Treppe nach oben, fand in meinem Schrank eine lange Stoffhose, eine gemusterte Seidenbluse und Ballerinas, zog die Sachen an und war schnell wieder unten. Meine Mutter nickte die neuen Klamotten wohlwollend ab und ich verschwand aus der Wohnung. Lieber wäre ich nach New Jersey gefahren, um mit Valeries Fall weiterzukommen. Aber das Mentorentreffen würde wohl ebenfalls den Zweck erfüllen, mich von Jess abzulenken.

Die Bradbury war nur zwei Blocks entfernt und ich lief zu Fuß, nachdem ich Raymond Bescheid gegeben hatte. Der Vormittag war wirklich sonnig, wenn auch nicht mehr so heiß – langsam spürte man, dass es September war. Ich ging an einer Frau vorbei, die jemanden am Telefon anbrüllte, dann aber kurz innehielt und mich anschaute.

»Schönes Oberteil, Liebes«, sagte sie anerkennend, bevor sie damit fortfuhr, ihren Gesprächspartner zur Schnecke zu machen.

Ich grinste. Das war New York, wie ich es liebte.

Meine ehemalige Schule lag ein bisschen zurückgesetzt von der Straße, mit einem hübschen Vorhof hinter schmiedeeisernen Gittern. Ich war nicht immer mit riesiger Begeisterung hergekommen, aber im Großen und Ganzen war meine Schulzeit schön gewesen. Ich hatte Freunde gehabt, Valerie war lange mit mir hierhergegangen und irgendwann hatte es dann auch Ian gegeben.

Ian. Ich wusste immer noch nicht, ob ich mich bei ihm melden sollte.

Auf den Bänken im Hof saßen ein paar Schüler und Schülerinnen in ihren rot-schwarz karierten Uniformen und unterhielten sich. Als ich vorbeiging, verstummten die Gespräche und einige Blicke folgten mir, teils bewundernd, teils auch sensationsgierig. Jeder hier wusste, was mit Valerie passiert war. Natürlich war es für sie interessant, wie die kleine Schwester so zurechtkam. Aber ich schenkte ihnen allen nur ein freundliches Lächeln und ging zur Eingangstür. Die Zeiten, in denen ich mir etwas aus der Meinung von Sechzehnjährigen gemacht hatte, waren glücklicherweise vorbei.

Beim Pförtner fragte ich nach dem richtigen Raum, weil ich den natürlich auch nicht notiert hatte, und lief dann in den zweiten Stock. Das Treffen fand in der Cafeteria der höheren Jahrgänge statt. Vertrautheit empfing mich, als ich in den Saal ging, der eher aussah wie ein Country Club, mit der Holzvertäfelung, den dunklen Möbeln und den Leuchtern an der Decke. An einer Wand standen sogar mehrere Ledersofas, die mittlerweile ein bisschen abgenutzt waren.

Der Raum war bereits gut gefüllt – mit einigen Schülern und ebenso vielen Leuten in etwa meinem Alter, von denen ein paar im gleichen Jahrgang gewesen waren wie ich. Als ich noch auf die Bradbury gegangen war, hatte ich nicht an dem Programm teilgenommen, denn es war vor allem für die Schüler und Schülerinnen gedacht, die keine älteren Geschwister an der Uni hatten und deswegen Unterstützung bei der Vorbereitung auf die Bewerbung bekommen sollten. Da Lincoln zu dem Zeitpunkt bereits auf der Brown gewesen war, hatte sich das für mich erübrigt. Als meine Mutter mir davon erzählt hatte, war ich trotzdem gleich einverstanden gewesen. Zwar war ich nicht gerade das strahlende Beispiel einer Ivy-College-Studentin, schließlich wollte ich wechseln und den Bewerbungsprozess hatte ich nicht bis zum Ende durchlaufen. Aber ich kannte mich dennoch damit aus. Außerdem wünschte sich die Schule auch ein paar Mentorinnen und Mentoren, die im Ausland gewesen waren.

»Helena, wie schön, dass du da bist.« Mrs Hightower, die Direktorin, gab mir die Hand. »Dann sind wir ja komplett und können anfangen. Setz dich doch.« Sie deutete auf einen Tisch, an dem gegenüber zwei Stühle standen. Ich folgte ihrer Anweisung und grüßte meine ehemaligen Mitschüler flüchtig. Sie sahen mich ähnlich an wie die Kids draußen, aber ich ließ die Blicke an mir abprallen. Wichtig war nur, dass die zukünftigen Schützlinge nicht so schauten – und die schienen eher eingeschüchtert zu sein. Einer von ihnen, ein großer, schlanker Junge mit dunklen Haaren, wirkte sogar, als wäre er gerne ganz woanders. Ich versuchte, ihm aufmunternd zuzulächeln, aber seine Mundwinkel zuckten nur kurz, bevor er den Blick wieder senkte.

»Also, ihr Lieben.« Direktorin Hightower verschaffte sich Gehör. »Vielen Dank an unsere Mentorinnen und Mentoren, dass ihr euch die Zeit nehmt. Worum es geht, wissen ja alle Beteiligten. Dieses Jahr haben wir uns allerdings etwas Neues überlegt, um die perfekten Duos zusammenzustellen. Es ist eine Art schnelles Kennenlernen, wenn ihr so wollt. Die Mentoren sitzen an ihren Plätzen und die Mentees wechseln alle fünf Minuten den Tisch. In dieser Zeit könnt ihr euch ein bisschen austauschen und schauen, ob ihr zueinander passt. Am Ende können dann beide Seiten einen Zettel ausfüllen, wen sie gerne als Tandempartner möchten.«

Das klang nach Speeddating und ein wenig gewöhnungsbedürftig. Aber vermutlich war es eine gute Methode, um herauszufinden, wer sich mit wem verstand. Sympathie war bei diesem Programm sicher wichtiger als die Übereinstimmung von harten Fakten.

»Dann los. Schülerinnen und Schüler, bitte verteilt euch auf die Tische und wir starten die ersten fünf Minuten.« Die Direktorin betätigte eine Glocke.

Nur eine Sekunde später steuerte ein hellblondes Mädchen direkt auf mich zu und reichte mir mit einer energischen Geste die Hand. »Mein Name ist Cressida Holiday Mayweather. Freut mich, Sie kennenzulernen.« Sie setzte sich hin, den Rücken so gerade, als hätte sie mehrere Stöcke verschluckt, und sah mich erwartungsvoll an.

»Ich bin Helena«, sagte ich freundlich. »Und du kannst gern Du zu mir sagen, wenn du willst.«

»Sehr gerne.« Ihre Wimpern klimperten. »Was immer dir lieber ist, Helena.«

Wow. Am liebsten hätte ich nachgeschaut, ob sie echt war oder man es endlich geschafft hatte, realistisch aussehende Androiden zu erschaffen. Mayweather sagte mir auf Anhieb nichts, aber ich konnte mir vorstellen, dass Cressidas Erziehung die höchsten Standards der Upperclass erfüllte. Ich beschloss, nicht nach ihren Lieblingsfächern zu fragen oder danach, was sie studieren wollte, sondern herauszufinden, was sie als Person ausmachte. Falls sie doch kein Roboter war.

»Was machst du denn so in deiner Freizeit, Cressida?«

Sie zählte auf. »Montags spiele ich Geige und gehe zum Karate, dienstags habe ich Reitunterricht und Japanisch, am Mittwoch gebe ich Nachhilfe, du weißt schon, für die Collegebewerbung. Donnerstags ist Schwimmen und am Freitag mein Benimmunterricht.«

Das waren mehr Termine, als manche Manager hatten. Wer tat einem fünfzehnjährigen Mädchen so etwas an?

»Okay«, sagte ich. »Und das … macht dir alles Spaß?«

»Das spielt keine Rolle. Spaß zu haben ist nicht mein Ziel.« Cressida nickte ernst und ich fand das sehr traurig. Meine Familie hatte ebenfalls hohe Ansprüche an uns, früher wie heute, als Teenager hatte ich trotzdem ein paar Freiräume gehabt. Für dieses Mädchen schien das nicht zu gelten und irgendwie tat sie mir leid.

Aber bevor ich noch etwas sagen konnte, ertönte die Glocke und Cressida sprang von ihrem Stuhl auf, reichte mir erneut die Hand. »Es war ein Vergnügen, mit dir zu reden, Helena. Ich glaube, wir würden ganz hervorragend zusammenpassen.«

Ich unterdrückte ein Lachen, als sie das sagte. *Schatz, wir könnten kaum weniger zusammenpassen.* Dennoch nickte ich freundlich zum Abschied und war froh, als der nächste Kandidat, ein Junge mit wirren rotblonden Haaren, vor mir Platz nahm.

»Hi«, sagte ich. »Ich bin Helena. Und du?«

»Conrad. Du bist echt hübsch.« Er lächelte charmant.

»Ähm … danke. Schätze ich.« Ein solches Kompliment von einem Fünfzehnjährigen fühlte sich irgendwie merkwürdig an. »Was möchtest du studieren, Conrad?« Besser, ich blieb in diesem Fall bei den vorgegebenen Fragen, sonst brachte ich ihn noch auf komische Gedanken.

Die Antwort von Conrad ging jedoch an mir vorbei, denn meine Aufmerksamkeit wurde abgelenkt: von dem dunkelhaarigen Jungen, der vorhin so unglücklich gewirkt hatte und nun mit langen Schritten den Raum durchquerte, Richtung Tür. Es sah nach Flucht aus. Ich sah hinüber zu dem Mentor, bei dem er gesessen hatte, aber der wirkte ratlos. Hinter mir unterhielten sich allerdings Direktorin Hightower und ein junger Lehrer, den ich nicht kannte, leise darüber. Ich sperrte die Ohren auf.

»Gibt es immer noch diese Probleme mit ihm?«

»Ja, leider. Ich weiß nicht mehr, was ich tun soll.«

»Dann schlägt die neue Therapie nicht an?«

»Offenbar nicht. Ich werde mit Mrs Coldwell sprechen müssen, ob es noch andere Optionen gibt.«

Ich musste mich bemühen, sie nicht anzustarren. Der Junge war Eli Coldwell? Jess' kleiner Bruder? Demi aus dem Tough Rock hatte mir gesagt, dass er psychische Probleme hatte, und auch wenn Jess und ich nie so richtig darüber geredet hatten, wusste ich, dass er vor allem wegen Eli in New York war. Hatten seine Schwierigkeiten nicht mit einer Entführung zu tun? Ich wusste die Details nicht mehr.

Der Mentor, mit dem Eli gesprochen hatte, war aufgestanden und trat auf die Direktorin zu. »Sollte ihm jemand nachgehen?«

»Nicht nötig«, lächelte sie. »Es ist nicht das erste Mal, dass das passiert. Elijah beruhigt sich wieder und kommt zurück, sobald es ihm besser geht. Das haben er und ich vor einer Weile so abgesprochen.«

Ich wusste, dass viele Menschen mit Angst- oder Panikstörungen bestimmte Mechanismen gefunden hatten, damit umzugehen. Dennoch kam es mir falsch vor, hier weiterhin zu sitzen und Conrad dabei zuzuhören, wie er seine sportlichen Erfolge der letzten Jahre aufzählte. Eli war Jess' Bruder und es ging ihm nicht gut. Ich musste doch immerhin nachsehen und meine Hilfe anbieten.

Also erhob ich mich und zog mein Handy aus der Tasche.

»Sorry, Conrad, ich muss einen wichtigen Anruf machen, den ich vergessen habe. Aber es war wirklich nett mit dir.« Er nickte nur und ich war sicher, er würde meine Abwesenheit verschmerzen.

Ich suchte den Blickkontakt zur Direktorin und zeigte mit zerknirschtem Gesicht auf mein Telefon, aber es schien okay für sie zu sein, dass ich rausging. Es war wohl wirklich ein Unterschied, ob man Schülerin war oder eine freiwillige Mentorin, die ihre Freizeit für den Nachwuchs der Elite opferte.

Eilig lief ich zur Tür und auf den Flur hinaus, überlegte kurz, wo Eli hingegangen sein könnte. Dann kam mir eine Idee und ich stieg eine Treppe hinauf, steuerte das Jungsklo an. Wenn er nicht hier war, dann irgendwo an der frischen Luft, aber bevor ich draußen suchte, prüfte ich lieber erst die naheliegende Option. Also stellte ich mich gegenüber ans Fenster und wartete mit dem Vorsatz, in fünf Minuten zumindest mal an die Tür zu klopfen, wenn er nicht rauskam.

Es dauerte nicht ganz so lange, bis sie sich öffnete und Eli auftauchte. Er war leichenblass und sah aus, als hätte er sich gerade übergeben. Aber es war vor allem die Verzweiflung in seinem Blick, die meinem Mitgefühl einen neuen Schub verpasste.

»Hey, geht es dir besser?«, fragte ich sanft.

Er bemerkte mich erst jetzt, wahrscheinlich hatte er nicht damit gerechnet, dass jemand auf ihn warten würde.

»Geht schon«, murmelte er und schob die Hände in die Taschen seiner Hose, während sein Blick den Flur entlangflog, als würde er mit einem Angriff rechnen. Wir hatten Angst- und Panikstörungen erst vor den Sommerferien behandelt und die Symptome waren relativ eindeutig: zitternde Hände, Schwitzen, das schnelle Atmen. Also brauchte er jetzt keine erneute

Konfrontation mit dem Auslösereiz, sondern am besten einen Ort, wo er durchatmen konnte. Zufällig kannte ich dafür die perfekte Stelle in dieser Schule.

»Wenn du willst, zeige ich dir, wo du in Ruhe frische Luft schnappen kannst.« Ich sah ihn an. Es lag nicht nur an Jess, dass ich ihm helfen wollte. Ich wusste schließlich nur zu gut, wie es war, sich vollkommen allein auf der Welt zu fühlen. »Unbeobachtet von irgendwelchen Lehrern oder Schülern. Es ist direkt um die Ecke.«

»Aber wir müssen doch wieder rein.« Er sagte es tonlos, als könnte er sich nichts Schlimmeres vorstellen. Immerhin klang es nicht so, als hätte er auch Angst vor mir.

»Wir müssen gar nichts.« Ich schüttelte den Kopf. »Die wollen, dass sich Mentorinnen und Mentees unterhalten, oder? Ich bin Mentorin, du bist Mentee. Wenn wir also auf dem Weg dorthin nicht komplett schweigen, erfüllen wir die Vorgaben zu hundert Prozent.«

Er lächelte schwach und nickte dann. »Okay.«

»Schön.« Ich ging vor in die Richtung des Ortes, den ich im Kopf hatte. Es war der Innenhof der Bibliothek, nicht allzu groß, und da der Zugang etwas versteckt hinter einigen Regalen mit Literatur aus der Antike lag, wussten die meisten nicht einmal, wie man dorthin kam. Es war früher mein Rückzugsort gewesen, wenn ich in Ruhe hatte lesen oder einfach nur allein für mich meine Mittagspause hatte verbringen wollen. Nachdem Valerie von der Schule abgegangen war, hatte ich das häufig gemacht.

»Ich bin übrigens Helena«, stellte ich mich im Gehen vor. Auch wenn ich seinen Namen kannte, galt das nicht umgekehrt.

»Ich bin Elijah.« Er nickte knapp.

Als wir an der Bibliothek ankamen, war der Tresen am Eingang nicht besetzt, also gingen wir einfach hindurch und ich zog den Hebel der Tür auf, die zum Innenhof führte. Eli kam mir nach, und als er auf die hellen Steine trat, mit denen man den Hof ausgelegt hatte, wurden seine Augen groß.

»Ich wusste nicht, dass es das hier gibt«, sagte er.

»Ja, das ist wertvolles Insiderwissen.« Ich lächelte. »Aber nicht schlecht, oder? Es ist eigentlich nie jemand hier. Solltest du also mal einen Ort brauchen, an dem du runterkommen kannst … das ist er.«

Eli nickte, dann atmete er tief ein und ich sah, dass sich seine Schultern etwas entspannten. Zum ersten Mal, seit ich ihn vor der Toilette abgefangen hatte, schaute er mich direkt an und ich bemerkte, dass er die gleichen grünen Augen hatte wie Jess. Es war so ziemlich das Einzige, was die beiden äußerlich gemeinsam hatten. Eli wirkte auf mich wie einer meiner britischen Mitschüler am Elite-Internat in England, während Jess wie ein typischer Surfer aussah. Aber wenn ich mich richtig erinnerte, hatten sie nicht den gleichen Vater.

»Danke«, sagte Eli. »Es ist wirklich nett von dir, dass du …«

»Dass ich dir nachgegangen bin?«

»Ja. Normalerweise tut das niemand. Die wissen alle, dass es sowieso nicht besser wird dadurch, also lassen sie mich in Ruhe.«

»Gibt es denn etwas, wodurch es besser wird?«, fragte ich vorsichtig. Die meisten Angstpatienten hatten sogenannte Coping-Strategien, mit denen sie eine Attacke abmildern oder sogar abwehren konnten. Wenn Elijah in Therapie war, hatte er sicher einige davon gelernt.

»Nichts, das richtig gut funktioniert.« Er zupfte an dem Gummiband, das er um sein Handgelenk trug. »Wobei, doch … wenn mein Bruder da ist, kriegt er es eigentlich immer hin, dass ich nicht durchdrehe.«

Ich lächelte, nicht sicher, ob ich damit meine Gefühle verriet. Schließlich hatte ich keine Ahnung, ob Eli von Jess und mir wusste. Mein Vorname allein hatte bei ihm offenbar kein Erkennen ausgelöst. »Das muss ein toller Bruder sein.«

»Ja.« Eli sah trotz seiner Antwort traurig aus. »Er tut, was er kann.«

Die Wärme in meinem Inneren nahm noch zu, aber ich bemühte mich, nichts davon sehen zu lassen. Es ging hier nicht um Jess oder mich, sondern um Eli. »Soll ich dich allein lassen?«, bot ich an. Ich wollte ihm meine Anwesenheit nicht aufdrängen, schließlich war ich eine Fremde für ihn.

»Musst du nicht.« Er setzte sich auf die steinerne Bank, die an der Mauer stand. »Wieso weißt du hiervon und sonst kaum jemand?«

Ich ließ mich an der anderen Ecke nieder und lächelte. »Sagen wir mal so, ich habe ein gewisses Faible für versteckte Orte. Früher, als ich auf die Bradbury gegangen bin, habe ich hier meist die Pausen verbracht und gelesen. Der ganze Trubel da drinnen war mir auch oft zu viel.«

»Na, aber du musstest nie aufs Klo gehen, um zu kotzen, weil du Angst davor hattest, mit ein paar Fremden zu reden, oder?« Eli sagte es ein bisschen ironisch, ich hörte den Kummer dahinter trotzdem.

»Nur ein Mal«, gab ich zu. »Und es lag nicht an irgendwelchen Fremden, sondern am Mittagessen.« Was immer in dem Auflauf gewesen war, den sie nach Thanksgiving vor ein paar Jahren serviert hatten, es war mir nicht bekommen.

Eli drehte einen Knopf am Ärmel seines Uniformblazers. »Das bedeutet dann wohl, du bist kein Freak. Nur ein Opfer der Cafeteria.«

Ich lachte leise, wurde aber schnell wieder ernst. »Du bist auch kein Freak, nur weil du Panikattacken hast, Elijah. Jeder von uns hat Momente, in denen man unsicher ist und gerne flüchten will. Die meisten haben nur gelernt, damit umzugehen.«

»Ja, das sagt mein Bruder mir auch immer. Aber ihr habt beide unrecht. Wenn man seit Ewigkeiten nicht klarkommt, obwohl alles dafür getan wird, dann ist man ein Freak.« Sein Tonfall war sehr nüchtern. »Ich hab mal gehört, Einsicht wär der erste Schritt zur Besserung. Hat bei mir irgendwie nicht funktioniert.«

»Was bedeutet seit Ewigkeiten? Also, nur falls du mir das sagen willst.« Er kannte mich nicht, und auch wenn ich ihm gezeigt hatte, dass ich es gut mit ihm meinte, sollte er sich nicht verpflichtet fühlen, mir gegenüber offen zu sein.

Eli zog die Schultern hoch. »Schon seit fast sechs Jahren. Es hat angefangen, weil …« Er brach ab und holte tief Luft.

»Du musst nicht mit mir über die Gründe reden«, sagte ich schnell. Das Letzte, was ich wollte, war, mit meinen Fragen eine neue Attacke zu provozieren. Ich war mit ihm hier rausgegangen, um ihm zu helfen, nicht, um ihn zu konfrontieren.

»Doch, es geht schon.« Er nickte tapfer. Wahrscheinlich hatte sein Therapeut oder seine Therapeutin ihm gesagt, dass er darüber reden musste, wenn er irgendwann damit abschließen wollte. Seine Stimme war jedenfalls fest, als er mir die Antwort gab: »Ich wurde von irgendwelchen Leuten entführt, als ich neun war. Man hat mich zwar gerettet, aber die Zeit dazwischen war ziemlich scheiße. Seitdem komme ich nicht gut mit Situationen zurecht, die ich nicht kontrollieren kann.«

»Das tut mir sehr leid.«

»Mir auch.« Eli nickte. »Es wäre schön, wenn es einfach irgendein Wundermittel gäbe, das einen alles vergessen lässt, was einem je wehgetan hat.«

Ich schnaubte, eher traurig als belustigt. »Ja, das wär wirklich toll. Solltest du je eins finden, sag mir Bescheid. Ich könnte es auch gut brauchen.«

»Du?« Er sah mich fragend an. »Wofür denn?«

Zum Beispiel, um zu vergessen, dass meine Schwester tot ist.

Ich entschied, dass es höchste Zeit war, Eli die Wahrheit über mich zu sagen. Das mit Jess zu verraten war riskant – zwar wusste Trish Coldwell davon, dass zwischen uns etwas gewesen war, aber ich konnte nicht riskieren, dass sie dachte, da wäre immer noch was. Über Adam zu reden war vielleicht ebenso unklug. Was, wenn Eli genau wie seine Mutter glaubte, dass Valerie schuld an Adams Tod war? Trotzdem konnte ich nicht länger so tun, als gäbe es keine Verbindung zwischen seiner Familie und meiner.

»Du solltest da etwas wissen«, sagte ich. »Mein Nachname … ist Weston.«

Elis Überraschung dauerte nur kurz. »Natürlich, du bist *die* Helena.« Er wirkte nicht so, als würde ihn diese Tatsache verstören. Eher neugierig. »Du siehst Valerie gar nicht ähnlich.«

»Ja, ich weiß.« Ich grinste schief. »Du deinem Bruder aber auch nicht.«

Eli fasste sich in die dunklen Haarspitzen. »Ich habe einen anderen Dad. Und blond wird rezessiv vererbt. Wir hatten das neulich in Bio.« Er schaute mich an, als würde er sich etwas unwohl fühlen. Da fiel mir auf, dass ich ihm besser einen Ausweg anbot.

»Wenn ich gehen soll, sag es ruhig.«

»Warum sollte ich wollen, dass du gehst?« Er sah mich irritiert an.

»Na, weil deine Mutter glaubt, dass Valerie an Adams Tod die Schuld trägt. Ich könnte mir vorstellen, dass es nicht allzu angenehm für dich ist, mit mir hier zu sitzen, wenn du das Gleiche denkst.«

»Wer sagt, dass ich das Gleiche denke wie sie?« Eli wirkte in diesem Moment sehr erwachsen und mehr noch – sein Blick erinnerte mich total an Adam. Diesen abwartenden, skeptischen Ausdruck hatte sein Bruder auch manchmal gehabt.

»Tust du nicht?«

»Nicht mehr.« Eli atmete ein. »Ich habe es lange geglaubt, weil meine Mom es gesagt hat und auch eine Menge anderer Leute. Aber in der letzten Zeit habe ich viel darüber nachgedacht, wie Adam war, während er mit Valerie zusammen war. Glücklich und zufrieden, wie ein ganz anderer Mensch. Außerdem war er klug und hat nie was gemacht, ohne darüber nachzudenken. Ich kann mir nicht vorstellen, dass sie ihn überredet hat, Drogen zu nehmen.« Er strich mit der Hand über die steinerne Oberfläche der Bank. »Außerdem hat Jess gesagt, dass er auch nicht mehr dran glaubt. Und ich vertraue ihm.«

Ich spürte einen Kloß im Hals – ob wegen Elis Worten über Valerie und Adam oder über Jess, konnte ich nicht sagen, wahrscheinlich war es beides. Am liebsten hätte ich den Jungen gedrückt, einfach weil er so schlau war und offenbar gar nicht nach seiner Mutter kam. Aber ich wollte nicht, dass er doch noch flüchtete.

»Dann sind wir ja immerhin schon drei, die das nicht glauben«, sagte ich leise und dachte an den Abend auf der Dachterrasse, als mich Jess gebeten hatte, ihm von Valerie zu erzählen. Tränen drängten nach oben, ich schluckte sie herunter.

»Alles okay?«, fragte Eli, der meine Reaktion offenbar bemerkt hatte.

»Ja, alles bestens, danke. Ich habe mich nur an was erinnert, das schon länger vorbei ist.« Ich riss mich zusammen und holte tief Luft. Einen Moment schwiegen wir beide, bis Eli wieder etwas sagte.

»Jess vermisst dich auch.« Sein Blick war nun sehr wissend. »Er sagt es zwar nicht, aber ich kriege es trotzdem mit.«

Ich starrte ihn an. »Du … weißt von uns?« Das hatte ich nun wirklich nicht erwartet.

»Nur so halb. Er hat mal angedeutet, dass er an dich denkt, und als wir im Sommer in Europa waren, habe ich gemerkt, dass er manchmal irgendwie abwesend und traurig ist. Ich dachte, so wäre er nur, wenn wir in New York sind, deswegen kam es mir komisch vor. Also hab ich ihn gefragt und er meinte, ihr wärt ganz kurz zusammen gewesen und jetzt nicht mehr.«

Die Erinnerung an unsere Begegnung gestern auf der Straße in Greenwich war plötzlich wieder so präsent, als würde ich Jess vor mir sehen. Aber diesmal schaffte ich es, die Gefühlswelle zu stoppen, bevor sie mich überrollte. Das war in Elis Gegenwart wirklich nicht angebracht.

»Hat er dir gesagt, wieso?«, fragte ich.

»Nein. Er hat nur gesagt, es wäre nicht gut gegangen, wenn ihr weitergemacht hättet.«

Also hatte Jess Wort gehalten und nichts darüber verraten, warum ich jeden Kontakt zu ihm hatte abbrechen müssen. Es wunderte mich nicht. Er war einer der anständigsten Menschen, die ich kannte. Natürlich hielt er sich daran.

Hinter uns ertönte ein Geräusch, dann kam jemand nach draußen. Wir standen beide auf, als die Direktorin in den Innenhof trat.

»Hier seid ihr!« Sie sah uns vorwurfsvoll an. »Ich habe nach euch gesucht, ich dachte schon, es wäre was passiert.«

»Ich habe Elijah zufällig auf dem Flur getroffen und wollte ihm einen meiner Lieblingsplätze an der Schule zeigen, Direktorin.« Den Worten schickte ich ein freundliches Lächeln hinterher. Ich sagte keinen Ton über Elis Panikattacke, so als hätte ich davon gar nichts mitbekommen. Als mein Blick seinen traf, erkannte ich, dass er dankbar dafür war.

»Direktorin, ich hätte gern Helena als meine Mentorin, geht das?«, fragte er geradeheraus.

Mein Herz stockte für einen Moment, weil mich sein Vertrauen rührte, auch wenn es undenkbar war, dass seinem Wunsch tatsächlich entsprochen wurde. Und es tat mir leid. Offenbar hatte Eli wirklich keine Ahnung, was seine Mutter von mir verlangt hatte.

Mrs Hightower antwortete nicht, sondern wies stattdessen zum Eingang. »Elijah, wir reden später darüber. Geh doch schon rein, in Ordnung? Ich spreche noch kurz mit Helena.«

Jess' Bruder nickte und verschwand nach einem unsicheren Blick zu mir durch die Tür ins Gebäude.

Die Direktorin sah mich an. »Ich freue mich, dass du offenbar einen Zugang zu Elijah gefunden hast, denn das schaffen nicht viele. Aber ich glaube, wir sind uns einig, dass es keine gute Idee wäre, wenn du seine Mentorin wirst.«

»Natürlich, Direktorin.« Ich wusste nicht, ob Trish Coldwell bei ihrem Deal auch implizit ihren jüngeren Sohn gemeint hatte. Aber es war lächerlich, zu glauben, dass sie mich als Elis Mentorin akzeptieren würde. Deswegen musste ich zustimmen, auch wenn es mir wehtat, ihn einem Mentor überlassen zu müssen, der ihm nicht mit dem nötigen Feingefühl begegnete. »Dann gehe ich wohl besser wieder rein und setze die Gespräche fort. Und für Elijah findet sich hoffentlich jemand Passendes. Vorzugsweise jemand mit etwas Empathie, also besser nicht Craig Donague, der hat nämlich früher gern Leute als Psycho beschimpft.« Ich lächelte schief und ging dann zur Tür.

Eli wartete in der Bibliothek und sah mich fragend an, als ich hereinkam, die Direktorin direkt hinter mir. Ich schüttelte leicht den Kopf und sah, wie seine Schultern in sich zusammensanken und der entspannte Ausdruck in seinem Gesicht wieder dieser gehetzten Version wich.

»Keine Sorge.« Ich lächelte. »Wir finden jemanden Nettes für dich, okay? Ich kenne ein paar von denen, ich kann dir bei der Auswahl helfen.«

»Klar«, nickte er, es klang aber wie das Gegenteil. Dann ging er zum Ausgang der Bibliothek und war einige Augenblicke später verschwunden.

10
Jessiah

Gurken, Tomaten, Cheddar, Brötchen, dann Ketchup, Remoulade, die Burger-Patties … Zwiebeln fehlten noch. Dass ich ausgerechnet die vergessen hatte, zeichnete ein deutliches Bild davon, wie schlecht ich in der letzten Nacht geschlafen hatte. Ich war sogar irgendwann auf das Sofa umgezogen, weil ich geglaubt hatte, Helenas Duft in meinem Bett wahrnehmen zu können, was nach so viel Zeit und einem Bettwäschewechsel völlig unmöglich war. Vielleicht wurde es besser, wenn nach unserer Begegnung ein paar Tage ins Land gingen. Vielleicht konnte ich dann wieder oben schlafen.

Ich öffnete die kleine Vorratskammer neben der Küche und durchsuchte die Regale. Normalerweise hatte ich immer Zwiebeln da, schließlich waren sie essenziell für sehr viele Gerichte. Und tatsächlich, in einem Fach lagen noch ein paar von den roten, die für Burger super geeignet waren. Ich schnitt sie in feine Ringe und füllte sie in eine Schüssel. Gerade als ich sie auf das Tablett stellte, klingelte es an der Tür. Schnell wischte ich mir die Hände an einem Küchenhandtuch ab und ging hin, um zu öffnen.

»Pünktlich auf die Minute«, begrüßte ich Eli mit einem Grinsen, das allerdings schwächer wurde, als ich erkannte, dass nicht nur mein kleiner Bruder vor meiner Wohnung wartete, sondern auch unsere Mutter.

»Trish.« Ich nickte ihr zu, während ich versuchte, mir die Wut nicht anmerken zu lassen. Helena gestern gesehen zu haben war zusammen mit dem heutigen Besuch meiner Mutter wirklich keine gute Kombination.

»Oh yeah, Burger«, sagte Eli begeistert. »Du hast dran gedacht.«

Ich lächelte. »Klar doch. Oder denkst du, ich könnte Burger vergessen?« Wir hatten in einem Diner irgendwo in der französischen Einöde die grauenhaftesten Burger aller Zeiten gegessen und ich hatte Eli daraufhin versprochen, wirklich gute für ihn zu machen. »Kannst du das Tablett schon hochtragen? Wir essen auf der Dachterrasse.«

Mein Bruder nickte, stellte seinen Rucksack ab und nahm das Tablett. Als er oben in meinem Schlafzimmer war und die Tür zur Außentreppe öffnete, sah ich meine Mutter wieder an.

»Ich habe Eli hergefahren.« Sie deutete hinter sich. »Ich wollte ihn eigentlich nach der Schule mit einem Essen bei Giulietta überraschen, aber er sagte, dass er mit dir verabredet wäre und das auf keinen Fall absagen kann.«

Ich wusste nicht genau, ob da ein Vorwurf in ihrer Stimme war, aber allein der Gedanke, ein Essen bei Giulietta – dem Laden in New York, der zurzeit so angesagt war, dass die Betreiber ihn gnadenlos überbuchten – könnte eine schöne Überraschung für meinen Bruder sein, ließ mich innerlich schnauben.

»Wir haben das bereits vor Wochen ausgemacht.« Das stimmte nicht so richtig, denn eigentlich hatten wir erst gestern Abend geschrieben und konkret vereinbart, dass Eli heute herkommen würde. Aber ich hatte Trish schon früher angelogen, obwohl ich das nicht sonderlich gut konnte, und auch jetzt war es mir egal, ob sie es durchschaute.

Sie betrachtete mich auf eine Weise, die mir fremd war – ein bisschen wehmütig, vielleicht sogar schuldbewusst. Ich sah, wie sie Luft holte, um etwas zu sagen, den Mund dann jedoch wieder schloss. Erwartete sie, dass ich sie ebenfalls zum Essen einlud? Hoffentlich nicht.

»Ich habe heute mit einem Geschäftspartner gesprochen, der sich für ein paar Immobilien im Village interessiert«, sprach sie dann doch, auch wenn ich keine Ahnung hatte, ob es das war, was ihr auf der Zunge gelegen hatte. »Wusstest du, dass Mick Harper sein Restaurant verkauft?«

»Natürlich wusste ich das.« Wieder ein Stich in mein Herz, so als würde mein Leben nur noch daraus bestehen.

Trish hob das Kinn. »Und dennoch bist du nicht involviert? Als ich davon gehört habe, war ich mir sicher, dass du neue Betreiber dafür kennst.«

»Das stimmt auch.« Ich schob die Hände in die Taschen. »Ich habe mit Mick gesprochen, weil Balthazar Interesse hatte, aber der alte Sturkopf verkauft nicht an jemanden, den er nicht kennt. Damit war die Sache erledigt.«

»Warum kaufst du es denn nicht selbst? Die Lage ist exzellent, zusammen mit einem Konzept von dir wäre das eine echte Goldgrube.«

Ich hob eine Augenbraue. Dann entschied ich, dass die allein nicht ausreichte, und zog auch noch die zweite hoch. »Im Ernst? Du ermutigst mich dazu, ein Restaurant in New York zu eröffnen? Ist das keine, wie nanntest du es, *aufsehenerregende Verschwendung von Talent*?«

Sie stieß die Luft aus. »Du hast bewiesen, dass du auf diesem Gebiet hervorragende Arbeit leistest, Jess. Und auch wenn es mir lieber wäre, du würdest in die Firma kommen, sehe ich ein, dass es wohl nicht das Richtige für dich wäre.« Sie schaute mich an. »Wieso also nicht ein Restaurant kaufen, in das du dein Know-how stecken kannst? Ich bin sicher, du würdest etwas sehr Besonderes daraus machen.«

Wow. Wie lange hatte ich darauf gewartet, genau das zu hören? Zu hören, dass sie akzeptierte, was ich machte? Aber nach dem, was sie Helena angetan hatte, bedeutete es mir nichts mehr. Denn ich wusste, sie sagte es nur, weil sie auf ihre verdrehte Trish-Art ein schlechtes Gewissen hatte. Sie spürte, dass ich noch mehr auf Distanz gegangen war als ohnehin schon, also steuerte sie gegen, weil es das war, was sie immer tat – sie manipulierte Menschen. Nur durchschaute ich dieses Spiel.

»Das Harper's ist keine Option für mich«, sagte ich und versuchte, es nicht allzu hart klingen zu lassen. Schließlich war da immer noch die Gefahr, dass meine Mutter bemerkte, wie viel ich über den Winchester-Deal wusste.

»An deiner Stelle würde ich mir das noch einmal überlegen. Wie ich hörte, verhandelt Mick konkret mit jemandem.« Trish wandte sich zur Tür, die immer noch offen stand. »Ich wünsche euch beiden einen schönen Abend. Frank holt Eli dann morgen früh um halb acht zur Schule ab.«

»Ich sorge dafür, dass er rechtzeitig fertig ist.« Ich schloss die Tür und war froh, als ihre Schritte im Flur verhallten. Wie lange würde ich das noch durchhalten?

Ewig. Weil du gar keine andere Wahl hast.

Ich schüttelte den Kopf, um die Gedanken loszuwerden, die Trishs Worte in mir ausgelöst hatten, dann nahm ich den Teller mit den Burger-Patties und den Korb mit den selbst gebackenen Brötchen und ging damit nach oben auf die Dachterrasse. Eli lehnte am Geländer und sah hinaus auf den Hudson. Wieder einmal fiel mir auf, wie groß er mittlerweile war und wie erwachsen er manchmal wirkte.

»Alles gut bei dir, Kleiner?«

»Ja, schon.« Er nickte. »Was wollte Mom von dir?«

»Nichts Wichtiges. Es ging um ein Restaurant im Village, das verkauft werden soll. Sie wollte wissen, ob ich daran beteiligt bin.«

»Und, bist du?«

»Nein. Das ist nichts für mich.« Ich stellte das Fleisch und die Brötchen auf dem Tisch ab, der bereits für zwei Personen gedeckt war. Eli hatte dort auch die anderen Zutaten platziert. »Was gibt es Neues?«, fragte ich, bevor er weiter nachbohren konnte, was Trish anging. Es tat mir weh, wie sehr er sich wünschte, dass ich mich mit unserer Mutter verstand, aber es war ein Wunsch, den ich ihm einfach nicht erfüllen konnte.

»Heute war das erste Treffen für das Mentorenprogramm an meiner Schule«, sagte Eli und sah zu, wie ich das Gas am Grill aufdrehte. »Du weißt schon, das ist für die Leute, die keine älteren Geschwister an der Uni haben.«

Ich nickte, er hatte mir davon erzählt. Und auch wenn er nicht aussprach, dass es ihm Sorgen machte, mit einer fremden Person über seine Zukunftspläne zu sprechen, wusste ich dennoch, dass es so war. Für einen Moment spürte ich Bedauern darüber, dass ich nicht studiert hatte. So hätte ich ihm immerhin das ersparen können.

»Und? Weißt du schon, wer dich betreuen wird?« Ich wählte einen unbekümmerten Tonfall. Vielleicht war das Ganze ja gut gelaufen.

»Es kommen zwei infrage, aber wir erfahren erst nächste Woche, wer es sein wird. Ich wollte eigentlich jemand anderen, nur ging das nicht.« Er zuckte mit den Schultern, die Eli-Geste Nummer eins.

»Wieso nicht?« Ich legte die Burger-Patties auf den Grill und es zischte, als das Fleisch auf die heiße Oberfläche traf.

»Weil Mom die von der Schule vermutlich fertiggemacht hätte und die Direktorin es deswegen nicht erlaubt hat.« Wieder ein Schulterzucken.

Ich hielt inne, eine merkwürdige Ahnung im Magen. Trish mochte viele Menschen in dieser Stadt nicht, aber es gab nur eine Familie, der sie so irrational feindselig gegenüberstand. »Wer war das?«

»Helena Weston«, bestätigte er meinen Verdacht und in meinem Inneren meldete sich diese vertraute Mischung aus Kribbeln und Schmerz. Für einen Moment schwieg ich, dann hatte ich mich wieder unter Kontrolle.

»Ich wusste nicht, dass ihr euch kennt«, sagte ich dumpf.

»Tun wir nicht, ich bin ihr bis heute nie begegnet.« Eli lehnte sich erneut an das Geländer. »Es gab immer so Fünf-Minuten-Gespräche, um sich kennenzulernen, aber ich hatte schon im ersten einen Typ, der wie ein Maschinengewehr Fragen auf mich abgefeuert hat. Wo willst du studieren, was willst du studieren, wo siehst du dich in zehn Jahren, was willst du im Leben erreichen. Ich hab gemerkt, dass ich eine Attacke kriege und bin aufs Klo gerannt.« Er senkte den Blick. »Ich hatte nicht damit gerechnet, aber als ich wieder rauskam, war Helena da. Sie hat gefragt, ob es mir besser geht. Und dann hat sie mir einen geheimen Innenhof in der Schule gezeigt, wo man seine Ruhe hat, damit ich wieder runterkommen kann.«

Der Schmerz in meinem Magen wurde von heftiger Zuneigung verdrängt, als ich hörte, was Helena getan hatte. So war sie – mitfühlend und empathisch. Das war ein Grund, warum ich mich in sie verliebt hatte. Sie stempelte Menschen wie Eli nicht ab, nur weil sie Probleme hatten. Helena wollte wissen, wie jemand wirklich war, und verließ sich nicht auf das, was andere sagten. Eine ziemlich große Leistung, wenn man bedachte, aus welcher Familie sie stammte.

»Das war verdammt nett von ihr«, antwortete ich etwas verzögert. Für einen kurzen lächerlichen Augenblick spürte ich Neid, weil mein Bruder mit ihr hatte reden dürfen und ich nicht. Aber er verschwand so schnell, wie er gekommen war.

»Ja, das habe ich auch gesagt.« Eli nickte. »Sie hat übrigens gemeint, ich wäre kein Freak, nur weil ich die Attacken habe. Klang ein bisschen wie du.« Er verdrehte die Augen, dann musterte er mich aufmerksam. »Irgendwie dachte ich, *sie* hätte mit dir Schluss gemacht. Aber so hat sie nicht gewirkt, als ich über dich geredet habe. Eigentlich hat sie genauso ausgesehen wie du, wenn man ihren Namen erwähnt. Was ist wirklich zwischen euch passiert?«

»Das spielt keine Rolle, Kleiner. Es ist vorbei.« Ich wendete das Fleisch und war froh, dass die Hitze des Grills jede Regung auf meinem Gesicht unlesbar machte.

»Du hast gesagt, du würdest mich nie wieder anlügen«, erinnerte mich Eli beharrlich. »Aber jetzt tust du es doch wieder. Sie war so unglücklich, Jess. Wieso –«

»Hör auf damit!«, fuhr ich ihn an und er zuckte zusammen. Als ich es bemerkte, tat es mir sofort leid. »Entschuldige, das wollte ich nicht. Es ist nur … ich kann mit dir nicht darüber reden, okay? Das ist das Beste für dich.«

Mein kleiner Bruder sah mich an und schien direkt in mich hineinzuschauen. »Hat Mom etwas damit zu tun, dass ihr nicht zusammen seid?«

Mir stockte der Atem, weil er den Nagel dermaßen auf den Kopf traf. Aber Eli war schon immer ein hervorragender Beobachter gewesen und so intelligent, dass er daraus seine Schlüsse ziehen konnte. Verflucht zutreffende Schlüsse. Was sollte ich jetzt tun? Ihm die Wahrheit sagen? Das Verhältnis zwischen Trish und ihm auch noch zerstören? Allein die Tatsache, dass ich es war, der unter ihrer Intrige zu leiden hatte, würde ihn in einen unlösbaren Konflikt stürzen. Denn er liebte seine Mutter auf eine Weise, wie ich es nie hinbekommen hatte.

»Du weißt, dass ich dich nicht anlügen möchte«, sagte ich. »Aber eigentlich dürfte nicht einmal ich davon wissen – und wenn du es nun auch noch erfährst, dann müsste ich dich bitten, Stillschweigen zu bewahren, weil Helenas Familie sonst echte Probleme bekommt. Also lass uns das Thema vergessen, okay? Bitte.«

Das Fleisch war fertig und ich legte den Cheddar darauf, dann drehte ich das Gas runter. Eli hatte seit meiner Bitte geschwiegen, aber als ich aufsah, erkannte ich in seinem Gesicht, dass er immer noch darüber nachdachte.

»Der Winchester-Deal«, sagte er unvermittelt. »Darum geht es, oder? Um das Areal in Brooklyn, das Mom angeblich doch nicht mehr wollte.«

Er brauchte keine Antwort von mir, denn Eli hatte längst alle vorhandenen Informationen zusammengerechnet und war auf das richtige Ergebnis gekommen. Aber ich sagte trotzdem nichts, weil er in dem Moment, wo ich es ihm bestätigte, Teil des Geheimnisses wurde, das mich von innen mehr und mehr auffraß.

»Deswegen dieses Telefonat«, murmelte Eli und strich sich die Haare zurück, wie er es immer tat, wenn er nachdachte. »Am Morgen nach Adams Todestag hat sie telefoniert und zu jemandem gesagt: Ich gebe ihr etwas, bei dem sie nicht Nein sagen kann. Sie meinte Helena und das Winchester-Areal. Mom hat ihr angeboten, dass die Westons den Zuschlag bekommen, wenn sie sich von dir fernhält, richtig?«

Beinahe hätte ich aufgelacht, weil das so hundertprozentig akkurat war, dass es wehtat. Plötzlich kam mir mein Plan, Eli raushalten zu wollen, lächerlich vor. Er war kein kleiner Junge mehr und bekam so viel mit, dass es fast unmöglich war,

Geheimnisse vor ihm zu haben. Ob Trish wusste, dass er ihre Telefonate belauschte? Oder unterschätzte sie ihn, weil er erst fünfzehn war und außerdem psychische Probleme hatte? Es hätte zu ihr gepasst.

»Wieso hat sie das getan?« Er schüttelte den Kopf.

»Ich weiß es nicht.« Ich atmete aus. »Vermutlich aus dem gleichen Grund, warum sie Valerie und Adam trennen wollte – sie hasst die Westons wie die Pest, weil die alles verkörpern, was sie für falsch hält. Und seit die beiden tot sind, ist es noch schlimmer geworden. Sie ist nicht rational, was das angeht. Sonst hätte sie kaum so ein lukratives Projekt aufgegeben.«

Eli holte Luft, aber dann fiel sein Blick auf den Grill.

»Jess, der Käse!«

»Oh, fuck!« Der Cheddar war längst zu einer flüssigen orangefarbenen Masse geworden, der zwischen den Rillen des Grillrosts in die Auffangschale tropfte. Eilig nahm ich das Fleisch herunter und legte es auf den Teller, der dafür bereitstand. Als wir zum Tisch gingen und damit begannen, unsere Burger zu belegen, war das Thema für meinen Bruder jedoch immer noch nicht beendet.

»Gibt es denn wirklich gar nichts, was ihr tun könnt?«, fragte er und verteilte Ketchup auf seinem Brötchen. »Ihr könntet euch doch heimlich treffen, irgendwo, wo Mom es nicht mitbekommt.«

Ich senkte meinen Blick auf die Zwiebeln in meiner Hand. »Selbst wenn Helena sich darauf einlassen würde – was sie niemals tun wird –, was würde das bringen? Ich weiß, es klingt romantisch, aber wie lange kann man eine Beziehung aufrechterhalten, von der niemand wissen darf? Ohne sicher sein zu können, dass es nicht doch irgendwann rauskommt? Kein Mensch kann auf diese Art glücklich werden.« Nicht einmal Menschen, die einander so sehr wollten wie wir.

»Verstehe.« Eli nickte. »Auch wenn das verdammt unfair ist.«

»Ja, ist es.« Ich räusperte mich, bevor meine Gefühle die Oberhand gewinnen konnten, dann deutete ich auf seinen Teller. »Wir sollten essen, kalt schmecken sie nicht.«

Mein Bruder nahm seinen Burger in die Hand, biss aber noch nicht hinein, sondern sah mich darüber hinweg ernst an. »Ich will nur noch eins sagen: Falls ihr es je versuchen solltet und ich dabei helfen kann, mach ich das.«

Ein warmes Gefühl flutete meinen Bauch, als ich ihn das sagen hörte. »Danke, Kleiner. Das weiß ich sehr zu schätzen.« Auch wenn es nicht dazu kommen würde. Ich selbst wäre vielleicht bereit gewesen, es zu versuchen – aber nicht, Helena diese ständige Angst zuzumuten. Selbst wenn das zwischen uns so stark war, wie ich glaubte, würden wir daran zerbrechen. Weil Geheimnisse wie Gift waren, das langsam und qualvoll tötete. So war es immer gewesen.

Und so würde es immer sein.

11
Helena

New Jersey hatte bei den New Yorkern keinen guten Ruf. Manche von ihnen betrachteten unseren Nachbarstaat, der nur durch den Hudson von Manhattan getrennt wurde, als einen Schandfleck voller Gewalt, organisierter Kriminalität und Korruption. Auch ich war mit dem Naserümpfen aufgewachsen, das bei der Erwähnung von New Jersey wie ein Reflex in den Gesichtern von New Yorkern auftauchte. Dabei hatte der Staat wirklich schöne Ecken, eine beeindruckende Natur und die Menschen waren oft freundlich und hilfsbereit. Ich war einmal mit Valerie zusammen auf dem Weg zu einem Outlet-Verkauf von Missoni mit dem altersschwachen Auto von Malia liegen geblieben – meine Schwester hatte unbedingt selbst fahren wollen, weil das sonst das Erlebnis kaputtmachte, wie sie gesagt hatte – und es hatten gleich mehrere Leute angehalten, um uns zu helfen. Gut, vielleicht hatte das eher daran gelegen, dass Valerie umwerfend schön gewesen war und einen Rock getragen hatte. Aber ich hatte den Trip dennoch in guter Erinnerung. Auch wenn mir wie immer ein Stich des Vermissens in den Magen fuhr, wenn ich an meine Schwester dachte.

Der Ortsteil, in dem das Community Center lag, wo Thea Wallis arbeitete, gehörte jedoch nicht zu den schöneren Ecken von Jersey. Eigentlich gehörte der größte Teil der Stadt Elizabeth nicht dazu, wie mir bei der Fahrt hierher aufgefallen war. Viele der halbhohen Gebäude aus Backstein waren sanierungsbedürftig, zahlreiche Läden geschlossen oder heruntergekommen. Es hätte kaum einen größeren Kontrast zu dem Teil von Manhattan geben können, in dem ich lebte.

Ich hatte mich am Morgen von Raymond zur Uni fahren lassen und dann ein Taxi zum Bahnhof genommen, um mit dem Zug herzukommen. Es waren bereits zehn Tage vergangen, seit meine Mutter den ersten Versuch vereitelt hatte, aber es hatte bis heute einfach keine Gelegenheit gegeben. Entweder waren in der Uni Seminare gewesen, bei denen Referate vergeben wurden und daher Anwesenheitspflicht bestand, oder meine Familie hatte mich für öffentliche Anlässe gebraucht. Seit die Westons wieder ihre alte Größe erlangt hatten, wollten noch mehr Menschen mit uns essen oder luden uns zu Veranstaltungen ein – und da meine Mutter nach wie vor den Kurs fuhr, mich als Vorzeigetochter zu präsentieren, konnte ich mich kaum weigern. Dabei hätte ich es so gerne getan. Und wie. Vor allem, weil sie mir immer noch nicht gesagt hatte, ob sie darüber nachdachte, mir doch den Wechsel an die NYU zu erlauben. *Wir werden sehen*, das war ihre einzige Aussage dazu. Sie hielt mich hin, das wusste ich. Aber ich hatte mir vorgenommen, sie noch diese Woche auf eine konkrete Antwort festzunageln.

Das Center lag in einem Viertel von Elizabeth, das noch ein bisschen heruntergekommener zu sein schien als das letzte, durch das wir gefahren waren. Es war ein weiß gestrichenes Haus mit dem Schriftzug der Einrichtung über der Tür, vor dem einige Kinderroller und Fahrräder standen. Ich bezahlte den Taxifahrer mit Bargeld und stieg aus, ging auf das Gebäude zu, gemeinsam mit der Aufregung, die bereits in mir kribbelte, seit ich losgefahren war. Würde mir Thea irgendetwas geben, mit dem ich Valerie entlasten konnte? Oder war das hier eine Sackgasse und ich musste ganz von vorne beginnen?

Die Tür stand offen und ich ging hinein. Es wirkte einladend, die Wände waren gelb, der Tresen am Eingang aus hellem Holz. An einem Tisch saßen zwei Frauen und spielten ein Gesellschaftsspiel mit einigen Kindern, ein paar andere rannten gerade nach hinten in den Garten.

»Hi, kann ich Ihnen helfen?« Die große Frau hinter dem Tresen musterte mich aufmerksam, und obwohl ich mich sehr unauffällig angezogen hatte, war ich sicher, dass sie mir ansehen konnte, aus welcher Art von Familie ich stammte.

»Das hoffe ich«, lächelte ich und versuchte es erst einmal mit der direkten Frage. »Können Sie mir sagen, wo ich Thea Wallis finde? Mir wurde gesagt, sie arbeitet hier.« Malia und ich hatten überlegt, dass ich zunächst in der Einrichtung nach den Spenden von Adam fragte, aber das Risiko, dass dann Trish Coldwell davon Wind bekam, war zu hoch. Also hoffte ich darauf, dass Thea mir weiterhelfen würde, wenn ich sie erst einmal gefunden hatte.

»Thea? Was wollen Sie von ihr?« Okay, Misstrauen war hier wohl eine der Einstellungsvoraussetzungen, aber ich nahm es der Frau nicht übel. Sie musste ihre Kolleginnen schützen, ich verstand das. In den letzten Tagen hatte ich mir unzählige Geschichten überlegt, wie ich an Thea herankommen konnte, ohne Misstrauen zu erregen. Und mich am Ende für eine davon entschieden.

»Es geht um eine Erbschaft«, sagte ich. »Ich arbeite für eine Kanzlei in New York, die sich auf Nachlassverwaltung spezialisiert hat. Bei einem unserer Fälle hat sich gezeigt, dass Thea Wallis die Begünstigte eines Verstorbenen ist, den wir betreut haben.«

Das Misstrauen war immer noch da. »Erbschaft? Wer ist denn da in New York gestorben, der Thea Geld geben will?«

»Das kann ich Ihnen leider nicht sagen, Ma'am.« Ich schaltete mein Lächeln noch eine Stufe höher. »Der Datenschutz, Sie verstehen.«

»Ja, natürlich. Damit haben wir auch oft zu tun.« Sie nickte. »Leider kann ich Ihnen nicht weiterhelfen. Thea ist nicht hier. Sie hat heute frei.«

Na super. Das bedeutete, ich war vollkommen umsonst nach Jersey rausgefahren und musste nun einen neuen Tag finden, an dem ich es ein zweites Mal versuchen konnte? *Vielleicht nicht.*

»Sie haben nicht zufällig ihre Adresse für mich?« Jetzt war ich am Anschlag, was mein freundlichstes Lächeln anging. Mehr war nicht drin.

Die Frau schien nicht ganz so misstrauisch zu sein wie noch vor fünf Minuten, aber auch nicht bereit, mir zu vertrauen. »Ich kann Thea anrufen und fragen, ob es ihr recht ist. Wenn Sie kurz warten würden?«

»Natürlich, Ma'am. Vielen Dank für Ihre Mühe, ich weiß das zu schätzen.« Angespannt wippte ich auf den Fußballen, während die Frau in ihr Büro ging und den Hörer in die Hand nahm. Falls Thea nicht einverstanden war, würde ich nie rauskriegen, wo sie momentan wohnte, denn bei der Polizei war keine Adresse von ihr hinterlegt. Malia meinte, das wäre nicht ungewöhnlich, weil es in den USA keine Meldepflicht gab und man Leute daher meist nur über Stromanbieter oder Vermieter finden konnte. Da es aber aufwendig – und auffällig – gewesen wäre, dort eine Abfrage zu machen, hatte ich gesagt, ich würde es erst einmal bei ihrer Arbeitsstelle versuchen.

Die Frau führte ihr Telefonat, von dem ich nichts verstand, weil die Tür geschlossen war. Dann legte sie auf, notierte etwas und kam zurück, einen undurchdringlichen Ausdruck auf dem

Gesicht. Ich wagte dennoch zu hoffen, dass das Gespräch positiv für mich gelaufen war.

»Sie hat gesagt, es ist in Ordnung, wenn Sie vorbeikommen. Das hier ist die Adresse ihrer WG.« Sie schob mir den Zettel rüber. »Wie war noch mal Ihr Name?«

»Oh, ich bin Helen. Helen Miller von Parker, Rogers & Associates. Vielen Dank, Ma'am. Das hilft mir sehr weiter und Miss Wallis am Ende sicherlich auch.«

»Jaja, keine Ursache. Ich hoffe nur, Thea wird weiterhin für uns arbeiten, wenn sie ihre Erbschaft bekommen hat. Ohne sie wären wir hier wirklich aufgeschmissen.«

»Keine Sorge, so viel ist es nicht. Auf Wiedersehen. Und danke noch mal.« Ich lächelte ein letztes Mal und wandte mich zur Tür. Als ich hindurchgegangen war, atmete ich durch und sah auf den Zettel mit der Adresse in meiner Hand. Ich umfasste ihn fester und ging zur Straße, während mein Herz kräftig schlug. Dann nahm ich mein Handy und rief mir ein Taxi.

Das Viertel, in dem Thea wohnte, war nur ein paar Fahrminuten vom Center entfernt und schien keine der besseren Ecken zu sein – der Taxifahrer sagte zumindest so etwas, bevor er mich abkassierte und ich dann ausstieg. Das schmale Reihenhäuschen mit der grünen Holzverkleidung hatte definitiv seine guten Jahre hinter sich, die Fensterläden hingen schief oder fehlten ganz, der Zaun um das Grundstück war voller Löcher und verrostet. Schwer vorstellbar, dass eine Frau, die hier lebte, einmal eine Beziehung mit Adam Coldwell gehabt hatte. Nicht, dass ich der Ansicht war, Leute aus unseren Kreisen sollten nur mit ihresgleichen zusammen sein, aber häufig scheiterten solche ungleichen Verbindungen schnell an der Realität: Entweder weil die Vorstellungen von einer gemeinsamen Zukunft grundlegend unterschiedlich waren oder weil der weniger wohlhabende Teil ein Problem damit hatte, vom Geld des anderen zu leben. Das galt natürlich nicht für die Leute, die genau das anstrebten. Aber ich glaubte nicht, dass Thea Wallis zu ihnen gehörte.

Ich schob das quietschende Tor zum Vorgarten auf und ging zum Haus, an den Spielsachen vorbei, die auf dem moosigen Gras herumlagen: ein rosafarbenes Fahrrad, ein Hüpfball und kleine Gartengeräte für Kinder. Die Angestellte im Center hatte von einer WG gesprochen und an der Tür standen drei Namen. Offenbar hatte einer von Theas Mitbewohnern ein Kind.

Auf der Veranda des Nachbarhauses saß eine Frau und rauchte eine Zigarette, während sie mich mit einer Mischung aus Argwohn und Neugier musterte. Ich ignorierte sie, klopfte an die Tür und wartete.

Es dauerte keine zehn Sekunden, da öffnete sie sich und die junge Frau vom Foto stand dahinter. Sie wirkte müder als auf ihrem Bild und hatte die Haare zu einem Knoten hochgedreht, aber sie war es eindeutig.

»Hi«, sagte ich und lächelte. »Du bist Thea Wallis, richtig?«

»Ja, das stimmt.« Sie nickte, aber ich merkte ihr an, dass sie sich mit der Situation alles andere als wohl fühlte. Ihr Blick huschte zur Straße, dann wieder zu mir. »Meine Chefin sagte, du wärst wegen einer Erbschaft hier. Stimmt das?«

»Das stimmt … nicht.« Die Wahrheit musste raus und je eher ich sie sagte, desto weniger Vertrauen ging verloren. Aber kaum hatte ich sie ausgesprochen, trat Panik in Theas Augen und sie machte einen Schritt zurück, den Knauf immer noch in der Hand.

»Du solltest gehen. Sofort.« Dann knallte sie mir die Tür vor der Nase zu.

»Thea, bitte!«, rief ich halblaut und hoffte, sie würde mich hören. »Es ist wirklich wichtig! Gib mir nur fünf Minuten, um alles zu erklären.«

»Hau ab!«, erklang es dumpf von drinnen. »Von irgendwelchen Leuten, die Trish Coldwell zu mir schickt, will ich keine Erklärungen!«

Moment. Hatte sie gerade Trish Coldwell gesagt? Jetzt wurde es interessant.

»Ich komme nicht von den Coldwells«, sagte ich mit Nachdruck, weil das meine einzige Chance war. »Im Gegenteil, ich bin Helena Weston, Valeries Schwester. Und ich brauche deine Hilfe!«

Eine oder zwei Minuten passierte nichts und ich war kurz davor, aufzugeben und zu gehen, schon allein deswegen, weil die rauchende Nachbarin nun so wirkte, als würde sie gleich rüberkommen und mich eigenhändig auf die Straße setzen. Da öffnete sich die Tür jedoch wieder und Thea schaute mich kaum weniger skeptisch an als zuvor.

»Du bist Helena Weston?«, fragte sie ungläubig.

Schnell nickte ich. »Ich weiß, ich sehe Valerie nicht ähnlich.« Das schien langsam zum Running Gag meines Lebens zu werden.

»Stimmt, aber es war nicht das, was ich meinte. Wieso kommt eine Weston hier raus nach Jersey? Und lügt dann auch noch meine Chefin an, um an meine Adresse zu kommen?«

Ich machte ein zerknirschtes Gesicht. »Das war nicht, um dich zu täuschen. Sondern eher, um nicht aufzufallen. Du weißt vielleicht, wie bekannt unser Name in New York und Umgebung ist. Und meine Eltern dürfen auf keinen Fall erfahren, dass ich hier bin.«

Thea schien mir zu glauben und mich trotz meines Nachnamens für vertrauenswürdig zu halten, denn sie nickte und trat einen Schritt zur Seite. »Na, dann komm mal rein, Helena Weston.«

Wir gingen durch einen schmalen, dunklen Flur und kamen dann in dem Raum an, der offenbar Wohn- und Esszimmer war und direkt an die Küche grenzte. Das Haus war innen ähnlich marode wie außen – der Anstrich hatte deutliche Gebrauchspuren, ebenso wie die beiden Sofas mit hellen Überwürfen oder Tisch und Stühle im Essbereich. Alles war alt und abgewohnt und hätte dringend eine Renovierung gebraucht. Der billige Laminatfußboden löste sich langsam auf, und wenn ich mich nicht täuschte, war da ein feuchter Fleck an der einen Wand, der nach Wasserschaden aussah. Ich riss meinen Blick davon los.

»Möchtest du einen Tee?«, fragte mich Thea und ging in die Küche. »Ich hab gerade Pfefferminz gemacht.«

»Gerne, danke.« Ich blieb unschlüssig im Wohnzimmer stehen. »Lebst du schon lange hier?«

Thea nahm zwei Tassen aus dem Schrank und griff nach einer Thermoskanne, um einzuschenken. »Etwa ein knappes Jahr. Ich weiß, es ist keine gute Gegend und das Haus fällt irgendwann in nächster Zeit auseinander. Aber was Besseres konnte ich mir nicht leisten. Und meine Mitbewohnerinnen sind echt in Ordnung.«

Dann war der Job im Community Center wohl nicht allzu gut bezahlt. Das wunderte mich nicht, die meisten staatlichen Organisationen mussten sparen, wo es nur ging.

»Setz dich.« Thea stellte die Tassen auf den Tisch und nahm auf einem der Stühle Platz. Ich wählte den gegenüber. »Also, du hast gesagt, du bist hier, weil du meine Hilfe brauchst. Wie kann ich einer Weston helfen?«

Ich überging die Irritation in ihrer Stimme einfach. »Es ist so, dass ich auf der Suche nach Informationen bin, was den Tod von Adam und Valerie angeht. Du hast sicher mitbekommen, dass die Medien nach dem Unglück sehr … einseitig berichtet haben.«

»Oh ja.« Thea nickte. »Das war eine richtige Hexenjagd, was Adams Mutter da veranstaltet hat. Ich habe es nicht in allen Einzelheiten verfolgt, aber es war wirklich furchtbar.«

Ich stutzte angesichts ihrer deutlichen Reaktion, dann fiel mir jedoch auf, dass es passte – als sie geglaubt hatte, ich käme von Trish Coldwell, hatte sie mir die Tür vor der Nase zugeschlagen. Nachdem sie jedoch erfahren hatte, dass ich Valeries Schwester war, hatte sie mich reingelassen. Thea schien nicht die Meinung zu teilen, dass Valerie die Schuld an Adams Tod trug. Wahrscheinlich sorgte das dafür, dass ich beschloss, ihr zu vertrauen.

»Ja, das war es. Deswegen versuche ich, der Wahrheit auf den Grund zu gehen. Herauszufinden, was wirklich passiert ist.«

»Verstehe.« Thea nahm die Tasse in beide Hände. »Aber was kann ich da tun? Adam und ich waren schon Ewigkeiten getrennt, als er gestorben ist. Und ich war auch nicht bei dieser Party.«

Ich trank einen Schluck Tee, um mich zu wappnen. Vielleicht war das der britische Anteil in mir, der glaubte, es würde helfen. Dann sah ich Thea an. »Ein Freund von ihr hat behauptet, Valerie hätte ihm Geld gegeben, um Drogen für die Verlobungsparty zu kaufen. Zehntausend Dollar.«

In Theas Gesicht zuckte es und ich war mir plötzlich sicher, dass sie genau wusste, worauf ich hinauswollte. Trotzdem sprach ich weiter. »Ich habe daraufhin mit meinem Bruder geredet, der sagte, dass Valerie das Geld für einen Freund von ihr brauchte. Wir glauben, dass sie es Adam gegeben hat.«

»Und dann hast du herausgefunden, dass er das Center unterstützt hat und bist auf mich gekommen. Die Ex.« Thea schaute in ihre Tasse und wirkte mit einem Mal extrem verschlossen. »Gut recherchiert, das muss man dir lassen.«

»Es interessiert mich nicht, wofür du das Geld gebraucht hast«, sagte ich schnell. »Wirklich, das ist mir vollkommen egal. Ich muss nur wissen, dass Adam es dir gegeben hat, weil ich dann den Beweis habe, dass der Typ, der meine Schwester beschuldigt, lügt.«

Ich sah, dass Thea mit sich kämpfte, dann schüttelte sie den Kopf. »Es tut mir leid, Helena, aber ich kann dir das nicht bestätigen. Denn wenn du es benutzt, um Valerie zu entlasten, dann ...« Sie brach ab und in dem Moment hörte ich, dass jemand die Treppe hinunterkam. Ich erwartete eine ihrer Mitbewohnerinnen, stattdessen war es jedoch ein kleines Mädchen, das ein Stoffpferd in der einen und einen leeren Kunststoffbecher in der anderen Hand hielt.

»Mommy, ich hab Durst«, verkündete sie etwas zaghaft.

Thea sprang sofort auf und lief zu ihr. »Ich habe dir doch gesagt, du sollst oben bleiben, Lilly«, sagte sie zu dem Mädchen, und obwohl sie freundlich klang, hörte ich doch einen panischen Unterton heraus, den ich mir nicht erklären konnte.

Bis ich das Kind genauer ansah.

Lilly war vielleicht fünf oder sechs Jahre alt, blond, mit hübschen blaugrauen Augen und einem rundlichen Gesicht, aus dem die pure Neugier sprach, als sie mich anschaute. Allerdings schaffte ich es in diesem Moment nicht, sie anzulächeln, denn ich verstand plötzlich, warum sich Thea so verhielt. Warum sie Trish Coldwell fürchtete und wieso sie vor Adams Tod regelmäßig Geld von ihm bekommen hatte. Mir verschlug es den Atem, als mich die Wahrheit wie ein Blitz traf.

Heilige Scheiße. Lilly ist Adams Tochter.

12
Helena

Es gab kaum einen Zweifel, denn die Kleine sah genau aus wie er. Und auch zeitlich kam es hin: Thea und Adam waren am Ende der Highschool zusammen gewesen, was ungefähr sechs oder sieben Jahre her sein musste. Er war also tatsächlich *Vater* gewesen und niemand hatte davon gewusst? Nur er und vielleicht noch Valerie? Denn sie hatte ihm schließlich die zehntausend Dollar gegeben und ich konnte mir kaum vorstellen, dass er ihr nicht gesagt hatte, wofür er sie brauchte.

»Sie ist von ihm, richtig? Von Adam?« Ich wollte Gewissheit, obwohl ich sie eigentlich längst hatte.

Thea drehte sich ruckartig zu mir um. »Bitte, du darfst es niemandem sagen, Helena! Wenn das rauskommt, wäre es eine Katastrophe für uns!«

»Ich sage es niemandem, bestimmt nicht«, versprach ich sofort, dachte aber in der gleichen Sekunde an Jess. Er hatte eine Nichte und keine Ahnung davon. Dabei war ich mir sicher, dass er furchtbar gern ihr Onkel und für Thea und sie da gewesen wäre. Denn dass sie Unterstützung brauchen konnten, war klar. Eine alleinerziehende Mom zu sein war alles andere als leicht und mit wenig Geld war es noch viel schwieriger. Aber vorerst sagte ich nichts über ihn. Stattdessen lächelte ich das Mädchen an, das nach wie vor unschlüssig am Ende der Treppe stand.

»Hi, Lilly«, begrüßte ich sie. »Ich bin Helena. Freut mich, dich kennenzulernen.«

»Hi.« Die Kleine kam näher und Thea ließ es zu, auch wenn ich erkennen konnte, dass sie immer noch Angst hatte, ich könnte ihr Geheimnis verraten. Ihre Tochter schaute mich hingegen neugierig an.

»Das ist ja ein schönes Pferd, was du da hast. Hat es einen Namen?« Ich hatte in meinem Leben bisher nicht viel mit Kindern zu tun gehabt, aber so etwas sagte man doch, wenn man einem begegnete, oder?

»Mr Horseshoe«, klärte Lilly mich auf und ihr Blick wurde vorsichtig. »Bist du von der Bank?«

»Von der ... Nein, bin ich nicht, Süße. Ich bin eine Freundin von deiner Mom.« Das stimmte nicht ganz, aber es war wohl die einfachste Lösung, um dem kleinen Mädchen die Sorgenfalte zu nehmen, die sich auf ihrer glatten Stirn gebildet hatte. Wie oft waren Leute von der Bank hier, dass eine Sechsjährige mich so etwas fragte?

Thea strich ihrer Tochter über den Kopf und gab ihr dann den mit Wasser gefüllten Becher. »Mäuschen, willst du ein bisschen da drüben spielen? Helena und ich müssen noch etwas besprechen.«

Das Mädchen nickte, wuselte davon und setzte sich auf den Teppich vor der Couch, in der Hand zwei alte Barbiepuppen, die sie aus einem Korb neben dem Fernseher geholt hatte und mit denen sie ein lebhaftes Gespräch begann. Ich schüttelte leicht den Kopf, immer noch sprachlos über diese Neuigkeit.

»Vielleicht verstehst du jetzt, warum ich dir nicht helfen kann«, sagte Thea. »Denn dann müsste ich erklären, warum Adam mir das Geld gegeben hat, und das geht einfach nicht.«

Das verstand ich tatsächlich, auch wenn es bedeutete, dass ich meine aktuell einzige Möglichkeit, Valeries Ruf zu retten, aufgeben musste. »Ja, natürlich. Ich finde einen anderen Weg. Kein Problem.« Es war ein Problem, ein großes sogar, aber ich würde niemals ein kleines Mädchen dazu benutzen, mein Ziel zu erreichen. Mal abgesehen davon, dass ich mir das nie verzeihen würde, hätte auch Valerie es nicht gewollt.

»Sie ist mein Ein und Alles – und das, obwohl sie nicht geplant war.« Thea sprach leise, sicherlich damit ihre Tochter nichts mitbekam. »Dass ich trotz Pille schwanger bin, habe ich erst gemerkt, nachdem Adam und ich uns bereits getrennt hatten. Im ersten Moment habe ich gedacht, ich verschweige es ihm, aber ich habe meinen Dad nie kennengelernt und wollte nicht, dass es meinem Kind genauso geht. Ad hat natürlich sofort gesagt, dass wir die Trennung vergessen, er hat sogar von Hochzeit gesprochen, anständiger Kerl, der er war. Aber ich wollte das nicht. Ich wusste, dass wir niemals glücklich geworden wären.«

»Aber ihr wart doch ineinander verliebt, oder?«, fragte ich nach. Sie würde mir schon sagen, wenn mich das nichts anging. »Warum habt ihr euch getrennt?«

»Ach, das … es hat einfach nicht gepasst. Ich wollte nicht zu seiner Welt gehören und ich glaube auch, dass er sich mit meiner nie richtig anfreunden konnte. Und dann war da noch seine Mutter, die mich gehasst hat wie die Pest. Sie hat mich immer angesehen, als wäre ich irgendwas Ekliges, das an der Sohle ihres Zweitausend-Dollar-Louboutin klebt. Ich war wohl gar nicht das, was sie sich für ihren Goldjungen vorgestellt hat.« Thea schnaubte und ich wusste genau, was sie meinte. Trish Coldwell als Schwiegermutter war schlimmer als all die bösen Stiefmütter aus den Märchen zusammen.

»Dann habt ihr Trish deswegen verschwiegen, dass ihr ein

gemeinsames Kind habt?« Es leuchtete mir ein. Ich hätte wohl auch alles getan, damit sie das nicht herausfand.

»Auch, ja. Aber in erster Linie, weil Adam Angst hatte, sie würde verlangen, dass Lilly bei ihm lebt – oder, noch schlimmer, bei ihr. Und jetzt, wo er tot ist …« Thea senkte ihren Blick. »Du weißt, welche Macht diese Frau hat, und du siehst, wie wir hier leben. Sie müsste nur mit dem Finger schnippen und irgendein Behördenfuzzi würde einen Grund für Kindeswohlgefährdung erfinden, um mir Lilly wegzunehmen.«

Und das war es, was sie hundertprozentig tun würde, wenn sie dafür dieses kleine Mädchen bei sich hätte, das Adam wie aus dem Gesicht geschnitten war.

»Keine Sorge, ich verspreche dir, dass ich kein Sterbenswort darüber verliere. Niemand hasst Trish Coldwell mehr als ich, glaub mir.«

»Das kann ich mir vorstellen, nach allem, was sie Valerie angetan hat.« Thea schüttelte leicht den Kopf. »Es tut mir leid, dass du deine Schwester verloren hast. Ich mochte sie und bin überzeugt, dass nichts von dem wahr ist, was gesagt wird.«

Überrascht sah ich auf. »Du kanntest sie? Dann wusste Valerie von Lilly?«

»Ja. Und sie hat großartig reagiert.« Thea lächelte. »Die beiden waren ein paar Monate zusammen, da hat Adam es ihr mit meinem Einverständnis gesagt. Valerie hat mich daraufhin angerufen und gefragt, ob sie kommen und uns kennenlernen darf. Ich fand es ein bisschen ungewöhnlich, war aber einverstanden. Zwei Tage später ist sie angerückt, mit einer riesigen Ladung an Spielzeug und Stofftieren, und sie hat mir erklärt, dass sie niemals irgendetwas tun würde, um Adam von mir oder Lilly fernzuhalten. Und dass ich mich immer melden kann, wenn etwas ist.«

»Ja, so war sie.« Mein Herz schmerzte und für einen Augenblick vermisste ich meine Schwester noch ein bisschen mehr. Sie war warmherzig und loyal gewesen, auch wenn sie das nicht jedem gezeigt hatte.

»Es war sicher nicht leicht für dich, nach ihrem Tod weiterzumachen«, sagte Thea mitfühlend und ich nickte, schluckte den Kloß in meinem Hals mithilfe des Tees herunter.

»Genauso wenig wie für dich. Oder eher euch beide.« Auch wenn Adam sich vorher finanziell um sie gekümmert hatte, schien vollkommen klar, dass diese Unterstützung geendet hatte, als er gestorben war.

Thea schüttelte den Kopf. »Nein, wirklich nicht. Wir waren zwar nicht mehr zusammen, aber Adam war trotzdem für Lilly und mich da. Nicht nur, indem er uns unter die Arme gegriffen hat, was das Geld anging, er ist auch regelmäßig nach Jersey rausgekommen, um Zeit mit Lilly zu verbringen. Er war einfach ein viel zu guter Kerl. Wir vermissen ihn wahnsinnig.« Sie lächelte traurig, als sie zu ihrer Tochter sah. Und ich dachte daran, wie sehr mir nicht nur Valerie, sondern auch Adam fehlte. Das Ziehen in meinem Magen wurde unangenehm heftig, aber ich drängte es beiseite. Es ging hier gerade nicht um meinen Schmerz.

Lilly spielte immer noch auf dem Teppich und holte sich ihr Stoffpferd, auf dem die Barbies offenbar reiten sollten. Bei der Bewegung rutschte der Rock des Mädchens ein Stück über ihrem Bein hoch und ich sah eine lange dunkelrote Narbe an ihrer Wade, die bis zu ihrem Knie reichte.

»Was ist da passiert?«, fragte ich, ohne darüber nachzudenken, ob das zu indiskret war.

»Ein Unfall.« Theas Miene wurde noch unglücklicher. »Sie ist vor etwa einem Jahr mit dem Fahrrad gestürzt, direkt vor ein Auto. Wir hatten Glück, dass ihr zertrümmertes Bein alles war, was sie davongetragen hat. Die Behandlung war langwierig und teuer, aber heute kann sie ohne Schmerzen leben und hat nur die Narbe zurückbehalten.«

Und all das hatte sie mit ihrer Tochter allein durchstehen müssen, weil Adam bereits tot gewesen war und sie seine reiche Mutter nicht um Unterstützung hatte bitten können.

»Dann wohnt ihr deswegen hier?« Sie hatte gesagt, sie wäre vor einem knappen Jahr eingezogen.

»Ja. Die Miete der anderen Wohnung konnte ich mir nicht länger leisten und ich habe keine Familie, die hätte aushelfen können. Also habe ich alles verkauft – das Auto, die Möbel, ein paar Erbstücke von meiner Oma. Es hat gerade so gereicht, aber für mehr dann nicht. Ich will mich trotzdem nicht beschweren. Lilly geht es wieder gut, und wenn ich ordentlich Überstunden mache und eine Weile spare, können wir uns bestimmt auch wieder etwas Besseres leisten.«

Obwohl ich ihr das glaubte, zog sich alles in mir vor Scham zusammen. Ich lebte im teuersten Gebäude an der Park Avenue, hatte Kleidung für Abertausende von Dollar im Schrank, die ich zum großen Teil gar nicht anzog, und dank der Kreditkarte mit kaum zu erreichendem Limit konnte ich mir alles leisten, was ich haben wollte. Wie ungerecht die Welt war, sah ich meistens nicht. Aber in diesem Moment war es mir mehr als klar.

Nur konnte ich nichts daran ändern. All meine Ausgaben wurden von meinen Eltern überwacht – es war ihnen schon immer wichtig gewesen, wofür wir ihr Geld verwendeten. Und auf meinem Konto waren keine größeren Summen vorhanden, da mein Treuhandfonds erst mit fünfundzwanzig ausbezahlt wurde und ich anders als Valerie auch kein eigenes Geld verdiente. Ich konnte Thea nicht helfen, so gern ich das wollte.

Aber es gibt jemanden, der es könnte.

»Sag mal«, begann ich vorsichtig, »kennst du eigentlich

Adams Bruder?« Es wäre die perfekte Lösung, für beide Seiten. Und auch falls Thea ablehnte, würde ich mir nicht verzeihen, wenn ich nicht wenigstens versuchte, sie davon zu überzeugen, dass es eine gute Idee war.

»Jess? Ja, natürlich.« Sie nickte. »Er war in einer heftigen Phase, als Adam und ich zusammen waren, er hat ständig mit Trish gestritten und Ad musste schlichten. Ist er nach dem Abschluss nicht ausgewandert? Adam hat gesagt, Jess hätte New York immer gehasst.«

Okay, offenbar hatte sie in den letzten Jahren wirklich strikt Abstand zu den Coldwells gehalten. Vermutlich war sie nicht einmal bei Adams Beerdigung gewesen, um Lilly zu schützen.

»Jess ist wieder in New York«, sagte ich und versuchte, dabei so unbeteiligt zu wirken wie möglich. Wahrscheinlich vollkommen vergeblich. »Und ich bin mir sehr sicher, dass er gerne wüsste, dass er eine Nichte hat.«

Thea starrte mich an, wieder genauso erschrocken wie vorhin. »Nein, auf keinen Fall. Niemand aus dem Umfeld von Trish darf das wissen, sonst –«

»Jess *verabscheut* seine Mutter«, unterbrach ich sie. Es wirkte vielleicht wie eine Anmaßung, dass ich das einfach behauptete. Aber ich erinnerte mich an seinen Gesichtsausdruck, als ich ihm gesagt hatte, dass sie mich zwang, mich von ihm fernzuhalten. Ich wusste, dass es die Wahrheit war. »Er würde ihr nie etwas darüber sagen.«

Thea zögerte.

»Er ist nicht mehr der Junge von vor ein paar Jahren«, setzte ich nach. »Jess ist ein wirklich guter Mensch, der alles für die Leute tut, die ihm etwas bedeuten. Ich bin sicher, er würde euch gerne helfen.«

Ihr Blick wurde aufmerksam. »Du redest über ihn, als würdest du ihn sehr mögen. Seid ihr etwa …?«

»Nein«, sagte ich bitter. »Sind wir nicht. Auch das hat Trish Coldwell verhindert. Ich darf weder mit ihm reden noch ihn je wieder treffen. Dafür hat sie gesorgt.«

Thea schien eins und eins zusammenzuzählen, denn sie öffnete den Mund und klappte ihn gleich darauf wieder zu. »Wow. Ich verstehe.«

»Dann verstehst du auch, dass Jess der letzte Mensch ist, der zulassen würde, dass seine Mutter Lilly in die Finger bekommt.« Ich wusste, ich steigerte mich in diese Sache hinein, aber das lag nur daran, dass ich mir sicher war, wie gut es ihnen tun würde, wenn sie Kontakt hätten. »Er kennt Unmengen von Leuten, aus allen Bereichen. Selbst wenn Trish es auf irgendeinem Weg erfahren würde, könnte er euch beschützen. Oder euch einen Neuanfang irgendwo anders ermöglichen.«

Für einen Augenblick bildete ich mir ein, in Theas Gesicht eine leise Hoffnung aufflackern zu sehen. Aber dann verhärteten sich ihre Züge und sie schüttelte erneut den Kopf. »So gerne ich das würde, es geht nicht. Ich lebe so schon in ständiger Angst davor, dass Trish von Lillys Existenz erfahren könnte. Wenn ich Jess kontaktiere, besteht die Gefahr, dass sie es mitkriegt.«

»Was wäre denn, wenn er umgekehrt dich kontaktiert? Es könnte ihm jemand Bescheid geben, ohne dass seine Mutter das bemerkt.«

»Und wer? Ich kenne niemanden, dem ich genug vertraue, um das zu tun.«

Beinahe hätte ich aus einem Impuls heraus gesagt, dass ich das übernehmen konnte, aber ich hatte ja erst vor zwei Minuten verraten, dass ich nicht mit Jess reden durfte. Ich kam dafür am allerwenigsten infrage, wenn ich nicht Lillys Sicherheit *und* das Wohl meiner Familie aufs Spiel setzen wollte.

»Das weiß ich jetzt noch nicht. Aber mir fällt sicher was ein, wenn du mich lässt.« Bestimmt konnte ich eine vertrauenswürdige Person auftreiben, die den Kontakt herstellte.

Theas Blick schweifte über die Wohnungseinrichtung und sie wirkte hin- und hergerissen. Ich verstand ihren Zwiespalt. Wenn sie ein besseres Umfeld, ein besseres Leben für ihre Tochter wollte, musste sie das Risiko eingehen, sie zu verlieren. Ich konnte mir nicht vorstellen, wie hart es in den letzten Jahren gewesen war, diese Abwägung immer wieder machen zu müssen.

»Weißt du was, ich gebe dir meine Nummer.« Ich nahm den kleinen Block, der auf dem Tisch lag, und schrieb sie auf. »Und wenn du es dir überlegt hast, dann schreibst du mir einfach eine Nachricht. Wie gesagt, niemand hasst Trish Coldwell mehr als ich. Niemals würde ich zulassen, dass sie etwas erfährt.« Sie konnte mich vielleicht davon abhalten, Jess zu sehen. Das bedeutete aber nicht, dass sie generell Macht über mich hatte.

»Okay.« Thea nahm den Zettel an sich und steckte ihn ein, ehe sie wieder zu Lilly sah. »Sie hat viel von Adam, weißt du. Sie versucht auch immer, es allen recht zu machen. Ich hoffe, ich kann ihr das noch ein wenig austreiben, bevor sie erwachsen wird. Adam stand immer so schrecklich unter Druck, schon als er noch zur Schule gegangen ist, und in der Uni oder später in der Firma noch mehr. Ich hatte das Gefühl, erst nach dem Entzug fing er an, etwas besser auf sich zu achten, und dann hat er ja zum Glück auch deine Schwester kennengelernt.«

Moment. Ich stockte. Was hatte sie gerade gesagt?

»Adam hatte einen Entzug?«, fragte ich und gab mir alle Mühe, nicht zu neugierig zu wirken, obwohl mir mein Herz plötzlich bis zum Hals schlug. »Davon wusste ich gar nichts.«

Thea sah ein bisschen ertappt aus. »Niemand wusste davon«, sagte sie leise. »Ich habe es auch nur mitbekommen, weil er mir Bescheid gegeben hat, dass er uns drei oder vier Wochen nicht besuchen kann. Erst dachte ich, es ginge um Urlaub, aber er hat so rumgedruckst, dass ich was geahnt habe. Und schließlich hat er es mir verraten.«

Diese Information erschütterte mich mehr, als ich mir anmerken lassen wollte. Jess hatte gesagt, Adam hätte niemals Drogen angerührt, genau wie Trish in all den Interviews, die sie gegeben hatte. *Mein Sohn hatte zu viel Format, um sich auf so etwas Dummes wie Drogen einzulassen.* Ganz New York hatte ihr das geglaubt – im Gegensatz zu dem, was sie über meine Schwester dachten. Und nun erfuhr ich von Adams Ex, dass er in einer Entzugsklinik gewesen war? Das musste ich erst einmal verarbeiten.

»Weißt du, warum er dort war? Also, wovon … er abhängig war?« Ich formulierte es zögerlich, weil ich nicht wusste, was ich mit der Antwort anfangen würde.

»Nein, darüber wollte er nicht mit mir reden. Ich glaube, das war ihm alles total unangenehm.«

Meine Gedanken rasten. War es etwa Kokain gewesen? War Adam derjenige, der in jener Nacht auf die Idee gekommen war, die Drogen zu nehmen? Ich konnte es mir kaum vorstellen, nach allem, was ich über den Streit mit Pratt wusste – dass er ihn an dem Abend rausgeworfen hatte. Aber vielleicht war das ja aus anderen Gründen gewesen. Oder hatte er ihm den Stoff abgenommen, weil er nicht wollte, dass er ihn woanders verkaufte, und war dann schwach geworden?

Helena, du verrennst dich, mahnte eine Stimme, die ausnahmsweise nicht nach Valerie klang, sondern eher nach Lincoln. Ich wusste nicht genug darüber, um Schlüsse zu ziehen. Aber es war eine neue Spur, der ich nachgehen konnte. Immerhin. Auch wenn ich eigentlich nicht hoffte, dass sie zu etwas führte.

»Ich –« Weiter kam ich nicht, denn die Haustür war zu hören, jemand rief Hallo und Thea stand sofort auf.

Ich verstand den Wink und erhob mich ebenfalls, verabschiedete mich von Lilly und folgte ihrer Mutter in den Flur. Dort zog ihre Mitbewohnerin gerade die Schuhe aus und beachtete mich kaum, bevor sie in die Küche ging.

»Melde dich, okay?«, sagte ich. »Auch wenn du das mit Jess nicht willst und trotzdem Hilfe brauchst.« Ich betete inständig, dass Thea über ihren Schatten springen und mich den Kontakt herstellen lassen würde. Jess würde New York sicher etwas weniger hassen, wenn er wüsste, dass seine Nichte in der Nähe lebte. Und er hatte genug Geld, um die beiden in einem Penthouse an der Fifth einzumieten, obwohl das nicht sein Stil war. Aber ich war sicher, dass es ihm eine Freude wäre, ihnen unter die Arme zu greifen. Und deswegen hoffte ich, sie würde es sich überlegen.

Thea nickte, auch wenn ich daraus nichts ablesen konnte. »Danke, Helena. Es war wirklich schön, dich kennenzulernen.«

»Das geht mir auch so.« Ich lächelte und verließ das Haus, in meinem Kopf hundert verschiedene Fragen, in meinem Bauch ebenso viele Gefühle. Während ich zur Straße lief und mein Handy hervorzog, versuchte ich, sie zu ordnen.

Zwar wusste ich jetzt, dass Carter Fields gelogen und Valerie ihm kein Geld gegeben hatte, konnte das aber nicht nutzen, um sie zu entlasten. Dafür hatte ich mit Adams Entzug einen neuen Hinweis, dem ich nachgehen sollte, auch wenn ich mir wünschte, dass er sich als falsch herausstellte. Dann war da noch Thea mit ihrer Tochter, die Hilfe brauchte, aber Angst vor Trish Coldwell hatte – und Jess, der von alldem nichts wusste. Ich hätte so gern mit ihm geredet, ihm davon erzählt. Ihm von allem erzählt, was mich seit unserem letzten Treffen beschäftigte. Wieder dachte ich daran, wie er vor mir auf dem Gehweg gestanden und mich angesehen hatte. Und die Sehnsucht verdrängte alles andere aus meinem Herz. Ich vermisste ihn so sehr.

Das Telefon in meiner Hand klingelte plötzlich, »Dad« stand auf dem Display.

Ich atmete tief durch, dann hob ich ab. »Hey, was gibt es?«

»Hallo Helena, wo bist du?«

»Noch in der Uni«, log ich, ohne zu zögern. »Ich habe mich mit einigen Kommilitonen getroffen, um eine Gruppenarbeit vorzubereiten.«

»Du schaffst es aber zum Abendessen hierher, oder? Wir haben den Bürgermeister da.« Das bedeutete noch ein Essen mit Menschen, denen ich vormachen musste, vollkommen zufrieden mit meinem Leben zu sein – während das Gegenteil der Fall war. Am liebsten hätte ich eine Ausrede erfunden.

»Keine Sorge«, sagte ich dennoch und unterdrückte ein Seufzen. »Ich werde da sein.«

Das Essen mit Bürgermeister Roscott verlief angenehmer als erwartet – vor allem, wenn man bedachte, dass er nicht nur seine Frau, sondern auch seinen Sohn mitgebracht hatte, der natürlich in den Augen meiner Mutter eine hervorragende Partie war. Sie versuchte ihr Bestes, um Mitchell und mich miteinander ins Gespräch zu bringen, aber er machte recht schnell deutlich, dass er Verkupplungsversuche ätzend fand. Ich gab mir alle Mühe, nicht in mich hineinzugrinsen, weil Moms Gesicht immer mehr versteinerte. Es dauerte nur eine Sekunde, nachdem die Roscotts gegangen waren, bis es aus ihr herausplatzte.

»Was für ein ungezogener Bengel«, schimpfte sie, während sie die Gläser und Kaffeetassen vom Tisch auf ein Tablett räumte und unsere Hausangestellte Rita hilflos danebenstand. »Man sollte doch meinen, der Sohn des Bürgermeisters hätte etwas mehr Benehmen.«

»Liebling, jetzt lass doch das Geschirr stehen.« Mein Vater

kam aus dem Wohnzimmer, wo er ihnen beiden einen Whiskey eingeschenkt hatte, und hielt ihr das Glas hin.

Paige und Lincoln saßen bereits auf einer Couch und unterhielten sich leise. Ich ging zu ihnen und setzte mich, bevor ich mir die unbequemen High Heels auszog und aufseufzte, als meine nackten Füße auf den weichen Teppich trafen. Ich hasste hohe Schuhe, das hatte ich schon immer getan, und da diese schwarzen Exemplare mit Fesselriemen neu waren, drückten sie besonders unangenehm.

»Wieso tut ihr euch das nur an?«, fragte mein Bruder und verzog das Gesicht, als er die Abdrücke auf meiner Haut sah.

»Weil die Gesellschaft von Frauen erwartet, groß, schlank und sexy zu sein, und hohe Schuhe diesen Zweck erfüllen«, sagte ich und gähnte hinter vorgehaltener Hand, bevor ich Lincoln sein Glas abnahm und mir einen Schluck Whiskey gönnte. Der Tag heute war wirklich heftig gewesen, erst die Begegnung mit Thea und ihrer Tochter und nun noch das Abendessen. Eigentlich brauchte ich mehr als einen halben Drink.

»Du bist auch so groß und schlank.« Mein Bruder hob eine Augenbraue.

»Ja, aber nicht sexy«, witzelte ich. »Frag den Sohn des Bürgermeisters.«

»Oh, er fand dich alles andere als unsexy«, sagte Paige. »Ich saß gegenüber und habe gesehen, wie er dich angeschaut hat. Nur verbietet ihm vermutlich die Rebellion gegen seinen Vater, dass er irgendein Mädchen aus dessen Dunstkreis gut findet.«

Ich zuckte mit den Schultern. »Kann ich ihm nicht verdenken. Ich würde Mom auch nicht als Schwiegermutter wollen.«

Lincoln grinste und Paige wurde ein bisschen rot.

»Das war nur ein Witz, P«, beruhigte ich sie schnell, »Mom als Schwiegermutter zu haben ist garantiert viel entspannter, als sie zur Mutter zu haben.«

Keiner der beiden schaffte eine Antwort, bevor unsere Eltern ins Wohnzimmer kamen und sich uns gegenüber hinsetzten. Offenbar hatte mein Vater es geschafft, Mom davon abzuhalten, dem Personal die Arbeit abzunehmen.

»Das war doch ein sehr gelungener Abend, nicht wahr?« Er lächelte zufrieden. Bei dem Abendessen war es natürlich vor allem um das Winchester-Projekt gegangen, aber auch um ein paar neue Ideen, die meine Eltern gern gemeinsam mit der Stadt umsetzen wollten. Es war ein Ritterschlag, dass Roscott mit seiner Familie zu uns nach Hause gekommen war, um mit uns zu essen. Seine offizielle Anerkennung, dass die Westons wieder an der Spitze waren.

»Wenn man von seinem Sohn mal absieht«, sagte meine Mutter, die das Benehmen von Mitchell offenbar immer noch nicht verwunden hatte. »Wie er Helena behandelt hat, war unmöglich.«

»Mom, ich habe doch gar kein Interesse an ihm.« Ich verdrehte die Augen und stand auf, um Lincolns Glas nachzufüllen. »Und außerdem war er eigentlich unhöflich zu dir, nicht zu mir.«

»Na, glücklicherweise gibt es ja auch noch anständige junge Männer in dieser Stadt.« Sie nickte zufrieden, und als ihr Blick mich traf, ahnte ich nichts Gutes. »Hast du Ian angerufen? Diese Veranstaltung am Broadway ist schon am Samstag.«

»Nein, noch nicht.« Ich war zu beschäftigt damit gewesen, wegen Valeries Tod zu ermitteln und Jess zu vermissen. Außerdem wusste ich nicht, ob ich wirklich Kontakt zu Ian haben sollte. Was, wenn er das als ernsthaftes Interesse interpretierte und glaubte, aus uns würde wieder etwas werden? Ich wollte ihm nicht wehtun.

»Ian? Etwa Ian Lowell?« Lincoln sah mich überrascht an und ich nickte.

Paige schaute zwischen uns hin und her. »Aber nicht von *den* Lowells, oder?« Natürlich kannte sie Ians Familie, alles andere hätte mich auch gewundert. Die Verlobte meines Bruders hatte zu Hause vermutlich einen Ordner, in dem sie Infos über alle reichen Familien der Stadt sammelte. Und dass die Lowells, denen eine Art Juwelierimperium gehörte, dazu zählten, stand außer Frage.

»Doch, genau die«, antwortete mein Bruder. »Ian und Helena waren zusammen, als sie noch zur Schule gegangen sind. Ich wusste gar nicht, dass er zurück in der Stadt ist. Oder dass ihr datet.« Seinen Blick konnte wohl nur ich richtig deuten – er fragte sich offenbar, ob ich über Jess hinweg war. Beinahe hätte ich hysterisch aufgelacht, weil ich nicht weiter davon entfernt sein konnte.

»Ian und ich daten nicht«, stellte ich klar. »Wir sind uns mehr oder weniger zufällig begegnet und Mom hatte die Idee, wir könnten zu der Veranstaltung am Broadway gehen.«

»Der Junge ist wunderbar«, schwärmte meine Mutter in Paiges Richtung. »Gebildet, attraktiv, höflich, er hat ein gutes Verhältnis zu seiner Familie, achtet seine Eltern, liebt diese Stadt … Er ist ein absoluter Volltreffer.«

Ja richtig, dachte ich. *Da gibt es nur ein Problem: Er ist nicht Jessiah Coldwell.*

»Warum habt ihr euch denn getrennt?«, fragte Paige mich.

»Meine Schwester ist gestorben und ich wurde nach England geschickt.« Meine Mundwinkel zuckten zu einem freudlosen Grinsen. »Ich war siebzehn, Ian achtzehn, wir waren zu dem Zeitpunkt erst ein paar Monate zusammen. Es war völlig unmöglich, diese Beziehung nicht in den Sand zu setzen.«

Meine Mutter stellte ihr Glas ab. »Umso schöner, dass ihr nun wieder beide hier seid und eine zweite Chance bekommt.«

Ich will aber keine zweite Chance mit Ian, hätte ich am liebsten gebrüllt. *Ich will eine erste Chance mit Jess, verdammte Scheiße.* Aber natürlich sagte ich das nicht laut, sondern schwieg.

»Du rufst ihn noch an, oder?«, hakte Mom nach. »Das ist eine sehr wichtige Veranstaltung, du kannst da nicht allein hingehen.«

»Ich kann doch Linc mitnehmen«, schlug ich vor und zeigte auf meinen Bruder.

»Um Himmels willen, Helena!« Unsere Mutter sah mich an, als hätte ich ihr vorgeschlagen, Marilyn Manson um ein Date zu bitten. »Wie deutlich willst du den Leuten denn sagen, dass du keine Begleitung gefunden hast?«

Lincoln setzte sich aufrechter hin. »Entschuldige mal, ich bin eine erstklassige Begleitung.«

»Nicht für deine Schwester«, bügelte Mom ihn ab und sah mich an. »Wenn du Ian nicht fragen möchtest, in Ordnung. Ich werde schon jemand anderen für dich finden.«

Oh Gott, bloß das nicht.

»Ich frage ihn«, beeilte ich mich, zu sagen. »Gleich morgen, okay?«

Sie lächelte liebenswürdig. »Sehr schön. Danach können wir ja vielleicht auch noch mal über dein Studium sprechen.«

Ich hasste es, dass sie ihre Erlaubnis, die Uni oder zumindest das Fach wechseln zu dürfen, an meine Partnerwahl knüpfte, aber Fakt war – es funktionierte. Außerdem war es ja nicht schlimm für mich, mit Ian auszugehen. Ich wollte nur nicht mit ihm zusammen sein.

Mein Bruder runzelte die Stirn. »Dein Studium? Was gibt es da zu bereden?« Ich hatte noch nicht mit ihm darüber gesprochen, dass ich Dad gebeten hatte, an die NYU gehen zu dürfen.

»Helena möchte gerne Tourismus und Reisen studieren statt wie bisher Psychologie.« Unser Vater lächelte leicht. »Allerdings wäre das auch mit einem Wechsel der Universität verbunden und damit tun wir uns etwas schwer.«

»Dann geht es um die NYU?« Lincoln schaute zu mir und ich nickte ein bisschen kläglich, bevor ich den Blick senkte. Ich konnte mir nicht vorstellen, dass meine Eltern mir wirklich erlauben würden, an eine Uni zu gehen, die nicht zur Ivy League gehörte. Aber die Hoffnung starb bekanntlich zuletzt. »Das klingt doch nach einer sehr guten Idee.«

Überrascht sah ich auf, als ich die Worte meines Bruders hörte. Er ließ sich davon nicht beirren.

»Die NYU ist eine echte Top-Uni, und wenn Helena dort studieren würde, dann würden wir beweisen, dass wir uns dieser Tatsache nicht verschließen. Im Ernst, viele denken, wir wären elitäre Snobs, die nur an alten Strukturen und Werten festhalten. Aber das Winchester-Areal zeigt, dass wir anders können. Und Len an der NYU würde das nur bestätigen, vor allem, weil es ein moderner Studiengang ist, der eben nicht den klassischen, ausgetretenen Pfad geht. Ich bin dafür, es ihr zu erlauben.«

Ich war so gerührt, mit wie viel Inbrunst er Partei für mich ergriff, dass mir Tränen in die Augen traten und ich nichts sagen konnte.

Mein Vater drehte sein Glas. »Wir machen uns einfach Sorgen. Nach allem, was mit Valerie –«

»Helena ist nicht Valerie«, unterbrach ihn mein Bruder. »Es wäre fair, ihr zu vertrauen, nach allem, was sie seit ihrer Rückkehr für diese Familie getan hat.«

Meine Eltern wechselten einen Blick. »Wir werden darüber nachdenken«, sagte meine Mutter und ich konnte nicht fassen, dass es diesmal gar nicht nach Hinhaltetaktik klang.

»Gut.« Lincoln stand auf. »Dann sollten wir jetzt besser gehen. Ich muss morgen früh raus wegen des Termins mit dem Architekten.«

»Ich bringe euch zur Tür«, sagte ich schnell und folgte Paige und ihm in den Eingangsbereich. Dort umarmte ich meinen Bruder fest und er erwiderte die Geste auf gleiche Weise.

»Danke«, flüsterte ich und ließ ihn los.

Er lächelte mich an. »Du hast alles getan, um unsere Familie zu retten«, antwortete er so leise, dass nur ich ihn hören konnte. »Das ist das Mindeste, was ich im Gegenzug für dich tun kann.« Er berührte mich flüchtig an der Wange. »Kopf hoch, kleine Schwester. Es wird irgendwann besser.«

Ich brachte es nicht fertig, zu nicken, also lächelte ich schief. Und als er schon zur Tür raus war und mit Paige zum Aufzug ging, fragte ich mich, ob er den letzten Satz nicht nur zu mir gesagt hatte, sondern auch zu sich selbst …

13
Jessiah

Es war mein erster freier Abend seit sicherlich zwei Wochen – weder musste ich zu irgendeiner Restaurant- oder Cluberöffnung, noch wollte Trish, dass ich sie begleitete, was ohnehin seltener vorkam als früher. Ich ging nicht davon aus, dass sie mich deswegen verschonte, weil unser Verhältnis war, wie es war. Vielmehr vermutete ich, dass sie Sorge hatte, ich könnte irgendwo auf Helena treffen. Seit die Westons zurück im Spiel waren, wurden sie sicherlich wieder zu allen wichtigen Terminen eingeladen, die das Baugeschehen in New York betrafen. Natürlich wollte Trish nicht das Risiko eingehen, dass ich Helena dort begegnete.

Da also nichts anstand, lag ich in Jogginghose und Shirt auf der Couch, schaute mir »Sons of Anarchy« auf Netflix an und griff immer wieder in die monströse Chipstüte, die neben mir auf dem grünen Samt lag. Kurz hatte ich überlegt, ob ich ins Tough Rock fahren sollte, aber seit ich Demi von Trishs Intrige erzählt hatte, sah sie mich oft so besorgt an, wenn ich dort auftauchte. Also hatte ich es gelassen und die ungesunde Variante dieses Abends gewählt. Immer noch erinnerte mich die Wohnung an die Nacht mit Helena, aber mittlerweile hatte ich mich an den Schmerz gewöhnt. In meinem Bett schlief ich trotzdem nicht. Das Sofa war schließlich auch ganz bequem.

Als ob.

Ich versuchte, meine Gedanken abzuschalten und mich auf die Handlung im Fernseher zu konzentrieren. Es gelang mir halbwegs. Aber irgendwann mitten in der dritten Folge klopfte es. Auf dringliche Art und Weise, als wäre etwas passiert. Es erinnerte mich so sehr an den Abend, als Helena vor meiner Tür gestanden hatte, dass ich sofort die Serie pausierte, aufsprang und öffnete. Aber es war nicht sie, wie ich enttäuscht feststellte – und mich gleichzeitig einen Idioten nannte, weil ich darauf gehofft hatte. Es war Thaz.

»Alter, was ist das denn für ein Outfit?«, kommentierte er. Und er hatte recht. Gemessen an dem, was er trug – einen Dreiteiler in Graukariert mit weißem Hemd und rosafarbener Krawatte –, war ich tatsächlich underdressed. Allerdings hatte ich heute auch nichts mehr vor.

»Mein Ich-liege-auf-der-Couch-und-gucke-Serien-Outfit, wenn du gestattest«, sagte ich und ließ ihn rein.

»Ausnahmsweise.« Thaz schnappte sich die Chipstüte und sah das Standbild an, das auf meinem Fernseher zu sehen war. »Oh, Charlie Hunnam. Der ist verdammt hot.«

»Du musst es ja wissen.« Ich nahm ihm die Tüte weg und deutete auf das, was er trug. »Auf welchen Jahrmarkt willst du denn in diesem Aufzug gehen?«

»Gut, dass du fragst.« Er grinste und ich war mir sicher, dass er nicht hier war, um mir bei meinem Faulenzerabend Gesellschaft zu leisten. »Heute Abend findet die Sondervorstellung von ›Hamilton‹ statt, du weißt schon, dieser Charity-Abend, den Andrew Sanderson jedes Jahr veranstaltet. Ich habe zwei Karten dafür und dachte mir, wen könnte ich da besser mitnehmen als meinen guten Freund Jess.«

Ich verengte die Augen und sagte geschlagene dreißig Sekunden gar nichts. »Du verarschst mich doch«, wählte ich schließlich die passende Reaktion. »Du musst mich verarschen, denn wenn du ernsthaft denkst, dass ich mir heute freiwillig was Unbequemes anziehe, um dich zu einem Musical zu begleiten, dann … Mir fällt nicht mal eine gute Pointe dafür ein.«

»Komm schon, JC. Es ist kein normales Musical, sondern eins von der coolen Sorte, mit Hip-Hop und Swag und all dem Scheiß. Selbst Obama hat es gefeiert.«

Ich wusste genau, was »Hamilton« war, denn man musste schon unter einem Stein leben, um das nicht zu wissen. Aber ich hatte trotzdem keine Lust darauf. Und außerdem fragte ich mich, warum Thaz ausgerechnet mich mitnehmen wollte – und das so kurzfristig. Da war doch etwas faul.

»Dein Date hat dir abgesagt und du bist verzweifelt, richtig?«, riet ich ins Blaue hinein.

Mein Freund verzog beleidigt das Gesicht. »Ich finde es echt nicht gut, dass du mir so was unterstellst und –«

»Sprich es aus, Thaz, dann besteht eventuell die Chance, dass ich mitgehe.«

»Okay.« Er seufzte. »Mein Date hat mir abgesagt und ich bin verzweifelt. Ich habe mir echt den Arsch aufgerissen, um an diese Karten zu kommen, aber Dave hat entschieden, dass ihm das zu *verbindlich* ist. Er meinte, ich könnte ja danach vorbeikommen. Ich habe ihm einen Mittelfinger als Antwort geschickt.«

Ich unterdrückte ein Prusten und fakte stattdessen einen mitfühlenden Gesichtsausdruck. »Wo treibst du immer diese Typen auf?« Wobei es nicht nur Typen waren, sondern auch Frauen, aber Thaz hatte bei jedem Geschlecht ein Händchen für komplett bindungsgestörte Vertreter.

»Das hier ist New York, willst du darauf wirklich eine Antwort?« Er sah mich mit dem besten Hundeblick an, den er draufhatte. »Komm schon, Jess. Wenn ich da allein hingehe, dann ist das total peinlich.«

»Du könntest deine Mom fragen«, schlug ich vor, allerdings nicht ganz ernsthaft. Sich seine steifärschige Mutter bei »Hamilton« vorzustellen war aber ein witziger Gedanke. Ich atmete aus. »Balthazar, im Ernst – das ist das erste Mal seit Wochen, dass ich nichts vorhabe. Das Letzte, was ich heute tun will, ist, mir ein Stück am Broadway reinzuziehen.«

»Verstehe ich, Mann. Verstehe ich wirklich. Aber du hättest was gut bei mir.«

»Ich habe eh schon *alles* gut bei dir«, erinnerte ich ihn. »Mehr geht gar nicht.« Mein Blick fiel auf die Couch, die Chipstüte auf dem Tisch davor und das Standbild von »Sons of Anarchy«. Thaz stand daneben und wirkte ernsthaft unglücklich und ich spürte, dass mich das nicht kaltließ. Mein Widerstand bröckelte und brach schließlich zusammen. Ich seufzte tief. *Verdammt seist du, Balthazar Lestrange.*

»Also gut, du hast gewonnen. Ich gehe mich umziehen.«

Balthazar reckte triumphierend die Faust. »Du wirst es nicht bereuen, das verspreche ich.«

»Doch«, sagte ich trocken und öffnete die Tür zu meinem Badezimmer. »Schließlich bereue ich es jetzt schon.«

Thaz hatte den Fahrer seiner Mutter für diesen Abend eingespannt, deswegen fuhren wir in einer Limousine zum Richard Rodgers Theatre, das zwischen dem Broadway und der 8th lag. Während sich mein Freund einen Drink genehmigte, checkte ich mein Handy und sah, dass ich eine neue Nachricht von Delilah hatte.

Donnerstag um 11 Uhr geht klar. Du wirst begeistert sein von der Location, versprochen.

»So viele Versprechen an einem Abend«, murmelte ich und antwortete, um den Termin zu bestätigen.

»Wem schreibst du?« Balthazar lehnte sich zu mir, um auf mein Display zu sehen. »Delilah Warren? Das klingt sehr exklusiv. Wer ist sie?«

»Eine potenzielle Klientin. Ich habe mich bisher nicht entschieden, ob ich ihr helfen kann. Oder will.« Die Idee eines Social Members Club war immer noch nichts, das mich vor Begeisterung ausrasten ließ. »Sie hat mich bei dem Abendessen angesprochen, das Trish nach ihrer Rückkehr Ende August gegeben hat. Was eigentlich schon Grund genug wäre, den Auftrag abzulehnen, aber ich will mir ihre Location wenigstens mal ansehen.«

Thaz hob eine Augenbraue. »Die Location oder Delilah Warren? Ihrem Profilfoto nach ist sie echt scharf.«

Ich warf einen Blick auf das Bild, dem ich bisher keinerlei Beachtung geschenkt hatte. Es war eines dieser Businessfotos, die man für Bewerbungen und Webseiten schießen ließ.

»Kann sein«, sagte ich ausweichend.

»Wow, alles klar.« Thaz nickte langsam, weil er mir wohl ansehen konnte, dass Delilah tatsächlich nur ein geschäftlicher Kontakt war – noch dazu einer, dem ich mehr als skeptisch gegenüberstand. »Sag mal, wann hast du eigentlich Samara zuletzt gesehen?«

Er sagte es auf eine Art, die mich vermuten ließ, dass es um etwas anderes ging. Trotzdem antwortete ich, als wäre mir das nicht aufgefallen. »Im Sommer. Sie ist ziemlich beschäftigt mit dem Aufbau ihrer Whiskey-Marke.«

»Verstehe. Und sonst gibt es keine Bekanntschaften?«

Ich richtete meine Krawatte und warf ihm einen langen Blick zu. »Wenn du wissen möchtest, ob ich mit jemandem schlafe, dann frag mich doch einfach.«

»Okay. Schläfst du mit jemandem?«

»Nein.« Die Vorstellung hatte sich seit jener Nacht mit Helena nie richtig angefühlt und ich gehörte nicht zu der Sorte Menschen, die regelmäßigen Sex brauchten, unverbindlichen schon gar nicht. Anders als Thaz, der mich nun forschend ansah.

»Liegt das vielleicht an einem ganz besonderen Mädchen von der Upper East Side, das du nicht ein einziges Mal erwähnt hast, seit du zurück bist?«

Ich presste die Lippen aufeinander und konnte nicht verhindern, dass er mir die Antwort schon wieder vom Gesicht ablas. Ich hatte einfach ein richtig mieses Pokerface und heute fiel es mir besonders schwer, meine Gefühle zu verbergen.

»Was ist denn überhaupt zwischen euch passiert?« Thaz' Tonfall war weich und das war schlimmer, als wenn er irgendeinen dummen Witz darüber gemacht hätte. Ich hatte ihm nie viel über Helena und mich erzählt, hatte es erst für mich behalten wollen, um mir nicht anhören zu müssen, dass es zum Scheitern verurteilt war – und später nichts gesagt, weil es vorbei gewesen war.

»Nichts. Alles. Ach, keine Ahnung.« Ich schüttelte den Kopf. »Wir hatten eigentlich eingesehen, dass aus uns nichts werden kann. Aber dann stand sie an Adams Todestag vor meiner Tür, wir haben geredet, zusammen getrauert, später führte dann eins zum anderen … Es war perfekt. Aber am nächsten Tag hat sie entschieden, dass sie sich nicht gegen ihre Familie stellen kann. Also haben wir es beendet.« Ich konnte und wollte nichts von Trishs Intrige sagen. Demi davon zu erzählen war das eine – sie war kein Teil dieser Welt, sie kannte meine Mutter nicht einmal persönlich. Aber Thaz war ein sprunghafter Mensch, der Trish nie gemocht hatte und nach ein paar Drinks viel zu viel erzählte. Ich konnte das nicht riskieren.

»Also hat sie dir das Herz gebrochen und auch drei Monate später bist du immer noch nicht darüber hinweg?« Das verstand er natürlich nicht. Thaz hatte noch nie eine ernsthafte Beziehung gehabt und ich bezweifelte, dass er je länger als eine Woche gebraucht hatte, um jemanden zu vergessen.

»Ich *bin* darüber hinweg«, log ich, um nicht erklären zu müssen, warum ich es nicht war. »Aber es hat sich nichts daran geändert, dass ich in New York nichts Festes will.«

»Kein Mensch redet von etwas Festem, Mann.« Thaz schüttelte den Kopf. »Ich rede von Spaß. Du siehst so aus, als könntest du dringend welchen vertragen.«

»Was wohl der Grund ist, warum ich mit dir in diesem Auto sitze, oder?«, antwortete ich sarkastisch. Ich wollte nicht über Helena reden, auch nicht über bedeutungslosen Sex oder darüber, dass ich keine Lust hatte, jemanden mit nach Hause zu nehmen. Ich wollte nur diesen Abend durchstehen und dann wieder auf meine Couch zurück.

»Haha«, machte Thaz und schwieg einige Augenblicke, bevor er mich erneut ansah. »Wusstest du eigentlich, dass das Harper's so gut wie verkauft ist?«

Ich ignorierte den anklagenden Unterton. »Hab davon gehört«, sagte ich und schaute aus dem Fenster. Es tat immer noch weh, das Restaurant an mir vorbeiziehen zu lassen, aber mein Wille, mich auf keinen Fall an diese Stadt zu binden, war stärker denn je. »Du weißt, ich habe alles getan, um Mick zu überzeugen, an dich zu verkaufen. Er ist einfach ein sturer Mistkerl.«

»Ja, da kenne ich noch einen«, murrte Thaz, aber er vertiefte das Thema nicht – entweder weil ich ihm gerade einen Gefallen tat oder weil wir nur wenige Augenblicke später vor dem Theater hielten.

Man hatte einen Teil der Straße abgesperrt und vor den

Eingangstüren lag roter Teppich, an dem sich zahlreiche Fotografen aufgestellt hatten. Wir waren spät dran, deswegen befanden sich die meisten geladenen Gäste vermutlich schon im Theater. Als wir hielten und ausstiegen, war daher alle Aufmerksamkeit auf uns gerichtet, es klickte hundertfach und mehrere Leute riefen uns gleichzeitig Fragen zu. Ich merkte, dass Thaz stehen bleiben wollte, schließlich liebte er das Rampenlicht wie kaum ein anderer. Aber ich gab ihm mit einem Blick zu verstehen, dass ich sofort verschwinden würde, wenn er jetzt auf It-Boy machte.

»Spielverderber«, sagte er leise, als wir die Türen des Theaters durchschritten und damit die Reportermeute hinter uns ließen. Ich kam jedoch nicht zu einer Antwort, denn die Lobby war ziemlich leer und ein kleiner, dicklicher Mann eilte auf uns zu.

»Es geht in weniger als zehn Minuten los«, informierte er uns, »die Herren sollten sich also beeilen, um noch rechtzeitig auf ihre Plätze zu kommen.« Dann fiel sein Blick auf mich und sein Gesicht hellte sich auf. »Mr Coldwell, was für eine Freude. Ich wusste ja gar nicht, dass Sie uns heute beehren.«

»Das wusste ich bis vor einer halben Stunde auch nicht, Mr Reese«, antwortete ich mit einem freundlichen Lächeln. Ich kannte ihn von einem Event aus dem Frühjahr, er war Teil einer Initiative, die sich für die Renovierung der Theatergebäude am Broadway einsetzte. Trish konnte ihn nicht ausstehen, aber schon allein deswegen mochte ich den Mann.

Er besah sich unsere Karten und schüttelte dann den Kopf. »Wir hätten bessere Plätze für Sie gehabt, wenn wir gewusst hätten, dass Sie kommen möchten, Sir. Die erste Reihe im Rang ist nun wirklich nicht angemessen.«

»Die erste Reihe im Rang ist vollkommen ausreichend«, versicherte ich ihm. Je weiter hinten ich im Saal saß, desto weniger

Leute wurden darauf aufmerksam, dass ich hier war. Und das ersparte mir jede Menge nervigen Small Talk in der Pause.

»Sollten wir nicht langsam reingehen?«, fragte Thaz, dessen Gesichtsausdruck mich an ein Gespräch erinnerte, das wir bei dem letzten Event dieser Art geführt hatten. *Wie kann es sein, dass ich in diesen Kreisen vollkommen unsichtbar werde, sobald ich in deiner Nähe bin, JC? – Ganz einfach: Die Leute haben mehr Angst vor meiner Mutter als vor deiner.*

»Natürlich. Hier entlang bitte.« Mr Reese setzte sich in Bewegung.

Und dann führte er uns durch den Gang zu einer Tür, hinter der ich die nächsten zwei Stunden meines Lebens sinnlos vergeuden würde.

14
Helena

Das Richard Rodgers Theatre war eines der schönsten am Broadway, stellte ich wieder einmal fest, als wir an diesem Abend mit dem Wagen vor dem Haupteingang hielten. Ich war schon als Kind hier gewesen, erst zu einer Vorstellung von »Tarzan« und dann später als Teenager noch mal für die moderne Fassung von »Romeo und Julia« mit Orlando Bloom. Es waren tolle Erinnerungen. Wir hatten beim zweiten Mal sogar eine Führung durch das Theater bekommen und einen spannenden Blick hinter die Kulissen werfen dürfen. Seit ein paar Jahren spielten sie hier das Musical »Hamilton«, so auch heute Abend. Es war keine reguläre Show, sondern eine Sondervorstellung, die jedes Jahr von Andrew Sanderson veranstaltet wurde und bei der die Karten ein Vielfaches des Normalpreises kosteten. Die Erlöse kamen dem Künstlerfonds zugute und meine Eltern legten meist noch eine ordentliche Spende obendrauf.

»Hast du das Musical schon einmal gesehen?«, fragte mich Ian, als wir aus dem Wagen stiegen und den roten Teppich betraten, den man vor dem Eingang ausgelegt hatte. Für ein paar Augenblicke lächelten wir souverän in die wartenden Kameras, dann legte Ian die Hand an meinen Rücken und wir gingen ins Theater. Es war noch etwa eine halbe Stunde bis zur Vorstellung, also hatten wir genug Zeit.

»Nein, leider nicht«, beantwortete ich Ians Frage endlich. »Den Sommer über war ich hauptsächlich in den Hamptons, da habe ich es nicht geschafft.« Außerdem hätte ich gar nicht gewusst, mit wem ich hingehen sollte. Mein Freundeskreis in New York war mehr als überschaubar und niemand, den ich kannte, stand auf Musicals. Ich hatte sogar den Verdacht, dass meine Eltern froh gewesen waren, heute nicht herkommen zu müssen, dabei sollte »Hamilton« richtig cool sein.

»Ich dachte, vielleicht hättest du es in England gesehen.«

Ich schüttelte den Kopf. »Ich war ein paarmal in London während der Zeit in Cambridge, aber da bin ich eigentlich nur durch die Museen gezogen.«

Ian nahm mir den dünnen Mantel ab, den ich übergezogen hatte, und gab ihn dem Mann hinter dem Garderobenschalter. Mittlerweile hatten wir Ende September und der Sommer war definitiv vorbei. Aber ich fand das nicht schlimm. Ich liebte den New Yorker Herbst und genoss es, morgens beim Verlassen des Hauses die frische Luft zu atmen, die mit den kühleren Temperaturen Einzug gehalten hatte.

»Du hast deine Manieren da drüben an der Westküste nicht verlernt, wie es aussieht«, sagte ich mit einem Lächeln. Zwar hatte ich nicht so eine Vorliebe für Jungs mit gutem Benehmen wie meine Mutter, aber ich hatte auch nichts dagegen. Oder es bisher bereut, Ian gefragt zu haben, ob er mich begleitete. Wir hatten uns auf der Fahrt gut unterhalten und er war eine um Längen angenehmere Begleitung als jeder andere Kerl, den mir meine Eltern in den letzten Monaten aufs Auge gedrückt hatten.

Ian lachte. »Ja, ich bin der Junge mit den guten Manieren. Das hat Valerie immer gesagt, als wäre es …« Er unterbrach sich und sah mich erschrocken an. »Oh Gott, tut mir leid. Ich wollte nicht taktlos sein.«

»Nein, bitte nicht«, wehrte ich seine Entschuldigung ab. »Du kannst jederzeit über Valerie reden. Ich finde nichts schlimmer als dieses betretene Schweigen, wenn jemandem aus Versehen ihr Name rausrutscht. Ich erinnere mich gern an sie, auch wenn es wehtut.«

»Okay.« Er holte Luft und sah sich kurz um, aber in unserer Nähe stand niemand, der uns belauschen konnte. »Ich muss mich trotzdem bei dir entschuldigen. Wie das mit uns damals auseinandergegangen ist, war scheiße. Ich habe in den letzten Jahren oft daran gedacht, ob ich es hätte besser machen können, besser machen *müssen*, und die Wahrheit ist: Ich hätte für dich da sein sollen, Len. Das war eine fürchterliche Zeit in deinem Leben und ich habe dich damit vollkommen alleingelassen.«

Ich wusste es zu schätzen, dass er das sagte, aber er lag falsch.

»Du hast mich nicht alleingelassen, Ian. *Ich* habe entschieden, das mit uns zu beenden, und es war richtig so. Wir waren durch einen Ozean getrennt, ich hatte keine Ahnung, wie ich mit meiner Trauer umgehen sollte, und du hättest nichts tun können, um das besser zu machen.« Ich berührte ihn am Arm. »Die Vergangenheit ist vorbei. Zeit, nach vorne zu sehen.«

Kaum hatte ich diese Worte ausgesprochen, bereute ich sie schon, denn in Ians Blick trat an die Stelle von Mitgefühl etwas, das ich nicht hatte wecken wollen: Interesse. Auch wenn er ein wirklich toller Kerl war und meine Mutter ausgerastet wäre, wenn ich wieder etwas mit ihm angefangen hätte – mein Herz gehörte einem anderen. Und ich würde es nicht mit Vernunft von Jess befreien können. Das konnte nur die Zeit erledigen, wenn überhaupt.

»Gehen wir rein?«, fragte ich, um den Moment zu überspielen. »Dann sparen wir uns den Small Talk.« Ich war vielleicht als Repräsentantin meiner Familie hier, aber niemand würde mich für unhöflich halten, wenn ich ein paar Minuten früher in den Saal ging. Die Westons hatten neuerdings wieder jedes Recht, sich unnahbar zu geben. Und an einem Abend wie heute war das Gold wert, denn ich bemerkte die Blicke, die Ian und mich trafen, nur zu genau.

»Keine Einwände.« Ian sah erleichtert aus. Er hatte wohl ebenfalls gemerkt, dass wir die Aufmerksamkeit auf uns zogen. »Ich fürchte, ich hatte vergessen, wie es ist, wenn jeder Mensch weiß, wer man ist.«

»Willkommen zurück in New York, Mr Lowell.« Ich grinste. »Mal sehen, wer zuerst über uns berichtet.« Das Publikum heute Abend war im Alter meiner Eltern, aber ich hatte ein paar Handys gesehen und war sicher, jemand würde Ian und mich bei Instagram posten. Schon als wir vor Jahren zusammen gewesen waren, hatte jeder in der Upperclass darüber geredet – wenn eine Weston und ein Lowell sich zusammentaten, war das so was wie die Königskombination der Upper East Side. Aber jetzt, wo wir älter waren und alle wussten, wie das mit uns auseinandergegangen war, würden sie erst recht tratschen.

»Sollen sie doch«, sagte er und reichte mir den Arm. »Ich bin hier, um einen schönen Abend zu haben, du nicht?«

Ich hakte mich bei ihm ein. »Doch, absolut.« Und so, wie es aussah, würde er das auch werden.

Der Platzanweiser zeigte uns, wo wir saßen – in einer der Logen, die für die exklusivsten Gäste vorgesehen waren, weil man dort seine Ruhe hatte. Auf der Bühne war schon ein Teil der Kulisse zu sehen – Holztreppen und -geländer vor Backsteinmauern – und ich schaute Ian an, als wir uns setzten. Er sah in dem maßgeschneiderten Anzug wirklich verdammt gut aus und es tat mir von Herzen leid, dass ich ihm früher oder später einen Korb geben musste.

»Du hast dich verändert in deiner Zeit in England«, sagte er, während wir darauf warteten, dass die anderen Leute in den Saal kamen und ihre Plätze einnahmen.

»Ich bin jetzt ja auch drei Jahre älter.« Mit einem leisen Lächeln hob ich meine Schultern.

»Richtig, aber das ist es nicht. Du wirkst viel selbstbewusster als früher, total klar und stark. Ich weiß nicht, was ich erwartet habe, aber ich bin echt beeindruckt.«

»Du weißt ja auch nicht, wie viel davon Fake ist«, rutschte es mir heraus. Ich versuchte noch, es mit einem Lachen als Witz zu maskieren, aber Ians Blick wurde sehr ernst.

»Ist bei dir alles in Ordnung, Len? Wenn es irgendetwas gibt, bei dem ich dir helfen kann, dann –«

Ich unterbrach ihn, bevor er ein Versprechen machte, das nicht angebracht war. »Nein, alles bestens. Wirklich.« Ich rang mir ein Lächeln ab. Wir waren als Freunde hier und ich durfte seine Hoffnungen nicht auch noch befeuern.

Der Saal füllte sich stetig und ich grüßte ein paar Leute, die in der Loge nebenan saßen oder mich unten aus dem Hauptraum entdeckt hatten. Viele stießen einander gegenseitig an, als sie Ian neben mir bemerkten, und mir wurde langsam doch unwohl. Ich hatte mir nicht viel dabei gedacht, ihn zu bitten, mich zu begleiten, aber es würde höhere Wellen schlagen, als ich geahnt hatte. Das hier war kein Spiel der Yankees, bei dem man mit Cap und Trikot auf der Tribüne saß und sich eine Portion Pommes teilte. Es war eine Veranstaltung in Abendgarderobe und die Leute wussten, dass es etwas bedeutete, mit wem ich auftauchte.

Mein Handy vibrierte in der kleinen Tasche, die ich passend zu meinem Kleid trug, und ich holte es heraus, weil die Vorstellung noch nicht begonnen hatte. Es war eine Nachricht von einer unbekannten Nummer.

Ich habe nachgedacht und glaube, du hast recht. Es wäre toll, wenn du jemanden findest, der für mich Kontakt zu J. aufnehmen kann. Thea.

Beinahe hätte ich einen freudigen Laut ausgestoßen, aber ich hatte nicht vergessen, wo ich war und wer mich alles beobachtete. Nicht einmal Ian bekam mein Hochgefühl mit, denn er sah hinüber zum ersten Rang, wo eigentlich schon Ruhe eingekehrt war.

»Wow, es gibt immer welche, die auf den letzten Drücker erscheinen«, kommentierte er zwei Nachzügler, die gerade vom Theaterleiter Mr Reese in die erste Reihe des Rangs gebracht wurden, der sich mit unserer Loge auf einer Höhe befand. Ich wollte ihnen nur einen flüchtigen Blick schenken, aber er blieb hängen, als mich wie ein Hammerschlag die Erkenntnis traf, dass einer der beiden ausgerechnet Jess war.

Anders als bei unserer letzten Begegnung vor zwei Wochen war ich diesmal diejenige, die ihn zuerst sah. Er trug einen Anzug wie bei unserem allerersten Treffen und hatte die blonden Locken diesmal nicht lässig, sondern recht straff zurückgebunden, was die Konturen seines Gesichts schärfer hervortreten ließ.

Verdammt, er sieht so umwerfend gut aus.

Mein Herz klopfte schnell, aber das war nicht alles – mein gesamter Körper reagierte auf Jess. Mein Magen begann zu schmerzen, meine Handflächen wurden feucht, mein Atem stockte, mein Mund war trocken. Ich konnte meinen Blick nicht von ihm lösen, während er Mr Reese freundlich dankte, bevor er sich neben Balthazar auf den zugewiesenen Platz setzte und leise mit seinem Freund unterhielt. Nur wenige Sekunden später entdeckte Thaz mich. Seine Augen weiteten sich leicht, er stieß Jess an – und ich guckte schnell weg, nur um direkt wieder aufzusehen, weil ich nicht anders konnte. Wir schauten beide im gleichen Moment hoch, unsere Blicke begegneten einander.

Und die Welt stand still.

In diesem Saal voller Menschen war es plötzlich so, als wären wir allein. Jess sah mir in die Augen, einige Meter entfernt, aber es fühlte sich derartig intim an, als würde er mich berühren. Mein Herzschlag wurde langsamer und gleichzeitig schmerzhaft heftig, als wären diese Gefühle einfach zu viel. Unauffällig drückte ich die geballte Faust auf die Stelle, als könnte ich so verhindern, dass die Sehnsucht mich überwältigte. Jess bemerkte es und ich sah, wie er eine Bewegung machte, als wollte er aufstehen. Ich hatte das gleiche Bedürfnis, ich wollte aus dieser Loge rauslaufen und mich einfach nur in seine Arme werfen. Aber genau wie auf der Straße im Village hielten wir beide unsere Impulse im Zaum. Mühsam. Mehr als das.

Dann fiel Jess' Blick auf den Platz neben mir.

»Die Coldwells und die Westons pflegen wohl immer noch ihre Feindschaft, oder?« Als Ians Stimme erklang, zuckte ich leicht zusammen, so sehr hatte ich vergessen, dass noch jemand außer uns hier war. »Jessiah schaut dich an, als würde er einen Mord planen.«

Nein, er schaut dich *so an,* schoss es mir durch den Kopf. Es war eindeutig, dass Jess Ian ins Visier genommen hatte, denn mich hätte er niemals auf diese Art angesehen. So wütend. So eifersüchtig. Aber als wüsste er genau, dass es gefährlich war, seine Gefühle offen zu zeigen, verschloss sich sein Gesicht im nächsten Moment und er wandte sich wieder Balthazar zu. Ich atmete auf und versuchte, mich zu beruhigen. Es gelang mir nur mäßig.

»Alles okay?« Ian berührte leicht meinen Arm. »Ignorier den Typen einfach. Seine Anwesenheit soll dir auf keinen Fall diesen Abend versauen.«

Ich lachte leise auf und hoffte, es klang in Ians Ohren nicht so verzweifelt wie in meinen eigenen. *Wenn du wüsstest, dass ich alles will, außer Jessiah Coldwell zu ignorieren, wärst du niemals mit mir hierhergekommen.*

Ich war völlig überfordert damit, dass Jess im Theater war, denn mit nichts hätte ich weniger gerechnet. Zum einen war er bei keiner Veranstaltung aufgetaucht, die ich mit meiner Familie in der letzten Zeit besucht hatte, und dann war dieses Event auch noch eines, das die jüngere Riege der Upperclass normalerweise ausließ. Vielleicht lag es an Balthazar, dass er hier war, ich wusste es nicht. Alles, woran ich denken konnte, war, dass wir kaum zwanzig Meter voneinander entfernt in einem Saal saßen, der sich in der nächsten Minute verdunkelte. Jess verschwand nahezu vollständig vor meinen Augen, aber ich war mir seiner Nähe immer noch so bewusst, als säße er direkt neben mir. Trotzdem zwang ich mich dazu, auf die Bühne zu sehen.

Die ersten Töne des Musicals erklangen – mehrere laute Paukenschläge gepaart mit harten Klavieranschlägen – und auf dem Parkett in der Kulisse begann einer der Darsteller mit dem Rap zu Alexander Hamilton. Aber obwohl ich mich gefreut hatte, das Stück zu sehen, konnte ich mich jetzt nicht darauf konzentrieren. Ich dachte nur daran, dass Jess hier war. Dass ich so gerne mit ihm reden wollte, weil ich es schon beim letzten Mal hatte tun wollen. Ich durfte es jedoch nicht, verdammt noch mal. Nicht nur, weil ich damit eine Menge riskierte, was meine Familie anging. Sondern vor allem, weil es mich fertigmachen würde, mehr als ohnehin schon.

Aber es wäre eine Chance, ihm von Lilly zu erzählen.

Der Gedanke war da, kam aus dem Nichts, und ich schämte mich fast etwas, dass ich erst jetzt wieder an Thea und ihre Tochter dachte. Sie hatte mir gerade eben die Erlaubnis erteilt, dass ich Kontakt zu Jess herstellen durfte, aber sein Auftauchen hatte meinen Kopf einfach leer gefegt, weil mein Herz alle Energie gebraucht hatte. Nun konnte ich jedoch wieder denken – und erkannte, dass es eine einmalige Gelegenheit war. Trish war nicht hier, der Saal dunkel, und wenn ich es richtig erinnerte, dauerte es bis zur Pause noch etwa eine Stunde. Kein Mensch würde bemerken, falls wir uns rausschlichen, nicht für lange, nur eine Viertelstunde. Das war genug Zeit, um Jess von Lilly zu erzählen.

Mir wurde ganz warm bei der Vorstellung, gleich mit ihm reden zu können, auch wenn ich wusste, dass es nichts besser machen würde. Allerdings gab es da noch ein Problem: Wie sollte ich ihm Bescheid geben, dass ich ihn sprechen musste? Ich hatte zwar mein Handy hier, traute Trish jedoch zu, dass sie irgendwie nachverfolgen konnte, von wem Jess Nachrichten bekam. Zwar stand da immer End-zu-End-Verschlüsselung, aber Malia hatte mir erklärt, dass man durchaus auf Chats zugreifen konnte, wenn man es wollte. Das fiel also flach. Allerdings war ich nicht allein hier.

Ich lehnte mich zu Ian.

»Könnte ich mal kurz dein Handy haben?«, fragte ich leise.

»Jetzt?« Ich konnte sehen, wie er im Halbdunkel die Augenbrauen zusammenzog.

»Ja, bitte. Ich habe vergessen, meinen Vater an was Wichtiges zu erinnern, und mein Akku ist gerade leer gegangen.«

Ohne weitere Fragen zog er sein Telefon aus der Innentasche des Sakkos und gab es mir.

»Bin gleich wieder da«, versprach ich, dann erhob ich mich und huschte aus dem Saal in den Flur. Dort stand zum Glück keiner der Platzanweiser, sodass ich über eine Absperrkordel steigen, unbemerkt die Treppe hinauflaufen und dann die Tür suchen konnte, die zum obersten Stockwerk des Theaters führte. Dort waren nur das Kostümarchiv und ein paar Technikräume untergebracht, wie ich von der Führung wusste. Da hielt sich während der Vorstellung sicherlich niemand auf.

Die Tür zum Archiv war unverschlossen und mich empfing der Geruch von staubigem Samt und Lederpflegemittel, als ich hineinschlüpfte. An langen Stangen in zwei Metern Höhe hingen Mäntel, Kleider und andere Kostüme, darunter standen endlose Reihen von Schuhen. Ich sah schnell in alle Ecken des Raums, aber niemand war hier, genau wie ich es vermutet hatte. Hastig tippte ich in Ians Handy die Nummer von Jess ein, die ich auswendig konnte, seit ich sie sicherheitshalber aus meinem Speicher entfernt hatte. Nicht, weil ich glaubte, dass Trish Coldwell herausfinden könnte, dass ich sie noch besaß. Sondern weil ich Angst gehabt hatte, in einem schwachen Moment doch auf den Anruf-Button zu drücken.

Ich schrieb Jess eine Nachricht, die nur aus ein paar Hinweisen bestand. *Ich muss mit dir reden. 2. Stock, Kostümarchiv, der Zugang ist hinter den Logen. T.* Nach kurzem Zögern schickte ich sie ab. Natürlich war es unglaublich gefährlich, was ich hier machte. Der Saal war voller Leute, die nicht nur meine Eltern kannten, sondern auch Jess' Mutter, und jeder Einzelne von ihnen konnte mich verraten, wenn herauskam, dass ich mit ihm gesprochen hatte. Aber ich folgte hier nicht meiner eigenen Sehnsucht. Ich machte das vor allem für Thea und ihre Tochter.

Ach, geht es wirklich darum?

Ich antwortete meiner inneren Stimme nicht.

Die Nachricht wurde gesendet, aber ob Jess sie las, war nicht zu erkennen, weil er Ians Nummer nicht eingespeichert hatte. Also wartete ich, unruhig und nervös, begann hin- und herzulaufen, sah alle zehn Sekunden auf die Uhr und fragte mich, ob er vielleicht gar nicht auf sein Handy schaute, eine neue

Nummer hatte oder es sogar zu Hause lag. Mit jeder Minute sank meine Hoffnung, aber als ich gerade zurück in den Saal gehen wollte, da …

… öffnete sich die Tür.

15
Jessiah

Es war ein einziger Satz von Thaz, der diesen Abend von einem langweiligen Upperclass-Event zu einem beschissenen Desaster machte. Wir hatten uns gerade erst hingesetzt, da stieß er mich an.

»Hast du gesehen, wer hier ist?« Er deutete zu den Sitzreihen schräg vor uns und mir wurde eiskalt, als ich Helena dort entdeckte. Sie trug ein dunkles Kleid, hatte die Haare wie meistens offen und schaute mich an, mit einem Blick, der alles in mir wünschen ließ, wir befänden uns nicht inmitten von Menschen, sondern in meiner Wohnung. Oder irgendwo anders, wo wir allein waren und nicht so tun mussten, als würden wir nichts füreinander empfinden.

Ich atmete ein und spürte den stechenden Schmerz, der mich bei den Gedanken an sie immer befiel, nun aber um ein Vielfaches stärker war. Und ich war nicht der Einzige, der ihn wahrnahm. Ich konnte sehen, wie Helena eine Faust auf ihr Herz drückte, und hatte den Impuls, aufzuspringen und zu ihr zu gehen, scheißegal, was die Konsequenzen waren. Aber ich beherrschte mich gerade noch so.

Erst da fiel mir auf, dass sie in Begleitung war. Sie saß neben einem dunkelhaarigen Kerl, der mich in diesem Moment bemerkte und etwas zu ihr sagte, vermutlich über mich. Neid stieg in mir auf, oder eher brennende Eifersucht auf diesen Typen. Hatte sie etwa wieder jemanden? Nein, das war nicht möglich. Ich hatte gesehen, wie sie mich auf der Straße im Village angeschaut hatte. Wie sie mich gerade eben angeschaut hatte. Da konnte kein anderer sein. Oder doch?

Der Kerl sagte noch etwas und Helena lachte auf, aber es wirkte eher so, als wollte sie weinen.

»Du bist echt nicht über sie hinweg«, stellte Balthazar fest und mir wurde bewusst, dass ich Helena in einem Saal voller Menschen anstarrte und mein Gesicht dabei ein offenes Buch war. Schnell setzte ich einen unbeteiligten Ausdruck auf und senkte den Blick.

»Wer ist das neben ihr?«, fragte ich, ohne seine Aussage zu kommentieren. Ich kannte die meisten Leute aus diesen Kreisen von New York, aber Helenas Begleiter hatte ich noch nie gesehen. Vielleicht wusste Thaz mehr darüber, er war im Sommer schließlich hier gewesen.

»Ian Lowell«, kam prompt die Antwort meines Freundes. »Von den Juwelen-Lowells, du weißt schon. Er war in Stanford, hat aber wohl die Familie vermisst und ist deswegen zurückgekommen. Helena und er waren damals zusammen, als Valerie und Adam gestorben sind.«

Sie waren mal ein Paar gewesen? Das erklärte diese gewisse Vertrautheit zwischen ihnen. Aber war das alles? Oder hatten sie beschlossen, das Ganze wieder aufzuwärmen, nachdem es keine Chance für uns beide gab? Einerseits hätte ich Helena gewünscht, dass sie glücklich wurde. Andererseits konnte ich es kaum ertragen, sie an der Seite von diesem Kerl zu sehen.

Als hätte die Saalbeleuchtung das gewusst, wurde sie im nächsten Moment bis zur vollkommenen Dunkelheit gedimmt und auf der Bühne begann das Musical. Ich zwang mich, zu den Darstellern zu schauen, trotzdem wanderte mein Blick immer wieder zu Helena. Sie erwiderte keinen davon, sondern fixierte das Geschehen unter ihr, aber ich sah, wie angespannt sie war. Dann gab es einen Szenenwechsel und das Licht im Saal ging erneut komplett aus.

Als es ein paar Minuten später wieder heller wurde, war Helena verschwunden. Nur Lowell saß noch da, offensichtlich nicht beunruhigt. Wann war sie nach draußen gegangen? Sollte ich hinterherlaufen, um sie zu sehen? Um wenigstens kurz mit ihr zu sprechen?

Mein Handy vibrierte und ich zog es wie automatisch hervor. Als ich die Nachricht las, die ich bekommen hatte, hielt ich den Atem an.

Ich muss mit dir reden. 2. Stock, Kostümarchiv, der Zugang ist hinter den Logen. T.

Ich kannte die Nummer nicht, aber es war eindeutig, von wem die Nachricht kam. T für Tausendschön. Sie hatte es nicht vergessen.

»Bin gleich wieder da«, sagte ich leise zu Thaz und erhob mich von meinem Sitz.

»Wenn du klammheimlich aus dem Theater abhaust und mich hier allein lässt, werde ich dir das nie verzeihen.« Mein Freund starrte mich böse an.

»Mach ich nicht. Ich muss nur kurz telefonieren, es ist dringend.« Ich deutete auf das Handy. »Eli hat angerufen, ich sollte ihn fragen, was los ist.« Meinen kleinen Bruder für diese Lüge einzuspannen war nicht gerade anständig, aber ich war sicher, dass er mir das verziehen hätte.

Ich verließ unter vielen geflüsterten Entschuldigungen meine Sitzreihe und ging im Dunkeln zum seitlichen Ausgang. Zum Glück war ein Vorhang vor der Tür angebracht, den ich hinter mir schließen konnte, sodass niemand das Licht von draußen sah, als ich in den Flur verschwand.

Mein Puls war so hoch, als wäre ich gerade beim Sparring im Tough Rock, und ich wusste genau, wieso: Gleich würde ich Helena wiedersehen und das nicht nur aus der Ferne. Ich würde endlich wieder in einem Raum mit ihr sein und mit ihr reden können. Zwar hatte ich keine Ahnung, warum sie mich sehen wollte, aber da war die Hoffnung in mir, dass sie es sich anders überlegt hatte. Vielleicht hatte sie einen Weg gefunden, ihre Familie vor Trish zu schützen, oder sie wollte zumindest das Risiko eingehen. Egal, was es war, es konnte Erlösung von diesem grauenhaften Zustand zwischen uns bedeuten und nichts brauchte ich mehr.

Eilig lief ich Richtung Logen, bis ich an einer dieser Kordeln ankam, mit denen man normalerweise Leute daran hinderte, einen gesperrten Bereich zu betreten. Ich sah mich um, dann stieg ich hinüber, nahm die letzten Stufen bis oben und suchte nach der richtigen Tür. Als ich die geschwungenen Buchstaben auf dem Messingschild las, die mir sagten, dass ich das Kostümarchiv gefunden hatte, blieb ich stehen, atmete tief durch und drehte den Knauf.

»Hallo?« Ich fragte es, noch bevor ich ganz hindurchgegangen war. Bevor ich sie sah.

Sie stand am anderen Ende des Raumes vor einer Reihe von Kostümen und drehte sich in diesem Moment zu mir um. Gott, obwohl ich so viel an sie gedacht hatte, war ich nicht darauf gefasst, wie schön diese Frau war – und wie sehr sie mein Herz berührte.

»Hi«, machte sie und zeigte ein Lächeln, aber es war nur schwach.

»Hi«, erwiderte ich und meine Euphorie sank ein bisschen. Helena sah nicht aus, als würde sie mir sagen wollen, dass es

Hoffnung für uns gab. Sie wirkte eher so wie im Mai, als sie in meiner Wohnung gestanden und mir zu verstehen gegeben hatte, dass wir beide keine Zukunft haben würden.

Ich ging ein paar Schritte näher, aber merkte an ihrer Körperhaltung, wie krampfhaft sie auf Abstand bleiben wollte.

»Helena –«, begann ich in weichem Tonfall.

»Nicht«, unterbrach sie mich und schüttelte den Kopf. »Bitte nicht. Das ist so schon schwer genug.« Sie hatte die Fäuste geballt, die Lippen aufeinandergepresst, alles an ihr versuchte, die Kontrolle zu behalten. Himmel, wie gerne hätte ich sie berührt, sie in die Arme genommen, damit diese fürchterliche Anspannung von ihr abfiel – und von mir. Aber ich respektierte ihre Bitte und blieb, wo ich war.

»Warum wolltest du mit mir sprechen?«, fragte ich und bemühte mich um einen sachlichen Tonfall. Ich scheiterte grandios.

»Ich … Es gibt etwas, das ich dir sagen muss.« Sie straffte ihre Schultern, eine typische Weston-Geste. Es tat mir weh, dass sie glaubte, mir etwas vormachen zu müssen. »Es ist sehr wichtig, aber auch wahnsinnig gefährlich. Ich brauche dein Wort, dass du es niemandem sagen wirst. Auch nicht Thaz oder Eli. Niemandem.«

»Du hast mein Wort. Ich habe vier Monate lang vor Trish verschwiegen, was sie uns angetan hat. Dann schaffe ich das auch, was immer es ist.« Mein Tonfall war düster und Helena bemerkte meine Wut, ich sah es in ihren Augen. Aber sie kommentierte sie nicht, sondern holte tief Luft.

»Es ist so, dass ich … Nein, anders. Ich bin aufgrund von Umständen, die gerade nicht wichtig sind, an eine Information gelangt, die ich dir nicht verschweigen kann oder will.« Wieder zögerte sie, suchte nach Worten.

»Raus damit«, sagte ich sanft und verkniff mir gerade noch

ihren Spitznamen. Dabei wollte ich ihn aussprechen, um wenigstens auf diese Art Nähe zwischen uns zu schaffen. Es brachte mich um, dass sie nur zwei Meter von mir entfernt stand und trotzdem so unendlich weit weg schien.

Sie sah aus, als würde sie sich wappnen. »Wir haben nicht viel Zeit, deswegen sage ich es geradeheraus: Adam hatte eine Tochter. Ein Mädchen, sie ist jetzt knapp sechs Jahre alt. Sie … Sie heißt Lilly.«

Ich starrte Helena an und für ein paar Sekunden vergaß ich alles, was zwischen uns war oder was zwischen uns stand, weil mein komplettes Bewusstsein nur einen einzigen Gedanken zuließ: *Was. Zur. Hölle?*

»Das kann nicht sein«, sagte ich, was mir als Erstes durch den Kopf ging. »Ich wüsste davon, wenn es so wäre.«

»Glaub mir, es ist die Wahrheit. Ich war dort, ich habe sie gesehen, es gibt keinen Zweifel. Und ich wäre bestimmt nicht dieses Risiko eingegangen, wenn ich mir nicht absolut sicher wäre.« Helena lächelte wieder, diesmal ein bisschen offener als vorhin.

Mein Herz machte ein paar schnelle Schläge. Aber meine Aufmerksamkeit war immer noch bei dem, was sie gerade gesagt hatte. Adam hatte eine Tochter gehabt? Ich hatte eine *Nichte*? Das war zu krass.

»Wer … Wer ist die Mutter?« Ich wollte selbst zurückrechnen, um das herauszufinden, aber mein Kopf funktionierte nicht richtig.

»Thea Wallis.« Helena legte die Arme um ihren Körper.

»Thea?« Ich erinnerte mich nur dunkel an sie. Zu der Zeit war ich mit anderen Dingen beschäftigt gewesen als der Frage, in wen mein Bruder verliebt war.

Helena nickte. »Adam und sie waren eine Weile zusammen, als beide noch zur Schule gegangen sind. Sie haben sich getrennt, bevor Thea bemerkt hat, dass sie schwanger ist, und danach entschieden, es geheim zu halten. Wegen deiner Mutter.«

Ich lachte auf, aber es war mehr ein Schnauben. »Natürlich wegen Trish. Diese Frau kann ja nichts anderes, als alles zu zerstören, was irgendwie gut ist.«

Helena senkte den Kopf, weil sie besser als jede andere wusste, was ich damit meinte. Aber der Augenblick dauerte nur kurz an, dann riss sie sich zusammen. »Ich sage es dir auch deswegen, weil Thea Unterstützung braucht. Lilly hatte vor einem Jahr einen Unfall – keine Sorge, sie ist wieder in Ordnung, aber die Behandlung hat jegliche Reserven aufgebraucht, die Thea hatte. Und seit Adams Tod muss sie sich allein um alles kümmern. Sie sagt, sie kommt zurecht, und sie wollte erst auch nicht, dass ich mit dir rede, weil sie Angst hat, Trish könnte davon erfahren und ihr Lilly wegnehmen. Aber ich habe ihr versichert, dass du das nie zulassen würdest. Deswegen war sie einverstanden, dass ich es dir verrate.«

Ich nickte langsam. Zwar konnte ich nicht behaupten, dass ich so richtig begriffen hatte, was sie mir da gerade erzählt hatte. Dass es ein Kind gab, dessen Vater mein Bruder gewesen war. Oder dass ich keine Ahnung davon gehabt hatte. Aber obwohl in mir heilloses Chaos herrschte und ich dieses Mädchen noch nicht einmal kannte, wusste ich längst, dass ich alles für die Kleine tun würde, was in meiner Macht stand.

»Hast du vielleicht eine Nummer oder eine Adresse von Thea?« Ich hatte noch keine Ahnung, wie ich es hinbekommen sollte, unbemerkt Kontakt zu ihr aufzunehmen. Aber fürs Erste würde ich über ein paar Ecken ein Konto für Lilly und sie einrichten, das nicht mit mir in Verbindung gebracht werden konnte.

»Ich habe ihre Nummer. Die Adresse aufzuschreiben war mir zu heikel. Aber sie wohnt in Elizabeth, New Jersey.« Helena öffnete ihre Tasche und holte einen Zettel heraus. Dann kam sie zwei Schritte auf mich zu und hielt ihn mir hin. Als ich ihn aus ihrer Hand nahm, berührten sich unsere Finger, nur leicht, aber es löste eine ganze Kaskade an Reaktionen in meinem Körper aus. Heftiges Magenflattern. Plötzliche Hitze. Und Sehnsucht. Die Berührung dauerte nur eine Sekunde und trotzdem machte sie mehr mit mir als es jeder Kuss mit einer anderen Frau hätte schaffen können. Helena schaute mir in die Augen und ich konnte erkennen, dass es ihr genauso ging. Dass sie sich danach sehnte, aus dieser Sekunde mehr zu machen. Aber dann trat sie einen Schritt zurück und brachte wieder Abstand zwischen uns. »Die Daten sind kodiert«, sagte sie und ihre Stimme klang rau. »Die Ziffern der Nummer sind immer plus zwei. Ich dachte, das wäre sicherer.«

Ich steckte den Zettel in die Tasche meiner Anzughose und nahm mir vor, die Nummer so schnell wie möglich auswendig zu lernen und das Papier zu entsorgen, damit keine Gefahr bestand, dass jemand es bei mir entdeckte. »Ich werde einen Weg finden, ihnen zu helfen, ohne dass Trish etwas davon mitbekommt«, versprach ich.

Helena wirkte erleichtert. »Danke, Jess.«

Es war das erste Mal, dass sie heute meinen Namen sagte, und es erinnerte mich an jenen Abend, als sie ihn auf so viele Arten ausgesprochen hatte. Erst verzweifelt. Dann traurig. Später in der Nacht flehend. Atemlos. Und danach liebevoll.

Ich atmete ein. »Danke, dass du es mir gesagt hast.« Sie hatte eine Menge riskiert, um mich einzuweihen, und es zeigte wieder einmal, was für ein großartiger Mensch sie war.

»Es war keine Option, es nicht zu tun.« Helena nickte.

»Wie hast du denn eigentlich herausgefunden, dass Lilly existiert?«, fragte ich. Man stolperte ja nicht ohne Weiteres über Adams Tochter, schon gar nicht, wenn ihre Mutter sich alle Mühe gab, die Existenz des Kindes zu verheimlichen.

»Ich habe doch gesagt, dass es keine Rolle spielt«, antwortete Helena ausweichend und ich konnte erkennen, dass es ihr unangenehm war. Was verheimlichte sie vor mir?

»Natürlich spielt es eine. Wenn du die beiden gefunden hast, wieso sollte Trish sie dann nicht finden? Vielleicht kann ich etwas tun, um das zu verhindern.«

»Das wird nicht passieren«, behauptete sie schnell. »Ich weiß es … von jemandem, der niemals zulassen würde, dass deine Mutter Wind davon bekommt. Und da wir beide Trish gleichermaßen hassen, ist das Geheimnis sicher.«

»Jemand, der Trish hasst?«, wiederholte ich. »Wer ist das?«

»Das kann ich dir nicht sagen. Aber bitte vertrau mir, dass deine Mutter nichts von Lilly erfährt, wenn du dafür sorgst, dass sie es nicht über dich rauskriegt.«

Ich wollte nur zu gerne erfahren, woher Helena diese hochbrisanten Informationen über Thea und ihre Tochter hatte. Aber ich kannte sie gut genug, um zu wissen, dass sie es mir nicht verraten würde. Und ich vertraute ihr dennoch.

Sie deutete zur Tür. »Das war der Grund, warum ich mit dir reden wollte. Besser, wir gehen wieder zurück. Sonst merkt noch jemand, dass wir fehlen.«

»Du meinst wohl, Lowell bemerkt es.« Ich schaffte es nicht, den eifersüchtigen Ton aus meiner Stimme herauszuhalten. Es machte mich wütend, dass er sich mit ihr in der Öffentlichkeit zeigen, neben ihr sitzen, mit ihr reden durfte. Und es machte mich wahnsinnig, mir vorzustellen, dass es mehr war als das: dass er abends neben ihr lag. Dass sie *ihn* nachts weckte. Meine Hand ballte sich zur Faust, ohne dass ich es wollte. Helena bemerkte es, aber sie wirkte nicht schuldbewusst. Nur traurig.

»Mit Ian läuft nichts«, sagte sie. »Wir waren vor Valeries Tod zusammen und verstehen uns gut, das ist alles.«

Erleichterung durchströmte meinen Körper, obwohl ich genau wusste, dass es vollkommen egal war, ob sie etwas mit ihm hatte oder nicht. Denn wir durften trotzdem nicht zusammen sein.

Sie machte einen Schritt nach vorne. »Ich sollte jetzt wirklich zurück in den Saal gehen, bevor jemand uns hier sieht.«

Damit hatte sie recht und trotzdem sperrte sich alles in mir dagegen, mich wieder von ihr zu trennen. Denn auch wenn wir nur hier standen und miteinander redeten, war das eine Verbesserung zu den letzten Monaten. Helena hatte mir so sehr gefehlt, dass jede weitere Sekunde mit ihr mich auf schmerzhafte Weise ein bisschen mehr heilte.

»Warte«, sagte ich leise, als sie sich bereits in Bewegung setzte, um zur Tür zu gehen. Mit meinem Arm hielt ich sie auf, ohne sie zu berühren. »Bitte … sag mir, wie es dir geht, Tausendschön.« Ich konnte sie nicht zurück in den Saal lassen, wenn ich keine Antwort darauf hatte.

Sie blieb vor mir stehen und sah mich an, nun vollkommen offen und ohne die Weston-Mauer, die sie so perfekt beherrschte. Und als sie antwortete, war ihre Stimme leise und brüchig.

»Was glaubst du denn?«

16
Helena

Bitte … sag mir, wie es dir geht, Tausendschön.

Acht Worte. Acht Worte, die all meine Beherrschung in einem Augenblick zu Staub zerfallen ließen. Wobei es vor allem das letzte Wort war, das die Mauern endgültig einriss. Es war beeindruckend, dass es nicht schon vorher geschehen war, denn seit ich mich mit Jess in diesem Raum befand, schien es fast unmöglich, die Kontrolle über meine Gefühle aufrechtzuerhalten. Seine bloße Präsenz ließ mir die Knie weich werden, aber ich schaffte es, von Lilly und Thea zu erzählen, ohne zu straucheln. Nur sprach er dann diese Bitte aus.

Und ich fiel.

»Was glaubst du denn?«, antwortete ich so leise, dass ich es kaum selbst verstand. Vor ihm zuzugeben, dass es mir beschissen ging, bedeutete auch, es vor mir zuzugeben. Denn ich hatte es vier Monate lang vor allen verborgen. Nur vor ihm war es vollkommen unmöglich.

Jess' Hand berührte meine, nur sehr sachte, aber ich bekam Gänsehaut am ganzen Körper. Ich sah ihn an, konnte nicht wegschauen, eine Sekunde bewegte sich keiner von uns. Dann streichelte er meinen Handrücken und strich mit den Fingerspitzen meinen Arm hinauf. Ich hielt die Luft an, wollte es gleichzeitig genießen und unterbrechen, aber nichts davon gelang mir. Die Berührung erinnerte mich mit aller Macht an diese eine Nacht, in der wir uns so viel näher gekommen waren als hier und jetzt. Daran, wie wir uns vollkommen einig gewesen waren, was wir wollten. Dass wir zusammen sein wollten. Mein Blick verschränkte sich mit dem von Jess und in seinen grünen Augen stand nichts als die ehrliche, wortlose Wahrheit, bevor er sie doch aussprach.

»Du fehlst mir so sehr.« Er sagte es sanft, rau, und ich war kurz davor, alle Vorsicht über Bord zu werfen und ihn wenigstens zu umarmen, nur für einen Moment. Ich wollte ihn in meinem Leben haben, ich wollte nichts mehr als das. Nur immer, wenn ich diesen Gedanken hatte, hielt meine innere Stimme dagegen: *Bist du bereit, dafür alle anderen zu opfern?*

Das war ich nicht.

Mit letzter Anstrengung brachte ich so viel Raum zwischen uns, dass die Berührung unterbrochen wurde.

Wieso tust du das? Es ist niemand hier, der euch sehen kann.

Das stimmte. Aber wenn ich jetzt zuließ, dass wir diesem Drängen nachgaben, würde es danach nur schlimmer werden. Noch schlimmer, als es ohnehin schon war. Wenn ich das überleben wollte, wenn ich irgendwie weitermachen wollte, musste ich jetzt verschwinden.

»Ich muss gehen«, sagte ich und sah Jess nicht noch einmal an, bevor ich zur Tür lief und sie hastig aufzog.

Niemand war auf dem Gang davor und ich war sicher, dass Jess ein paar Minuten warten würde, bis er ebenfalls zurück in den Saal ging. Trotzdem lief ich eilig zur Treppe und hinunter, stieg über die Kordel und fand erst beim zweiten Versuch die richtige Tür zur Loge. Auf der Bühne wurde offenbar eine Szene gespielt, in der es um ein Duell ging, aber nichts hätte mich weniger interessieren können. Noch immer kribbelte meine

Haut von Jess' Berührung, noch immer wollte ein Teil von mir zurücklaufen und sich in seine Umarmung flüchten, nur um für einen winzigen Augenblick das Gefühl zu haben, alles wäre in Ordnung. Um mich für einen winzigen Augenblick wieder vollständig zu fühlen. Aber ich wusste, dass dieser Augenblick nie reichen würde. Deswegen verdrängte ich mit aller Gewalt diesen tiefen Wunsch, ging zu meinem Platz zurück und versuchte, die Kontrolle zurückzugewinnen.

Ian sah auf, als ich mich wieder neben ihn setzte und ihm sein Telefon zurückgab. Natürlich hatte ich die Nachricht an Jess vorher gelöscht. »Du warst lange weg. Alles in Ordnung mit deinem Dad?«

»Ja, alles bestens.« Mein Herz schlug heftig, aber das lag nicht daran, dass ich so schnell gelaufen war. Es lag an Jess. Daran, dass er mit dieser simplen Berührung all meine Willenskraft der letzten Monate auf einen Schlag zunichtegemacht hatte. Ich konnte nur hoffen, dass Ian mir nichts anmerkte. »Es war ein bisschen kompliziert, unsere Termine der kommenden Woche überein zu bringen. Du weißt schon, wegen der Hochzeitsvorbereitungen von Lincoln und Paige.« Das war immerhin nur halb gelogen, denn tatsächlich standen in der nächsten Zeit ein paar Termine in dieser Hinsicht an – Locationsuche, Kleideranprobe und natürlich das Aussuchen der Torte. Nur zu gerne hätte ich mich vor alledem gedrückt, aber man hatte mich zumindest für den ersten Punkt fest eingeplant. Und da es Paige selbst gewesen war, die mich gefragt hatte, ob ich sie bei der Suche nach dem perfekten Ort für ihre Hochzeit unterstützen würde, konnte ich mich nicht drücken.

Ian schien sich mit dieser Antwort abzufinden, und als Jess ein paar Minuten später wieder in den Saal kam und sich neben Thaz setzte, bemerkte er das gar nicht. Ich hingegen schon, denn Jess sah zu mir, als es auf der Bühne hell genug wurde, um einander zu erkennen – und er hatte einen Ausdruck auf dem Gesicht, der zwar immer noch sehnsüchtig wirkte, aber dazu fast kämpferisch.

Was hast du vor?, dachte ich.

Hoffnung machte sich in mir breit, genau wie Angst. Zwei Gefühle, die schon immer mit Jess verknüpft gewesen waren, weil wir waren, wer wir waren – und dennoch wollten, was wir wollten.

Hoffnung und Angst. Angst und Hoffnung.

Wenn man aus unserer Geschichte ein Musical gemacht hätte, wäre das wohl der Titel gewesen.

»Das war ein echt schöner Abend«, sagte Ian zu mir, als wir später mit dem Fahrer seiner Familie losfuhren. Entweder hatte er nicht bemerkt, dass ich die meiste Zeit nach meiner Rückkehr geistig abwesend gewesen war, oder er war zu höflich, um es anzumerken.

Ich hatte mit ihm während der Pause und nach der Vorstellung kaum drei Sätze gesprochen, so beschäftigt war ich damit gewesen, Jess in der Lobby aus dem Weg zu gehen. Nicht, weil ich Angst gehabt hatte, dass man uns etwas ansehen könnte. Eher weil ich Angst gehabt hatte, dass meine Vernunft nicht stark genug war, um ihm nicht doch nahe zu kommen. Und auch jetzt, wo ich außer Gefahr war, konnte ich mich nicht entspannen.

»Ist wirklich alles okay? Du bist die ganze Zeit schon so komisch.« Ian verengte die Augen. Offenbar hatte er es doch bemerkt. »Hat das was mit Coldwell zu tun? Es war wirklich gruselig, wie er dich angesehen hat.«

»Seine Familie glaubt, dass Valerie an Adams Tod schuld ist«, sagte ich und die Lüge kam mir leicht über die Lippen. Schließlich traf das immerhin auf Trish zu, wenn auch nicht auf Eli und Jess. »Wundert es dich da, dass er mich ansieht, als wäre ich seine Feindin?«

Ian schüttelte den Kopf. »Komisch, dass er überhaupt dort war. Er hasst laut Gerüchten die Upperclass und soll sich auch nicht sonderlich gut mit seiner Mutter verstehen. Und er hat in seiner Jugend eine Menge Skandale provoziert. Das heute Abend war das Schaulaufen der High Society. Was hat er dort gemacht?«

Sich mit mir im Kostümarchiv getroffen und uns beide mehr als nur in Gefahr gebracht.

»Er war mit einem Freund da, Balthazar Lestrange, vielleicht kennst du ihn. Und so, wie der beim Musical mitgegangen ist, war es vermutlich seine Idee.« Das erklärte auch, wieso es die erste Gelegenheit gewesen war, auf Jess zu treffen. Bestimmt wusste Trish nichts von dem Event und sicherlich war sie nicht eingeladen gewesen. Die Theater am Broadway waren fest in der Hand des alten New Yorker Geldes. Und damit eine der wenigen Institutionen in der Stadt, die Jess' Mutter nicht mit einem Fingerschnippen dazu bringen konnte, ihrem Willen zu gehorchen. »Vergiss es einfach, okay?«, bat ich Ian. »Das ist wirklich nicht der Rede wert.« Ich wusste nämlich nicht, wie lange ich ihm noch vormachen konnte, Jess Coldwell wäre mein Feind, wenn doch das genaue Gegenteil der Fall war.

»Okay, wenn du das sagst.« Ian sah mich an und schien nicht vollständig überzeugt zu sein. Wahrscheinlich nahm er von mir einfach etwas wahr, das er falsch interpretierte. »Hast du vielleicht Lust, noch was trinken zu gehen? Ganz in der Nähe meiner Wohnung an der Lexington hat eine neue Bar aufgemacht.«

Ich holte Luft. »Sei mir nicht böse, aber ich würde lieber nach Hause. Ich habe letzte Nacht schlecht geschlafen und will eigentlich nur ins Bett.«

»Klar.« Wieder ein Lächeln, ich wusste dennoch, er war verunsichert. Es wäre anständig gewesen, ehrlich zu ihm zu sein. Er war einer von den Guten, er verdiente es nicht, von mir hingehalten zu werden.

»Ian, hör zu«, entschied ich mich dafür, ihm die Wahrheit zu sagen. »Es ist schön, dass du wieder da bist, und ich verbringe gern Zeit mit dir.«

Er lachte auf. »Das *Aber* ist so groß, es könnte am Times Square auf einer Displaywand stehen. Entschuldige, ich habe dich unterbrochen.«

Ich lächelte schief. »Könnten wir einfach Freunde sein? In meinem Leben ist so viel in der Schwebe und alles rund um meine Familie ist gerade sehr hektisch.«

Nur die halbe Wahrheit, Helena?

Ich seufzte innerlich. »Außerdem gab es da jemanden und es hat nicht schön geendet. Ich bin noch nicht darüber hinweg, fürchte ich.«

Ians Blick wurde mitfühlend. »Das wusste ich nicht, tut mir leid.«

»Ja, mir auch.« Ich dachte an die Begegnung mit Jess heute und wünschte mir zum hunderttausendsten Mal, dass die Dinge anders lägen. Aber das Leben war eben kein Märchen. Und Wünsche wurden nicht wahr.

»Für mich war es nach der Trennung von Chloe auch nicht leicht«, sagte Ian. »Man fragt sich, ob man nicht doch noch etwas länger hätte durchhalten oder sich etwas mehr hätte anstrengen müssen. Aber mittlerweile bin ich überzeugt davon, dass es die richtige Entscheidung war. Sicherlich kommt der Punkt bei dir auch bald.«

Am liebsten hätte ich hysterisch gelacht, aber ich verkniff es mir – genau wie die Erklärung, dass die Entscheidung gegen Jess sich niemals richtig anfühlen würde.

»Ja«, sagte ich, »vielleicht.«

»Ich fänd's schön, wenn wir befreundet wären, Len. So hat es damals schließlich auch angefangen.«

»Das stimmt.« Ich lächelte, diesmal nicht schief.

»Schön.« Er drückte auf den Knopf an der Sprechanlage. »Dann bringe ich dich jetzt nach Hause.« Er sagte dem Fahrer Bescheid.

Ich lehnte mich in meinem Sitz zurück und atmete aus. Das war doch eigentlich gut gelaufen, oder nicht? Meine Mutter würde mir keine neuen Kandidaten anschleppen, solange Ian im Spiel war, und ich mochte ihn gern genug, um regelmäßige Treffen nicht für eine unangenehme Pflicht zu halten. Er war auch nicht beleidigt, weil ich keine Beziehung wollte. Es war ein Sieg auf ganzer Linie.

Warum fühlte sich dann alles nur so furchtbar falsch an?

Ian setzte mich zu Hause ab und zum Glück war es nicht unangenehm zwischen uns, als wir einander verabschiedeten. Ich war froh, dass ich ihm gesagt hatte, was Sache war, denn so waren die Fronten geklärt und er erwartete von mir nicht, dass wir wieder etwas miteinander anfangen würden.

Als ich zum Eingang unseres Hauses lief, vibrierte mein Telefon. Gut, dass es das den ganzen Abend nicht getan hatte, sonst wäre meine Lüge mit dem leeren Akku wohl aufgeflogen. Ich sah stirnrunzelnd, dass es Malia war, und ging dran.

»Hi, was gibt es Neues?« Um diese Uhrzeit rief sie mich nie an – es sei denn, es gab neue Erkenntnisse. Wir versuchten seit meinem Besuch bei Thea, herauszufinden, wo Adam zum Entzug gewesen war, bisher ohne Erfolg.

»Nichts Gutes.« Malia klang ziemlich ernst. »Ich habe heute auf dem Revier noch mal nach Adams Kontodaten geschaut und mein Captain hat es mitbekommen.«

Oh, fuck.

»Und weiter?« Ich hielt die Luft an.

»Dann hat er gefragt, warum ich mich so für Adam Coldwell interessiere, weil er wohl gehört hat, dass ich schon öfter in der Richtung etwas recherchiert habe. Keine Ahnung, wie er dahintergekommen ist, ich war eigentlich immer sehr vorsichtig und habe darauf geachtet, dass niemand in der Nähe ist, wenn ich Daten checke oder Unterlagen downloade. Und meinem Kollegen, der mich dabei gesehen hat, traue ich das nicht zu. Aber irgendjemand muss es ihm trotzdem gesteckt haben.«

»Was hast du ihm daraufhin gesagt? Die Wahrheit?«

»Nein, natürlich nicht. Ich habe improvisiert und behauptet, dass ich von einem Informanten einen Tipp bekommen hätte und deswegen über Umwege auf Adams Finanzen gestoßen wäre.«

Ich wechselte mein Telefon in die andere Hand. »Hat er dir das abgekauft?«

»Ich hoffe es.« Erleichtert atmete ich auf, aber sie war noch nicht fertig. »Und dann hat er mir einen langen Vortrag darüber gehalten, dass ich keine Detective bin – und wenn ich jemals eine werden will, sollte ich mich bis dahin um meine Arbeit kümmern. Es war keine offizielle Verwarnung, aber nah dran. Er wird mich ab sofort auf jeden Fall im Auge behalten, genau wie meine Recherchen. Das heißt, in den nächsten Wochen kann ich nicht bei den Ermittlungen mithelfen, wenn ich nichts riskieren will. Ich bin kaltgestellt, Len.«

Ich atmete aus und versuchte, die Hiobsbotschaft zu verdauen. Malia war nicht nur meine Partnerin in dieser Sache, sondern auch die wichtigste Quelle für alles, was mit diesen Ermittlungen zu tun hatte. Ihr Zugang zu den Datenbanken des NYPD und anderen Behörden war Gold wert.

»Entscheidend ist vor allem, dass du heil da rausgekommen

bist«, sagte ich. »Für alles andere ergibt sich schon eine Lösung.« Vielleicht konnte ich jemanden engagieren, der an die nötigen Infos kam.

Ach, und wen? Beziehungsweise wie, wenn deine Eltern nichts davon mitbekommen sollen oder am Ende sogar Trish Coldwell Wind von allem kriegt?

»Tut mir echt leid. Wir waren schon so weit gekommen.« Malia klang mehr als nur deprimiert.

»Das war ja nicht umsonst. Ich finde einen Weg, wie ich an Adams Entzugsklinik komme. Und dann sehen wir weiter.« Ich klang zuversichtlicher, als ich mich fühlte. Aber Malia brauchte nicht noch mehr Futter für ihr schlechtes Gewissen.

»Du machst nichts, was dich in Gefahr bringt, oder?«, fragte sie. »Bitte versprich mir das.«

»Ich verspreche es«, log ich. »Wir hören uns wieder, Malia.« Dann legte ich auf, stand reglos vor dem Haus, in meinem Kopf nach diesem Abend voller Schmerz nun nichts als Panik. Wie sollte ich ohne Valeries Freundin weitermachen? Wie sollte ich es ohne sie schaffen, den Ruf meiner Schwester wiederherzustellen, wenn die Umstände ihres Todes so verworren waren, wie es bisher wirkte? Wie?

Ich hatte nicht den Hauch einer Ahnung.

17
Jessiah

Der Wagen schlängelte sich durch die schmalen Straßen von Nolita und New York zog an mir vorbei, denn ausnahmsweise hatte ich Gelegenheit, aus dem Fenster zu sehen. Delilah hatte darauf bestanden, mich von ihrem Fahrer abholen zu lassen, und auch wenn so etwas zu dem affigen Verhalten der oberen Zehntausend gehörte, das ich hasste, hatte ich mir die Diskussion gespart. Aber obwohl ich während der Fahrt die Chance gehabt hätte, rauszuschauen und diese Viertelstunde Nichtstun zu genießen, war meine Aufmerksamkeit nicht auf die Welt da draußen gerichtet. Sondern auf das, was in meinem Kopf los war.

Nachdem ich vor knapp fünf Tagen aus dem Theater nach Hause gekommen war, hatte ich zuallererst dafür gesorgt, dass ein Konto für Thea und Lilly eingerichtet wurde, dessen Ursprung sich nicht zu mir zurückverfolgen ließ. Zum Glück kannte ich Leute, die dazu in der Lage waren: alte Kontakte meines Vaters, der zwar nie etwas eindeutig Illegales getan, aber alle Tricks gekannt hatte. Auf die Art war meiner Nichte – es war immer noch vollkommen surreal, dieses Wort auch nur zu denken – und ihrer Mutter zunächst geholfen, ohne dass ich das Risiko einging, Trish auf die beiden aufmerksam zu machen. In ein paar Tagen, wenn alles geregelt war, würde jemand von der Bank bei Thea anrufen und ihr Bescheid geben, dass es ein neues Konto gab, auf das sie Zugriff hatte. Natürlich wollte ich am liebsten in mein Auto steigen und nach Jersey rüberfahren, aber ich konnte das nicht tun, bevor ich nicht zu hundert Prozent sicher war, dass Trish nichts davon mitbekam. Und ich wettete, auch wenn sie mich nicht wie früher beschattete, hatte sie mich auf irgendeine Art im Auge, seit sie Helena diesen Deal angeboten hatte.

Helena … In den meisten bewussten Momenten war ich auf meine Arbeit und die vielen Projekte fokussiert oder in Gedanken mit Lilly und Thea beschäftigt. Helena erwischte mich eigentlich immer in den unbewussten Momenten. Nach dem Aufwachen, vor dem Einschlafen, manchmal auch mitten in der Nacht. So war es schon gewesen, bevor wir uns im Theater gesehen hatten, aber seitdem war es noch viel stärker geworden. Ich hatte sie an dem Abend kaum berührt und trotzdem war die Sehnsucht wieder so heftig, als hätten wir miteinander geschlafen. Vielleicht war es auch gerade deswegen so schlimm, weil nichts zwischen uns passiert war.

Dazu kam ein Teil in mir, der ein ungutes Gefühl im Bauch hatte, wenn ich daran dachte, was sie mir über Thea gesagt hatte. Oder eher, woher sie es gewusst hatte. Ich vertraute Helena zwar zu hundert Prozent, wenn sie sagte, dass Trish nicht an die Informationen kommen konnte, die sie selbst dorthin geführt hatten. Nur konnte ich mir nicht vorstellen, dass sie es einfach so von jemandem erfahren hatte. Ich hatte in dem Moment nicht weitergebohrt, weil ich zu abgelenkt von ihr und diesen krassen Neuigkeiten gewesen war. Aber mit etwas Abstand … da kam es mir komisch vor. Erst hatte ich es darauf geschoben, dass ich bei Helena nicht rational denken konnte. Dass es nur ein Hirngespinst war, um mich ihr auf verdrehte

Art nahe zu fühlen. Nur hatte sich das Gefühl trotzdem nicht verzogen und gestern hatte ich dann einen Kontakt angerufen, der mir Informationen besorgen konnte. Seither wartete ich, dass er sich bei mir meldete.

»Wir sind da, Mr Coldwell«, informierte mich der Fahrer von vorne und riss mich damit aus meinen Grübeleien. Erst einmal musste ich jetzt diesen Termin durchziehen. Und Helena aus meinem Kopf verbannen, während ich es bei meinem Herz längst aufgegeben hatte.

Delilah wartete direkt vor der Tür eines Hotels in der 41st, das ich als Randy East kannte, das aber offenbar verkauft worden war und nun renoviert wurde: Der Schuttcontainer vor dem Haupteingang war ein eindeutiges Zeichen dafür. Ich wunderte mich nicht, dass ich von dem Projekt nichts wusste, denn ich bekam zwar eine Menge mit, jedoch sicher nicht alles – und Hotels waren kaum mein Metier. Vielleicht hätte ich etwas davon gehört, wenn ich den Sommer über in der Stadt gewesen wäre, aber so hatte ich keine Ahnung, wer der neue Besitzer des Hotels war. Oder die neue Besitzerin.

»Ist es nicht etwas übertrieben, gleich ein mehrstöckiges Gebäude für deinen Club zu kaufen?«, scherzte ich, als ich aus dem Wagen stieg und Delilah begrüßte, die heute anders als bei unserer letzten Begegnung Jeans und eine helle Bluse trug und damit überraschend normal aussah.

Sie grinste und gab mir die Hand. »Dir auch einen schönen guten Morgen, Jess. Und keine Sorge, ich habe nicht das ganze Hotel gekauft. Ich habe nur einen Teil davon gepachtet.« Sie deutete zum Eingang. »Wollen wir?«

Ich folgte ihr und spürte ihre aufgeregte Begeisterung, als wir die Lobby betraten, die genauso aussah, wie ich es erwartet hatte: nach purem Chaos. Offenbar hatte man die Teppiche bereits herausgerissen und entsorgt, denn nun waren mehrere

Handwerker dabei, den Betonboden von Kleberesten zu befreien, während andere sich an den Wänden zu schaffen machten und alte Tapete herunterschälten. Allzu viel Zeit, mir alles anzusehen, hatte ich jedoch nicht, denn Delilah wandte sich nach rechts, durchschritt eine mit Planen verhängte Tür und verschwand dahinter. Ich folgte ihr, schob das Plastik beiseite und betrat einen Bereich mit niedrigerer Decke als in der Lobby.

»Das ist es«, sagte sie und breitete die Arme aus. »Ist es nicht perfekt?«

Ich ging weiter hinein und schaute mich aufmerksam um. Sie hatte recht, die Räumlichkeiten hatten eine gute Größe, und auch wenn sie momentan noch aussahen, als wäre hier eine Abrissbirne durchgerauscht, war die Grundsubstanz in Ordnung, soweit ich das beurteilen konnte. Daraus konnte man definitiv etwas machen. Ob das ein Privatclub sein musste, war eine andere Frage. Aber fürs Erste war ich Profi genug, um mich darauf einzulassen.

»Gibt es einen separaten Eingang oder müssten die Leute durch das Foyer des Hotels?« Ich wusste trotz der Abneigung gegen diese Art von Verein, worauf die Mitglieder Wert legten: Diskretion und Privatsphäre. Mein Vater hatte früher öfter Einladungen von solchen Clubs bekommen und sie immer abgelehnt. *Ich habe kein Interesse daran, dass mächtige Männer sich noch mächtiger fühlen,* hatte er gesagt. Mein Herz schmerzte kurz, als ich an ihn dachte. Er fehlte mir. Mein Dad hatte wie kein anderer gewusst, was im Leben wirklich wichtig war.

Delilah lächelte leicht. »Da vorne gibt es einen Seiteneingang. Aber für meine Mitglieder ist es auch kein Problem, durch die Lobby zu gehen. Keiner von ihnen will bei Zigarren und schummrigem Licht dubiose Geschäfte machen. Es geht um Austausch und Networking. Vielleicht sogar darum, sich in dieser riesigen Stadt nicht so allein zu fühlen.«

»Dann darf hier jeder und jede rein?«, fragte ich. »Ohne dass man einen fünfstelligen Mitgliedsbeitrag bezahlen muss oder irgendeine Empfehlung braucht?«

Ihr Lächeln wurde etwas schwächer. »Natürlich haben wir Aufnahmekriterien. Sonst wäre es ja kein Club.«

»Wie sehen diese Kriterien aus?« Ich lief in den nächsten Raum, der von dem großen Hauptbereich durch Wände und ein paar Stufen abgeteilt war. Hohe schmale Fenster zeigten zum Innenhof hinaus. Es war nicht gerade ein hübscher Anblick, denn man schaute vor allem auf Mülltonnen und einen weiteren Container für Bauschutt. Aber das ließ sich ja ändern. Entweder polierte man den Hof auf oder man verschloss die Fenster und holte sich das Licht von woanders her.

Moment, dachte ich etwa schon darüber nach, wie man das hier einrichten konnte? An dem Punkt waren wir noch lange nicht.

»Ich möchte mit dem Konzept vor allem jüngere und ambitionierte Leute zwischen fünfundzwanzig und vierzig ansprechen. Das bedeutet, es gibt keine Empfehlungsschreiben oder irgendwelche familiären Privilegien.« Delilah sah zum Fenster hinaus und verzog das Gesicht, sagte jedoch nichts zur Aussicht. »Es soll ein Bewerbungsverfahren geben, aber ich würde geeignete Kandidaten auch von mir aus ansprechen. Ich habe bereits eine Liste gemacht mit den Leuten, die für mich infrage kommen.« Sie schaute mich an. »Du stehst übrigens auch drauf.«

Ich musste lachen. »Das ehrt mich, aber ich versuche wirklich, so wenig wie möglich mit reichen Leuten in Verbindung zu kommen.«

»Ach echt? Gilt das auch für Helena Weston?«

Mein Lachen fiel mir aus dem Gesicht. Abrupt fuhr ich zu Delilah herum. »Was willst du damit andeuten?«, fragte ich heftiger als beabsichtigt. Woher wusste sie von Helena und mir?

»Gar nichts.« Sie hob ein wenig erschrocken die Hände. »Ich wollte einen Witz über die Gerüchte machen, die kursieren. Es hat nichts zu bedeuten.«

»Was für Gerüchte sind das?« Ich starrte sie an, nicht bereit, sie so leicht davonkommen zu lassen. Wenn sie irgendetwas über unser Treffen im Theater wusste, dann konnte meine Mutter auch davon erfahren – und das bedeutete, die Westons waren am Arsch.

»Dass da etwas zwischen euch wäre, quasi die Fortsetzung der tragischen Liebesgeschichte eurer Geschwister.« Delilah machte den Eindruck, als wäre es ihr furchtbar unangenehm, die Sache überhaupt angesprochen zu haben. »Ich wollte dich nicht kränken, entschuldige. Wenn ich ehrlich bin, dachte ich, dass da gar nichts dran wäre.«

»Ist es auch nicht.« Ich war ein wenig erleichtert, weil es offenbar wirklich nur Gerüchte waren. Einige Leute hatten im Frühjahr bei der Eröffnung des Mirage mitbekommen, dass Helena und ich uns gewisse Blicke zugeworfen hatten. Aber es schien nichts zu sein, das sich auf die letzten Wochen bezog.

»Tut mir leid, dass ich davon angefangen habe.« Delilah zuckte unbehaglich mit den Schultern.

»Schon okay.« Vielleicht hätte ich mich für meine Reaktion entschuldigen sollen, ich tat es jedoch nicht, denn das hätte so ausgesehen, als wäre an der Sache doch etwas dran. Stattdessen wandte ich mich in Richtung Küche. »Zeigst du mir den Rest?«

»Gerne.« Delilah wirkte erleichtert, aber bevor sie noch etwas sagen konnte, raschelte das Plastik am Durchgang der Tür.

»Hey, herumgelaufene Streuner von der Straße haben hier nichts verloren«, sagte jemand.

Ich drehte mich um und lachte, als ich sah, wer da gerade hereinspaziert kam.

»Was tust *du* dann hier?«, fragte ich frech zurück.

»Guter Konter.« Der Eindringling grinste und kam näher, die Hände in den Taschen seiner garantiert maßgeschneiderten dunklen Hose, die er zu seinem garantiert maßgeschneiderten grauen Hemd mit Weste trug. Seine blonden Haare waren akkurat geschnitten und perfekt gestylt. Neben ihm sah ich in Jeans und Shirt wirklich aus wie ein Streuner von der Straße, aber das machte mir nichts aus. Hatte es noch nie.

»Finlay Henderson.« Ich streckte die Hand aus. »Du bist alt geworden.«

»Ich sehe keinen Tag älter aus als fünfundzwanzig, du Arsch. Es ist einfach zu lange her.« Finlay schlug ein. Er hatte recht, wir hatten uns schon eine ganze Weile nicht gesehen, das letzte Mal lag sicher mehr als ein Jahr zurück. »Was machst du hier, Mann?«, fragte er mich. »Willst du dir ansehen, was aus dem guten alten Randy East wird? Eigentlich wollte ich dich ja engagieren, um den Club hier auf Vordermann zu bringen, aber Delilah war schneller.« Er schaute zwischen uns hin und her und wartete nicht auf eine Antwort. »Oh, verstehe, du bist schon im Boot.«

»So würde ich das nicht sagen.« Ich schüttelte den Kopf.

»Ich habe ihn mit Mühe dazu überreden können, es sich anzusehen«, erklärte Delilah. »Und ich glaube, er wollte mehrmals flüchten, bevor du aufgetaucht bist.«

»Verstehe.« Finlays Grinsen wurde breit und wissend. »Der ganze Exklusiv-Vibe geht dir gegen den Strich, oder? Hätte ich mir denken können.«

»Und ich hätte mir denken können, dass du total darauf abfährst«, gab ich zurück. Finlay Henderson war dafür bekannt, das Leben des Reichen und Schönen in vollen Zügen zu genießen, und daraus machte er auch keinen Hehl. »Im Ernst, du hast dieses Hotel gekauft?«, fragte ich. Als wir uns vor knapp zwei Jahren ständig über den Weg gelaufen waren, weil ich in der Zeit vor allem bei dem Aufbau von Clubs geholfen hatte und Finlay Clubs liebte, hatte er kein Wort darüber verloren, dass er in diese Richtung gehen wollte – obwohl seine Familie in dem Metier so etwas wie Adelige waren. Die Henderson Group besaß Luxushotels an jedem hübschen Fleck der Erde.

»So sieht's aus«, entgegnete Finlay. »Aber wenn du wissen willst, warum, musst du die verrückte Frau fragen, die mich dazu gebracht hat, den alten Kasten mit ihr zu kaufen.«

»Das *verrückt* habe ich überhört.« Wie aus dem Nichts war plötzlich eine dunkelhaarige Frau aufgetaucht, die in Jeans und grob gestricktem Wollpullover deutlich passender für diese Umgebung angezogen war als ihr Freund. Zielsicher bahnte sie sich einen Weg zwischen den alten Teppichrollen und kaputten Möbeln bis zu uns.

»Jessiah Coldwell.« Sie musterte mich prüfend. »Wie ich sehe, bist du immer noch der heißeste Typ in der Stadt.«

»Edina Henderson«, antwortete ich in gleichem Ton und ignorierte Finlays empörten Blick. »Und wie ich sehe, bist du immer noch eine der schönsten Frauen in dieser Stadt.«

»*Eine* der schönsten? Als wir uns das letzte Mal gesehen haben, musste ich mir den Platz noch nicht teilen. Was ist passiert?« Edina schaute mich neugierig aus ihren blauen Augen an, die mich ein bisschen an die von Helena erinnerten. Nur war ihr Blick sehr viel forschender. »Gibt es da was zu erzählen?«

Jetzt sah mich auch noch Delilah an, als wäre ich eine spannende Serie im Fernsehen. Ich schnaubte.

»Gar nichts ist passiert, ich wollte nur nicht von Finlay mit einem von den morschen Stühlen da drüben erschlagen werden, das ist alles«, redete ich mich raus. »Können wir jetzt wieder darüber sprechen, warum ihr beide den Schuppen gekauft habt?«

»Das ist schnell erzählt.« Edina hob die Schultern und sah Delilah nach, die einen Anruf bekommen hatte und den Raum verließ. »Ich war mit der Uni fertig, also haben Fin und ich überlegt, wo wir in Zukunft leben wollen.«

»Und wofür wir unser Erbe verprassen wollen«, ergänzte Finlay.

»Nicht verprassen. Investieren.« Sie nickte. »Da kam die Nachricht, dass das Randy East zu verkaufen ist. Und irgendwie haben wir einander angesehen und gewusst, dass wir es versuchen wollen. Hotels liegen uns Hendersons im Blut, also stehen die Chancen gut, dass wir es nicht vermasseln.«

Davon war auszugehen. Und plötzlich war Delilahs Club für mich viel interessanter geworden.

Ein Typ im Blaumann winkte mit einer Rohrzange durch den Plastikvorhang und Edina gab ihm ein Zeichen. »Ich muss mich mal um die Handwerker kümmern«, sagte sie. »Aber Jess, wenn du Lust hast, komm doch nach dem Termin mit Delilah hoch zu uns in den obersten Stock. Da gibt es sogar anständigen Kaffee.«

»Für anständigen Kaffee bin ich immer zu haben«, lächelte ich und sie ging.

Da Delilah noch nicht wieder da war, sah Finlay mich an. »Hast du Zeit für eine Führung? Dann zeige ich dir alles.«

»Gern.« Eigentlich war ich ja wegen Delilah und ihrem Club hier, aber ich hatte nichts gegen eine Schonfrist einzuwenden, bevor ich mich entscheiden musste. Es klang natürlich nicht schlecht, was sie sagte – ich war dennoch nicht sicher, ob ihr Konzept aufgehen würde. Und auch wenn sie die Mitglieder unabhängig ihrer Herkunft und Familie aussuchen wollte, blieb es doch ein elitärer Kreis.

Wir trafen sie draußen im Foyer, wo sie offenbar ein wichtiges Telefonat führte, denn ihre Stirn war in Falten gelegt und sie antwortete sehr knapp. Ich gab ihr einen Wink, dass ich im Hotel unterwegs sein würde, und sie nickte.

»Wie groß ist es?«, fragte ich Finlay. Das Randy East war ein Mittelklassehotel für Touristen und Geschäftsleute mit eher wenig Budget gewesen, aber das war auch schon alles, was ich darüber wusste.

»Es hatte ursprünglich hundert Zimmer, die allerdings ziemlich klein waren und nicht einmal die aktuelle Brandschutzordnung erfüllt haben.« Finlay ging durch eine Tür und hielt sie mir auf. »Deswegen haben wir entschieden, einige Wände herauszunehmen und aus den hundert nur noch sechzig Zimmer zu machen. Eigentlich bedeutet das zurück zum Ursprung, denn in den Fünfzigern war das hier ein Hotel für die politische Prominenz.«

Ich ließ zwei Männer vorbei, die ein langes Brett zwischen sich trugen, und warf dann einen Blick in den nächsten Raum, der recht groß war.

»Das ist der Frühstücksraum«, erklärte Finlay, »oder soll es mal werden.«

»Ihr plant kein Restaurant?« Ich ging davon aus, dass Delilahs Club früher das Restaurant des Hotels gewesen war, deswegen fehlten vielleicht die Räumlichkeiten.

»Doch, wir werden eins haben. Aber nicht so riesig und mit eher bodenständiger Küche.« Finlay ging um die Ecke und plötzlich war kein Mensch mehr zu sehen. Eine weitere Kurve, dann standen wir vor einem schmalen Fahrstuhl. »Das ist mein Lieblingsteil im ganzen Hotel«, schwärmte er. »Der VIP-Aufzug aus Zeiten, als hier noch Politiker abgestiegen sind.«

Ich zog die Brauen zusammen. »Du meinst, der Aufzug aus Zeiten, als sie sich Prostituierte aufs Zimmer bestellt haben, oder?«

»Du bist wirklich ein unromantischer Mistkerl.« Finlay machte ein beleidigtes Gesicht und ich lachte. »Aber auch wenn du vielleicht recht hast, ist es jetzt ein super Gimmick für uns, um ungesehen nach oben zu kommen. Denn manchmal kriegst du hier unten echt die Krise, weil alle zwei Minuten jemand was von dir will.«

Die Türen des Aufzugs öffneten sich und wir traten hinein. Finlay drückte den Knopf für den obersten Stock und der Fahrstuhl ruckelte, bevor er leicht holprig anfuhr. Ich hoffte, dass er es bis ans Ziel schaffte, ohne stecken zu bleiben.

»Sind oben eure Büros?«, fragte ich.

»Nicht nur. Die Etage hat niedrige Decken und dazu Schrägen, sie war früher für die Angestellten gedacht, deswegen eignet sie sich nicht für Gäste. Wir haben ein paar der Zimmer hergerichtet, um während des Umbaus dort zu wohnen.«

Wir stiegen aus und es tat sich ein weiterer Flur vor uns auf, diesmal jedoch recht schmal, und tatsächlich war die Decke hier viel näher. Finlay kramte einen Schlüssel hervor und öffnete eine der Türen, hinter der sich ein Zimmer auftat, das zwar klein, aber sehr gemütlich war. Als ich die Siebträgermaschine auf der Anrichte sah, wusste ich, warum Edina von anständigem Kaffee gesprochen hatte.

»Willst du einen?«, fragte mich Finlay.

»Immer.« Ich nickte. Mein Handy gab einen leisen melodischen Ton von sich und ich griff automatisch danach. Als ich sah, wer mir eine Nachricht geschrieben hatte, spannte ich mich unwillkürlich an. Es war der Bekannte, den ich angerufen hatte, um rauszufinden, ob mein Verdacht wegen Helena berechtigt war.

Sieht so aus, als wäre an deinem Verdacht was dran, schrieb er mir. Mehr nicht. Dabei brauchte ich dringend mehr, um diesen Mix aus Angst und Wut unter Kontrolle zu bringen, der mit einem Mal in mir hochkochte.

»Alles okay, Mann?« Finlay füllte gerade Kaffeepulver in den Siebträger und sah mich an. »Du wirkst, als wäre was Schlimmes passiert.«

»Ja. Nein. Kann ich kurz irgendwo telefonieren?«

»Sicher. Geh einfach zwei Türen weiter, dort ist offen.«

»Danke. Ich bin gleich wieder da.« Ich trat eilig aus dem Zimmer und folgte Finlays Anweisungen, um zu einem Raum zu gelangen, der vom Grundriss identisch war, aber mit Bett und Schrank bestückt. Dort ging ich zum Fenster und wählte die Nummer, von der ich gerade die Nachricht bekommen hatte.

»Dachte ich mir, dass du sofort anrufst«, meldete sich Garrick White ohne Begrüßung.

»War sicher schwer zu erraten, wenn du mir eine solche Nachricht schreibst, Garry.« Ich kannte ihn noch aus meiner rebellischen Phase nach dem Tod meines Dads, er war ein Freund von ihm gewesen und hatte mir mehr als einmal aus der Klemme geholfen, wenn ich Scheiße gebaut hatte. Ich glaubte, dass er froh gewesen sei, als ich das Land verlassen hatte, und seit meiner Rückkehr nach New York hatten wir nur selten Kontakt gehabt. Trotzdem war er die erste Person, die mir eingefallen war, als ich jemanden gebraucht hatte, der mir Informationen beschaffte – denn Garrick war seit über zwanzig Jahren Captain beim NYPD und hatte deswegen Zugriff auf so ziemlich alles. Außerdem war er, um es vorsichtig auszudrücken, nicht gerade ein Fan meiner Mutter und damit ausgesprochen vertrauenswürdig.

»Du klingst manchmal wie dein Vater«, sagte er und ich

hörte das Lächeln in seiner Stimme. »Ich vermisse den alten Knaben.«

»Ich auch.« Tief atmete ich ein und wappnete mich. »Also, was hast du für mich?«

»Es ist, wie du vermutet hast – die kleine Weston scheint wirklich im Fall ihrer Schwester Nachforschungen anzustellen. Ich habe mir angesehen, wer in letzter Zeit auf Dokumente und Daten zugegriffen hat, die mit Valerie oder Adam zu tun haben, und das war nur eine Kollegin aus dem Zwanzigsten: Malia Williams. Wie sich herausgestellt hat, ist Officer Williams freundschaftlich mit der Familie Weston verbunden und hat erst mit ihren Recherchen begonnen, als Helena zurück in die Stadt gekommen ist.«

Ich ließ mich auf das Bett sinken, denn auch wenn ich es geahnt hatte, traf es mich trotzdem wie ein Hammer. All meine Überlegungen kamen mir wieder in den Sinn: dass Demi mir gesagt hatte, Helena hätte Simon nach Valerie gefragt. Dass sie das mit Thea und Lilly rausgefunden hatte. Unser Essen im Bella Ciao und wie sie sich verhalten hatte, als das Gespräch auf Pratt und seinen Angriff gekommen war. Sie hatte nicht irgendwelche Eindrücke von den letzten Stunden im Leben ihrer Schwester sammeln wollen. Sie hatte wissen wollen, ob er etwas über ihren Tod wusste – und sich damit offenbar in Lebensgefahr gebracht. Ich hatte gedacht, Pratt wäre eine einmalige Sache gewesen, aus der sie ihre Lehren gezogen hatte, aber wenn sie immer noch ermittelte, dann ging sie ständig das Risiko ein, dass sich so etwas wiederholte und vielleicht schlechter ausging. Die Angst um sie drückte mir die Kehle zu.

»Jess, bist du noch dran?«, fragte Garrick.

»Ja, entschuldige, es ist nur … krass. Ich hatte keine Ahnung, dass Helena das macht.« Ich versuchte, mich zu sammeln. »Hast du jemandem davon erzählt?«

»Nein. Ich habe zwar mit dem Captain aus dem Zwanzigsten telefoniert, damit er Williams auf die Finger schaut, aber er meinte, er hätte schon selbst mit ihr geredet und sie daran erinnert, dass dieser Fall geschlossen ist. Offenbar hat er mitbekommen, dass sie nach Informationen über Adam und Valerie sucht. Er wird sie im Auge behalten.«

Das bedeutete, dass Malia vermutlich keine Informationen mehr für Helena beschaffen würde. War das gut, weil sie dadurch nicht länger ermitteln konnte? Oder schlecht, weil sie nun andere Quellen brauchte? Ich wusste es nicht. Genauso wenig, warum sie das tat. Ja, sie hatte mir bei unserer allerersten Begegnung damit gedroht, dass sie nicht mehr dabei zusehen würde, wie Trish Valeries Ruf in den Schmutz zog. Aber was erwartete sie denn, zu finden? Valerie und Adam hatten verunreinigtes Kokain genommen und waren daran gestorben. Selbst wenn sie einen Schuldigen für den Verkauf von gestrecktem Stoff fand, brachte das doch nichts in Hinblick auf den Ruf ihrer Schwester.

»Wenn die Frage erlaubt ist, Jess – was ist das mit dir und diesem Mädchen?« Ich hörte die Vorsicht in Garricks Stimme, genau wie das, was er nicht sagte. *Hast du vor, die Geschichte eurer Geschwister zu wiederholen? Oder ist es das Gegenteil?* Hass oder Liebe, das waren die einzigen Optionen in den Köpfen der Leute, wenn es um Helena und mich ging.

»Gar nichts«, wehrte ich ab und log damit noch nicht einmal. Zwischen uns war momentan nichts und gerade konnte ich in Bezug auf Helena auch an nichts anderes denken als die riesige Angst, die ich um sie hatte. Am liebsten wäre ich direkt zu ihr gefahren. Einfach, um sie zu fragen, was zur Hölle sie sich dabei dachte, auf eigene Faust nach irgendeiner Wahrheit zu suchen und sich damit in Gefahr zu bringen.

»Wenn du das sagst«, gab Garrick zurück und klang alles

andere als überzeugt. Im Hintergrund sprach ihn jemand an und er antwortete kurz, bevor er wieder etwas zu mir sagte. »Ich muss los.«

»Dann will ich dich nicht länger aufhalten. Danke, Garry. Es war wirklich nett von dir, dass du dich darum gekümmert hast.«

»Kein Problem, Junge. Du weißt, ich bin da, wenn du mich brauchst. Es sei denn, du hast mal wieder vor, auf dem Empire State Building blankzuziehen. Dann werde ich steif und fest behaupten, dass wir uns nicht kennen.«

Ich lachte trocken, als ich mich an diese Episode erinnerte. »Keine Sorge, die Zeiten sind wirklich lange vorbei.«

»Es ist beruhigend, das zu hören. Mach's gut, Jess. Pass auf dich auf.«

»Du auch. Und danke noch mal.«

Ich legte auf und atmete aus, saß mit dem Telefon in der Hand da und überlegte, was ich jetzt tun sollte. Wenn Helena es sogar geschafft hatte, an Theas Daten zu gelangen, dann war das nicht einfach nur ein Zeitvertreib für zwischendurch, sondern eine echte Mission. Über die ich zu wenig wusste, weil ich keine Ahnung gehabt hatte, dass sie überhaupt existierte. Ein leiser Stich des Verrats meldete sich, ich schob ihn beiseite. Natürlich wünschte ich, dass sie mir davon erzählt hätte, als sie am Todestag bei mir aufgetaucht war. Aber das mit uns war vor jener Nacht viel zu zerbrechlich gewesen, um ein solches Vertrauen zu erwarten. Nun wusste ich es jedoch und konnte es nicht ignorieren.

Es ging kein Weg daran vorbei – ich musste mit ihr sprechen, ob ich das nun durfte oder nicht. Ich würde ihr diese Sache ausreden, und zwar so schnell wie möglich, wenn ich erst einmal wusste, was sie dazu brachte, sich so in Gefahr zu begeben. Aber am Telefon ging das nicht. Das bedeutete, wir brauchten einen Ort für ein Treffen, wo es niemand mitbekam. Wo keiner uns sehen würde und niemand schlussfolgern konnte, dass wir uns begegnet waren. Was fast ein Ding der Unmöglichkeit war, wenn man bedachte, wie überfüllt diese Stadt war und wie viele Augen Trish und Helenas Eltern in New York hatten.

Ich brauchte einen richtig guten Plan, wenn ich das hinkriegen wollte.

Und ich hatte auch schon eine Idee, wen ich dafür fragen musste.

18
Helena

»Noch Kaffee, Miss Weston?«

»Ja, danke, Rita.« Ich lächelte und schob meine Tasse ein wenig zur Seite, damit unsere Hausangestellte besser einschenken konnte. Als sie fertig war, nickte sie und verschwand. Mir fiel auf, dass ich mit ihr an diesem Sonntagmorgen mehr gesprochen hatte als mit meiner Familie, und Rita hatte mir lediglich zweimal Kaffee nachgefüllt und einmal ein Croissant aus der Küche gebracht.

Meine Eltern saßen beide am Tisch, allerdings war mein Vater halb hinter seinem Laptop verborgen, während meine Mutter mit gerunzelter Stirn auf ihrem Handy herumtippte und offenbar ihre Mails checkte. Ab und zu sprachen sie ein paar kryptische Worte miteinander, aber mich ignorierten sie einfach komplett. Nicht, weil ich in Ungnade gefallen war, es lag wohl mehr daran, dass sie total in ihre Arbeit versunken waren. Deswegen hatte ich ebenfalls mein Smartphone aus der Tasche meines Morgenmantels gezogen und scrollte mich gelangweilt durch Instagram. Seit es mich nicht mehr interessierte, wer mit wem auf welche Party ging, waren jedoch die Reels von Hunden, die von ihren Besitzern angebellt wurden und dann völlig konfus herumsprangen, viel spannender als alles an Gossip.

»Gehst du heute zu dem Empfang in der Met?«, fragte mein Vater meine Mutter.

»Das hatte ich vor. Kannst du nicht mitkommen? Max Hollein hat uns ausdrücklich beide eingeladen.«

Dad sah sie bedauernd an. »Tut mir leid, Liebling, aber ich habe doch diesen Charity-Pokerabend im Country Club.«

Ich unterdrückte mein Lachen, schaffte es jedoch nicht ganz.

»Was ist so witzig, Len?« Mein Vater sah mich an.

»Ach, nichts. Dein Satz klang nur so, als wäre er aus dem Drehbuch für die Neuauflage von Denver Clan.«

Er grinste leicht, weil es ihm wohl selbst auffiel. »Nun ja, alle Klischees haben einen wahren Kern, nicht wahr? Aber sag mal, wieso begleitest du deine Mutter nicht in die Met? Du liebst dieses Museum doch so.«

Ich wechselte einen Blick mit meiner Mutter, um ihre Reaktion darauf zu sehen. »Ja, wieso nicht«, sagte sie. »Das wäre doch eine schöne Gelegenheit, etwas Zeit miteinander zu verbringen.«

»Okay.« Ich nickte nur. Mom und ich waren nie so eng gewesen wie mein Dad und ich. Aber seit ich zurück war, hatte ich den Eindruck, dass es kaum noch eine Verbindung zwischen uns gab. Alles, was sie an mir interessierte, waren mein Ansehen in der Gesellschaft und natürlich meine Aussichten auf eine Verlobung mit jemandem, den sie für angemessen hielt. Deswegen war ich nicht besonders scharf auf einen Abend mit ihr in der Met.

Meine Mutter hob das Kinn. »Wie läuft es denn eigentlich mit dir und Ian? Hast du ihn seit der Veranstaltung im Rodgers Theatre noch mal gesehen?«

»Nein.« Ich schüttelte den Kopf. »Aber wir wollen uns nächste Woche treffen.«

»Das freut mich so, Helena. Er ist ein toller Junge.« Sie

wirkte wieder einmal, als hätte sie meine Zukunft komplett vor Augen, und mich durchfuhr der Impuls, endlich die Frage zu stellen, die seit Ewigkeiten auf eine Antwort wartete.

»Habt ihr eigentlich schon eine Entscheidung getroffen, was mein Studium angeht?« Ich hatte es eine Weile vermieden, sie darauf anzusprechen, weil ich Angst vor der Endgültigkeit ihres Urteils hatte. Wenn sie Nein sagten, dann stand es fest – solange sie gar nichts sagten, hatte ich noch Hoffnung. Nur musste ich endlich Gewissheit haben.

»Ja, das …« Meine Mutter sah mich an und ich ahnte, dass besagte Hoffnung in ungefähr zwei Minuten die Sachen packen und ausziehen würde. »Dein Vater und ich haben das mehrfach besprochen – und was Lincoln dazu gesagt hat, natürlich berücksichtigt. Aber zum gegenwärtigen Zeitpunkt schaut New York noch zu sehr auf uns und wir können es uns nicht erlauben, dass die Leute reden. Deswegen kannst du leider nicht an die NYU wechseln.«

Und schon war es vorbei. Kurz und schmerzlos.

»Aber du darfst gerne dein Hauptfach an der Columbia ändern, Schatz«, versuchte mein Vater, die Enttäuschung aufzufangen, die sich längst wie Gift in meinem Körper ausbreitete. Das Tourismusstudium war alles gewesen, das an meiner ätzenden Lage noch etwas hätte ändern können. Nachdem Malia für die Ermittlungen ausfiel, wir außer Adams Entzug sowieso keine Spur mehr gehabt hatten und Jess für mich so tabu war wie eh und je, hätte mich das vielleicht wieder ein bisschen glücklich machen können.

»Dann werde ich das wohl tun.« Ich sagte es tonlos und versuchte nicht, meine Enttäuschung darüber zu verbergen, dass sie mich offenbar nicht genug respektierten, um mir diesen einen verfluchten Wunsch zu erfüllen. Sie sollten wissen, dass sie mir wehtaten. In diesem Moment hätte ich ihnen am liebsten die Wahrheit gesagt – welchen Deal ich mit Trish gemacht hatte, was zwischen Jess und mir gewesen war und dass ich immer noch jeden Morgen, wenn ich aufwachte, zuallererst an ihn dachte. Nur hätte ich damit *ihnen* wehgetan. Und wäre somit nicht besser gewesen als sie.

Das Festnetztelefon im Flur klingelte und Rita ging hin, um den Anruf anzunehmen. Sie hörte zu, nickte, antwortete nur kurz und kam dann zu uns.

»Miss Weston, es ist für Sie. Eine Edina Henderson.«

»Henderson?« Meine Mutter merkte auf. »Von den Hotel-Hendersons? Kennt ihr euch?«

Ich verneinte und fragte mich, was ausgerechnet Edina Henderson an einem Sonntag von mir wollte. Natürlich wusste ich, wer sie war – schließlich war die Henderson-Hotelgruppe jedem auf der Welt ein Begriff und nach dem Skandal vor ein paar Jahren, bei dem eines der Familienmitglieder einen Mord begangen hatte, waren sie in aller Munde gewesen. Ihrem Ruf hatte das allerdings nicht nachhaltig geschadet – soweit ich wusste, war jeder Einzelne erfolgreicher denn je. Und zwei von ihnen lebten in New York, Edina genauso wie ihr Cousin und Freund Finlay Henderson. Noch ein Skandal, allerdings eher von der harmlosen Sorte. Mit so etwas schockierte man die oberen Zehntausend nicht.

Um sie nicht länger warten zu lassen, nahm ich das schnurlose Telefon und hielt es mir ans Ohr, während ich ins Wohnzimmer hinüberging.

»Hallo, Edina? Hier ist Helena Weston.«

»Helena, ist ja super, dass ich dich erreiche.« Sie hatte eine warme Stimme mit deutlich hörbarem schottischen Akzent. »Ich rede nicht lange drum herum: Vielleicht hast du es mitbekommen, wir haben das Randy East gekauft und bauen es gerade um.«

»Ja, davon habe ich gehört«, sagte ich, immer noch abwartend.

»Sehr schön. Jedenfalls bin ich im Hotel für die Gästebetreuung zuständig und überlege mir momentan, welche Pakete wir für die Leute schnüren können, damit sie die volle New-York-Erfahrung bekommen. Ich habe mir sagen lassen, du wärst eine absolute Expertin, was die Stadt angeht – dass du alle versteckten Ecken und geheimen Spots kennst.«

Woher wusste sie das? Valerie und ich hatten unsere Idee von Stadtführungen mit Full Service nie irgendwo vorgestellt. Allerdings hatte ich Paiges Vater bei einem Essen vor einigen Monaten davon erzählt. Außerdem wussten es ein paar Freunde von früher. Vielleicht hatte Edina so davon erfahren.

»Ich würde mich nicht als absolute Expertin bezeichnen«, relativierte ich ihre Aussage ein wenig, »aber ich weiß schon einiges über die Stadt und ihre Geheimnisse.«

»Meinst du, dass du mir helfen könntest, als Beraterin? Wir bezahlen dich natürlich entsprechend.«

»Ähm … Ja, sehr gerne, das wäre toll.« In meinen Fingerspitzen kribbelte es, als würde mein Körper spüren, dass gerade etwas Gutes passierte. Nach der Entscheidung meiner Eltern, mich nicht Tourismus studieren zu lassen, war das hier ein echter Lichtblick. Klar, es bedeutete nicht, dass sie ihre Meinung ändern würden, nur weil mich Edina Henderson fragte, ob ich sie beraten konnte. Aber vielleicht gab es ja auch ohne das Studium an der NYU eine Möglichkeit für mich, in diesem Bereich arbeiten zu können.

»Wunderbar. Leider können wir uns nicht allzu lange Zeit damit lassen, denn wir wollen spätestens im März eröffnen und müssen sehr früh alles fertig haben.« Sie wirkte etwas zerknirscht. »Passt es dir vielleicht irgendwann in den nächsten Tagen?«

Ich überlegte nur kurz. »Wie wäre es gleich heute?« Ich sah zu meinen Eltern, die sich geschäftig gaben, aber garantiert mit einem Ohr lauschten, worüber ich mit Edina redete. »Ich habe heute Abend eine Veranstaltung, aber ansonsten noch nichts vor.« *Und ich brauche dringend ein Erfolgserlebnis.*

»Das wäre der Hammer!« Edinas Begeisterung schwappte durch den Hörer zu mir und ich musste grinsen. »Ich schicke dir einen Wagen, der dich abholt. So in einer Stunde?«

»Perfekt. Dann sehen wir uns gleich. Ich freu mich.« Ich legte auf und grinste immer noch breit, als ich zu meinen Eltern zurückkehrte.

»Was wollte sie von dir?«, fragte meine Mutter, als ich im Stehen den letzten Schluck Kaffee trank. Ich hatte nicht viel Zeit, weil ich noch duschen und mich fertig machen musste. Edina Henderson war der Liebling sämtlicher Designer, da konnte ich nicht in Jeans und Lederjacke auftauchen.

Ich richtete mich auf. »Sie möchte, dass ich ihr ein bisschen etwas über New Yorks geheime Ecken erzähle, für die Gäste in ihrem Hotel. Quasi ein Beraterinnenjob.«

»Ach, wirklich? Wie kommt sie denn auf dich?« Mein Vater wirkte genauso überrascht wie ich, als ich die Anfrage gehört hatte.

»Keine Ahnung, aber das kann ich sie ja gleich fragen. Sie schickt in einer Stunde einen Wagen her.«

»Du triffst sie schon heute?« Ich las in der Miene meiner Mutter, dass sie das für unangemessen hielt – eine Weston konnte doch nicht am gleichen Tag einen Termin wahrnehmen, wie sah das denn aus, bla, bla –, aber sie verkniff sich ihren Kommentar und lächelte stattdessen. »Das freut mich. Edina Henderson ist eine sehr beeindruckende junge Frau und es wäre doch schön, wenn ihr euch anfreundet. Dann hättest du jemanden, mit dem du dich mal treffen kannst.«

Offenbar war ihr aufgefallen, dass ich nach dem Wegfall von Valeries und meinen gemeinsamen Bekannten keine neuen Freundschaften aufgebaut hatte. Und ich musste zugeben, dass es mir manchmal fehlte, mein Herz ausschütten zu können. Nur war ich nicht gut darin, mich mit jemandem anzufreunden, denn meine beste Freundin war von klein auf meine Schwester gewesen und an sie war niemand rangekommen. Natürlich hatte ich Freundinnen in der Schule gehabt und auch in Cambridge. Aber in unseren Kreisen passte man auf, wem man etwas von sich erzählte, weil man nie wusste, ob es gegen einen verwendet oder sogar an die Presse weitergegeben wurde. Und deswegen war es für mich nie leicht gewesen, zu vertrauen. In den letzten drei Jahren hatte ich mich nur bei einer Person wirklich fallen lassen können und zu der war mir jeder Kontakt verboten.

Der Gedanke an Jess machte mich traurig, also schob ich ihn schnell beiseite.

»Mal sehen. Wir kennen uns ja noch gar nicht, vielleicht passt es nicht.«

»Das kann ich mir nicht vorstellen. Ich habe sie letztes Jahr bei einer Gala kennengelernt und sie hat mich ein bisschen …« Meine Mutter brach ab und ich sah Unsicherheit in ihrem Blick. »Sie hat mich ein bisschen an Valerie erinnert«, beendete sie den Satz etwas leiser. Meine Eltern zeigten nur selten, was sie in Bezug auf Valeries Tod fühlten, aber in diesem Moment war es sehr deutlich zu erkennen.

Ich legte eine Hand auf Moms Schulter, sie griff nach meinen Fingern und hielt sie für einen Moment fest. Irgendwie fand ich es tröstend, dass ich mich für diese wenigen Sekunden mit meiner Trauer nicht so allein fühlte. Dann jedoch räusperte sich mein Vater, Rita kam herein, um abzuräumen, und es war vorbei.

»Ich mache mich mal fertig«, sagte ich und ging zur Treppe, lief nach oben. Ich hatte noch eine gute Dreiviertelstunde, bis ich abgeholt wurde. Es war höchste Zeit, unter die Dusche zu kommen.

Edinas Fahrer war überpünktlich – als ich aus dem Haus trat und meine Tasche über die Schulter hängte, stand er bereits da und begrüßte mich freundlich.

»Miss Weston? Ich bin Clark Morris. Miss Henderson schickt mich, um sie abzuholen.«

»Das ist sehr nett von Ihnen, vielen Dank.« Natürlich war das sein Job und er hatte nicht wirklich eine Wahl, aber er war so höflich, dass ich die Geste erwidern wollte.

Clark ließ mich einsteigen und schloss dann die Tür, bevor er sich ins Auto setzte und es vom Seitenstreifen lenkte. Ich strich meinen Rock von Moschino glatt, der zwar nicht das teuerste Kleidungsstück in meinem Schrank war, aber eines der stylishsten, und prüfte noch einmal, ob auf dem Tablet meine Bilder gespeichert waren, die ich Edina zeigen wollte. Schon als wir zur Schule gegangen waren, hatten Valerie und ich unsere Lieblingsorte in New York fotografiert und die Aufnahmen gesammelt, als eine Art Datenbank für unsere Stadtführungen. Ich hoffte nur, dass es Edina überzeugen würde, was ich ihr dazu sagen konnte. Wenn ich ehrlich war, dann hatte ich ganz kalte Hände vor Aufregung. Obwohl das albern war, weil sie *mich* gefragt und ich keine Zeit gehabt hatte, etwas vorzubereiten. Aber es war das erste Mal, dass mich jemand um meinen Rat bei etwas bat, das mir wirklich am Herzen lag.

Die Fahrt dauerte nicht lange, einmal die Lexington entlang, dann parkten wir vor einem Seiteneingang, der versteckt in einem Hinterhof lag. Wieso das denn? Das wirkte ja fast, als sollte mein Besuch hier geheim bleiben.

»Die Vordertür wird momentan ausgetauscht«, ließ Clark mich wissen, als hätte er meine Verwunderung bemerkt. »Deswegen gehen Sie am besten hinten rein.«

In dem Moment, als er die Tür für mich öffnete, trat eine junge Frau mit dunklen Haaren aus dem Eingang und kam auf uns zu. Zwischen Duschen und Anziehen hatte ich Edina kurz gegoogelt und die Fotos wurden ihrer Erscheinung gerecht. Sie war groß, sogar ein Stückchen größer als ich, hatte eine tolle Figur und ein sehr hübsches Gesicht mit klugen blauen Augen. Und auch wenn sie Valerie nicht wirklich ähnlich sah, wusste ich, was meine Mutter gemeint hatte: Edina Henderson hatte die gleiche selbstbewusste, ein wenig freche Ausstrahlung, die auch meine Schwester gehabt hatte.

»Helena. So schön, dass du da bist.« Sie umarmte mich herzlich, als wären wir schon Ewigkeiten Freundinnen.

»Danke für die Einladung«, antwortete ich mit einem Lächeln.

Edina winkte mich energisch mit sich. »Komm rein in die gute Stube. Okay, die laute und dreckige Stube, aber wir arbeiten dran. Pass einfach auf, wo du hintrittst.«

Wir gingen durch den schmucklosen Seiteneingang ins Gebäude und sie hatte recht – es war laut und auch dreckig, wie auf einer Baustelle üblich. Ich war allerdings oft genug bei Sanierungsprojekten meiner Eltern zu Besuch gewesen, um bei Staub und Schmutz nicht die Nase zu rümpfen. Stattdessen folgte ich Edina zu einem Fahrstuhl am Ende des Flures.

»Wie bist du eigentlich auf mich gekommen?«, fragte ich, als wir in die Kabine traten. »Kaum jemand weiß, dass ich mal den Plan hatte, Stadtführungen anzubieten.«

»Stadtführungen? Wirklich?« Davon schien sie nichts zu wissen, aber eine gehobene Augenbraue verriet mir, dass sie das bei einem Mädchen von der Upper East Side wohl nicht erwartet hatte. »Aber wieso *hatte*? Hast du den Plan aufgegeben?«

»Ja, schon vor einer Weile. Es war ein gemeinsames Projekt mit meiner Schwester und ... du hast vielleicht davon gehört, dass sie gestorben ist.«

Edina nickte mitfühlend. »Habe ich. Tut mir so leid, das war wirklich tragisch.«

»War es.« Ich lächelte tapfer, aber ich wollte nicht über Valerie sprechen. »Also, wer hat mich verraten?«

Der Fahrstuhl öffnete sich und wir betraten einen Flur, der offenbar nicht für Gäste gedacht war, denn er war niedrig und recht eng. Edina schien bei der Antwort zu zögern, aber schließlich hielt sie vor einer der Türen an und sagte doch etwas.

»Ich hoffe, du nimmst mir das nicht übel, aber ich war am Telefon nicht ganz ehrlich zu dir. Zwar hätte ich dich wirklich gerne an Bord, was die Stadttouren angeht. Es ist allerdings nicht so dringend, wie ich behauptet habe.«

»Okay?«, sagte ich abwartend. Plötzlich fühlte ich mich ein wenig unwohl und zog die Schultern hoch, als Edina die Tür öffnete und mir aufhielt. »Und warum bin ich dann hier?«, fragte ich, während ich hineinging – und wie angewurzelt stehen blieb, als ich erkannte, wer dort am Fenster lehnte.

»Meinetwegen«, sagte Jess und ich spürte, wie mein Herz leichter wurde und gleichzeitig schmerzte. Würde es mich jemals nicht auf diese Art durcheinanderbringen, ihn zu sehen?

»Ich lasse euch mal allein. Wir reden dann später über die Touren, Helena.« Edina lächelte mich noch einmal entschuldigend an, bevor sie die Tür hinter sich zuzog.

Ich schaute zu Jess. »Was tust du hier? Was soll das?« Hatte er Edina darum gebeten, mich auf diese Art herzulocken, damit meine Eltern und auch sonst niemand Verdacht schöpfte?

Aber warum? Es machte doch nichts besser, wenn wir uns begegneten. Eher im Gegenteil: Die drängende Sehnsucht in meinem Inneren wurde mit jeder Sekunde stärker, die ich mit ihm im gleichen Raum war.

»Ich muss mit dir reden.« Seine Worte klangen ruhig, aber der Blick aus seinen grünen Augen war alles andere als das. Darin tobte ein Sturm und ich ahnte, dass er das hier nicht inszeniert hatte, weil er die Trennung von mir nicht mehr ausgehalten hatte und mich sehen wollte. Er war wütend. Und ich hatte keine Ahnung, wieso.

»Worüber?« Ich hasste es, wie unsicher meine Stimme klang.

Er fixierte mich stärker. »Darüber, dass du in Valeries Tod ermittelst.«

19
Jessiah

Helena starrte mich an, fassungslos. »Woher weißt du das?« Sie stritt es nicht ab, immerhin. Ich hatte Angst gehabt, dass sie es tun würde. Nachdem ich Edina und Finlay um Hilfe gebeten hatte, mit Helena reden zu können, ohne dass es jemand mitbekam, hatte ich mir viele Szenarien ausgemalt, wie sie reagieren würde. Das hier war zumindest nicht der schlechteste Anfang.

»Nachdem du mir von Thea und Lilly erzählt hast, habe ich mich gefragt, wie du darauf gekommen bist. Dann ist mir eingefallen, dass Demi mir gesagt hat, du hättest Simon nach der Nacht gefragt, als Valerie und Adam gestorben sind. Und schließlich das mit Pratt … das kam mir schon die ganze Zeit komisch vor. Also habe ich einen Kontakt beim NYPD gefragt und er hat bestätigt, dass deine Freundin Malia Williams und du offenbar nach Informationen zu dem Fall sucht.«

Helena holte tief Luft und schlang die Arme um sich, wie immer, wenn sie verunsichert war. Das Zimmer war zu klein, um einander wirklich auszuweichen – schließlich passten gerade mal ein Bett, ein Schrank und ein schmaler Schreibtisch hinein –, aber sie schaffte es trotzdem, größtmöglichen Abstand zu halten, indem sie direkt an der Tür blieb. Es tat mir weh, der Schmerz war jedoch nichts gegen die Sorge und die Wut, die sich in mir abwechselten, seit ich von ihrer Mission erfahren hatte.

»Wie lange tust du das schon?«, fragte ich und bemühte mich um einen ruhigen Tonfall, obwohl ich sie am liebsten angefahren hätte, warum sie so schrecklich leichtsinnig war.

»Seit ich zurück bin«, antwortete sie leise und sah zu Boden.

Also tatsächlich schon seit Februar. »Du hast Pratt gar nicht nach Valeries letzten Worten gefragt, sondern ihn nach ihrer Todesnacht ausgehorcht, oder?«

Sie sah auf und nickte. »Ich wollte dich im Bella Ciao nicht anlügen, aber zu dem Zeitpunkt konnte ich es nicht riskieren, dir die Wahrheit zu sagen. Wir kannten uns nicht gut genug, als dass ich dir hätte vertrauen können.«

»Deswegen habe ich nicht danach gefragt«, sagte ich und meine Wut kämpfte sich langsam den Weg frei. »Sondern weil ich mir Sorgen mache. Hast du eine Ahnung, wie sehr du dich in Gefahr bringst, wenn du Typen wie ihn provozierst? Warum tust du so was Dämliches?«

»Weil ich Valerie entlasten will, Herrgott!«, platzte es aus Helena heraus. »Jeder glaubt, sie wäre dafür verantwortlich, was passiert ist. Ich will beweisen, dass sie nichts damit zu tun hatte!« Aufgebracht sah sie mich an. »Sie war meine Schwester, Jess. Und sie wurde vollkommen zu Unrecht dafür verantwortlich gemacht. Wie könnte ich nicht versuchen, das zu beweisen? Was wäre ich für ein Mensch, wenn ich ihren Ruf nicht retten wollen würde?«

Ich schnaubte. »Dann denkst du wirklich, dass Valerie das gut finden würde? Dass sie wollen würde, dass du dein Leben riskierst? Der Typ hat dir ein verfluchtes Messer an den Hals gehalten, Helena! Er hätte dich umbringen können!«

»Hat er aber nicht!«, rief sie. »Und was weißt du schon über

Valerie? Sie hätte genau das Gleiche getan, wenn ich an ihrer Stelle wäre!«

»Ich bin mir sicher, dass sie auf keinen Fall ihre kleine Schwester auf ein verdammtes Himmelfahrtskommando geschickt hätte!«, fuhr ich sie an. »Du begibst dich in Gefahr, um etwas zu retten, das längst verloren ist! Was interessiert dich die Meinung dieser Idioten da draußen über deine Schwester? Scheiß doch einfach darauf, was sie sagen.«

Sie presste die Lippen aufeinander. »Das kann ich nicht.«

Wieso war sie so stur? Am liebsten hätte ich sie geschüttelt. »Dann ist es dir egal, dass du dabei verletzt werden könntest? Dass du *sterben* könntest, genau wie sie, wenn dir noch andere Typen wie Pratt in die Quere kommen?«

Helena hob bockig die Schultern, aber die Entschlossenheit in ihren Augen machte mir noch mehr Angst. »Und wenn schon. Die Welt hat den Verlust einer Weston-Tochter offenbar ganz gut verkraftet. Wer weiß, vielleicht gibt es bei einer zweiten ja so was wie Rabatt.«

»Hör auf, solche beschissenen Witze darüber zu machen!«, sagte ich heftig.

»Dann hör du auf, mich davon abhalten zu wollen, die Wahrheit herauszufinden!« Sie schüttelte den Kopf und ich sah Tränen in ihren Augen. »Du hast keine Ahnung, wie sich das angefühlt hat, während ich in England war. Als ich aus der Entfernung zusehen musste, wie man Valerie in den Dreck zog. Wie man alles, was gut und liebenswert an ihr gewesen ist, ins Gegenteil umkehrte! Sei ehrlich, Jess, könntest du das einfach so akzeptieren, wenn es um Adam gehen würde? Garantiert nicht!«

Sie hatte recht und es nahm meiner Wut allen Wind aus den Segeln. Ich stieß die Luft aus und schüttelte den Kopf. Tatsächlich verstand ich sehr gut, was sie dazu trieb, noch mehr, nachdem wir am Todestag über Valerie gesprochen hatten. Sie war für Helena der wichtigste Mensch gewesen und hatte es nicht verdient, so behandelt zu werden. Aber trotzdem war sie tot, während Helena noch lebte, und ich war mir sicher, dass kein Ruf dieser Welt es wert war, dass man dafür sein Leben riskierte. Allerdings fiel mir jetzt nicht mehr viel ein, um sie davon abzubringen. Nur die Wahrheit.

»Hast du eine Ahnung, was für eine Scheißangst ich um dich habe, Tausendschön?« Ich schaute sie an und ließ sie ganz bewusst sehen, was sie mir bedeutete – auch nach fast vier Monaten ohne richtigen Kontakt. Sie schnappte nach Luft, aber ich redete weiter. »Wenn dich sonst nichts davon abhalten kann, weiter nach einer Wahrheit zu suchen, die es vielleicht gar nicht gibt, dann bitte ich dich: Hör damit auf, für mich. Weil ich mir sonst jede wache Minute Sorgen darum machen muss, dass dir etwas passiert.« Es war weder fair noch meine Art, es so zu versuchen. Aber eine andere Option hatte ich nicht, denn ich durfte nicht in ihrer Nähe sein, um sie zu beschützen.

Helena wandte den Blick ab, schluckte sichtbar, kämpfte mit sich und den Tränen. Aber anders als sonst wollte ich sie gerade nicht in den Arm nehmen, um sie zu trösten. Ich wollte, dass sie mir ihr Versprechen gab, sich nicht weiter in Gefahr zu bringen.

»Du weißt, ich würde eine Menge für dich tun«, antwortete Helena leise. »Aber bitte verlang nicht von mir, das aufzugeben. Diese Mission ist alles, was ich noch habe. Mein Leben ist eine einzige Ansammlung von Dingen, die ich nicht selbst entschieden habe – ich darf nicht studieren, was ich will, ich darf nicht zusammen sein, mit wem ich will. Wenn ich damit aufhöre, Valeries Ruf retten zu wollen, dann bleibt mir gar nichts mehr, worüber ich selbst entscheiden kann.«

»Verstehe.« Ich nickte langsam und in meinem Kopf formte sich etwas, das sich irgendwie richtig anfühlte. Denn es gab noch eine Möglichkeit, auch wenn ich sie bis eben ausgeklammert hatte. Also sprach ich sie aus, ohne darüber nachzudenken. »Dann werde ich dir dabei helfen.«

»Was? Nein!« Sie schüttelte heftig den Kopf, auch wenn ich sehen konnte, dass sie im ersten Moment etwas ganz anderes gedacht hatte. »Wir beide dürften nicht einmal miteinander reden, Jess! Das hier ist schon mehr als verboten. Wie sollen wir zusammen ermitteln?«

»Wir müssen uns nicht treffen, um diese Sache gemeinsam zu lösen«, sagte ich, auch wenn mir klar war, dass ich das nicht bis zum Ende durchdacht hatte. »Aber jetzt, wo ich davon weiß, kann ich dich nicht alleine weitermachen lassen.«

»Ich bin nicht allein«, hielt Helena dagegen. »Malia hilft mir.«

»Ach, dann ist sie nicht raus, weil ihr Captain mitbekommen hat, dass sie sich etwas zu sehr für diesen Fall interessiert?«

Ihre Augen wurden groß. »Davon weißt du auch?«

»Was denkst du denn? Ich bin nicht gern in New York, aber ich habe trotzdem jede Menge Kontakte in dieser Stadt. Kontakte, die auch nützlich sein können, wenn man herausfinden will, was an dem Abend wirklich passiert ist.« Ich war immer noch nicht sicher, ob Helena sich da nicht einfach in etwas verrannte. Zwar glaubte ich schon lange nicht mehr das, was meine Mutter in den Medien verbreitet hatte – dass Valerie meinen Bruder dazu überredet hatte, Kokain zu nehmen. Aber das bedeutete nicht, dass es nicht einfach nur ein tragisches Unglück gewesen war. Dass die beiden nicht übermütig gewesen waren an diesem großen Abend ihrer Verlobungsparty, dass sie sich nicht gesagt hatten, scheiß drauf, zur Feier des Tages, nur dieses eine Mal. Wie sollte man das herausfinden?

Helena schüttelte den Kopf. »Das geht nicht. Selbst wenn wir uns nicht sehen würden, müssen wir auf irgendeine Art kommunizieren. Wenn deine Mutter das mitbekommt, steht meine Familie am gleichen Punkt wie Anfang des Jahres. Und selbst wenn es eine Möglichkeit gäbe, wie wir es verheimlichen könnten, zu telefonieren oder zu mailen …« Sie presste kurz die Lippen aufeinander und ihr blieb die Stimme weg. Es brach mir das Herz, schon wieder. Wie oft konnte das eigentlich passieren, bevor nichts mehr davon übrig war?

Diesmal verließ ich meinen Posten am Fenster und machte einen Schritt in ihre Richtung. Sie ließ es zu, kam mir sogar entgegen.

»Ich kann das nicht«, sagte Helena leise und hilflos. »Ich kann keinen Kontakt zu dir haben. Ich kann ja kaum an dich denken, ohne mich in das nächste Taxi setzen und zu dir fahren zu wollen.«

»Ein Teil von mir wünschte, du würdest es tun.« Ich lächelte traurig. Und auch wenn ich wusste, dass es falsch war, hob ich die Hand und berührte Helena sanft an der Wange. Sie atmete scharf ein, als würde ich ihr damit wehtun, dann gab sie jedoch einen leisen, seufzenden Laut von sich und schloss für einen Moment die Augen. Aber es dauerte nur eine Sekunde, da öffnete sie sie wieder und schüttelte freudlos den Kopf.

»Siehst du, genau das meine ich«, sagte sie. »Alles in mir will das hier, auch nach den ganzen Monaten. Ich schaffe es nur mit größter Anstrengung, nicht einfach auf die Konsequenzen zu pfeifen und nachzugeben. Aber wenn wir zusammen an dieser Sache arbeiten, werde ich mich irgendwann nicht mehr davon abhalten können. Und es wird mich umbringen, zu wissen, dass ich damit alles kaputtmache.«

»Nicht alles«, widersprach ich. *Wir* wären dann zusammen, und obwohl ich wirklich kein Mensch mehr war, der sein eigenes Wohl über das von anderen stellte, war die Vorstellung in diesem Augenblick unendlich verlockend.

»Nein, nicht alles. Aber genug, um uns mit in den Abgrund zu ziehen. Oder denkst du, deine Mutter würde keinen anderen Weg finden, um uns zu trennen?« Es klang bitter und Helena trat von mir weg, ging zum Fenster, legte wieder die Arme um sich und schaute hinaus. Sie wirkte so wahnsinnig einsam in diesem Moment, dass ich mir noch mehr als sonst wünschte, an unserer Situation etwas ändern zu können. Aber wenn ich das schon nicht konnte, dann musste ich sie doch wenigstens beschützen.

»Bitte lass mich dir bei dieser Sache helfen«, sagte ich. »Wir müssen keinen direkten Kontakt haben. Ich kann jemanden engagieren, der sowohl dich als auch mich auf dem Laufenden hält. Einen Ermittler, der deine Spuren weiterverfolgt, sodass du nicht mehr selbst irgendeinem Hinweis nachgehen musst. Mir ist alles recht, solange ich sicher sein kann, dass dir nichts passiert.«

Helena wirkte nicht überzeugt von der Idee. »Ich habe auch schon daran gedacht, aber ich weiß nicht, ob ich das irgendjemandem anvertrauen will, den ich nicht kenne. Deine Mutter hat ihre Leute überall. Und wenn sie herausfindet, was ich mache, wird sie garantiert alles daran setzen, es zu verhindern.«

Ich setzte mich auf das Bett. »Was hoffst du denn eigentlich zu finden? Jemanden, der den beiden das Kokain aufgedrängt hat? Oder … einen Beweis dafür, dass es ein Verbrechen war?« Der Gedanke kam mir erst jetzt, schließlich hatte ich die ganze Zeit geglaubt, dass unsere Geschwister unter tragischen Umständen ums Leben gekommen waren. Aber Helena musste ein konkretes Ziel verfolgen, wenn sie so sicher war, etwas zu finden.

»Nein, das glaube ich nicht«, sagte sie und schüttelte den Kopf. »Oder will es nicht glauben, keine Ahnung. Ich möchte denjenigen finden, der dafür verantwortlich ist, dass überhaupt Kokain in der Suite war. Und erfahren, warum die beiden es genommen haben. Denn ich weiß, dass Valerie nicht die treibende Kraft dahinter war.«

»Aber wer dann? Jemand, der bei ihnen war und gegenüber der Polizei gelogen hat? Oder Adam?« Es war nicht ernst gemeint, in Helenas Gesicht zuckte jedoch etwas, als ich das sagte. Mein Herz stockte. »Verdächtigst du *ihn* etwa, am Tod der beiden schuld zu sein?«

»Nein, natürlich nicht«, wehrte sie ab. »Ich habe nur …« Sie schaute mich an, unsicher. »Man hat mir gesagt, dass Adam einen Entzug gemacht hat, etwa ein Jahr, bevor er Valerie kennenlernte. Und nach allem, was ich vorher rausgefunden habe, ist das momentan meine einzige Spur.«

»Einen Entzug?«, echote ich leise. »Bist du sicher?« Adam hatte niemals Drogen genommen, er war ein strikter Gegner davon gewesen, obwohl er sich in Kreisen bewegt hatte, in denen Kokain und anderes hartes Zeug ganz normal waren. Ich hatte es mal probiert, aber er meines Wissens nie.

Ach, und woher weißt du, was mit ihm war, als du in Australien gelebt hast? Vielleicht ist ihm der Druck zu viel geworden.

»Thea hat es mir gesagt und ich glaube nicht, dass sie lügt«, antwortete Helena und klang dabei so unglücklich, wie ich mich fühlte. Diese Neuigkeiten lagen mir wie ein Stein im Magen. Erst das mit Adams Tochter und nun auch noch ein Entzug? Hatte ich meinen Bruder überhaupt gekannt?

»Nein, das glaube ich auch nicht«, sagte ich leise.

»Hast du sie schon kontaktieren können?«

»Noch nicht, ich will auf Nummer sicher gehen. Aber ich habe ein Konto für die beiden eingerichtet, damit sie versorgt sind. Und eine neue Wohnung für sie ist auch in Aussicht.«

»Das ist wirklich lieb von dir.« Helena lächelte und ich hob die Schultern.

»Es war das Mindeste, was ich tun konnte.« Das war die Wahrheit. Ich fand es fürchterlich genug, dass Thea ihre und Adams Tochter verstecken musste, weil sie Angst davor hatte, was passierte, wenn meine Mutter davon erfuhr. Dafür zu sorgen, dass sie zumindest keine finanziellen Probleme hatten, war bei Weitem nicht alles, was ich für die beiden tun wollte. Aber es war ein Anfang.

»Jess, denkst du, das ist eine gute Idee?« Helenas Blick sagte mir, dass sie wieder bei den Ermittlungen war. Oder eher bei der Frage, ob wir gemeinsam weitermachen sollten. Im Gegensatz zu vorhin machte es aber nicht mehr den Eindruck, als würde sie meine Mithilfe komplett ablehnen – vielleicht, weil sie nach dem Wegfall von Malia allein war und ihr Ressourcen fehlten. Ein Teil von mir hoffte jedoch darauf, dass es nicht nur das war. Dass sie genau wie ich glaubte, dass diese Art von Kontakt besser war als gar keiner. Obwohl es nichts einfacher machte.

»Ja, das denke ich«, sagte ich. »Du brauchst Hilfe bei der Sache, erst recht, wenn du keinen Externen einschalten willst. Und wir reden hier nicht nur über den Tod deiner Schwester, sondern auch über den meines Bruders. Wenn du glaubst, dass es da etwas gibt, das wir herausfinden können, dann will ich es wissen.«

Helena atmete ein, schien Für und Wider abzuwägen, bevor sie schließlich die Luft ausstieß. »Okay. Versuchen wir es. Aber wenn irgendein Risiko besteht, dass deine Mutter uns zusammen sieht oder mitbekommt, dass wir Kontakt haben, dann …«

»Brechen wir ab.« Ich nickte.

»Gut.« Sie nickte ebenfalls und ich war froh, dass sie eingewilligt hatte. »Vielleicht sollte ich dir dann erzählen, was ich bisher rausgefunden habe, oder?«

»Das wäre für den Anfang eine gute Idee.«

Helena setzte sich mit ausreichend Abstand aufs Bett und berichtete mir davon, wie sie begonnen hatte, alle verfügbaren Informationen bereits in England zu sammeln, sich über die beteiligten Leute zu informieren und auf den Moment vorzubereiten, wenn sie nach New York zurückkehren durfte. Sie erklärte mir auch, dass Simon ihr erster Ansatzpunkt gewesen war, weil er bei der Polizei ausgesagt hatte, dass er sicher sei, Valerie und Adam hätten keine Drogen auf ihrer Party geduldet – und dass er ihr den Tipp zu dem Dealer gegeben hatte, der in der Suite aufgetaucht war. Als sie jedoch an dem Punkt ankam, wie sie die Identität von Pratt herausgefunden hatte, hielt sie inne und sah mich schuldbewusst an.

»Was ist?«, fragte ich.

Sie senkte den Blick. »Da gibt es etwas, das ich dir längst hätte sagen sollen, aber ich wusste nicht wie, und …«

»Raus damit«, bat ich sie und mein Tonfall war nicht ansatzweise so harsch wie die beiden Worte.

»Ich war damals nicht wegen Valeries Pullover in deiner Wohnung«, sagte Helena so hastig, dass ich ahnte, sie wollte das so schnell wie möglich hinter sich bringen. »Sondern wegen eines Notizbuchs, das Adam gehört hat. Simon hat mir gesagt, dass darin alle seine Kreditnehmer stehen – also auch Pratt –, und Malia hat im Protokoll gesehen, dass du es warst, der die persönlichen Sachen deines Bruders abgeholt hat.«

Seine persönlichen Sachen. Ich hatte den Plastikbeutel beim Ausräumen von Adams Klamotten einfach in irgendeine Kiste geworfen und nie wieder angerührt. Aber ich erinnerte mich an das Büchlein, das dabei gewesen war.

»Dann hast du es genommen? An diesem Tag?«

»Ja.«

Ich schwieg und musste das erst einmal verdauen. Natürlich hatte ich gewusst, dass sie unter einem Vorwand bei mir gewesen war, und wenn ich ihr das nicht längst verziehen hätte, wären wir emotional kaum da gelandet, wo wir jetzt waren. Ich verstand auch, dass sie mich nicht einfach danach gefragt hatte, denn ich hätte es wohl ebenfalls nicht getan. Aber trotzdem war es hart. Ich hatte immer gedacht, dass wir beide ab einem gewissen Zeitpunkt ehrlich miteinander gewesen waren.

Helena knetete ihre Hände. »Es tut mir leid, dass ich dir nicht eher davon erzählt habe, aber im Mirage ging alles so schnell, und als ich am Todestag bei dir war, wollte ich das zwischen uns nicht zerstören, also …«

»Also hast du es verschwiegen«, stellte ich fest.

»Ich habe darüber nachgedacht, als wir oben auf deiner Dachterrasse saßen. Aber ich hatte einfach zu viel Angst, etwas kaputtzumachen. Genau wie am nächsten Morgen.«

Ich wusste, was sie meinte – diese Nacht und die kurze Zeit nach dem Aufwachen, bis sie auf ihr Handy gesehen hatte, hätte ich auch nicht mit einem Geständnis belasten wollen. Und irgendwie war ich froh darüber, dass sie sich so entschieden hatte. Daher tat ich das, was ich in solchen Momenten immer tat: Ich akzeptierte die Tatsachen und hakte es ab. Denn was brachte es mir, deswegen wütend zu sein? Helena hatte es nicht getan, um mir wehzutun, und wenn ich ehrlich war, konnte ich es sogar verstehen.

»Gibt es sonst noch etwas, das du mir nicht gesagt hast?«, fragte ich.

»Nein. Nichts.« Dann schien ihr doch etwas einzufallen.

»Wobei, ich habe mit fünfzehn wegen einer Mutprobe einen Armreif aus einem Laden geklaut. Und ich glaube auch nicht, dass es in Ordnung war, drei Goodie Bags von der Balenciaga-Show auf der Fashion Week mitzunehmen.«

Ich machte gespielt große Augen. »Oh Gott, ich bin schockiert. Aber wenn wir so anfangen, müsste ich dir eine ganze Menge beichten.«

»Alles klar.« Helena zog ihre Beine in den Schneidersitz und sah mich erwartungsvoll an. »Leg los.«

Jetzt musste ich lachen. »Vielleicht ein anderes Mal.«

»Okay, ich nehme dich beim Wort. Denk ja nicht, dass ich das vergessen werde.« Sie nickte ernst, aber ich erkannte das Lächeln in ihrem Blick dennoch und es tat so gut, sie zumindest diesen kurzen Augenblick unbeschwert zu sehen. Mit der Erkenntnis wurde mir jedoch unsere Verbindung wieder bewusst, die kein bisschen schwächer geworden war. Helena schien es auch zu merken, denn sie wurde ernst und ihre Hand zuckte, als wollte sie die Distanz zwischen uns überwinden. Dann jedoch beherrschte sie sich und ließ sie wieder auf die Tagesdecke fallen.

»Was kam nach Pratt?«, lenkte ich uns zurück auf das Thema. Natürlich hätte ich am liebsten das Gegenteil getan, sie auf meinen Schoß gezogen und geküsst, bis wir beide keine Luft mehr bekamen. Aber wenn ich das tat, würde sie es als Beweis nehmen, dass unsere Zusammenarbeit niemals funktionierte. Und ich somit jede Chance verlieren, ihr zu helfen und sie zu beschützen. Also riss ich mich zusammen, auch wenn es mir schwerfiel.

Helena atmete ein. »Okay, pass auf …«

20
Helena

Nachdem ich entschieden hatte, Jess' Bitte nachzugeben und ihn an meiner Mission teilhaben zu lassen – und ihm die Sache mit Adams Notizbuch gebeichtet hatte –, war es ziemlich einfach, ihm auch noch alles andere zu erzählen, was ich in der Zwischenzeit herausgefunden hatte. Über Pratts Erwähnung von Carter Fields, von Carters Worten über Valerie. Oder wie ich darauf gekommen war, dass das Geld für Adam und am Ende für Thea und Lilly gewesen war.

Gar nicht einfach war es jedoch, mit ihm in einem Raum zu sein, ihm in die Augen zu sehen und dennoch Abstand halten zu müssen. Wir gaben uns beide Mühe, so zu tun, als würden wir uns nur darauf konzentrieren, Informationen auszutauschen. Da waren jedoch immer wieder diese kleinen Blicke, diese Impulse, einander zu berühren. Und je länger es dauerte, desto weniger wusste ich, ob ich das Richtige getan hatte, als ich mich damit einverstanden erklärt hatte, mir von ihm helfen zu lassen. Es war genau, wie ich gesagt hatte – ich hatte keine Ahnung, wie ich ihm widerstehen sollte, wenn wir vielleicht doch öfter miteinander redeten, uns öfter begegneten. In seiner Nähe zu sein brachte mich an die Grenzen meiner Willenskraft und riss die Wunde in meinem Herzen noch weiter auf. Was hätte sein können, schwebte im Raum wie ein grausamer Traum, der nicht wahr werden würde. Aber ich wusste, ich würde trotzdem nie eine Gelegenheit auslassen, ihn zu sehen. Und neben allem anderen – dass Malia kaltgestellt war, dass Jess über gute Kontakte verfügte – war das wohl ein zusätzlicher Grund, warum ich mich darauf eingelassen hatte.

Als ich fertig mit meinem Bericht war, zog Jess die Augenbrauen zusammen und schaute mich an. »Was war der Schritt, den du als Nächstes geplant hattest?«

Da ich nur eine Spur hatte, dazu noch eine recht dürftige, war das nicht schwer zu beantworten. »Ich wollte herausfinden, in welcher Entzugsklinik Adam war, und vor allem den Grund für seinen Aufenthalt. Thea wusste nicht, wieso er sich dort hat einweisen lassen, und vielleicht kann ich noch ein paar Informationen darüber bekommen, womit er Probleme hatte.« Ich schüttelte den Kopf. »Ich glaube wirklich nicht, dass er für ihren Tod verantwortlich ist – warum hätte er Pratt sonst wegschicken sollen? Aber es ist immerhin ein Ansatz, wenn auch kein guter.«

Jess nickte langsam. »Ich finde, ein zweiter ist Carter Fields. Er hat dich angelogen, dafür muss es Gründe geben.«

»Ich dachte bisher, er hätte nur gelogen, um nicht als Auftraggeber von Pratt entlarvt zu werden«, antwortete ich, allerdings längst am Grübeln. Ich hatte ihn von meiner Liste gestrichen, nachdem Lincoln mir gesagt hatte, Carter würde nur seinen Kopf aus der Schlinge ziehen wollen. Aber vielleicht hatte Jess recht. Vielleicht steckte mehr dahinter. »Ich könnte noch mal mit ihm reden.«

»Um wieder verarscht und als naiv und unwissend hingestellt zu werden? Warum willst du dir das antun? Typen wie Fields sind aalglatt. Höfliche Nachfragen ziehen bei ihnen nicht.« Jess machte ein grimmiges Gesicht.

»Was dann? Willst du ihm ein Messer an den Hals halten?«

»Wenn es nötig ist.«

»Jess –«

»Das war nur ein Witz.« Er lächelte leicht. »Ich kenne einen Privatdetektiv, der wirklich gut ist und Trish nicht leiden kann, nachdem sie ihn mal engagiert und nicht bezahlt hat, weil das Ergebnis nicht nach ihren Wünschen war. Wärst du damit einverstanden, dass er Carter durchleuchtet?«

Ich zögerte nicht lange. »Ja, wieso nicht. Es kann nicht schaden, seine ganzen Abgründe zu kennen.« Denn Jess hatte recht, Carter war wie Teflon. Ohne die richtige Munition konnte man einen Angriff auf ihn vergessen.

Gerade schaute ich auf die Uhr, um nachzusehen, ob ich meine Eltern wohl bereits misstrauisch gemacht hatte, da klingelte Jess' Handy. Er sah auf das Display, dann zu mir, legte einen Finger an die Lippen und ging schließlich dran.

»Trish«, sagte er in einem Tonfall, den ich von ihm noch nie gehört hatte: kühl und abweisend. Ich kannte Jess wütend, traurig, verzweifelt, auch leidenschaftlich und liebevoll, aber diese eisige Kälte war mir fremd und zeigte nur, wie es um das Verhältnis der beiden bestellt war.

Ich machte keinen Mucks, wagte es nicht einmal, mich zu bewegen. Als hätte ich Angst, dass Trish meine Anwesenheit irgendwie spüren konnte, hielt ich sogar den Atem an.

»Nein, ich bin noch unterwegs. Downtown, bei einem Projekt. Ja, ist in Ordnung, kann ich machen. Schick mir die Adresse.« Seine Mutter antwortete etwas und Jess' Blick flog zu mir, blieb haften. Und ich sah den Hass, den er Trish gegenüber empfand, weil sie uns das angetan hatte. Aber dann riss er sich zusammen, die Muskeln an seinem Kiefer traten scharf hervor, und als er antwortete, klang er wieder ruhig und beherrscht. »Natürlich. Ich komme mit, kein Problem.«

Er legte auf und über sein Gesicht flackerten Unmengen an Gefühlen. Jeder seiner Muskeln schien unter Strom zu stehen. Ich dachte nicht nach, sondern streckte die Hand aus und strich ihm über den Arm, damit die Spannung in seinem Körper sich löste. Natürlich war das eine dumme Idee. Seine warme Haut unter meinen Fingern weckte stattdessen Erinnerungen an diesen einen Abend und die Nacht, die wir gehabt hatten. An unsere Gespräche auf der Dachterrasse, an den Moment, als er mich in seine Arme genommen hatte, an diese unglaubliche Nähe in all ihren Facetten. Und es ging nicht nur mir so, das wusste ich, denn Jess' angespannte Muskeln verrieten es mir.

Eilig nahm ich die Hand weg. »Tut mir leid«, sagte ich und merkte, dass nicht klar war, ob ich meine Berührung oder sein Gespräch mit Trish meinte. Deswegen schob ich schnell eine Erklärung nach. »Das war der Grund, warum ich dir verschweigen wollte, was sie getan hat. Damit du nicht vor ihr so tun musst, als wüsstest du nichts davon.«

Jess schüttelte leicht den Kopf. »Unser Verhältnis war schon immer beschissen, das mit dir war nur der Tropfen, der das Fass zum Überlaufen gebracht hat. Außerdem wollte ich es wissen. Du hast nichts falsch gemacht.«

Da war ich mir nicht so sicher. »Worum hat sie dich gebeten?«

»Nur, dass ich Eli von einem Termin abhole, weil Trish es nicht rechtzeitig schafft und sein Fahrer momentan ausfällt.« Jess schien sich an etwas zu erinnern und sah mich an. »Übrigens hat er mir erzählt, dass du in der Schule für ihn da warst. Vielen Dank. Ich glaube, du warst hilfreicher als die Frau, die dafür fünfhundert Dollar die Stunde nimmt.«

»Kein Problem«, sagte ich etwas verlegen. »Ich habe einfach nur darüber nachgedacht, was ich in seiner Situation brauchen würde, und es mit dem Wissen aus meinem Studium kombiniert. Bringen die Sitzungen denn wirklich nichts? Warum wechselt er nicht?« New York hatte vermutlich mehr Therapeuten und Therapeutinnen als Taxis, es konnte doch nicht schwer sein, jemand anderen zu finden.

»Er hat erst im Frühjahr gewechselt«, seufzte Jess. »Zu einer Expertin für Konfrontationstherapie. Aber es hilft genauso wenig wie alles vorher.«

Ich wunderte mich. »Eigentlich ist das eine gute Vorgehensweise bei Angststörungen und PTBS.« Bei dieser Art von Therapie erzeugte man in kontrolliertem Rahmen ähnliche Situationen wie die, die das Trauma verursacht hatten, um den Patienten nach und nach zu desensibilisieren.

»Ich weiß, aber für Eli scheint es nicht das Richtige zu sein. Manchmal glaube ich, dass er das Erlebte nicht überwinden kann, weil er bis heute nicht weiß, wer ihn entführt hat und warum.« Auf Jess' Stirn waren Sorgenfalten zu sehen. »Eli ist sehr analytisch und intelligent – und dass er dieses Problem nicht lösen kann, gibt ihm das Gefühl, Situationen generell nicht kontrollieren zu können.«

»So geht es den meisten intelligenten Menschen mit Angststörungen. Aber wenn er mit der Therapeutin nicht vorankommt, liegt es vielleicht daran, dass er ihr nicht vertraut.« Ich überlegte. »Einer meiner Professoren hat neulich eine Therapeutin in Queens erwähnt, die auf hochbegabte traumatisierte Jugendliche spezialisiert ist. Ich kann herausfinden, wie sie heißt, wenn du willst.«

»Das wäre toll. Wir nehmen alles, was helfen kann. Aber ich sollte jetzt los, sonst muss er warten.« Jess ging zur Tür und öffnete sie, blieb jedoch auf der Schwelle stehen. »Ich melde mich bei dir, wenn ich weiß, wie wir weitermachen können.«

»Ja.« Ich nickte und stand ebenfalls auf. »Klingt gut.«

Er hielt inne und sah mich mit einem Blick an, der in meinem Magen ein schmerzhaftes Ziehen auslöste.

»Es war wirklich schön, dich zu sehen«, sagte er dann weich.

Darauf konnte ich keine Antwort geben, denn der Kloß in meinem Hals hinderte mich daran. Aber wie er so vor mir stand, war ich dennoch nicht in der Lage, der Versuchung zu widerstehen. Ihn zu küssen und dann gehen zu lassen hätte mich zerstört, eine Umarmung würde ich jedoch überleben, zumindest glaubte ich das.

Also überwand ich den Abstand zwischen uns und legte meine Arme um seinen Hals, drückte ihn an mich. Ich hörte Jess einatmen, eine irrwitzige Sekunde hatte ich Angst, dass er sich zurückziehen würde, aber dann umarmte er mich ebenfalls und ließ die Luft so langsam entweichen, als wäre das hier der beste Moment seit Ewigkeiten. Für mich war er es jedenfalls. Niemand konnte mich so festhalten wie Jess. Und ich war sicher, bei niemandem würde sich das je so gut anfühlen wie bei ihm.

Aber es war auch gefährlich und im nächsten Augenblick spürte ich, wie sich etwas zwischen uns veränderte, ohne dass ich in der Lage war, es zu verhindern. Meine Hände wanderten in Jess' Nacken, meine Finger strichen über seine Haut, ich atmete seinen Geruch ein und tief in meinem Bauch erwachte etwas, das ich mühsam unter Kontrolle gehalten hatte. Jess musste es spüren, denn seine Arme umschlangen mich fester, ich spürte seinen Körper plötzlich überdeutlich an meinem, jeden einzelnen Zentimeter davon. Und ich wusste, wir mussten uns nur ein winziges Stück voneinander lösen, um uns zu küssen.

Der Gedanke war da und ließ sich nicht mehr abschütteln. Ich bewegte mich leicht und Jess tat es ebenfalls. Seine Wange glitt an meiner entlang, wir suchten den Blick des anderen, unsere Lippen weniger als einen Atemhauch voneinander entfernt. In meinem Kopf war nichts als das Drängen, diesem Verlangen nachzugeben. Nichts. Außer einem Gedanken.

Das macht alles nur schlimmer.

Ein Gedanke, der alles zerstörte.

Ich unterbrach den Blick, ließ Jess los, rang nach Atem. Und als wir wieder Abstand zwischen uns brachten, wurde mir plötzlich klar, dass es unendlich naiv gewesen war, zu glauben, eine Umarmung wäre okay. Jede Annäherung machte es schwerer, danach erneut auf Distanz zu gehen, und auch wenn ich das nur zu gerne vergessen hätte: Was immer wir voneinander wollten, wir durften es nicht zulassen.

»Du musst los«, erinnerte ich ihn und traute mich nicht, ihm noch einmal in die Augen zu sehen.

»Ja, muss ich«, sagte Jess und ich hörte seiner Stimme an, wie aufgewühlt er war. »Ich melde mich.«

Mehr als ein Nicken brachte ich nicht zustande, und als er das Zimmer verlassen hatte, sank ich kraftlos aufs Bett und fuhr mir über das Gesicht. Es tat immer weh, mich von Jess fernhalten zu müssen, aber in diesem Moment war es kaum zu ertragen. Mein Kummer lähmte mich, so sehr, dass ich mich erst wieder bewegte, als mich jemand ansprach.

»Helena?« Edina stand in der offenen Tür. Schnell erhob ich mich. »Alles okay?«

»Klar«, log ich und straffte meine Schultern, um nicht zu zeigen, was in mir vorging. Auch wenn Jess Edina offenbar darum gebeten hatte, uns hier miteinander reden zu lassen, bedeutete das nicht, dass sie um unsere Situation wusste. »Legen wir los?«

»Wir können auch irgendwann anders über die Touren sprechen, wenn es jetzt nicht passt«, bot sie an, weil ich zwar gut lügen konnte, aber offenbar gerade nicht in der Lage war, meine Gefühle aus meinem Gesicht zu verbannen.

»Doch, es passt bestens.« Ich nickte. Vielleicht würde es helfen, mich mit etwas anderem abzulenken. Mich mit New York zu beschäftigen statt mit der Aussichtslosigkeit, die mir sämtliche Kraft entziehen wollte. Ich wünschte mir irgendetwas, das es schaffen konnte, mich wieder weniger verloren zu fühlen. Weniger einsam.

Aber noch während ich Edina in ihre Küche folgte, wusste ich längst: Dieser Wunsch würde sich genauso wenig erfüllen wie alle anderen.

620 Loft and Garden im Rockefeller Center war eine der besten Adressen, wenn es um Hochzeiten ging. Nicht nur, dass hier schon einige berühmte Paare geheiratet hatten, es war auch in verschiedenen Filmen und Serien zu sehen gewesen wie »Spiderman« oder »Fantastic Four«. Wenn man zeigen wollte, wer man war, dann war dieser Dachgarten eine todsichere Adresse, deswegen hatten wir unsere Location Tour hier begonnen. Andererseits war es auch ein bisschen abgedroschen und nichts Besonderes mehr. Ich hätte es vielleicht gar nicht auf die Liste gesetzt, wenn Lincoln nicht irgendwann erwähnt hätte, dass er bei einem Empfang sehr beeindruckt von der Aussicht auf die St Patrick's Cathedral gewesen war. Jetzt beschäftigte sich mein Bruder allerdings vor allem mit seinem Handy, während Paige mit der Hochzeitsplanerin sprach.

Als ich Lincoln telefonieren sah, nahm ich mein eigenes Smartphone heraus und schaute, ob ich einen Anruf verpasst hatte. Nichts. Es war schon fünf Tage her, dass ich Jess in Edinas Hotel getroffen hatte, und seitdem herrschte Funkstille. Ich wusste, es war albern, dass ich Enttäuschung empfand, schließlich musste er zuerst einen Weg finden, wie wir gefahrlos kommunizieren konnten. Und manchmal dachte ich, dass es vielleicht besser war, wenn er diesen Weg nicht fand, weil dann kein Risiko für meine Familie bestand. Auf der anderen Seite hoffte ich jede Minute auf eine Nachricht, eine Mail, ein Rauchzeichen. Nachdem wir uns gesehen hatten, war ich kaum in der Lage, an etwas anderes zu denken als an ihn.

Paige kam zu mir und ich steckte das Handy weg.

»Und, was denkst du?«, fragte ich sie.

»Es ist wunderschön.« Sie sah ehrfürchtig zu der Kirche und schien sich vorzustellen, wie es sein würde, hier den Gang hinunterzuschreiten. »Aber ich bin nicht sicher, ob es das Richtige ist. Was hältst du davon?«

Ich lächelte leicht. »Das ist nicht meine Hochzeit, Paige. Ich glaube nicht, dass meine persönliche Meinung bei dieser Sache eine Rolle spielt.«

»Mir ist deine Meinung wichtig«, widersprach sie. »Lincoln sagt, du liebst diese Stadt mehr als sonst jemand, den er kennt. Also, was denkst du?«

Ich ließ den Blick noch einmal schweifen. »Mit dem 620 Loft and Garden kannst du nichts falsch machen. Es ist klassisch, etabliert, sehr elegant – hier zu heiraten sagt, dass du weißt, wer du bist und wo du hingehörst.« Ich war nicht sicher, ob ich noch mehr sagen sollte. Paiges und mein Verhältnis hatte sich über den Sommer verbessert, aber wir waren weit davon entfernt, Freundinnen zu sein. Und wir hatten vermutlich nicht die gleichen Ansichten, was die perfekte Hochzeit in Manhattan anging.

»Da hast du recht«, sagte Paige. »Es ist wie der große Saal des Plaza-Hotels – ein Klassiker, aber auch ein wenig … erwartbar. Ich weiß nicht, ob Lincoln und ich nicht einen Ort wählen sollten, der etwas besonderer ist.«

Ich lächelte wieder, weil es meine Gedanken gewesen waren, wenn auch vermutlich aus anderen Gründen. »Wir haben noch weitere Locations auf der Liste, auch solche, bei denen ihr nicht das 4783. Pärchen wärt, das dort heiratet. Bestimmt finden wir das Richtige.«

»Wo möchtest du eigentlich heiraten, wenn es eines Tages so weit ist?«, fragte mich Paige.

Ich zögerte kurz. »Im Elizabeth Street Garden«, sagte ich dann doch ehrlich. »Es ist ein kleiner Garten in –«

»In Nolita«, fiel Paige ein. »Ja, richtig, Linc hat mal davon gesprochen, dass du den Garten so magst. Dann ist es für dich ja einfach.«

»Schön wär's, aber meine Eltern werden kaum erlauben, dass ich dort heirate. Es hat nicht genug Prestige.« Ich schnaubte leise. »Und ehrlich gesagt, gerade kann ich mir nicht vorstellen, jemals zu heiraten.«

Paige lächelte, aber es wirkte angestrengt. »Du bist gerade mal zwanzig, also hast du dafür wohl auch noch jede Menge Zeit.«

»Ach ja?«, grinste ich. »Dann hast du nicht schon mit fünfzehn gewusst, wie dein Brautkleid aussehen soll, und auf deinem Debütantinnenball überlegt, ob es sich wohl so ähnlich anfühlt, wenn der große Tag kommt?«

Sie wirkte ein bisschen ertappt. »Ja, okay. Aber das ist etwas anderes. Du bist eine Weston. Du brauchst keinen Mann, um in dieser Stadt jemand zu sein.«

»Du doch auch nicht«, sagte ich aus einem Impuls heraus. Natürlich hielt ich Paige für eine dieser Frauen, die sich nach oben heiraten wollten, und der Name Weston war wie ein Orden, den sie sich nach der Hochzeit ans Revers heften konnte. Aber ich hatte nicht damit gerechnet, dass sie sich dessen so bewusst war. »Ist es das, was du tatsächlich denkst? Dass du meinen Bruder brauchst, um jemand zu werden?«

»Helena, komm schon.« Paige sah mich an und ihr Blick war so offen wie noch nie. »Es ist kein Geheimnis, dass diese Ehe bestimmten Zwecken dienen soll. Ich bin das jüngste von drei Kindern und dazu die einzige Tochter. Mein Weg ist schon ziemlich lange vorgezeichnet.«

»Dann liebst du ihn nicht?« Ich hatte Lincoln vor einer

Weile das Gleiche gefragt und er hatte abgewiegelt, was eine eindeutige Antwort war. Ich ging davon aus, dass Paige ähnlich dachte. Nur würde sie das natürlich nie zugeben, vor mir schon gar nicht.

»Natürlich liebe ich Lincoln«, schwor sie wie erwartet, aber es war merkwürdig, denn irgendwie … glaubte ich ihr. Was man in ihren Augen sah, dieses Leuchten und diese Wärme, das konnte man nicht spielen, zumindest sie nicht. »Wie könnte ich nicht, er ist ein großartiger, freundlicher, liebevoller Mann. Ich glaube nicht, dass ich je einen besseren Partner finden könnte. Es ist nur …« Sie warf ihm einen Blick zu, aber er bemerkte es nicht, weil er immer noch telefonierte. »Ich glaube nicht, dass es auf Gegenseitigkeit beruht.«

Und da stand ich nun, auf dem Dach des Rockefeller Centers, und musste einsehen, dass meine zukünftige Schwägerin, für die ich bei unserem ersten Zusammentreffen nur mitleidige Herablassung übriggehabt hatte, offenbar viel klarer sah als gedacht. Scham kroch mir den Nacken hoch und ich suchte nach Worten.

»Das glaube ich nicht«, sagte ich, aber es klang lahm. »Lincoln hat mir selbst gesagt, dass er dich sehr schätzt. Das ist aus seinem Mund ein großes Kompliment.«

Paige lächelte dieses Upper-East-Side-Lächeln, das wir alle so gut beherrschten und das Unbekümmertheit vortäuschen sollte, während das Gegenteil der Fall war. »Ja. Ich bin sicher, das tut er.« Sie nickte in Richtung der Hochzeitsplanerin. »Ich habe noch etwas vergessen, was die Gästeliste angeht. Bin gleich wieder da.«

Ich sah ihr nach und überlegte, warum ich mich so niedergeschlagen fühlte, obwohl ich doch vor nicht allzu langer Zeit meinen Bruder noch angefahren hatte, wie er diese Frau heiraten konnte. Vielleicht war es mir leichter gefallen, emotional

Abstand zu halten, als ich geglaubt hatte, Paige wäre eine berechnende Schlange. Aber nun steuerten gleich zwei Leute auf eine unglückliche Ehe zu und das war echt traurig.

»Hey, entschuldige, es war wichtig.« Lincoln hatte sein Gespräch beendet. »Habt ihr alles Organisatorische schon geklärt?«

»Alles Organisatorische?« *Wenn du meinst, dass deine Verlobte dich liebt, während du diese Ehe nur für eine vorteilhafte Partie hältst, dann ja.* Aber das meinte er wohl nicht. »Moment, denkst du, dass ihr auf jeden Fall hier heiratet?«

»Tun wir nicht?« Er zeigte auf die Aussicht. »Es ist doch schön hier. Ich mag das Ambiente, wir sind an der frischen Luft, ich finde es gut. Will Paige sich etwa noch andere Locations ansehen?« Sein Handy klingelte wieder und ich erhaschte einen Blick auf das Display. Dort stand nur A.C., und da ich die Angewohnheit meines Bruders kannte, Kontakte mit vollem Namen und meist auch noch der zugehörigen Firma abzuspeichern, hob ich eine Augenbraue.

»A.C.?«, fragte ich. »Wer ist das, deine heimliche Geliebte?«

Lincolns Gesicht versteinerte, bevor er den Anruf wegdrückte. »Natürlich nicht«, sagte er dann mit einem Lachen, das so echt klang, dass ich ihm geglaubt hätte, wenn ich nicht gewusst hätte, wie hervorragend er lügen konnte. So war ich mir nicht sicher.

Paige stand immer noch bei der Planerin, also fasste ich meinen Bruder am Arm und zog ihn zur Balustrade. Der Wind hatte aufgefrischt und die Straße unten war um die Uhrzeit ebenfalls so laut, dass niemand hören konnte, was wir redeten.

»Du betrügst Paige?«, fragte ich geradeheraus. »Noch bevor ihr verheiratet seid?« Es war in unseren Kreisen nicht unüblich, dass man fremdging, ich hätte es nur nicht von meinem Bruder erwartet, den ich für einen der aufrichtigsten Menschen hielt, die ich kannte. Und nachdem ich eben erst erfahren hatte, dass seine Verlobte ehrliche Gefühle für ihn hatte, war es ein noch größerer Schlag.

»Das tue ich nicht, auch wenn diese Angelegenheit trotzdem heikel ist«, sagte mein Bruder mit gedämpfter Stimme. »Alice Cromford ist nicht meine Geliebte. Sie ist eine Privatdetektivin.« Er gab es nur widerwillig zu, das konnte ich ihm ansehen. »Ich habe sie engagiert, um Informationen einzuholen.«

»Über Paige? Glaubst du wirklich, dass es da etwas zu holen gibt?« Nach dem Gespräch vorhin konnte man ihr ja nicht einmal nachweisen, dass sie Lincoln nur aufgrund des Namens heiratete.

»Es geht nicht um Paige.« Er kam noch ein Stück näher, um leiser sprechen zu können. »Ich habe sie wegen Trish Coldwell angeheuert.«

»Was?«, rief ich und zog damit die Aufmerksamkeit von Paige und der Hochzeitsplanerin auf mich. Schnell lächelte ich, um ihnen klarzumachen, dass es keinen Grund zur Sorge gab, dann wandte ich mich wieder meinem Bruder zu. »Du setzt jemanden auf Trish an? Warum?«

»Was denkst du denn? Alles, was wir zurückbekommen haben – unser Ansehen, unser Projekt, unsere Kontakte –, hängt von dem Wort einer Frau ab, die uns bis aufs Blut hasst. Wir wissen nicht, wie stark sie in das Winchester-Projekt eingreifen könnte, wenn sie will. Es wäre fahrlässig, nicht wenigstens zu versuchen, etwas zu finden, das sie in Schach halten kann.«

»Bist du wahnsinnig?« Ich starrte ihn an. »Du willst irgendwelche schmutzigen Geheimnisse über Trish Coldwell herausfinden? Hast du vergessen, wie sie ist? Was sie tut, wenn man versucht, sie in die Enge zu treiben?« Wenn sie das herausfand, war unser Deal Geschichte und wir würden alles verlieren.

Das Gesicht meines Bruders verhärtete sich weiter. »Wir sind die Westons, Helena, unsere Familie spielt dieses Spiel schon länger als sie.«

»Ja, aber wir halten uns dabei an die Regeln – während es für sie normal ist, über Leichen zu gehen. Stopp das sofort, Linc, oder du bist ihr nächstes Opfer.« Wenn es eine Chance gegeben hätte, Trish mit ihren eigenen Waffen zu schlagen, hätte Jess das sicherlich längst getan. Aber er hatte mit Eli zu viel zu verlieren und das galt für uns genauso.

»Bitte, pfeif die Ermittlerin zurück«, beschwor ich ihn inständig. »Du hast keine Ahnung, worauf du dich da einlässt. Und ich will nicht, dass sie mit deinem Ruf das Gleiche macht wie mit dem von Valerie. Okay?«

»Okay.« Er nickte, wenn auch sehr zögerlich, und ich beugte mich vor, um ihm einen Kuss auf die Wange zu drücken.

»Danke, Linc. Es ist das Richtige.« Dann ging ich, um Paige zu sagen, dass wir uns die nächste Location ansehen würden.

Als ich spät am Nachmittag nach Hause kam, sehnte ich mich nach einer warmen Dusche oder, noch besser, einem heißen Bad. Wir hatten uns in den letzten fünf Stunden fast nur draußen aufgehalten und der Wind war echt kalt gewesen. New York im Herbst konnte wunderschön sein, aber ebenso unerbittlich. Heute hatte die Stadt eher ihre raue Seite gezeigt.

Laub wehte mit mir zur Tür herein und Portier Lionel sah auf, als ich in seine Richtung kam.

»Miss Weston, es wurde eine Sendung für Sie abgegeben.« Er griff hinter sich in das Regal und reichte mir ein kleines, mit braunem Papier umwickeltes Päckchen.

Ich nahm es entgegen und drehte es in der Hand, aber es war kein Absender drauf, nur ein Aufkleber mit meinem Namen und dieser Anschrift, dazu der Vermerk »vertraulich«.

Merkwürdig.

»Wer hat es abgegeben?«, fragte ich. Nach der Online-Lieferung einer Bestellung sah es nicht aus und ich hatte auch sonst niemanden gebeten, mir etwas zukommen zu lassen. Moment mal. Konnte es sein, dass …? Mein Herz begann aufgeregt zu schlagen.

Lionel zeigte auf das Päckchen. »Ein Fahrradkurier, ich habe die Quittung hier. Machen Sie sich Sorgen, dass damit etwas nicht in Ordnung ist? Ich kann es durchleuchten lassen, wenn Sie möchten.«

»Nein«, ich winkte ab, »keine Umstände. Es wird schon keine Bombe sein.«

Der Portier wurde blass. Ich hatte vergessen, dass er meinen Humor leider immer noch nicht verstand.

»Alles okay, Lionel, wirklich. Eine Freundin hat gesagt, sie schickt mir Proben einer neuen Kosmetiklinie. Es war mir nur kurz entfallen.«

Er wirkte erleichtert und ich verabschiedete mich schnell, lief zum Aufzug und drückte den obersten Knopf. Ich konnte mich kaum davon abhalten, das Päckchen schon hier drinnen zu öffnen, um nachzusehen, ob mein Verdacht richtig war. Aber es gab eine Kamera an der Decke, also tat ich entspannt, bis ich oben war, schloss die Wohnungstür auf und grüßte im Vorbeigehen Rita, die fragte, ob ich etwas brauchte.

»Nur meine Ruhe«, sagte ich mit einem Lächeln. »Es war ein anstrengender Tag, ich nehme ein Bad.«

Sie nickte, ich gab ihr meinen Mantel und lief nach oben, wo ich mit zittrigen Händen meine Zimmertür hinter mir abschloss und dann zum Bett ging, um das Papier von dem Päckchen abzureißen. Achtlos warf ich es auf den Teppich und zog an dem Klebeband, das den kleinen Karton verschloss, bis es mit einem lauten Schnalzen riss.

In dem Päckchen lag eine schwarze Plastiktüte, deren Inhalt man nicht erkennen konnte. Kurz durchzuckte mich doch der Gedanke an eine Bombe, aber dann öffnete ich den Beutel und zog ein Handy hervor. Kein Smartphone, sondern ein altes Modell zum Klappen in Grau, das sicherlich nicht internetfähig war. So etwas nannte man heutzutage Wegwerfhandy und es wurde vor allem von dubiosen Leuten benutzt, um keine Rückverfolgung zu erlauben. Meinen Puls beruhigte diese Erkenntnis nicht. Und als ich den Zettel entdeckte, der hinten auf dem Telefon klebte, beschleunigte er sich nochmals. *Ich melde mich bald.* Mehr stand da nicht, keine Unterschrift, nicht einmal Initialen, und ich wusste, wieso. Das Handy war von Jess. Und niemand durfte wissen, dass ich es hatte.

Ich schaltete das Gerät ein und legte zuerst einen Sperr-PIN fest, falls jemand es bei mir entdeckte. Dann schaute ich nach, ob eine Nummer gespeichert war, aber da war nichts. Ich musste also tatsächlich warten, bis er sich meldete. Wie sollte ich das aushalten?

Minutenlang saß ich auf dem Bett und starrte das Telefon an, als könnte ich es mit bloßer Willenskraft dazu bringen, zu klingeln. Natürlich tat es mir diesen Gefallen nicht. Wie sollte Jess auch wissen, wann ich das Päckchen beim Portier abholte und öffnete? Wir hatten jetzt kurz nach fünf am frühen Abend, er war bestimmt noch unterwegs bei einem seiner Projekte. Es konnte Stunden dauern, bis er anrief. Oder er tat es heute gar nicht mehr.

Ich gab mir einen Ruck, stand auf und ging hinüber ins Bad, legte das Handy auf die Ablage und drehte den Hahn an der Wanne auf. An echte Entspannung war jetzt nicht zu denken, aber wenn ich schon warten musste, konnte ich das auch im heißen Wasser tun.

21
Jessiah

Es dauerte fast eine Woche, bis ich endlich einen tod- oder eher Trish-sicheren Weg gefunden hatte, Helena das Prepaidhandy zu schicken – aber an dem Tag, als ich den Kurierdienst unter falschem Namen beauftragte, das Telefon von dem Restaurant eines meiner Schützlinge zu ihr zu bringen, hatte ich noch einen anderen wichtigen Termin. Und zwar in New Jersey.

Nachdem ich die Wegwerfhandys besorgt hatte, war mir klar geworden, dass ein nicht nachverfolgbares Telefon für jede Art von geheimer Kommunikation taugte – und hatte Thea eine Nachricht geschrieben. Es hatte keine fünf Minuten gedauert, bis sie geantwortet und sich bedankt hatte, weil sie bereits von dem Konto wusste. Also hatte ich ihr von der Wohnung erzählt, die ich im Auge hatte, und wir hatten verabredet, dass wir uns heute dort treffen würden, damit Thea sie anschauen konnte.

Ich war aufgeregt, als ich mit dem Auto eines Bekannten über den Hudson fuhr, aber weniger, weil ich Sorge hatte, erwischt zu werden: Die Wahrscheinlichkeit, dass Trish Adams Ex überwachte, war gleich null, sonst hätte sie längst von Lilly gewusst. Außerdem drehte ich auf der Fahrt nach Elizabeth einige Schleifen und schloss somit aus, dass mich jemand verfolgte. Nein, meine Aufregung lag vor allem daran, dass ich heute zum ersten Mal Adams Tochter sehen würde. Meine Nichte, von der ich nichts gewusst hatte. Das zusammen mit der Aussicht, am Abend Helena anrufen zu können, machte diesen Tag zu einem der besten seit Langem.

Die Wohnung, vor der ich parkte, lag in einem der besseren Viertel von Elizabeth, hatte drei Zimmer, eine schöne Küche und ein frisch renoviertes Bad. Ich hätte für Thea und Lilly auch ein Haus kaufen können, mit Garten und noch besserer Ausstattung, aber das wäre zu gefährlich gewesen. Die Leute redeten, und wenn eine junge alleinerziehende Mutter wie Thea plötzlich in einem Haus wohnte, das sie sich mit ihrem Job niemals leisten konnte, würde das auffallen. Fürs Erste war das hier der sicherste Weg, sie gut unterzubringen und trotzdem niemanden auf sie aufmerksam zu machen. Und da ich die Wohnung über einen Strohmann kaufen würde, falls sie Thea gefiel, würde Trish die Spur nicht zu mir zurückverfolgen können, selbst wenn sie Nachforschungen anstellte.

Bevor ich ausstieg, zog ich die Kapuze meines Hoodies über den Kopf und checkte ab, ob sich gerade viele Leute in der näheren Umgebung befanden. Aber es war ruhig an diesem Nachmittag und ich ging mit eiligen Schritten vom Auto zur Haustür, um zu klingeln. Thea hatte den Schlüssel von der Maklerin bekommen, die die Wohnung vermittelte, und war vermutlich schon da.

Der Türsummer ertönte und ich ging hinein, durch ein helles Treppenhaus nach oben und dann zu der einzigen offenen Tür auf dem Stockwerk. Dort klopfte ich an den Rahmen und hörte, dass jemand »Komm rein« sagte. Also trat ich ein und schloss die Tür hinter mir. In dem Augenblick, als ich die Kapuze herunterzog, kam Thea in den Eingangsbereich.

»Hi«, begrüßte ich sie und horchte, ob noch jemand zu hören war, aber es war still. Offenbar hatte sie Lilly nicht mitgebracht.

»Hi.« Thea starrte mich unverhohlen an und ich ahnte, warum – Adam und ich hatten uns immer ähnlich gesehen, aber jetzt war ich ungefähr in dem Alter, in dem er gestorben war. Für jemanden, der ihn kurz vor seinem Tod zum letzten Mal getroffen hatte, musste das ein Schock sein.

»Wow«, machte Thea dann und fing sich wieder. »Du bist erwachsen geworden.«

»Das bringt die Zeit so mit sich«, antwortete ich mit einem schiefen Lächeln. Als Adam und sie ein Paar gewesen waren, hatte ich gerade die Hochphase meiner Rebellion gehabt und mich für die Freundin meines Bruders nicht interessiert. Wir waren uns höchstens ein- oder zweimal begegnet und es war mir egal gewesen, als Adam mir gesagt hatte, dass sie sich getrennt hatten.

»Offenbar, ja.« Sie lächelte ebenfalls, aber etwas verlegen. »Der Junge, den ich vor sieben Jahren kannte, hätte sich wohl nicht um eine Wohnung und finanzielle Sicherheit für uns gekümmert.«

»Der Junge von damals hatte auch keine Ahnung, wie man sich um so etwas kümmert. Es ist eine Menge passiert seitdem.« Nicht nur meine Auswanderung und Adams Tod, der zu meiner Rückkehr geführt hatte. Ich hatte eigentlich nie geplant, erwachsen zu werden, aber es war trotzdem zwangsläufig geschehen. »Verantwortung sorgt wohl dafür, dass man die Welt mit anderen Augen sieht. Du wirst das am ehesten wissen.«

Sie nickte. »Ja, allerdings. Und genau deswegen ist es für mich alles andere als selbstverständlich, dass du das für uns tust. Danke, Jess. Als Helena bei mir war, wollte ich erst gar nicht, dass sie dir etwas darüber sagt, aber es ist ein Segen und eine riesige Erleichterung für uns.«

»Für mich *ist* es selbstverständlich.« Die beiden waren für Adam Familie gewesen, und auch wenn ich niemals den Anspruch gestellt hätte, das ebenfalls zu sein, waren wir doch verbunden und mein Bruder hätte gewollt, dass ich für ihn einsprang. Natürlich wäre es besser gewesen, wenn keiner von uns Angst hätte haben müssen, dass Trish auf Lilly aufmerksam wurde. Aber so oder so war ich froh, dass ich hier war – obwohl Thea ihre Tochter nicht mitgebracht hatte.

»Du bist allein hergekommen?«, fragte ich und versuchte, nicht allzu enttäuscht zu klingen.

»Nein, nicht ganz. Lilly ist mit meiner Mitbewohnerin draußen auf dem Spielplatz um die Ecke.« Thea zeigte zum Fenster hinaus und sah mich ernst an. »Ist dir wirklich niemand hierher gefolgt? Trish hat dich schließlich schon früher beschatten lassen.«

Überrascht schaute ich auf. »Du weißt davon?«

Sie nickte. »Adam hat es mir mal erzählt. Er meinte, sie würde es tun, damit dir nichts passiert, aber ich schätze, darum ging es nicht.«

»Nein. Aber ich habe es damals bemerkt und würde es auch jetzt merken, wenn sie jemanden auf mich angesetzt hätte. Sicherheitshalber habe ich ein paar Extra-Umwege genommen.« Eher würde Trish wohl Helena überwachen lassen, aber ich ging davon aus, dass sie auf die Loyalität der Weston-Familie setzte und glaubte, wir wären beide längst darüber hinweg. Trish hatte Liebe nie verstanden. Würde sie auch nie.

»Okay.« Thea schien ein wenig erleichtert zu sein. »Ich hoffe, du denkst nicht, ich wäre ein Unmensch, weil ich meine Tochter von diesem Teil ihrer Familie fernhalte.«

»Natürlich nicht. Ich kenne meine Mutter gut genug, um

dich zu verstehen. Ich würde genau das Gleiche tun.« Ich sagte es grimmig.

»Helena meinte, du würdest Trish verabscheuen. Ich wollte das nicht glauben, schließlich ist sie deine Mutter, aber wenn ich dich jetzt so ansehe …«

»Sie zerstört alles, was anderen Leuten etwas bedeutet«, erklärte ich. »Niemand weiß das besser als Helena.«

Thea sah mich bedauernd an. »Sie scheint ein wirklich anständiger Mensch zu sein, genau wie ihre Schwester es war. Tut mir leid, dass Trish das mit euch kaputtgemacht hat.«

Ich holte tief Luft und versuchte, mir nicht ansehen zu lassen, was ich gerade empfand – meiner Mutter gegenüber, aber vor allem, weil ich an Helena dachte. Wenn Trish nicht gewesen wäre, hätte sie heute Morgen bei mir aufwachen können und ich hätte ihr Waffeln gemacht, bevor sie in die Uni ging. Ich hätte mich darauf freuen können, sie am Abend wiederzusehen und neben ihr einzuschlafen. Stattdessen musste ich Prepaidhandys kaufen und hundert Sicherheitsvorkehrungen treffen, um nur fünf Minuten mit ihr zu sprechen. Es war zum Kotzen.

Aber jetzt ging es nicht um mich oder um Helena. Sondern um Thea und Lilly.

»Mir ist wichtig, dass du weißt, ich werde alles dafür tun, dass Trish niemals etwas von Lilly erfährt. Und sollte es doch irgendwann passieren, kannst du darauf zählen, dass ich euch vor ihr beschütze. Mit allen Mitteln, die mir zur Verfügung stehen.« Bisher hatte ich die harten Bandagen nie angelegt, wenn es gegen meine Mutter ging, um nicht zu riskieren, dass sie Eli den Kontakt zu mir verbot. Aber ich würde es tun, wenn es nötig wurde.

»Ich glaube dir.« Thea lächelte. »Es ist wirklich schön, dass du hier bist, Jess. Nicht wegen der tollen Wohnung und allem, sondern … Adam hat schon damals gesagt, du wärst ein guter

Kerl, und offenbar hatte er recht. Ich hatte immer ein schlechtes Gewissen Lilly gegenüber, dass ich den Kontakt zur Familie ihres Vaters unterbinde. Ehrlich gesagt habe ich nicht nur einmal davon geträumt, wie ich es ihr sage, wenn sie fünfzehn oder sechzehn ist – und sie mich dann dafür hasst.«

Ich grinste. »Soweit ich weiß, ist es normal, wenn man in dem Alter seine Eltern hasst.«

»Ja, stimmt. Aber mir wäre es lieber, es wäre deswegen, weil ich ihr verbiete, auf eine Party zu gehen – nicht, weil sie herausfindet, dass sie Verwandte hat, von denen sie nichts wusste. Wenn sie dich kennenlernt … Ich glaube, es wäre auf lange Sicht gut für sie.« Thea atmete durch. Offenbar war ich nicht der Einzige, der nervös war. »Bevor ich sie allerdings hole, müssen wir besprechen, wie wir vorgehen wollen. Sie ist sechs und bekommt schon eine Menge mit. Ich habe Angst, ihr jetzt gleich zu sagen, wer du wirklich bist. Wenn sie in der Schule ausplaudert, dass ihr *Onkel* sie besucht hat, könnte das Fragen aufwerfen, die ich nicht beantworten will.«

Darüber hatte ich gar nicht nachgedacht. Aber meine Erfahrungen mit Kindern beschränkten sich auf Eli und das war schon eine ganze Weile her.

»Was möchtest du ihr dann fürs Erste sagen? Dass ich irgendein Freund von dir bin?« Konnte das gut gehen? Wenn sie so aufgeweckt war, wie Thea sagte, würde sie dann nicht was merken? »Du hast mich vorhin angeschaut, als wäre ich ein Geist. Sollte sie sich an Adam erinnern …«

»Ja, ich weiß. Du siehst ihm so verdammt ähnlich.« Thea wirkte ein bisschen unsicher, wahrscheinlich war das auch für sie eine ungewohnte Situation. Ihre Tochter von allem fernzuhalten, was mit unserer Familie zu tun hatte, war bestimmt einfacher gewesen, als nun einen Weg zu finden, diese beiden Welten gefahrlos miteinander zu verbinden.

»Es ist deine Entscheidung. Aber ich glaube, es wäre nicht hilfreich, wenn du ihr sagst, ich wäre dein Cousin Jay oder so – und sie dann kapiert, dass ich es nicht bin.« Mir fiel etwas ein. »Sie weiß aber, dass Adam gestorben ist, oder?«

Thea nickte traurig. »Ja, natürlich. Sie hat ständig nach ihm gefragt, schließlich war er regelmäßig bei uns, um sie zu besuchen. Also habe ich ihr erklärt, was passiert ist … so, dass sie es versteht. Wenn jemand sie nach ihrem Dad fragt, dann sagt sie, er wäre im Himmel.«

»Ist sicher nicht leicht für sie«, sagte ich leise. Ich hatte meinen Vater im Teenageralter verloren und das Gefühl gehabt, meine Welt würde untergehen. Und auch wenn Lillys Lebensmittelpunkt schon immer ihre Mutter gewesen war, hätte ich ihr gewünscht, ihren Vater länger an ihrer Seite zu haben.

»Sie geht gut damit um.« Thea gab sich einen Ruck. »Okay, weißt du was, ich hole sie mal und sage ihr, dass uns jemand besucht. Am besten schauen wir, wie sie reagiert, und entscheiden dann, wie wir dich ihr vorstellen.«

»In Ordnung.«

Thea ging nach unten und ich trat extra nicht ans Fenster zur Straße, sondern lief zum Balkon auf der Rückseite und schaute in den kleinen Garten hinunter, wo jede Menge Spielzeug lag. Offenbar wohnten dort auch Kinder, vielleicht konnte Lilly da Anschluss finden.

Gleich lernst du deine Nichte kennen.

Ich merkte, dass mein Puls etwas zu hoch war und ich mich aufgeregter fühlte als vor den meisten anderen Begegnungen, die ich in meinem Leben gehabt hatte. Und als ich dann Schritte auf der Treppe hörte und wieder ins Wohnzimmer ging, hielt ich die Luft an, bis Thea mit ihrer Tochter hereinkam.

Meine Güte.

Helena hatte es mir bereits gesagt, aber ich hatte offenbar

nicht geglaubt, dass sie damit recht hatte: Lilly sah wirklich aus wie Adam. Und wie ich, wenn man es konsequent weiterdachte. Sie hatte die gleichen blonden Locken wie wir beide und die gleichen blaugrauen Augen wie mein Bruder – und ich konnte nicht verhindern, dass mir Tränen in meine stiegen, als mir klar wurde, dass dieses kleine Mädchen wirklich seine Tochter war.

Sag was, verdammt. Starr sie nicht so an.

»Hi, Lilly«, brachte ich heraus und meine Stimme klang belegt.

Sie antwortete nicht gleich, sondern sah erst mich an, so als würde ihr etwas an mir bekannt vorkommen, und dann hilfesuchend zu ihrer Mutter, als wüsste sie nicht, was sie von mir halten sollte. »Wer ist das, Mommy?«, flüsterte sie, so wie Kinder es taten: lauter, als wenn sie normal gesprochen hätte. »Warum sieht er aus wie Daddy?«

So viel dazu, dass wir ihr verkaufen könnten, ich wäre nur irgendein Freund. Thea und ich wechselten einen Blick.

»Das ist Jess«, sagte sie dann zu ihrer Tochter und hatte offenbar eine Entscheidung getroffen. »Er ist der Bruder von deinem Daddy.«

Die Augen des Mädchens wurden riesengroß, als sie mich wieder ansah. »Sein Bruder? Dann ist er mein …?«

»Dein Onkel, genau.« Thea lächelte beruhigend, als wäre das keine große Sache, obwohl wir beide wussten, dass es eine war.

Lilly wurde mutiger und machte ein paar Schritte in meine Richtung, hob das kleine Kinn und schaute zu mir hoch. Ich tat das, was mein Instinkt mir sagte, und ging in die Hocke, um etwas weniger groß zu wirken.

»Warum kommst du erst jetzt?«, fragte meine Nichte nur ein bisschen vorwurfsvoll und ich grinste schief.

»Es ging leider nicht eher, tut mir ehrlich leid.« Es war wirklich verblüffend – ich kannte dieses Kind eigentlich gar nicht und dennoch spürte ich eine Verbindung zu ihr. Wie musste es Adam erst gegangen sein?

»Ist es wegen der bösen Frau?« Lilly schaute zu Thea und dann wieder zu mir. »Mommy hat gesagt, sie darf nichts von mir wissen.«

Ich war überrascht, dass Thea ihrer Tochter von Trish erzählt hatte, vermutlich hatte sie jedoch keine Wahl gehabt. Wir waren nicht in New York, aber nahe genug dran, um in Gefahr zu sein, entdeckt zu werden. Wenn Lilly nichts ausplaudern sollte, musste sie zumindest ein bisschen eingeweiht sein.

»Ja, genau, ihretwegen konnte ich dich bisher nicht besuchen.« Ich sagte ihr nicht, dass ich bis vor Kurzem gar nichts von ihr geahnt hatte, das musste sie nicht wissen.

»Hm.« Sie schaute mir in die Augen und lächelte dann breit. »Na, jetzt bist du ja da. Willst du sehen, was ich heute in der Schule gelernt habe?«

»Klar.« Ich folgte ihr zu dem Rucksack, den sie mitgebracht hatte und aus dem sie nun einen Malblock hervorholte, um mir zu zeigen, dass sie ein S schreiben konnte. »Kannst du das auch?«, fragte sie und sah mich an.

»Wahrscheinlich nicht so schön wie du, aber ich kann es versuchen«, sagte ich, setzte mich auf den Boden und nahm ihren Buntstift, um ihr meine Schreibkünste vorzuführen.

Meine Nichte schien zufrieden zu sein, denn sie deutete auf das Blatt. »Kannst du auch meinen Namen schreiben?«

»Natürlich.« Ich zeigte es ihr.

»Du hast gelogen, du kannst ziemlich schön schreiben«, sagte sie und ich lachte auf.

»Ich wette, wenn du noch ein bisschen übst, bist du bald sehr viel besser als ich.«

Wir verbrachten sicherlich noch eine Stunde miteinander, Lilly erzählte mir von der Schule und führte mir einen

Tanz vor, den sie gerade einstudiert hatten. Ich beantwortete ihre Fragen nach meiner Arbeit und zeigte ihr, wie man aus einem Blatt Papier einen Frosch falten konnte, was sie überraschenderweise beeindruckte. Thea blieb im Raum, hielt sich jedoch zurück und sah zu uns herüber – und vielleicht bildete ich es mir nur ein, aber sie wirkte erleichtert. Möglicherweise nur, weil sie jetzt ihre finanziellen Sorgen los war. Es konnte aber auch daran liegen, dass sie merkte, ihre Tochter und ich verstanden uns auf eine Weise, die sich nicht richtig erklären ließ.

»Sie ist noch nie so schnell bei jemandem aufgetaut«, sagte Thea beim Abschied, als wir an der Tür standen und Lilly ihren Faltfrosch holte, den sie in der Küche vergessen hatte. »Du kannst wirklich gut mit Kindern.«

»Nein, es liegt an ihr. Sie ist ein tolles Mädchen. Du hast offensichtlich alles richtig gemacht.«

Thea lachte. »Ich wünschte, es wäre so. Aber es sind nur noch etwa zehn Jahre, dann findet sie mich peinlich und will nach New York, um feiern zu gehen. Und dann werde ich die ganze Nacht wach liegen und mir Sorgen machen, ob ich wirklich genug richtig gemacht habe.«

»Sollte es so sein, ruf mich an, damit ich dafür sorgen kann, dass jemand ein Auge auf sie hat. Ich kenne die meisten Clubbesitzer in der Stadt, also wird Lilly dort kaum Unsinn anstellen können.«

»Ich wusste, es war eine gute Idee, mit dir Kontakt aufzunehmen«, witzelte Thea und umarmte mich fest. »Ich kann dir nicht genug danken, Jess. Und natürlich auch Helena. Wenn sie uns nicht gefunden hätte, wäre das alles nicht passiert.«

Für einen kurzen Moment senkte ich den Blick, aber dann fing ich mich wieder. »Sag ihr das. Es wird sie freuen.«

»Mach ich.«

»Hab ihn!« Lilly kam in den Flur gelaufen und schwenkte ihren Frosch. Dann schaute sie mich an. »Wann kommst du wieder, Jess?«

Ich lächelte offen. »Das weiß ich noch nicht genau. Aber bestimmt bald.« Wir konnten nur hoffen, dass Thea ihrer Tochter erklären konnte, warum es geheim bleiben musste, dass sie mich getroffen hatte.

Die beiden gingen und durch das Fenster sah ich, wie Lilly unten auf der Straße zu einem kleinen Auto hüpfte und einstieg. Kurz darauf fuhren sie weg. Ich wartete noch ein paar Minuten, dann zog ich meine Kapuze wieder über den Kopf, begegnete im Treppenhaus zum Glück niemandem und setzte mich ans Steuer meines geliehenen Wagens, um Elizabeth zu verlassen.

Während ich fuhr, dachte ich daran, wie sehr ich mich gefreut hatte, Lilly kennenzulernen – und wie gerne ich jemandem davon erzählen wollte. Nein, nicht jemandem, sondern Helena. Es war jetzt kurz nach fünf, ob sie das Telefon bereits bekommen und eingeschaltet hatte? Selbst wenn es so war, mein Exemplar lag sicher im Safe meiner Wohnung, denn ich hatte nicht gewagt, es mitzunehmen. Aber sobald ich zu Hause war, würde mich nichts davon abhalten können, sie anzurufen. Vielleicht würde es alles nur schlimmer machen, schließlich hatte sich an unserer Lage nichts geändert. Und dennoch verschaffte es mir ein tiefes Gefühl von Vorfreude, zumindest auf diese Art Kontakt mit ihr zu haben.

Ich war bereits wieder in Manhattan und bog in die Straße zu Tareks Restaurant ein, um den Wagen zu tauschen, als mein Telefon klingelte. Der Name auf dem Display brachte mich dazu, eilig dranzugehen.

»Hi Archie, hast du was für mich?«

»Japp, eine gute und eine schlechte Nachricht«, sagte der Privatdetektiv. Er war noch ziemlich jung, aber dennoch einer der besten in der Stadt. Ich hatte mehr als einmal wichtige Infos von ihm über Konkurrenten meiner Restaurants oder der meiner Klienten bekommen. Und nicht zuletzt fand er meine Mutter zum Kotzen. »Welche willst du zuerst hören?«

»Die gute, schätze ich.«

»Okay. Ich habe rausgefunden, wo dein Bruder im Entzug war. Es ist eine kleine psychiatrische Klinik draußen in Riverhead, sie heißt Gregory Health Clinic und wird von einer Dr. Zoe Harding geführt. Die machen dort alles, nicht nur Suchtbehandlungen.«

In Riverhead? Das war auf Long Island, fast schon in den Hamptons. Wieso hatte sich Adam dort behandeln lassen? Weil er Sorge gehabt hatte, es könnte jemand in Manhattan mitbekommen?

Ich parkte den geliehenen Wagen und stellte den Motor ab. »Und die schlechte Nachricht?«, erinnerte ich mich daran, dass Archie noch nicht fertig war.

»Ich komme nicht an seine Akte ran. Die arbeiten dort noch wie im Mittelalter, mit Dokumenten aus Papier in Schränken aus Metall. Ich wollte mich reinhacken und dachte erst, dass die wohl richtig investiert haben, was ihre Firewall angeht. Aber dann habe ich gemerkt, es gibt da gar nichts. Die haben nicht einmal ihre Personaldaten auf einem Server gespeichert.«

Dann war das vermutlich der Grund, warum Adam dort hingegangen war. Keine elektronischen Akten bedeuteten, dass so schnell niemand herausfinden konnte, wer sich in der Klinik hatte behandeln lassen.

»Meinst du, sie würden die Infos rausrücken, wenn man ihnen Geld gibt?«, fragte ich. Alles im Leben hatte seinen Preis. Wenn er hoch genug war, würden sie ihre Schweigepflicht vielleicht mal vergessen.

»Keine Chance, Mann. Das habe ich schon anklingen lassen, natürlich ohne Adams Namen zu nennen, aber das Team dort ist auch altersmäßig aus dem vorletzten Jahrhundert und komplett unbestechlich. Die einzige Möglichkeit wäre, nachts da reinzugehen und sich die Akte zu holen. Aber du weißt, so was mache ich nicht.«

Das wusste ich und ich kannte auch niemanden, der so etwas gegen Bezahlung tat und dem ich gleichzeitig hundertprozentig vertraute. Und da ich nicht wissen konnte, was in dieser Akte stand – ob Adam zum Beispiel über Thea oder seine Tochter gesprochen hatte, weil er glaubte, die Gespräche wären vertraulich – und ob irgendein angeheuerter Dieb nicht bei dem Namen Coldwell stutzen und die Informationen Trish zum doppelten Preis anbieten würde, konnte ich die Akte vergessen.

Es sei denn, ich holte sie mir selbst.

»JC, du denkst nicht gerade das, was ich denke, oder?«, fragte mich der Detektiv.

»Ich habe keine Ahnung, was du denkst, Archie«, gab ich in unbekümmertem Ton zurück. »Danke für deine Arbeit, schick mir die Rechnung. Und bleib an Carter Fields dran, die Infos werde ich bald brauchen.«

»Mach bloß keinen Scheiß«, warnte er mich, dann verabschiedete er sich und legte auf.

Ich verlor keine Zeit und stieg aus dem Wagen, um den Schlüssel zu Tarek zu bringen und dann meinen Pick-up zu holen. Ich musste so schnell wie möglich nach Hause.

Ich hatte einen dringenden Anruf zu erledigen.

Als ich in der Wohnung ankam, war es draußen schon dunkel. Eilig schaltete ich das Licht an, ging hoch in mein Schlafzimmer und zu dem Schrank in der Ecke. Dort sank ich auf die Knie, öffnete meinen Safe und holte das Wegwerfhandy hervor, um es einzuschalten. Die Nummer von dem Telefon, das ich Helena geschickt hatte, war nicht gespeichert, aber ich hatte sie auswendig gelernt und tippte sie nun ein. Es klingelte, einmal, zweimal, fast befürchtete ich schon, sie würde es nicht hören. Dann ging sie jedoch dran.

»Hey, Fremder«, begrüßte sie mich.

»Hey, Fremde«, sagte ich und lächelte, weil ich nicht anders konnte, wenn ich ihre Stimme hörte.

»Ist es wirklich sicher, dass wir telefonieren?« Helena klang zaghaft.

»Die Telefone sind von einem Kontakt, der darauf achtet, dass die Nummern nie irgendwo hinterlegt werden«, versprach ich. »Wir sind sicher. Allerdings müssen wir sie alle paar Wochen austauschen, um nichts zu riskieren. Und du solltest das Handy niemandem zeigen, damit keiner auf die Idee kommt, die Nummer herauszufinden und deine Anrufe nachzuverfolgen.«

Helena gab einen zustimmenden Laut von sich. »Hatte ich eh nicht vor. Mit dem alten Ding kann ich mich ja nirgendwo sehen lassen.«

Ich musste lachen. »Und da ist sie wieder, die Upper-East-Side-Prinzessin.«

»Wer hat, der hat, Jessiah«, gab sie zurück und ich genoss es, dass wir zumindest ganz kurz so normal miteinander redeten, als würde nicht der Deal mit meiner Mutter verhindern, dass wir zusammen sein konnten.

»Es gibt übrigens einen Grund, warum ich erst jetzt anrufe: Ich war heute bei Thea.«

»Oh, das ist toll«, sagte Helena. »Es war doch toll, hoffe ich?«

»Ja, es war … es war wirklich schön, Lilly kennenzulernen. Sie ist ziemlich frech, aber auch echt schlau. Und sehr charmant.«

»Das muss sie von ihrem Onkel haben. Also alles, meine ich.«

Ich lachte wieder. »Sie haben bald eine neue Wohnung in einer guten Gegend und ich schätze, ich werde sie in Zukunft öfter besuchen.«

»Es freut mich ehrlich für dich. Du hast gute Neuigkeiten verdient. Du hast alles verdient, Jess.«

Gott, bitte sag meinen Namen nicht auf diese Art oder ich muss mich ins Auto setzen und sofort zu dir fahren. Völlig egal, was dann passiert.

Ich räusperte mich und schüttelte das Gefühl ab, so gut ich konnte. Es war besser, Abstand zu halten. So schwer mir das fiel. »Das ist allein dein Verdienst. Danke, auch von Thea.«

»Es war mir eine Freude, helfen zu können.« Helena atmete hörbar ein und ihr nüchterner Tonfall sagte mir, dass sie ebenfalls versuchte, Distanz zwischen uns zu bringen. »Ist das Telefon eigentlich nur für den Fall der Fälle? Oder gibt es schon etwas Neues?«

Ich lenkte meine Gedanken von uns weg und erinnerte mich daran, dass es nur einen Grund gab, warum wir miteinander sprachen – und zwar den Fall, den wir lösen wollten. »Tatsächlich gibt es etwas: Mein Privatdetektiv Archie hat herausgefunden, in welcher Entzugsklinik Adam vor vier Jahren war. Eine kleine Einrichtung in Riverhead.«

»Das Riverhead draußen vor den Hamptons? Wieso war er denn *dort*?«

»Wahrscheinlich, weil die null digitalisiert sind. Die schlechte Nachricht ist nämlich: Die rücken keine Informationen über den Grund seines Aufenthalts raus, geschweige denn seine Akte. Und elektronisch ist nichts vorhanden. Also müssen wir das entweder als Sackgasse abhaken oder …«

»Oder uns die Akte auf anderem Wege besorgen.« Helena

sagte es mit einer Selbstverständlichkeit, die mich nicht wunderte. Sie hatte bei der Episode mit Pratt längst bewiesen, wie ernst es ihr mit der Aufklärung von Valeries Tod war.

»Ja«, bestätigte ich. »Ich kenne allerdings niemanden, der vertrauenswürdig genug ist, um ihn dafür zu engagieren. Und ich will nicht, dass diese Informationen einem Fremden in die Hände fallen.«

»Okay, dann werde ich sie holen«, entschied Helena.

»Was? Nein. Auf keinen Fall.«

»Das klingt so, als hättest du da was zu entscheiden.« Bei diesem Satz klang sie erschreckend wie ihre Mutter. »Das ist meine Mission, Jess. Das war sie die ganze Zeit. Und nur, weil du jetzt daran beteiligt bist, bedeutet das nicht, dass ich dich die Arbeit machen lasse. Ich fahre dorthin und hole mir die Akte.«

»Und wie willst du das anstellen?« Besser, ich fragte danach, so hatte ich Argumente, warum ich sie das sicher nicht tun lassen würde, Mission hin oder her. Ich hatte nicht nur wegen Adam darauf bestanden, Helena zu helfen, sondern vor allem, weil ich sie beschützen wollte. Sie nun allein zu dieser Klinik fahren zu lassen widersprach beiden Gründen.

»Mir fällt schon was ein«, sagte sie. »Ich erzähle denen irgendwas, damit sie mich reinlassen, und schnappe mir dann die Akte. Das ist eine kleine Klinik, hast du gesagt, bestimmt haben sie kaum Sicherheitspersonal. Das wird ein Kinderspiel.«

Ich lachte trocken auf, dabei war ich kein bisschen belustigt. »Du meinst, wie bei mir, als du dieses Notizbuch wolltest?«

Schweigen.

»Jess –«

»Nein, hör auf. Was, wenn die dich erkennen? Riverhead liegt nicht in der Stadt, aber so weit draußen auch wieder nicht.«

Sie gab sich geschlagen, das hörte ich daran, wie sie die Luft ausstieß. »Okay, was schlägst du dann vor?«

»Ich gehe nachts hin, wenn die Verwaltung nicht besetzt ist. Rein, raus, das ist eine Sache von maximal einer Viertelstunde. Bei einer Klinik dieser Größe kann deren Archiv nicht riesig sein. Und so sieht mich keiner.«

»Du meinst, *mich* sieht keiner«, korrigierte sie ungerührt.

»Helena –«

»Nein, verdammt.« Sie klang wütend. »Du machst das nicht allein, verstanden?«

Ich wusste, wir kamen so nicht weiter. Natürlich hätte ich einfach ins Auto steigen und das Ganze erledigen können, ohne ihr etwas davon zu sagen. Aber das brachte ich nicht fertig. Ich war immer ehrlich zu ihr gewesen, ich wollte ihr Vertrauen nicht derartig missbrauchen. Also grübelte ich über eine brauchbare Lösung nach. Und plötzlich war da eine dritte Möglichkeit in meinem Kopf.

Ich sprach sie aus, ohne nachzudenken.

»Wir könnten zusammen hinfahren«, schlug ich vor, während in meinem Kopf alle Alarmglocken angingen. Das war genau das, was wir auf keinen Fall tun sollten – Zeit miteinander verbringen, auch wenn es auf diese Art war. Wir waren schon beim letzten Mal kaum in der Lage gewesen, unsere Hände voneinander zu lassen, und in die Hamptons waren es knapp zwei Stunden mit dem Auto. Es war einfach Wahnsinn, selbst wenn man außer Acht ließ, dass wir geschnappt werden konnten. Aber auf der anderen Seite konnte ich auf keinen Fall zulassen, dass Helena dort allein hinfuhr.

Sie antwortete nicht gleich, als würde sie darüber nachdenken. »Das wäre nicht klug, Jess«, gab sie schließlich zu bedenken und es klang beinahe ängstlich. Bestimmt hatte sie ähnliche Gedanken wie ich, was passieren konnte, wenn wir Zeit miteinander verbrachten – oder erwischt wurden, wie wir gemeinsam in eine medizinische Einrichtung einbrachen.

»Ich weiß. Aber wenn keiner von uns nachgeben will, dann ist es die einzige Möglichkeit.« Nüchtern betrachtet war es eine gute Idee, dass es nicht einer allein machte. Ich hatte aus meiner rebellischen Phase zwar ein bisschen Erfahrung damit, in Gebäude einzusteigen, aber ein zusätzliches Paar Augen draußen vor der Tür konnte nicht schaden. Und ich wollte und konnte niemand anderen in diese Sache einweihen.

»Okay. Machen wir es zusammen.« Helena atmete ein. »Finde du am besten raus, wann Trish außer Landes ist, nur zur Sicherheit. Meine Eltern müssen irgendwann in der nächsten Zeit nach Chicago, dann kriegen sie nichts davon mit. Ich melde mich bei dir, wenn ich etwas darüber weiß.«

»Alles klar.« Ich war erleichtert, dass sie einverstanden war.

»Also … dann sehen wir uns, wenn der Plan steht?«, fragte sie und klang mit einem Mal wieder weicher und viel näher. So als wäre ihr jetzt erst aufgefallen, dass ihr Einverständnis bedeutete, wir würden uns bald wiedersehen. Allein sein. Zusammen.

»Ja«, antwortete ich und schluckte, weil dieser Tonfall mich wohl nie kaltlassen würde. Es war Zeit, das Gespräch zu beenden, bevor ich etwas sagte, das ich bereuen würde. »Schlaf gut, Tausendschön.«

»Du auch, Jess.«

Dann legte ich auf.

22
Helena

Eiskalter Novemberwind ließ mich schaudern, während ich die Straße entlangschaute und wartete. Die nächste Laterne stand einige Häuser weiter, deswegen war ich nicht nur in schwarze Kleidung, sondern auch in tiefste Schatten gehüllt – beides mit voller Absicht. Zum fünften Mal in den letzten zwei Minuten sah ich auf meine Uhr. Wir hatten nach Mitternacht. Und obwohl das ein harmloses Wohnviertel in Queens war, wo mich das Taxi gerade abgesetzt hatte, fühlte ich mich nicht unbedingt sicher. Hier würde mich zwar vermutlich niemand erkennen, aber diese Stadt hatte Augen und Ohren überall.

»Wo bist du denn, verdammt?«, murmelte ich leise. Ich konnte nur hoffen, dass nichts dazwischengekommen war. Schließlich wartete ich seit fast vier Wochen auf diese Gelegenheit.

Als ich am Morgen nach dem Telefonat mit Jess aufgewacht war, hatte ich das alles erst für einen Traum gehalten, bis mir einfiel, dass es Realität war. Nicht nur, dass wir tatsächlich eine Möglichkeit hatten, miteinander zu reden – ich hatte mich auch darauf eingelassen, zusammen mit ihm nach Riverhead zu fahren, um Adams Akte zu besorgen. Das war in so vielen Hinsichten eine dämliche Idee, dass ich eigentlich niemals hätte zustimmen dürfen, aber Fakt war, dass ich mich nicht dagegen wehren konnte, Zeit mit Jess zu verbringen – auch wenn es ein Trip in Richtung Hamptons mitten in der Nacht war. Außerdem konnte ich ihn das auf keinen Fall allein tun lassen. Nicht, weil ich ihm nicht vertraute, sondern weil es einfach falsch war.

Also hatten wir eigentlich nur warten müssen, bis sowohl meine Eltern als auch Jess' Mutter die Stadt verließen – ein Gefallen, den sie uns wochenlang nicht gleichzeitig taten. Als Mom und Dad nach Chicago flogen, war Trish in New York, und als diese schließlich für eine Woche nach Dubai abreiste, waren meine Eltern wieder da. Heute war es allerdings endlich so weit, sie waren alle drei verreist. Daher hatten Jess und ich keine Sekunde gezögert, unseren Plan sofort in die Tat umzusetzen.

Wir hatten noch zweimal während dieser Zeit telefoniert und uns sonst kurze, eher sachliche Nachrichten geschrieben – so als wüssten wir, dass es besser war, einander nicht zu nahe zu kommen. Aber dennoch gab es immer wieder Momente, in denen durchbrach, was zwischen uns war. Eine Bemerkung, die mir kurz vor Sehnsucht den Atem stocken ließ. Ein raues Lachen von ihm, das meinen ganzen Körper unter Strom setzte. Nicht zuletzt deswegen war ich ziemlich angespannt, während ich darauf wartete, dass Jess mich abholte.

Es dauerte noch zwei Minuten und vier Blicke auf meine Uhr, bis ein dunkler SUV in die Seitenstraße einbog und langsam auf mich zufuhr. Wir hatten nicht umsonst diesen Treffpunkt gewählt, zwischen den Wohnhäusern trieb sich um diese Zeit niemand herum. Der Wagen hielt neben mir und ich sah mich nach allen Seiten um, bevor ich die Tür aufzog, Jess auf dem Fahrersitz erkannte und rasch einstieg.

»Dachtest du, ich wäre irgendein Krimineller, der dich klauen will?«, grinste er.

»Bist du das denn etwa nicht?«, gab ich zurück.

»Touché.« Er lachte leise. »Hi.«

»Hi.« Ich schaute ihn an. Er sah genauso aus wie die letzten Male, als wir uns getroffen hatten – die Haare zurückgebunden, ein schiefes Lächeln auf den Lippen, in seinen Augen diesen lebendigen Jess-Ausdruck, der mein Herz immer gefährlich schnell schlagen ließ. Jedes Mal, wenn ich ihm begegnete, war es so, als würde das Universum die Luft anhalten. Vielleicht war es auch nur ich, die das tat, weil seine Nähe alles in mir in Aufruhr versetzte. Ich schaute weg, um meinen Puls zu beruhigen.

»Sind wir vorbereitet?«, fragte ich in dem Versuch, den Moment zu überspielen.

»Japp.« Jess nickte und fuhr an, um an der Straßenecke nach rechts abzubiegen. »Wir haben ja schon darüber gesprochen – die Akten der Klinik, die älter als drei Jahre sind, lagern in einem Raum im ersten Stock der Verwaltung, die nachts nicht besetzt ist. Es gibt keine Sicherungen an den Fenstern und kein Alarmsystem. Offenbar macht man sich keine Sorgen um die Daten, die sie dort aufbewahren.«

»Vermutlich gibt es dafür keinen Grund.« Die Klinik in Riverhead war anders als die Rehabs in New York, wo sich die Skandale quasi in den Fluren türmten. Obwohl sie in der Nähe der Hamptons lag, ließ sich keiner der Reichen oder Berühmten dort behandeln, wie Archie, der Privatdetektiv von Jess, herausgefunden hatte. Sicherlich hatte Adam die Klinik genau deswegen ausgewählt – damit niemand ihn erkennen und verraten konnte, dass er in Behandlung war. Würden wir heute herausfinden, warum? Ich schwankte seit Theas Erwähnung des Entzugs zwischen dem Bangen, in eine Sackgasse zu geraten, und der Hoffnung, dass es so kam. Denn selbst wenn Adam wegen einer Kokainsucht in der Klinik gewesen war, würde ich seinen Ruf nicht ruinieren, um den von Valerie zu retten. Dazu hatte ich ihn zu sehr gemocht – und meine Schwester hätte das nie gewollt. Aber Gewissheit wollte ich trotzdem. Und vielleicht stand etwas in den Unterlagen, das mir weiterhelfen konnte.

»Es sollte kein großes Problem sein, da reinzugehen und die Akte zu fotografieren«, sagte Jess. »Archie hat nichts gefunden, das meine Prognose ändert.«

»Gut.« Ich nickte.

Das Display von seinem Smartphone, das in der Mittelkonsole des Wagens lag, leuchtete auf und zeigte eine Nachricht an. Da Jess gerade auf die 278 nach Brooklyn gefahren war, deutete er mit dem Kinn auf das Handy.

»Kannst du mal schauen, von wem die ist?«

Seine Bitte ließ mich stutzen. »Ich soll … deine Nachrichten lesen?« Nicht einmal Valerie hatte mich das tun lassen, eigentlich erlaubte es niemand, den ich kannte. Aber Jess schien so viel Vertrauen zu mir zu haben, dass es für ihn keine große Sache war. Wärme machte sich in meinem Bauch breit, als ich es bemerkte.

»Ja, wär cool. Vielleicht ist es wichtig.« Er klang immer noch vollkommen selbstverständlich, also nahm ich das Telefon und schaute darauf.

»Es ist eine Nachricht von Eli.« Sofort verspannte sich Jess und ich beeilte mich, weiterzureden. »Er fragt nur, ob es dabei bleibt, dass du zu Thanksgiving vorbeikommst.«

Jess gab einen Laut von sich, der zwischen Seufzen und genervtem Stöhnen lag. »Der kleine Mistkerl. Er weiß genau, dass ich Thanksgiving mit Trish hasse, aber lässt trotzdem nicht locker.«

»Und am Ende wirst du hingehen, weil du ihm die Bitte nicht abschlagen willst?«, lächelte ich.

»Vielleicht«, murrte Jess. »Vielleicht nehme ich auch die Grippe. Gerade sind doch sowieso alle krank.«

»Das würde ich auch gerne machen, aber leider wohne ich ja noch zu Hause.« Ich seufzte leise.

»So schlimm momentan mit deinen Eltern?«, fragte Jess mitfühlend und mein Magen schmerzte bei diesem Tonfall, aber auf eigenartig angenehme Weise. Weil es sich vertraut anfühlte, mit ihm zu sprechen. Und es mir so fehlte, das zu tun.

»Wie man es nimmt.« Ich schwieg einen Moment. »Vor einer Weile habe ich darum gebeten, an die NYU wechseln zu können, um Tourismus zu studieren. Aber sie haben es nicht erlaubt. Was würden schließlich die Leute denken, alle erwarten von dir ein Ivy-League-Studium, du weißt schon. Seitdem ist die Stimmung nicht gerade gut. Ich weiß, sie meinen es nicht böse, aber nach allem, was ich … was wir …« Ich brach ab. »Es ist so verflucht unfair und ich kann ihnen nicht einmal sagen, warum. Ein echter Teufelskreis.«

»Das tut mir wirklich leid.« Wieder dieser Tonfall. Verständnisvoll und weich, irgendwie nah, so verdammt nah. Wie schön wäre es gewesen, wenn wir immer so miteinander hätten reden können. Wenn ich Jess jederzeit hätte anrufen können, um ihm zu erzählen, wie es mir ging – und zu hören, was bei ihm los war. Oder ihn treffen, um in seinem Arm zu liegen und einfach zu schweigen, grenzenlos froh darüber, bei ihm zu sein. Oder ihn nachts wecken, so wie beim letzten Mal, um mit ihm zu schlafen. All das flackerte wie ein Film durch meinen Kopf, der an der Stelle stoppte, wo ich ihn nach einem grauenhaften Gespräch verließ, weil ich einen Deal mit seiner Mutter gemacht hatte. Ich schluckte.

»Wieso wechselst du denn nicht trotzdem die Uni?«, fragte Jess. »Du bist erwachsen, sie können dir so etwas nicht vorschreiben.«

Ich lachte bitter auf. »Nein, im Prinzip nicht. Aber abgesehen davon, dass ich mir das Studium nicht leisten kann, weil mein Treuhandvermögen erst mit fünfundzwanzig ausgezahlt wird, würde es vermutlich bedeuten, mit meiner Familie zu brechen. Und sie sind die Einzigen, die ich habe.« Ich hatte schon öfter darüber nachgedacht, zu gehen, mal aus Trotz, mal aus Verzweiflung. Aber nachdem Valerie gestorben war, konnte ich ihnen das nicht zumuten.

»Fragst du dich manchmal, wo du endest, wenn du dieses verdammte Loyalitäts-Spiel bis zum Ende mitmachst?« Jess sah zu mir rüber und ich erkannte, wie ernst es ihm war. »In einem Job, den du nicht leiden kannst? In einer Ehe mit einem Typen wie diesem Lowell? In einem Leben, das nicht dir gehört? Das kann doch nicht das sein, was du willst.«

Ich schüttelte den Kopf. »Du verstehst das nicht. Eine Weston zu sein, das bedeutet eben auch, seine eigenen Wünsche zurückzustellen.«

»Ja, aber wofür denn? Dass die beschissene Upperclass nicht die Nase rümpft? Valerie war das offenbar egal.« Ich hatte ihm davon erzählt, am Todestag. Wie stark meine Schwester gewesen war, wie furchtlos. Dass sie nichts auf das gegeben hatte, was andere von ihr dachten.

»Meine Eltern haben viel durchgemacht, als sie gestorben ist«, antwortete ich gedämpft. »Ich kann ihnen das nicht auch noch antun.«

»Glücklich zu sein ist nichts, was man seinen Eltern antut.« Jess sagte es leiser, aber ich hörte dennoch seinen Kummer. »Oder zumindest sollte es nicht so sein.«

Ich senkte den Blick und ahnte, dass er nicht nur von mir sprach, sondern auch von sich und dem, was wir sein könnten, wenn unsere Familien nicht wären. »Du weißt, dass es nichts für uns ändern würde. Denn dass deine Mutter sie ruiniert, könnte ich mir niemals verzeihen.«

Jess schnaubte traurig. »Das habe ich damit nicht gemeint. Aber jedes Mal, wenn ich dich sehe, wirkst du noch ein bisschen unglücklicher und es zerreißt mir das Herz, nichts dagegen tun zu können. Ich wünschte, es gäbe irgendetwas … irgendeine Lösung …«

»Ja«, sagte ich und meine Stimme zitterte. »Ich auch.«

Wir schwiegen, während draußen die Dunkelheit an uns vorbeirauschte. Aber sie war nicht nur auf der anderen Seite des Fensters, sondern ebenso in mir. Wie ein schwarzes Loch, das jede Hoffnung aufsaugte. Und es tat höllisch weh.

Da holte Jess Luft. »Was, wenn ich dir das Geld für dein Studium an der NYU gebe? Meinetwegen als Darlehen und du kannst es mir zurückzahlen, sobald du an deinen Treuhandfonds rankommst. Wenn du willst, miete ich dir auch eine Wohnung, damit du –«

»Jess, hör auf«, flehte ich. »Wirklich, ich weiß das zu schätzen, du hast keine Ahnung, wie sehr, aber bitte … hör auf.« *Denn wenn du es nicht tust, werde ich darauf eingehen und das wäre der Anfang vom Ende.* Schließlich könnte ich vielleicht sein Geld leihen und mir damit ein eigenes Leben aufbauen. Aber ich könnte nie *ihn* haben. Dabei war er doch das, wonach ich mich am meisten sehnte, er und ich, zusammen bis in alle Ewigkeit. Allein, dass er mir dieses Angebot machte, erinnerte mich wieder daran, warum ich mich rettungslos in ihn verliebt hatte. Eilig verschränkte ich die Hände auf meinem Schoß, um nicht in Versuchung zu geraten, ihn zu berühren.

»Okay«, willigte er ein. »Aber ich will, dass du weißt, das Angebot steht. Egal, ob oder wann du dich entscheiden solltest, es anzunehmen.«

»Danke«, antwortete ich erstickt.

Wir schwiegen wieder für einige Minuten und redeten dann über unverfänglichere Themen wie Jess' Projekte und Eli, den ich erst diese Woche beim Mentorenprogramm wiedergesehen hatte. Er war Olivia Montgomery zugeteilt worden, die wirklich nett war und ihm vermutlich nicht allzu viel Stress machte, und ich war froh gewesen, dass die Direktorin diese Wahl getroffen hatte.

»Ich hatte dir doch den Namen der Therapeutin gegeben«, erinnerte ich Jess, als wir bereits das Ortsschild von Riverhead passierten. »Hat sich daraus was ergeben?«

Er schüttelte den Kopf. »Trish hält nichts davon, jetzt wieder zu wechseln, sagt zumindest Eli. Ich habe noch nicht mit ihr selbst darüber gesprochen, aber wenn ich zu Thanksgiving ohnehin bei ihr auftauchen muss, dann kann ich sie fragen.«

»Und direkt wieder Streit riskieren?«

Jess hob nur die Schultern. »Der ist doch sowieso vorprogrammiert.«

»Gab es nie eine Phase in deinem Leben, in der du mit ihr klargekommen bist?«, fragte ich neugierig.

»Vielleicht als ich noch klein war, aber daran erinnere ich mich nicht. Sie war eigentlich nie da, weil sie sich nur um die Firma gekümmert hat. Bei Adam hatte sie noch einen Anflug von Muttergefühlen, aber ich schätze, als ich auf die Welt gekommen bin, waren andere Projekte spannender.« Er sagte es nicht verbittert und ich ahnte, warum – sein Vater war immer der Elternteil gewesen, den er geliebt und bei dem er sich sicher gefühlt hatte. Jess hatte Trish nicht gebraucht, brauchte sie auch jetzt nicht. Wahrscheinlich wäre es ihm am liebsten gewesen, nie wieder mit ihr reden zu müssen, und ich konnte das gut verstehen.

»Du wirst ihr nicht irgendwann sagen, dass du von unserem Deal weißt, oder?« Meine Stimme war leise, aber bittend. Ich wusste, dass Jess impulsiv war und dass seine Mutter und er eine höchst explosive Mischung bedeuteten. Was, wenn es einfach aus ihm herausplatzte, was sie uns angetan hatte? Ich hätte es ihm nicht einmal verübeln können.

»Niemals«, antwortete er. »Ich hasse sie für das, was sie getan hat, aber was ich für dich empfinde, wird mir immer wichtiger sein als dieser Hass. Vielleicht ist dir das nicht bewusst, aber ich würde jeden Schmerz in Kauf nehmen, um dich zu beschützen.«

Mein Atem stockte, als er das einfach rausfeuerte, so etwas wahnsinnig Bedeutsames. Ich brauchte einen Moment, bevor ich die einzige Antwort gab, die möglich war. »Du solltest das nicht sagen.«

»Warum nicht?«, fragte er hart. »Es ist die Wahrheit.«

»Weil es alles nur schwerer macht.« Neben ihm zu sitzen und zu merken, dass unsere Verbindung mit jeder Minute stärker wurde, war schlimm genug. Aber wenn er mir auch noch sagte, was ich ihm bedeutete, wurde es unerträglich. Wie sollten wir je darüber hinwegkommen? Wie, zur verfluchten Hölle?

Jess lachte und es war wohl der traurigste Laut, den ich jemals gehört hatte. »Es kann doch gar nicht noch schwerer werden, Helena.«

Stille folgte seinen Worten, die an Gewicht zunahmen, weil er meinen richtigen Namen und nicht den Spitznamen benutzte, den er mir nach dem Desaster mit Pratt gegeben hatte. Ich hätte etwas sagen sollen, das wusste ich, aber mir fiel nichts ein, das es entgegen seiner Prognose nicht doch schlimmer machte. Also schwieg ich, so lange, bis wir kurz darauf an unserem Ziel ankamen.

»Hier ist es.« Jess hielt an und stellte den Motor ab.

Wir hatten in einer Straße geparkt, an deren Ende sich ein halbhohes Gebäude befand. Daneben stand ein größerer Backsteinbau, bei dem ein paar Fenster erleuchtet waren, offenbar die eigentliche Klinik. Aber in dem kleineren Anbau war es vollkommen dunkel.

»Und du bist sicher, dass niemand dort ist?«, fragte ich, als Jess den Schlüssel abzog.

»Sie haben einen Nachtdienst in der Klinik selbst, aber nicht im Verwaltungsgebäude.« Jess sah durch die Frontscheibe. »Dadrin ist nur der Empfang, im ersten Stock das Büro der Direktorin und dahinter das Aktenarchiv. Warum sollte sich um diese Uhrzeit jemand dort aufhalten?«

Was er sagte, klang einleuchtend, und ich versuchte, den Knoten in meinem Bauch zu ignorieren. Ich hatte mir geschworen, absolut alles zu tun, um den Ruf meiner Schwester zu retten – und dabei auch Straftaten nie ausgeschlossen. Nicht umsonst hatte ich mir zeigen lassen, wie man Türen ohne Schlüssel aufbekam. Also würde ich jetzt sicher nicht kneifen. Ganz egal, ob ich Angst davor hatte, erwischt zu werden.

»Keine Sorge«, sagte Jess, der meine Besorgnis zu spüren schien. »Das ist kein Hochsicherheitstrakt. Aber wenn du Bedenken hast, wäre es besser, du bleibst hier und passt auf, dass niemand kommt.«

Etwas in seinem Tonfall ließ mich aufmerken. Er sagte es fast schon beiläufig, als wollte er mich so unauffällig davon abhalten, mit reinzugehen.

»Netter Versuch«, schnaubte ich. »Aber glaubst du wirklich, dass ich hier draußen auf dich warte, bis du zurückkommst?«

»Um ehrlich zu sein, hatte ich darauf gehofft.« Er seufzte und sein Ton wurde sanfter. »Ich würde dich gerne da raushalten.«

Ungläubig sah ich ihn an. »Du hast dich also nur deswegen darauf eingelassen, dass ich mitkomme, weil du darauf gehofft hast, ich würde dann im Auto warten?« Wie konnte er ernsthaft glauben, dass ich das tat?

Der Ausdruck in seinen Augen war mit einem Mal sehr eindringlich und mein Magen zog sich plötzlich auf andere Weise zusammen als gerade eben noch. »Wie ich schon sagte:

Ich würde alles tun, um dich zu beschützen. Das, was wir vorhaben, ist eine Straftat, Helena. Eine, bei der du in ernsthafte Schwierigkeiten gerätst, wenn etwas schiefgeht. Ich will nicht, dass dir was passiert.«

»Das will ich bei dir auch nicht«, antwortete ich heftig. »Du bist nur meinetwegen hier – ich bin diejenige, die sich in den Kopf gesetzt hat, alles über den Tod der beiden herauszufinden. Wenn man dich schnappt, dann würde ich mir das nie verzeihen.«

Wir sahen einander an und fochten dieses Duell ohne Worte aus, aber es gab keinen Sieger. Wie auch? Unser Bedürfnis, den anderen zu beschützen, schloss eine einvernehmliche Lösung aus.

Jess sah mich ernst an. »Du willst das wirklich durchziehen, oder?«

»Ja.« Ich nickte.

»Okay. Dann lass uns gehen.«

Und damit war es entschieden. Wir stiegen aus dem Wagen und gingen auf das Gebäude zu. Niemand war auf der Straße unterwegs, in Orten wie diesen kam das Leben nachts tatsächlich zur Ruhe. Das war unser Vorteil. Auch der kleine Innenhof hinter dem Anbau war leer. Das Fenster des Direktorinnen-Büros lag über uns im ersten Stock, aber es gab noch eine Fensterreihe darunter. Jess trat auf eines davon zu.

»Ich werde versuchen, es aufzuhebeln«, sagte er und zog ein Werkzeug aus seiner Jackentasche, das aussah wie eine kleinere Brechstange. Irgendwie konnte ich mir kaum vorstellen, dass dieses Gebäude tatsächlich so schlecht gesichert war, aber es brauchte nur ein paar routinierte Handbewegungen und Jess hatte das Fenster geöffnet. Wenige Sekunden später griff er nach dem Rahmen, stemmte sich hinauf und verschwand im Inneren.

»Jetzt du.« Er gab mir die Hand und ich kletterte an der Wand hoch, zog mich auf den Sims. Aber als ich in den Raum hinunterspringen wollte, verhakte sich mein Schnürsenkel im Fensterrahmen.

Ich rutschte ab, verlor das Gleichgewicht und für den Bruchteil einer Sekunde befand ich mich im freien Fall. Dann aber fing Jess mich auf, mein Körper prallte gegen seinen – und mein Schreck verwandelte sich in etwas ganz anderes, als ich bemerkte, dass sein Gesicht nur Zentimeter von meinem entfernt war.

Trotz unserer Jacken spürte ich jeden seiner Muskeln und es erinnerte mich sehr lebhaft an die Momente, wo keine störende Kleidung zwischen uns gewesen war. *Bitte lass mich nicht los*, flehte ich innerlich, obwohl ich überhaupt nicht in Gefahr war, zu fallen. Ich hatte mich nie sicherer als in der Umarmung dieses Mannes gefühlt. Ich wollte nur einfach nicht, dass es schon endete.

Bitte lass mich nicht los.

Jess atmete ein, aber nicht wieder aus.

Dann ließ er mich los.

23
Jessiah

Ich ließ Helena los und stieß die Luft aus. Wir konnten froh sein, dass wir gerade dabei waren, in dieses Gebäude einzusteigen, denn sonst hätte ich sie geküsst. Weil ich nicht anders konnte, selbstsüchtiger Egoist, der ich war. Noch vor einer Stunde hatte ich behauptet, alles zu tun, um sie zu beschützen. Und schon strafte ich meine eigenen Worte Lügen, zumindest zum Teil. Ich hätte dieses Mädchen mit meinem Leben verteidigt, das war mir klar, und verrückterweise machte es mir keine Angst. Aber Abstand zu halten, das bekam ich nicht hin. Obwohl ich wusste, dass ich damit am besten für ihre Sicherheit sorgen konnte.

Helena trat einen Schritt zurück, sehr zögerlich und langsam, und auch wenn ich wusste, dass es das Richtige war, bedauerte ich es. Sie endlich wieder in meinen Armen zu halten hatte sich so gut, so verflucht perfekt angefühlt. Weil es das war – perfekt. Nicht auf die Art, dass wir keine Fehler machen würden, wenn wir zusammen wären. Sondern auf die Art, dass die Fehler uns einander nur noch näher bringen würden. Obwohl ich es nicht beweisen konnte, wusste ich das. Ich wusste, dass wir glücklich geworden wären, wenn wir es versucht hätten.

Nur durften wir das nicht.

Ich drückte das Fenster wieder zu und nahm eine kleine Taschenlampe hervor, die ich immer im Auto hatte. Wir befanden uns in einem Büro, wahrscheinlich von der Verwaltung, die typischen Schreibtische und Regale, die hier standen, ließen das vermuten. Die Tür zum Flur lag gegenüber und wir gingen dorthin.

Helena öffnete sie vorsichtig und spähte hinaus. »Es ist dunkel, niemand da.«

Wir traten auf den Gang und wandten uns nach rechts, Richtung Treppe. Bisher lief alles nach Plan und es beruhigte mich – noch mehr, weil Helena bei mir war. Ich hatte gewusst, dass es ziemlich unwahrscheinlich war, sie raushalten zu können. Aber jetzt musste ich erst recht aufpassen, dass nichts schiefging.

Das Gebäude war offenbar alt, ich konnte die muffigen Siebziger förmlich riechen, während wir in den ersten Stock hinaufstiegen und nach dem Büro der Direktorin suchten. Dass Adam sich ausgerechnet hier hatte behandeln lassen, erschien mir immer noch absurd. Wenn er unerkannt hatte bleiben wollen, hätte er auch ins Ausland fliegen können. Aber er hatte sich für diesen Ort entschieden.

Wir kamen an einer Tür mit einem Schild an, auf dem der Name der Direktorin stand, allerdings war sie verschlossen. Offenbar endete an diesem Punkt das endlose Vertrauen, das die Belegschaft in die Menschheit hatte. Aber es hätte mich auch gewundert, wenn das Büro nicht abgeschlossen gewesen wäre.

Ich überlegte noch, wie wir die Tür am besten aufbekamen, da ging Helena in die Hocke.

»Ich mach das.« Sie zog ein schmales Etui aus ihrer Jackentasche, in dem verschiedene Dietriche steckten. Mit einer

Routine, die mich überraschte, zog sie zwei davon heraus, machte sich am Schloss zu schaffen und hatte es nur eine halbe Minute später geöffnet.

Ich sah sie an. »Woher kannst du das denn?« Lockpicking war an der Upper East Side nicht gerade ein populäres Hobby – Golf und Polo standen da deutlich höher im Kurs.

»Aus England«, gab Helena bereitwillig Auskunft. »Ich habe es gelernt, als ich mich darauf vorbereitet habe, Valeries Ruf wiederherzustellen. Dachte, es könnte nicht schaden, wenn ich dazu in der Lage bin.« Sie hob die Schultern.

Und wie sie dazu in der Lage war. Aber sie hatte mir ja auch schon im Tough Rock gezeigt, dass sie keine halben Sachen machte. Mein Ego schmerzte immer noch davon, mit welcher Leichtigkeit sie mich aufs Kreuz gelegt hatte. Und mein Herz, wenn ich daran dachte, was sich bei dieser Begegnung zum ersten Mal mit voller Wucht gemeldet hatte: diese Anziehung zwischen uns, die selbst jetzt, wo wir uns auf etwas ganz anderes konzentrieren mussten, spürbar war.

»Moment«, fiel mir was ein. »Du hast aber nie darüber nachgedacht, bei mir in die Wohnung einzubrechen, um an Adams Notizbuch zu kommen, oder?«

Sie wich meinem Blick aus. »Nein«, sagte sie dann leise. »Ich wusste, dass es eine Alarmanlage gibt, deswegen habe ich mich dazu entschlossen, es anders zu versuchen.«

Indem sie sich unter einem Vorwand bei mir eingeschlichen hatte. Aber das war lange vorbei und ich hatte es ihr verziehen. Wir hatten einander zu dem Zeitpunkt kaum gekannt und Helena hatte zu Recht geglaubt, ich wäre mitschuldig am Rufmord an ihrer Schwester.

»Mir hat wirklich leidgetan, was ich über Adam und diese Trauzeugensache im Tough Rock zu dir gesagt habe«, schob sie nach, als ich nicht antwortete. »Das war nicht gelogen.«

»Ich weiß«, sagte ich und strich ihr flüchtig über den Arm, ignorierte das Pochen, das sich bei der Berührung in meinen Fingerspitzen meldete. »Das ist Schnee von gestern, okay? Längst vergessen.«

Sie nickte nur, dann drückte sie die Klinke herunter und wir betraten das Büro, in dem sich ein massiver Schreibtisch und viele Regale mit Fachliteratur befanden – sowie die Tür zum Archiv der Klinik. Helena wiederholte ihren Stunt mit den Dietrichen und bald darauf standen wir in dem Lagerraum, in dem sich irgendwo Adams Akte befinden musste. Er war lang, schmal und vollgestopft mit mannshohen Schränken aus Metall. Es roch nach Papier und Staub.

Ich schloss die Tür und schaltete das Licht an der Decke ein.

»Wir brauchen das richtige Jahr«, sagte ich und lief die Reihe ab, den Blick auf die kleinen Schilder gerichtet, die an den Schubladen angebracht waren. »Hier ist es.« Als ich die Zahl entdeckte, nach der ich gesucht hatte, blieb ich stehen. Es gab fünf Aktenschränke, die infrage kamen, denn Monatsangaben fanden sich auf den Schildern nicht. Ich zog wahllos eine der Schubladen auf.

»Okay, er war von Anfang März bis Ende April hier.« Helena glitt mit den Fingern über die Aktenreiter, auf denen Nachnamen standen.

Schnell fiel mir etwas auf. »Sie sind nicht sortiert?« Ich hatte erwartet, dass die Akten nach Monaten und Namen geordnet waren, aber das schien nicht der Fall zu sein. Wie sollten wir so Adams Akte finden, ohne Stunden dafür zu brauchen?

»Vielleicht sind sie nach den jeweiligen Erkrankungen sortiert.« Helena legte den Kopf schief. Es schien ihr unangenehm zu sein, in die Privatsphäre fremder Menschen einzudringen, aber schließlich griff sie doch nach einer der Akten und schlug sie auf, dann eine zweite und eine dritte.

»Das hier sind Essstörungen«, sagte sie und steckte die Akten wieder weg. »Wahrscheinlich wäre es am besten, wir suchen zuerst nach den Fällen, die mit Drogen zu tun haben, oder? Thea hat ja gesagt, es wäre ein Entzug gewesen.«

»Ich habe hier Persönlichkeitsstörungen, wie es aussieht.« Zumindest sprachen die Diagnosen auf den ersten Seiten der vier Akten vor mir von narzisstischen Mustern, Paranoia oder Borderline.

Wir arbeiteten uns weiter durch die Schubladen und gingen die Diagnosen durch, die sich jeweils ähnelten, also schien dies wirklich das System der Aufbewahrung zu sein. Ich öffnete gerade eine neue, als Helena mich ansprach.

»Jess?«

»Ja?« Mich würde es wohl nie kaltlassen, wenn sie meinen Namen sagte – nicht einmal, wenn sie es nur tat, um mich darauf aufmerksam zu machen, dass sie etwas gefunden hatte. Sie runzelte die Stirn, als sie auf den Inhalt ihrer Schublade zeigte.

»Ich habe hier Substanzmissbrauch. Ist zwar Alkohol, aber es sieht so aus, als wäre es der richtige Schrank.«

»Okay, gut. Dann nehmen wir uns den vor.«

Man konnte bei den Schränken immer nur eine Schublade öffnen, während die anderen blockierten, aber auch in einer einzigen steckten genug Akten, um zu zweit schneller voranzukommen. Ich sah die Namen auf den Aufklebern durch, die man an den Reitern befestigt hatte. Adams war nicht dabei, auch nicht in der Schublade darunter. Helena blieb ebenfalls stumm, während wir weitersuchten. Vergeblich. Allmählich beschlich mich die Sorge, dass wir gar nicht fündig wurden. Vielleicht hatte mein Bruder dafür gesorgt, dass seine Akte verschwand. Er war schließlich auch sonst sehr vorsichtig gewesen, was seinen Aufenthalt in dieser Klinik anging.

Trotzdem machten wir weiter. Und plötzlich war das, wonach ich gesucht hatte, einfach da. Der Name, den zu finden ich genauso gehofft wie gebangt hatte. Geschrieben auf ein kleines Schild, schwarz auf weiß:

Coldwell, A.

»Ich hab sie«, meldete ich in ruhigem Ton und zog die Akte heraus, aber innerlich war ich alles andere als gelassen. Was würde ich zwischen diesen beiden Pappdeckeln finden? Noch mehr Geheimnisse über meinen Bruder, von denen er mir nichts erzählt hatte? Abgründe, von denen ich nichts gewusst hatte?

Helena kam zu mir, aber sie streckte nicht die Hand nach der Akte aus. »Willst du reinsehen oder soll ich?«, fragte sie stattdessen und ich spürte Wärme in meinem Magen, weil sie mir die Entscheidung überließ, obwohl sie sicherlich darauf brannte, hineinzuschauen. Aber nicht nur deswegen hielt ich sie ihr hin. Ich war außerdem zu feige, es selbst zu tun.

»Sicher?«, fragte sie nach und ich nickte nur. Mitgefühl zeigte sich in ihrem Gesicht, aber auch Anspannung. Wir wussten schließlich beide nicht, was uns erwartete.

»Okay.« Sie nahm mir die Akte ab, doch bevor sie den Deckel aufschlagen konnte, hörten wir ein Geräusch. Es kam von der anderen Seite der Tür und klang, als hätte jemand das Büro betreten.

»Was war das?« Alarmiert sah mich Helena an.

»Keine Ahnung«, flüsterte ich. Warum sollte jemand mitten in der Nacht hierherkommen? Hatte die Direktorin was vergessen? Oder hatte man uns doch bemerkt?

Wieder ein Geräusch, diesmal identifizierte ich es eindeutig als Schritte auf dem Teppich. Im Büro nebenan war jemand. Und wenn derjenige uns hier fand, hatten wir ein gewaltiges Problem.

So leise wie möglich schloss ich die Schublade des Aktenschranks. Dann griff ich nach dem Lichtschalter. Die Lampen an der Decke erloschen und hinterließen vollkommene Dunkelheit. Ich konnte Helena atmen hören, ihre Hand legte sich um meinen Arm. Obwohl ich es besser wusste, verringerte ich den Abstand zwischen uns und legte meine Finger auf ihre.

»Was sollen wir jetzt machen?«, wisperte sie.

Das war eine gute Frage. Der Raum hatte keinen zweiten Ausgang, und auch wenn es gerade stockdunkel war, musste der Unbekannte nur die Tür öffnen, auf den Lichtschalter drücken und wir waren am Arsch.

»Wir warten und verhalten uns ruhig«, antwortete ich leise. Es war die einzige Option. Mit etwas Glück verschwand die Person wieder, ohne einen Blick ins Archiv zu werfen.

Eine Weile hörte man nichts und beinahe glaubte ich daran, dass wir uns vielleicht geirrt hatten und doch niemand da war. Aber gerade als ich Helena sagen wollte, dass wir es wagen konnten, zu verschwinden, hörten wir sie wieder: Schritte. Eindeutig. Schwere, vorsichtige Schritte von jemandem, der auf der Hut war.

Wir hielten gleichzeitig die Luft an, während die Person langsamer wurde und dann anhielt, vermutlich direkt vor der Tür zum Archiv. Helenas Griff wurde fester, ich drückte sie an mich und spürte ihre Anspannung an meinem Körper. Wir wussten beide, dass es eine Katastrophe wäre, wenn man uns hier erwischte. Nicht nur, weil uns in dem Fall eine Anklage wegen Einbruchsdiebstahl drohte. Sondern auch, weil meine Mutter dann davon erfuhr, dass wir uns getroffen hatten. Hätte ich doch nur darauf bestanden, das hier allein zu machen.

Ich ging meine Optionen durch. Konnte ich den Kerl überwältigen, um uns so zur Flucht zu verhelfen? Und dann rannten wir und hofften, dass wir schneller waren als er? Aber wenn er merkte, dass jemand hier gewesen war, würde man sicher alles genau untersuchen. Nein, wir mussten verschwinden, ohne dass uns jemand verdächtigte. Deswegen blieb ich reglos stehen, obwohl das Adrenalin in meinen Adern mich zu Kampf oder Flucht drängte.

Ein Rauschen durchschnitt die Stille, von einem Funkgerät, wenn mich nicht alles täuschte. Es war nichts zu verstehen, aber als die Person nebenan antwortete, hörten wir sie laut und deutlich.

»Ich bin im Büro der Direktorin«, sagte eine dunkle Stimme, die nicht mehr allzu jung klang. »Nein, hier ist niemand. Bist du sicher, dass du was gesehen hast? Vielleicht war das nur ein Auto, das sich in der Scheibe gespiegelt hat … Ja, ich schaue mich noch mal genau um. Es soll keiner sagen, ich würde nichts für mein Geld tun.«

Einer inneren Ahnung folgend bewegte ich mich nach hinten, Helena fest in meinem Arm. Wenn der Typ reinkam und das Licht anmachte, war es zwar unmöglich, nicht entdeckt zu werden, aber es erschien mir dennoch sicherer.

Als die Stimme des Wachmanns noch einmal ertönte, zuckten wir beide zusammen.

»Niemand hier«, sagte er. »Ich sehe mich noch in den anderen Büros um, dann komm ich wieder raus. Aber scheint so, als hättest du dich geirrt. Wer sollte denn auch hier einbrechen?«

Die Schritte entfernten sich, der Typ redete weiter mit seinem Gegenpart über Funk. Ich blieb, wo ich war, Helena immer noch umschlungen, bis nichts mehr zu hören war. Dann entschied ich, dass wir den Versuch wagen mussten, abzuhauen.

Leise öffnete ich die Tür zum Büro und sah, dass es leer war. Aber als wir in den Flur gehen wollten, war die Tür wieder abgeschlossen. Und dahinter konnte man die Stimme des Wachmanns hören.

»Zum Fenster«, raunte ich Helena zu. Das war die einzige Möglichkeit. Den gleichen Weg zu nehmen, auf dem wir hergekommen waren, erschien viel zu riskant. Schließlich war dieser Anbau nicht besonders groß und vielleicht kam der Typ noch mal zurück.

Das Fenster zeigte zum Innenhof und ich öffnete es, sah nach unten. Die Mauer war nicht ganz glatt, sondern hatte einige Unregelmäßigkeiten. Das würde reichen. Ich war in den letzten Jahren oft genug geklettert, um mir das zuzutrauen.

»Du willst da runter?« Helenas Blick nach war das bei ihr nicht der Fall.

»Ja, das kriege ich hin. Und wenn ich unten bin, dann schiebe ich den Müllcontainer an die Wand, damit du es leichter hast.«

»Okay.« Im Halbdunkel sah ich ihr Gesicht nur schwach, aber ihre Stimme war ein bisschen zittrig. »Hier, nimm du sie.« Helena hielt mir die Akte hin. Ich nahm sie entgegen, rollte sie zusammen und stopfte sie in meine Jacke, zog den Reißverschluss hoch.

»Wir schaffen das«, sagte ich beruhigend, dann schwang ich mich auf den Sims des Fensters, spannte meine Muskeln an und ließ mich so langsam wie nötig, aber so schnell wie möglich an den Armen hinunter. Mit den Füßen suchte ich nach Halt, testete ein paar Griffe und fand schließlich einen Stein, der weit genug hervorstand. Konzentriert bewegte ich mich nach unten, meinen Pulsschlag so laut im Ohr, dass ich das Gefühl hatte, jeder im Umkreis von einer Meile müsste ihn hören. Aber ich schaffte es, hinunterzuklettern, ohne abzurutschen.

Als ich endlich unten angekommen war, warf ich einen prüfenden Blick zum Ausgang des Innenhofes, dann lief ich zu dem Müllbehälter und löste seine Bremse. Es war nicht möglich, ihn vollkommen leise unter das Fenster zu schieben, aber das war mir egal. Helena musste aus dem Gebäude raus, bevor man sie erwischte.

»Ich bin so weit«, meldete ich, sprang auf den Deckel des Containers und hob den Arm, um Helena zu zeigen, dass ich da war und ihr helfen würde. Sie schob sich vorsichtig aus dem Fenster, ließ ihre Beine nach unten hängen und klammerte sich mit den Händen an den Sims. Aber dann bewegte sie sich nicht mehr, sondern sah über ihre Schulter zu mir.

»Fängst du mich, wenn ich falle?«, fragte sie mich.

»Immer«, antwortete ich. »Das weißt du.«

Mein Versprechen schien sie zu ermutigen, denn sie suchte sich geschickt einen Weg, und als sie nahe genug war, half ich ihr, bis sie neben mir auf dem Container landete. Dann stieß sie die Luft aus und ich wusste, sie hatte sie die ganze Zeit angehalten.

»Alles okay?«, fragte ich.

»Ja.« Sie nickte. »Nichts wie weg hier.«

Wir stiegen von dem Container und ließen ihn, wo er war. Helena hatte immerhin das Fenster zugezogen, also würde vielleicht niemand etwas merken. Ich setzte mich in Bewegung, sie folgte mir und wir rannten zur Straße, aber dann bremste ich ab. Zwei Leute, die wegrannten, waren immer verdächtig. Zwei Leute, die einfach nur spazieren gingen, schon weniger. Ich nahm Helenas Hand.

»Was hast du vor?«, fragte sie.

»Vertraust du mir?«, gab ich nur zurück.

»Natürlich.«

Wir liefen los und waren gerade weit genug weg, um nicht vollkommen verdächtig zu wirken, da öffnete sich vor uns eine Tür. Der Wachmann kam aus dem Gebäude und direkt in unsere Richtung, sah sich aufmerksam um. Auf der anderen Straßenseite ging ein Mann mit seinem Hund spazieren, wir waren also nicht die Einzigen hier draußen. Ein Vorteil. Gerade weil ich einen Plan hatte.

Ich legte Helena locker einen Arm um die Schultern, neigte im Gehen meinen Kopf nah zu ihr und lachte, als hätte sie etwas Witziges gesagt. Sie schaltete sofort und machte mit, umschlang meine Mitte mit beiden Armen und schmiegte sich an mich. Es lag nicht nur an unserer Tarnung, dass ich mich vorbeugte und sie liebevoll auf die Schläfe küsste. Im gleichen Moment passierte uns der Typ vom Wachschutz, auf dem Gesicht ein nachsichtiges Lächeln, als wollte er sagen: *Ach, junge Liebe*. Dann ging er an uns vorbei, würdigte uns keines weiteren Blickes. Kaum waren wir weit genug weg, ließ ich Helena los.

»Tut mir leid, auf die Schnelle ist mir nichts Besseres eingefallen.« Immerhin war ich nicht gezwungen gewesen, sie leidenschaftlich an eine Mauer zu drücken und zu küssen, so wie es in sämtlichen Agentenfilmen gemacht wurde, wenn man die Aufmerksamkeit von sich ablenken wollte. Denn ich war mir sicher, dass ich nicht mehr hätte aufhören können.

»Schon okay, es … hat schließlich funktioniert, oder? Und er hat uns bestimmt nicht erkannt. Alles gut.« Sie nickte mit Nachdruck, als wollte sie sich vor allem selbst davon überzeugen, dann setzten wir unseren Weg fort und gingen zum Wagen. Schweigend stiegen wir ein und ich fuhr los, zog die Akte aber erst aus meiner Jacke, als wir uns ein paar Straßen von der Klinik entfernt hatten.

»Hier«, sagte ich und gab sie Helena. Sie nahm sie zögerlich entgegen, öffnete sie jedoch nicht, sondern legte sie auf ihren Schoß. »Willst du nicht reinsehen?«

»Ich fänd es besser, wenn wir das gemeinsam machen«, antwortete sie. »Irgendwo in Ruhe und wo uns keiner dabei beobachten kann.«

Nur kurz überlegte ich, ob ich einen geeigneten Ort kannte, dann nickte ich. »Okay. Ich weiß, wo wir hinfahren.«

Kaum hatte ich es ausgesprochen, trat ich aufs Gaspedal und wir verließen Riverhead so unbemerkt, wie wir gekommen waren.

24
Helena

Das Adrenalin hielt meinen Körper noch eine Weile auf Trab, nachdem wir bereits wieder auf dem Long Island Expressway in Richtung Manhattan waren. Nicht nur, weil man uns fast erwischt hätte. Sondern auch wegen dieser fünfzig Meter, die wir so getan hatten, als wären wir das, was wir sein wollten: ein glückliches Paar. Ein Paar, das miteinander auf der Straße lachte und keine Angst haben musste, entdeckt zu werden. Es hatte sich so wahnsinnig gut angefühlt. Ungesund gut, denn ich wollte mehr davon. Vielleicht sollte ich auch ein paar Wochen in dieser Klinik in Riverhead verbringen. Diagnose: Süchtig nach Jess Coldwell. Heilungschancen: Null Prozent.

Du wirst albern.

Sicher lag auch das am Adrenalin.

Ich krallte die ganze Fahrt über meine Hände fest um die Akte und bald bog sich der Deckel ein wenig. Natürlich hatte ich darüber nachgedacht, einfach hineinzusehen, aber es kam mir falsch vor. Adam war Jess' Bruder gewesen und ich wollte ihm sicher nicht an einer roten Ampel sagen, wovon er abhängig gewesen war. Das wäre grausam.

Eigentlich hatten wir die Papiere nur fotografieren wollen, nicht stehlen, also mussten wir hoffen, dass niemand auf die Idee kam, ebenfalls danach zu suchen. Andererseits, verschwanden Unterlagen nicht immer wieder aus solchen Archiven? Wahrscheinlich würde das gar kein Misstrauen hervorrufen.

Wir fuhren bis nach Queens hinein, aber dann nahm Jess eine Abfahrt und wir steuerten in Richtung Süden, bis er schließlich langsamer wurde. Es war ein kleiner Parkplatz, auf den er abbog, der vollkommen leer und zu allen Seiten offen war. Wenn sich uns jemand näherte, würden wir das sofort bemerken.

»Sind wir am Rockaway Beach?«, fragte ich, als sich die Wolken vor dem Mond verzogen und ich erkannte, dass sich der Parkplatz direkt am Strand befand.

»Ja.« Jess drehte den Zündschlüssel und der Motor erstarb. »Im November kommt kaum jemand hierher und schon gar nicht über Nacht. Der perfekte Ort, wenn man seine Ruhe haben will.«

Er sagte es auf eine Art, die mich aufmerken ließ. »Kommst du oft zum Surfen her?« Ich wusste, dass er diesen Sport mehr liebte als alles andere. Und einen näheren Strand gab es nicht, wenn man wie er in Manhattan lebte.

»Wann immer ich kann.« Jess nickte zu seiner knappen Antwort.

»Auch zu dieser Jahreszeit?« Ich fröstelte bereits, wenn ich nur daran dachte, bei derartig kalten Temperaturen ins Wasser zu gehen. Klar, es gab Neoprenanzüge, aber alles hielten die auch nicht ab.

»Zu jeder Jahreszeit.« Er sah durch das Autofenster hinaus aufs Meer und ich erkannte eine dunkle Sehnsucht in seinen Augen. Mein Magen zog sich leicht zusammen, weil ich ahnte, dass es hier um mehr ging als nur ein Hobby.

»Jess?«, fragte ich leise und hoffte, er würde mich ansehen. Er tat es nicht, ich sprach trotzdem weiter. »Gehst du auch nachts surfen?« Ich hatte keine Ahnung von diesem Sport, ich hatte ihn nie ausprobiert. Aber dass es auch für geübte Leute gefährlich war, mitten in der Nacht bei eisigen Temperaturen aufs Brett zu steigen, wusste ich trotzdem. Schließlich waren vor einigen Jahren zwei Surfer an diesem Strand bei genau so einer Tour ums Leben gekommen.

Erst sagte Jess nichts, aber dann sprach er doch. »Manchmal«, gab er zu. »Wenn mir alles zu viel wird, ist es das Einzige, was hilft.«

In mir regte sich Wut, weil er so leichtsinnig war, und ich wollte ihm schon einen Vortrag halten, dass er mit solchen egoistischen Aktionen seinen Hals riskierte. Aber dann schaute er mich an und mein Zorn verrauchte sofort. Denn ich konnte erkennen, es ging dabei nicht um Egoismus. Auch nicht um eine sportliche Herausforderung. Es ging ums Überleben.

Ich legte eine Hand auf seinen Arm, weil ich in diesem Moment den Kontakt zu ihm brauchte – die Gewissheit, dass er neben mir saß und am Leben war. Und ich wollte etwas sagen, irgendwas. Aber ich brachte kein Wort heraus. Ein *Es tut mir leid* machte nichts besser, genauso wenig wie Vorwürfe. Was hatte er auf der Hinfahrt gesagt? *Es kann doch gar nicht noch schwerer werden, Helena.*

Da kam mir ein Gedanke.

»Bist du schon einmal meinetwegen nachts aufs Board gestiegen?« Vielleicht war es vermessen, danach zu fragen, schließlich gab es bestimmt größere Bürden in seinem Leben, als nicht mit mir zusammen sein zu können. Ich nahm es trotzdem nicht zurück.

»Nein«, sagte er und ich wollte bereits erleichtert ausatmen, weil ich nicht der Grund dafür war, dass er sich in Gefahr brachte. Dann schob er jedoch nach: »Aber unseretwegen schon.«

Ich schwieg, ging im Kopf die Gelegenheiten durch, ohne es zu wollen. Unser Treffen im Mirage, dann das Wiedersehen im Emperor, die gemeinsame Nacht im Mai und die wenigen Begegnungen seitdem. Ich wollte gar nicht wissen, wie oft er hier gewesen war. Aber ich brauchte Gewissheit, dass er es nicht wieder tun würde.

»Wenn du das nächste Mal das Bedürfnis hast, nachts hier rauszufahren, dann ruf mich an«, bat ich ihn daher.

Er schnaubte leise. »Und was soll das bringen? Kommst du dann vielleicht zu mir und scheißt auf alles, was deine Familie betrifft?«

»Bevor du dein Leben riskierst, werde ich das tun«, antwortete ich mit fester Stimme und erinnerte mich an seine Worte von vorhin, die mich tief berührt hatten. »Ich würde jeden Schmerz in Kauf nehmen, um dich zu beschützen«, wiederholte ich sie.

»Das würde ich niemals von dir verlangen.« Er schüttelte den Kopf und lächelte leicht. »Mach dir keine Sorgen um mich, Tausendschön. Ich komme klar, okay?«

Es brach mir das Herz, ihn das sagen zu hören und genau zu wissen, dass es irgendwie stimmte – und irgendwie auch nicht. Ich wollte nicht, dass er klarkam. Ich wollte, dass er glücklich war. Am liebsten mit mir, aber wenn es nicht anders ging, dann ohne mich.

Jess atmete ein. »Lass uns die Akte anschauen. Dafür sind wir schließlich hier.« Er schaltete die Standheizung des Wagens ein und stieg aus, um zur hinteren Tür zu gehen. Ich verbannte alles, was nichts mit Adam und Valerie zu tun hatte, in die letzte Ecke meines Kopfes und folgte ihm.

Der Wind war kalt und ich beeilte mich, wieder in den Wagen zu kommen. Dann griff ich nach der Akte auf dem Beifahrersitz. Jess saß hier noch näher neben mir als vorne und unsere Knie berührten sich, als ich die Leseleuchte an der Decke einschaltete. Ich ignorierte es, was gar nicht so schwer war, denn die Dokumente in meiner Hand schienen eine Tonne zu wiegen.

»Bereit?«, fragte ich Jess.

Er nickte. »Mach sie auf.«

Ich tat es und öffnete den Aktendeckel. Im Schein des weißlichen Lichts wurde ein Blatt sichtbar, auf dem Adams Daten standen: Name, Geburtstag, Beruf und einige medizinische Angaben wie Blutgruppe, frühere Operationen – offenbar hatte man ihm im Alter von sechzehn den Blinddarm entfernt – oder Allergien. Die Diagnose stand hier jedoch nicht, anders als in den sonstigen Akten. Vielleicht auf dem nächsten Blatt.

Jess schien den gleichen Gedanken zu haben, denn er griff nach der Seite und blätterte sie um. Ich konnte förmlich spüren, wie angespannt er war, und ich ahnte, warum. Adam hatte seine Tochter vor ihm verheimlicht. Wieso hätte er das nicht auch bei anderen Dingen tun sollen? Zum Beispiel bei einer Abhängigkeit von Kokain?

Meine Augen huschten über die Seite, die ebenfalls gedruckte Informationen enthielt, nicht die Notizen eines Therapeuten, die man sicherlich weiter hinten finden würde. Ich suchte nach etwas, das mit Abhängigkeit oder dem lateinischen Pendant zu tun hatte, und wurde bei einem handschriftlichen Vermerk am Ende fündig. Ich hielt die Luft an, als ich sah, was dort eingetragen war.

Verdachtsdiagnose: Stressinduzierter Benzodiazepinabusus.

»Oh Gott, zum Glück«, entfuhr es mir. Jess sah mich fragend an und ich zeigte auf die Zeile. »Das bedeutet, er war von Benzodiazepinen abhängig.« Ich spürte, wie mir Tränen in die Augen stiegen und ich merkte, wie sehr ich mich davor gefürchtet hatte, dort könnte etwas anderes stehen.

Jess starrte auf die Worte und ich sah ihm an, dass er genau das Gleiche gedacht hatte wie ich.

»Ich hatte so eine Scheißangst, es wäre Kokain«, sagte er.

»Und ich erst«, stieß ich aus. Wir sahen einander an, beide erleichtert und mit dem Bedürfnis, dieser Erleichterung irgendwie Raum zu geben. Aber so gerne ich ihn umarmt hätte, es war keine gute Idee.

Jess löste seinen Blick von mir und zeigte auf die Akte, die immer noch geöffnet auf meinen Knien lag. »Benzodiazepine, die nimmt man zur Entspannung, richtig?«

Ich nickte. »Es sind Angstlöser, grob gesagt. Man setzt sie bei Schlafstörungen aufgrund von Stress, bei akuten Angstproblematiken, aber auch vor Operationen ein. Der Mist ist, dass sie sehr schnell abhängig machen. Schon nach ein paar Wochen können sie genau das auslösen, gegen das sie eigentlich wirken sollen: Panikattacken, Schlafstörungen, Unruhe, Stress.«

»Warum hat er nur so einen Mist genommen?«, fragte Jess.

»Gute Frage. Ich habe ihn als sehr gefestigt kennengelernt, aber das hier war ein Jahr, bevor Valerie und er sich begegnet sind.«

»Und ein halbes Jahr, nachdem ich gegangen bin.« Er senkte den Blick auf die Akte. »Ich dachte, es wäre alles in Ordnung. Eli ging es zu dem Zeitpunkt gut, Adam hat nicht den Eindruck gemacht, als hätte er Ängste oder irgendetwas in seinem Leben nicht im Griff. Wenn ich gewusst hätte, dass er – «

»Hör auf.« Ich unterbrach ihn, bevor er weiter in seine Gedankenspirale abtauchen konnte. »Dass Adam diese Medikamente genommen hat, kann einen ganz kurzfristigen Auslöser gehabt haben. Sogar einen vollkommen harmlosen. Vielleicht war es ein stressiges Projekt oder ein komplizierter Abschluss in der Firma. Vielleicht hat er sich einfach ein bisschen zu viel zugemutet, war beim Arzt und der hat gesagt, nehmen Sie von denen hier eine am Tag, dann wird es besser. Dann hat er sich davon gut gefühlt, hat es länger als empfohlen genommen und ist in einer Abhängigkeit gelandet.« Ernst sah ich Jess an. »Ich bin sicher, es hat nichts damit zu tun, dass du gegangen bist.«

Er nickte nur knapp, auch wenn ich nicht wusste, ob meine Worte ihn tatsächlich erreicht hatten.

»Steht hier etwas darüber, warum er es genommen hat?« Er blätterte weiter in der Akte, wo nun die handschriftlichen Seiten begannen, die ich erwartet hatte. Adams behandelnde Therapeutin oder Therapeut hatte sich hier alles notiert, was wichtig für die Diagnose und die Behandlung erschienen war. Meist waren es eigene Interpretationen von Aussagen, oft auch die Aussagen des Patienten selbst.

Zweifelnd sah ich Jess an. »Kann gut sein, aber bist du sicher, dass du das lesen willst? Das sind wahrscheinlich sehr persönliche Einblicke in seine Psyche.«

»Ich *muss* es wissen. Wegen Trish. Wenn sie daran schuld ist, dass er geglaubt hat, dieses Zeug nehmen zu müssen, dann –«

Ich schüttelte den Kopf. »Du wirst in der Akte keinen Schuldigen finden, auch nicht deine Mutter. Das ist kein Kriminalfall, bei dem es am Ende einen eindeutigen Täter gibt. Wenn etwas über Ursachen dort drinsteht, sind es Vermutungen von Adam oder seinem behandelnden Therapeuten.«

»Das weiß ich«, brachte Jess hervor. »Aber ich will wissen, ob Trish ihm Druck gemacht hat. Ob sie von ihm verlangt hat, mehr und härter zu arbeiten. Denn wenn ja, dann muss ich … dann muss ich etwas tun.«

Ich war kurz irritiert, verstand jedoch schnell, was er meinte. »Du redest von Eli, oder?«

Jess nickte. »Adam war so beschissen pflichtbewusst, er wollte immer das Richtige tun, damit jeder in seinem Umfeld zufrieden ist. Eli ist wie er. Und ich weiß, dass es Trish genauso scheißegal sein wird, ob es ihm gut geht, wie es bei Adam der Fall war. Ich kann nicht zulassen, dass ihm das Gleiche passiert.«

Natürlich konnte er das nicht. Schließlich war sein Bruder der Grund, warum er überhaupt seit mehr als drei Jahren wieder in New York lebte und all den Ärger mit seiner Mutter auf sich nahm.

»Wie alt ist Eli jetzt genau?«, fragte ich.

»Er wird im Januar sechzehn.«

»Dann sind es nur noch gut zwei Jahre, bis er mit der Schule fertig ist und selbst über sein Leben entscheiden kann.«

»Und was soll das bringen?« Jess schnaubte, aber es klang eher traurig als wütend. »Adam war längst erwachsen, als er gestorben ist, und Trish hatte ihn trotzdem fest in ihrem eisernen Griff. Wieso sollte es bei Eli anders sein, auch wenn er volljährig wird?«

»Weil er dich hat, Jess.« Ich lächelte, als er mich ansah. »Er hat einen großen Bruder, der ihm zeigt, dass man sich nicht verbiegen muss, um von anderen gemocht zu werden. Dass man sein eigenes Ding machen und sich trotzdem um andere Menschen kümmern kann. Und dass im Leben noch andere Sachen zählen als Erfolg oder Geld. Du willst, dass ihm jemand beibringt, er selbst zu sein? Ich wüsste nicht, wer dazu besser geeignet wäre als du.«

Er lachte leise und ein wenig verlegen. »Du hast ein viel zu gutes Bild von mir, Tausendschön.«

»Nein, ich glaube, du hast ein viel zu schlechtes.«

Wir sahen einander an, unsere Blicke verhakten sich ineinander und ich genoss die Mischung aus Schmerz und etwas viel Mächtigerem, das mich grundsätzlich befiel, wenn Jess in meiner Nähe war. Im schwachen Licht wirkten seine Augen dunkler als sonst, aber den Ausdruck darin konnte ich trotzdem lesen: Sehnsucht. Die gleiche Sehnsucht, die seit sechs Monaten meine ständige Begleiterin war. Und die darum bettelte, endlich erfüllt zu werden.

Ich konnte nicht anders, ich hob die Hand und strich Jess eine Strähne aus dem Gesicht, berührte seine Wange und hätte beinahe aufgeseufzt. Himmel, ich wollte ihn. Immer noch und für immer und ewig oder noch länger, wenn das möglich war. Nie im Leben hätte ich gedacht, dass es jemanden geben könnte, der so etwas in mir auslöste. Etwas so Wahres, so Echtes. Und weil ich in diesem Moment, in diesem Auto auf einem einsamen Parkplatz nicht stark genug war, um mich dagegen zu wehren …

… gab ich nach.

Niemand hätte sagen können, wer wen zuerst küsste. Wir schienen die Entscheidung gleichzeitig zu treffen, begegneten einander in der Mitte und dann lagen seine Lippen auf meinen. Und ich konnte das Seufzen nicht länger unterdrücken. Es fühlte sich so verflucht erlösend an, Jess endlich wieder zu küssen, so verdammt richtig. Mein Herz klopfte schnell, aber zum ersten Mal seit langer Zeit nicht vor Kummer und Schmerz. Ein Kribbeln breitete sich in meinem ganzen Körper aus und ich fühlte mich so, so lebendig. Mir kam es vor, als wäre ich nach einem halben Jahr voller wirrer, beängstigender Träume endlich wieder aufgewacht.

Meine Hände streichelten seinen Nacken, Jess zog mich an sich, aber es reichte mir nicht. Ich wollte ihm näher sein, bis nichts mehr zwischen uns passte – keine Familien, keine Deals, keine Gedanken. Die Akte rutschte in den Fußraum des Autos, als ich auf seinen Schoß glitt, aber ich bemerkte es gar nicht richtig. Ich spürte nur Jess' Arme, die sich um mich schlangen, seinen Oberkörper an meinem, seine Haut an meiner. Gleichzeitig öffneten wir den Mund und sein Stöhnen, als unsere

Zungen sich berührten, setzte meinen gesamten Körper unter Strom. Hitze durchfuhr mich, sammelte sich in meiner Mitte und erzeugte ein tiefes Pochen dort. Sechs Monate. Sechs verfluchte Monate, seit wir so etwas zuletzt getan hatten. Wie hatte ich das ausgehalten, ohne wahnsinnig zu werden?

Der Kuss wurde heftiger, ich griff nach dem Reißverschluss meiner Jacke und zog ihn herunter, streifte sie ungeduldig ab. Jess' Hände legten sich um meinen Po, und als er mich an sich presste, spürte ich seine Härte zwischen meinen Beinen. Ich keuchte auf und seine Finger glitten höher, er schob sie unter meinen Pullover und streichelte die Haut an meinem Rücken. Aber plötzlich wurde er sanfter, seine Lippen auf meinen wurden weicher und dann unterbrach er den Kuss.

»Helena, stopp. Warte.« Er legte die Hände an mein Gesicht, seine Augen sahen mich ernst an. »Bist du sicher, dass du das willst?« Seine Stimme war rau und sie klang in meinen Ohren so unendlich verführerisch, aber die Frage drang trotzdem zu mir durch – und sie war eine ganz andere als die, die Jess mir gestellt hatte. Natürlich wollte ich das tun, ich wollte nichts mehr als das. Die Aussicht, ihn endlich wieder zu spüren, setzte meinen Verstand beinahe schachmatt. Aber wollte ich wirklich Sex mit ihm haben und danach zurück nach Manhattan fahren? Mich irgendwo in einer Seitenstraße von ihm verabschieden in dem Wissen, dass wir das nicht wiederholen durften? Dass wir es nie hätten tun dürfen?

Ich kannte die Antwort.

Allerdings brachte ich es nicht fertig, sie auszusprechen. Also stieg ich von seinem Schoß herunter, sank wieder auf die Rückbank und strich mir die Haare zurück. Aber ich hielt es in seiner Nähe für den Moment nicht mehr aus, daher öffnete ich die Tür und stieg aus dem Auto, lehnte mich mit dem Rücken gegen das kalte Metall, sog die kühle Nachtluft in meine Lungen. Es half, mein Kopf wurde langsam wieder klar. Und mir wurde bewusst, was ich getan hatte.

Scheiße.

Die Tür auf der anderen Seite des Wagens ging auf und wieder zu. Dann trat Jess um das Auto herum und hielt mir meine Jacke hin.

»Du solltest sie lieber anziehen, es ist kalt.« Seine Worte klangen fürsorglich und ich spürte, wie jetzt Scham mein Gesicht erneut erhitzte.

»Es tut mir leid«, sagte ich leise. Ich war diejenige, die den Deal mit Trish geschlossen hatte, also hätte ich auch diejenige von uns sein müssen, die vernünftig war. Nun hatte ich es schon wieder schwerer gemacht, für uns beide.

»Es gibt keinen Grund, dich zu entschuldigen«, antwortete Jess.

Ich schnaubte. »Doch, natürlich. Ich sollte mich besser im Griff haben, nachdem ich entschieden habe, meine Familie über uns zu stellen.«

Er trat näher an mich heran und legte mir meine Jacke um die Schultern.

»Nein, wir sollten eigentlich gar nicht in der Situation sein, uns im Griff haben zu müssen.« Er strich mir sanft über die Haare. »Bitte entschuldige dich nie dafür, mich zu küssen. Niemals.« Dann schloss er mich in seine Arme, weil er genau zu wissen schien, dass ich das brauchte. Einfach eine Umarmung, so wie damals, als ich in meinem Elsa-Ballkleid bei ihm aufgetaucht war. Geborgenheit, Nähe, Wärme, sonst nichts. Ich war mir nicht sicher, was ich mehr vermisst hatte – das, was wir gerade eben getan hatten, oder das jetzt. Als Jess mich wieder losließ, fühlte es sich jedenfalls genauso schlimm an wie vorhin, als ich entschieden hatte, uns beiden noch mehr Leid zu ersparen.

»Komm, steig ein«, sagte er ruhig. »Wir sollten nach Hause.«

Wir fuhren schweigend zurück, nur begleitet von den Fahrgeräuschen des Autos und der leisen Musik, die aus dem Radio klang. Und obwohl ich das zwischen uns abgebrochen hatte, graute mir dennoch vor dem Moment, in dem wir uns voneinander verabschieden mussten. Wie viel schlimmer wäre es wohl gewesen, wenn Jess unseren Kuss nicht unterbrochen hätte, um mich zu fragen, ob ich es wirklich wollte? Oder hätte es am Ende gar nichts geändert, uns aber immerhin für eine kurze Zeit glücklich gemacht? Ich wusste es nicht.

»Wie sollen wir weitermachen?«, fragte Jess, als wir bereits in die Häuserschluchten von Manhattan eintauchten. Mir war klar, er meinte nicht uns, denn es gab kein *uns*. Er meinte die Ermittlungen.

»Ich weiß es nicht. Gerade habe ich keinen Anhaltspunkt.« Das heute war eine Sackgasse gewesen. Denn auch wenn man nicht ausschließen konnte, dass Adam nach den Benzos irgendwann Kokain genommen hatte, hielt ich es für sehr unwahrscheinlich nach allem, was ich über den Abend seines Todes wusste.

»Archie sieht sich Carter Fields genauer an. Nachdem er dich belogen hat, lässt mich das Gefühl nicht los, dass er was zu verbergen hat.« Jess bog in die Fifth Avenue ein und fuhr am Central Park entlang. »Wenn sich an der Stelle etwas ergibt, melde ich mich bei dir.«

Ich nickte. »Ja, ist gut.« Carter war mit allen Wassern gewaschen, ich konnte mir nicht vorstellen, dass ihm irgendetwas nachzuweisen war. Aber es war einen Versuch wert, erst recht, wenn man keine anderen Spuren hatte. Und die hatte ich nicht. Ich würde mir wohl alles noch mal vornehmen müssen, um vielleicht einen Geistesblitz zu bekommen. Oder zu prüfen, ob ich etwas übersehen hatte.

Jess hielt ganz in der Nähe unseres Hauses. Ich musste nur um die Ecke gehen und stand quasi vor dem Eingang. Aber obwohl es deswegen riskant war, nicht direkt auszusteigen, blieb ich sitzen. Mein Herz war nicht bereit, Jess wieder zu verlassen. Gar nichts in mir war dazu bereit.

»Wirst du zum Casinoabend des Bürgermeisters gehen?«, fragte ich. Das war ein fester Termin im Kalender der High Society, den weder meine Eltern noch seine Mutter auslassen würden.

»Trish hat es erwähnt«, antwortete er in einem Ton, der mir verriet, dass er schon jetzt überlegte, wie er da rauskommen sollte. »Aber vielleicht habe ich Glück und sie braucht mich nicht dafür.«

»Das … wäre schade.« Ich sagte es leise.

Jess stellte den Motor nun doch aus und sah mich an.

»Schade? Ist das dein Ernst?« Sein Ton war hart und ich hörte die Wut darin. »Du findest es schade, wenn wir uns *nicht* einen ganzen Abend lang quälen müssen? Ich habe ein richtig beschissenes Pokerface, Helena. Willst du wirklich, dass ich dorthin gehe und alle inklusive meiner Mutter merken, wie verliebt ich in dich bin?«

Bei seinen Worten zog sich mein Magen auf die beste und schlimmste Art zusammen und ich bekam für einen Augenblick keine Luft. *Wie verliebt ich in dich bin.* Bereits im Mirage hatten einige bemerkt, dass wir uns Blicke zugeworfen hatten, unter anderem mein Bruder. Wahrscheinlich war es wirklich besser, wenn Jess nicht dorthin ging. Was brachte es auch? Ja, ich konnte ihn dann sehen, aber mit ihm reden durfte ich nicht. Er hatte recht, es war nichts als Quälerei.

»Nein«, antwortete ich und schüttelte den Kopf. »Ich dachte nur –«

»Du dachtest, dass es eine tolle Gelegenheit wäre, uns zu

sehen?« Jess klang sarkastisch. »Ja, du hast recht, ich stehe unglaublich auf diese Art von Selbstgeißelung, bei der mir die gesamte High Society dabei zuschaut, wie ich versuche, dich zu ignorieren.«

Ich spürte seine Wut und sie tat weh. Aber nicht, weil es mich verletzte, dass er so etwas sagte. Sondern weil es stimmte. Der Casinoabend war keine Gelegenheit, Jess zu sehen. Es war nur eine Gelegenheit, um wieder einmal vor Augen geführt zu bekommen, was nicht sein durfte.

»Du hast recht.« Ich nickte. »Ich hätte nicht davon anfangen sollen.«

»Nein, ich …« Er atmete aus. »Das war scheiße, tut mir leid. Ich schätze, ich schaffe es manchmal einfach nicht, fair zu sein.«

»Du bist mehr als fair, glaub mir.« Ich lächelte schief und legte die Hand an den Türhebel. Wir standen schon viel zu lange in dieser Straße, und auch wenn die Gefahr gering war, dass jemand hier so früh am Morgen spazieren ging, den ich kannte – falls man mich mit Jess in einem Auto sah, war das eine Katastrophe. »Danke für deine Hilfe heute. Ich bin froh, dass mein Verdacht sich nicht bestätigt hat, was Adam angeht.«

Jess nickte, dann schien ihm etwas einzufallen und er zeigte zum Rücksitz. »Willst du die Akte nicht mitnehmen?« Sie lag auf dem Polster, wo er sie vermutlich hingelegt hatte, als ich nach dem Kuss aus dem Wagen geflüchtet war.

Ich schüttelte den Kopf. »Du solltest sie haben. Wenn du wissen willst, ob Trish eine Gefahr für Eli ist, dann musst du sie lesen.« Es konnte zwar auch sein, dass er darin etwas über sich selbst fand, aber das war ihm sicher bewusst.

»Danke.« Er lächelte leicht und ich wünschte mir, ich könnte ihm einfach sagen, er solle losfahren und mich mit zu sich nach Hause nehmen. Dass wir in seine Wohnung gehen und da weitermachen würden, wo wir vorhin aufgehört hatten. Dass ich neben ihm aufwachen wollte, weil mich nichts glücklicher machte als das. Aber ich durfte es nicht. Und so oft, wie ich diesen Satz schon gedacht hatte, war es wohl Zeit, ihn mir irgendwohin tätowieren zu lassen.

Ich gab mir einen Ruck, zog am Türhebel und stieg aus dem Auto.

»Gute Nacht, Jess«, sagte ich und sah ihn ein letztes Mal an.

»Gute Nacht, Helena«, antwortete er.

Es versetzte mir einen Stich, welchen Tonfall er bei seiner Verabschiedung anschlug. So als würde er auf diese Art Distanz zwischen uns schaffen wollen. Dabei wusste ich doch, dass er sich damit nur schützte – und es genau das Richtige war. Und trotzdem, als ich die Tür schloss, loslief und schon fast an der Haustür war, blieb ich stehen und sah seinem Wagen nach, in meinem Kopf nur eine Frage: Wann würde es sich nicht mehr wie der Untergang der Welt anfühlen, wenn wir uns voneinander verabschiedeten?

Wann, verdammt?

25
Jessiah

Das Auto zu tauschen und mit meinem Pick-up nach Hause zu fahren dauerte keine zwanzig Minuten und bald stieg ich die Treppe zu meiner Wohnung hinauf, hundemüde und trotzdem mit dem Bedürfnis, mir nach der Begegnung mit Helena mein Board zu schnappen und wieder zum Strand zu fahren. Aber das ging nicht. Obwohl sie das sicher nicht ahnte, hatte sie ihr Ziel erreicht. Ich würde nie wieder nach Rockaway Beach fahren können, um dieses grauenhafte Gefühl der Enge loszuwerden. Denn sobald ich mein Auto dort parkte, würde ich nur an unseren Kuss denken – an Helenas Lippen auf meinen und an ihren Körper, der sich auf die beste Art an mich gepresst hatte. Ihr endlich wieder nah zu sein und meine Gefühle für sie zulassen zu dürfen, wenn auch nur für ein paar Minuten … es hatte mich so glücklich gemacht wie seit einem halben Jahr nichts mehr. Umso härter war der Fall auf den Boden der Tatsachen gewesen.

Fuck. Oberfuck.

Wieso musste diese ganze Situation nur so beschissen sein?

Ich schloss die Wohnungstür auf und stutzte verwundert, als ich sah, dass im Loft Licht brannte. Hatte ich vergessen, es auszuschalten, als ich gegangen war? Das passierte mir eigentlich nie. Aber die Aussicht auf eine gemeinsame Mission mit Helena hatte mich vielleicht ein bisschen unaufmerksam gemacht.

Es brauchte nur zwei Schritte in die Wohnung hinein, um festzustellen, dass ich das Licht nicht vergessen hatte. Denn auf meiner großen Couch schlief, unter der Wolldecke, die sonst auf der Lehne lag, mein kleiner Bruder. Sorge regte sich in mir, als ich ihn dort sah. Wir waren nicht verabredet gewesen, und obwohl er einen Schlüssel hatte, kam Eli so gut wie nie unangemeldet hierher. Warum also heute?

Ich legte Adams Akte in einen der wenig genutzten Küchenschränke, dann ging ich noch mal zur Tür, öffnete sie und schloss sie laut genug, dass auch ein Teenager im Tiefschlaf davon wach wurde. Es funktionierte: Eli schlug die Augen auf und sah sich verwirrt um.

»Hey, Kleiner.« Ich lächelte, als ich näher kam. »Was machst du denn hier?«

»Ich … Ich musste zu Hause weg.« Er setzte sich auf und fuhr sich durch die verstrubbelten dunklen Haare, bevor er den Hals reckte. »Du hast keine Frau dabei, oder? Das wäre echt unangenehm für uns beide.«

»Nein, keine Frau.« Denn die Einzige, die ich mit hierhernehmen wollte, würde diese Wohnung nie wieder betreten. Kummer befiel mich erneut, aber ich schob den Gedanken an Helena beiseite und setzte mich Eli gegenüber auf den Couchtisch. »Warum musstest du weg? Hattest du Stress mit Henry?« Da Trish noch bis nächste Woche verreist war, wohnte er gerade bei seinem Vater.

Eli schüttelte den Kopf.

»Was dann?« Mein Tonfall wurde ungeduldiger. Wir hatten nach fünf Uhr am Morgen, ich hatte keine Nerven, ihm alles aus der Nase zu ziehen.

»Mom und Dad haben telefoniert, auf Lautsprecher, und ich habe es gehört.«

»Okay. Und worum ging es dabei?« Trish und Henry waren sich selten einig, schließlich waren sie nicht umsonst seit einer Weile geschieden. Wahrscheinlich hatten sie gestritten.

»Um mich.« Mein Bruder presste die Lippen aufeinander. »Sie haben darüber geredet, wie es weitergehen soll, weil der Mist mit der Konfro-Therapie nichts bringt. Dann hat Mom gesagt, dass sie ein Internat in Europa für eine gute Idee hält. Und Dad hat zugestimmt.«

Langsam verstand ich. Aber bevor ich mich darum kümmerte, brauchte ich eine andere Info von ihm. »Weiß dein Vater, dass du hier bist?« Ich war erst nach elf gefahren, also musste Eli danach hier angekommen sein.

Mein Bruder schüttelte den Kopf. »Aber er hat nichts mitbekommen, er ist noch mal weg, als er dachte, ich wäre im Bett.«

»Verflucht noch mal, Elijah!«, entfuhr es mir. »Was denkst du dir dabei, nach allem, was passiert ist?«

»Was denken *die* sich dabei?«, antwortete er heftig. »Sie können doch nicht einfach entscheiden, dass ich allein ins Ausland ziehe, an irgendeinen Ort und zu irgendwelchen Menschen, die ich nicht kenne!« Panik war in seiner Stimme zu hören und ich wusste, dass ich meinen Ärger über seine Aktion im Zaum halten musste.

»Wir werden dafür eine Lösung finden. Aber wenn du abhaust und deinen Vater in Angst und Schrecken versetzt, ist das ein mieser Anfang, okay?« Ich zog mein Handy hervor und schrieb Henry eine Nachricht, dass Eli bei mir war und ich morgen dafür sorgen würde, dass er pünktlich zur Schule ging.

»Er ist doch eh bei seiner neuen Freundin.« Eli verdrehte die Augen. »Es ist ihm scheißegal, wo ich bin.«

Ich warf ihm einen langen Blick zu. »Das wage ich zu bezweifeln. Wie bist du überhaupt hergekommen? Hat Frank dich gefahren?«

Eli nickte. »Ich war mir nicht sicher, ob du da bist, aber da ich den Schlüssel hatte, war er einverstanden.«

»Okay.« Henry wusste Bescheid, Eli hatte sich auf dem Weg hierher nicht in Gefahr gebracht, also war alles geregelt. Von der Sache mit dem Internat abgesehen. »Wie ernst ist es ihnen, dass sie dich nach Europa schicken wollen?« Trish hatte schon öfter darüber nachgedacht, aber seit ein paar Monaten nichts mehr dazu gesagt.

Ach, und das weißt du, weil du in letzter Zeit so oft mit ihr gesprochen hast, richtig?

»Keine Ahnung.« Eli hob die Schultern. »Dad wollte gestern, dass ich mit ihm und seiner aktuellen Freundin essen gehe, damit sie mich kennenlernen kann. Ich habe ihm gesagt, dass ich darauf keinen Bock habe. Wahrscheinlich war das der Auslöser. Er meint, ich würde seine Beziehung sabotieren.«

Beinahe hätte ich gelacht, denn im Gegensatz zu mir war Eli der bravste Teenager weit und breit. »Und, tust du das?«

»Nein. Ist mir doch egal, mit wem er ins Bett geht, solange ich sie nicht treffen muss.«

Das war eine neue Seite an ihm, aber obwohl ich vielleicht nicht so empfinden sollte, war ich stolz auf ihn. Er war immer so angepasst gewesen und hatte alles mitgemacht, wenn es seine Panikattacken nicht verhinderten. Ich fand es gut, dass er auch mal Nein sagte.

»Versteh ich. Auch wenn dein Vater das wohl anders sieht.«

»Komm schon, Jess, diese Frauen sind so alt wie du und er hat alle paar Monate eine neue. Erwartet er wirklich, dass ich das ernst nehme?« Mein Bruder schüttelte den Kopf. »Außerdem ist das doch eh nur ein Vorwand. Sie wissen nicht, wie sie mit mir umgehen sollen. Wie ich der Mensch werde, den sie sich vorstellen. Deswegen das mit dem Internat. Dann können sie die Verantwortung für meine verkorkste Psyche anderen übergeben.« Er sah mich an. »Ich will nicht aufs Internat, echt nicht. Kann ich nicht einfach bei dir wohnen?«

Ich atmete tief ein und wieder aus, ließ mir nicht anmerken, dass ich diesen Gedanken selbst schon gehabt hatte. Es zu versuchen bedeutete allerdings Krieg mit Trish. Und ich hatte keine Ahnung, wie ich den gewinnen sollte, wenn sie die schweren Geschütze auffuhr.

»Du weißt, das ist nicht so einfach«, sagte ich nur. »Aber ich rede mit Trish wegen des Internats, okay?«

»Okay.« Er gähnte und ich sah auf die Uhr. Fast halb sechs.

Ich stand auf. »Du solltest dich jetzt wieder hinlegen, Kleiner, in zwei Stunden musst du zur Schule. Willst du oben schlafen oder bleibst du hier?«

»Ich bleibe hier. Zu viele Stufen.« Eli zog die Decke über sich.

Ich grinste. »Alles klar. Dann schlaf gut. Wir kriegen das schon hin.«

Er nickte, und auch wenn er mittlerweile echt groß war und meist richtig erwachsen wirkte, sah er in dem Moment wieder so aus wie nach seiner Entführung, als er neun Jahre alt gewesen war und nur aus Angst und Hilflosigkeit bestanden hatte. Adam und ich hatten damals alles getan, um ihm wieder ein Gefühl von Sicherheit zu geben – das Gefühl, dass er nicht allein war und alles gut werden würde.

Ich betete, dass ich das auch diesmal hinbekam. Eines war jedoch klar: Das ging nicht ohne ein Gespräch mit meiner Mutter. Aber ich konnte nicht einfach zu ihr fahren oder sie anrufen. Ich brauchte einen Moment, wo sie empfänglich dafür war, dass ich mich in Elis Erziehung einmischte, und diese

Momente waren sehr selten. Glücklicherweise, wenn man es so nennen wollte, gab es bald einen Anlass, bei dem die Chancen gut standen. Sofern ich das Opfer bringen wollte. Aber für Eli hätte ich alles getan.

Blieb nur zu hoffen, dass mein Pokerface besser war, als ich Helena gegenüber behauptet hatte.

Wenn es etwas gab, das der Upperclass von New York City heilig war, dann der Casinoabend des Bürgermeisters. Seit Jahrzehnten war dieses Event eine eiserne Tradition, die sich weder von Anschlägen noch von anderen Katastrophen hatte beeindrucken lassen. Jeder, der in der Stadt etwas zu sagen hatte, kam her, unter dem Deckmantel des guten Zwecks, in Wahrheit aber wohl eher, um gesehen zu werden. Wer nicht eingeladen war, gehörte nicht zur Elite. Einer Elite, der ich nur zu gern ferngeblieben wäre – wie jedem Anlass, bei dem Black Tie als Dresscode vorgegeben war –, aber trotzdem war ich hier. In einem Smoking. Und schüttelte dem Bürgermeister die Hand.

»Jessiah, wie schön, Sie hier zu sehen. Es ist eine Weile her.«

»Ja, ich freue mich auch, Sir. Vielen Dank für die Einladung.« Ich lächelte, um meine Worte zu unterstreichen, dabei war meine Anwesenheit im großen Saal des Plaza-Hotels alles andere als eine Freude. Aber für Eli musste ich gute Miene zum bösen Spiel machen.

»Wo ist denn Ihre Mutter?« Roscott sah sich neugierig um.

»Ich muss sie auf dem Weg zu Ihnen verloren haben«, antwortete ich, immer noch lächelnd. Trish war schon kurz hinter dem Eingang von einem ihrer Geschäftspartner abgefangen worden, der sie mit jemandem aus Japan bekannt machen wollte, also war ich allein zum Bürgermeister gegangen. Ich konnte nur hoffen, dass der Abend und meine Anwesenheit sie milde genug stimmen würden, um sich die Sache mit dem Internat von mir ausreden zu lassen.

Meine Chancen dafür standen nicht schlecht, denn meine Mutter war immer noch darauf bedacht, unser Verhältnis wieder zu verbessern. Ich wusste, wenn ich es richtig anstellte, konnte ich Eli von der Angst befreien, allein ins Ausland ziehen zu müssen. Also war ich hier.

Der Bürgermeister begrüßte andere Gäste und ich ging zur Bar, wartete darauf, mir einen Drink bestellen zu können. Als ich mich umschaute, um nachzusehen, wo meine Mutter abgeblieben war, tauchte jemand neben mir auf.

»Jess Coldwell beim Casinoabend des Bürgermeisters.« Delilah, heute in einem violetten Abendkleid, grinste. »Und ich dachte, du kannst die High Society nicht ausstehen?«

»Das ist kein Grund, nicht herzukommen. Du solltest eine Umfrage machen, wie vielen in diesem Raum es genauso geht wie mir.« Ich lächelte leicht und es war nicht nur Höflichkeit, denn sie war mittlerweile meine Klientin. Vor einer Woche hatte ich mir einen Ruck gegeben und ihr meine Hilfe bei ihrem Projekt zugesichert. Es lag nicht daran, dass meine Meinung über elitäre Clubs plötzlich eine andere war. Aber zum einen würde es Edinas und Finlays Hotel helfen, wenn der Club ein Erfolg wurde. Und zum anderen konnte ich die Ablenkung gut gebrauchen. Meine sonstigen Projekte waren momentan eher von der Sorte, bei der man mich auch nachts um vier wecken konnte und ich wusste, welche Schritte nötig waren. Delilahs Club war etwas Neues, bei dem ich meinen Kopf anstrengen musste.

»Hast du Lust, dich mit mir umzusehen?«, fragte sie. »Ich kenne hier kaum jemanden und ich hasse es, wenn ich allein herumstehe.«

»Natürlich.« Ich bot ihr meinen Arm. »Und ich spare mir

sogar die Bemerkung, dass ich dich darum beneide, hier kaum jemanden zu kennen.«

Der Saal war festlich dekoriert, die Spieltische bereits gut besucht. Wir gingen weiter in den Raum hinein und sorgten mit unserem gemeinsamen Auftritt dafür, dass einige Leute die Köpfe zusammensteckten. Sollten sie doch. Mir war es egal, ob jemand glaubte, wir wären ein Paar. Bei meiner Mutter war es vielleicht sogar gut, wenn sie es dachte.

»Delilah, wie schön, Sie zu sehen.« Und da war sie, wie immer in hellen Farben – diesmal war es ein unglaublich teures Paillettenkleid, das bis zum Boden floss. »Ich hatte mich schon gefragt, warum mein Sohn so bereitwillig mitgekommen ist. Verdanke ich das Ihnen?«

»Sicher nicht.« Delilah lächelte zurückhaltend.

»Du hast wohl vergessen, wie sehr ich es liebe, wenn reiche Leute Geld verlieren, Trish«, erinnerte ich meine Mutter liebenswürdig. Ich hätte weniger provokativ sein können, aber das hätte sie vermutlich eher misstrauisch gemacht.

»Richtig.« Sie lächelte. »Du denkst daran, dass ich nachher mit Hank Larsson sprechen will? Ich habe Interesse an seinem Grundstück im Financial District, aber er neigt zum Schwafeln und es ist niemand besser als du darin, so etwas abzufedern.«

Ich nickte und dachte an Eli. »Natürlich.«

»Wunderbar. Dann viel Spaß euch beiden, wir sehen uns später.« Und weg war sie, um mit jemandem zu reden, der sicher wichtiger war als Delilah und ich.

»Du nennst sie beim Vornamen?«, fragte sie mich. »Nur in der Öffentlichkeit oder auch sonst?«

»Auch sonst. Es ist eine gute alte Tradition, wenn du so willst.« Ich lächelte halb und gab ihr keine weitere Erklärung. »Wollen wir was trinken?«

»Gern.« Wir steuerten wieder die Bar an und bestellten etwas.

Während wir warteten, war da plötzlich ein Gefühl, das mich aufmerken ließ. Es musste irgendein spezielles Radar sein, mit dem ich immer sofort spürte, wenn sich Helena in meiner Nähe befand. Denn in dem Moment, als ich mich zur Tür drehte, kam sie herein. Natürlich sah sie umwerfend schön aus, weil sie das immer tat, ob nun in einem bodenlangen schwarzen Abendkleid wie jetzt oder einem meiner T-Shirts und Unterwäsche auf meinem Küchentresen. Aber nachdem wir uns zwei Wochen nicht gesehen hatten, wirkte sie auf mich noch schöner. Und noch unerreichbarer.

Ich war um Gelassenheit bemüht, konnte jedoch nicht verhindern, dass sich meine Augen leicht verengten, als ich bemerkte, dass Helena nicht allein hier war. Und damit meinte ich nicht ihre Familie, die in Form ihrer Eltern und ihres Bruders samt seiner Verlobten mit in den Saal kam. Nein, ihre Hand lag auf einem Arm und dieser Arm gehörte ausgerechnet Ian Lowell. Ihr Ex, der jetzt etwas sagte und sie damit zum Lachen brachte. Gott, wie ich den Kerl hasste.

»Alles in Ordnung?«, fragte mich Delilah. Kein Wunder, es war sicher leicht, mir meine Gefühle vom Gesicht abzulesen.

»Ja, alles bestens.« Ich löste mit Gewalt den Blick von den beiden und nahm dankend meinen Drink vom Barkeeper entgegen. Aber dann sah ich doch wieder zu Helena, weil ich nicht anders konnte.

Die Westons wurden vom Bürgermeister begrüßt, als wären sie die königliche Familie und das hier der Buckingham Palace, während Trish betont unbeeindruckt blieb und sich weiter unterhielt. Danach schweifte Helenas Blick durch den Saal und traf schließlich auf mich. Ich gab mir alle Mühe, nicht schon wieder ein offenes Buch zu sein – während es ihr hervorragend gelang, keine Emotionen zu zeigen. Ihre Augen blieben nur zwei Sekunden auf mich gerichtet, mit einem sehr neutralen Ausdruck. Dann wandte sie sich ab.

Ich sah ihr zu, wie sie mit ihrem Vater sprach, in meinem Magen ein Gefühl, als hätte ich einen Zentner Beton verschluckt. Weil ich nicht wusste, ob ihre Abgeklärtheit nur Show war. Klar, sie hatte gewusst, dass ich heute Abend auch hier sein würde, denn ich hatte ihr eine Nachricht auf das Prepaidhandy geschickt. Wir hatten nicht mehr miteinander telefoniert, weil Archie mit den Recherchen zu Carter Fields noch nicht fertig war und ich genau wusste, dass es besser für Helena und mich war, wenn ich sie nicht einfach so anrief. Sie hatte mir mit einem »Okay« geantwortet, was mich angesichts meiner Reaktion auf ihre Frage nach dieser Veranstaltung nicht gewundert hatte. Aber vielleicht war die Antwort auch wegen Lowell so knapp ausgefallen. Denn dass sie mit ihm herkommen würde, hatte sie mir nicht verraten.

»Bist du bereit, etwas Geld zu verlieren?« Delilah riss mich aus meinen Gedanken.

»Auf jeden Fall.« Ich nahm einen Schluck von meinem Whiskey und nickte.

Helena steuerte mit Ian einen der Black-Jack-Tische an. Natürlich war *er* es, der sich dort hinsetzte, während sie hinter ihm stehen blieb und nicht am Spiel teilnahm. Weil in dieser Welt eine Beziehung noch genauso funktionierte wie im letzten Jahrtausend – der Mann gab den Ton an, die Frau war hübsches Beiwerk. Ich hatte plötzlich noch größere Hochachtung vor Valerie, weil sie sich diesem Scheiß nicht unterworfen hatte.

Delilah und ich gingen zu einem Roulettetisch, aber ich konnte mich nicht konzentrieren, weil ich all meine Energie dazu brauchte, nicht zu Helena zu sehen. Ich schaffte es für vielleicht zehn Minuten, dann hielt ich es nicht mehr aus. Und als hätte Helena ebenfalls ein Radar für mich, schaute sie hoch und fand mich erneut. Für einen Moment sah ich die übliche Mischung aus Sehnsucht und Schmerz in ihren Augen, bevor sie Delilah bemerkte und den Blick eilig wieder senkte. Aber ich konnte auch auf diese Entfernung erkennen, wie sich ihre Hände um die Lehne des Stuhls krallten, auf dem Lowell saß. Ich atmete auf. Dass ich hier war, ließ sie nicht kalt. Es ließ uns beide nicht kalt, und obwohl das kein Grund zur Freude sein sollte, erleichterte es mich.

Im Laufe der nächsten Stunde spielte ich ein bisschen Roulette, sah Delilah beim Baccara und Black Jack zu und wehrte die Einladung zu einem Pokerspiel mit dem Polizeipräsidenten und dem Oberstaatsanwalt ab, die mich gnadenlos über den Tisch gezogen hätten. Ich redete mit Menschen, die ich noch nie gesehen hatte, und mit solchen, die ich gerne nie wiedergesehen hätte, und als gäbe es eine unausgesprochene Vereinbarung, blieb dabei immer maximaler Abstand zwischen Helena und mir. Sie hielt sich grundsätzlich am anderen Ende des riesigen Saals auf und sah nicht einmal zu mir herüber – oder zumindest nicht dann, wenn ich ihr einen verstohlenen Blick zuwarf. Aber immer, wenn Lowell sie berührte, verspürte ich den Drang, zu ihm zu gehen und ihm eine zu verpassen. Was grauenhaft neandertalermäßig war, dennoch konnte ich es nicht abstellen. Ich hasste es, dass er mit ihr hier sein durfte, dass er mit ihr an einem der Tische sitzen und mit ihr lachen konnte, während ich ihr so weit wie möglich fernbleiben musste, um ja keinen Verdacht zu erregen. Mehrfach dachte ich darüber nach, ihr einen Wink zu geben, um sie irgendwo im Plaza allein zu treffen. Mehrfach verwarf ich es wieder. Das hier war genau der Grund gewesen, warum ich nicht hatte herkommen wollen. Weil es nicht half, sie zu sehen. Weil es niemals half, sie zu sehen, wenn ich ihr nicht nah sein konnte. Und das durfte ich nicht.

»Amüsierst du dich?« Plötzlich war meine Mutter da und ich betete, dass sie nichts davon mitbekommen hatte, wie ich Helena immer wieder ansah. Wobei das eigentlich egal war, wenn es um den Deal mit Trish ging. Wichtig war ja nur, wie Helena sich verhielt – und ihr Pokerface war bis auf den einen kleinen Ausrutscher hervorragend.

»Du kennst die Antwort auf diese Frage. Steht Larsson schon in den Startlöchern?« Ich sah mich nach dem schwedischen Unternehmer um, der gerade noch beim Roulette gewesen war.

»Nein, deswegen bin ich nicht hier.« Trish schaute mich aufmerksam an. »Du scheinst dich gut mit Delilah zu verstehen. Das freut mich.«

»Wir arbeiten bei ihrem Club-Projekt zusammen. Sie ist nett.«

»Eine tolle Frau, wirklich.« Trish nickte anerkennend. »Umso verwunderlicher, dass du trotzdem den ganzen Abend nur Augen für Helena Weston hast.«

Beinahe verschluckte ich mich an meinem Drink und verdankte es nur hervorragenden Reflexen, dass ich mich gerade noch fing. Wie konnte sie so etwas einfach beiläufig erwähnen? Und was sollte ich jetzt tun?

Erst mal Zeit gewinnen.

»Was willst du damit sagen?«

»Das weißt du genau, mein Sohn. Du warst noch nie sehr gut darin, deine Gefühle zu verbergen. Ich sehe, dass du welche für sie hast.«

Du meinst, obwohl du Helena gezwungen hast, uns aufzugeben? Beinahe hätte ich es laut gesagt. Oder eher gebrüllt, damit auch alle anderen mitbekamen, wie manipulativ und perfide Trish war, sogar gegenüber ihrer eigenen Familie. Aber ich hielt mich gerade noch davon ab. Helena war darauf angewiesen, dass ich dichthielt. Ich hatte es ihr versprochen und dieses Versprechen würde ich nicht brechen.

»Und wenn schon«, sagte ich. »Sie hat keine für mich, also spielt es keine Rolle, was ich empfinde.«

Trishs Augen verengten sich und ich sah, dass sie mir das nicht abnahm. »Jess, verkauf mich nicht für dumm. Triffst du dich noch mit ihr?« Ihre Stimme war messerscharf. Das hatte ich nun davon, hergekommen zu sein. Nie hatte ich mir mehr gewünscht, überzeugend lügen zu können.

Ich räusperte mich. »Helena hat sich vor Monaten von mir getrennt. Streng genommen waren wir nicht einmal zusammen.« Das war nicht gelogen, deswegen klang es eigentlich ganz überzeugend. »Und im Gegensatz zu mir hat sie das längst überwunden, wie du siehst.« Ich deutete auf sie und Lowell, die gerade bei seinen Eltern standen und sich offenbar angeregt unterhielten. Die Lowells schienen Helena gut zu behandeln und wieder spürte ich den heftigen Wunsch, an Ians Stelle zu sein. Wie musste es wohl sein, wenn die eigenen Eltern sich freuten, dass man glücklich war? Ich hatte das nie erlebt, leider. Mein Dad hätte Helena geliebt, das wusste ich. Aber Trish hasste dieses Mädchen vermutlich mehr als jede andere Person, die in New York lebte.

»Dann wäre es doch auch für dich an der Zeit, neue Wege einzuschlagen, oder?« Trish sah mich an und ich spürte, wie die Wut in meinem Inneren immer mehr Raum forderte. Trotzdem kratzte ich meine ganze Selbstbeherrschung zusammen und schaffte es sogar, zu nicken.

»Ja, vermutlich hast du recht.« Ich fragte mich, wie lange ich diese Farce aufrechterhalten konnte, ohne am Ende doch noch zu explodieren. Ich musste hier raus, damit es nicht passierte.

»Du entschuldigst mich? Ich werde mal nach Delilah sehen.« Die war vor fünf Minuten aus dem Saal gegangen, also war es die perfekte Ausrede.

»Natürlich.« Trish bedachte mich mit einem letzten bohrenden Blick, aber kurz bevor ich mich von ihr abwandte, glaubte ich, auch so etwas wie Beruhigung in ihren Augen zu erkennen.

Ich hatte es geschafft, sie zu überzeugen.

Ich hatte es geschafft, drohenden Schaden von Helena abzuwenden.

Zumindest für den Moment.

26
Helena

Der Abend war eine einzige Qual. Jess hatte das in der Nacht unseres Einbruchs vorausgesagt und wie so oft recht behalten. Nicht, weil er da war, sondern weil ich mich kaum traute, meinen Blick von Ian oder den Spieltischen zu nehmen. Jede Sekunde hatte ich Angst, dass ich dann Jess anschauen würde und den Ausdruck in meinen Augen nicht kontrollieren konnte. Und Trish Coldwell somit live mitbekam, wie ich bei dem Versuch, ihren Sohn zu ignorieren, auf ganzer Linie versagte.

Es war meiner monatelangen Übung zu verdanken, dass ich fast eineinhalb Stunden durchhielt. Mit Ian lachte, obwohl ich lieber geweint hätte. Es lag nicht an ihm, er war wie immer wunderbar, aber dass er mich begleitete, war so wenig meine Idee gewesen wie alles andere in meinem momentanen Leben. Und mit jeder Minute, die ich Jess nicht ansah, nicht zu ihm ging, starb etwas mehr von mir selbst.

Bis ich es nicht länger aushielt, die Fassade zu wahren.

Ich entschuldigte mich bei Ian mit dem Hinweis, dass ich die Waschräume aufsuchen würde – in unseren Kreisen konnte man nicht einfach sagen, dass man aufs Klo musste –, und verließ den Saal. Meine Brust war eng vor Anspannung und unterdrückten Gefühlen und am liebsten wäre ich an die frische Luft gegangen, aber wir hatten Mitte November und draußen herrschte kaltes ekliges Regenwetter. Also musste ich mir eine ruhige Ecke im Hotel suchen, was nicht allzu schwer sein dürfte. Ich kannte das Plaza seit meiner Kindheit, ich wusste, wo man hier vor neugierigen Blicken sicher war.

Eine dieser Ecken befand sich in dem Gang, der zu einem kleinen Tagungsraum führte, in dem an den Wochenenden offenbar nie etwas stattfand. Dort kam niemand vom Personal vorbei und auch Gäste verirrten sich nicht hierher, also war es der perfekte Ort, um mich kurz von all dem falschen Lächeln zu erholen. Ich war auf dem Weg dahin, merkte, wie der Trubel immer weniger wurde, und hatte mein Ziel beinahe erreicht, als ich an einer der großen Treppen vorbeikam und mein Blick automatisch von der Person im Smoking angezogen wurde, die dort herunterkam. Abrupt blieb ich stehen.

Es war Jess.

Er hielt in der Bewegung inne, als er mich bemerkte, schaute mich an. Und wie jedes Mal, wenn ich ihn sah, wurde das Verlangen, ihm nah zu sein, übermächtig. Völlig egal, ob das mit uns auf ewig zum Scheitern verurteilt war – ich hätte alles darum gegeben, nur zehn Minuten in seinen Armen verbringen zu dürfen.

Eilig schaute ich mich um. Hier war niemand. Vielleicht konnte ich wenigstens mit ihm reden. Nur kurz, um dieses grauenhafte Gefühl von Einsamkeit in meinem Inneren ein bisschen zu lindern.

Ich hatte schon die ersten Schritte in seine Richtung gemacht, da schien sein Blick von etwas anderem abgelenkt zu werden und seine Augen weiteten sich leicht. Dann schaute er mich wieder an und schüttelte den Kopf. Nicht auffällig, eher dezent, wie eine Warnung. Und ich reagierte. So schnell ich konnte, machte ich einige Schritte in den Seitenflur, der zu einem Notausgang führte und in dem das Deckenlicht kaputt war. Allerdings war ich nicht die Einzige, die sich verstecken musste, wie es schien. Denn zehn Meter weiter sah ich die Umrisse von zwei Leuten, die sehr dicht beieinander standen und mich nicht bemerkt hatten. Einer der beiden flüsterte etwas. Und als ich die Stimme erkannte, war Jess für einen Moment vergessen.

»Lincoln?«

Das Pärchen fuhr auseinander und meine Augen wurden groß, als ich sah, wer sich mit ihm in der dunklen Ecke herumdrückte. »Und … Penelope?«

Ich starrte die beiden an, konnte nicht fassen, was ich da sah. Dabei kannte ich Penelope Waterson schon ewig. Sie war mit Lincoln zusammen gewesen, im letzten Jahr der Highschool, aber dann hatten sie sich getrennt, weil er an die Brown gegangen war und sie ins Ausland. Ich hatte es schade gefunden, denn ich hatte Penny immer gemocht. Sogar Valerie hatte sie akzeptiert, was bei Lincolns Freundinnen danach nie wieder vorgekommen war.

»Hi, Helena.« Penelope lächelte, sah dabei aber aus, als wollte sie im Boden versinken. Ich verstand, warum. Schließlich hatte ich die beiden quasi in flagranti erwischt, sie und meinen Bruder. Meinen *verlobten* Bruder.

»Ich glaube, du solltest besser wieder zurück in den Saal gehen«, riet ich ihr in kühlem Ton. Dass ich sie mochte, bedeutete nicht, dass ich gut fand, was hier passiert war.

Sie wechselte einen Blick mit Lincoln und er nickte. Also folgte sie meiner Aufforderung und ging.

Kaum war sie weg, fixierte ich meinen Bruder. »Was zur Hölle denkst du dir dabei?«, fuhr ich ihn an und für diesen Moment war ich die große Schwester und er der kleine Bruder,

der Scheiße gebaut hatte. So wirkte er auch, als er die Schultern hochzog und mich unglücklich ansah.

»Ich … Das war nicht geplant, Len, wirklich nicht.«

»Was war nicht geplant?« Es hatte so ausgesehen, als wären die beiden sehr vertraut miteinander, aber ob sie sich nur heute Abend geküsst oder eine Affäre hatten, konnte ich nicht sagen.

»Dass ich mich wieder in Penny verlieben würde.« Lincolns Blick war so unglücklich, dass mein Mitgefühl für einen Augenblick die Wut verdrängte.

»Verlieben?«, wiederholte ich tonlos. Ich wusste nicht, was ich erwartet hatte. Vielleicht, dass sie miteinander schliefen, was schlimm genug gewesen wäre. Aber Liebe … das war die viel üblere Variante.

»Fuck«, sagte ich und stieß die Luft aus. »Wie konnte das passieren?«

»Ich weiß es nicht. Und ich wollte es auch nicht. Das mit Paige war in Ordnung für mich, ich hatte meinen Frieden damit gemacht, aber dann habe ich Penelope wiedergetroffen und alles von damals war wieder da.« Er atmete tief ein. »Ich kann mich nicht dagegen wehren, ich schaffe es einfach nicht. Gerade du solltest das nachvollziehen können, Len.«

Er bat um mein Verständnis und bis zu einem gewissen Grad hatte ich welches. Schließlich war ich es gewesen, die Anfang des Jahres mit ihm in unserer Küche gestanden und ihn für irre erklärt hatte, weil er eine Frau heiraten wollte, die er nicht liebte. Allerdings bedeutete das nicht, dass ich seinen Betrug gut fand. Ich wusste mittlerweile, dass Paige aufrichtige Gefühle für ihn hatte. So etwas verdiente sie nicht.

»Wie lange läuft das zwischen euch denn schon?«, fragte ich.

»Im Grunde läuft gar nichts. Heute war das erste Mal, dass wir tatsächlich schwach geworden sind.« Er fuhr sich durch die

Haare und ich konnte erkennen, wie aufgewühlt er war. »Wir sind uns im Sommer auf einer Soiree in den Hamptons begegnet – bei den Wiltshires. Du hattest keine Zeit und Mom wollte, dass jemand aus der Familie hingeht. Ich wusste nicht, dass Penny auch dort sein würde, ich dachte, sie wäre immer noch in Europa. Aber plötzlich stand sie da. Und es war, als wäre all die Zeit dazwischen nicht vergangen.«

Ich erinnerte mich, dass ich diesen Termin abgesagt hatte, weil die Ausbeute bei der Poolparty von Amanda Vanderbilt größer gewesen war, was Valeries Freunde anging.

»Und dann?«, fragte ich weiter. Ich wusste nicht genau, warum. Vielleicht, weil ich wollte, dass es eine Lösung für die Sache gab – und dafür wissen musste, wie ernst das mit Lincoln und Penelope wirklich war.

»Es ist nichts passiert«, beteuerte er. »Wir haben nicht einmal unsere Nummern ausgetauscht. Aber dann war diese Galerieeröffnung in Brooklyn und wir waren beide da, haben uns sehr lange unterhalten … und ich habe gemerkt, dass es etwas in mir auslöst. Etwas sehr Heftiges, auch wenn Penny wusste, dass ich verlobt bin, und wir deswegen versucht haben, uns voneinander fernzuhalten.«

Offenbar war das nicht das Ende der Geschichte. »Bis heute.« Es war keine Frage.

Lincoln nickte. »Mom und Dad haben nur über die Hochzeit geredet, mit jedem, der hier ist. Und ich habe gemerkt, wie sehr mir das die Luft abschnürt, überhaupt nicht selbst entscheiden zu können. Als würde ich in einem Auto sitzen und auf eine Mauer zurasen, aber ich schaffe es einfach nicht, zu bremsen. Penny hier zu sehen war so, als würde man mir eine andere Möglichkeit zeigen. Eine Alternative zu dem Leben, das für mich vorgesehen ist.«

Ich verstand ihn so gut. Besser, als er ahnte. »Aber was dachtest du denn, wie das weitergehen soll? Dass du Paige heiratest und mit Penny eine Affäre hast?«

»Ich will keine Affäre mit ihr. Ich liebe sie, Len.«

»Dann willst du die Verlobung mit Paige lösen?«

Sein Blick wurde noch unglücklicher. »Du weißt, das wäre eine Katastrophe für ihren Ruf, Len. Und für die Geschäftsbeziehung unserer Familien.«

»Ich glaube, es wäre eine größere Katastrophe für Paige, wenn sie ihr Leben lang mit einem Mann verheiratet sein muss, der eine andere will.« Mein Tonfall war weich, meine Wut längst weg. Mir tat Lincoln leid, genau wie Paige und auch Penelope. Sie befanden sich alle drei in einer beschissenen Situation, die keinen von ihnen glücklich machen würde.

Mein Bruder sah mich an und ich erkannte Angst in seinem Blick. »Ich kann sie nicht verlassen«, sagte er leise. »Mom und Dad würden durchdrehen, wenn ich das mache.«

»Was denkst du, was sie tun werden, wenn herauskommt, dass du eine andere liebst? Oder wenn du es am Ende doch nicht schaffst, dich von Penny fernzuhalten, und es kommt raus? Glaubst du, das fänden sie gut?«

Er presste die Lippen aufeinander und schien selbst zu einer Erkenntnis zu gelangen. »Ich werde das mit Penny beenden müssen«, sagte er, als wäre ihm das nicht erst jetzt eingefallen. Wahrscheinlich wusste er es schon länger, aber sobald er Penelope wiedersah, setzte einfach jede Vernunft aus und seine Sehnsucht nach einer echten, wahrhaftigen Liebe übernahm das Ruder. Ich wusste, wie das war. Ich wollte schließlich auch den einzigen Mann, den ich nicht haben durfte.

»Sicher, dass es die richtige Entscheidung ist?« Natürlich würde es für Paige hart sein, mit der Trennung klarkommen zu müssen, und wahrscheinlich würde man ein paar Wochen über sie reden, aber dann vergaßen die Leute es auch wieder und wendeten sich dem nächsten Fauxpas zu. Es war nicht wie bei Valerie, die dank Trish Coldwell auch über drei Jahre nach ihrem Tod noch Thema war. Paige war dazu nicht wichtig genug und definitiv zu lebendig.

Ihr Glück.

»Rätst du mir etwa, mich zu trennen und stattdessen öffentlich zu Penny zu bekennen?« Lincoln schaute mich an.

»Ich kann dir nichts raten. Aber ich will, dass du glücklich bist, Linc.«

»Glücklich«, schnaubte er traurig. »Als wäre das tatsächlich eine Option.«

Er hatte recht, es war eine beschissene Situation – und das dachte ich, die kaum besser dran war. Wenn Lincoln Paige heiratete, wahrte er die Vereinbarung unserer Familien und unser Ansehen genau wie das seiner Verlobten. Aber er verdammte beide damit auch zu einem unglücklichen Leben. Wenn er sich von ihr trennte und dann mit Penelope zeigte, riskierte er nicht nur Paiges Ruf, sondern auch den unserer Familie, die immer noch genau beäugt wurde. Es war also vollkommen egal, wie er sich entschied, verlieren würde er in jedem Fall. Und das war ihm klar, wenn ich seinen Blick richtig deutete.

»Wie immer du dich entscheidest, ich bin da, okay?« Das war sicher kein großer Trost, aber ich wollte es ihm trotzdem sagen.

»Danke, Len.« Er umarmte mich rasch. »Das gilt auch für dich, das weißt du.«

»Ja, klar.« Ich lächelte. Vielleicht sollte ich wirklich davon Gebrauch machen, irgendwann. Denn wenn ich noch länger alles in mich hineinfraß, was Jess betraf, würde ich wahrscheinlich eines Tages implodieren.

Wir liefen zurück und konnten nicht mehr offen sprechen, bis wir bereits wieder in Sichtweite des Saaleingangs waren.

Ich sagte meinem Bruder, dass ich noch kurz zur Toilette wollte, und er ging allein hinein. Wegen der Schlange vor dem Klo auf dieser Etage stieg ich ein Stockwerk hoch und lief zu den Sanitärräumen, die zum Tagungsbereich gehörten. Über die Sache mit Lincoln hatte ich beinahe meinen Kummer wegen Jess vergessen. Aber eben nur beinahe. Also ließ ich mir länger Zeit als nötig, um mich dafür zu wappnen, den Rest des Abends mit ihm in einem Raum zu sein, ohne ihn auch nur ansehen zu dürfen.

Als ich wieder herauskam, wartete jemand auf mich. Abrupt blieb ich stehen und mir wurde kalt, als ich sah, wer es war. Panik stieg in mir hoch.

»Helena.« Trish Coldwell nickte mir zu. »Wir sollten uns unterhalten.«

Ich hätte nur zu gern den Befehl verweigert, in bissigem Ton und mit erhobenem Kinn, aber ich war zu keiner selbstbewussten Antwort fähig.

»Sicher«, antwortete ich, weil mir nichts Besseres einfiel. Sie hatte es geschickt angestellt, denn hier kam keiner der Gäste vom Casinoabend vorbei. Ich spürte, wie die Kälte verschwand und ich zu schwitzen begann. Hatte sie mitbekommen, dass Jess und ich uns getroffen hatten? Nein, sicher nicht. Oder doch?

»Du scheinst dich hier gut auszukennen«, stellte sie mit einem Wink Richtung Toilettentür fest. »Das ist wohl so, wenn man von Kindesbeinen an in den exklusivsten Häusern der Stadt ein und aus geht.«

Beinahe hätte ich gelacht. Versuchte sie gerade, Small Talk zu machen? Nach allem, was sie mir angetan hatte?

»Was wollen Sie von mir?«, fragte ich so kühl wie möglich. Ihr meine Angst zu zeigen würde mich verraten, also tat ich alles, um die Fassade aufrechtzuerhalten.

»Bist du sicher, dass das der richtige Ton ist, nachdem ich für den rasanten Wiederaufstieg deiner Familie gesorgt habe?« Sie neigte leicht den Kopf. »Deine Eltern, dein Bruder und auch du werdet in diesem Saal behandelt, als wärt ihr die Kennedys.«

»Ich bin sicher, dass Sie nicht hier sind, weil Sie meine Dankbarkeit möchten«, antwortete ich. Es war besser, ich brachte das schnell hinter mich.

Sie lächelte, obwohl es eher so wirkte, als würde sie die Zähne fletschen. »Mir war schon immer klar, dass du die klügste Weston bist. Deine Geschwister scheinen wie deine Eltern zu fatalen Fehlentscheidungen zu neigen, aber du hast wirklich Verstand, Helena.«

»Wenn Sie das sagen, muss es wohl stimmen.«

»Das tut es ganz sicher.« Wieder dieses Lächeln. »Deswegen kann ich kaum glauben, dass du es wagen würdest, gegen unsere Abmachung zu verstoßen.«

Ich wollte den Blick senken, damit sie nichts darin lesen konnte, aber ich hielt mich davon ab. Nie hatte ich mein Talent zum Lügen mehr gebraucht als jetzt.

»Das würde ich nie wagen.« Mein Rücken war gerade, meine Worte klangen absolut aufrichtig. Dafür verdiente ich einen verfluchten Oscar, das stand fest.

»Ja, das wäre auch besser. Es steht doch viel zu viel auf dem Spiel, oder nicht?«

Mich traf ein Blick, der so wirkte, als wäre Trish Coldwell das, was manche ihr scherzhaft nachsagten – ein Cyborg, ausgestattet mit Laserblick und anderen technischen Add-ons. Sie scannte mein Gesicht, jede winzige Regung meines Körpers. Ich bemühte mich, entspannt zu bleiben, die Arme hängen zu lassen, die Hände nicht zu Fäusten zu ballen, ruhig zu atmen.

»Jess und ich sind kein Thema. Schon lange nicht mehr.« Sie musste diese Lüge glauben, kostete es, was es wollte. Dabei hätte ich ihr am liebsten das Gegenteil gesagt. Wie gerne hätte ich ihr an den Kopf geworfen, dass sie mit keiner Intrige dieser Welt meine Gefühle für Jess auslöschen konnte. Dass sie es nicht geschafft hatte, Valerie und Adam zu trennen – und sie es bei uns genauso wenig schaffen würde. Aber sie hatte es längst geschafft. Und ich musste vor ihr kuschen.

Trish sah mich immer noch mit diesem Laserblick an, sagte aber kein Wort. Meine Güte, ich wusste jetzt, wieso diese Frau nie als Verliererin aus irgendwelchen Verhandlungen rausging.

»Ich bin mittlerweile mit Ian Lowell zusammen«, schob ich sicherheitshalber eine weitere Lüge nach. »Und wir sind wirklich glücklich.«

Wie aufs Stichwort kam genau in diesem Moment Ian um die Ecke und auf uns zu. Er musterte Trish misstrauisch, bevor er sich mir zuwandte.

»Len.« Er blieb neben mir stehen. »Ist alles in Ordnung? Ich habe dich gesucht, aber du warst nirgendwo zu finden.«

Ich sah, wie Trish sich zu fragen schien, ob Ian wohl so sehr klammerte, dass er mich nicht einmal zehn Minuten aufs Klo gehen ließ.

»Alles bestens, Liebling.« Ich lächelte und griff nach seiner Hand. »Ich war nur mit meinem Bruder draußen und wollte dann noch mein Make-up checken. Es ist lieb von dir, dass du nach mir geschaut hast.«

»Mr Lowell also.« Jess' Mutter fixierte nun Ian mit ihrem Blick und streckte dann die Hand aus. »Wir hatten noch nicht das Vergnügen.«

»Freut mich, Mrs Coldwell.« Er schüttelte ihre Hand, denn auch wenn er sie nicht ausstehen konnte, hatte er dennoch die gleichen Manieren wie ich eingetrichtert bekommen. Niemals unhöflich sein, niemals die Wahrheit sagen, niemals *echt* sein. Wie sehr ich es hasste.

»Was für ein hübsches Paar ihr seid.« Ihr Ton war freundlich, aber der Ausdruck in ihren Augen eiskalt. Und in mir kam wieder Panik auf. Ich wusste, dass sie auf einen Fehler von mir wartete, deswegen musste ich diese Farce aufrechterhalten, bis sie überzeugt war. Ich musste ihr beweisen, dass ich glücklich mit Ian war, sonst würde sie ihre Schlüsse ziehen. Also legte ich meine Arme um seinen Hals, schenkte ihm das verliebteste Lächeln, das ich vortäuschen konnte … und dann küsste ich ihn.

Es war unser erster Kuss seit über drei Jahren, und auch wenn es nur Fake war, fühlte ich etwas. Ein Echo der Vergangenheit, das mich sanft streifte, bevor ich ihn wieder losließ, weil ich hoffte, dass es für Trish reichte.

»Sehr schön.« Sie lächelte fast schon zufrieden und schien endlich überzeugt zu sein, auch wenn ich nicht wusste, warum. »Ich lasse euch mal allein.«

Ian schaute mich irritiert an, sobald sie weg war. »Erklärst du mir das?« Dann sah er über meine Schulter, bevor er nickte und zwei bittere Worte ausstieß: »Klar. Verstehe.«

Ich wandte mich um, versuchte nachzuvollziehen, woher seine plötzliche Erkenntnis kam – und wurde schnell fündig. Denn am Ende des Flures stand Jess. Und er hatte recht gehabt: Sein Pokerface war wirklich beschissen.

Es dauerte nur ein paar Sekunden, dann drehte er sich um und verschwand. Ich sah ihm nach und wollte ihm am liebsten hinterherlaufen, obwohl ich wusste, dass ich ein viel größeres Problem hatte – und das stand neben mir. Ian schien durchschaut zu haben, was hier lief, und das konnte alles zerstören, was ich gerade eben gerettet hatte.

»Es ist nicht das, was du denkst«, brachte ich den Klischeesatz Nummer eins heraus. Und wie in 99,9 Prozent der Fälle war es auch jetzt so, dass es *genau* das war, was er dachte.

Ian lachte auf. »Du willst mich verarschen, oder? Erst sagst du mir, dass wir nur als Freunde herkommen, dann tust du den ganzen Abend so, als wären wir wieder ein Paar – und küsst mich auch noch. Für wen war diese Show denn, wenn nicht für Coldwell?«

Sie war nicht für Jess, sondern für Trish. Das war die Wahrheit, aber ich sprach sie nicht aus.

»Deswegen hat er auch im Theater so geguckt«, mutmaßte Ian weiter. »Er hat nicht dich angesehen, sondern mich. Weil zwischen euch was läuft, oder? Wolltest du ihn mit mir eifersüchtig machen?«

Ich schnaubte. »Eifersüchtig machen? Wie alt bin ich, zwölf?«

»Was sollte das dann?«

»Das kann ich dir nicht sagen. Aber es läuft nichts zwischen Jessiah und mir, das schwöre ich.« Ich hoffte, dass er mir glaubte.

»Weißt du was, es ist mir egal.« Ian schüttelte den Kopf. »Ich fahre nach Hause, ich habe genug davon. Melde dich wieder, wenn du weißt, was du willst.«

»Ian?«, hielt ich ihn auf. »Bitte sag niemandem etwas darüber, okay? Das könnte meiner Familie Schaden zufügen.«

Er zögerte kurz, dann nickte er. »Von mir erfährt keiner was. Wir sehen uns, Len.«

»Bis dann«, murmelte ich.

Aber da war er längst weg.

27
Jessiah

Sie hatte ihn geküsst.

Helena hatte Ian Lowell geküsst.

Auch jetzt, als ich zwei Stunden später im Auto nach Hause saß, fühlte ich mich immer noch seltsam taub deswegen. Ich hätte nie gedacht, dass mich etwas so aus der Bahn werfen könnte wie das Bild, das sich mir geboten hatte, als ich um die Ecke gekommen und sie auf diesem Flur hatte stehen sehen. Es hatte so scheißweh getan. Nicht, weil ich eifersüchtig war, oder zumindest nicht auf die klassische Art. Natürlich war in mir der Reflex gewesen, dem Kerl den Hals umzudrehen, weil er tun durfte, was mir verboten war. Aber ich ahnte, dass Helena ihn nur geküsst hatte, um meiner Mutter etwas zu beweisen, schließlich war sie ebenfalls dort gewesen. Und die beiden hatten den ganzen Abend nichts in der Richtung getan, wieso dann ausgerechnet in Trishs Beisein? Nein, das war nicht mein Problem. Was mich wahnsinnig machte, war die Tatsache, dass es nötig gewesen war. Dass so etwas nötig war, nur weil wir uns auf der gleichen Veranstaltung befanden und ich nicht in der Lage war, meine Gefühle für Helena zu verbergen. Im Grunde hatte Ian sie vor etwas gerettet, was meine Schuld war.

Ich stieß einen frustrierten Laut aus. Sie hatte mich direkt nach dem Kuss bemerkt und in ihrem Blick hatte ich erkannt, dass sie mit mir reden wollte, aber genauso die Angst davor, dass man uns dabei erwischte. Da ich mich überhaupt erst auf die Suche nach ihr gemacht hatte, weil meine Mutter nicht im Saal gewesen war, hatte ich diese Angst nachvollziehen können. Also hatte ich mich umgedreht und war gegangen, eilig, aber nicht so, als wäre ich auf der Flucht. Dabei war ich das gewesen. Auf der Flucht vor meinen Gefühlen für dieses Mädchen, die mich irgendwann in den Untergang treiben würden.

»Wir sind da, Mr Coldwell«, meldete Delilahs Fahrer von vorne. Er hatte sie bereits bei ihrer Wohnung an der Upper West Side abgesetzt und war so nett gewesen, mich nach Hause zu bringen. Vorher hatte ich meine Pflicht erfüllt und Trish mit Hank Larsson geholfen, wie auch immer ich das hinbekommen hatte. Wahrscheinlich war ich mittlerweile ebenfalls zu einem dieser Upperclass-Roboter geworden. Das Thema mit dem Internat hatte ich aber sorgsam ausgespart. Es hätte Eli nur geschadet, nicht genützt, wenn ich es heute erwähnt hätte. Ich musste eine andere Gelegenheit dafür finden.

Ich ging nach oben in meine Wohnung und zog den Smoking aus, warf ihn achtlos auf die Couch, bevor ich in Jogginghose und Shirt ins Schlafzimmer hinaufstieg und nicht einmal versuchte, dem Drang zu widerstehen, auf das Prepaidhandy zu sehen, das immer im Safe lag, wenn ich es nicht benutzte. Ich nahm es heraus und schaltete es ein, hielt die Luft an. Dann ertönte das erlösende Geräusch einer neuen Nachricht. Sie war kurz.

Lass es mich bitte erklären.

Ich seufzte. Einerseits hatte ich das Handy angeschaltet, weil ich auf eine solche Mitteilung gehofft hatte. Darauf, mit Helena reden zu können, wo es doch den ganzen Abend nicht möglich gewesen war. Andererseits wusste ich, dass dieses Gespräch uns nicht weiterhelfen würde, weil es keine Lösung gab. Am Ende würde sie immer irgendjemand anderen küssen als mich.

Trotzdem konnte ich nicht widerstehen, mit ihr zu sprechen. Ich vermisste sie zu sehr, um mich dieser Chance zu verweigern. Den ganzen Abend mindestens zehn Meter von ihr entfernt bleiben zu müssen hatte mich an den Rand meiner Selbstbeherrschung gebracht, die Szene mit Ian noch darüber hinaus. Ich wollte mit ihr reden. Auch wenn es nicht klug war.

Bin zu Hause. Mehr schrieb ich nicht. Dann ließ ich mich aufs Bett fallen und wartete. Nur eine Minute später klingelte das Handy. Ich ging dran.

»Hey«, sagte ich weich, um ihr direkt klarzumachen, dass ich nicht sauer war, zumindest nicht auf sie. Meine Wut auf Trish kochte in mir, aber ich konnte sie für den Moment unterdrücken. Meine Mutter hatte uns schon alles kaputtgemacht. Sie würde mir nicht auch noch diese letzte Möglichkeit auf Kontakt zerstören.

»Hey, Jess.« Helenas Stimme war bedauernd. »Ich bin froh, dass wir reden können.«

»Ja, ich auch.«

»Das mit Ian war nur Show«, brach es aus ihr heraus. »Deine Mutter hat mich abgefangen und mich nach dir gefragt, dann kam Ian dazu und ich … ich hatte Panik, dass sie was ahnt, deswegen habe ich ihn geküsst. Es hat nichts bedeutet und es tut mir leid.«

Es war die Bestätigung, die ich nicht gebraucht, aber erwartet hatte. Trish hatte sie also tatsächlich gezielt aufgesucht und auf mich angesprochen.

»Das habe ich mir gedacht.« Erschöpft stieß ich die Luft aus. »Ich habe gesehen, wie sie weggegangen ist.«

»Oh, Gott sei Dank«, entfuhr es Helena erleichtert. »Ich dachte schon, du glaubst vielleicht, dass ich …«

»Nein. Glaube ich nicht.« Ich wünschte, ich könnte ihre Erleichterung ebenfalls empfinden, aber ich fühlte nur diesen dumpfen Druck im Magen. »Das ist alles meine Schuld.«

»Warum sagst du das?«

»Trish weiß, dass ich immer noch Gefühle für dich habe. Ich habe dir gesagt, mein Pokerface ist beschissen.« Ich schnaubte. »Sie hat bemerkt, wie ich dich angesehen habe. Nur deswegen hat sie dir aufgelauert. Wenn ich mich besser unter Kontrolle gehabt hätte –«

»Lass das«, bat Helena sanft. »Du hast absolut nichts falsch gemacht. Außerdem kann ich im Gegensatz zu dir gut lügen und sie hat es mir abgenommen, okay? Alles ist gut.«

»Alles ist gut? *Nichts* ist gut, Tausendschön!« Ich konnte den verzweifelten Ton nicht verbergen. »Was denkst du denn, wie das weitergehen soll? Wollen wir einander weiterhin bei solchen Anlässen begegnen und krampfhaft versuchen, zu verstecken, was wir fühlen? Wie oft wirst du ihr noch etwas vormachen können?«

Kurz herrschte Stille in der Leitung.

»So oft, wie es nötig ist.«

Warme Zuneigung flutete meinen Körper, als ich sie das sagen hörte, so beharrlich und fest. Aber es dauerte nur kurz, bis der Kummer wieder überhandnahm. Das war keine Lösung. Es gab keine Lösung.

»Und was denkst du, wie lange das gut geht, bis sie dich doch mal bei einem Blick in meine Richtung erwischt und alles zum Teufel geht?«, fragte ich. »Das kann nicht das sein, was du willst.«

»Nein, will ich nicht.« Helenas Stimme klang erstickt. »Ich will dich. Ich will nur dich, Jess.«

Ich schloss kurz die Augen und der Schmerz bei diesen Worten bescherte mir einen heftigen Kloß im Hals.

»Hör auf, so etwas zu sagen«, bat ich sie.

»Warum? Weil es das schwerer macht?« Traurig lachte sie auf. »Du hast doch selbst gesagt, es kann nicht mehr schwerer werden.«

»Nein, weil es verflucht wehtut.« Denn sie sagen zu hören, dass sie mich wollte – nur mich und keinen sonst –, brachte mich fast um. Weil es mir genauso ging. Weil ich in jeder wachen Minute an sie dachte, weil sie mein letzter Gedanke am Abend und mein erster am Morgen war. Aber genau das war es, was uns kaputtmachte. Einander ständig nahezukommen, um dann vor diese Mauer zu rennen, die andere zwischen uns aufgebaut hatten.

»Es tut mir leid«, sagte sie nach einer kurzen Pause und ich hörte, dass sie den Tränen nahe war. »Es tut mir leid, wenn ich dir wehtue. Bitte glaub mir, das ist das Letzte, was ich will.«

Der Kloß in meinem Hals dehnte sich aus und ich klang fremd in meinen eigenen Ohren, als ich ihr antwortete.

»Es muss dir nicht leidtun. Du kannst nichts dafür.« Sie war in der gleichen Lage wie ich, nur dass sie auch noch die Last trug, für das Wohl ihrer Familie sorgen zu müssen. Nichts davon war fair.

Wir schwiegen, zwischen uns ebenso viel Kummer wie Einigkeit. Und ich erinnerte mich, dass wir an diesem Punkt schon einmal gewesen waren, an Helenas Geburtstag im Emperor. Es schien eine endlose Geschichte zu sein, die nie aufhören würde – das Vermissen, die Enttäuschung, das Opfer, das wir beide brachten. Würde es jemals besser werden? Würden wir je aneinander denken können, ohne dass es wehtat? Gerade schien das völlig unmöglich.

»Und jetzt?«, fragte Helena irgendwann und es brach mir das Herz, wie traurig sie klang. Weil sie genau wie ich wusste, der Rest dieses Gesprächs würde uns nur noch unglücklicher machen. Wir hatten das schließlich schon einmal erlebt. Nähe und Distanz, Sehnsucht und Erfüllung, wenn auch nur ganz kurz. Fast hätte ich sie gebeten, zu mir zu kommen. Nur für heute, nur für diese eine Nacht. Es wäre eine solche Erlösung gewesen, sie bei mir zu haben, sie in den Armen zu halten und für ein paar Stunden zu vergessen, was uns trennte.

Nur wusste ich genau, dass ich es niemals schaffen würde, sie am Morgen wieder gehen zu lassen. Wenn ich noch einmal hautnah spürte, was zwischen uns war, wie echt es war, würde ich sie nie wieder loslassen. Und das musste ich, weil ich wusste, wie sehr Helena sich selbst hassen würde, wenn ihre Familie ihretwegen alles verlor.

Deswegen musste ich sie *jetzt* loslassen.

»Wir dürfen uns nicht mehr sehen.« Ich brachte die Worte kaum über meine Lippen. Aber ich musste sie sagen, weil ich versprochen hatte, Helena zu beschützen.

»Du meinst bei öffentlichen Anlässen? Das ist kein Problem, ich kann dir schreiben, wo ich mit meinen Eltern hingehen muss und –«

»Nein«, unterbrach ich sie. »Gar nicht mehr.«

Sie schwieg und ich ahnte, wieso – weil sie wusste, dass ich recht hatte. Eigentlich war das nicht neu, wir durften die ganze Zeit schon keinen Kontakt haben. Nur hatten wir das offenbar vergessen.

»Werden wir dann … gar nicht mehr reden?« Ich spürte ihre Angst und es war die gleiche, die ich auch empfand. Die drei Monate komplett ohne Kontakt waren, so absurd das klang, die schlimmsten gewesen. Gar nicht zu wissen, wie es ihr ging, war die Hölle. Deswegen redete ich mir ein, dass wir immerhin wegen Valeries und Adams Fall nicht alle Brücken abbrechen durften. Auch wenn das nicht half, denn es würde nur verhindern, dass wir vielleicht eines fernen Tages einander doch vergessen konnten.

»Wenn es etwas Neues von Archie gibt, sage ich dir Bescheid«, versprach ich.

Sie atmete erleichtert ein. »Gut, danke.«

Dann gab es nichts weiter mehr zu sagen. Außer: *Du fehlst mir. Ich vermisse dich. Ich wäre gern bei dir.* Oder eines der anderen Dinge, die ich nicht laut aussprechen durfte, weil ich ihr nicht wehtun wollte. Ich musste das Gespräch beenden, aber ich wusste nicht, wie.

»Okay, also …«, sagte ich.

»Ja …«

»Schlaf gut.« Ich verkniff mir gerade noch ihren Spitznamen.

»Du auch.«

Dann legte sie auf, aber sie war nicht schnell genug. Ich hörte, wie sie aufschluchzte, bevor die Verbindung abbrach. Ich presste die Hand auf meinen Mund, versuchte, mich krampfhaft davon abzuhalten, sie noch einmal anzurufen. Es würde nichts besser machen. Solange ich sie nicht umarmen und festhalten konnte, für immer und ewig, würde nichts irgendetwas besser machen. Und deswegen rief ich nicht zurück und ertrug den Schmerz, der sich in mir ausbreitete, weil ich genau wusste, dass Helena litt. Sie litt genau wie ich, aber wir durften nicht füreinander da sein. Wir waren zur Einsamkeit verdammt.

Immer noch.

Für immer.

Für ewig.

28
Jessiah

Der Dezember wurde schnell kalt und die New Yorker waren noch mieser gelaunt als sonst, deswegen war ich immer froh, wenn ich in meiner Wohnung war und meine Ruhe hatte. An diesem Abend saß ich auf meiner Couch, vor mir auf dem Tisch Adams Akte aus der psychiatrischen Klinik, und ich schwankte zwischen dem Verlangen, sie endlich zu lesen – und der Angst davor, was ich finden würde. Sie befand sich schon seit über einem Monat in meinem Besitz, eine Entscheidung hatte ich jedoch immer noch nicht getroffen. Als wir sie gestohlen hatten, war ich sicher gewesen, unbedingt wissen zu müssen, ob Trish Adam zu viel Druck gemacht hatte. Für Eli. Aber je länger ich darüber nachdachte, desto unsicherer war ich, ob es richtig sein konnte, so sehr in die Privatsphäre meines verstorbenen Bruders einzudringen. Und deswegen lag die Akte jetzt vor mir, ungeöffnet, immer noch. Ich wollte gerade aufstehen und sie wieder in den Safe legen, da ging eine Nachricht auf meinem Handy ein. Sie war von Archie.

Ich habe endlich etwas zu CF.

Sofort wählte ich seine Nummer an und drückte auf den Anruf-Button. Archie meldete sich nach dem ersten Klingeln.

»Hey, Mann«, grüßte ich.

»Hi, JC.« Der Privatermittler klang gut gelaunt. »Du hast mich doch gebeten, mir Carter Fields ganz genau anzusehen. Eigentlich sollte ich da Zuschlag verlangen, weil ich Dinge erfahren habe, die ich mir gerne mit Bleiche aus dem Gehirn waschen möchte. Und meine Güte, war das zäh. Aber ich bin fündig geworden: bei einem der Mädels, mit denen er in der Nacht von Adams Tod zusammen war. Sie war vor drei Jahren offenbar ein Escort, studiert aber jetzt und hatte deswegen keine Angst, irgendwas zu riskieren, wenn sie mit mir redet. Also hat sie mir verraten, dass Carter in der Nacht noch mal weg war. Er ging etwa gegen eins aus dem Zimmer im Mandarin Oriental und kam erst um halb drei zurück.«

Das war der Zeitraum, in dem Valerie und Adam gestorben waren. Mein Herz setzte einen Schlag aus und ich brauchte einen Moment, um wieder einen klaren Gedanken zu fassen. »Wusste sie, ob er ins Vanity gegangen ist?«

»Nicht genau. Aber er hat wohl irgendwas davon geredet, dass es Zeit wird, die *Früchte seiner Arbeit* zu ernten. Und dass *sie* bestimmt kapieren wird, dass er die *bessere Wahl* ist.«

Ich überlegte nur kurz. »Denkst du, er hat von Valerie gesprochen? Die beiden waren mal ein Paar.« Das wusste jeder, der sich in diesen Kreisen bewegte. Es war auch Teil der Hetze gegen sie gewesen, von wegen: Wenn sie mit solchen Typen wie Carter Fields zusammen war, wie ernst kann es ihr dann schon mit dem anständigen Adam gewesen sein? Mittlerweile wusste ich, dass sie es sehr ernst mit meinem Bruder gemeint hatte. Möglich, dass Carter das ein Dorn im Auge gewesen war.

»Kann sein, kann aber auch nicht sein«, meinte Archie. »Wenn du willst, dann befrage ich ihn dazu. Allerdings wäre es möglich, dass er dann zurückschießt.«

»Nein«, sagte ich langsam. »Ich will nicht, dass du ihn befragst.« Archie war hervorragend in seinem Job, aber Carter ein gerissenes Arschloch. Den brachte man nicht mit ein paar Nachfragen aus dem Konzept.

»Was hast du dann vor?«

»Ich werde selbst mit ihm reden.« Wir kannten uns nur flüchtig, aber ich war sicher, dass er genau wusste, wer ich war. Er würde mir ein Gespräch nicht verweigern. Ich musste lediglich einen Rahmen wählen, in dem er mich nicht so abkanzeln konnte, wie er es bei Helena getan hatte.

»Okay, kannst du machen, aber nicht jetzt«, sagte Archie. »Er ist vor zwei Tagen auf die Bahamas geflogen, natürlich mit dem Privatjet seines Vaters. Keine Ahnung, wann er zurück sein wird.«

»Sicherlich bald.« Ich nickte, obwohl er das nicht sehen konnte. »Behalte ihn im Auge und sag mir Bescheid, wenn er wieder da ist. Dann nehme ich ihn mir vor.«

»Stets zu Diensten, Sir«, antwortete Archie zackig und legte auf.

Die Party, die Carter Fields im Penthouse des Vanity-Hotels veranstaltete, war exakt so, wie ich es erwartet hatte: Alle trugen sündhaft teure Klamotten, in denen man auf keinen Fall entspannt sitzen oder tanzen konnte, hatten superschicke Drinks in der Hand und beäugten einander. Nein, Korrektur – seit etwa einer Minute beäugten sie *mich*. Denn keiner von ihnen hatte wohl erwartet, dass ausgerechnet ich hier auftauchen würde. In genau dem Hotel, in dem mein Bruder und seine Freundin gestorben waren, nur zwei Stockwerke unter diesem. Sie fragten sich garantiert, was ich hier wollte. Ob ich mich entschlossen hatte, endlich dazuzugehören – oder es einen speziellen Grund gab, warum ich hergekommen war.

Glaubt mir, es ist zu hundert Prozent Letzteres.

Ich wehrte die neugierigen bis sensationslüsternen Blicke mit einem trägen Lächeln ab und wusste wieder, warum ich diese privaten Upperclass-Partys schon immer gehasst hatte: Niemand hier hatte Spaß. Nicht einmal die Leute, die über den Couchtisch gebeugt waren und sich eine Line reinzogen. Als ich das Kokain sah, hatte ich große Lust, den ganzen Tisch aus dem Fenster zu werfen, ich beherrschte mich jedoch. Das Zeug hatte Adam getötet, aber ich war nicht hier, um zu verhindern, dass andere ihm folgten. Ich war hier, um mit Carter zu reden, der nirgendwo zu sehen war. Aber ich konnte mir denken, wo er sich befand.

Ich steuerte den Flur an und trat durch die Tür nach draußen. Es war kalt, wir hatten Mitte Dezember, es war nicht mehr lange bis Weihnachten. Zum Penthouse gehörte auch ein kleiner Dachgarten, der ähnlich wie meiner mit Holz ausgekleidet war, aber jetzt im Winter ohne die Pflanzen auskommen musste, die man vermutlich ins Innere gebracht hatte. Die dunklen Teakholzmöbel, die man für die Party mit Polstern bestückt hatte, standen jedoch nach wie vor draußen. Ebenso gab es Heizstrahler, die alle Raucher vor dem Tod durch Erfrieren retten sollten. Momentan waren jedoch nur zwei Leute hier. Einer von ihnen war Carter, der in entspannter Haltung auf einem der Lounge-Sofas saß. Die andere Person war eine Frau. Jung. Ziemlich jung. Sie kniete zwischen seinen Beinen, trug lediglich Unterwäsche und bewegte ihren Kopf auf sehr eindeutige Weise.

»Hey, Carter«, sagte ich laut.

Das Mädchen zuckte zusammen und ließ von ihm ab, Carter sah auf.

»Was willst du hier?«, raunzte er mich an, schloss aber im gleichen Moment seine Hose. Er schien zu wissen, dass sein Blowjob fürs Erste kein Happy Ending haben würde.

»Wir haben was zu besprechen«, antwortete ich.

Er schnaubte. »Einen Scheiß haben wir. Verpiss dich, Mann. Ich hab zu tun.« Er deutete auf seine Begleiterin, die noch auf dem Boden kniete, frierend ihre Arme um sich geschlungen hatte und nicht zu wissen schien, was sie jetzt tun sollte.

»Geh besser rein«, sagte ich in einem Tonfall, der keine Widerrede zuließ.

Das Mädchen wechselte nicht einmal einen Blick mit Carter, bevor sie aufstand. Ich schüttelte den Kopf, als er keine Anstalten machte, ihr sein Jackett zu geben, das neben ihm lag. Dann zog ich meine Jacke aus und hielt sie ihr hin.

»Hier«, sagte ich leise. »Und sag allen, wir wollen nicht gestört werden, okay?«

Sie nickte, nahm die Jacke mit einem dankbaren Ausdruck und zog sie über, bevor sie verschwand.

»Jessiah Coldwell, der Ritter aller armen Jungfrauen«, sagte Carter Fields spöttisch und knöpfte sein Hemd zu. »Musste das echt sein? Ich bin sicher, sie wäre für uns beide da gewesen.«

»Halt die Fresse, Fields«, knurrte ich. Das mit der Jungfrau war vielleicht gar kein Witz gewesen und das Mädchen wahrscheinlich sogar minderjährig. Nur zu gerne hätte ich ihn windelweich geprügelt, aber ich hatte noch etwas zu erledigen.

»Ach richtig, du vögelst ja Helena Weston, was man so hört. Hätte ich auch, aber ihre Schwester hatte wirklich einen gnadenlosen Beschützerinstinkt, was das angeht.«

Okay, vielleicht konnte ich ihn auch noch befragen, nachdem ich ihn verprügelt hatte. Ich ging auf ihn zu und fasste ihn grob am Kragen seines Hemdes, zog ihn hoch.

Er lachte nur. »Oh, es ist also wahr. Was für ein tragisches Paar ihr doch seid. Fast noch schlimmer als Adam und Valerie.« Ich sah in seinen Augen, dass er total zugedröhnt war. Das war gut. Meist waren Leute ehrlicher, wenn sie drauf waren.

»Wo wir gerade davon reden«, begann ich. »Willst du mir vielleicht irgendwas über die Nacht erzählen, in der die beiden gestorben sind? Darüber, wo du warst?«

Sein Lachen verschwand für einen Moment und er hob die Hände. »Absolut nichts, Officer.« Es klang spöttisch und irgendwo in meinem Inneren brannte endgültig eine Sicherung durch. Er wollte mich verarschen? Sehr schön. Dann würde ich ihn eben anders zum Reden bringen.

Ich verstärkte meinen Griff und schleifte Carter zum Rand des Dachgartens, wo nur ein schmales Geländer die Terrasse vom freien Fall in den achtzehn Stockwerke tiefen Abgrund trennte. Dort packte ich ihn und hob ihn hoch, weit genug, dass er ein Stück über die Glasabtrennung ragte. Zum Glück war Helena nicht da. Ich war mir nicht sicher, ob sie gut gefunden hätte, was ich hier machte. Nur widerwillig hatte sie mir das Feld überlassen, nachdem ich ihr gesagt hatte, was bei Archies Nachforschungen herausgekommen war. Es war unser einziges Gespräch in den letzten drei Wochen gewesen und hatte genau fünf Minuten gedauert – die besten und grausamsten fünf Minuten seit dem Casinoabend. Aber auch wenn sie gern selbst hergekommen wäre, hatte Helena eingesehen, dass ich bei Carter vermutlich mehr erreichen würde als sie.

»Sag mir, was ich wissen will, oder ich schwöre bei Gott, ich werfe dich da runter«, zischte ich.

Carter wand sich in meinem Griff, aber er schnaubte trotzdem abfällig. »Jeder hat gesehen, dass du hier bist. Wie willst du denn aus der Nummer wieder rauskommen?«

»Oh, gar nicht«, antwortete ich im Plauderton und schob ihn noch etwas weiter in Richtung Abgrund. Mir wurde ohne meine Jacke langsam kalt, aber ich spürte es kaum. »Glaub mir, ich gehe liebend gern in den Knast für den Mord an dem Typen, der meinen Bruder auf dem Gewissen hat.«

»Was? Nein!« Jetzt sah ich Panik in seinen Augen und er fasste nach meinen Armen, die ihn eisern an Ort und Stelle hielten. »Jess, Mann, ohne Scheiß, ich hab nichts mit Adams Tod zu tun! Das musst du mir glauben!«

»Ich muss gar nichts, du blöder Wichser.« Noch ein paar Zentimeter mehr. Wenn ich über Carters Schulter sah, konnte ich unten die Lexington erkennen. »Wie winzig die Autos aus dieser Entfernung aussehen«, sinnierte ich.

Es wirkte. Carter begann, vor Angst zu schwitzen, und er hatte aufgehört, sich zu bewegen. »Sie hatten das Kokain nicht von mir!«, rief er. »Wirklich nicht. Ich habe Pratt beauftragt, weil ich dachte, dass es witzig wäre, Val ein bisschen zu ärgern. Sie wollten das Geschenk nicht annehmen, also war die Sache für mich erledigt.«

Das war ein Anfang. Aber noch lange nicht alles. »Wieso hast du gelogen, als Helena dich gefragt hat, warum du Pratt in die Suite geschickt hast? Du hast behauptet, Valerie hätte dich darum gebeten und dir sogar Geld gegeben.«

»Ach, deswegen bist du hier? Nicht als Ritter irgendeiner Jungfrau, sondern als der persönliche Knappe von Helena? Gott, wenn das eure Familien wüssten.« Carters Lachen war zittrig und mein Griff wurde wieder fester. »Okay, okay, schon gut, ich gebe es zu. Ich war eifersüchtig.«

»Willst du mich verarschen?« Das glaubte ich niemals.

Die Angst in Carters Augen vermischte sich mit Scham. »Nein. Ich war jahrelang scharf auf Valerie gewesen und irgendwann hatte ich es geschafft: Sie ist mit mir ausgegangen, wir hatten Sex, alles war gut. Aber dann ist plötzlich Adam aufgetaucht, der gute, perfekte Adam mit seinen verfickten Prinzipien und seiner strahlend weißen Weste. Und sie hat mich einfach stehen lassen. Was hat sie noch mal gesagt? Ach ja: Ich mag dich nicht auf diese Art, Carter. Es war nett, aber ich will nichts Ernstes mit dir.« Er stieß einen verächtlichen Laut aus. »Also habe ich es ihr heimzahlen wollen. Ich dachte, wenn ich einen Dealer in die Suite schicke, wird Adam denken, dass es Vals Einfall war, und die Verlobung platzen lassen.«

Von allem, was ich über Adam und Valerie wusste, war das eine wahnsinnig lächerliche Idee. Aber Carter hatte wohl nur die oberflächliche Seite von Helenas Schwester gekannt, die viele gesehen hatten.

»Und dann?«, bohrte ich nach. »Ich weiß, dass du in der Nacht noch mal aus deinem Zimmer im Mandarin Oriental verschwunden bist.« Archie hatte mir gesagt, dass Carter immer dort hinging, wenn er Prostituierte bestellte, weil seine Eltern es verabscheuten, wenn er sie ins Vanity holte.

Seine Augen weiteten sich. »Du weißt davon?« Langsam schien ihm aufzugehen, dass ich nicht nur verdammt wütend war, sondern auch äußerst gut informiert.

»Allerdings. Also – warst du noch mal hier?« Im Polizeiprotokoll hatte nur gestanden, er wäre schon früh von der Party verschwunden und nicht zurückgekehrt.

»Ja«, gab er widerwillig zu. »Ich wollte wiederkommen und mich als Schulter zum Ausweinen anbieten, wenn es zwischen den beiden gekracht hatte. Aber als ich geklopft habe, war bei ihnen alles bestens. Val hat sich für die Suite bedankt und mich dann wieder rauskomplimentiert. Da habe ich gemerkt, dass es eine Scheißidee war. Das war alles.«

»Warum warst du dann nicht auf den Überwachungsaufnahmen zu sehen?«, fragte ich. Auch das hatte im Protokoll gestanden und der private Ermittler meiner Mutter hatte es bestätigt – auf dem Gang vor der Suite von Valerie und Adam war niemand gewesen, nicht zwischen der Verabschiedung der letzten drei Gäste zwei Stunden vor dem Todeszeitpunkt und dem Zimmermädchen, das die beiden am Morgen gefunden hatte.

»Weil … ich sie manipuliert habe.« Carter presste es nur durch die Zähne hervor, sodass ich es kaum verstand.

»Was?« Ich starrte ihn an, fassungslos. »Du hast die Scheißbilder manipuliert und nichts gesagt, als klar war, dass Valerie und Adam tot sind? Wie kannst du so ein Riesenarschloch sein?!« Ich hatte gute Lust, meinen Griff einfach zu lösen und ihn in die Tiefe fallen zu lassen. Ein Carter weniger auf der Welt war immerhin ein Anfang.

»Ich wollte meinen Arsch retten!«, rief er hastig. »Überleg doch mal, wie hätte das denn ausgesehen? Ich war vielleicht der Letzte, der sie lebend gesehen hat! Die hätten mich doch sofort verdächtigt, als eifersüchtigen Ex, der es nicht ertragen konnte, dass Valerie einen anderen heiratet!«

Er hatte offenbar wirklich kein Gewissen. Es hätte mich nicht wundern dürfen, aber ich war trotzdem starr vor Entsetzen.

»Es war schlechter Stoff, der sie umgebracht hat!«, schob er nach. »Ein Unfall, sonst nichts!«

»Dann kannst du mit Sicherheit sagen, dass in dem manipulierten Zeitraum niemand auf diesem Flur war?!« Meine Stimme vibrierte vor Zorn. »Oder in ihrem Zimmer?«

Plötzlich war da eine Möglichkeit, die mir die Luft abschnürte – dass es eben kein verdammter Unfall gewesen war. Dass jemand Adam und Valerie getötet hatte, wie auch immer das ausgesehen haben konnte. Vielleicht hatte sie jemand gezwungen, das verunreinigte Kokain zu nehmen. Vielleicht hatte es ihnen auch jemand gewaltsam verabreicht und es dann vertuscht. Mir wurde übel. Wie sollte ich das Helena erklären?

Noch weißt du gar nichts darüber, beruhigte mich meine innere Stimme.

Das war richtig, aber meine Intuition hielt dagegen.

»Ich hab sie mir angesehen, da war niemand!«, schwor Carter, es klang jedoch nicht so sicher, wie er es sich vermutlich wünschte. Oder ich. »Auf den Aufnahmen war niemand außer mir zu sehen.«

»Würdest du dein Leben verwetten, dass es so ist?«, knurrte ich ihn an.

»Ich … Bitte lass mich runter«, flehte Carter. Ich hatte gar nicht gemerkt, dass ich ihn noch weiter über die Brüstung hinausgeschoben hatte. »Ich tu alles, was du willst, aber bitte: Lass mich runter.«

Ich tat es, holte ihn von dem Geländer und ließ ihn los. Mir war schlecht, ich bekam kaum Luft. *Es muss nicht so sein*, beschwor mich meine Vernunft. *Es muss nichts bedeuten.* Nein, musste es nicht. Aber es konnte und das reichte meinem Magen völlig, um heftig zu rebellieren. Zum Glück war die Luft eiskalt und ein paar tiefe Atemzüge halfen, um meinen Kopf klar zu kriegen. Dann sah ich Carter an, der sich keinen Zentimeter bewegt hatte, aber vor Kälte zitterte.

»Hast du die Aufnahmen noch?«, fragte ich. »Die Originaldateien?«

Er nickte. »Zur Sicherheit, falls mir doch jemand auf die Schliche kommt. Damit ich zumindest beweisen kann, dass ich nur kurz in ihrem Zimmer war.«

»Ich brauche sie.« Ich musste mir diese Aufnahmen ansehen, um sicherzugehen. Vielleicht war es wirklich nur ein Hirngespinst, aber ich musste mich selbst davon überzeugen.

»Aber da war wirklich niemand –«

»Ich will diese Dateien.« Hart betonte ich jedes einzelne Wort.

Er gab sich geschlagen. »Komm morgen vorbei, dann gebe ich sie dir.«

»Warum nicht jetzt gleich?«

»Weil mein Laptop nicht hier ist, sondern in meiner Wohnung.«

Das klang verflucht nach Ausrede. Ich trat auf ihn zu. »Carter, ich schwöre dir, wenn du mich linkst – «

»Würde ich nicht!«, rief er. »Du hast sehr deutlich gemacht, dass es dir ernst ist, Mann. Du bekommst die Dateien. Natürlich wäre ich dir dankbar, wenn du der Polizei nichts davon sagst …« Er sah meinen Blick und verstummte. »Schon gut. Mach damit, was du willst.«

Ich wusste nicht, wie ich ihn daran hindern sollte, die Daten einfach zu löschen. Was hielt ihn davon ab, an seinen Computer zu gehen und sie im Nirvana verschwinden zu lassen? Nichts. Aber ich konnte ihm drohen. Das zog offenbar.

»Wenn du dein Wort brichst, verspreche ich dir, werde ich dafür sorgen, dass du dein geliebtes New York verlässt. Du solltest wissen, dass ich dazu in der Lage bin.« Carter konnte man nicht verschwinden lassen wie Pratt, aber es gab andere Wege. Feiern war sein Leben und ich kannte so ziemlich jeden in der Szene. Ein paar gut platzierte Gerüchte bei ihnen und niemand würde noch etwas mit ihm zu tun haben wollen. Ich hätte gern was Besseres parat gehabt, aber mein Auftritt heute schien ihn ausreichend beeindruckt zu haben.

»Glaub mir, du bekommst die Aufnahmen«, beschwor er mich. »Du hast mein Wort. Gib mir Zeit bis morgen, ich habe sie auf einem gesicherten Server, auf den ich nur von meinem Rechner komme. Am Nachmittag hast du sie.«

Ich war ein schlechter Lügner, aber ich hatte ein gutes Gespür dafür, wenn mich jemand belog. Und Carter Fields sagte, so schwer das zu glauben war, in diesem Moment die Wahrheit. Also gab es für mich nichts mehr zu tun. Außer einer Sache.

»Gib mir dein Telefon«, sagte ich und streckte die Hand aus. Er holte es aus der Tasche und entsperrte es, bevor er es mir hinhielt. Ich tippte meine Nummer in den Speicher ein und gab es ihm zurück. »Genieß die Party, Carter. Wenn du Scheiße baust, war es das letzte Mal, das verspreche ich dir.«

Damit ließ ich ihn allein und ging, in meinem Kopf tausend Fragen, in meinem Herzen nur eine. Zwei Worte, ganz simpel: Was, wenn?

Was, wenn?

Was, wenn?

Ich hatte keine Ahnung, was ich dann tun sollte.

29
Helena

»Und nun kommen wir zu den gesetzlichen Bestimmungen für die Einweisung eines Patienten oder einer Patientin.«

Ich sah voller Hoffnung in die Ecke meines Tablets, wo mir die Uhrzeit leider sagte, dass ich noch über eine Stunde den Ausführungen der Professorin zuhören musste, die nicht nur einen einschläfernden Tonfall hatte, sondern zusätzlich noch über Gesetze sprach – was das Langweiligste war, das ich mir vorstellen konnte. Mein Blick wanderte weiter zum Datum. Es war der 17. Dezember. Jess hatte heute Geburtstag, das wusste ich, weil wir uns darüber unterhalten hatten, damals auf der Dachterrasse. Darüber, dass er eine Woche vor Weihnachten geboren worden war und das bedeutete, nie eine coole Sommerparty feiern zu können – und das Ganze rein geschenketechnisch früher nicht toll gewesen war. Ich hatte ihn deswegen ein bisschen verspottet und er hatte es mir nicht übel genommen. Mir kam es vor, als wäre das Jahre her.

Wie gerne hätte ich mich heute auf den Weg zu seiner Wohnung gemacht, ein Geschenk in der Hand, natürlich extravagant verpackt, wie Valerie es mir beigebracht hatte. *Du kannst schenken, was du willst, Lenny – wenn es richtig krass eingepackt ist, wirkt es immer so, als hättest du es mit Liebe aus-*

gesucht und viel Geld dafür ausgegeben. Ein Geschenk für Jess wäre vermutlich nicht teuer gewesen. Aber mit Liebe ausgesucht auf jeden Fall.

Ich versuchte, der Vorlesung zu folgen, malte jedoch nur Kreise auf mein Tablet. Wenn das hier eine Parallelwelt wäre, in der Jess und ich zusammen sein dürften, was hätte ich ihm dann wohl geschenkt? Eine Küchenschürze mit *Kiss the Cook* darauf? Vermutlich nicht. Doch eher irgendein cooles neues Gadget für die Küche, von dem ich auch etwas hatte, wie eine Crêpe-Platte oder einen Donutmaker? Schon besser. Aber ich glaube, ich hätte ihm am ehesten eine Tour durch New York geschenkt. Eine, auf der er die Stadt mögen lernen musste, weil sie unglaublich zauberhafte Ecken hatte, die er wahrscheinlich gar nicht kannte. Ich hätte ihm dazu einen Reiseführer gebastelt, mit Fotos und Stadtplänen, damit er jederzeit dahin zurückkehren konnte, wo es ihm besonders gut gefallen hatte. Und wenn in dieser wunderbaren Parallelwelt meine Schwester noch lebte, würde sie mir ganz sicher dabei helfen, die besten Spots auszusuchen. Während sie sich darüber amüsierte, dass ich mich ausgerechnet in den jüngeren Bruder ihres Mannes verliebt hatte und das so unendlich kitschig war.

Ich spürte, wie mir bei dem Gedanken Tränen in die Augen stiegen, weil diese Vorstellung so perfekt war, dass es wehtat. Sie war wie ein Messer, das in meine Realität schnitt und eine tiefe Wunde verursachte. Nur dass es kein Blut war, das herauslief, sondern Kummer und Sehnsucht. Fürchterliche Sehnsucht nach meiner Schwester. Und ebenso große, wenn auch eine ganz andere, nach Jess.

Der Kommilitone neben mir musterte mich fragend, als ich mir hastig mit dem Ärmel über die Augen wischte. »Allergie«, murmelte ich nur und er nickte, bevor er sich wieder nach vorne drehte. Im Schutz des Tisches zog ich mein Handy hervor. Ich brauchte irgendetwas, um mich abzulenken.

Ich hatte eine Nachricht von Malia, mit der ich vor ein paar Tagen telefoniert hatte, um sie auf den neuesten Stand zu bringen. Wobei das eigentlich zu viel gesagt war – denn es gab gar keinen Stand. Der Einbruch in die Klinik war eine Sackgasse gewesen und seither hatte ich keinen neuen Ansatz finden können. Und Jess hatte sich auch nicht noch einmal gemeldet, ob Carter endlich wieder in der Stadt war. Nur weil ich mich gut daran erinnerte, wie Valeries Ex beim letzten Mal auf mich reagiert hatte, war ich bereit gewesen, Jess die Befragung zu überlassen. Aber seit ich davon wusste, dass Carter offenbar noch mal im Vanity gewesen war, saß ich auf glühenden Kohlen, ob es endlich etwas Neues gab. Auch, weil ich mir wünschte, wieder mit Jess sprechen zu können. Seit dem Telefonat, bei dem er zu mir gesagt hatte, wir dürften uns nicht mehr sehen, stand ich dreimal pro Tag kurz davor, zu seiner Wohnung zu fahren, weil ich sicher war, sonst den Verstand zu verlieren. Bisher hatte ich mich immer davon abgehalten. Aber ich wusste nicht, wie lange ich das noch schaffen würde.

Malia bekam eine Antwort auf das Foto ihres winzigen Weihnachtsbaums, an den gerade mal zwei Kugeln passten, dann steckte ich das Handy wieder weg und ertrug den Rest der Vorlesung. Zum Glück war es die letzte für heute und ich konnte anschließend nach Hause. Eine Woche vor Weihnachten herrschte dort zwar auch keine Ruhe, aber ich konnte mich in mein Zimmer verziehen und noch mal alles durchgehen, was ich zu Valeries und Adams Tod hatte. Irgendwo musste sich eine neue Spur auftun. Es musste einfach.

Draußen war es eiskalt, als ich das Unigebäude verließ, und es schneite – was ungewöhnlich war, meistens hielt der strenge Winter in New York erst im Januar Einzug und nicht bereits

Mitte Dezember. Ich zog die Kapuze meines Mantels über den Kopf und beeilte mich, zu Raymonds Wagen zu kommen, der an der Straße auf mich wartete.

Die Fahrt dauerte wegen des Wetters etwas länger als gedacht und es war schon kurz nach vier am Nachmittag, als ich in die Wohnung kam. Niemand außer Rita war da, also ging ich direkt nach oben und vertiefte mich in meine Aufzeichnungen, eingekuschelt in Valeries Columbia-Pullover. Aber egal, wie oft ich mir die Inhalte der Akten anschaute, den Obduktionsbericht oder meine eigenen Notizen, ich kam nicht weiter. Simon Foster hatte mich zu Pratt geführt und Pratt zu Carter, danach war ich jedoch ins Stocken gekommen. Wieso meldete sich Jess nicht? War Carter etwa immer noch auf den Bahamas?

Meine Zimmertür war geschlossen, ich hörte trotzdem, wie unten jemand die Wohnung betrat. Schnell packte ich meine Notizen, Post-its und Kopien wieder in die Mappe, die ich seit meiner Rückkehr aus England dafür benutzte, und verstaute sie im Schrank. Als ich jedoch auf den Flur trat, hörte ich, wie sich die Haustür ein weiteres Mal öffnete und mein Vater jemanden begrüßte. Als derjenige antwortete, stellte ich fest, dass es mein Bruder war. Sie redeten sehr ernst miteinander und mein Herz schlug plötzlich viel kräftiger, weil ich Angst hatte. Hiobsbotschaften waren in den letzten Jahren Teil dieser Familie geworden. War jetzt wieder etwas passiert?

Leise schlich ich zur Treppe, weil ich wusste, dass auch Geheimnisse bei den Westons an der Tagesordnung waren. Ich hatte zu oft erlebt, dass man mir die Wahrheit verschwieg, um nun darauf zu vertrauen, dass ich hinuntergehen und erfahren würde, warum mein Dad und Lincoln so klangen, als gäbe es ein großes Problem.

»Danke, dass wir ohne Mom darüber reden können«, sagte mein Bruder und ein Stuhl am Esstisch knarzte, weil er sich vermutlich hingesetzt hatte. Rita kam und fragte, ob die beiden etwas trinken wollten, und ich sah, wie sie danach durch den Flur in Richtung Küche ging.

»Du weißt, dass ich eigentlich nichts mehr vor deiner Mutter verheimlichen will. Das hat uns in der Vergangenheit nichts als Ärger und Schmerz eingebracht.«

»Ja, das weiß ich. Und ich will auch gar nicht, dass du es ihr verheimlichst. Ich wollte trotzdem erst einmal nur mit dir sprechen, weil ich hoffe, dass du die Situation besser verstehen kannst.«

Ich rückte etwas näher ans Geländer heran und setzte mich auf den Teppichboden. Ein wenig kam ich mir vor wie in meiner Kindheit, wenn Valerie und ich irgendwelche Abendessen unserer Eltern belauscht hatten.

Mein Bruder atmete so laut ein, dass ich es hören konnte. »Es geht um meine Beziehung mit Paige. Und um die Hochzeit.«

»Was ist damit?«, fragte mein Vater in alarmiertem Ton.

»Ich fürchte, ich kann sie nicht heiraten, Dad.« Ich merkte, wie schwer es Lincoln fiel, das auszusprechen. »Es wäre nicht richtig, das zu tun, wenn ich eine andere liebe.«

Schweigen. Ich hielt die Luft an.

»Wer ist die andere?«, kam dann die Nachfrage.

Beinahe hätte ich geschnaubt. Das war das Erste, was Dad dazu einfiel? Wer diese Frau war? Kein Mitgefühl, kein Verständnis, nur das Abfragen von Fakten? Es hätte mich nicht wundern dürfen, versetzte mir aber dennoch einen Stich. Entweder war diese Familie nie das gewesen, was ich geglaubt hatte, oder sie hatte sich wirklich verändert.

»Penelope Waterson.«

Nun hörte ich das Einatmen von meinem Vater und es war scharf und zischend.

»Deine Freundin damals in der Schule? Bitte sag, dass das nicht dein Ernst ist.«

»Wäre ich hier, wenn das nicht mein Ernst wäre?« Ich bewunderte Lincoln dafür, dass er so ruhig blieb, so gefasst. Ich hätte das nicht hingekriegt.

»Dann habe ich deine Weitsicht wohl unterschätzt. Oder deine Reife.«

»Mag sein, auch wenn es mich verletzt, dass du das so siehst. Aber Fakt ist, dass ich hier bin, um dich darum zu bitten, die Verlobung mit Paige lösen zu dürfen.«

Wow. Mir blieb der Mund offen stehen. Das hatte ich nicht erwartet. Gehofft, nach unserem Gespräch im Plaza, das definitiv. Aber nie hätte ich gedacht, dass mein Bruder sich so entscheiden würde.

»Lincoln, ich bitte dich, du kannst doch nicht deine Zukunft riskieren, nur weil du denkst, dass du in diese Jugendfreundin verliebt bist!« Dad schnaubte und schlug dann einen verständnisvollen Tonfall an. »Du hast kalte Füße vor der Hochzeit, das ist ganz normal. Mir ging es damals nicht anders.«

»Das mit Penny ist keine flüchtige Verliebtheit, Dad. Wenn ich ehrlich bin, habe ich sie nie richtig vergessen, nachdem wir uns damals getrennt haben. Und ich schaffe es seit dem Sommer nicht, sie mir aus dem Kopf zu schlagen. Wir sind wie Magnete, wir werden immer wieder zueinander gezogen, ob wir es wollen oder nicht.«

Als er das sagte, spürte ich in meinem Magen ein Echo auf diese Worte. Ich wusste nur zu gut, was er meinte. Bei Jess und mir war es doch genauso, oder nicht? Wir hatten uns bereits mehrfach gegeneinander entschieden und ich war fest entschlossen gewesen, mich daran zu halten. Aber jedes Mal, wenn ich ihn sah, ihn hörte oder auch nur an ihn dachte, merkte ich, dass sich nichts geändert hatte. Ich wollte mit ihm zusammen sein, obwohl ich wusste, dass es unmöglich war. Dass es meinem Bruder genauso ergehen könnte, brach mir das Herz.

Mein Vater sah das offenbar anders.

»Hast du dir überlegt, was mit Paiges Ruf passiert, wenn du ein paar Monate vor der Hochzeit die Verlobung löst? Er wäre ruiniert. *Sie* wäre ruiniert. Niemand anderes aus der oberen Gesellschaft würde sie heiraten wollen, nachdem Lincoln Weston sie abserviert hat.«

»Ich würde das komplett auf meine Kappe nehmen«, versprach Lincoln. »Ich würde meinetwegen ein öffentliches Statement abgeben, dass sie an der Trennung keine Schuld trägt.«

»Und was sollte das besser machen? Dann wäre sie erst recht diejenige, die dich nicht halten konnte. Wenn du dich dann noch mit Penelope Waterson zeigst, die schöner und aufregender ist, wären alle sicher, dass Paige einfach nicht gut genug war.«

Mein Bruder gab einen hilflosen Laut von sich. »Bitte, Dad, zwing mich nicht, den Rest meines Lebens in einer Beziehung verbringen zu müssen, die mich nicht glücklich macht.«

»Glück«, sagte mein Vater bitter. »Du klingst wie Valerie. Ihr war Glück auch wichtiger als alles andere, wichtiger als die Familie, als unsere Werte, und wohin hat sie das gebracht? In ein Grab! Glück, mein Sohn, ist ein flüchtiger Zustand, sonst nichts. Was man im Leben braucht, sind Beständigkeit, Sicherheit und Menschen, auf die man sich verlassen kann. Paige ist so jemand.«

»Ich liebe sie nicht, Dad!« Jetzt klang mein Bruder wirklich verzweifelt und ich konnte nicht länger hier oben sitzen und heimlich lauschen, wie er versuchte, für seine Liebe zu kämpfen. Ich wusste nicht, ob Penny die Richtige für ihn war. Aber er sollte die freie Wahl haben und dafür brauchte er Unterstützung. Also erhob ich mich, ignorierte das schmerzhafte Kribbeln in meinen Füßen und lief nach unten, direkt ins Esszimmer.

Beide sahen auf, als ich hereinkam. Ich hatte meinen Bruder noch nie so unglücklich erlebt. Seine Augen waren voller Kummer, seine Hände krallten sich um die Tischkante.

»Helena?« Mein Vater schaute mich überrascht an. »Ich wusste gar nicht, dass du hier bist.«

»Ich bin schon länger da. Und ich habe euch gehört.« Ich setzte mich ungefragt auf den Stuhl neben meinem Bruder. »Wenn Lincoln Paige nicht heiraten will, sollte er es auch nicht tun. Das hat keiner von beiden verdient.«

»Das ist eine Sache zwischen Lincoln, deiner Mutter und mir«, sagte mein Dad streng.

»Nein, falsch. Es ist eine Sache zwischen ihm und Paige.« Ich hob das Kinn an und wusste, ich befand mich auf dünnem Eis. Meine Anwesenheit in New York stand schließlich immer auf der Kippe und konnte von meinen Eltern jederzeit beendet werden. Aber ich wollte nicht aus Angst den Mund halten, wenn ich die einzige Unterstützung war, die mein Bruder hatte. Und deswegen redete ich weiter. »Ich weiß, dass die Zugehörigkeit zu dieser Familie bestimmte Pflichten mit sich bringt. Aber wir leben im einundzwanzigsten Jahrhundert, Dad. Du kannst nicht ernsthaft erwarten, dass Lincoln jemanden heiratet, nur weil es gut fürs Geschäft ist. Oder weil die Gesellschaft es erwartet.«

»Dein Bruder ist eine Verpflichtung eingegangen«, beharrte mein Vater. »Als er Paige um ihre Hand gebeten hat, war das ein Versprechen.«

»Eines, das er doch sowieso nicht halten kann!«, rief ich. »Jemanden zu heiraten, das sollte mit Liebe und Vertrauen zu tun haben, nicht mit strategischen Überlegungen. Wir sind rehabilitiert, wir haben das nicht nötig. Und ich bin sicher, auch Paige wird am Ende froh sein, wenn sie eine freie Wahl treffen kann.«

Mein Dad seufzte. »Du bist eine Romantikerin, genau wie deine Schwester.«

»Valerie war glücklich, verdammt«, sagte ich. »Sie war glücklich, weil sie Adam geliebt hat! Er war vielleicht ein Coldwell, aber anständig und gut zu ihr. Dass sie gestorben ist, hatte nichts mit ihrer Beziehung zu ihm zu tun. Es ist nicht fair, dass ihr immer so tut, als wäre sie ein Beispiel dafür, dass es der sichere Weg in den Untergang ist, wenn man sich aus Liebe für jemanden entscheidet.«

»Reden wir hier noch über Valerie?« Mein Dad warf mir einen sehr aufmerksamen Blick zu, dem ich standhielt.

»Nein«, antwortete ich. »Wir reden über Lincoln.« Der mir ein dankbares Lächeln schenkte, das allerdings sehr schief war. Und als unser Vater aufstand, ahnte ich nichts Gutes in Bezug auf sein abschließendes Urteil.

»Du löst diese Verlobung auf keinen Fall.« Er sah Lincoln an. »Der Name Weston bedeutet in dieser Stadt etwas – und wir stehen zu dem, was wir versprechen, das gilt auch für dich.« Dann schaute er auf die Uhr. »Ich habe noch einen Termin downtown. Wir sehen uns morgen in der Firma.«

Er ließ uns allein und wir saßen da, sagten erst einmal nichts. Schließlich legte ich meine Hand auf Lincolns Arm. »Tut mir wirklich leid.«

»Muss es nicht. Danke, dass du es versucht hast.« Er atmete aus.

»Was willst du jetzt tun?«, fragte ich.

»Keine Ahnung. Penny sagen, dass nichts aus uns werden kann, schätze ich. Das hätte ich wahrscheinlich von Anfang an tun sollen.«

»Du könntest auch mit Paige reden und dich von ihr trennen. Mom und Dad können dich nicht zwingen, sie zu heiraten.« Bei ihm hatten sie ja nicht einmal einen Hebel, um ihn dazu zu bringen, so wie bei mir.

»Nein, das nicht. Aber Dad hat doch recht.« Lincoln hob kraftlos die Schultern. »Paige wäre ruiniert. Außerdem … bei ihr weiß ich wenigstens, woran ich bin. Wer kann schon sagen, ob das mit Penny überhaupt halten würde. Vielleicht ist es wirklich nur ein Hirngespinst. Dann hätte ich alles aufs Spiel gesetzt, für nichts.«

Das stimmte, aber es klang nicht so, als würde er es glauben. »Garantien gibt es nie. Aber wenn du dich dafür entscheiden würdest, nicht nach den Weston-Regeln zu spielen, hättest du immerhin die Chance, dein Leben nach deinen eigenen Vorstellungen zu führen und glücklich zu sein.«

»Du hast Dad gehört. Also weißt du, was der Preis dafür wäre.«

Ja, das wusste ich: Er würde mit unseren Eltern brechen müssen, wenn sie sein Vorgehen nicht akzeptierten. Die Familie verlassen, genau wie die Firma. Das Leben, was er kannte, aufgeben müssen für die Aussicht auf eine Beziehung, die vielleicht nicht halten würde, was er sich davon versprach. Aber eigentlich ging es doch gar nicht um Penny. Es ging um viel mehr.

Lincoln sah mich an. »Würdest du das tun, wenn es den Deal mit Trish Coldwell nicht gäbe? Den Kontakt zu Mom und Dad abbrechen, um mit Jess zusammen zu sein?«

Ja. Das war mein erster Impuls. Wie oft ich mir schon vorgestellt hatte, in ein Taxi zu steigen und zu ihm zu fahren, um in seiner Umarmung ein neues Zuhause zu finden, konnte ich nicht zählen. Aber das wollte ich meinem Bruder nicht sagen, denn ich wusste, er machte sich dann nur Sorgen.

»Ich weiß es nicht«, wählte ich die Antwort, die ihn nicht beunruhigen würde. »Aber die Frage stellt sich bei uns auch nicht. Bei dir schon.« Penelope stammte aus einer guten Familie, die keine Fehde mit unserer führte. An ihr war nichts auszusetzen, außer der Tatsache, dass sie erst wieder in Lincolns Leben getreten war, als er sich bereits mit Paige verlobt hatte.

Mein Bruder stand auf. »Ich werde mal nach Hause fahren«, sagte er und umarmte mich, nachdem ich mich ebenfalls erhoben hatte. »Danke, Len, es bedeutet mir viel, dass du da warst.«

»Jederzeit«, sagte ich. »Ruf mich an, okay?«

Er nickte, ging in den Eingangsbereich und ließ sich von Rita den Mantel bringen. Nachdem die Tür hinter ihm zugefallen war, lief ich wieder nach oben, in meinem Kopf noch bei dem, was gerade passiert war. Mir kam es vor, als würde unsere Familie langsam zerbrechen, von innen heraus zerstört werden durch engstirnige Ansichten und den Mangel an Freiheit. Vielleicht war es wirklich Valeries Verdienst, dass weder Lincoln noch ich es schafften, unser Leben nach den Vorstellungen unserer Eltern zu leben. Ich wusste nur nicht, was wir damit anfangen sollten.

Als ich in mein Zimmer kam, ging ich direkt zum Schrank und holte das Wegwerfhandy heraus. Ich brauchte das jetzt – das Gefühl, theoretisch mit Jess in Kontakt treten zu können, wenn ich es wollte. Also schaltete ich es ein, aber da war keine neue Nachricht, kein Lebenszeichen. Ich atmete aus und legte es beiseite. In dem Moment klingelte mein Smartphone, das ich auf dem Bett zurückgelassen hatte. Es war Edina.

»Hi«, begrüßte ich sie und bemühte mich, halbwegs fröhlich zu klingen.

»Hi, Helena«, antwortete sie in ähnlichem Tonfall. »Ich weiß, es ist sehr kurzfristig, aber hast du heute Abend etwas vor? Ich habe erste Beispieldrucke für die Flyer bekommen und wüsste wirklich gern deine Meinung dazu. Und da Finlay und ich morgen mit seinen Eltern nach Schottland fliegen, um Weihnachten zu feiern, wäre es toll, du würdest einen Blick darauf werfen.«

Ich schaute zum Fenster, wo man erkennen konnte, dass es immer noch schneite. Außerdem wurde es langsam dunkel draußen. Ich hatte mich eigentlich heute Abend im Bett verkriechen, irgendeine Serie gucken und mich davon abhalten wollen, an Jess zu denken.

»Ich kann sie dir auch nach Hause bringen lassen und wir telefonieren dann einfach«, schlug Edina vor, weil ich wohl etwas zu lange geschwiegen hatte.

»Nein«, gab ich mir einen Ruck. »Das ist eine gute Idee.« Schließlich wusste ich, dass ich es eh nicht schaffen würde, nicht an Jess zu denken, wenn ich hierblieb. Die Flyer würden mich wahrscheinlich besser ablenken. Es sei denn … »Das ist aber nicht so wie bei unserem ersten Treffen, oder?«, fragte ich, teils ängstlich, teils hoffnungsvoll. »Du weißt schon, dass eigentlich jemand anders will, dass ich ins Hotel komme.« Wir hatten uns danach zwar noch einmal getroffen, aber sicher war sicher.

»Oh, nein, das ist es nicht. Wirklich nicht.« Ich konnte Edinas heftiges Kopfschütteln beinahe hören. »Und die Baustelle von Delilahs Club ruht momentan, weil der Estrich trocknen muss. Du wirst ihm nicht begegnen.«

»Gut«, stieß ich aus, obwohl mir eher das Gegenteil durch den Kopf ging. Aber es wäre auch albern gewesen, zu glauben, dass Jess ein heimliches Treffen mit mir wollte. Er war sehr klar gewesen, als wir nach dem Casinoabend telefoniert hatten. Und außerdem war heute sein Geburtstag. Gerade bei ihm, der in jedem Club, Restaurant und jeder Bar in der Stadt willkommen war, konnte man erwarten, dass er feierte.

»Helena, bist du noch dran?«

»Ja, klar. Wann soll ich da sein?«

»Ich schicke dir Clark, wenn du willst. Er ist eh gerade an der Fifth, um Besorgungen zu machen, dann kann er dich mitnehmen.«

»Ja, klingt super.« Bei dem Wetter fuhr ich lieber mit einer Limousine als einem Taxi, dessen Besitzer eventuell keine Winterreifen aufgezogen hatte. »Dann sehen wir uns gleich.«

30
Jessiah

Geburtstage waren zum Kotzen. Vielleicht nicht alle, aber meiner auf jeden Fall. Schon seit Jahren verlangte ich, dass mein komplettes Umfeld diesen Tag ignorierte, mir nichts schenkte und auch nicht gratulierte – und es funktionierte bei den einen besser, bei den anderen schlechter. Meine Abneigung gegen meinen Geburtstag hatte keine richtige Ursache, ich mochte es einfach nicht, älter zu werden – noch weniger, seit ich in New York war und das Gefühl hatte, kostbare Lebenszeit an diese Stadt zu verschwenden.

Am liebsten wäre ich heute irgendwo hingefahren, wo es keinen Handyempfang gab und niemand wusste, dass ich dort war. Vielleicht nach Swan Lake, zur Farm meines Vaters. Aber schon am Morgen hatten sie Schnee gemeldet und in Richtung Norden waren die Straßen sicher längst dicht. Den Tag in einem Stau zu verbringen hätte zwar zu meiner Laune gepasst, ich hatte es dennoch gelassen. Außerdem wartete ich auf eine Nachricht von Carter, dass er die Dateien für mich hatte. Also stand ich jetzt in der Küche und buk Focaccia. Es war zwar viel zu viel und ich hatte keinen richtigen Appetit, aber das Kneten des Teigs war eine befriedigende Beschäftigung.

Ich hatte es nicht immer so gehasst, ein Jahr älter zu werden. Zu Zeiten, als mein Dad noch gelebt hatte, war es sogar echt okay gewesen, wenn der Tag anstand. Wir hatten meist was Cooles unternommen – waren in den Zoo gefahren, als ich kleiner gewesen war, oder später nach Coney Island. Und am Abend waren wir immer zu Taddeo und Leonora gegangen, um dort Pizza zu essen. Immerhin das hätte ich heute auch tun können, ich war schon viel zu lange nicht mehr im Bella Ciao gewesen. Aber es würde mich nur zu sehr an früher erinnern. Nach Dads Tod waren Geburtstage zu reinen Geschenkparaden geworden, je teurer, desto besser. Erst als Trish gemerkt hatte, dass ich ihre kostspieligen Präsente meist an Obdachlose weitergab, hatte sie damit aufgehört. Seitdem ignorierte sie meinen Geburtstag genau so, wie ich es wollte.

Mein Handy gab einen Ton von sich und ich wischte mir die bemehlten Hände ab, um nachzusehen. Wir hatten kurz nach zwei und bisher hatte mir niemand gratuliert. Das war ein guter Schnitt. Würde er nun zum Teufel gehen? Oder war das endlich Carter, der mir Bescheid gab, dass er mir die Dateien bringen würde?

Es war weder noch, sondern Thaz: *Hast du Bock, heute Abend um die Häuser zu ziehen? Ich schwöre auch, ich erwähne mit keinem Wort Du-weißt-schon-was.*

Ich grinste halb und sendete ein knappes *Ein andermal, okay?* zurück, bevor ich das Telefon wieder weglegte.

Es klingelte an der Tür, als ich gerade den nächsten Klumpen Teig bearbeiten wollte. Wie jedes Mal war da die kurze Hoffnung, dass es Helena sein würde, während ich genau wusste, dass sie es nicht war. Obwohl wir am Todestag unserer Geschwister über meinen Geburtstag geredet hatten, ging ich nicht davon aus, dass sie sich das Datum gemerkt hatte. Und wenn doch, würde sie kaum riskieren, zu mir zu kommen.

Erneut klingelte es und mir fiel auf, dass ich nach wie vor in der Küche stand und mich in meinen Gedanken verloren hatte. Ich gab mir einen Ruck. Vielleicht war das Carter oder ein von ihm beauftragter Kurier, schließlich war bereits Nachmittag. Hastig setzte ich mich in Bewegung. Immerhin waren meine Hände schon sauber, was man von meinem schwarzen Shirt nicht behaupten konnte. Während ich den Summer für die untere Tür betätigte und die der Wohnung öffnete, wischte ich die hellen Mehlreste von dem dunklen Stoff. Allerdings hörte ich sofort damit auf, als ich sah, wer den Gang entlangkam.

Es war meine Mutter.

»Trish?« Ich zog die Augenbrauen hoch. War sie zufällig hier? Schließlich ignorierte niemand meinen Geburtstag besser als sie.

»Hallo, Jessiah«, sagte sie steif. »Lässt du mich rein?«

»Sicher.« Ich trat zur Seite und sie ging in die Wohnung. »Kann ich dir etwas anbieten?« Nach wie vor bemühte ich mich um Höflichkeit, um keinen Verdacht aufkommen zu lassen, dass sich Helena nicht an den Deal gehalten hatte. Auch wenn es von Mal zu Mal schwieriger wurde.

»Nein, danke. Ich bleibe nicht lange.« Trish öffnete ihren Shopper von Chanel, um etwas herauszuholen, einen großformatigen Umschlag aus braunem Papier. »Ich weiß, dass du deinen Geburtstag nicht feierst, aber vielleicht nimmst du trotzdem ein Geschenk von mir an.« Sie überreichte mir den Umschlag und wirkte fast so, als wäre sie nervös. Was nicht sein konnte, weil meine Mutter niemals nervös war. »Willst du ihn nicht öffnen?«, fragte sie. Okay, vielleicht doch.

Ich öffnete die obere Klappe und zog einen Stapel Dokumente heraus. Mit gerunzelter Stirn las ich, dass es sich offenbar um einen Vorvertrag handelte, für den Kauf eines Ladenlokals in New York. Meine Augen wurden groß, als ich die Adresse erkannte.

»Was ist das?«, fragte ich meine Mutter. »Hast du etwa …?«

»Mir eine Option auf das Harper's gesichert, genau.« Sie nickte und wirkte zufrieden. »Ich dachte, es wäre ein angemessenes Geschenk zu deinem vierundzwanzigsten Geburtstag.«

Ich starrte sie an. »Warum tust du das? Ich habe dir gesagt, dass ich das Restaurant nicht will.« Es war so typisch für sie, dass sie sich über meine Wünsche hinwegsetzte und einfach das tat, was sie für richtig hielt. Dachte sie etwa, sie könnte unser Verhältnis verbessern, indem sie einen siebenstelligen Betrag für ein Restaurant ausgab? Ihr schlechtes Gewissen beruhigen, sofern sie so etwas überhaupt hatte?

»Mick Harper hatte fast schon an jemand anderen verkauft, daher hat die Zeit gedrängt. Und ich dachte, dass du es dir vielleicht anders überlegst, wenn du erst einmal die Gelegenheit bekommst, aus dem Laden etwas zu machen.«

Ich wusste nicht, was ich darauf antworten sollte. Oder … eigentlich doch.

»Du kannst die Option verfallen lassen«, sagte ich und hielt ihr den Umschlag mit einer entschiedenen Geste hin. »Ich habe kein Interesse.«

»Jess, ich bitte dich.« Ihr Tonfall war ungewöhnlich, fast schon flehend. »Ich meine es doch nur gut mit dir und du tust so, als hätte ich deinen Hund überfahren.«

Nein, das nicht. Aber du hast mir das Mädchen weggenommen, in das ich verliebt bin und mit dem ich tatsächlich glücklich hätte sein können. Am liebsten hätte ich ihr das endlich gesagt, mitten ins Gesicht gebrüllt, und sie dann aus meiner Wohnung geworfen. Alles in mir verlangte danach. Nur konnte ich das nicht, wenn ich Helena nicht verraten wollte. Also riss ich mich zusammen.

»Das tue ich nicht«, wehrte ich ab. »Wir haben uns nie gut verstanden, Trish. Dass du mir ein Restaurant kaufen willst, ändert nichts daran.«

»Ich weiß, dass es ein harter Schlag für dich war, als dein Vater gestorben ist. Dass du dich nie wohl in den gehobenen Kreisen gefühlt hast und diese Stadt schon immer gehasst hast.«

»Und?« Ich sah sie kühl an.

»Ich hatte gehofft, dass wir … uns trotzdem annähern könnten. Nachdem wir Adam verloren haben, erscheint es mir falsch, dass wir nicht miteinander auskommen. Wir sollten versuchen, eine Familie zu sein.«

In diesem Moment dachte ich daran, dass Helena mir nicht hatte sagen wollen, warum sie mich nicht mehr sehen konnte. Hätte ich sie nicht dazu gezwungen, wäre dieses Angebot meiner Mutter vielleicht nicht auf völlige Ablehnung gestoßen. So war es nur eine Farce.

»Wenn du von Familie redest, meinst du dann auch Eli?« Es war nicht der beste Zeitpunkt, aber ich ahnte, dass es wohl kaum einen besseren geben würde. »Stehen deine Pläne noch, ihn aufs Internat zu schicken?«

»Ach, das Thema.« Trish verdrehte die Augen. »Du redest doch immer davon, dass er aus der Stadt raussollte. Es müsste dir doch gut in den Kram passen, wenn er nach Europa zieht, dann kannst du auch wieder aus New York verschwinden.«

Das hätte verletzend sein können, wenn ich gegen diese Art von Angriff nicht mittlerweile immun gewesen wäre. »Ich will, dass es ihm *besser* geht. Dass er den Rückhalt bekommt, den er braucht. Ihn in ein Internat abzuschieben ist wohl kaum die richtige Lösung dafür.«

»Was ist deiner Meinung nach denn dann die richtige Lösung?«

Sie sagte das so arrogant, dass ich merkte, wie meine Selbstbeherrschung bröckelte. Meine Mutter war nicht nur schuld an der Sache mit Helena, sondern auch daran, dass Thea Angst um das Sorgerecht für ihre Tochter haben musste – und wahrscheinlich auch daran, dass es Eli immer noch nicht gut ging. Sie war Gift für jeden, mit dem sie zu tun hatte. Und ich wusste nicht, wie ich meinen kleinen Bruder vor ihr beschützen sollte.

»Lass ihn zu der Therapeutin gehen, die mir empfohlen wurde«, versuchte ich es dennoch. »Und hör endlich auf, ihn ständig unter Druck zu setzen.«

»Die Therapeutin?« Sie lachte auf, viel zu laut. »Du meinst die Therapeutin in Queens? Auf keinen Fall. Wie würde das denn aussehen, wenn ich meinen Sohn zu jemandem in Queens schicke?«

Ich schnaubte. »Das ist alles, was dich interessiert – wie das *aussehen* würde? Ich frage mich, warum du die Westons eigentlich nicht leiden kannst, ihr habt doch die gleichen dämlichen Ansichten.«

»Die Therapeutin, die wir für ihn engagiert haben, ist die Beste, die es gibt.« Trish verschränkte die Arme vor dem Körper.

»Offenbar nicht für ihn.«

»Deswegen ja das Internat. Es gibt eine hervorragende Einrichtung in der Schweiz, die sogar begleitende Psychotherapie anbietet. Da ist außenrum nichts außer Wiesen, Feldern und Kühen. Wer sagt, dass ihm das nicht helfen würde?«

Ich hob das Kinn. »Eli sagt das. Er will nicht dorthin und das Falscheste, was du machen könntest, wäre, dich über diesen Wunsch hinwegzusetzen.«

»Dein Bruder ist knapp sechzehn Jahre alt, er hat keine Ahnung, was er will.«

»Ja, und genau das ist die Art von Aussage, die dazu führt, dass er immer noch mit diesem verfluchten Trauma kämpft.

Weil du und Henry kein Rückhalt für ihn seid, weil ihr ihn nicht ernst nehmt – weder ihn noch seine Wünsche. Eli ist in ein paar Jahren erwachsen, er braucht jetzt eine Familie, die ihn unterstützt und respektiert. Warum kapierst du das nicht?«

»Aber sicher, du würdest das natürlich viel besser machen«, sagte sie höhnisch.

»Was soll das heißen?« Irritiert sah ich sie an.

»Tu doch nicht so, als wüsstest du nicht, wovon ich rede. Eli hat es dir doch gesagt. Wir haben neulich gestritten und er hat mir an den Kopf geworfen, dass er es lieber hätte, du würdest die Vormundschaft für ihn übernehmen.«

Ach, davon sprach sie. Wahrscheinlich kam sogar daher ihr Gerede von Familie – sie hatte Angst, Eli zu verlieren, und versuchte deswegen, mich zu manipulieren. Ich hätte abwiegeln können, aber das wäre sicher nicht im Sinne meines Bruders gewesen. Und ich hatte versprochen, für ihn da zu sein.

»Ich gehe davon aus, dass diese Option nicht infrage kommt«, sagte ich also, ohne es zu bestätigen oder zu dementieren.

»Mach dich nicht lächerlich«, schnaubte meine Mutter. »Du kannst doch nicht glauben, dass ich die Verantwortung für einen Teenager jemandem übertrage, der vorgestern selbst noch einer war. Eli ist dazu bestimmt, Großes zu leisten. Was würde wohl aus ihm, wenn du seine Erziehung übernimmst? Jemand, der jeden Tag surfen geht und zu feige ist, aus seinen Talenten wirklich etwas zu machen?«

So viel zu ihrer Rede neulich, dass sie respektierte, was ich tat. Und der Angriff saß, auch wenn der erwachsene Teil von mir genau wusste, dass das nicht stimmte. Ja, ich hatte kein Studium an einer Elite-Uni vorzuweisen und mich hatte es nie interessiert, Karriere in irgendeiner Firma zu machen. Aber das bedeutete nicht, dass nichts aus mir geworden war. Im Gegenteil – mit dem, was ich gut konnte, war ich erfolgreich.

Trotzdem tat es weh. Dabei hatte ich gedacht, dass sie mich nicht mehr verletzen konnte.

»Wäre ich du, würde ich mir eher Gedanken darum machen, dass zwei deiner Söhne am liebsten von dir wegwollen und der dritte tot ist«, sagte ich leise, aber mein Tonfall war vernichtend. »Und jetzt solltest du besser gehen.«

Trish atmete scharf ein und ich wusste, ich hatte sie getroffen. Gut so. Sie verdiente das.

»Jess, es tut mir leid«, sagte sie und blieb neben mir stehen. »Es ist nur … du hast etwas an dir, das mich regelmäßig in Rage bringt.«

Natürlich lag es an mir. *Ich* war es, der *sie* in Rage brachte. Aber ich antwortete nichts mehr, sondern öffnete die Tür und hielt sie demonstrativ auf.

»Danke für deinen Besuch, Trish.« Meine Stimme war spöttisch. »Es war so schön, dass du an meinem Geburtstag hier warst.«

Sie hob das Kinn an, als sie an mir vorbeiging und dann doch noch einmal inne hielt. »Die Option für das Harper's gilt noch ein paar Tage. Falls du es dir anders überlegst, melde dich.«

Ich sparte es mir, ihr zu sagen, dass ich das sicher nicht tun würde. Wenn ich das Harper's hätte haben wollen, dann hätte ich es selbst von Mick gekauft. So oder so war dieses »Geschenk« daher nicht nur unsinnig, sondern auch übergriffig. Genau wie Trish.

»Wenn du mir etwas schenken willst, dann vergiss die Sache mit dem Internat«, sagte ich also stattdessen und hatte keine Ahnung, ob es etwas brachte. Denn sie nickte mir nur zu.

»Auf Wiedersehen, Jessiah.«

Sie ging und war kaum aus der Tür, da klingelte mein Handy. Ich lief zur Küchenzeile, sah eine unbekannte Nummer und nahm den Anruf an.

»Jessiah Coldwell«, meldete ich mich. Die meisten Leute ließen sich nur zu einem simplen Hallo herab, aber mein Vater hatte mir beigebracht, dass es eine Frage der Höflichkeit war, seinen Namen zu sagen.

»Hier ist Carter Fields. Ich habe die Daten, die du wolltest.«

Mein Puls beschleunigte sich sofort. »Gut.« Ich hoffte, dass man meiner Stimme nicht anhörte, wie sehr mich das aufwühlte. Denn es gab zwei Möglichkeiten: dass nichts auf den Aufnahmen zu sehen war, so wie Carter es behauptet hatte. Oder dass jemand bei Adam und Valerie gewesen war, vor ihrem Tod. Es war ziemlich klar, welches Szenario mir lieber war.

»Ich hab dir gesagt, du bekommst sie. Wo soll ich den Stick hinbringen lassen?«

Mein erster Impuls war, ihm meine Adresse zu nennen, aber ich wollte nicht, dass man uns beide auf die Art miteinander in Verbindung bringen konnte, falls sich meine Befürchtung bestätigte. Eilig überlegte ich und fand eine Lösung.

»Kennst du das Randy East?« Das war nicht gerade seine Preisklasse, vielleicht hatte er davon noch nie etwas gehört.

»Den Schuppen, den die beiden Hendersons umbauen? Klar. Bist du dort?«

»Heute Abend schon. Komm um acht dorthin, ich warte am Hintereingang.« Ich hatte wegen Delilahs Club einen Schlüssel und war mir sicher, dass Finlay nichts dagegen hatte, wenn ich die Übergabe dort machte.

»Moment mal, glaubst du, ich mache das selbst?« Carter lachte ungläubig. »Ich bin kein Kurier, Coldwell. Ich habe Leute für so was.«

Natürlich hatte er das. Aber das würde ihm nichts nützen. »Keine Chance. Ich will nicht, dass irgendjemand weiß, dass wir beide in Kontakt stehen.«

»Gut, dann komme ich selbst.« Es klang gelangweilt, er konnte mich jedoch nicht täuschen. Er war froh, wenn er nichts mehr mit mir zu tun haben musste.

»Ich gebe dir eine Stunde. Aber wenn du nicht auftauchst –«

»Schon klar. Ich werde da sein.«

Um zwanzig vor acht parkte ich neben dem Seiteneingang, den Delilah für ihre spätere Kundschaft vorgesehen hatte. Es hatte wieder zu schneien begonnen, diesmal heftiger, und dazu wehte ein ekelhaft eisiger Wind. Zum Glück fuhr ich einen Pick-up, der kein Problem mit Schnee hatte, denn auch wenn die Räumdienste alles taten, um zumindest die großen Straßen freizuhalten, kamen sie bei den Mengen kaum hinterher.

Allein auf den zehn Metern, die ich vom Auto zum Hotel zurücklegte, bekam ich so viel Schnee ab, dass ich ihn von meiner Jacke schütteln musste, bevor ich die Tür öffnete. Kaum hatte ich es getan, fiel mir beim Anblick des großen roten Warnschilds allerdings ein, dass der Estrich gerade gegossen worden war und ich deswegen den Boden nicht betreten durfte. Also zog ich die Tür wieder zu und machte mich auf den Weg zum Haupteingang. Die Drehtür war mittlerweile erneuert, aber natürlich abgehängt und verschlossen, daneben befand sich jedoch ein schmaler Zugang für die Nacht. Zum Glück passte der Schlüssel auch hier. Als ich in die Eingangshalle trat, stand Finlay da, einen Mantel an und gerade dabei, sich seinen Schal um den Hals zu wickeln.

»Hey Mann. Was machst du denn hier?« Er sah mich überrascht an. Mit Recht, denn er wusste von dem Estrich. Und das Wetter lud nicht zu einem Spontanbesuch ein.

»Ich …« Ich suchte nach einer Antwort. Es war nicht so, dass ich Finlay nicht für vertrauenswürdig hielt – ich hatte sein Hotel schließlich für die Übergabe von eventuell brisanten

Daten gewählt. Aber ich wusste nicht, wie ich es ihm erklären sollte, ohne sehr weit auszuholen.

»Jess, hi.« Edinas Auftauchen bewahrte mich davor, etwas sagen zu müssen. Sie kam in die Halle und zog sich ebenfalls ihren Mantel über, mit einem Gesichtsausdruck, den ich schwer deuten konnte. »Das ist ja ein Zufall.«

»Zufall?«, fragte ich. Und dann begriff ich, was sie meinte, als ich sah, dass sie nicht allein gekommen war. Mein Herz setzte einen Schlag aus.

»Helena«, sagte ich leise. Ich hatte nicht mit ihr gerechnet, obwohl wir uns hier schon einmal getroffen hatten. Seit dem Casinoabend vor etwas mehr als drei Wochen hatten wir uns nicht gesehen, aber diesmal überraschte es mich nicht, dass diese Zeit nichts geändert hatte. Wahrscheinlich konnte ich sie auch hundert Jahre nicht sehen – und trotzdem würde alles in mir aus dem Takt geraten, wenn ich ihr wieder begegnete. So war das zwischen uns. Und es war schön und furchtbar zugleich.

»Hi.« Sie stand da in einem hellen Strickpullover und Jeans, einen unsicheren Ausdruck in den Augen, bevor sie den Blick senkte. In mir zog sich alles vor Verlangen zusammen – dem Verlangen, bei ihr zu sein, mit ihr zu reden, sie zu küssen und mehr. Vielleicht lag es daran, dass sie so viel nahbarer wirkte als im Plaza. Das Kleid, das sie dort getragen hatte, war atemberaubend gewesen, aber jetzt, in Jeans und Pulli und abgetretenen Boots, das war *meine* Helena. Wobei, nein. Das war sie nie gewesen. Nie richtig.

»Wir müssen los«, sagte Edina nach einem Blick auf die Uhr. »Helena, kommst du mit? Clark fährt dich dann nach Hause, wenn er uns am Henderson abgesetzt hat.« Es klang, als wäre das so besprochen gewesen, aber Edina schien zu spüren, dass mein Auftauchen an dem Plan eventuell etwas geändert hatte.

»Ja, das wäre nett, danke.« Helena nickte und wich meinem Blick weiterhin aus, offenbar in dem Bedürfnis, sich an unsere Abmachung zu halten. Ich dachte an den Grund, warum ich hier war – und daran, dass ich bisher noch keine Gelegenheit gehabt hatte, ihr von meinem Treffen mit Carter zu erzählen. Konnte ich es wagen, das jetzt zu tun? Wir waren beide hier und draußen schneite es. Es war nicht sehr wahrscheinlich, dass man uns erwischte.

Ach, und du denkst, das wäre klug?

Helena war schon fast an der Tür, da hielt ich sie auf.

»Warte«, bat ich. »Hast du noch einen Moment für mich?« Ich redete mir ein, dass ich das nur wegen der Aufnahmen tat. Carter würde sie herbringen und es war die perfekte Gelegenheit, damit Helena sie sich auch ansehen konnte. Aber wenn wir ehrlich waren, ging es nicht darum.

Sie blieb stehen, schien darüber nachzudenken, bevor sie nickte und sich dann an Edina und Finlay wandte.

»Geht ihr ruhig«, sagte sie. »Ich kann den Fahrer meiner Eltern anrufen, um nach Hause zu kommen.«

»Okay.« Edina lächelte. »Danke für deine Hilfe. Wir hören voneinander.«

Sie streckte die Hand nach Finlay aus und er ergriff sie, zog Edina in seinen Arm und drückte ihr einen Kuss auf die Haare.

Ich spürte Neid. Sie hatten es geschafft. Es war sicher nicht leicht für sie gewesen, trotzdem waren sie zusammen. Ich wünschte, jemand würde das in einigen Jahren auch über Helena und mich denken. Nur war es wahrscheinlicher, dass wir als ewig tragisches Paar in die New Yorker Geschichte eingingen, sofern man überhaupt von uns erfahren würde. *Wenn ihre Geschwister nicht gestorben wären, hätten sie vielleicht eine Chance gehabt. Aber so? Es war von Anfang an hoffnungslos.*

Finlay sah mich an. »Wir übernachten heute drüben im Henderson, weil Edina meint, sie bräuchte mal wieder eine Dusche, die nicht nur schwallweise Wasser ausspuckt. Wenn ihr geht, kannst du hinten abschließen? Du hast ja den Schlüssel.«

»Mach ich.« Ich nickte und die beiden verschwanden nach draußen, wo dicke Flocken zu Boden fielen und der Wind ordentlich heulte.

Als sich die Tür schloss, atmete ich aus und nicht gleich wieder ein. Helena legte die Arme um ihren Körper und sah mich immer noch nicht an. Die Luft schien schwer zu sein von dem, was zwischen uns stand – und wie unter Strom zu stehen von dem, was uns beide miteinander verband. Ich musste nur zwei Schritte machen und konnte sie berühren. Die Hand ausstrecken, über ihre Wange streichen. Hören, wie sie scharf einatmete, bevor sie sich revanchierte, ihre Finger auf meinem Oberkörper über die Schultern bis in den Nacken wandern ließ. Es kam mir vor, als wäre es unausweichlich, dass es passierte. Und doch passierte nichts.

Mir war bewusst, dass ich derjenige war, der gesagt hatte, wir dürften uns nicht mehr sehen, nicht heimlich, nicht öffentlich, gar nicht mehr. Nur kam ich damit nicht zurecht. Ganz im Gegensatz zu ihr, zumindest glaubte ich das, bis sie endlich den Blick hob und mir in die Augen schaute. Denn da war keine Unsicherheit mehr, sondern Sehnsucht, Wut und Kummer – genau die Mischung, die mich bereits bei unserem ersten Zusammentreffen von den Füßen gefegt hatte. Genau die Mischung, die ich selbst fühlte. Ich hätte mich dafür verfluchen sollen, dass ich sie gebeten hatte, zu bleiben. Aber das tat ich nicht.

Ich stand nur da und schaute sie an, während draußen die Welt unterging.

31
Helena

Das Treffen mit Edina hatte seinen Zweck erfüllt: Für ein paar Stunden dachte ich nicht an Jess, während wir das Layout der Flyer unter die Lupe nahmen und darüber sprachen, welche verschiedenen Touren wir für die besten hielten. Aber weil das Universum schon öfter bewiesen hatte, dass es mich hasste, endete diese angenehme Ablenkung damit, dass ich ausgerechnet dem Mann in die Arme lief, den ich aus meinen Gedanken hatte verdrängen wollen. Und der mich dann noch fragte, ob ich einen Augenblick Zeit für ihn hatte.

Wie sehr ich auch versuchte, mich zu schützen – in dem Moment, als wir allein waren, wusste ich, dass all die Mühe vollkommen vergebens war. Denn das war immer noch Jess und ich würde ihn nie ansehen können, ohne mir zu wünschen, wir würden in dieser Parallelwelt leben, von der ich geträumt hatte.

Ich wusste nicht, wie lange es dauerte, bis Jess das aufgeladene Schweigen zwischen uns brach.

»Carter ist zurück in der Stadt«, sagte er.

Die Enttäuschung, dass diese Information der Grund war, warum er mich gebeten hatte, zu bleiben, dauerte nur einen Moment. Denn dann richteten sich meine Gedanken auf Valeries Fall und die Spannung zwischen uns löste sich zwar nicht, trat aber in den Hintergrund. »Hast du ihn bereits gesehen?«

Er nickte. »Ich bin gestern zu ihm und habe ihn … befragt.«

Meine Augen wurden groß. »Was heißt das, befragt?« Nicht, dass ich nicht alles gebilligt hätte, um diesen Arsch zum Reden zu bringen. Ich wäre nur gern dabei gewesen.

»Ich habe ihm ein bisschen Angst gemacht, sonst nichts.« Jess grinste halb, aber ich hatte so eine Ahnung, dass seine Worte untertrieben waren. Er war ein wunderbarer, warmherziger Mensch – wenn man ihm jedoch dumm kam, konnte er gnadenlos sein. Das hatte ich bei Pratt erlebt.

»Hattest du Erfolg?« Ich hatte schließlich keinen gehabt. Aber ich war ja auch so naiv gewesen, zu glauben, Carter würde mir die Wahrheit verraten.

Jess nickte. »Kann man so sagen. Er hat nicht nur zugegeben, dass er Pratt geschickt hat, um die beiden zu trennen – und später noch mal im Vanity war, um Valerie eine Schulter zum Ausweinen anzubieten, die sie offensichtlich nicht gebraucht hat. Der Mistkerl hat auch die entsprechenden Überwachungsaufnahmen rausgeschnitten und durch einen Loop von dem Flur ersetzt, damit niemand mitbekommt, dass er dort war.«

Ich schnappte nach Luft. »Er hat *was*?« Aber das bedeutete … Es bedeutete … »Da könnte also noch jemand drauf gewesen sein? Jemand, der bei Val und Adam war, vor ihrem Tod?« Allein diese Möglichkeit schnürte mir die Brust zu. Ich hatte keine Ahnung, was ich tun sollte, wenn es so war.

»Ja. Vielleicht. Zum Glück hat Carter die rausgeschnittene Sequenz behalten, zur Sicherheit. Zwar sagt er, da wäre nichts drauf, aber ich traue ihm nicht so weit, wie ich ihn werfen kann. Deswegen ist er auf dem Weg hierher, um sie mir zu bringen.«

Jess schaute auf seine Uhr. »Er müsste bald da sein, wir treffen uns am Hintereingang.«

»Dann los.« Ich nickte.

»Vielleicht solltest du besser –«, hob Jess an, aber ich wusste bereits, was er sagen wollte.

»Er wird mich nicht sehen, keine Sorge.«

Gemeinsam gingen wir aus der Eingangshalle und tauchten in den Flur dahinter ein – und weil es eng und dazu halb dunkel war, stieß mein Arm gegen den von Jess. Die zufällige Berührung war die erste seit Wochen und sie ließ mir den Atem stocken. Ich blieb stehen, murmelte eine Entschuldigung.

»Nichts passiert«, sagte Jess und seine Worte jagten mir eine Gänsehaut der besten Sorte über die Arme. Seine tiefe Stimme mit dem New Yorker Akzent, die in mir immer ein Vibrieren auslöste, als würden wir auf der gleichen Frequenz schwingen. Er kam näher und ich sah in seinen Augen diese ganz besondere Form von verzweifeltem Sehnen, die ich ebenfalls empfand. Ich streckte die Hand nach ihm aus, wollte mehr als nur eine versehentliche Berührung, viel mehr. Jess folgte meiner Aufforderung und war bald so nah, dass ich seine Atemzüge auf meinem Gesicht spüren konnte. Meine Finger griffen nach seinem Pullover. Ich hielt das keine Sekunde mehr aus.

Plötzlich knackte es laut. Dann ging das Licht aus und es wurde stockdunkel im Flur.

»Was ist denn das?« Ich ließ Jess los, mein Herzschlag legte noch an Geschwindigkeit zu, aber diesmal aus anderen Gründen.

»Keine Ahnung.« Seiner Stimme hörte ich an, dass er die Luft angehalten hatte. »Vielleicht sind die Sicherungen rausgeflogen.« Er bewegte sich neben mir und zog sein Telefon hervor, schaltete die Taschenlampenfunktion ein. Bläuliches Licht fiel auf den Teppich und die tapetenlosen Wände. »Wir sollten nach oben gehen, um zu sehen, ob nur diese Etage betroffen ist.«

Das Treppenhaus war nicht weit entfernt, aber jedes andere Stockwerk, in dem wir anhielten, um auf einen Lichtschalter zu drücken, blieb ebenfalls dunkel. Und als wir in der obersten Etage ankamen, erkannten wir auch, wieso: Ein Blick aus dem Fenster von Edinas und Finlays Küche zeigte, dass nicht nur das Hotel betroffen war. Draußen war alles dunkel. So dunkel, wie in New York City sonst nie.

»Sieht nach einem größeren Stromausfall aus«, sagte Jess, der neben mich getreten war. Sein Handylicht hatte er abgeschaltet. »Der gesamte Block ist tot. Vielleicht sogar ganz Manhattan.«

Dafür musste der Schneefall verantwortlich sein. Es war nicht das erste Mal, dass aufgrund von heftigem Wetter der Strom ausfiel, aber das erste Mal, dass ich nicht zu Hause war, wenn es passierte. Ich holte tief Luft. Mir war das nicht geheuer.

»Hast du Angst im Dunkeln?«, neckte Jess mich weich und ich spürte ein Flattern in der Magengegend. Der Stromausfall machte mir Sorgen, aber Jess' Gegenwart ließ mich aus ganz anderen Gründen unruhig werden.

»Nur, wenn ich weiß, dass ich kein Licht anmachen kann«, gab ich zu.

»Keine Sorge. Bestimmt ist der Strom bald wieder –«

Das Klingeln seines Handys unterbrach ihn und er drückte auf das Display, um den Anruf anzunehmen. Seiner gerunzelten Stirn und den kurzen Antworten war nichts Sinnvolles zu entnehmen, also musste ich warten, bis er fertig war.

»Das war Carter.« Er seufzte unzufrieden. »Die Straßen vom Vanity hierher sind völlig verstopft und er schafft es nicht mehr her. Außerdem ist der Stromausfall eine größere Sache, meint er, weil sein Vater da Connections hat. Durch den Schneesturm wurde eine wichtige Leitung getroffen und die werden wohl ein paar Stunden brauchen, bis wieder alles funktioniert.«

»Okay.« Ich sagte es abwartend, weil ich keine Ahnung hatte, was das bedeutete. Für uns, in diesem Moment.

»Sieht so aus, als müssten wir heute Nacht hierbleiben«, stellte Jess fest. »Erstens ist das Wetter echt heftig und zweitens weiß man nie, was draußen abgeht, wenn der Strom ausfällt.«

Ich widersprach nicht, warum hätte ich das auch tun sollen, wenn er recht hatte. Meine Eltern waren zu Freunden gegangen und würden dort vermutlich übernachten, also vermisste mich bis morgen früh bestimmt niemand. Sie wussten außerdem, dass ich zu Edina gefahren war und würden sich denken können, dass ich hier in Sicherheit war. *Wenn sie wüssten …* Allein bei dem Gedanken, dass Jess und ich die ganze Nacht hier sein würden, stieg Hitze in mir auf. Zum Glück konnte ich nicht sehen, ob er das Gleiche darüber dachte, aber auch so konnte man förmlich spüren, wie die Spannung zwischen uns wieder stärker wurde.

»Dann sollten wir nachsehen, ob wir hier irgendwie … Licht machen können«, sagte ich und kramte etwas fahrig mein Handy aus der hinteren Hosentasche, um ebenfalls die Taschenlampenfunktion einzuschalten. Der kleine Raum wurde erhellt und ich drehte mich zu den Küchenschränken. Ich hatte keine Ahnung, ob Edina und Finlay von der romantischen Sorte waren, aber ich hoffte trotzdem, dass sich irgendwo ein paar Kerzen versteckten. Solange ich danach suchte, war mir Jess' Nähe in jeder Sekunde bewusst. Auch als ich fündig wurde und ihm sagte, dass Edina und Finlay ein Wohnzimmer am Ende des Flures hergerichtet hatten. Oder als wir dort die Kerzenhalter aufstellten und ich die Dochte entzündete, während Jess die Glut im Kamin durch Nachlegen einiger Holzscheite wieder zu einem lodernden Feuer entfachte. Es war, als würde sich die

Spannung um uns legen und uns zueinander ziehen, immer ein bisschen mehr. Bis wir uns schließlich in der Mitte des Raumes trafen, genau wie unsere Blicke. Und es unausweichlich war.

In Jess' Augen sah ich den vertrauten Kummer, aber auch etwas anderes, das mit jedem Moment stärker wurde. Er strich über meine Finger und fuhr dann mit seinen meine Arme hinauf, was mir eine Gänsehaut am ganzen Körper verursachte.

»Jess …«, bat ich und hatte keine Ahnung, worum. Dass er aufhörte? Ganz sicher nicht, auch wenn da noch ein Funke Vernunft in mir war, der sagte, dass es das Richtige gewesen wäre. Aber ich merkte, wie meine Beherrschung schwächer wurde. Nur dieser Mann schaffte es mit einer so simplen Berührung, dass ich an nichts anderes mehr denken konnte als an ihn. Daran, dass ich ihn küssen wollte. Ohne Rücksicht auf Verluste, ohne an die Konsequenzen zu denken.

»Was?«, fragte er leise und dieses eine Wort klang so verlockend in meinen Ohren, dass ich es kaum schaffte, eine Antwort zu geben. Aber dann war sie da, denn mir wurde klar, dass ich längst eine Entscheidung getroffen hatte.

»Frag mich«, flüsterte ich und wusste, dass er keine weiteren Hinweise brauchte.

»Bist du sicher, dass du das willst?«, brachte er heraus, dabei waren jetzt nur noch wenige Zentimeter zwischen uns und wir atmeten die gleiche Luft. Ich wusste, er würde nie derjenige sein, der vor uns zurückschreckte, aus welchen Gründen auch immer. Er würde das hier immer wollen, ganz egal, was der Preis dafür war.

Ich sah ihn nur einen Moment an und erkannte nicht länger Schmerz in seinen Augen, sondern nur Entschlossenheit. Verlangen. Und den Willen, ihm nachzugeben. Er hatte mir bereits vor Wochen gesagt, dass es nicht mehr schwerer werden konnte, und vielleicht hatte er recht. Es tat immer weh, nicht zusammen sein zu können. Warum also nicht nutzen, was wir hatten? Eine Nacht, in der uns niemand finden, niemand stören konnte. Eine Nacht nur für uns.

»Ich war mir nie sicherer«, flüsterte ich dicht an seinen Lippen.

Dann küsste ich ihn.

Es war Schicksal gewesen, das wurde mir klar, als unsere Lippen sich berührten. Eigentlich schon seit dem Moment, als er gesagt hatte, wir müssten die Nacht hier verbringen. Dazu war die Anziehung zwischen uns einfach zu stark und die Vernunft hatte ihr nichts mehr entgegenzusetzen. Länger als ein halbes Jahr hatte ich es geschafft, zu widerstehen.

Jetzt schaffte ich es nicht mehr.

Ich schlang meine Arme um seinen Hals und küsste ihn, und es war wie nach Hause kommen nach einer langen, frustrierenden Irrfahrt. Jess legte die Hände an meinen Rücken, um mich näher an sich zu ziehen, und ich gab nur zu gerne nach, bis mein Becken gegen seins stieß und ich deutlich spürte, dass er das hier genauso wollte wie ich. Langsam, weil ich es auskosten wollte, öffnete ich meine Lippen und wartete darauf, dass er mir entgegenkam. Ich spürte Jess' Lächeln, bevor er darauf einging und in meinen Mund eintauchte. Fast schon aufreizend strich er mit seiner Zunge über meine und sorgte dafür, dass sich mein Inneres vor Verlangen zusammenzog.

Gott, ist das gut.

Der Kuss war intensiv und tief, aber wir schafften es nicht, uns Zeit zu lassen. Der Strom war zwar weg, der Sturm heulte um das Hotel, niemand würde uns heute Nacht stören, es war jedoch einfach zu lange her, um geduldig zu sein. Jess umschlang mich und wir glitten hinunter in die Polster des alten Sofas, er über mir, ohne unsere Lippen auch nur eine Sekunde voneinander zu lösen. Seine Haare gingen auf und ich vergrub meine Finger in den Locken, wie ich es viel zu lange nicht mehr getan hatte. Ich dachte nicht daran, was morgen war. Mich interessierte nur das Jetzt. Ein Jetzt, in dem wir zusammen waren, genauso wie wir es wollten.

Aber ich war ihm nicht nah genug, denn da war immer noch viel zu viel Stoff zwischen uns, der dringend verschwinden musste. Ich erreichte mit den Fingern den Saum seines Pullovers und strich über harte Muskeln unter glatter, weicher Haut. Voller Vorfreude schob ich den Sweater nach oben und hätte beinahe aufgeseufzt, als Jess ihn sich auszog und achtlos zu Boden warf. *Meine Güte.* Ich hatte nicht vergessen, wie unglaublich gut er aussah, aber hier, im flackernden Licht von Kerzen und Feuer, wirkte sein Körper, als wäre er nicht von dieser Welt.

Er erschauderte, als ich mit meinen Fingern über seine Brust und den Bauch nach unten strich, um mich davon zu überzeugen, dass er real war. Aber spätestens, als er sich zu mir herunterbeugte und mich küsste, heftig und fordernd, wusste ich, dass das hier die Realität war. Jess revanchierte sich und schob seine Hände unter meinen Wollpullover, der mir ohnehin viel zu warm war. Ich richtete mich ein wenig auf, damit er ihn mir über den Kopf ziehen konnte, und schloss die Augen, als Jess mich wieder küsste.

Er streichelte die Haut an meinem Hals und ließ seinen Mund folgen, strich die Träger meines BHs herunter und umfasste meine Brüste. Seine Berührungen waren nicht geduldig, aber genau deswegen unendlich intensiv, und jede einzelne davon sorgte dafür, dass ich mich immer mehr wieder wie ich selbst fühlte. Weil ich entschieden hatte, dass ich mir das mit uns nicht verbieten wollte. Und weil ich endlich da war, wo ich hingehörte.

Jess kam zu mir zurück und küsste mich noch einmal, dann glitt er vom Sofa, legte die Hände an den Bund meiner Jeans und zog sie langsam herunter, hielt den Blickkontakt, als würde er sich absichern wollen, dass es in Ordnung für mich war, was er tat. Wenn er gewusst hätte, wie oft ich mir das hier in den letzten Monaten vorgestellt hatte … er hätte nicht eine Sekunde gezögert. Ich hob mein Becken leicht an, damit er mir die Hose auszog, und stöhnte leise auf, als er über meine Beine nach oben strich und die Finger nur ein Stück weit unter den Bund meines Slips schob, um mich zu streicheln.

Okay für dich? Er musste die Frage nicht laut stellen und ich wusste, dass er keine Antwort brauchte. Ich gab ihm dennoch eine, indem ich den Rest meiner Unterwäsche selbst abstreifte, ohne den Blickkontakt zu unterbrechen, und dann meine Beine für ihn öffnete. Jess ließ sich Zeit, widmete sich ausgiebig den Innenseiten meiner Schenkel, bevor er endlich meinem Betteln nachgab und seine Lippen meine Mitte erreichten.

Ich hatte so oft daran gedacht, wie gut er darin war, mich auf diese Art um den Verstand zu bringen, aber mir kam es vor, als wäre er jetzt noch besser, weil er vertrauter mit mir und meinem Körper war. Er schien jede meiner Regungen wahrzunehmen und tat genau das, was es brauchte, um mich immer wieder an den Rand meines Höhepunktes zu bringen, bis ich spürte, dass der Druck in meinem Inneren heftig stark wurde. Diesmal stoppte ich Jess nicht, mir fehlte die Beherrschung dazu. Stattdessen spreizte ich meine Beine noch ein bisschen weiter, eine Einladung, die er sofort verstand. Seine Berührungen wurden gezielter und schneller, die perfekte Kombination aus geschickter Zunge und ebensolchen Fingern. Als er einen zweiten dazu nahm, stöhnte ich laut auf, und nur ein paar Sekunden später drückte ich den Rücken durch und kam, während Jess mich festhielt, seinen Mund immer noch auf meine empfindlichste Stelle gepresst. Es war ein unglaubliches Gefühl, mich auf diese Art selbst zu verlieren, und die Welle, die durch meinen Körper rauschte, war heftig und ebbte nur langsam ab. Jess kam wieder zu mir auf die Couch, küsste mich fast schon träge und ich schmeckte mich selbst auf seiner Zunge.

»Brauchst du eine Pause?«, fragte er dicht an meinem Ohr und es klang neckend. Hatte ich das nicht beim letzten Mal gesagt? Wie konnte er einen Running Gag daraus machen, während ich gerade nicht einmal mehr wusste, wie mein voller Name lautete?

»Vielleicht ganz kurz«, stieß ich aus.

Sein Lachen spürte ich mehr, als es zu sehen, und er legte sich neben mich, schloss mich in die Arme. Obwohl ich seine Härte an meinem Oberschenkel spüren konnte und ahnte, wie schwierig es für ihn sein musste, jetzt nicht weiterzumachen, war er sanft und drängte mich nicht.

Ich atmete ein paarmal durch und merkte, dass ich nicht neben Jess liegen konnte, ohne ihn zu küssen. Meine Lippen fanden seine, dann glitten sie zu seinem Hals und strichen darüber, was ihn scharf einatmen ließ. Langsam fuhr ich mit den Fingern seinen Oberkörper hinunter, über seinen Bauch, bis ich an seiner Jeans ankam und meine Hand hineinschob. Ich umfasste ihn und bewegte meine Finger langsam auf und ab, hörte sein wohliges Aufseufzen und sah ihm in die Augen, bis seine zufielen. Der Anblick von Jess, wie er sich auf die Unterlippe biss und versuchte, sich zu beherrschen, sorgte dafür, dass mir wieder heiß wurde.

Ich wollte mehr davon, also nahm ich meine Hand weg, richtete mich auf und rutschte ein Stück auf dem Sofa zurück, strich mir die Haare nach hinten. Jess hatte die Augen wieder geöffnet und beobachtete mich mit brennendem Blick dabei, wie ich seine Hose und Boxershorts nach unten schob, mich vorbeugte und schließlich meinen Mund um ihn schloss. Das mühsam unterdrückte Stöhnen, das ihm entfuhr, klang sehr nach meinem Namen und ich musste lächeln, weil es mir gefiel, dass ich dafür verantwortlich war. Ich wurde selbstbewusster, variierte den Druck und die Bewegungen meiner Zunge, tat es langsam, dann wieder schneller.

Bis Jess mich stoppte.

»Himmel, du musst aufhören«, bat er mit einem atemlosen Keuchen. »Sonst brauche *ich* eine Pause.« In seinen Augen sah ich, dass das nicht der Plan war, und ich kam zu ihm, mein Körper an seinem, meine Haut an seiner, und ich musste ihm recht geben. Alles, was wir bisher getan hatten, war großartig gewesen. Aber das Beste kam erst noch.

Jess' Hand strich über meinen Bauch hinunter zwischen meine Beine und streichelte mich dort, er spürte sicherlich, dass ich mehr als bereit für ihn war. Ich schloss die Augen und bewegte ihm mein Becken entgegen. Gott, ja, es war höchste Zeit.

Aber dann hielt er inne. »Fuck, wir brauchen …« Er musste den Satz nicht beenden, damit ich wusste, was er meinte.

»Warte, ich hab welche hier.« Ich beugte mich zu meiner Tasche, die neben der Couch stand, kramte darin und fand schließlich die zwei Kondome, die ich eigentlich immer dabeihatte.

Jess war vorsichtig, obwohl ich seinen angespannten Muskeln anmerkte, dass es ihn eine Menge Beherrschung kostete. Ich atmete aus, küsste ihn tief und hob meine Hüften an. Er legte die Hand unter mein Knie, um es anzuwinkeln, und ich spürte den leichten Druck, als er in mich eindrang. Seit unserem letzten Mal vor fast sieben Monaten hatte ich mit niemandem geschlafen, aber trotzdem gab es keinerlei Widerstand, nur Vorfreude und dann dieses unglaubliche Gefühl, als er schließlich in mir war. Mein Körper hatte sich die ganze Zeit danach gesehnt. Und jetzt passierte es endlich wieder.

Wir brauchten nicht lange, um einen guten Rhythmus zu finden, als wären wir lange eingespielt, obwohl wir es viel zu selten miteinander getan hatten. Jess' Hüften stießen gegen meine und ich keuchte seinen Namen, weil ich gar nicht anders konnte oder wollte. Seine Zunge war an meinem Hals, dann wieder in meinem Mund, wo sie fordernd auf meine traf, und ich öffnete die Lippen weiter, um ihn noch tiefer küssen zu können. Aber dann zog er sich aus mir zurück und richtete sich auf, drückte den Rücken gegen die Lehne des Sofas, streckte die Hand nach mir aus.

»Komm auf mich«, sagte er rau und ich glitt auf seinen Schoß, griff nach ihm und nahm ihn wieder in mich auf. Jess umschlang mich mit seinen Armen und ich begann, mich zu bewegen, bestimmte das Tempo und küsste ihn, umspielte mit meiner Zunge seine, bis er in meinen Mund stöhnte.

Ich spürte, wie mein Orgasmus heranrollte, und ich intensivierte meine Bewegungen, weil ich wollte, dass Jess mit mir kam, wenn ich über die Klippe ging. Im nächsten Moment zog sich meine Mitte um ihn herum zusammen und nur Sekunden später stöhnte auch Jess auf, sein gesamter Körper spannte sich an und ich spürte seinen heißen Atem an meinem Hals, als das heftige Beben uns überwältigte. Ich hatte keine Ahnung, was ich rief, aber ich wusste, was immer mich das hier kosten würde, das war es wert.

Verflucht noch mal, das war absolut *alles* wert.

32
Jessiah

»Hast du dir deinen Geburtstag so vorgestellt?« Helena grinste und ich liebte es, wie glücklich sie in diesem Moment aussah – in meinen Armen und zehn Minuten, nachdem wir einander zum Höhepunkt gebracht hatten. Und das Beste daran war, ich fühlte mich genau, wie sie wirkte. Leicht. Schwerelos. Die Welt da draußen durfte gerne noch ein bisschen länger ohne uns untergehen.

Ich beugte mich vor und küsste sie sanft. »Nein, ganz sicher nicht. Ich hätte nicht gedacht, dass dieser Tag so perfekt endet.«

»Was, mit einem Schneesturm und einem Stromausfall?«, witzelte sie.

»Nein.« Ich sah auf und war mit einem Mal ganz ernst. »Mit dir.«

In Helenas Augen erkannte ich Tränen, aber sie lächelte trotzdem und ich wusste, dass sie nicht traurig war, sondern gerührt.

»Ich habe dich so vermisst«, flüsterte sie und kuschelte sich enger an mich.

»Ich dich auch, Tausendschön.« Ich ließ meinen Kopf zur Seite sinken, sodass meine Wange an Helenas Schläfe lag, und mein Blick fiel in den Raum. Es war so eine Art Wohnzimmer, mit dieser altmodischen Couch mit Cordbezug und dicken Teppichen. Das Feuer im Kamin brannte und tauchte gemeinsam mit den Kerzen den ganzen Raum in warmes Licht und wohlige Wärme. Nicht, dass mir gerade hätte kalt sein können nach dem, was wir getan hatten.

Für einige Minuten schwiegen wir auf eine angenehme Art und waren einfach nur froh, beieinander zu sein. Ich spürte Helenas Körper an meinem, ihren ruhigen Atem, ihren entspannten Herzschlag. Das hier war wohl der friedlichste Augenblick für mich seit der einen Nacht, die wir im Mai miteinander verbracht hatten. Weil das zwischen uns richtig war. Auch wenn unser Umfeld uns etwas anderes einreden wollte.

Der Wind heulte um das Hotel und die Fenster vibrierten.

»Ganz schön was los da draußen«, murmelte Helena, schien damit aber nicht unzufrieden zu sein. Ich zog die Decke, die wir gefunden hatten, etwas höher, aber eher, um mich vom Nachdenken abzuhalten, als aus Notwendigkeit. Es brachte mir ein Murren von dem Mädchen ein, das neben mir lag.

»Was ist?«

»Wenn du die Decke so weit hochziehst, sehe ich nichts mehr von dir.« Sie ließ ihre Finger federleicht über meinen Oberkörper streichen.

Ich musste lachen. »Ach, so ist das. Ich hätte wissen müssen, dass es dir eigentlich nur darum geht.«

»Ja, Jessiah, so ist das.« Ihr Tonfall war neckend und sie stützte sich auf einen Ellenbogen, um mich besser betrachten zu können. »Wenn ich sage, dass ich dich vermisst habe, meine ich im Grunde nur deinen Körper.«

Ich grinste und strich ihre Haare zurück, die wie ein seidener Vorhang über ihre Schulter fielen. Aber mein Spruch blieb mir im Hals stecken, weil ein Blick ausreichte, um die Stimmung zwischen uns wieder zu ändern. Also sagte ich nichts, sondern reckte mich zu ihr hoch und küsste sie, ihren Mund, ihre Wange, ihren Hals hinunter bis zum Schlüsselbein. Helena stöhnte leise auf und kam mir entgegen, was gut war, denn so war sie mir noch näher.

»Kannst du haben«, raunte ich schließlich doch eine Antwort, mehr als bereit, mein Denken wieder abzuschalten. Aber in der Sekunde, als ich meine Finger ihren Bauch hinabstreichen ließ, war da ein Geräusch. Ein Knurren. Es kam aus Helenas Magen und wir hielten inne.

»Das wird echt zum Klassiker«, sagte ich lachend.

Helena drückte die Hand auf die Stelle. »Ja, mein Magen hat seinen eigenen Humor.«

»Okay, hab verstanden.« Ich löste mich behutsam von ihr und stand auf. »Dann werde ich mal nachsehen, ob die Hendersons etwas zu essen für uns haben.« Große Hoffnungen machte ich mir nicht, denn ich wusste zwar, dass sie gerne auswärts aßen, aber dass sie selbst kochten, davon hatte ich noch nie etwas gehört. Manchmal hatten Leute jedoch trotzdem ein paar Zutaten im Haus, aus denen sich etwas machen ließ. In Australien hatten Paul und ich eine ganze Weile nur improvisiert. Und es hatte gut funktioniert.

Ich zog mir meine Boxershorts über und verließ barfuß den Raum, mit meinem Handy als Taschenlampe bewaffnet. In der Küche fand ich im Schrank einige sehr exklusive Flaschen Alkohol, aber nichts Essbares abgesehen von Chips. Und auch der Kühlschrank war bis auf Getränke leer. Offenbar kochten Edina und Finlay hier nie irgendetwas. Ich nahm also die zwei Tüten Chips aus dem Schrank, bevor ich zusätzlich einen von Finlays Whiskeys plus Gläser aus dem Regal holte. Er hatte sicher nichts dagegen – und da er Schotte war, kaufte er garantiert nur das gute Zeug.

»Ich hoffe, du hast keinen allzu großen Hunger«, sagte ich

zu Helena, als ich zu ihr zurückkam. »Denn außer Chips gibt es hier nichts zu essen.«

»Was heißt hier *außer Chips?*«, fragte sie in empörtem Tonfall. »Wir sind US-Amerikaner, wir können uns wochenlang von Chips ernähren, ohne an einem Herzinfarkt zu sterben.« Dennoch ließ sie die Tüten ungeöffnet auf den Boden sinken und zog stattdessen mich wieder zu sich auf die Couch.

»Du warst viel zu lange weg.« Sie sagte nicht, ob sich das auf meinen Gang in die Küche bezog oder die Monate davor. Und ich fragte nicht danach, sondern legte mich zu ihr und seufzte zufrieden, als sie ihren Kopf hob und mich erneut küsste. Es war jedoch zart und liebevoll, das Feuer von vorhin hatte der knurrende Magen vertrieben. Aber das störte mich nicht. Wir hatten die ganze Nacht Zeit. Und ich liebte jeden Moment mit Helena.

Etwas später bemerkte sie ihren Hunger wohl doch wieder, denn sie setzte sich auf, zog sich mein Shirt über und griff nach einer der Chipstüten. Ich verstand den Wink, nahm die beiden Gläser und schenkte uns ein.

»Erst mein Magen, nun der Whiskey, offenbar haben wir schon so etwas wie Traditionen«, stellte Helena fest. »Und das, obwohl wir uns kaum sehen konnten.« Ein dunkler Schleier legte sich über ihren Blick und ich bedauerte, dass die Schwere zwischen uns offenbar zurückgekehrt war.

»Wir sehen uns jetzt«, sagte ich leise und strich ihr sanft über den Arm.

»Ja. Und ich bin froh darüber. Es wäre nur schön, wir bräuchten nicht immer einen Ausnahmezustand dafür.« Sie nahm einen Schluck Whiskey und ich sah, dass er ihr in der Kehle brannte. »Allerdings passt das zu meinem sonstigen Leben.«

Sie sagte es so düster, dass ich sofort alarmiert war.

»Rede mit mir, Tausendschön«, bat ich. »Was ist los?«

Sie schüttelte den Kopf. »Nein. Ich will es nicht verderben. Wir haben nur diese eine Nacht und ich … ich will uns das nicht versauen.«

»Das tust du nicht.« Zwar hätte ich viel darum gegeben, wenn wir noch länger in diesem losgelösten Zustand hätten bleiben können. Aber noch wichtiger war es mir, für sie da zu sein. »Ich will wissen, wie es dir geht. Was dich beschäftigt. Bitte sag es mir.«

»Wo soll ich da anfangen?« Sie schaute in ihr Glas. »Lincoln hat heute meinen Vater darum gebeten, die Verlobung mit Paige lösen zu dürfen, um mit einer Frau zusammen sein zu können, die er tatsächlich liebt. Aber natürlich kommt das für meine Eltern überhaupt nicht infrage. Wir Westons haben uns an unser Wort zu halten, hat mein Dad gesagt. Ob Lincoln damit unglücklich ist, vielleicht sogar sein ganzes Leben, interessiert ihn nicht.«

»Und, wird er sich daran halten, was man ihm sagt?« Ich erinnerte mich, dass sie mir vor ein paar Wochen im Auto nach Riverhead erklärt hatte, dass man als Weston die eigenen Ansprüche zurückstellen musste. Bis heute fragte ich mich, warum. Das Ansehen einer Familie war doch nichts, was über Leben und Tod entschied. Wobei, wenn man bedachte, was Helenas Vater passiert war, vielleicht doch.

»Ich weiß es nicht.« Sie schüttelte den Kopf. »Ein Teil von mir wünscht sich, dass er sich von Paige trennt, damit sich in unserer Familie etwas ändert, aber das würde sowieso nicht passieren. Und wenn Lincoln weg wäre, auf wen würden sie dann wohl all ihre Hoffnungen setzen?«

Es war eine rhetorische Frage und ich beantwortete sie nicht. Es tat mir immer weh, Helena so zu sehen – hilflos und traurig. Als ich sie kennengelernt hatte, war sie voller Leben gewesen, zwar auch nicht glücklich, aber entschlossen. Jetzt wirkte sie gebrochen und hoffnungslos, jedes Mal ein bisschen mehr. Aber noch während ich nach Worten suchte, um es besser zu machen, sprach sie weiter.

»Manchmal habe ich das Gefühl, mein Leben gehört mir nicht mehr.« Ihre Stimme zitterte leicht. »Und dass ich mich selbst immer mehr verliere, je länger dieser Zustand andauert. Ich will es verhindern, aber ich weiß nicht, wie.«

Ich beugte mich vor und legte meine Hände an ihre Knie, damit sie mich ansah. »Du weißt, dass mein Angebot steht«, sagte ich leise. »Ein Wort von dir und ich sorge dafür, dass du ein Zuhause hast, wenn deine Eltern dir deins wegnehmen wollen.«

»Ich weiß und ich bin dir sehr dankbar dafür. Aber es wäre nicht das Zuhause, das ich will.« Sie sah mich an und ich erkannte die Wahrheit in ihren Augen – dass sie nicht ihre Familie meinte. Sondern mich. Und wieder fragte ich mich, warum wir dazu verdammt waren, einander so sehr zu wollen und doch nicht haben zu können. Das zwischen uns war keine toxische Scheiße wie bei vielen anderen, wir taten uns gut, so wahnsinnig gut. Man konnte einen anderen Menschen nicht heilen, das funktionierte nicht. Aber zwei Menschen, die gemeinsam heilten, weil ihr Schmerz der gleiche war, das war möglich. Nur war da diese Mauer, die unüberwindbar schien. Und bisher hatte ich keinen Weg gefunden, sie einzureißen, ohne jemanden darunter zu begraben.

»Was kann ich dann tun?« Irgendetwas musste es geben, damit ich mich nicht mehr so grauenhaft machtlos fühlte.

Helena lächelte schief. »Gar nichts. Früher oder später finden wir uns während eines Schneesturms in einem alten Hotel wieder und wissen genau, dass alles, was wir versuchen, sinnlos ist.« Sie rückte wieder näher an mich heran und berührte mich, meine Wange, meine Brust. »Wieso ist das so? Wie kann etwas sich so gut anfühlen und gleichzeitig so wehtun?«

»Ich weiß es nicht«, flüsterte ich.

»Das ist nicht fair«, sprach sie weiter. »Ich liebe es, in deiner Nähe zu sein, mit dir zu reden, dir zuzuhören ... Ich liebe nichts mehr. Nur wird alles, was sich daran gut anfühlt, früher oder später zerstört. Ich weiß das. Und trotzdem schaffe ich es nicht, dich nicht zu wollen. Das zwischen uns nicht zu wollen.« Sie fuhr mit ihren Fingern weiter nach unten.

Ich atmete ein und spürte ein heftiges Flirren in meinem Magen ... genau wie ein deutliches Ziehen in meinen Leisten. Auf keinen Fall hätte ich in diesem Moment einen Vorstoß in diese Richtung gemacht. Aber der Wirkung ihrer Berührung konnte ich mich dennoch nicht entziehen. Um mich nicht wie ein Mistkerl zu fühlen, weil ich nur zu gerne alle Sorgen auf diese Art vergessen hätte, wählte ich einen eleganten Ausweg und griff nach meinem Glas, brachte mich so aus ihrer Reichweite. Helena merkte dennoch, was los war.

»Gott, jetzt habe ich die Stimmung gekillt, oder?« Sie schüttelte den Kopf.

»Nein, keine Sorge«, gab ich zurück. Ihr Blick glitt über meinen Körper und sie schien zu verstehen, denn ein wissendes und vor allem unbeschwerteres Lächeln stahl sich auf ihre Lippen. Im nächsten Moment glitt sie auf meinen Schoß, verschränkte die Arme in meinem Nacken und ihre Hüften stießen gegen meine, alles andere als zufällig.

»Lass es uns vergessen, okay?«, raunte sie leise. »Nur für heute Nacht.«

Meine Antwort war ein tiefer, leidenschaftlicher Kuss. Und ich nahm mir selbst das Versprechen ab, alles dafür zu tun, dass ihr Wunsch in Erfüllung ging.

Wirklich alles.

33
Helena

Als ich am nächsten Morgen aufwachte, war ich allein. Die Kerzen waren im Laufe der Nacht runtergebrannt, und auch wenn Jess ein- oder zweimal ein Scheit Holz nachgelegt hatte, solange wir noch wach gewesen waren – nun war das Feuer längst aus. Ich setzte mich auf, drückte die Decke an meine Brust und sah mich um. Vor den Fenstern war es bereits hell, ich konnte die Gebäude der Umgebung sehen, also hatte es wohl aufgehört zu schneien. Wo war Jess? Ich hatte in seinem Arm gelegen, als ich eingeschlafen war, die Beine mit seinen verschlungen, eng an ihn geschmiegt. Hätte ich nicht merken müssen, dass er aufgestanden war?

Offenbar hatte ich das nicht und es machte mir Sorgen. Vielleicht war er gegangen, nachdem er wach geworden war und festgestellt hatte, dass das Wetter sich beruhigt hatte. Aber warum hätte er das tun sollen? Was in der Nacht passiert war, hatte sich perfekt angefühlt – noch besser als beim letzten Mal. Es war nah gewesen, heiß und so unglaublich echt. Nicht nur der Sex, sondern auch unsere Gespräche. Ich hatte jede Sekunde genossen und war mir sicher, dass es Jess nicht anders empfunden hatte. Nein, er war nicht gegangen. Bestimmt war er drüben in der Küche und machte Kaffee.

Ich stand auf, suchte meine Klamotten zusammen und zog mich an, bevor ich den Raum verließ. Auf dem Flur war es deutlich kälter, offenbar war der Strom noch ausgefallen oder die Heizungsanlage startete nicht automatisch wieder. Probehalber betätigte ich den Lichtschalter neben der Tür. Nichts passierte.

Zwischen den Zimmern befand sich ein Gang, der zu einem großen Fenster mit Sicht auf New York führte, wahrscheinlich um Licht in den Flur zu lassen. Ich warf auf dem Weg zur Küche nur einen flüchtigen Blick in diese Richtung, aber dann stoppte ich abrupt. Denn unter dem Fenster, auf dem dunklen Teppichboden, lag jemand – reglos und still.

»Jess!« Ich rannte zu ihm, fiel auf die Knie, sah ihm ins Gesicht. Es war bleich und ausdruckslos, die Augen waren geschlossen. Was war mit ihm los? Wieso war er bewusstlos? Ich rüttelte an seinem Arm, erst leicht, dann heftiger. »Jess, wach auf, bitte!« Er regte sich nicht und Panik überflutete meinen Verstand.

Was war zu tun? Ich musste Hilfe holen. Jetzt sofort. Ich tastete schnell meine Taschen ab, um mit dem Handy einen Krankenwagen zu rufen, da erst sah ich das Päckchen, das neben Jess auf dem Boden lag. Ein Tütchen, der weiße pulvrige Inhalt hatte sich teilweise auf dem Teppich verteilt. Ich wusste sofort, was es war. Aber das war nicht möglich. Jess nahm kein Kokain.

Sicher? Er hat dir gesagt, dass er es früher schon ausprobiert hat.

Ja, und warum sollte er jetzt welches nehmen? Nach einer Nacht mit mir?

Ich ließ das Tütchen liegen, sprach Jess wieder an, berührte ihn, hantierte mit dem Telefon, ich hatte kein Netz. Frustriert warf ich es beiseite, legte meine Hände an seine Wangen. Sie waren kühl. Viel zu kühl.

»Jess, komm schon!«, rief ich verzweifelt. Er rührte sich immer noch nicht, auch nicht, als ich ihn an den Schultern packte und so stark schüttelte, dass sich sein Kopf hin- und herbewegte. Seine blonden Locken fielen ihm ins Gesicht, aber er schlug nicht die Augen auf. Und selbst durch seinen Pullover hindurch spürte ich, wie kalt er war.

Da kam mir ein fürchterlicher Verdacht.

»Nein … Nein, bitte nicht …« Ich war wie erstarrt, bevor ich die Hand ausstreckte und meine zitternden Finger auf die Stelle an seinem Hals drückten, wo sich die Schlagader befand. Mit angehaltenem Atem erwartete ich, seinen Puls fühlen zu können, aber nichts. War es die falsche Stelle dafür? Nein, auch am Handgelenk spürte ich nichts. Nein. Bitte nicht. Ich presste eine Hand auf den Mund, aber mir entfuhr trotzdem ein lautes Schluchzen. Was sollte ich tun? Ich musste ihm doch helfen! Konnte ich raus auf die Straße, dort jemanden holen? Oder würde ich alles nur schlimmer machen, wenn ich ihn allein ließ?

»Scheiße, verdammt!« Je mehr sich meine Gedanken überschlugen, desto stärker drängte sich eine Erkenntnis auf, die nur langsam in mein Bewusstsein sickerte: *Du kannst ihm nicht helfen. Es ist zu spät.*

In der nächsten Sekunde wachte ich auf.

»Nein!« Mein Herz hämmerte, ich hatte das Gefühl, keine Luft zu bekommen, rief Jess' Namen so verzweifelt, als könnte ich ihn damit doch aufwecken. Aber er war tot. Ich hatte es gespürt. Oder nicht?

Plötzlich waren da warme Hände an meinen Armen, die mich hielten, und eine Stimme, fest und tief. »Helena, ich bin hier. Ich bin bei dir, alles ist gut.«

Jess lag neben mir auf der Couch mit einem besorgten Ausdruck in den Augen. Die Decke war ihm bis zur Hüfte heruntergerutscht, wahrscheinlich meinetwegen. Ich brauchte einen Moment, um zu begreifen, dass ich in die Realität zurückgekehrt war. Eine Realität, in der er nicht gestorben war, sondern lebte. Beinahe wäre ich in Tränen ausgebrochen, als es mir klar wurde.

»Du bist hier«, stieß ich aus, bevor ich meine Arme um seinen Hals schlang und mich so eng wie möglich an ihn schmiegte. »Du bist hier«, wiederholte ich noch einmal, als müsste ich mich selbst davon überzeugen, dass die Worte wahr waren.

»Ja, bin ich«, murmelte er beruhigend und streichelte meinen Rücken, küsste sanft meine Schulter. »Es ist nichts passiert, du hast nur schlecht geträumt.«

Ich klammerte mich an ihn, konzentrierte mich auf die Wärme seines Körpers an meinem, um die schrecklichen Bilder aus meinem Kopf zu verdrängen. Er war hier, er war am Leben. Alles war gut.

»Willst du mir davon erzählen?«, fragte er und seine Stimme vibrierte durch mich hindurch. Nur sehr langsam schaffte ich es, mich zu entspannen. Ich wusste jedoch, dass mich dieser Traum noch eine Weile verfolgen würde.

»Besser nicht.« Ich wollte ihm nichts verschweigen, aber ihn da so leblos liegen zu sehen hatte mich zu Tode geängstigt, und wenn ich ihm davon erzählte, würde ich mir nur wieder alles vor Augen führen. Wieso hatte ich so etwas geträumt? Weil ich Angst hatte, ihn zu verlieren? Aber warum dann ausgerechnet jetzt, wo wir zusammen waren?

Vielleicht, weil die Vorstellung deswegen noch schlimmer war.

Jess rückte ein bisschen von mir ab und strich mir eine verirrte Strähne aus dem Gesicht. Der Blick aus seinen Augen war ernst, aber seine Stimme weich. »Kommt das häufiger vor? Dass du solche Albträume hast?«

Seine liebevolle Fürsorge berührte mich, aber ich schüttelte den Kopf. »Nein, schon lange nicht mehr. Nach Valeries Tod hatte ich in England ein paar Monate damit zu kämpfen – meine Zimmernachbarin hat nicht nur einmal nachts die Betreuerin geweckt, weil ich geschrien habe. Aber irgendwann hat es aufgehört und ist nicht zurückgekommen.« Als ich das jedoch erwähnte, fiel mir auf, dass der heutige Traum so ähnlich gewesen war wie früher die von meiner Schwester. Auch sie hatte darin immer am Boden gelegen, an ganz unterschiedlichen, teils absurden Orten, und ich hatte versucht, sie aufzuwecken. Vergeblich.

Mein Puls fuhr allmählich herunter, meine Gedanken ließen sich trotzdem nur schwer abschalten. Ich glaubte nicht an Vorahnungen oder schlechte Omen. Aber ich wusste, dass Träume etwas zu bedeuten hatten. Und dass dieser mir etwas sagen wollte, auch wenn ich nicht verstand, was. Wahrscheinlich sollte ich das ergründen. Nur nicht jetzt.

»Sicher, dass du in Ordnung bist?« Jess sah mich aufmerksam an.

Ich nickte nur und lächelte. Wenn ich eins nicht wollte, dann war es, die wenige Zeit, die wir zusammen hatten, mit Grübeleien über einen merkwürdigen Traum zu verbringen. Also kuschelte ich mich an Jess, genoss es, dass er da war, und schloss die Augen.

»Lass mich einfach nicht los, okay?«, bat ich.

»Niemals«, antwortete er leise.

Und obwohl ich es nicht wollte, obwohl ich Angst hatte, dass mich erneut ein Albtraum erwarten würde, beruhigte mich Jess' Anwesenheit so sehr, dass ich wieder einschlief.

34
Jessiah

Neben Helena aufzuwachen war eines der schönsten Dinge, die ich mir vorstellen konnte. Zu wissen, dass sich an unserer Situation nichts geändert hatte, war eines der schrecklichsten.

Ich wusste nicht, was mich geweckt hatte, als ich im Morgengrauen die Augen aufschlug und einen kurzen Moment brauchte, um mich daran zu erinnern, wo ich war. Als ich jedoch Helena sah, die in meinem Arm lag und tief und fest schlief, fiel mir alles wieder ein. Unsere Nacht, der Sex, unsere Gespräche, die Nähe. Und dann der Albtraum. Dieser Morgen fühlte sich so an, als hätte ich auch einen. Denn in ein oder zwei Stunden würden wir uns hier im Hotel verabschieden, aber nicht mit der Hoffnung, die wir beim letzten Mal gehabt hatten, als wir nicht mehr in der Lage gewesen waren, uns voneinander fernzuhalten. Sondern mit der Gewissheit, dass der Schneesturm uns für eine Nacht die Chance gegeben hatte, zusammen zu sein – und das so bald nicht wieder passieren würde. Vielleicht auch nie.

So vorsichtig ich konnte, um sie nicht zu wecken, zog ich sie noch enger in meine Arme, vergrub die Nase in ihren Haaren und atmete tief ein, nahm ihren Duft in mich auf, als würde mir das irgendetwas bringen, wenn sie später nicht mehr bei mir war. Was für ein Unsinn. Ich vermisste sie doch jetzt schon und dabei konnte ich ihr kaum näher sein als in diesem Moment.

Ich war nicht vorsichtig genug gewesen, vielleicht spürte Helena auch, dass ich wach war, denn sie regte sich langsam und öffnete schließlich die Augen. Als sie mich erkannte, zeigte sie ein Lächeln. Aber wenn mich nicht alles täuschte, war es ein bisschen traurig, so als hätte sie die gleichen Gedanken wie ich.

»Guten Morgen«, sagte sie und strich mir eine Locke aus dem Gesicht, eine zärtliche, liebevolle Geste, die mein Herz nicht gerade leichter machte.

»Den wünsche ich dir auch«, murmelte ich und beugte mich zu ihr, um sie sanft auf die Stirn zu küssen.

Ihr Lächeln wurde breiter. »Ich würde mir lieber was anderes wünschen.«

Ich grinste. »Und was?«

»Küss mich noch mal so wie letzte Nacht«, forderte sie leise und ich kam ihrer Aufforderung augenblicklich nach, tauchte in ihren Mund ein und genoss die Hitze, die durch meinen Körper jagte. Gott, ich würde davon nie genug bekommen. Von ihr. Von uns.

Im nächsten Moment ging jedoch die Tür auf und wir schreckten hoch.

»Ich habe keine Ahnung, wo … Oh, wow, hallo.« Finlays Gesichtsausdruck wechselte von überrascht zu einem wissenden Grinsen, während Helena sich an mich drückte und die Decke hochzog. Dann deutete er hinter sich. »Wir wollten nur wissen, ob ihr hier seid, aber lasst euch nicht stören. Sorry. Macht weiter. Das hält warm.« Damit zog er die Tür wieder zu, Schritte entfernten sich und man hörte ein triumphierendes »Ich wusste es!« von Edina. Ich musste lachen, als ich es hörte,

Helena lachte ebenfalls, aber wir wussten genau, wir würden Finlays Anweisung nicht Folge leisten. Man hätte meinen können, ich wäre relativ schmerzfrei, was Sex in der Hörweite anderer Leute anging, aber mittlerweile war ich da wirklich anders drauf. Deswegen war es vorbei. Das wurde mir klar, als wir einen Blick wechselten und Helena schließlich aufstand.

Während wir uns anzogen, sprachen wir kein Wort. Ich fand ihren Pullover auf dem Boden und gab ihn ihr, sie nahm ihn entgegen und sah mich dabei kaum an. Dann checkte sie ihr Handy, das achtlos auf dem Kaminsims gelegen hatte. Wie sie auf das Display sah, erinnerte mich an den Morgen nach Adams und Valeries Todestag.

»Schlechte Nachrichten?«, fragte ich vorsichtig.

»Nein.« Sie schüttelte den Kopf. »Aber meine Eltern haben vor zwanzig Minuten Raymond losgeschickt, um mich abzuholen. Der Strom geht offenbar wieder und die Straßen sind wohl halbwegs frei.«

»Okay.« *Okay?* Daran war überhaupt nichts okay. Es bedeutete, dass sie gehen würde, und zwar bald. Nein, eigentlich jetzt. Auch bei diesem Wetter brauchte der Fahrer vermutlich nicht länger als eine halbe Stunde, um herzukommen.

Helena wusste das genau wie ich, denn sie suchte ihre Sachen nun deutlich schneller zusammen und ich hasste es, ihr dabei zuzusehen. Dann hielt sie jedoch plötzlich inne und ich hoffte, sie würde irgendwas sagen, so was wie *Hey, ich habe es mir überlegt, was hältst du davon, wenn wir uns in Zukunft einfach öfter auf diese Art treffen?* Mir wäre eine heimliche Beziehung mit ihr immer noch lieber als gar keine. Aber sie sagte nichts in der Art, natürlich nicht. Sie würde uns nie über ihre Familie stellen.

»Was machen wir mit den Aufnahmen von Carter?«, fragte sie mich stattdessen.

»Ich werde ihn anrufen und mir die Dateien von ihm holen. Dann melde ich mich bei dir.«

Sie nickte, bevor sie ihren Mantel nahm. Halb war sie schon hineingeschlüpft, da ließ sie ihn plötzlich auf die Sofalehne fallen und kam zu mir, flüchtete in meine Arme und ich hielt sie fest, ganz fest, meine Wange an ihrem Haar. Sie noch einmal zu spüren, bevor wir uns trennen mussten, war großartig und gleichzeitig so unglaublich zum Kotzen.

»Vielleicht«, sagte sie leise in mein Shirt. »Vielleicht kommt irgendwann der Tag, an dem deine Mutter uns nichts mehr anhaben kann.«

»Ja, vielleicht«, antwortete ich und es schnürte mir die Kehle zu, weil ich keine Hoffnung spürte, dass es eines Tages tatsächlich so sein würde.

Helena löste sich von mir und trat einen Schritt zurück. »Ich sollte los.«

»Sobald ich etwas weiß, rufe ich dich an.«

Sie nickte, schnappte sich ihren Mantel und ging zur Tür, lächelte noch einmal. Dann verschwand sie, ich hörte ihre Schritte auf dem Gang.

Tief atmete ich durch, zog meinen Pullover über, faltete die Decke und sorgte dafür, dass das Zimmer wieder so aussah wie vor unserer Nacht hier. Erst dann ging ich hinaus, ohne mich noch mal umzudrehen.

… und sah, dass Helena nicht weg war. Sie stand am anderen Ende des Ganges mit jemandem, den ich nicht sofort erkannte.

»Carter?«, fragte ich ungläubig. Aber er war es eindeutig, auch wenn er sehr eigenartig gekleidet war. Gegen seine Gewohnheit trug er einen Parka mit dem Logo eines bekannten Outdoor-Herstellers und eine grob gestrickte Wollmütze, dazu Jeans und Boots. Wenn sein Gesicht nicht das gleiche gewesen wäre, hätte ich geglaubt, er wäre ein anderer Mensch.

»Nette Tarnung«, sagte ich spöttisch, als ich bei den beiden ankam.

»Was denkst du, was los ist, wenn rauskommt, dass ich mich in diesem Schuppen rumtreibe?«, fragte er zurück und hob die Nase höher.

»Das habe ich gehört, Mann«, beschwerte sich Finlay, der gerade aus der Küche kam. »Und es hat wehgetan.«

»Sorry, Henderson. Ihr werdet das Ding bestimmt anständig aufpolieren.«

»Allerdings.« Finlay zeigte in Richtung Aufzug. »Edina und ich sind unten, falls was ist.« Er warf Carter einen letzten angepissten Blick zu, dann verschwand er.

Ich musterte unseren unerwarteten Besucher fragend. »Was machst du hier?« Hatte er plötzlich sein Pflichtbewusstsein entdeckt, dass er mir die Videoaufnahmen derartig schnell vorbeibrachte? Das passte überhaupt nicht zu ihm. Aber vielleicht war ich bei seiner Party wirklich so bedrohlich gewesen.

»Mit euch beiden reden. Auch wenn der ursprüngliche Plan war, nur mit dir zu reden, und ich doch einigermaßen überrascht bin, euch hier gemeinsam anzutreffen.« Er lächelte und ich sah, dass Helena blass wurde.

»Falls du auch nur ein Wort –«, begann ich drohend an Carter gerichtet.

»Keine Sorge, Mann«, unterbrach er mich. »Euer kleines Geheimnis ist bei mir vollkommen sicher. Ich habe jede Menge davon.«

Ich wusste nicht, ob ich ihm das glauben konnte, also verließ ich mich lieber nicht darauf. »Gut, denn wenn du es dir anders überlegst, werde ich auch mal ein bisschen plaudern. Zum Beispiel darüber, dass du in der Nacht noch mal im Vanity warst.« Carters Augen weiteten sich einen Moment und ich wusste, die Botschaft war angekommen. Also ging ich durch die Küchentür und schloss sie, nachdem Helena und Carter mir gefolgt waren. »Hast du die Daten dabei?«

Carter griff in die Innentasche seiner Jacke und zog einen USB-Stick heraus, der den Aufdruck einer exklusiven Champagner-Marke trug. »Hier. Allerdings muss ich euch dazu etwas sagen, das euch nicht gefallen wird.«

Ich legte die Hand um den Stick und nahm ihn an mich. Mein Herz pochte. »Was willst du damit sagen? Wir hatten einen Deal, Fields.«

»Den hatten wir und ich erfülle ihn hiermit – auf dem Stick sind die Dateien, die ich damals aus den Aufnahmen rausgelöscht und durch einen Loop des leeren Flurs ersetzt habe. Nur habe ich sie mir doch noch mal angesehen, nachdem die Übergabe gestern nicht geklappt hat.«

Er strapazierte offenbar nicht nur meine Geduld, sondern auch Helenas. »Raus damit«, sagte sie. »Was war drauf?«

»Nichts.« Carter stieß die Luft aus. »Wie ich deinem Lover bereits gesagt hatte, ist niemand zu sehen.«

»Nichts?«, wiederholte ich. »Es war niemand dort nach dir und vor dem Zimmermädchen?« Das war doch gut, oder? Es war eine Erleichterung. Nur fühlte es sich nicht so an und ich sah Helena an, dass es ihr ebenso ging.

»Das meinte ich damit nicht. Es ist nicht deswegen niemand zu sehen, weil keiner da war, wie ich die ganze Zeit dachte. Sondern, weil schon vor mir jemand an den Aufnahmen herumgepfuscht hat.« Carter zog unzufrieden die Stirn kraus. »In den Dateien ist bereits ein Loop eingefügt gewesen. Kürzer als meiner, maximal eine Stunde.«

Damit hatte ich nicht gerechnet. »Bist du sicher? Ich meine, woher willst du das wissen?«

»Weil ich weiß, wie man Videodateien manipuliert.« Carter verdrehte die Augen und nahm dann ein Tablet aus seiner

Tasche, um uns zu zeigen, was er meinte. Die Aufnahme vom Flur des Vanity sah vollkommen unauffällig aus, Zeitstempel inklusive. »Wenn man es sehr gut macht, dann kriegt die Polizei nichts davon mit, weil die ohne Verdacht keine Spezialisten ransetzen. Ihr würdet es wahrscheinlich nicht bemerken, ich habe es auch beim ersten Schauen vor dreieinhalb Jahren nicht gesehen. Aber es gibt kleine Marker, winzige Veränderungen, die man erkennt, wenn man weiß, worauf man achten muss. Glaub mir, jemand hat die Dateien manipuliert.«

Ich wollte gar nicht wissen, wie oft er das schon getan hatte, um eine solch professionelle Manipulation zu erkennen. Aber mein Magen drehte sich langsam um. Die Übelkeit drückte mir die Luft ab.

»Es ist hervorragend gemacht, also würde ich sagen, es war ein Profi«, sprach Carter weiter. »Der Zeitraum schließt nur eine Stunde um den Todeszeitpunkt herum ein. Ihr wisst, was das bedeutet. Oder bedeuten könnte.«

Ja, das wusste ich. Es bedeutete, dass jemand auf diesen Bildern zu sehen gewesen war. Und da die Chancen gleich null standen, dass es einen weiteren Ex wie Carter gab, der es noch mal bei Valerie hatte versuchen wollen, musste es jemand sein, der etwas mit dem Tod der beiden zu tun hatte.

Vielleicht sogar ihr Mörder.

Helena presste die Hand auf den Mund, trat von uns weg und ging zum Fenster, wo sie einfach nur reglos stand und hinaussah. Ich wusste genau, wie sie sich fühlte, denn ich war ebenfalls geschockt. Mehrere Jahre hatte ich geglaubt, Valerie hätte meinen Bruder zu dem Kokain verführt, durch Helena war ich davon überzeugt worden, dass es anders gewesen sein musste. Aber nun die Möglichkeit in Betracht zu ziehen, dass es tatsächlich kein Unfall, keine Leichtsinnigkeit oder einfach Pech gewesen war, zog mir den Boden unter den Füßen weg.

»Hat mich genauso umgehauen wie euch, glaubt mir. Deswegen bin ich auch so schnell hergekommen.« Carter klang fast schon mitfühlend.

In dem Moment drehte sich Helena um, ging zu ihm und packte ihn an seiner Jacke. »Hast du etwas damit zu tun? Ich schwöre dir, wenn du meiner Schwester etwas angetan hast, dann werde ich – «

»Habe ich nicht!«, rief Carter. »Himmel, Helena, ich habe Valerie *geliebt*. Ich hätte ihr niemals wehgetan!«

»Ihr vielleicht nicht, aber Adam schon! Du hast mich angelogen, als es darum ging, warum Pratt dort war. Und du bist selbst noch mal ins Hotel zurück, weil du dachtest, Valerie wäre für deine beschissenen Avancen empfänglich! Wieso nicht ihren Verlobten aus dem Weg räumen, damit du freie Bahn hast? Kann ja sein, dass es nur Adam treffen sollte.«

»Bist du irre? Ich bring doch keinen um, damit ich bei einer Frau landen kann.« Carter schüttelte heftig den Kopf. »Coldwell, sag du es ihr!«

»Ich habe damit nichts zu tun, Mann.« Im Gegenteil, ich fand es gut, wie Helena ihn unter Druck setzte. Auch wenn ich nicht davon ausging, dass Carter wirklich mit drinhing. Er war ein Poser, der viel heiße Luft von sich gab, aber ich hielt ihn nicht für einen Mörder.

Helena schien zu dem gleichen Ergebnis zu kommen, denn sie ließ ihn endlich los und er machte einen Schritt zurück.

»Ich wäre wohl kaum hier, wenn ich was damit zu tun hätte. In dem Fall hätte ich die Aufnahmen einfach komplett verschwinden lassen.« Carter richtete seinen Kragen, auch wenn das bei einer Outdoor-Jacke sinnlos war. »Braucht ihr Hilfe dabei, mehr darüber rauszufinden? Ich kenne Leute, die sich mit dieser Art von Recherche gut auskennen.«

Es war nicht gerade ein angenehmes Gefühl, dass ausgerechnet Carter nun unser Mitwisser war. Andererseits hatte er Valerie offenbar wirklich gemocht, also würde er meine und Helenas Suche nach der Wahrheit wohl kaum sabotieren. Und meine Drohung wirkte hoffentlich auch über diesen Morgen hinaus.

»Danke, aber nicht nötig. Ich weiß schon, wen ich fragen muss.« Und das war nicht Archie, der war dafür zu sauber. Es gab nur eine Person, der ich zutraute, uns in dieser Sache Gewissheit zu verschaffen. Ich hatte seit über fünf Jahren nichts mehr mit ihr zu tun gehabt, aber war mir sicher, dass sie den Fall übernehmen würde.

»Gut, dann bin ich weg, ich muss aus den Klamotten raus, sonst bekomme ich Ausschlag. Wir sehen uns, Coldwell. Helena, war mir eine Freude. Ich hoffe, ihr findet den Schuldigen, wenn es einen gibt.« Damit verließ er den Raum und wir waren allein.

»Hey«, machte ich leise, ging zu ihr und legte sanft die Hände an ihre Schultern. Ich spürte, wie sie zitterte, und war froh, dass sie sich im nächsten Moment zu mir umdrehte und ihre Arme um mich schlang. Fest drückte ich sie an mich und hoffte, dass es half.

»Was, wenn sie jemand getötet hat, Jess?«, wisperte sie, immer noch fassungslos. »Was, wenn jemand unsere Geschwister umgebracht hat?«

»Dann werden wir das rausfinden und wer es auch war, wird dafür bezahlen.« Ich holte tief Luft. »Aber momentan wissen wir noch nichts. Wir brauchen erst einmal mehr Informationen.« Das war es, was mein Verstand mir sagte, während mein Bauch erneut dagegenhielt. Denn welchen Grund konnte es geben, dass jemand ein Video manipulierte, wenn nicht den, dass er mit dem Tod von Valerie und Adam in Verbindung gebracht werden konnte?

Helena löste sich von mir und fuhr sich über das Gesicht. Ich sah ihr an, dass sie versuchte, die Fassung zurückzugewinnen. Und da sie eine Weston war, schaffte sie es sogar. »Du hast gesagt, dass du jemanden kennst, der für uns recherchieren kann. Wer ist das? Archie?«

»Nein, nicht er. Dafür brauchen wir jemanden, der tiefer graben kann. Ich frage die Ermittlerin, die Eli damals nach seiner Entführung aufgespürt hat, als alle anderen versagt haben. Ihr Name ist Miranda Davis. Sie war früher bei einer Spezialeinheit der Army und kommt an Infos von jedem in dieser Stadt: Polizei, Politiker, genau wie die Mafia oder die Kartelle. So hat sie auch Eli gefunden, über den Boss einer Gang, der ihr was schuldig war. Sie ist die Beste.«

Helena nickte langsam. »Warum hast du sie dann nicht direkt engagiert?«

Ich lachte auf. »Weil sie sich niemals für simple Informationsbeschaffung hergeben würde. Sie wählt ihre Aufträge sehr genau aus – je unmöglicher eine Lösung des Falls, desto eher ist sie interessiert.« Ich konnte nicht einmal sagen, ob sie dieser Sache nachgehen würde. Als sie wegen Eli bei uns gewesen war, hatte sie sehr viel abgefragt, bevor sie sich bereit erklärt hatte, zu ermitteln. Und da war es um das Leben eines Neunjährigen gegangen, nicht um eine dreieinhalb Jahre zurückliegende Nacht.

Ein Klingelton durchschnitt das Schweigen zwischen uns und Helena zog ihr Handy hervor. »Ja?«, fragte sie knapp. »Nein, ich bin gleich da. Alles in Ordnung.« Sie legte auf. »Meine Mutter, sie wollte wissen, warum ich Raymond unten so lange warten lasse.«

»Dann geh«, sagte ich, obwohl ich nichts weniger wollte, gerade jetzt nicht. Was Carter uns gesagt hatte, verlangte eigentlich danach, dass wir es zusammen durchstanden. Nur ging das nicht, wenn wir Helenas Eltern nicht misstrauisch machen wollten. »Ich rufe Miranda an, um sie zu überreden, diesen Fall zu untersuchen. Zwar weiß ich nicht, ob sie überhaupt etwas rausfinden kann, wenn das alles seit über drei Jahren unter den Teppich gekehrt wurde. Aber einen Versuch ist es wert.« Denn mit der Ungewissheit leben zu müssen, wie unsere Geschwister gestorben waren, würde unerträglich sein. Diese Tür war geöffnet worden. Nun hoffte ich, dass wir etwas finden konnten, auch wenn ich Angst davor hatte, was es sein würde.

Helena holte tief Luft. »Okay. Bitte ruf mich an, wenn du etwas Neues weißt.«

»Natürlich.« Ich hob die Hand und berührte sie flüchtig an der Wange, lächelte leicht, obwohl mir nicht danach war. Unsere Trennung hatte sich vorhin schon furchtbar angefühlt, aber jetzt erschien es mir fast unmöglich, Helena gehen zu lassen. Ich wollte für sie da sein, immer, jedoch in Momenten wie diesem besonders. Denn ich wusste genau, dass sie zu Hause keinen Rückhalt hatte.

Sie nickte nur, drückte mir einen schnellen, verzweifelten Kuss auf den Mund. Dann ging sie, noch eiliger als vorhin, und wieder blieb ich allein zurück. Nein, nicht allein. Einsam. Verlassen. Ich hatte gelogen, als ich ihr gesagt hatte, es könnte nicht noch schwerer werden. Aber trotzdem hätte ich mich immer wieder dazu entschlossen, diese Nacht mit ihr zu verbringen.

Mit viel Mühe drängte ich meine Gefühle beiseite und beschloss, Miranda sofort anzurufen. Dafür nahm ich mein Handy und gab eine Nummer aus dem Gedächtnis ein. Dann hielt ich es mir ans Ohr und wartete, bis sich jemand meldete.

»Hallo?« Eine mittelalte Frauenstimme erklang.

»Miranda, hier ist Jessiah Coldwell. Erinnern Sie sich an mich?«

»Sicher, Jessiah. Ist eine Weile her, aber dieser Fall verfolgt mich bis heute.«

Es wunderte mich nicht. Eine Frau wie sie konnte es sicher nicht so leicht verschmerzen, dass sie die Entführer von Eli nie gefunden hatte.

»Ich habe noch einen, der ähnlich beschissen zu lösen ist. Haben Sie Interesse?«

»Könnte sein.« Sie atmete ein. »Worum geht es?«

35
Helena

Ich fühlte mich wie betäubt, während ich von Raymond nach Hause gebracht wurde. Die Fahrt dauerte länger als sonst, denn auch wenn die Straßen vom Schnee befreit worden waren, der nun überall in großen Haufen an den Fahrbahnrändern lag, herrschte Chaos in der Stadt. Der Sturm hatte Laternen aus dem Beton gerissen, Markisen abgeknickt, Mülltonnen und Zeitungskästen mitsamt Inhalt auf der Straße verteilt. Immer wieder musste Raymond anhalten und ich saß auf dem Rücksitz und versuchte, meine rasenden Gedanken unter Kontrolle zu bringen.

Jess hatte gesagt, dass wir noch nichts wussten, und er hatte recht. Aber allein die Möglichkeit, dass jemand Valerie und Adam vorsätzlich das Leben genommen hatte, versetzte mich in Schockstarre. Warum hätte das jemand tun sollen? Die beiden hatten doch niemandem etwas getan. Und wer kam dafür infrage? Ein Geschäftspartner von Trish, der Adam aus dem Weg räumen wollte? Eine Konkurrentin von Valerie, die sauer war, weil sie einen Werbedeal nicht bekommen hatte? Das klang alles wie in einem schlechten Film und nicht gerade naheliegend. Und mir fiel auf, dass ich zwar seit Monaten in Valeries Fall ermittelte, aber nie ernsthaft in Betracht gezogen hatte, dass sie ermordet worden war. Als hätte ich es mit aller Macht verdrängt, obwohl es doch eine Erklärung dafür bot, was anstelle von Trish Coldwells Behauptungen tatsächlich geschehen war. Vielleicht hatte ich es einfach nicht glauben wollen. Denn ich wusste nicht, wie ich damit zurechtkommen sollte, wenn sich dieser schreckliche Verdacht als wahr herausstellte.

Einen Moment lang wollte ich Malia anrufen und sie einweihen. Aber dann hielt ich mich doch davon ab. Denn je mehr Leute Bescheid wussten, desto realer wurde es. Vielleicht war ja an der Sache auch gar nichts dran, sagte ich mir. Es konnte genauso gut sein, dass Carter sich geirrt hatte, was die Manipulation des Videos anging. Von daher war es möglich, dass diese Miranda Davis nichts finden würde.

Und daran wollte ich mich klammern, bis mir das Gegenteil gesagt wurde.

Auch das Vordach unseres Hauses war dem Sturm zum Opfer gefallen – der dunkelgraue Stoff mit der Nummer 740 darauf hing nur noch in Fetzen vom Gestänge. Ansonsten war das Gebäude aber sicherlich unbeschadet davongekommen. 740 Park Avenue war ein Monument in dieser Stadt. Das gestern war nicht der erste Sturm gewesen, dem es seit seinem Bau vor hundert Jahren hatte trotzen müssen.

Ich fuhr nach oben und suchte während der Fahrt meinen Schlüssel. Dabei kamen mir die Bilder der letzten Nacht in den Sinn und ich spürte, wie mir Tränen in die Augen traten. Gerade jetzt, wo noch mehr meiner Welt in sich zusammenzubrechen drohte, hätte ich Jess gebraucht. Wir hätten uns gegenseitig stützen, das gemeinsam durchstehen müssen. Und doch war ich wieder allein. Weil alles, wirklich alles gegen uns war.

Der Fahrstuhl hielt, ich stieg aus und schloss die Tür auf. In der Wohnung herrschte rege Betriebsamkeit, wie ich bereits feststellte, noch bevor ich richtig drin war. Mein Vater lief telefonierend vom Ess- ins Wohnzimmer, meine Mutter beugte sich über irgendwelche Dokumente, die auf dem Tisch ausgebreitet lagen, und hatte ebenfalls ein Telefon am Ohr. Lincoln kam gerade aus der Küche, ein Croissant zwischen den Lippen, sein Smartphone in der Hand. Als er mich sah, nahm er das Gebäck aus dem Mund.

»Hey, Schwester. Gut, dass du heil wieder da bist.«

»Ja, finde ich auch. Was ist los? Gibt es Probleme?«

»Ach, der Schneesturm hat den Neubau am Winchester-Areal beschädigt und ein paar Materiallieferungen in die Bay geweht. Es ist aber niemand verletzt worden. Wir versuchen gerade, jemanden zu finden, der das so schnell wie möglich regelt. Da im Winter auf der Baustelle nichts läuft, ist das allerdings ein bisschen schwierig.«

Also keine neue Katastrophe, das war doch schon mal was. Wenn alles, was dieser Sturm gekostet hatte, ein paar Rohre und Ziegel waren, schien das Ganze glimpflich abgelaufen zu sein.

»Len, geht's dir gut?« Lincoln hob eine Augenbraue. »Du siehst aus, als hättest du eine harte Nacht hinter dir.«

Nein, die Nacht war großartig. Der Morgen war beschissen.

»Alles bestens. Ich habe im Randy East bei Edina und Finlay übernachtet und der Sturm hat doch ziemlich geheult heute Nacht, da war nicht viel mit Schlafen. Vom Stromausfall ganz zu schweigen.«

»Ja, das stellt man sich romantischer vor, als es ist.« Lincoln zuckte mit den Schultern, aber ich sparte mir die Frage, ob er sich bereits von Penelope getrennt hatte. Noch mehr deprimierende Nachrichten vertrug ich heute wirklich nicht. Außerdem war ich sehr damit beschäftigt, die Erinnerungen wegzuschieben, die sich bei seinem Kommentar in meinem Kopf breitmachten. Es war so wunderschön mit Jess gewesen. Auch wenn der Morgen mit Carter und die Tatsache, dass wir das nicht wiederholen konnten, die Glücksgefühle längst verdrängt hatten.

»Ich gehe mal nach oben, ich muss ein bisschen Schlaf aufholen.« Ich zeigte die Treppe hinauf und mein Bruder bekam in diesem Moment einen Anruf. Also nickte er nur und verschwand dann wieder in Richtung Küche.

»Helena, warte mal kurz.« Meine Mutter hatte ihr Gespräch beendet und musterte mich aufmerksam. »Alles in Ordnung? Wir haben uns Sorgen gemacht, dass du während des Sturms nicht hier zu Hause warst.«

»Dazu gibt es keinen Grund. Edina hat sich bestens um mich gekümmert.« Ich lächelte, so harmlos ich konnte.

»Tatsächlich?«, fragte Mom in einem Ton, der mich augenblicklich in Alarmbereitschaft versetzte. »Wie hat sie das gemacht, wenn sie doch im Henderson-Hotel war, gemeinsam mit ihrem Freund und dessen Eltern?«

Panik machte sich in mir breit, zusammen mit Wut, weil ich es so leid war, ihnen immer wieder Rechenschaft ablegen zu müssen. Woher zur verdammten Hölle wusste sie das schon wieder? Jetzt brauchte ich eine echt gute Erklärung, wenn ich nicht auffliegen wollte. Oder eine, die zu simpel war, um ausgedacht zu sein.

»Sie waren nur kurz zum Essen dort und sind zurückgekommen, bevor der Strom ausfiel.«

»Und was hast du gemacht, während sie weg waren?«

Ich habe mit Jess geschlafen. Nur sollte ich daran besser nicht denken, wenn ich nicht wollte, dass in mir wieder Hitze aufstieg.

»An dem Konzept für Edina gearbeitet«, log ich. »Wir waren noch nicht fertig und sie konnte Finlays Eltern nicht versetzen, also habe ich angeboten, dass ich noch ein bisschen weitermache, bis sie zurückkommt. Und dann war der Schnee schon echt schlimm und bald auch der Strom weg. Sie haben es kaum zurück zum Randy East geschafft, aber danach haben wir zusammen den Kühlschrank geplündert, den Kamin angemacht und uns was über unsere Familien erzählt. Wusstest du, dass die Hendersons ihr Imperium aus der Not heraus gegründet haben? Die Urgroßmutter konnte sich die Instandhaltung für das Familienanwesen nicht mehr leisten und hat es deswegen zum Hotel umgebaut.« Wie gut, dass ich das wusste, so wirkte meine Lüge gleich viel plausibler.

»Nein«, sagte meine Mutter zögerlich, weil sie noch zu überlegen schien, ob sie mir glauben sollte. »Das wusste ich nicht.«

»Ist eine super Geschichte, du solltest sie bei Gelegenheit hören.« Ich gab mich unbekümmert. »Aber jetzt sollte ich mich ein bisschen hinlegen. Ich habe heute Nacht nicht so viel geschlafen wegen des Sturms.«

Mom nickte. »Gut, mach das. Wir sind gleich in Brooklyn auf der Baustelle, aber am späten Nachmittag sicherlich zurück.« Dann hielt sie mich jedoch noch mal auf. »Ich habe übrigens Ian zu unserer Gesellschaft am Heiligen Abend eingeladen. Das ist ja sicherlich in deinem Sinne.«

Ich stockte und runzelte die Stirn. »Wie kommst du auf die Idee?«

»Du vergisst manchmal Termine und ich habe ihn gestern zufällig getroffen, da dachte ich, dass ich das gleich erledige.« Ihr Blick war schon wieder auf ihr Handy gerichtet.

»Das meinte ich nicht, Mom.« Vielleicht hätte ich sie in dem Glauben lassen sollen, dass es okay war, aber nach gestern Nacht war ich nicht in der Lage, dieses Spielchen noch länger zu spielen. »Ich wollte wissen, wie du auf die Idee kommst, ihn einzuladen. Ian und ich sind kein Paar. Es ist völlig unpassend, wenn er an Weihnachten hier ist.«

Sie winkte ab. »Es ist der Abend *vor* Weihnachten und es kommen eine Menge Leute. Jetzt, wo wir nicht mehr jedes Jahr in England bei dir sind, wollten wir ein Essen für unsere engen Freunde und Bekannten veranstalten. Ian wird gar nicht auffallen.«

Natürlich würde es auffallen, wenn er hier auftauchte, weil dann alle glaubten, dass wir zusammen waren. Was genau das war, was meine Mutter beabsichtigte, da war ich mir sicher. Ich fragte mich, warum Ian zugesagt hatte, obwohl er wusste, dass aus uns nichts mehr werden würde. Aber eigentlich kannte ich die Antwort: Pflichtbewusstsein. In unseren Kreisen schlug man keine Einladung aus, wenn man die Gastgeber nicht vor den Kopf stoßen wollte.

»Ich werde ihm sagen, dass es ein Missverständnis war«, sagte ich hart und ging ein paar Stufen nach oben, um zu zeigen, dass das Gespräch für mich beendet war.

»Untersteh dich, Helena.« Die Stimme meiner Mutter war leise und scharf. »Wenn du das tust, dann –«

»Blake?«, rief mein Vater aus dem Flur. »Wir müssen los.«

Mom warf mir einen letzten, warnenden Blick zu, gemeinsam mit einem »Darüber sprechen wir noch«, dann wandte sie sich ab und nahm ihren Mantel entgegen.

Mir blieb nichts anderes übrig, als sie gehen zu lassen, ohne das geklärt zu haben. Sollte ich Ian dennoch schreiben? Es war wohl besser, das auf morgen zu vertagen.

Ich lief nach oben und steuerte mein Zimmer an. Kaum hatte ich die Tür hinter mir geschlossen, zog ich das Wegwerfhandy hervor und schaute, ob ich eine Nachricht oder einen verpassten Anruf hatte. Aber natürlich war da nichts. Es würde sicher eine Weile dauern, bis Jess diese Miranda erreicht hatte und etwas berichten konnte. Und auf ein »Du fehlst mir« konnte ich nicht hoffen. Er respektierte meine Entscheidung und es passte trotz letzter Nacht nicht zu ihm, dass er sie mir schwerer machte als ohnehin schon. Ich nahm das Handy trotzdem mit ins Bett, nachdem ich im Bad gewesen war, und versteckte es unter der Decke, bevor ich die Augen schloss. Kurz darauf war ich bereits eingeschlafen.

Erst sehr viel später wachte ich wieder auf. Draußen vor meinem Fenster war es schon dunkel und ich schaltete meine Nachttischlampe ein. Einer inneren Ahnung folgend griff ich dann nach dem Handy und schaute auf das Display. Es war eine neue Nachricht eingegangen, erst vor zehn Minuten. Eilig öffnete ich sie.

Kannst du reden?, stand da. Mehr nicht. Aber mein Herz schlug trotzdem heftig gegen meine Rippen, als wollte es daraus entkommen.

Ich horchte kurz darauf, ob jemand auf dem Flur zu hören war, dann wählte ich die Nummer aus und drückte auf den Anrufknopf. Es klingelte nur einmal, bevor Jess dranging.

»Hi«, sagte er und ich atmete aus, weil es so guttat, seine Stimme zu hören.

»Hi«, antwortete ich.

»Bist du gut nach Hause gekommen?«

»Kann man irgendwo gut ankommen, wenn man gar nicht dort hinwollte?«, gab ich zurück und hörte ihn leise lachen, was ziemlich traurig klang.

»Ich weiß, was du meinst.« Er holte Luft und schien sich aus seinen Gefühlen herauszureißen. »Hör zu, ich habe mit Miranda telefoniert. Sie wird den Fall hoffentlich übernehmen. Ich treffe mich nachher mit ihr.«

»Was, echt?«, rief ich aus. »Das ist doch gut, oder?« Es bedeutete zumindest, dass wir vielleicht bald Gewissheit hatten – wie auch immer die aussehen würde.

»Ja, schon. Allerdings muss ich ihr erzählen, was du zu dem

Thema mit Malia zusammen rausgefunden hast. Das wollte ich nicht machen, ohne nachzufragen, ob es in Ordnung für dich ist.«

Ich überlegte einen Moment. »Vertraust du dieser Ermittlerin zu hundert Prozent?«, fragte ich dann.

»Zu fünfundneunzig«, gab Jess zu. »Sie verkauft Informationen sicher nicht an den Meistbietenden weiter, sonst würde sie kein Mensch mehr beschäftigen. Aber ich kann nicht in ihren Kopf schauen. Und sie wurde damals bei Eli von meiner Mutter engagiert, also besteht eine Verbindung, von der ich nicht weiß, ob sie noch existent ist oder nicht.«

Da hatte er recht, aber ich machte mir nicht die größten Sorgen darum, was mit Trish Coldwell war. Was immer die Ermittlerin herausfinden würde, Jess' Mutter würde es früher oder später ohnehin erfahren. Also war das kein großes Risiko.

»Wir kommen ohne sie nicht weiter«, entschied ich. All die Zeit hatte ich es selbst machen wollen, aber an diesem Punkt musste ich einsehen, dass diese Sache eine Nummer zu groß für mich war. »Fünfundneunzig Prozent müssen reichen. Gib ihr also gern die Infos. Vielleicht helfen sie ihr ja, den Fall zu lösen.«

»Gut. Das hilft sicher dabei, danke.«

Schweigen trat zwischen uns, in dem trotzdem so viel gesagt wurde, dass es wehtat. Wir hätten das Gespräch beenden sollen, das wusste ich. Aber ich wollte diese Verbindung nicht schon wieder verlieren.

»Ich vermisse dich«, sagte ich ganz leise und hatte selten etwas Wahreres ausgesprochen. »Ich wünschte, wir könnten einfach wieder ins Hotel fahren und die Welt draußen aussperren.« Nicht nur wegen dem Sex, sondern wegen allem, was zwischen uns war, und wegen allem, was zwischen uns stand. Jess fehlte mir aus jedem Grund, der mir einfiel. Ich brauchte ihn. Mehr denn je.

»Du weißt, dass ich sofort dazu bereit wäre«, sagte er, »zu allem, ob heimlich oder öffentlich.«

Seine Worte zogen mir den Magen zusammen. Ich hörte jedoch auch das, was er nicht aussprach: *Aber du bist es nicht.*

Ich dachte an meine Familie, an meine Eltern. Und mir kam in den Sinn, dass es ihnen vollkommen egal war, ob ich glücklich war. Das mit meinem Studium, mit Jess, mit Ian – im Grunde ging es ihnen nur darum, dass ich funktionierte. Opferte ich mich hier nicht für jemanden, dem ich gleichgültig war? Nur für das äußere Bild und den finanziellen Reichtum meiner Familie? Und wenn ja, warum machte ich das, statt auf mein Herz zu hören? Valerie hätte es getan. Sie hätte gesagt, dass ich verrückt sei, weil ich mir meine eigenen Gefühle verbot, obwohl ich genau wusste, was ich brauchte, um glücklich zu sein.

»Bist du noch dran?«, fragte Jess mich.

»Ja.« Ich atmete ein und wusste mit einem Mal, was ich sagen wollte. »Ich glaube, ich …« Plötzlich war da ein Geräusch. War jemand draußen? Oder bildete ich mir das ein? Nein, das waren eindeutig Schritte auf dem Flur, die in meine Richtung kamen. »Ich muss aufhören«, wisperte ich leise und konnte Jess' Antwort nicht abwarten, bevor ich schnell auflegte und das Handy unter mein Kissen schob. Keine Sekunde zu früh, denn im gleichen Moment klopfte es an der Tür und meine Mutter kam herein.

»Du bist ja noch gar nicht fertig«, sagte sie vorwurfsvoll, als sie mich im Bett entdeckte. »Wir müssen um acht bei den Vanderbilts sein.«

Wieder einmal ein Termin, von dem man mir nichts gesagt hatte, als wäre ich ein Mantel, den man aus dem Schrank nahm, wenn man irgendwo zum Abendessen eingeladen war. Ich dachte an das, was mir gerade durch den Kopf gegangen war, und dass meine Mutter es mit ihrem Verhalten bestätigte: Ich war ihr egal, meine Gefühle waren ihr egal. Wut drängte in mir nach oben und ich war zu dünnhäutig, um sie beiseitezuschieben. Nach allem, was in den letzten vierundzwanzig Stunden passiert war, schaffte ich das einfach nicht.

»Ich komme nicht mit.« Meine Stimme war so fest, wie ich es in diesem Moment zustande brachte.

Mom verdrehte die Augen. »Helena, hör auf mit dem Unsinn. Das ist ein wichtiges Essen, die Vanderbilts sind potenzielle Investoren für ein neues Projekt. Bitte zieh dich um.«

»Nein«, beharrte ich und blieb auf meinem Bett sitzen, breitete die Decke wieder über meinen Beinen aus.

»Ach, und welchen Grund hast du, dich zu weigern und uns damit in ein schlechtes Licht zu rücken?« Sie verschränkte herausfordernd die Arme und kitzelte damit meinen Trotz. Ich hätte einfach sagen können, dass es mir nicht gut ging. Aber stattdessen wählte ich eine andere Antwort.

»Ich habe keine Lust auf dämlichen Small Talk und die immer gleichen stumpfsinnigen Fragen. Seit ich zurück bin, besteht mein Leben nur noch daraus, eure Tochter zu sein. Und heute bin ich müde und erledigt und habe keinen Bock. Deswegen gehe ich nicht mit.«

Meine Mutter schnaubte. »Manchmal erinnerst du mich wirklich an deine Schwester.« Das schien der schlimmste Vorwurf zu sein, der meinen Eltern einfiel, aber ich nahm es eher als Kompliment.

»Echt? Sehr gut.« Ich spürte einen Kloß im Hals, als sie Valerie erwähnte. »Denn sie war als einziges eurer Kinder immerhin glücklich.«

Mom antwortete nicht mehr, aber ich sah die Verletztheit in ihren Augen und nahm ihren kommentarlosen Abgang als Bestätigung dafür, dass ich mein Ziel erreicht hatte.

Es dauerte kaum zehn Minuten, bis ich die Haustür hörte und wusste, ich war wieder allein in der Wohnung. Also schaltete ich das Licht aus und zog die Decke über mich. Kurz dachte ich daran, ob ich Jess noch einmal anrufen sollte, entschied mich dann aber dagegen. Ihn zu hören würde es vielleicht besser machen, allerdings nur so lange, bis ich auflegte.

Ich rollte mich in meinem Bett zusammen und zog die Beine an die Brust, drängte die Tränen zurück, aber es half nichts. Ich vermisste ihn so sehr, dass es mir körperlich wehtat. Als gäbe es irgendwo eine Instanz, die entschieden hatte, dass es nach jeder unserer Begegnungen schlimmer wurde – bis wir endlich kapierten, dass es besser war, wenn wir uns gar nicht mehr sahen. Aber das wollte ich nicht. Ich wollte, dass wir uns treffen konnten, wann immer wir wollten – unkompliziert und ohne Angst, wie ein ganz normales Paar. Das ging aber nur, wenn ich dafür meine Familie verriet. Und auch wenn ich vorhin kurz davor gewesen war, Jess zu sagen, dass ich es riskieren wollte, schreckte ich nun doch zurück. Es würde bedeuten, in ständiger Sorge leben zu müssen, dass man uns erwischte. Am Ende vielleicht sogar, dass meine Familie alles verlor. Ein Teil von mir war bereit dazu. Der andere hatte fürchterliche Angst davor und er gewann.

Also ließ ich das Handy, wo es war, verbarg mein Gesicht im Kissen und begann zu weinen. Allein.

Wie immer allein.

36
Jessiah

Es war stockdunkel, als ich meinen Wagen in der Nähe von Shake Shack in Fulton Ferry parkte und ausstieg. Wir hatten kurz nach zehn. Zwar war kein weiterer Schnee gefallen, aber der aus der letzten Nacht war zum großen Teil liegen geblieben und türmte sich überall dort auf, wo man ihn zusammengeschoben hatte. Ich zog mir meine Mütze über und lief dann hinunter zum Wasser, in den alten Teil des Brooklyn Bridge Park. Er war schon Kulisse für unzählige konspirative Treffen in Serien und Filmen gewesen – vielleicht hatte Miranda deswegen vorgeschlagen, dass wir uns hier unterhalten sollten.

Eigentlich hätte ich es besser gefunden, Helena wäre dabei gewesen, aber ich hatte sie nicht einmal gefragt. Die letzte Nacht war riskant genug gewesen, genau wie das Telefonat, bei dem sie fast von ihren Eltern erwischt worden war. Wir durften uns nicht schon wieder treffen, so gerne ich das auch wollte. Meinen Körper befiel sofort diese besondere Schwere, die mich immer runterzog, wenn ich an Helena dachte, aber ich drängte sie weg. Jetzt ging es um Adam und Valerie.

Im Park war nichts los, bei der Witterung und Tageszeit kein Wunder. An einer der Bänke direkt am Wasser stand jedoch eine dunkle, schmale Gestalt, die auf etwas zu warten schien. Ich ging zu ihr, und als ich fast bei ihr angekommen war, wandte sie sich zu mir um.

»Jessiah. So sieht man sich wieder.« Miranda Davis lächelte leicht. Sie war keine Frau, die so aussah, wie man es von einer Privatermittlerin erwartete – statt einer praktischen Lederjacke trug sie einen langen Wollmantel, statt groben Boots elegante Stiefeletten. Ihre dunklen Haare waren zu einem strengen Knoten zurückgebunden und selbst im schwachen Licht konnte ich erkennen, dass sie sehr sorgsam geschminkt war. Wie alt sie war, konnte ich nur schwer schätzen, Ende vierzig vielleicht.

»Miranda«, antwortete ich und erwiderte das Lächeln.

Sie musterte mich und nickte dann anerkennend. »Ich würde sagen, was bist du groß geworden, aber groß warst du damals schon und selbstbewusst auch. Nur ist jetzt auch was dahinter, wie man so hört.«

»Das hoffe ich.« Ich nickte. »Danke, dass Sie gekommen sind.«

»Es klang wichtig. Und interessant. Du sagtest, es gehe um den Tod deines Bruders?«

Zwei Jogger liefen hinter uns über den Weg und ich wartete, bis sie uns passiert hatten. Sicher war sicher.

»Genauer gesagt um die Umstände seines Todes. Und den von Valerie Weston.«

Mirandas Augenbrauen zuckten nach oben. »Jetzt? Über drei Jahre, nachdem das alles passiert ist? Wie kommst du darauf?«

Nun galt es. Konnte ich ihr ausreichend vertrauen, um ihr von Helena zu erzählen? Oder würde sie es meiner Mutter verraten? Ich wusste nicht, ob sie öfter Aufträge für Trish übernahm oder ob Eli der einzige Fall gewesen war.

»Ich muss sicher sein, dass Sie meiner Mutter nichts von

dem erzählen, was ich Ihnen jetzt sage. Absolut nichts, davon hängt eine Menge ab.«

»Warum betonst du das so? Gibt es einen Grund, warum du denkst, ich wäre meinen Auftraggebern gegenüber nicht loyal?« Es klang ein wenig pikiert.

»Nein, natürlich nicht. Ich dachte nur, weil Sie damals Eli gesucht haben, arbeiten Sie vielleicht öfter für sie. Trish ist sehr gut darin, Menschen für ihre Zwecke einzuspannen.«

»Einspannen, mich?« Miranda lachte heiser. »Du bist komplett auf dem Holzweg. Glaubst du, dass ich Elis Fall damals übernommen habe, weil Trish Coldwell mich engagiert hat? Nein. Es war Adam, der mich darum gebeten hat, euren kleinen Bruder zu finden.«

Ich starrte sie ungläubig an. »Adam?«

»Ja.« Sie neigte leicht den Kopf. »Er wusste von einem Freund, dass ich für schier unlösbare Fälle zu haben bin, und hat mich kontaktiert. Adam hat mich angeheuert und bezahlt, er war ein anständiger, aufrichtiger und sehr großherziger junger Mann. Schon allein deswegen würde ich helfen, seinen Tod aufzuklären. Allerdings dachte ich, dass seine Verlobte die Schuldige an dieser Sache war. Und man hat mich nicht zu dem Fall hinzugezogen.«

Nachdem ich wusste, dass Adam sie wegen Eli engagiert hatte, war auch klar, warum Trish nach seinem Tod nicht auf Mirandas Dienste zurückgegriffen hatte. Und es machte mir Hoffnung. Hoffnung, dass sie etwas finden würde.

»Valerie ist nicht schuld. Es war nicht so, wie die Medien behauptet haben.«

»Warum glaubst du das?«, fragte Miranda schlicht. »Und warum jetzt?«

»Ich … Ich habe neue Informationen dazu erhalten. Sowohl zu der Beziehung der beiden als auch über Valerie selbst. Das hat mich dazu gebracht, meine Meinung zu überdenken und schließlich zu korrigieren.«

Die Ermittlerin warf mir einen langen Blick zu. »Soso. Aber wenn ich das richtig vermute, dann ist diese Quelle deiner neuen Informationen nicht irgendjemand, oder? Wer ist sie?«

»Spielt das eine Rolle?«

»Wenn ich den Fall übernehmen soll, dann schon.«

Ich zögerte nur kurz. »Helena Weston.«

»Ohhh. Ich verstehe.« Miranda lachte leise. »Was für ein Schicksal. Erst die älteren Geschwister, dann die jüngeren. Das Drama ist da wohl vorprogrammiert.«

»Es geht hier nicht um Helena und mich. Es geht um Valerie und Adam.«

Miranda wurde wieder ernst. »Richtig. Was gibt es an Fakten zu dem Fall?«

Ich holte Luft und erzählte ihr von allem, was in den Akten zu finden war – wie die beiden gestorben waren, was im Obduktionsbericht stand, wer alles auf der Party gewesen war und wann man unsere Geschwister im Hotelzimmer tot aufgefunden hatte. Dann machte ich weiter mit dem, was Helena herausgefunden hatte, über Simon, Pratt und Adams Finanzen. Thea und Lilly verschwieg ich, weil sie nichts zur Sache taten, berichtete aber von meinem Gespräch mit Carter und schließlich von den manipulierten Videoaufnahmen. Miranda hörte zu, stellte die eine oder andere Zwischenfrage und schwieg eine Weile, als ich meine Erklärungen beendete.

»In Ordnung.« Sie spitzte die Lippen. »Die Abläufe auf der Feier selbst würde ich auf den ersten Blick nicht anzweifeln, da beide Seiten private Ermittler darauf angesetzt haben. Dass Partygäste gelogen haben, kann sehr gut sein, dann müsste man herausfinden können, warum.« Sie überlegte weiter laut. »Was den Tod angeht … wenn jemand bei den beiden war, um ihnen das Kokain gewaltsam zu verabreichen, dann hätte das Spuren hinterlassen, die eigentlich im Obduktionsbericht erwähnt sein müssten. Ist das nicht so, wurde da entweder etwas gedreht oder jemand hat geschludert. In jedem Fall sollte ich das überprüfen. Allerdings kann es auch sein – sofern an eurer Theorie etwas dran ist –, dass man sie gezwungen hat, mit Waffengewalt. Dann würde man vielleicht gar nichts entdecken, das daran unschlüssig erscheint. Es sei denn, man findet denjenigen, der in dieser Nacht im Hotel war. Es ist höchst unwahrscheinlich, dass niemand dort etwas mitbekommen hat, auch wenn es natürlich nicht günstig ist, dass es mehr als drei Jahre her ist. Wir werden sehen, was sich rausfinden lässt.«

Sie sprach so nüchtern über all diese Optionen und Tatsachen, aber in mir taten sich bei den Gedanken an das, was geschehen war, echte Horrorszenarien auf. Wie Adam und Valerie Todesangst hatten, weil ausgerechnet am Abend ihrer Verlobung jemand in ihr Zimmer eingedrungen war, um sie zu bedrohen. Ich versuchte, es zu verdrängen, und traute mich kaum, Miranda die Frage in meinem Kopf zu stellen, aber sie war wichtig, deswegen tat ich es doch.

»Glauben Sie, dass die beiden umgebracht wurden?«

»Glauben ist etwas für die Kirche, mein Lieber«, tadelte Miranda mich milde. »Ich halte mich gern an die Fakten. Das mit dem manipulierten Video – so es denn wahr ist – verursachte allerdings einen gewissen Geschmack. Aber ich werde dem auf den Grund gehen, keine Sorge. Hast du die Dateien für mich?«

Ich gab ihr den USB-Stick von Carter. Es hinterließ ein merkwürdiges Ziehen in meinem Inneren, als Miranda ihn in ihre Manteltasche gleiten ließ. Zwar hatte ich mir die Aufnahmen noch mal angesehen, aber nichts von der Manipulation bemerkt. Miranda hatte jedoch andere Möglichkeiten und würde sicher herausfinden, ob Carter gelogen hatte. Nun lag der Tod meines Bruders in ihren Händen. Das war einerseits beruhigend, andererseits überhaupt nicht.

»Danke.« Sie nickte. »Ich melde mich bei dir.«

»Ist gut.« Ich schob die Hände in meine Jacke. »Was ist mit Ihrem Honorar?«

»Das machen wir später, keine Eile. Ich vertraue dir.« Sie sah mich an. »Wie geht es denn eigentlich Eli? Kommt er zurecht?« Ihr Blick war mitfühlend, und auch wenn diese Frau knallhart war, konnte ich mir nicht vorstellen, dass der Moment, als sie Eli vollkommen verängstigt und misshandelt aus diesem Loch in Harlem geholt hatte, ihr nicht nahe gegangen war.

»Es geht so«, sagte ich ehrlich.

»Kann ich verstehen.« Sie stieß die Luft zu einem Wölkchen aus. »Mir würde es auch keine Ruhe lassen, wenn ich nicht wüsste, wer mir das angetan hat.« Ein Kopfschütteln. »Ich habe immer wieder versucht, etwas darüber herauszufinden, auch lange, nachdem der Auftrag beendet war. Aber nichts. Niemand weiß etwas, niemand war dabei oder kennt diejenigen. Es ist, als wäre es nie geschehen.«

Ich schnaubte. »Schön wär's.« Schließlich verging kein Tag, an dem ich nicht darüber nachdachte, wie ich Eli helfen konnte.

»Grüß ihn von mir, wenn du kannst, ohne dass er Fragen stellt. Sollte er je das Bedürfnis haben, über diese Sache mit mir zu reden, soll er mich anrufen.«

»Danke«, sagte ich und meinte es ehrlich.

Miranda sah mich forschend an. »Gibt es vielleicht noch etwas, bei dem du meine Dienste in Anspruch nehmen willst?«, fragte sie und ihrem Tonfall hörte ich an, dass es keine bloße Höflichkeit war. Sie hatte etwas im Sinn, etwas Bestimmtes.

»Was meinen Sie?«

Sie zögerte, was nicht zu ihr passen wollte. »Nun, du weißt, dass es mein Job ist, Dinge zu wissen. Und deswegen könnte es sein, dass ich von einer gewissen Abmachung erfahren habe, die deine Mutter mit Helena Weston geschlossen hat. Eine Abmachung, bei der es um dich geht.«

»Woher …?« Ich brach ab, weil sie mir das eh nicht gesagt hätte. Also holte ich tief Luft. »Wie sollten Sie mir dabei helfen?«

Miranda hob die Schultern. »Ich könnte mir vorstellen, dass du dieses Mädchen magst und sie dich auch. Und dass du darüber nachdenkst, wie du mit ihr zusammen sein kannst. Du bist ein Pragmatiker und ein Macher, Jess, ich erkenne so was. Es muss dir gegen den Strich gehen, dass dir in dieser Sache vollkommen die Hände gebunden sind.«

Da hatte sie recht und ich ahnte langsam, worauf sie hinauswollte. »Sie meinen, Sie könnten etwas finden, das ich gegen Trish verwenden kann, um gleichzuziehen.« Es war keine Frage.

»Richtig. Bisher hat sich niemand getraut, mich gegen deine Mutter ins Feld zu schicken, aber ich bin mir sicher, dass es etwas gibt, das sie belastet.«

Das stimmte vermutlich, da war jedoch immer noch Eli und ich hatte Sorge, dass er bei diesem Kampf ins Kreuzfeuer geraten könnte.

»Danke für das Angebot«, sagte ich also. »Sollte ich Bedarf haben, melde ich mich.«

»Deine Entscheidung.« Miranda nickte. »Dann werde ich mal gehen. Ich rufe dich an, sobald ich erste Anhaltspunkte habe, dass an eurer Theorie etwas dran sein könnte.«

Ich nickte, wir verabschiedeten uns und die Ermittlerin ging in Richtung Brücke davon. Nachdem sie in der Dunkelheit verschwunden war, stützte ich meine Hände auf das Geländer und schaute über das Wasser hinweg auf die Skyline von Manhattan, die um diese Zeit hell erleuchtet war. In Gedanken war ich jedoch bei allem, was in den letzten Tagen passiert war. Konnte es möglich sein, dass jemand Adam und Valerie getötet und es komplett vertuscht hatte? Und wenn ja, aus welchem Grund sollte man ihnen das Leben genommen haben? Mein Bruder hatte keine Feinde gehabt, soweit mir bewusst war, er war schließlich immer darauf bedacht gewesen, es allen recht zu machen. Und bei dem, was ich mittlerweile über Valerie wusste, konnte ich mir ebenso wenig vorstellen, dass sie jemand ausreichend gehasst hatte, um sie zu töten. *Du meinst, außer Trish?* Der Gedanke war plötzlich da, aber ich schüttelte den Kopf, als könnte ich ihn auf diese Art vertreiben. Nein, Trish wäre nicht so weit gegangen, um Adam und Valerie auseinanderzubringen. Dass sie ein großes, lukratives Projekt aufgab, um Helena und mich zu trennen, okay. Aber Mord, das wäre selbst für sie zu viel gewesen. Außerdem hätte sie nie riskiert, dass dabei auch Adam zu Schaden kam.

Trotzdem blieb ein unangenehmes Gefühl, als ich meinen Blick von der Stadt abwendete und mich auf den Rückweg zu meinem Wagen machte. Während ich lief, zog ich das Wegwerfhandy hervor und schickte Helena eine knappe Nachricht, dass Miranda informiert war und sich um die Sache kümmern würde. Mehr schrieb ich nicht. Ich hatte ihr »Ich vermisse dich« und die Reaktion meines Körpers darauf noch zu gut in Erinnerung, um ihr das Gleiche anzutun.

Mirandas Angebot kam mir in den Sinn, etwas über Trish zu finden, um ihr Druckmittel gegen Helena auszugleichen. Hätte ich es annehmen sollen? Wenn das, was die Ermittlerin fand, groß genug war, konnte ich meine Mutter auch in Bezug auf Eli in Schach halten. Um jedoch wirklich mit Helena zusammen sein zu können, musste sie sich ebenfalls dafür entscheiden – und damit riskieren, ihre Familie zu verlieren. Und das konnte ich von ihr nicht verlangen.

Ich lief die Straße hoch und war schon fast an meinem Auto, da spürte ich ein merkwürdiges Kribbeln in meinem Nacken und drehte mich um. Irgendwie fühlte ich mich beobachtet. Aber als ich mich umsah, schien die Straße vollkommen leer zu sein.

Du wirst langsam paranoid, spottete eine Stimme in mir.

Ja, kein Wunder, antwortete ich stumm. *Bei allem, was momentan los ist, kann man ja nur wahnsinnig werden.*

Noch einmal warf ich einen Blick die Straße entlang, dann gab ich mir einen Ruck, öffnete die Tür meines Wagens und stieg ein, ließ den Motor an und parkte aus, um nach Hause zu fahren.

Ich musste dringend ein bisschen Schlaf nachholen.

37
Helena

Weihnachten bei den Westons war früher ein richtiges Familienfest gewesen. Als würden wir in einer dieser Reality-Soaps mitspielen, hatte man wirklich alle Geschütze aufgefahren – vom vier Meter hohen Baum mit dem Weihnachtsschmuck der Familie bis zum Fünf-Gänge-Festmenü. Die ganze Wohnung war festlich geschmückt gewesen und am Morgen des ersten Feiertags hatten Lincoln, Valerie und ich bereits sehr früh sehnsüchtig in unseren Schlafanzügen im Wohnzimmer gestanden und darauf gewartet, endlich unsere Geschenke auspacken zu dürfen. Es hatte Disney-Filme gegeben, Eis auf der Couch und Plätzchen, bis wir Bauchschmerzen bekamen. Für mich war es eine der schönsten Zeiten des Jahres gewesen. Und auch, als ich in England gelebt hatte, war meine Familie immer rübergekommen und wir hatten bei Moms Schwester gefeiert.

Dieses Jahr war es jedoch anders und ich wusste, dass mich das nicht hätte überraschen dürfen. Tatsächlich hatte keine unserer eisern gepflegten Familientraditionen Valeries Tod überlebt – und als ich am Abend des 24. Dezembers in einem knielangen Spitzenkleid die Treppe herunterkam, wusste ich längst, dass auch Weihnachten nicht mehr das Fest war, an das ich mich erinnerte. Natürlich war Heiligabend in den USA keine so große Sache, aber dass man eine Dinnerparty mit Dresscode veranstaltete, fühlte sich komplett falsch an. Es war ein Sinnbild für das, was meinen Eltern am meisten am Herzen lag: die Wahrung unseres Ansehens.

Noch waren die Gäste nicht da, aber ich wusste, wer in einer halben Stunde hier auftauchen würde: Paiges Familie, dazu ein paar Freunde meiner Eltern und die Lowells. Nachdem ich gedroht hatte, Ian wieder auszuladen, hatte meine Mutter alle Register gezogen und auch noch seine Eltern zu dem Abendessen gebeten. So war es mir unmöglich, mich dagegen zu wehren, denn natürlich kam es nicht infrage, dass ich eine Einladung meiner Familie gegenüber so bedeutenden Leuten wie den Lowells wieder rückgängig machte. Ich hatte Ian dennoch geschrieben, dass es nicht meine Idee gewesen war, und er hatte mir nur ein »Habe ich mir gedacht« zurückgeschickt. Es hatte nicht sonderlich versöhnlich geklungen und ich nahm es ihm nicht übel. Ich konnte nur hoffen, dass der Abend ohne unangenehme Momente über die Bühne ging.

Im Esszimmer waren Rita und ein extra für diesen Abend engagierter Kellner dabei, letzte Details mit meiner Mutter zu klären. Als ich hereinkam, sah sie auf, nickte knapp, was sich wohl auf mein Outfit bezog, und widmete sich dann wieder der Tischdekoration. Ich beschloss, bei Mary in der Küche vorbeizuschauen und vielleicht ein paar von den Horsd'œuvre abzustauben, bevor sie rausgebracht wurden. Aber auf dem Weg kam mir mein Vater entgegen und sein Gesichtsausdruck war so ernst, dass mich augenblicklich Angst befiel, es könnte etwas passiert sein.

»Helena, wir müssen uns unterhalten«, sagte er und ich hörte leise Wut in seiner Stimme. In dem Moment kam meine Mutter dazu, die seine Worte offenbar mitbekommen hatte.

»Jetzt? Kann das nicht bis nach dem Essen warten, Tobias? Die Gäste sind gleich hier.«

»Nein, kann es nicht.« Mein Dad ging an der Treppe vorbei zum Arbeitszimmer, Mom und ich folgten ihm hinein und er schloss die Tür, schaute mich an.

»Setz dich hin.« Der Tonfall war streng und mir schwante nichts Gutes.

»Dad, was ist denn los?«

»Das solltest du mir sagen. Ich hatte gerade einen äußerst beunruhigenden Anruf. Deswegen frage ich dich ganz direkt: Stimmt es, dass du dich wieder mit Jessiah Coldwell triffst?«

Sämtliches Blut sackte in meinem Körper nach unten. *Fuck.*

»Wer behauptet das?«, fragte ich zurück, um Zeit zu gewinnen. Hatten Finlay oder Edina etwas verraten? Das konnte ich mir beim besten Willen nicht vorstellen. Dann Carter? Auch ihm traute ich das nicht zu. Er war ein Lügner, ohne Zweifel, aber keine Petze.

»Eine vertrauenswürdige Quelle.« Mein Vater zog die Brauen zusammen. »Man hat Jessiah das Hotel der jungen Hendersons an dem Morgen verlassen sehen, nachdem auch du dort die Nacht verbracht hast.«

Was sollte ich tun? Lügen? Es war eine Möglichkeit. Wie konnten sie mir nachweisen, dass ich mit Jess zusammen gewesen war? Es war ein Hotel, das momentan umgebaut wurde, es gingen ständig Leute ein und aus.

Allerdings nicht in einer Nacht mit Schneesturm und Stromausfall.

»Jess betreut den neuen Club von Delilah Warren im Randy East«, wählte ich eine vage Antwort. »Er ist häufiger dort.« Das war nicht gelogen.

»Oh, wirklich, dann war er nur im Hotel wegen dieses Projekts? Was für ein Zufall, ausgerechnet, wenn der Strom ausfällt.« Die blauen Augen meines Vaters, die er mir vererbt hatte, fixierten mich eisern. »Lüg uns nicht an, Helena: Triffst du dich mit ihm oder nicht?«

Ich zögerte.

Warum sagst du es ihnen nicht?, fragte diese Stimme in meinem Kopf, die so klang wie Valerie.

Weil ich eine Menge zu verlieren habe, antwortete ich stumm.

Ach ja? Was denn, ihren Respekt, der dir egal sein kann? Ihre Unterstützung, die eh nur so weit reicht, wie du für sie funktionierst? Das Leben, wie du es kennst? Du hast gar nichts zu verlieren, Lenny – außer Jess. Wann erkennst du das endlich?

Ich atmete tief ein.

»Es stimmt«, sagte ich dann ruhig und beherrscht. »Wir haben uns getroffen. Weil ich mich schon im Frühjahr in ihn verliebt habe und sich daran nichts geändert hat.« Es kam mir sogar so vor, als wäre dieser Ausdruck unzureichend für das, was ich für ihn empfand, aber es war nicht klug, das hier und jetzt auszusprechen. »Ich habe sehr lange versucht, mich dagegen zu wehren. Und ich habe euch nicht absichtlich hintergangen. Aber ich kann meine Gefühle nicht ändern. Ich will es auch nicht.« Als ich das endlich aussprach, meldeten sich in meinem Inneren zwei Empfindungen, die heftig miteinander stritten: Angst und Erleichterung. Zu verheimlichen, was ich für Jess fühlte, war eine Tortur gewesen, die nun zu Ende war. Aber gleichzeitig wusste ich, dass mein Geständnis eine Katastrophe heraufbeschwören konnte. Eine Katastrophe, der ich vielleicht nicht gewachsen war.

Ich hielt die Luft an, meine Eltern wechselten einen Blick und es erinnerte mich an die letzte Situation dieser Art im Mirage. Wenn ich jedoch erwartet hatte, dass sie zumindest versuchen würden, Verständnis für mich zu zeigen, weil sie nun wussten, dass es mir ernst war, hatte ich mich getäuscht.

»Nun gut, dann wirst du sicher verstehen, dass auch wir nicht ändern können, welche Konsequenzen sich aus deinem Verhalten ergeben.« Der Mund meiner Mutter war nur noch ein schmaler Strich. »Du gehst wieder nach England, direkt nach Weihnachten. Wir hätten dir nie erlauben dürfen, zurückzukommen.«

»Was? Nein!« Ich hatte zwar damit gerechnet, dass sie dieses uralte Thema tatsächlich wieder aufbringen würden. Aber trotzdem war ich geschockt. »Wie könnt ihr –«

»Nein, wie kannst *du*?«, unterbrach mich mein Vater hart. »Wir hatten wirklich lange Geduld mit dir, aber das ist vorbei – du wirst nach Cambridge zurückkehren und dort bleiben, bis du dein Studium beendet hast. Vielleicht begreifst du ja dann, was es bedeutet, Verantwortung für diese Familie zu übernehmen.«

Seine Worte waren so unfair, dass ich nach Luft schnappte. Aber bevor ich etwas antworten konnte, setzte meine Mutter noch eins drauf.

»Ich bin wirklich sprachlos, Helena. Wie kannst du uns so enttäuschen?«

Als sie das sagte, brannte in mir etwas durch. »Ich habe euch enttäuscht?«, rief ich wütend. »Im Gegenteil – ich habe euch den verdammten Arsch gerettet!«

Meine Eltern sahen sich an. »Was soll das heißen?«, fragte mein Vater und sein Tonfall verriet, dass er das für ziemlich lächerlich hielt.

Wie hatte ich glauben können, dass es ihnen bei alldem auch nur ansatzweise um mich ging – und nicht nur um sie? Wie hatte ich hoffen können, dass sie mich respektierten? Ich schnaubte. Sie verdienten es, die Wahrheit zu erfahren und damit leben zu müssen. Ich hoffte, es tat ihnen so weh wie mir alles, was sie zu mir gesagt hatten.

»Trish Coldwell hat mir einen Deal angeboten, an dem Morgen, als du vor das Auto gelaufen bist.« Ich sah meinen Dad an. »Sie überlässt euch das Winchester-Areal, wenn ich mich im Gegenzug bereit erkläre, nie wieder ein Wort mit ihrem Sohn zu reden. *Ich* bin der wahre Grund, warum ihr wieder an der Spitze seid – weil ich den einzigen Menschen aufgegeben habe, der nach Valeries Tod wirklich für mich da war und mich verstanden hat. Jess hätte alles für mich sein können! Und ihr wagt es, mir zu sagen, ich hätte euch enttäuscht und wüsste nicht, was Verantwortung für die Familie übernehmen bedeutet?« Tränen stiegen mir in die Augen, vor Verletzung und Wut.

Meine Mutter ließ mein Ausbruch nicht kalt, ich konnte sehen, dass meine Worte etwas in ihr auslösten. Aber dann kehrte der enttäuschte Ausdruck zurück und sie schüttelte den Kopf. »Offenbar weißt du das nicht, wenn du dich wieder mit ihm getroffen hast, obwohl Trish Coldwell das Gegenteil zur Bedingung für das Winchester-Areal gemacht hat.«

Ich konnte nicht fassen, wie sie alles herumdrehte. Mir kam eine sehr böse Entgegnung in den Sinn, aber bevor ich sie aussprechen konnte, klopfte es an der Tür und nach einem knappen »Ja?« meines Vaters schaute Rita herein.

»Die Gäste sind da«, sagte sie leise und man sah ihr an, dass unser Streit bis draußen zu hören gewesen war.

Meine Eltern schalteten sofort um auf Gastgebermodus – ihre Gesichter glätteten sich, jedes Anzeichen von Ärger verschwand.

»Wir sollten jetzt erst einmal dieses Essen hinter uns bringen.« Meine Mutter straffte ihre Schultern. »Danach werden wir darüber reden, wie es mit dir weitergeht.«

Das bedeutete, ich hatte keine Ahnung, ob sie mich tatsächlich wieder nach England schicken würden oder nicht – so zwangen sie mich, gute Miene zum bösen Spiel zu machen und sie nicht während des Essens zu blamieren, indem ich irgendetwas Unangemessenes tat. Wieso war mir früher nie aufgefallen, wie manipulativ sie waren? Wie schrecklich egoistisch?

Ich konnte allerdings keine sofortige Entscheidung einfordern, denn da waren sie bereits zur Tür raus und ich hörte, wie sie jemanden begrüßten. Zwar hätte ich lieber irgendwas im Arbeitszimmer zerschlagen, als ebenfalls rauszugehen, aber dann tat ich es doch, Chaos in meinem Kopf und in meinem Herzen. Es fühlte sich gut an, mich zu meinen Gefühlen für Jess bekannt zu haben. Und auch fürchterlich, weil ich keine Ahnung hatte, was es für Folgen haben würde.

Im Empfangsbereich zwischen Esszimmer und Flur standen mehrere Leute. Paige und ihre Eltern waren hier, denn Lincoln war tatsächlich dem Befehl meines Vaters gefolgt und hatte Penelope gesagt, dass aus ihnen nichts werden könnte. Wir hatten nur kurz darüber geredet, vor ein paar Tagen, und ich hatte gesehen, dass mein Bruder völlig fertig deswegen war. Und auch heute wirkte sein Lächeln sehr angestrengt, als ich ihn im Flur mit einer Umarmung begrüßte.

»Kommst du klar?«, fragte ich, obwohl ich die Antwort kannte.

»Geht schon«, gab er leise zurück. »Was war da gerade los? Man hat gehört, dass ihr streitet.«

»Katastrophe. Sie wissen von der Sache mit Jess im Hotel vor einer Woche.« Ich hatte Lincoln erzählt, dass ich in der Nacht des Stromausfalls mit Jess zusammen gewesen war, weil ich es irgendjemandem hatte sagen müssen. Mein Bruder hatte zwar besorgt reagiert, aber er verstand aus eigener Erfahrung sehr gut, dass es Gefühle gab, gegen die man sich nicht wehren konnte.

»Fuck. Und was jetzt?«

»Keine Ahnung. Sie haben von Cambridge geredet, aber ich habe ihnen dann von meinem Deal mit Trish Coldwell erzählt und nun ist unklar, wie es weitergeht.« Allerdings konnte ich mir ausrechnen, was am wahrscheinlichsten war. Ich wusste nur nicht, wie ich damit umgehen sollte.

»Was tuschelt ihr denn da?« Paige tauchte im Flur auf und winkte uns herein. »Kommt schon, sonst verpasst ihr die Vorspeise.«

Wir folgten ihr ins Esszimmer, wo Ian mit seinen Eltern bereits am Tisch saß. Sein Blick war unverbindlich freundlich, als ich – wie von meiner Mutter geplant – neben ihm Platz nahm. So schaute man in der Upperclass immer dann, wenn man eigentlich keine Lust hatte, mit jemandem zu reden. Kein Wunder. Ich hatte ihn nicht mehr angerufen, ihn um kein Treffen gebeten oder sonst gezeigt, dass mir etwas an seiner Freundschaft lag. Wenn ich ehrlich war, dann entsprach das auch der Wahrheit. Das mit uns war vorbei. Ich mochte ihn und war ihm dankbar, dass er ein so toller erster Freund für mich gewesen war, aber damit endete unsere gemeinsame Geschichte.

Zum Glück waren wir nicht gezwungen, miteinander zu sprechen, weil er von Paiges Vater in Beschlag genommen wurde und ich daher einfach meine Vorspeise essen konnte und nicht reden musste. Vielleicht kam es mir nur so vor, aber ich hatte das Gefühl, auf der Anklagebank in einem Gerichtssaal zu sitzen, mit meinen Eltern als Richtern. Immer wieder trafen mich aufmerksame Blicke, mal enttäuschte, dann wieder besorgte, und wenn man genau hinsah, konnte man auch ein wenig Wut erkennen. Natürlich merkte das sonst niemand, denn alle Westons waren erstklassige Schauspieler. Und so plauderte meine Mutter mit Paige über die Hochzeitsvorbereitungen, mein Dad mit Ians Vater über das letzte Spiel der Yankees und mein Bruder saß dazwischen und hielt sich tapfer, obwohl ich wusste, dass er lieber weit weg gewesen wäre.

Da fiel mir auf, wie absurd das war. Warum erwartete man von uns Kindern, dass wir uns genauso verhielten, wie unsere Eltern es sich vorstellten? Wir waren erwachsen, wir hatten das Recht auf eigene Träume, eigene Fehler. Auf die wahre Liebe, ob ewig oder nicht. Auf freie Entscheidungen über unser Studium, unseren Beruf, unsere Partnerwahl. Auf ein eigenes Leben. Valerie hatte das gewusst und sie hatte voll und ganz nach dieser Devise gelebt. Jetzt war sie tot, aber wenn Lincoln und ich nicht aufpassten, waren wir das auch bald, nur auf andere Art und Weise.

Und während ich an diesem Tisch saß, Braten aß und den Gesprächen um mich herum zuhörte, von denen mich kein einziges interessierte, war es, als würde ein Schleier weggezogen. Und mir wurde etwas klar: Ich hatte seit fast einem Jahr alles getan, um dazuzugehören. Um hineinzupassen in dieses Bild, das meine Eltern, das die höhere Gesellschaft von mir hatte. Aber nun musste ich feststellen, dass ich dort gar nicht reinpassen wollte. Dass ich nicht dazugehören wollte, zu diesen Leuten, an denen rein gar nichts echt war. Es gab nur einen Menschen, zu dem ich wirklich gehören wollte, und er hatte mir schon vor einer ganzen Weile seine Unterstützung angeboten. Ohne Bedingungen zu stellen, ohne etwas dafür zu wollen. Einfach nur, weil ich ihm etwas bedeutete und er sich wünschte, dass ich glücklich war. Etwas, das ich selbst offenbar vergessen hatte.

Ich atmete ein, atmete aus, legte die Gabel hin und wusste mit einem Mal genau, was ich tun musste. Zu wem ich gehen musste, weil es das Richtige war. Und in diesem Moment entschied ich mich aus tiefstem Herzen nicht nur für Jess.

Sondern vor allem für mich.

»Entschuldigt mich«, sagte ich und stand auf. »Ich muss gehen.«

»Helena, alles in Ordnung?« Der drohende Unterton meines Vaters entging mir nicht. Ich lächelte ihn liebenswürdig an.

»Nein, Dad. Mir geht es ehrlich gesagt beschissen. Aber das wird schon wieder. Denn ich gehe jetzt nach oben, packe meine Sachen und ziehe heute noch aus.«

Alle Anwesenden starrten mich an, als wäre mir ein zweiter oder sogar dritter Kopf gewachsen, aber ich behielt meine freundliche Miene bei. Vielleicht dachten sie, ich wäre durchgedreht, aber es war mir egal. Mich interessierte nicht mehr, was Menschen über mich dachten, die mich weder kannten noch wertschätzten. Ich musste das hier tun, denn endlich fühlte sich nach so langer Zeit mal etwas vollkommen richtig an.

»Setz dich sofort wieder hin, Helena«, zischte meine Mutter. »Es gibt keinen Grund, eine Szene zu machen.«

»Ich mache keine Szene, Mom«, antwortete ich. »Ich habe nur eine Entscheidung getroffen und halte es für das Beste, wenn ich sie direkt in die Tat umsetze. Einen schönen Abend noch für euch alle und frohe Weihnachten.«

Damit verließ ich den Tisch und ging aus dem Zimmer, fühlte mich wie elektrisiert. So schnell es in den hohen Schuhen möglich war, lief ich die Treppe hinauf, schüttelte sie mir noch im Gehen von den Füßen und zog den seitlichen Reißverschluss meines Kleides hinunter. Dann hastete ich in mein Zimmer und öffnete den Schrank, tauschte das elegante Outfit gegen Jeans und einen dicken Pullover, pfefferte das Kleid beiseite und schnappte mir meine Reisetasche. Fürs Erste würden einige warme Klamotten, mein Kulturbeutel und zwei Paar Schuhe reichen, dazu mein Laptop und ein paar persönliche Sachen wie Valeries Spieldose und ihr Pulli. Meine Uni-Unterlagen ließ ich liegen. Ich würde nicht mehr an die Columbia zurückkehren, sondern in Zukunft an die NYU gehen, wozu brauchte ich sie dann noch?

Gerade hatte ich in das Geheimfach in meinem Schrank gegriffen und Adams Notizbuch sowie die Unterlagen zu Valeries Fall herausgeholt und unten in der Tasche verstaut, da kam meine Mutter herein. Ich hatte sie noch nie so zornentbrannt gesehen wie in diesem Moment, als sie zu verstehen schien, dass ich es ernst meinte.

»Du lässt diese Sachen sofort liegen und gehst wieder nach unten zu unseren Gästen«, forderte sie und es klang atemlos vor Wut. Dennoch schüttelte ich den Kopf.

»Nein«, sagte ich ruhig. »Das werde ich nicht.«

»Was soll dieser kindische Unsinn, Helena?«, fragte sie und ein Hauch Verzweiflung drang durch ihre Worte hindurch. »Du kannst doch nirgendwo hin, du hast kein Geld, keine Perspektive ohne uns.«

»Falsch. Ich habe keine Perspektive *mit* euch. Denn alles, was ihr für mich wollt, ist eigentlich nur das, was ihr für euch wollt. Euch interessiert es doch kein bisschen, was ich mir für mein Leben vorstelle.« Ich schnaubte. »Ich brauche euer verdammtes Geld nicht, und ab heute brauche ich auch eure Anerkennung nicht mehr. Denn sie ist nichts wert, wenn ihr mich nicht respektiert.« Mit einer sehr endgültigen Geste zog ich den Reißverschluss der Tasche zu und warf sie mir über die Schulter. »Unzählige andere Leute schaffen es auch allein, sich ein eigenes Leben aufzubauen. Ich bin sicher, ich bekomme das ebenfalls hin.«

»Tu das nicht«, bat meine Mutter fast schon flehend. »Geh nicht zu ihm.«

Ich blieb neben ihr stehen und musterte sie kühl. »Wie könnte ich nicht? Im Gegensatz zu euch mag und akzeptiert er mich so, wie ich bin.«

Damit ließ ich sie allein, lief über den Flur und die Treppe nach unten. Die Gesellschaft saß noch am Tisch, ich hörte ein leises Raunen, als ich in den Eingangsbereich trat und es für alle sichtbar wurde, dass ich tatsächlich gehen würde. Ians Blick war resigniert, die meisten anderen schauten schockiert, auch mein Vater. Nur Lincoln nicht. Er stand auf und kam zu mir, nahm mich stürmisch in den Arm.

»Ich bin so stolz auf dich, kleine Schwester«, flüsterte er und sorgte dafür, dass mir Tränen in die Augen traten.

»Mach's mir nach«, gab ich ebenso leise zurück. »Ich ruf dich bald an, okay?«

»Okay.« Er lächelte und ich strich ihm leicht über die Wange, bevor ich die Wohnung verließ.

Ich hatte keine Geduld, vor dem Fahrstuhl zu warten, deswegen nahm ich die Treppe. Es tat mir gut, mich zu bewegen, denn Adrenalin und Anspannung sorgten dafür, dass ich mich fühlte, als würde ich gleich platzen. Aber es war auch so eine unendliche Erleichterung. Hatte ich Angst? Und wie. Würde ich das hier dennoch durchziehen? Aber so was von. In einer halben Stunde würde ich bei Jess sein, in einer halben Stunde würden wir zusammen sein. Für immer.

Lionel, der Portier, fragte mich, ob er mir ein Taxi rufen sollte, aber ich lehnte ab. Stattdessen ging ich raus und winkte mir energisch selbst eins heran, das auch prompt stehen blieb. Eilig zog ich die Tür auf und warf meine Reisetasche auf den Rücksitz, bevor ich einstieg. »Hi. Bitte ins West Village, 76 Commerce Street.«

»Alles klar.« Der Taxifahrer startete und ich holte mein Handy hervor – nicht das Wegwerfteil, sondern mein normales Smartphone. Sollte Trish Coldwell mich doch überwachen und merken, dass ich Jess anrief. Sollte sie doch versuchen, meine Eltern zu ruinieren. Selbst das war mir im Moment egal.

Wenn sie sich so viel besser als ich damit auskannten, Verantwortung zu übernehmen, dann würden sie auch mit der Konkurrenz im New Yorker Baugeschäft zurechtkommen. Mich brauchten sie dafür ja nicht.

Schnell tippte ich Jess' Nummer in das Telefon ein und drückte auf Anrufen, hielt den Atem an. Leider ging er nicht dran, sondern nur seine Mailbox. Ich stieß die Luft aus und sprach ihm drauf.

»Hi, ich bin's, Helena. Ich ... Ich habe meinen Eltern gerade eben alles gesagt und es ist vorbei, deswegen bin ich jetzt obdachlos und auf dem Weg zu dir. Ich hoffe, du bist da. Ehrlich gesagt habe ich noch nie etwas so sehr gehofft wie das.« Dann legte ich auf und steckte das Handy weg.

»Alles in Ordnung, Miss?«, fragte mich der Taxifahrer, der vermutlich das Wort »obdachlos« gehört hatte.

»Ja«, lächelte ich und lehnte mich in meinem Sitz zurück, ein aufgeregtes Kribbeln in meinem Bauch und Hoffnung im Rest meines Körpers. »Es ging mir nie besser.«

38
Jessiah

Heiligabend war ein ungewöhnlicher Termin für eine Restauranteröffnung, aber trotzdem hatte sich mein Klient dazu entschlossen. Vielleicht auch, weil es eher ein Soft Launch war, also eine Art Generalprobe mit Freunden und Bekannten, zu der er mich als Investor und Berater ebenfalls eingeladen hatte. Und natürlich war ich hingegangen, denn ich hatte nichts anderes vor. Erst morgen würde ich bei Trish und Eli vorbeischauen müssen, um meinem Bruder sein Geschenk zu bringen und mit den beiden zu essen. Ich hatte jetzt schon Bauchschmerzen deswegen, denn Weihnachten war nach Adams Todestag wohl der zweitschlechteste Zeitpunkt, um meine Mutter und mich aufeinandertreffen zu lassen. Schon als mein großer Bruder noch gelebt hatte, waren die Feiertage eher explosiv als besinnlich gewesen. Aber für Eli würde ich einmal die Zähne zusammenbeißen können und diese zwei Stunden überstehen.

Obwohl Emilios Soft Launch ein netter Abend war, verabschiedete ich mich recht früh und trat aus dem Lokal im East Village, atmete die eisige Luft ein. Das Harper's war in der Nähe und ich beschloss, auf dem Weg zu meinem Auto einen kurzen Abstecher dorthin zu machen. Nicht, weil ich ein

Fan von Selbstgeißelung war, aber es interessierte mich, ob es bereits ausgeräumt war. Soweit ich wusste, hatte meine Mutter Mick Harper vor ein paar Tagen gesagt, dass sie das Restaurant nicht kaufen würde. Das bedeutete, meine Chance, es zu bekommen, war endgültig verstrichen.

Die Fenster des Harper's waren dunkel, aber nicht abgeklebt, also stieg ich über den niedrigen Zaun, der den Außenbereich von der Straße trennte, und legte die Hände an das Glas, um hineinzuspähen. Soweit ich es erkennen konnte, war das Mobiliar bereits entfernt worden und man sah im Licht der Straßenlaterne nur den nackten Raum mit dem dunklen Holzfußboden und der Theke. Eine ganz eigene Melancholie befiel mich bei diesem Anblick. Ja, ich hatte selbst entschieden, das Restaurant nicht kaufen zu wollen, um daraus das »Adam & Eve« zu machen. Und ich stand zu dieser Entscheidung. Dennoch schmerzte mein Herz bei dem Gedanken daran, was hätte sein können. Bei der Vorstellung von stoffbezogenen Sitzbänken, Eichenholztischen und alten Industrielampen aus gebürstetem Messing. Bei der Vorstellung einer Speisekarte nur mit Frühstücksgerichten, aber für jede Tageszeit die richtige Auswahl. Bei der Vorstellung von einem Team aus Köchen und Kellnern, denen die Arbeit und der Umgang mit den Gästen Spaß machte, während sie hervorragendes Essen ohne unnötigen Schnickschnack servierten. Und, nicht zuletzt, bei der Vorstellung, dass ich mit Helena an einem dieser Tische sitzen, ihre Hand halten und mit ihr zusammen sein konnte.

Nichts davon war jedoch Realität. Und würde es auch nie sein.

Ich riss mich von dem Anblick des Harper's und den Bildern in meinem Kopf los, wandte mich ab und ging zu meinem Auto. Dabei zog ich mein Handy aus der Tasche und sah nach, ob ich Anrufe oder Nachrichten verpasst hatte, während ich bei Emilios Eröffnung gewesen war. Tatsächlich war da ein Anruf in Abwesenheit, von einer unbekannten Nummer, dazu eine Mailboxnachricht. Ich wählte das entsprechende Kürzel, um sie abzuhören, und hielt mir das Handy ans Ohr. Vielleicht war es die neue Klientin, deren Nummer ich noch nicht eingespeichert hatte. Selbstständige kannten schließlich keine Feiertage.

Als ich jedoch hörte, wer mir tatsächlich draufgesprochen hatte, blieb ich abrupt stehen.

»Hi, ich bin's, Helena. Ich … Ich habe meinen Eltern gerade eben alles gesagt und es ist vorbei, deswegen bin ich jetzt obdachlos und auf dem Weg zu dir.« Ich schnappte nach Luft, als ich die Worte hörte und doch nicht richtig begriff. »Ich hoffe, du bist da«, sprach sie weiter. »Ehrlich gesagt habe ich noch nie etwas so sehr gehofft wie das.« Damit endete die Nachricht.

Ich nahm eilig das Telefon vom Ohr und schaute nach, wann sie mich angerufen hatte. Es war knapp zwanzig Minuten her, also war sie wahrscheinlich bereits fast bei mir zu Hause. Oh Gott, konnte das wirklich wahr sein? Oder hatte ich jetzt schon Halluzinationen, weil ich mir so sehr wünschte, dass wir beide eine Chance bekamen?

Während ich mit schnellen Schritten zu meinem Auto ging, spielte ich die Nachricht noch einmal ab, aber ich hatte mir nichts davon eingebildet: Helena hatte das alles wirklich gesagt. Sie klang angespannt und aufgeregt und ich hatte keine Ahnung, was dazu geführt hatte, dass sie ihren Eltern von uns erzählt hatte und offenbar sogar ausgezogen war. Aber das würde ich schon noch erfahren. Das Wichtigste war, dass sie sich entschieden hatte. Für uns. Für mich. Und ich würde alles dafür tun, damit sie in Sicherheit und glücklich war.

Allerdings brauchte ich etwas, damit ich das auch garantieren konnte. Noch vor einer knappen Woche hatte ich mich nicht dazu durchringen können, aber jetzt blieb mir keine Wahl mehr. Wenn ich wollte, dass Trish uns in Ruhe ließ, dann musste ich dafür sorgen. So schnell wie möglich, um das zwischen Helena und mir zu beschützen.

Also wählte ich Mirandas Nummer, während ich meine Autoschlüssel aus der Jackentasche kramte.

»Guten Abend, Jessiah«, sagte sie, als sie abnahm. »Ich habe noch nichts Neues zu deinem Bruder und seiner Verlobten, falls du das wissen willst.«

»Deswegen rufe ich nicht an. Sie haben doch angeboten, mir bei dieser anderen Sache zu helfen.« Da es mein normales Handy war und das Wegwerftelefon zu Hause lag, hielt ich mich lieber bedeckt.

»Richtig«, antwortete Miranda und es klang abwartend.

»Ich würde das Angebot gern in Anspruch nehmen.«

»In Ordnung. Ich werde sehen, was ich für dich tun kann.«

»Danke.« Damit legte ich auf und wählte direkt Helenas Nummer, von der aus sie mich angerufen hatte.

»Jess?«, meldete sie sich nach nur einem Klingeln und ich hörte, wie erleichtert sie klang.

»Bist du schon bei meiner Wohnung? Ich hatte noch einen Termin bei Emilio's, einem Restaurant ein paar Blocks weiter. Aber ich komme, so schnell ich kann.« Ich machte eine kurze Pause. »Stimmt das wirklich, was du gesagt hast?« Ich musste sicher sein, dass es nicht nur irgendeine Kurzschlusshandlung war, die sie morgen bereute. Ich würde es kein weiteres Mal überleben, sie zu verlieren.

»Es stimmt«, sagte sie und ich hörte das Lächeln in ihrer Stimme. »Ich habe keine Lust mehr auf ein Leben, das mir andere vordiktieren. Und ich habe vor allem keine Lust mehr auf ein Leben ohne dich. Ich will mit dir zusammen sein, Jess. Ich will nichts mehr als das.«

»Das will ich auch«, antwortete ich und merkte, wie mir vor Erleichterung die Knie weich wurden. Die Einsamkeit, das Vermissen, die Hoffnungslosigkeit, all das war endlich vorbei.

»Gut«, lachte sie. Man hörte das Geräusch einer Autotür. »Ich bin jetzt vor deiner Wohnung angekommen. Wie weit bist du weg? Ich kann es nicht erwarten, dich zu sehen.«

»Ich brauche maximal zehn Minuten. Bis gleich.« Ich legte auf, obwohl ich gerne die Verbindung gehalten hätte, bis wir wirklich beieinander waren. Dann machte ich mich weiter auf den Weg zu meinem Wagen, den ich in einer schmalen Seitengasse abgestellt hatte. Hier war es dunkler als an der Straße, aber meine Augen gewöhnten sich schnell an das wenige Licht. Ich war nicht mehr weit entfernt, da meldete sich jedoch wieder dieses ungute Gefühl. Nur sehr viel stärker als beim letzten Mal.

Alarmiert schaute ich auf und sah zwei Typen auf mich zukommen, deren Gesichter ich in der Dunkelheit nicht erkennen konnte. Ihre Körperhaltung war fast schon drohend. Was sollte das denn?

»Was ist?«, fragte ich und baute mich zu voller Größe auf, nur zur Sicherheit. Adrenalin schoss durch meine Adern, obwohl ich darauf hoffte, dass es nur ein Missverständnis war und sie nichts von mir wollten.

Sie antworteten nicht, sondern kamen weiter auf mich zu. Mein Wagen war gleich da vorne, aber die Kerle waren zwischen dem Pick-up und mir postiert, so als hätten sie auf mich gewartet. *Verdammt.* Das war keine Verwechslung. Die wollten zu mir. Nur hatte ich keine Ahnung, warum.

Ich sah hinter mich und wollte checken, ob ich abhauen konnte. Aber da waren noch zwei, sie hatten mich eingekesselt, ohne Chance auf Flucht. Die Backsteinmauern rechts und links von mir waren sicher fünfzehn Meter hoch. Ich saß in der Falle.

»Was wollt ihr von mir?«, rief ich und hörte selbst, dass meine Stimme nicht so fest war wie geplant. War das ein Raubüberfall? Aber dann hätten sie mich doch aufgefordert, ihnen meine Autoschlüssel, mein Geld und Handy zu geben. Wer waren die also? Wer hatte sie geschickt?

Sie keilten mich weiter ein, ich hatte keine andere Wahl, als zurückzuweichen. Natürlich war ich durch das Training im Tough Rock in der Lage, gegen jemanden zu kämpfen und nicht als Verlierer daraus hervorzugehen, aber gleich gegen vier Mann, das war eine andere Hausnummer. Ich war wie erstarrt, meine Gedanken jedoch rasten. Welche Optionen hatte ich? Wegrennen ging nicht, Angreifen war eine dumme Idee. Vielleicht –

Etwas unterbrach meine Suche nach Rettung: Ein Messer blitzte in der Dunkelheit auf, dann ein zweites. Das waren keine Taschenmesser für den Campingausflug, sondern Klappmesser mit langen Klingen. *Fuck.* Die meinten es ernst. Diese Typen wollten mich nicht einfach nur ein bisschen aufmischen oder mir einen Schreck einjagen.

Die wollten mich umbringen.

Die Erkenntnis bescherte mir eine Menge Panik und einen erstaunlich klaren Moment. Ich tastete in meiner Jacke nach dem Telefon, wollte den Notruf der Polizei wählen. Aber bevor ich es aus der Tasche ziehen konnte, war einer der Typen bei mir und griff mich an. Ich zögerte nicht und stürzte mich auf ihn, verpasste ihm eine saubere Rechte. Aber da packten mich schon zwei von den anderen und rissen mich von ihm weg, stießen mich gegen die Mauer. Erst jetzt sah ich, dass sie Masken trugen, die ihre Gesichter verdeckten.

»Wer schickt euch?«, stieß ich hervor und bekam keine Antwort. Also wehrte ich mich, wehrte mich mit aller Macht, mobilisierte sämtliche Kräfte. Ich musste lebend hier rauskommen. Ich musste zu Helena.

Für einen kurzen Augenblick schaffte ich es, mich zu befreien, kam von der Mauer weg, trat dem einen Typen in den Magen, dem anderen schlug ich ins Gesicht. Und dann rannte ich, rannte, so schnell ich konnte, zum Ende der Gasse. Am Abend vor Weihnachten war nicht einmal im Village was los, aber Emilios Restaurant war nicht weit von hier und garantiert waren er und seine Leute noch da. Also rannte ich, war fast an der Querstraße angekommen.

Da stoppte mich etwas.

Ein Knall peitschte durch die Stille und es war, als hätte mir jemand fest auf den Rücken geschlagen, obwohl niemand bei mir war. Alle Luft wurde aus meiner Lunge gepresst, ich ging zu Boden, rang nach Atem. Was war das gewesen? Ich spürte keinen Schmerz, konnte trotzdem nicht atmen, presste die Hand auf meinen Brustkorb und spürte im nächsten Moment etwas Warmes, das über meine Finger lief. Ich hob die Hand und sah eine dunkle Flüssigkeit. Nur mit Verzögerung begriff ich, dass es Blut war. Mein Blut. *Fuck.* Mein Kreislauf sackte weg, mir wurde schwindelig. Als mein Kopf das Pflaster berührte, hörte ich etwas.

»Es ist erledigt«, sagte jemand, dann erklangen eilige Schritte, die leiser wurden. Sie waren weg. Sie ließen mich zurück. Weil sie wussten, dass es vorbei war.

Ich wollte mich zumindest auf die Knie hieven, aber ich schaffte es nicht, ich konnte mich kaum bewegen, spürte nichts. Mir war schrecklich kalt, aber die Kälte kam vor allem aus mir selbst. So fühlte es sich also an, wenn man sterben musste. Hatte es sich für Adam auch so angefühlt? Panik befiel mich bei dem Gedanken, aber sie wurde von der Taubheit gedämpft, die immer stärker wurde.

Helena. Das war alles, was mir durch den Kopf ging, ihr Name, sonst nichts. Wenn ich hier und jetzt starb, musste ich mit ihr sprechen. Dann musste ich ihr doch wenigstens sagen, dass ich sie liebte.

Mit letzter Kraft tastete ich nach dem Telefon in meiner Tasche, zog es heraus, es fiel neben mir auf den Asphalt. Meine Finger gehorchten nicht richtig, aber ich schaffte es, das Display zu entsperren und die letzte Nummer anzurufen. Helena ging dran, kaum, dass ich den Button gedrückt hatte.

»Was ist los, brauchst du länger?« Als ich nicht gleich etwas sagte, sondern nur rasselnd Luft holte, wurde ihre Stimme lauter und panischer. »Jess? Jess, hörst du mich? Sag was, bitte!«

»Tausendschön …«, war alles, was ich noch rausbrachte. Das *Ich liebe dich* bekam ich nicht mehr über die Lippen. Denn die Kälte fror mich ein, die Dunkelheit wurde zu tiefster Schwärze.

Und sie verschluckte mich.

Helenas und Jess' Geschichte
geht weiter!

Westwell – Hot & Cold
erscheint am 22. Februar 2023.

Danksagung

Als ich die Danksagung zu Band 1 geschrieben habe, war da vor allem Hoffnung in mir. Ich habe so sehr gehofft, dass meine Liebe für diese Reihe auch bei euch ankommt. Dass ihr mit Helena und Jess mitfiebert und mitfühlt, und das Buch kaum aus der Hand legen könnt. Diesmal ist mein vorherrschendes Gefühl Dankbarkeit – weil sich meine Hoffnung erfüllt hat. Die begeisterten Reaktionen auf diese Geschichte haben meine kühnsten Erwartungen übertroffen. Und sie haben mir bestätigt, dass ich nur dann richtig gute Bücher schreiben kann, wenn man mir vertraut und mich in dem unterstützt, was ich erzählen möchte.

Auch diesmal gilt mein erster Dank meiner Lektorin Stephanie Bubley. Steffi, du bist in so vielen Hinsichten unglaublich und ich bin wirklich froh, dass du erkannt hast, dass ich im Grunde immer schon für New Adults geschrieben habe. Du weißt grundsätzlich, was du sagen und anmerken musst, damit ich die beste Version meiner Geschichte schreiben kann. Und du hast auch sonst immer ein offenes Ohr für mich. Das bedeutet mir sehr viel.

Dem gesamten LYX-Verlag vielen Dank für alles – wir sind ein match made in heaven, das waren wir von Beginn an und werden es hoffentlich lange bleiben. Ganz besonders danke ich Andrea Berlauer für die großartige Organisation der Preview

Party und der Lesereise. Es war eine enorme Unterstützung, dass du die ganze Zeit an meiner Seite warst, du bist wirklich ein Engel. Und natürlich Laura Klingenberg, für deine tolle Betreuung offline und online, die Moderation der Lesungen und deine immer positive Art.

Melike Karamustafa, danke für deinen genauen Blick auf mein Manuskript, für deine gleichermaßen feinfühligen wie hilfreichen Anmerkungen und das Auffinden aller Wortwiederholungen. (Ohne dich wären da immer noch die vier »mehr« in diesem einen Absatz, die ich wohl auch beim fünften Lesen nicht mehr gesehen hätte.)

Vielen Dank an meine Agentin Gerlinde Moorkamp. Dafür, dass du manchmal besser weißt, was in mir vorgeht, als ich selbst. Und dafür, dass du immer weißt, was gut für mich ist. Natürlich gilt dieser Dank auch Silke Weniger und Anne Kästner, die mir immer mit Freundlichkeit und Know-how zur Seite stehen.

Ich danke meinen Testleserinnen: Charlie, du hast so einen klugen Blick auf Bücher und trotzdem kannst du sie voller Begeisterung genießen. Das bewundere ich sehr an dir. Und natürlich Mimi, die wundervollste Unterstützerin an der Buchhändlerinnenfront, die man sich wünschen kann. Danke für dein Feedback und deine Liebe für meine Bücher.

Mighty Merit, dir danke ich dafür, dass du auch auf die absurdesten meiner Sprachnachrichten mit weisen Ratschlägen antwortest und diesen Job so viel weniger einsam machst (und für den Mondsmiley, mein Leben war ohne nicht dasselbe). Das gilt auch für Tanja, du warmherzige, liebevolle Person, deine Nachrichten sind auf so viele Arten immer ein Highlight. Und ich danke allen anderen Kolleginnen, die sich mit mir austauschen, einfach mal ein »Feel you« schicken, wenn ich nicht vorankomme, und genau wissen, dass Druckfahnen keinen Spaß machen. Es ist schön, Teil dieser Bubble zu sein.

Meiner Familie und meinen Freund:innen danke ich für den Rückhalt, das Zuhören und die immer positive Bestärkung meiner Arbeit. Ich kann mich so glücklich schätzen, nie Zweifel oder Bedenken von euch gehört zu haben, seit ich gesagt habe, ich möchte Autorin werden. Ganz besonderer Dank gilt meiner großen Schwester Kathrin, die mit so viel Begeisterung meine Bücher an all ihre Bekannten und Freund:innen weiterempfiehlt, dass man sie eigentlich dafür bezahlen müsste.

Felix, wir beide sind jetzt schon so lange ein Team, aber selbstverständlich ist deine Unterstützung für mich nie gewesen und wird sie auch nie sein. Übrigens danke, dass du dir die Haare hast wachsen lassen, um noch (!) mehr zu meinem realen Bookboyfriend zu werden. Ich weiß das echt zu schätzen.

Und am Ende, aber nicht zuletzt danke ich euch, liebe Leser:innen, für all eure Begeisterung und Liebe, die mich nach dem Erscheinen von *Westwell – Heavy & Light* erreicht hat. Bitte verzeiht mir den Cliffhanger in diesem Band. Ich mache es im dritten Teil wieder gut, ich verspreche es.

TRIGGERWARNUNG

Dieses Buch enthält potenziell triggernde Inhalte.

Diese sind:
Tod eines Familienmitglieds und
Angststörungen/Panikattacken